Nora Roberts est le plus grand auteur de littérature féminine contemporaine. Ses romans ont reçu de nombreuses récompenses et sont régulièrement classés parmi les meilleures ventes du *New York Times*. Des personnages forts, des intrigues originales, une plume vive et légère... Nora Roberts explore à merveille le champ des passions humaines et ravit le cœur de plus de quatre cents millions de lectrices à travers le monde. Du thriller psychologique à la romance, en passant par le roman fantastique, ses livres renouvellent chaque fois des histoires où, toujours, se mêlent suspense et émotions.

LIEUTENANT EVE DALLAS

Du même auteur aux Éditions J'ai lu

EN GRAND FORMAT

Lieutenant Eve Dallas
1 & 2 – Au commencement du crime ☛ Crimes pour l'exemple
3 & 4 – Au bénéfice du crime ☛ Crimes en cascade
5 & 6 – Cérémonie du crime ☛ Au coeur du crime
7 & 8 – Les bijoux du crime ☛ Conspiration du crime
9 & 10 – Candidat du crime ☛ Témoin du crime
11 & 12 – La loi du crime ☛ Au nom du crime
13 & 14 – Fascination du crime ☛ Au nom du crime
15 & 16 – Pureté du crime ☛ Portrait du crime
17 & 18 – Imitation du crime ☛ Division du crime
19 & 20 – Vision du crime ☛ Sauvée du crime
21 & 22 – Aux sources du crime ☛ Souvenir du crime
23 & 24 – Naissance du crime ☛ Candeur du crime
25 & 26 – L'art du crime ☛ Scandale du crime
27 & 28 – L'autel du crime ☛ Promesses du crime
29 & 30 – Filiation du crime ☛ Fantaisie du crime
31 & 32 – Addiction au crime ☛ Perfidie du crime

Quatre saisons de fiançailles
Rêves en blanc
Rêves en bleu
Rêves en rose
Rêves dorés

L'hôtel des souvenirs
Un parfum de chèvrefeuille
Comme par magie
Sous le charme

Les héritiers de Sorcha
À l'aube du grand amour
À l'heure où les cœurs s'éveillent
Au crépuscule des amants

Intégrales
Le cercle blanc
Le cycle des sept
Le secret des fleurs
Les frères Quinn
Les trois sœurs
Magie irlandaise
Affaires de cœurs
Quatre saisons de fiançailles

NORA ROBERTS

LIEUTENANT EVE DALLAS

33 - Crimes de New York à Dallas

34 - Célébrité du crime

Traduit de l'anglais (États-Unis)
par Sophie Dalle

NEW YORK TO DALLAS

Éditeur original
G.P. Putnam's Sons, published by the Penguin Group, New York

CELEBRITY IN DEATH

Éditeur original
G.P. Putnam's Sons, published by the Penguin Group, New York

CRIMES DE NEW YORK À DALLAS

Le présent est la somme vivante du passé tout entier.

Thomas CARLYLE

Ma foi, je me demande ce que toi et moi
Faisions avant de nous aimer.

John DONNE

1

Au son d'un violent orage qui faisait trembler son unique et étroite fenêtre, le lieutenant Eve Dallas rêvait de meurtre.

Seul un bon crime bien sanglant pourrait la sauver de ce supplice, à savoir une montagne de paperasse accumulée sur son bureau du Central. Certes, elle ne pouvait s'en prendre qu'à elle-même, mais elle avait été un tantinet trop occupée à mener et clôturer des enquêtes pour se concentrer sur tous ces budgets, rapports financiers et autres fiches d'évaluation.

Se répéter que cela faisait partie de son boulot ne la consolait guère quand elle n'avait d'autre choix que de s'y atteler. Elle s'était donc enfermée avec des litres de café en priant pour que quelqu'un commette un assassinat, histoire de l'arracher à ce cauchemar.

« Enfin, pas vraiment, rectifia-t-elle. Ou plutôt, pas exactement. Mais dans la mesure où des gens en tuent régulièrement d'autres, pourquoi pas maintenant ? »

À force de fixer les chiffres sur l'écran de son ordinateur, elle en avait les yeux qui la brûlaient. Elle jura, bougonna, bouillonna, puis se ressaisit et moulina, truqua, manipula pour faire correspondre les maigres ressources du Département aux besoins de sa division.

« Nous sommes flics. La Criminelle ne vit pas uniquement d'hémoglobine », songea-t-elle avec amertume.

Cette tâche accomplie, elle passa aux notes de frais que lui avaient soumises ses officiers.

Baxter s'imaginait-il une seconde qu'elle allait lui rembourser trois cent soixante-quinze dollars pour une paire de chaussures sous prétexte qu'il avait esquinté les siennes en pourchassant un suspect dans les égouts ? Quant à Reineke, quelle mouche l'avait piqué de payer deux fois le prix normal une prostituée pour un simple tuyau ?

S'accordant une pause, elle alla se resservir du café, et contempla la tempête au-dehors durant quelques minutes. Quelle chance de ne pas se trouver sous ce déluge, coincée comme un bouchon humide dans un aérotram bondé ou se frayant un chemin dans les embouteillages ! Elle serait trempée, fumerait comme une moule ébouillantée alors qu'une interminable vague de chaleur sévissait sur New York en cet été 2060.

« Tu perds du temps », se réprimanda-t-elle avec dégoût en se forçant à se rasseoir. Elle s'était promis de terminer son pensum avant la cérémonie de l'après-midi au cours de laquelle sa partenaire et elle seraient décorées. Peabody le méritait encore plus qu'elle, pour avoir joué le rôle de catalyseur dans une sordide affaire de ripoux.

Si la paperasse était une corvée inhérente à son poste de commandement, soumettre le nom de sa coéquipière pour la Médaille d'honneur du mérite et de l'intégrité l'avait réjouie. Une fois débarrassée de toutes ces formalités administratives, elle pourrait profiter pleinement du moment, les idées claires et la conscience tranquille.

Elle se serait volontiers offert une sucrerie, mais n'avait toujours pas décidé où planquer ses provisions, l'infâme Voleur de friandises ayant récemment découvert sa dernière cachette. Dommage qu'elle ne puisse plus se délester d'une partie de ces dossiers au profit de Peabody, comme à l'époque où celle-ci était son bras droit et non sa partenaire.

Le bon vieux temps était loin.

« Tu traînes la patte », constata-t-elle en se passant la main dans les cheveux.

Elle décortiqua les notes de frais, les transmit au responsable concerné après avoir décidé que c'était à lui de se débrouiller. Quant aux évaluations, elle se pencherait dessus plus tard.

— C'est bon. On ferme.

— *Requête irrecevable*, répliqua aussitôt l'ordinateur.

— J'ai fini.

— *Déclaration inexacte. La commande précédente stipulait que tous les rapports et évaluations listés devaient être complétés avant extinction. Ordre de Dallas, lieutenant Eve, basé sur la priorité. Ne peut être annulé à sa demande qu'en cas d'incendie, d'attaque terroriste, d'invasion d'extraterrestres ou d'une enquête en cours réclamant toute son attention.*

Au secours ! Comment avait-elle pu programmer un truc pareil ?

— J'ai changé d'avis.

— *La commande précédente précise que les changements d'avis, la fatigue, l'ennui ou toute autre excuse boiteuse sont inacceptables.*

— Va te faire voir, grogna-t-elle.

— *Requête irrecevable.*

— D'accord, d'accord. Ordinateur, afficher les évaluations antérieures de tous mes officiers par ordre alphabétique.

Elle se replongea dans le travail. Elle avait intégré elle-même cette commande pour se fixer des balises – et parce que chacun de ses hommes méritait le temps et l'attention indispensables à une évaluation solide et pertinente.

Après Baxter et les deux Carmichael, elle s'attaquait à Jenkins quand on frappa.

— Qu'est-ce que c'est ? aboya-t-elle tandis que Peabody ouvrait la porte. Une invasion d'extra-terrestres ?

— Pas que je sache. Il y a un type là-bas, plutôt nerveux, qui prétend ne vouloir parler qu'à vous. Il affirme que c'est une question de vie ou de mort.

— Ah, oui ? s'enquit Dallas, soudain ragaillardie. Ordinateur, annulation pour question de vie ou de mort. Sauvegarder l'ensemble. Mode veille.

— *Vérification requise.*

— Peabody, dites à cette putain de machine qu'un être humain requiert mon attention et que c'est une question de vie ou de mort.

— Euh… Ordinateur, Peabody, inspecteur Delia, requiert l'attention du lieutenant pour une question de vie ou de mort.

— *Vérification acceptée. Sauvegarde des données. Mise en veille.*

Excédée, Eve gratifia l'appareil d'une tape.

— Lamentable. Mon propre ordinateur refuse de me croire.

— C'est vous qui l'avez réglé ainsi afin de vous empêcher de bâcler la paperasse.

— N'empêche. Envoyez-moi notre visiteur.

Ce dernier déboula en trébuchant, un type maigre, la vingtaine avancée, affublé d'une masse emmêlée de dreadlocks, d'un bermuda rouge trop large, d'un anneau en argent à la lèvre et d'un débardeur blanc qui révélait ses bras tatoués. Son visage pâle et émacié ruisselait de transpiration.

— Vous êtes Dallas. Lieutenant Eve Dallas, de la police de New York. La Criminelle.

— Absolument. Qu'est-ce qui vous…

Il fondit en larmes – des sanglots bruyants, entrecoupés de hoquets.

— Il a dit… il a dit que je devais m'adresser uniquement à vous. Que je devais vous trouver. Il l'a avec lui. Il séquestre Julie et va la tuer si vous ne revenez pas avec moi. Il m'a accordé une heure et il m'a fallu trente minutes pour arriver ici.

Eve quitta son siège et le força à s'asseoir.

— On se calme. Comment vous appelez-vous ?

— Tray Schuster.

— Et « il », c'est qui ?

— Je l'ignore. Il était là, chez moi. Chez nous. Julie a emménagé la semaine dernière. On l'a vu quand on s'est réveillés et il nous a ligotés. Il a pris un petit-déjeuner et… aucune importance. Vous devez venir sans quoi il va la tuer. J'ai oublié, je ne sais pas. Je devais vous dire : « La cloche vient de sonner le deuxième round. » Je vous en supplie. Il a un couteau. Il va la taillader. Il a ajouté que si je rentrais avec quelqu'un d'autre que vous, il la tuerait.

— Où ?

— Chez moi. Enfin, chez nous.

— Où habitez-vous, Tray ?

— 258, Murray Street.

La gorge d'Eve se noua. Elle connaissait cette adresse.

— Appartement 303 ?

— Oui. Comment avez-vous… ?

— Restez ici, Tray.

— Mais…

— Ne bougez pas.

Elle fonça dans la salle commune.

— Peabody ! cria-t-elle tout en balayant du regard les postes de travail. Baxter, Trueheart, Carmichael, Sanchez, laissez tout tomber et préparez-vous. Le suspect est Isaac McQueen. Il retient une jeune femme en otage au 258 Murray Street, appartement 303.

Il est armé et extrêmement dangereux. Je vous donnerai d'autres précisions en route, le temps presse. Carmichael et Sanchez, allez chercher le témoin dans mon bureau. Enfermez-le à clé dans votre véhicule. Peabody, avec moi. On se magne !

— Isaac McQueen ? bredouilla Peabody qui devait presque courir pour rester à la hauteur de Dallas. Le Collectionneur ? Il est à la prison de Rikers. Condamné à perpète.

— Justement, renseignez-vous. Soit il en est sorti, soit on a un imposteur sur les bras. C'était son appartement. C'est là qu'il les cachait.

Toutes ces filles...

— Il a pris l'amie du témoin en otage et a expédié ce dernier ici. C'est moi qui ai arrêté McQueen, dans cet appartement.

— Je ne vois aucun signal, aucune notifica... Attendez une seconde. Je viens de dénicher une alerte interne. Ils n'ont même pas informé les huiles. McQueen s'est évadé hier. Il a assassiné un infirmier et réussi à sortir de Rikers en revêtant son uniforme et en présentant son badge... Il est tout bonnement parti à pied, conclut Peabody en levant les yeux de son Palm.

— On va l'y ramener *illico*, riposta Eve en piquant un sprint jusqu'à sa voiture. Prévenez le commandant Whitney. Il se chargera de sermonner l'administration de la prison. McQueen ne l'a pas encore tuée, murmura-t-elle en grimpant au volant et en démarrant en trombe. Il ne s'est pas échappé juste pour découper une femme en morceaux. Il est intelligent, organisé, et il a un calendrier. Il a des besoins. Il ne les exécute pas – à moins qu'elles ne craquent ou le déçoivent. Il aime collectionner. Cette Julie ne l'intéresse pas. Elle est trop âgée.

Peabody acheva son mail destiné au bureau du commandant avant de glisser un coup d'œil à Eve.

— Julie est un appât, devina-t-elle. C'est vous qu'il vise.

— Oui, mais ça n'a aucun sens. Ça ne peut que le ramener droit au cachot.

« Absurde », pensa Eve. Toutefois, elle donna l'ordre à Peabody de demander des uniformes en renfort.

Utilisant la montre que son mari lui avait offerte, elle enclencha le communicateur.

— Carmichael, Sanchez et vous couvrirez l'arrière du bâtiment. Des uniformes vont arriver en renfort. Baxter, Trueheart et vous entrerez à l'intérieur avec Peabody et moi. Gilet pare-balles obligatoire.

Elle secoua la tête, se glissa entre deux Rapid Taxis.

— Il ne sera pas là. Il ne va pas se jeter dans la gueule du loup. Il sait que je vais débarquer et que je ne serai pas seule.

— Peut-être est-ce justement ce qu'il veut que vous pensiez, et que c'est un piège.

— Nous n'allons pas tarder à le découvrir.

Eve examina l'édifice, une de ces demeures gigantesques qui avaient survécu aux Guerres Urbaines et que l'on avait transformées en appartements. Il avait connu des jours meilleurs – cent ans auparavant –, mais n'en conservait pas moins un certain cachet, avec ses briques rose pâle et ses fenêtres munies de grilles ouvragées.

Dotée d'un système de sécurité sommaire, l'entrée principale donnait directement sur le trottoir. « Quartier ouvrier », nota Eve. Comme au temps du règne de McQueen. Ici, les résidents rentraient chaque soir après le travail, s'installaient devant leur grand écran avec une bière et se mêlaient de leurs affaires.

McQueen avait donc pu sévir en toute tranquillité pendant presque trois ans. Et les vies de vingt-six gamines âgées de douze à quinze ans en avaient été marquées à jamais.

— Les stores sont baissés, constata Eve. S'il est là-haut, il nous a repérés. En prison, il a dû se créer un réseau de contacts. Il est charmant, affable, rusé. Il se peut qu'il soit équipé d'autre chose que d'un simple couteau. Baissez-vous. Déplacez-vous rapidement.

Elle appela Carmichael, donna le feu vert.

Chassant tout souvenir de son esprit, elle se rua vers l'escalier, l'arme au poing. La gorge sèche. Lucide.

— Laissez-moi scanner la porte, proposa Peabody en sortant son mini-ordinateur. Il l'a peut-être piégée.

— Elle s'ouvre sur une salle de séjour, cuisine au fond, coin-repas vers la droite. Deux chambres, une à droite avec salle de bains attenante, une à gauche. Douche à gauche de la cuisine. L'espace est vaste, environ cinquante mètres carrés.

— Scan négatif, annonça Peabody.

— Baxter, vous filez au fond. Trueheart et Peabody, à gauche. Je prends la droite.

Elle adressa un signe de tête à Trueheart, qui tenait le bélier, et abaissa les doigts : un, deux, trois.

La porte se fracassa, les verrous explosèrent. Eve se propulsa en avant, concentrée sur le présent. Ses coéquipiers la suivirent.

Elle s'immobilisa sur le seuil de la chambre, la balaya avec son arme. Elle aperçut une silhouette sur le lit, mais poursuivit son inspection : gauche, droite, armoire, salle de bains.

— RAS ! lancèrent ses collègues.

— Par ici ! cria Eve.

Elle s'approcha du lit.

— Tout va bien. Tout va bien. Nous sommes de la police.

Elle dénoua le bâillon, révélant la bouche ensanglantée et enflée de la victime qui émettait des gémissements et des murmures incohérents.

Il l'avait déshabillée. Le mode opératoire n'avait pas changé. Avant qu'Eve n'en aboie l'ordre, Trueheart, son beau visage irradiant la compassion, s'empara de l'édredon tombé sur le sol pour recouvrir le corps tremblant.

— Vous n'avez plus rien à craindre, à présent, dit-il avec douceur.

— Il m'a fait mal. Il m'a fait mal.

Peabody s'approcha et entreprit de détacher le drap dont McQueen s'était servi pour lui attacher les mains à un crochet dans le mur.

— Il ne peut plus rien contre vous, la rassura-t-elle.

Puis elle s'assit au bord du lit et tint la pauvre Julie dans ses bras.

— Il m'avait juré qu'il ne me ferait pas de mal si Tray lui obéissait, mais c'était un mensonge. Il m'a violée. Il m'a fait mal. Et il m'a fait ça, ajouta-t-elle en désignant sa poitrine.

Eve l'avait déjà vu, un tatouage rouge sang au-dessus du sein gauche, un cœur encerclant le nombre vingt-sept.

— Dallas, l'ambulance est en chemin, annonça Baxter à mi-voix. Un psy prendra le relais. Voulez-vous que je fasse appel à la brigade scientifique pour passer les lieux au peigne fin ?

Ça ne servirait à rien. Il n'aura laissé aucune trace à moins d'en avoir l'intention. Cependant, elle opina.

— Rassurez le petit ami. Il peut l'accompagner à l'hôpital. Trueheart et vous pouvez sortir. Peabody, trouvez des vêtements pour Julie.

Eve se planta au bout du lit, attendit que le regard de Julie croise le sien.

— Vous ne pouvez pas vous habiller tout de suite, expliqua-t-elle. Il faut vous ausculter d'abord, et nous allons devoir vous poser quelques questions. C'est difficile, j'en suis consciente. Sachez que Tray a fait tout son possible pour m'atteindre au plus vite et me ramener ici.

— Il ne voulait pas y aller. Il a supplié ce monstre de me libérer à sa place. Il ne voulait pas me laisser.

— Je sais. Le monstre en question s'appelle Isaac McQueen. Il vous a dit quelque chose, Julie ? Il vous a délivré un message à me transmettre ?

— Il a dit que je n'étais pas... pas assez fraîche, mais qu'il ferait une exception à la règle. Je n'ai pas pu l'arrêter. Il m'a fait mal, il m'a attaché les mains.

Frémissante, elle tendit les bras pour montrer ses poignets contusionnés.

— Je n'ai pas pu l'arrêter.

— Je sais, Julie. Je suis le lieutenant Dallas. Eve Dallas. Quel était le message d'Isaac McQueen ?

— Dallas ? Vous êtes Dallas ?

— Oui. Que vous a-t-il demandé de me dire ?

— Que vous lui devez tout et que le moment est venu pour vous de payer. Je veux ma mère, gémit Julie en se cachant le visage dans les mains. Je veux ma mère.

Se lamenter serait absurde. Eve n'aurait rien pu faire pour empêcher le calvaire qu'avaient enduré Julie Kopeski et Tray Schuster. Elle était impuissante à effacer ce traumatisme qui les changerait à jamais.

Elle connaissait la pathologie d'Isaac McQueen, son style très particulier de torture. Il avait le don d'instiller un sentiment d'apathie et de désespoir dans l'esprit de ses victimes, de les convaincre de lui obéir au doigt et à l'œil.

Elle n'avait jamais été l'une de ses proies, mais elle comprenait d'autant mieux la souffrance de celles-ci qu'elle avait souffert le même sort.

Raviver ces souvenirs ne la mènerait nulle part, pas plus que de repenser aux jeunes filles qu'elle avait sauvées. Ni à celles qu'il avait torturées autrefois, douze ans auparavant.

À l'hôpital, elle entraîna Tray à l'écart.

— On va l'examiner. Ensuite, Julie devra avoir une conversation avec la psychologue.

— Mon Dieu ! Je n'aurais jamais dû l'abandonner.

— Si vous aviez refusé d'obéir à McQueen, elle serait morte et vous aussi. Elle est vivante. Elle souffre, elle a été violée, mais elle est vivante. Vous allez devoir vous rappeler ça, tous les deux, parce que être vivants, c'est mieux. Vous avez dit qu'il était là quand vous vous êtes réveillés.

— Oui.

— Racontez-moi.

— Nous avons eu une panne d'oreiller, ou en tout cas, j'ai pensé que…

— Quelle heure était-il ?

— Je serais incapable de vous préciser l'heure exacte. Il me semble qu'il était environ 8 heures. J'ai roulé sur le côté en pensant : « Nom d'un chien, nous allons arriver en retard au boulot. » Je n'étais pas dans mon assiette, comme si on avait trop fait la fête la veille. Mais ce n'était pas le cas. Je vous le jure.

— Vous devrez l'un et l'autre vous soumettre à un test toxicologique.

— Je vous assure que nous n'avons rien pris. Je vous le dirais. Il a donné un truc à Julie, mais il a expliqué que…

— Il vous a probablement drogués, l'interrompit Eve. Les analyses permettront de déceler le produit en cause. Personne ne va vous accuser d'avoir ingurgité des psychotropes, Tray.

— D'accord, d'accord. Pardon. Je… je suis complètement déboussolé.

— Qu'avez-vous fait en vous réveillant ?

— Je… j'ai dit à Julie de se dépêcher, je lui ai donné un petit coup de coude. Elle dormait profondément. Je l'ai secouée, et j'ai vu le ruban adhésif sur sa bouche. J'ai cru que c'était une blague et j'ai commencé à rire. Il était là. Il m'a attrapé par les cheveux, tiré la tête en arrière et il a posé la lame de son couteau sur ma gorge. Il m'a demandé si je tenais à la vie. Si je tenais à celle de Julie. Il m'a dit qu'il ne ferait de mal à personne à condition que je lui obéisse. J'aurais dû lutter.

— McQueen doit peser au moins trente kilos de plus que vous. Il vous menaçait avec un couteau. S'il vous avait tué, pensez-vous que Julie serait encore vivante ?

— Je n'en sais rien, hoqueta Tray, les larmes aux yeux. Je suppose que non. J'avais peur. Je lui ai expliqué que nous avions très peu d'argent, mais qu'il pouvait emporter ce qu'il voulait. Il m'a remercié, très poliment. Ce qui était encore plus terrifiant. Il avait une paire de menottes en plastique. Il m'a dit de les mettre et de m'asseoir par terre au pied du lit. J'ai obéi. Julie était toujours dans les vapes. Il m'a précisé qu'il lui avait donné un somnifère pour qu'elle dorme, le temps qu'on fasse connaissance tous les deux. Il m'a demandé d'accrocher les menottes au pied du lit et m'en a donné une autre paire pour mettre aux chevilles. Puis il m'a collé du ruban adhésif sur la bouche. Là-dessus, il m'a dit de rester bien tranquille, qu'il allait revenir dans une minute.

— Il a quitté la pièce ?

— Oui. J'ai essayé de me détacher, mais je n'y suis pas parvenu. Je sentais une odeur de café. Ce salopard était dans notre cuisine, en train de se préparer du café ! Bref… il revient avec une tasse fumante et un bol de céréales. Il arrache le ruban adhésif de ma bouche, s'installe et commence à me poser toutes sortes de questions en mangeant son putain de petit-déjeuner. Il me demande mon âge, celui de Julie, depuis combien de temps nous sortons ensemble, quels sont nos projets pour l'avenir, depuis quand nous sommes locataires de l'appartement, si nous en connaissons l'histoire.

Tray reprit son souffle, laissa échapper un soupir tremblant.

— Il était tout sourire et si… enthousiaste. Comme s'il avait vraiment envie d'en savoir plus sur nous.

— Combien de temps cet échange a-t-il duré ?

— Aucune idée. C'est surtout lui qui a parlé. Il m'a raconté qu'il avait vécu là, mais qu'il était parti depuis longtemps. La couleur de la chambre ne lui plaisait pas. Non, mais on rêve !

Il marqua une pause, jeta un coup d'œil vers la salle d'examen.

— Ça va être encore long, d'après vous ?

— Soyez patient. Julie s'est-elle réveillée ?

— Il a fini son petit-déjeuner et emporté la vaisselle. À son retour, il lui a donné autre chose. Là, j'ai pété un plomb. Je me suis mis à hurler et à me débattre. J'étais sûr qu'il allait la tuer. J'ai pensé…

— Il ne l'a pas tuée. Ne l'oubliez pas.

— Je ne pouvais pas intervenir. Il m'a giflé plusieurs fois. Pas fort. Des tapes légères. Ça aussi, ça m'a glacé. Il a dit que si je n'étais pas sage, il allait lui couper le mamelon gauche, est-ce que je voulais vraiment être responsable d'une telle mutilation ? Il avait un de ces crochets dont Julie se sert pour suspendre les plantes. Il l'a vissé dans le mur. Il l'a ligotée avec le drap avant de le fixer au crochet. Quand elle a repris conscience, elle était donc en position assise. La pauvre, elle était terrorisée. Le ruban adhésif étouffait ses cris et elle se tortillait dans tous les sens. Quand il a posé la lame sur sa gorge, elle s'est figée. Il l'a félicitée : « C'est bien. »

Puis il s'est adressé à moi. De deux choses l'une. Soit il allait la découper par petits bouts jusqu'à ce qu'elle meure. Soit j'avais une heure pour me rendre au Central délivrer un message au lieutenant Eve Dallas et revenir avec elle. Si je dépassais le délai, il tuerait Julie. Si je m'adressais à quelqu'un d'autre, il tuerait Julie. Si je tentais de vous joindre par communicateur et non en personne, il tuerait Julie. Je lui ai répondu que je ferais tout ce qu'il voudrait, mais qu'il devait la relâcher. L'envoyer au Central à ma place.

Tray essuya ses joues ruisselantes.

— Je ne voulais pas la laisser seule avec lui. Mais il m'a assuré que si j'insistais, si je le questionnais, il lui découperait un bout de chair afin de me donner une leçon. Je l'ai cru.

— Vous avez eu raison, Tray.

— Il m'a fait répéter mon texte encore et encore, son couteau sur la gorge de Julie. Puis il m'a détaché et m'a jeté mes affaires à la figure. « Soixante minutes », il a dit. Une de plus et elle serait morte parce que j'aurais été incapable de suivre ses directives. J'ai dû courir. Je n'avais ni argent ni carte sur moi, pas de quoi payer un taxi ou un bus. Si j'avais pu avertir un autre flic plus rapidement, il n'aurait peut-être pas eu le temps de la violenter.

— Peut-être, admit Eve. Ou peut-être lui aurait-il tranché la gorge. Ça ne prend guère de temps. Elle est vivante. Je connais cet homme et vous pouvez me croire quand je vous affirme qu'il aurait pu commettre le pire. Tenez, ajouta-t-elle en lui tendant sa carte. Voici mes coordonnées. Vous allez éprouver le besoin de parler à une tierce personne, quelqu'un qui n'appartient pas à la police. Quand vous serez prêts, contactez-moi, je vous recommanderai des spécialistes.

Elle s'éloigna en songeant à sa montagne de paperasse. Elle avait rêvé de meurtre. Maintenant que son vœu avait été exaucé, elle s'en mordait les doigts.

Au Central, Eve réunit ses hommes.

— Le sujet a trente-neuf ans. Sexe masculin, cheveux châtains, yeux bleus – bien qu'il change souvent la couleur de l'un et de l'autre. Un mètre quatre-vingt-dix, une centaine de kilos. Adepte du corps-à-corps, il a étudié différents arts martiaux et entretenu sa forme en prison.

Elle afficha sa photo d'identité sur l'écran, remarqua les rides qu'une douzaine d'années en cage avaient creusées sur son visage. Les femmes le trouvaient beau et charmant, et il avait le don de les séduire avec son sourire enjôleur. Les jeunes filles se laissaient ensorceler par ses traits féminins, ses lèvres pleines et ses fossettes.

Il se servait de tous ces atouts pour appâter ses proies.

— Il a une prédilection pour les couteaux qu'il utilise comme arme et comme moyen d'intimidation, enchaîna Eve. Sa mère était une toxico, une arnaqueuse de haut vol qui lui a enseigné les ficelles du métier. Ils ont eu une relation incestueuse et ont souvent travaillé en couple. Elle nourrissait son addiction aux gamines. Ensemble, ils ont enlevé, violé, torturé, puis vendu leurs victimes – ou s'en sont débarrassés – jusqu'au jour où l'on a sorti le cadavre d'Alice McQueen de la rivière de Chicago, à l'automne 2040. Elle avait la gorge tranchée. Il n'a jamais avoué ce meurtre, mais on l'en croit responsable. À l'époque, il avait dix-neuf ans… On le soupçonne aussi d'avoir enlevé au moins dix mineures dans les régions de Philadelphie et de Baltimore. Il aurait assassiné Carla Bingham, de Philadelphie, et Patricia Copley, de Baltimore. Deux toxicos, âgées respectivement de quarante-cinq et de quarante-deux ans, qui auraient vécu et fait équipe avec lui lorsqu'il séjournait dans ces villes. Toutes deux ont été retrouvées noyées et égorgées. Par manque de preuves, ou de tripes, des procureurs respectifs, McQueen n'a jamais été inculpé pour ces crimes.

Pourtant, il les avait bel et bien perpétrés. Et d'autres encore.

— Entre 2045 et 2048, New York est devenu son terrain de chasse. Il y a sévi en compagnie de Nancy Draper, quarante-quatre ans, funky-junkie. Au cours de cette période, il a raffiné ses méthodes. Draper et lui habitaient un appartement du Lower West Side. Ils finançaient leur dépendance à la drogue et leur train de vie en commettant usurpations d'identité et fraudes électroniques – autres aptitudes qu'il avait développées en parallèle. McQueen ne vendait plus ses victimes, il les séquestrait. Vingt-six New-Yorkaises âgées de douze à quinze ans ont été enlevées, violées, torturées, battues et ont subi un lavage de cerveau. Il les retenait, menottées, dans une chambre de l'appartement – appartement complètement insonorisé. Durant cette phase, il a entrepris de leur tatouer sur le sein gauche un cœur entourant le chiffre qui indiquait leur classement par ordre d'enlèvement. Vingt-deux ont été retrouvées dans cette pièce.

Elle les voyait encore, chacune d'entre elles.

— Les quatre dernières n'ont jamais reparu. Il a été impossible de les identifier car il s'en prenait souvent à des fugueuses. Cet homme est d'une intelligence redoutable. C'est un sociopathe organisé, un prédateur pédophile, un narcissique capable d'endosser toutes sortes de personnages. Il exploite ses mères de substitution, puis les élimine. On a sorti le corps de Nancy Draper de la rivière Hudson deux jours après sa capture. Elle était morte depuis trois jours. On suppose que McQueen s'apprêtait à quitter New York ou tout simplement à changer de partenaire.

Eve avait toujours penché en faveur de la seconde hypothèse.

— Il n'a rien confessé, même après une succession d'interrogatoires intenses. On l'a inculpé pour enlèvements multiples, séquestration, viol, violence sur personne. Il purgeait une condamnation à perpétuité incompressible à la prison de Rikers où, selon les rapports, il se comportait en détenu modèle.

Eve entendit l'un de ses hommes pousser un grognement de dégoût ou de dérision. Écœurée elle aussi, elle se garda de tout commentaire.

— Jusqu'à hier, continua-t-elle, quand il a égorgé un infirmier et s'est évadé. Il s'est ensuite rendu dans son ancien appartement. Il a menacé le couple qui y vit désormais puis, après avoir forcé le jeune homme à venir me chercher, il a battu et violé la jeune femme avant de lui tatouer sur le sein gauche un cœur au centre duquel figure le nombre vingt-sept. Il leur a laissé la vie sauve parce qu'il voulait qu'ils nous délivrent des messages. « Isaac McQueen est de retour et a l'intention de reprendre ses activités. » Il ne s'agit pas d'un homicide, ajouta Eve. Officiellement, cette enquête n'est pas la nôtre.

Elle vit Baxter se redresser sur son siège.

— Lieutenant…

— Toutefois, poursuivit-elle, quand un salopard comme McQueen m'envoie un message, je prends l'affaire au sérieux. J'attends de vous que vous en fassiez autant. Lisez son dossier. Ayez toujours sa photo sur vous. Quel que soit votre interlocuteur – témoin, indic, victime, suspect, collègue ou vendeur de glissa-gril –, montrez-la-lui. Ouvrez les yeux et les oreilles. Il est déjà en quête du numéro vingt-huit.

Ayant terminé, Eve regagna son bureau au pas de charge – elle avait besoin d'une minute pour elle. Mais Peabody lui emboîta le pas.

— Je dois rédiger mon rapport, Peabody, grommela-t-elle, et prendre contact avec le commandant. Lisez le dossier.

— Je l'ai lu. J'ai étudié l'affaire en profondeur quand j'étais à l'École de police. Vous en sortiez tout juste vous-même. Vous portiez encore l'uniforme. C'était votre première arrestation d'importance. Vous...

— J'y étais, Peabody, coupa Dallas en entrant dans son bureau. Je me rappelle tous les détails.

Le visage grave, sa coéquipière la fixa.

— Vous savez qui il est, ce qu'il est et comment il fonctionne. Vous savez donc qu'en vous faisant parvenir un message, il a enfreint son mode opératoire habituel. Il vous doit douze années de taule, Dallas. Il va se venger sur vous.

— Possible, mais je ne suis pas son genre. J'ai franchi le seuil de la puberté depuis belle lurette. Je ne suis ni naïve ni stupide, encore moins sans défense. À mon avis, il envisage la suite comme une compétition – il veut me battre. Et cette ville grouille littéralement de jeunes filles à cueillir dans le seul but de me faire payer ces douze ans en cage.

Soudain terriblement lasse, elle s'assit.

— Il ne veut pas me tuer, Peabody. Du moins pas tout de suite. Il veut me démontrer qu'il est plus malin que moi. Il veut m'humilier en commençant une nouvelle collection.

— Il a sans doute suivi votre évolution au fil du temps. Il croit vous connaître, mais il a tort.

— Il me connaîtra avant que cette histoire se termine, je vous le garantis. Écoutez, le temps presse. Allez enfiler votre uniforme.

— On pourrait repousser la cérémonie et se mettre au boulot sur cette affaire, suggéra Peabody.

Eve n'arrivait pas à oublier les visages de Tray Schuster et de Julie Kopeski, et n'avait aucune envie de faire des ronds de jambes. Pourtant, elle secoua la tête.

— Nous ne repousserons rien du tout, d'autant que cette affaire ne nous revient pas (mais elle avait la ferme intention de la récupérer). Fichez-moi le camp, à présent. Moi aussi, je dois me changer. Vous n'êtes pas la seule à recevoir une médaille aujourd'hui.

— Pour vous, ce n'est pas une première, observa Peabody. Vous y attachez de l'importance malgré tout ?

— À celle-ci, oui. Elle compte beaucoup. Et maintenant, dégagez.

Restée seule, Eve réfléchit. Peabody avait raison. McQueen ne la connaissait pas. Elle ne se sentait pas humiliée. Elle avait mal – au cœur, aux entrailles, au cerveau. Et, par chance, elle sentait la colère monter en elle.

Elle travaillait toujours mieux lorsqu'elle était en colère.

2

Dans les vestiaires empestant la sueur, le savon et la lotion après-rasage bon marché, Eve laçait ses bottines noires de cérémonie. Elle les détestait depuis toujours, mais le règlement était le règlement. Elle remua les orteils, se leva et s'empara de sa casquette. Se tournant vers la glace, elle la plaça sur sa tête.

Elle se revoyait douze ans auparavant, neuve comme le printemps, avec sa plaque et ses fichues chaussures rutilantes.

Flic alors, flic aujourd'hui, sans le moindre regret. Elle n'avait pas le choix. Elle croyait savoir ce qui l'attendait, mais, en vérité, elle n'avait pas imaginé l'ampleur de ce qu'elle allait apprendre et finir par accepter au fil de sa carrière. Ce qu'elle allait affronter et supporter.

Que de virages abordés, dont le premier, si serré, la fois où elle avait franchi le seuil de l'appartement 303 au 258, Murray Street par une suffocante journée de septembre, six mois à peine après sa sortie de l'École de police !

Elle se rappelait encore la peur, le goût métallique dans la gorge, l'horreur de la découverte.

Agirait-elle différemment maintenant qu'elle avait acquis de l'expérience ? Elle l'ignorait. Mais, au fait, pourquoi se posait-elle la question ?

Elle avait fait son boulot. Joué son rôle de flic.

Elle entendit la porte extérieure s'ouvrir, s'écarta du miroir, ferma son casier et pivota. Il était là.

Elle lui avait dit de ne rien changer à son emploi du temps, mais Connors avait la fâcheuse habitude d'agir à sa guise. Le voir la rassura et elle chassa toute pensée négative de son esprit.

Il lui sourit, magnifique dans son costume sur mesure, ses cheveux de jais lui frôlant presque les épaules.

Elle connaissait chaque courbe, chaque angle de ce beau visage, chaque muscle de ce corps élancé. Et pourtant, le simple fait de le regarder lui coupait parfois le souffle.

— J'ai un faible pour les femmes en uniforme, déclara-t-il de sa voix grave teintée d'un léger accent irlandais.

— Ces bottines sont atroces, marmonna-t-elle. Je t'avais dit que ce n'était pas la peine de te déplacer. Cette cérémonie n'est qu'une formalité.

— Elle est bien plus que cela, lieutenant, et je ne l'aurais ratée pour rien au monde. Quand je pense à toutes ces années que j'ai passées à esquiver les flics sans me rendre compte à quel point une femme flic en tenue pouvait être sexy… Mais peut-être que c'est uniquement la mienne.

Il s'avança, lui caressa le menton en le soulevant légèrement. Il déposa un baiser sur ses lèvres, et son regard bleu scruta celui d'Eve.

— Qu'est-ce qui te tracasse ?

— Le travail, répondit-elle, laconique. Un imprévu.

— Tu es sur une nouvelle enquête ?

— Pas exactement. Je n'ai pas le temps de t'en parler pour l'instant. Mais je suis heureuse que tu sois là. Ce ne sera pas long. L'inconvénient, c'est que tu devras remettre à plus tard l'acquisition d'un ou deux pays du tiers-monde pour écouter le maire prononcer un discours interminable et ennuyeux.

— Le jeu en vaut la chandelle... Donc, tu me raconteras.

— Oui.

Elle le ferait. Elle le pouvait. Connors était un autre virage, le plus grand, le meilleur. Elle l'avait rencontré lors d'une autre cérémonie, un enterrement. Elle était chargée d'une enquête sur un meurtre, lui était un suspect au passé sombre et au présent douteux. Un homme doté d'une figure d'ange, qui possédait plus d'argent et de pouvoir que le diable en personne.

Et qui était aujourd'hui son mari.

— C'est une longue histoire, reprit-elle.

— Nous prendrons tout notre temps.

— Tout à l'heure. Tu as raison, cette cérémonie est davantage qu'une simple formalité. Elle est très importante pour Peabody et pour l'inspecteur Strong. Cette médaille, elles l'ont amplement méritée.

— Toi aussi.

— J'ai fait mon boulot.

Tous deux se dirigèrent vers la porte. Le petit ami de Peabody, Ian McNab, apparut soudain, non pas affublé comme à son habitude d'une tenue aux couleurs criardes, mais en costume de gala. Il avait même pris la peine de rentrer sa longue tresse blonde sous sa casquette.

— Salut, Dallas. Vous êtes superbe. Connors, content que vous ayez pu venir.

— Ian, vous êtes méconnaissable ! s'exclama ce dernier.

— Il faut ce qu'il faut. Ces chaussures me massacrent les orteils.

— Je ne vous le fais pas dire, confirma Eve.

— Je passais juste vous prévenir qu'ils ont décidé de faire ça sur le perron du Central.

— Pitié !

Une lueur de compassion vacilla dans les prunelles vertes de McNab.

— Le maire voulait mettre en valeur les flics qui ont démantelé le réseau de Renée Oberman, reprit-il. Ainsi que sa petite personne, si vous voulez mon avis. Vous, vous voyez tout de suite ce que les médias vont en faire. Les bons flics contre les méchants flics, et blablabla. Bref, Peabody est à son bureau, la tête entre les genoux. Vous pourriez peut-être essayer de la calmer afin qu'elle ne flanque pas un coup de pied dans le tibia du maire quand il lui accrochera sa médaille.

— Pour l'amour du ciel !

Eve fonça jusqu'au bureau de Peabody.

— Inspecteur, ressaisissez-vous. Vous vous ridiculisez. Plus grave, vous *me* ridiculisez.

— Ils veulent faire ça dehors, en public.

— Et alors ?

— En public, répéta Peabody sans relever la tête.

— Vous êtes à l'honneur pour avoir eu l'intégrité, le courage et la capacité d'éliminer un fléau au sein de notre police. Grâce à vous, des flics pourris, avides et assassins sont derrière les barreaux. Que vous le vouliez ou non, vous allez vous lever. Vous ne vomirez pas, vous ne tomberez pas dans les pommes, vous ne hurlerez pas comme une enfant. C'est un ordre.

— J'avais plutôt envisagé un sermon du genre : « Du calme, Peabody, nous sommes fiers de vous », avoua McNab à Connors.

Celui-ci secoua la tête en souriant.

— Vraiment ? Vous avez encore beaucoup à apprendre.

— Lieutenant, murmura Peabody en se mettant debout.

— Seigneur ! Vous êtes pâle et en nage. Allez vous asperger le visage d'eau froide.

— D'accord.

— Peabody. Nom de nom, cette médaille, vous l'avez méritée. Reprenez-vous, tenez-vous droite et recevez ce que vous avez gagné avec fierté. Et si vous ne pouvez pas l'accepter avec fierté, faites-le par peur parce que je vous garantis que je vous botterai les fesses si vous…

Eve s'interrompit abruptement.

— Surtout n'interrompez pas votre conversation pour nous ! claironna Phoebe Peabody d'un ton enjoué.

— Maman ?

Oubliant les instructions de sa supérieure, Peabody gloussa comme une gamine.

— Maman ! Papa ! Vous avez fait le voyage jusqu'à New York !

Elle se précipita dans leurs bras.

— Nous serions arrivés plus tôt sans ces fichus embouteillages, expliqua Sam Peabody en serrant sa fille contre lui. Tout le monde t'embrasse.

— Vous êtes là. Vous êtes là.

— Évidemment ! s'exclama Phoebe avec un regard attendri. Regardez-moi ma petite fille. Si belle, si courageuse. Nous sommes tellement heureux pour toi.

— Tais-toi, maman, je vais pleurer, et ça m'est interdit. Ordre du lieutenant.

— En effet, nous sommes au courant.

Rejetant sa longue chevelure noire en arrière, Phoebe s'approcha d'Eve et la gratifia d'un baiser sur la joue. Eve émit un petit rire gêné.

— Vous êtes très impressionnante, en uniforme. Et très sexy. N'est-ce pas, Sam ?

— Absolument.

Eve eut droit à une nouvelle étreinte au beau milieu de sa salle commune. Décidément, songea-t-elle, ces adeptes du Free Age se sentaient obligés d'étaler leur amour. Elle poussa un soupir de soulagement tandis qu'ils concentraient leur attention sur McNab et Connors.

— Ils ne voulaient pas que je devienne flic, dit Peabody. Ils m'aiment, ils souhaitaient que je reste bien au chaud à la maison. Mais ils m'ont laissée poursuivre mon rêve. Et ils sont venus assister à cette cérémonie. Je ne vomirai pas, je ne tomberai pas dans les pommes.

— À la bonne heure ! Prenez un peu de repos après la fête. Occupez-vous d'eux.

— Mais McQueen…

— Ce n'est pas notre enquête. Du moins, pas encore. Profitez du moment, Peabody.

Eve prit place sur les marches du perron du Central. Après l'orage de la matinée, l'air était chaud et humide. Elle aurait préféré une cérémonie plus discrète, à l'abri des médias, mais Peabody méritait tous ces flonflons. De même que l'inspecteur Strong, qui se tenait auprès d'elle, appuyée sur ses béquilles.

Le maire pouvait se féliciter : la foule, composée de reporters, de collègues, de proches et de badauds, était nombreuse. Eve écouta son discours d'une oreille tout en scrutant l'assemblée.

La journaliste Nadine Furst était présente, bien sûr, au premier rang avec ses camarades des médias. Elle était venue pour des raisons professionnelles, mais surtout par amitié. Eve repéra aussi Mira, vêtue d'un de ses ravissants tailleurs. « Surtout, ne pas oublier de lui parler de Julie et de Tray », nota-t-elle mentalement.

Les parents de Peabody se tenaient par la main. Mavis, la meilleure amie d'Eve, se trouvait à côté d'eux avec son bébé et son mari. Crack n'était pas loin – difficile de ne pas remarquer le géant noir tatoué, des plumes accrochées aux oreilles. Près de lui, Charles, l'ex-prostitué professionnel, et son épouse, la dévouée Dr Louise Dimatto.

Un frémissement d'horreur parcourut Eve lorsqu'elle vit Trina jouer des coudes pour se frayer un chemin jusqu'à sa grande copine Mavis, embrasser le bébé... puis tourner les yeux vers elle et la jauger d'un regard critique. Franchement, personne ne voyait ses cheveux sous cette casquette. Personne, sauf Trina. Cette spécialiste de la beauté avait une vision aux rayons X.

Eve chercha Connors du regard, histoire de puiser en lui un peu de réconfort. Et sursauta. Cette longue silhouette noire... était-ce bien Summerset, le majordome de Connors, le squelette ambulant, l'enquiquineur de première ?

Bon sang, ces allocutions sans fin étaient tellement soporifiques qu'elle finissait par avoir des hallucinations !

Tous les hommes de sa division étaient là, répartis sur les marches – à sa demande. Feeney, son ancien mentor et partenaire, capitaine de la DDE, s'était glissé parmi eux, l'air grave et le regard humide.

Comme le sien.

Des applaudissements retentirent, et Eve regarda le commandant Whitney, en grande tenue, rejoindre le maire.

Tous deux s'approchèrent de Strong. Le maire lui murmura quelques mots, s'enquit de sa santé, puis fixa la médaille sur sa poitrine.

Il répéta ce processus avec Eve. Elle n'avait rien contre lui, mais la poignée de main de Whitney lui était infiniment plus précieuse que les paroles d'un politicien.

— Félicitations, lieutenant.

— Merci, monsieur.

Un flot de fierté la submergea tandis que le maire prononçait le nom de Peabody. Intégrité, honneur, courage. Eve s'autorisa un sourire en entendant sa partenaire accepter ces compliments d'une voix tremblante.

Elle savoura l'instant. Puis vint la séance de broyage – tapes dans le dos, accolades. Elle s'adressa à Peabody :

— Pas d'étreintes. Les flics ne s'embrassent pas.

Peabody lorgna Strong, qu'un collègue serrait contre lui.

— D'accord, d'accord, concéda Eve. Sachez que dans mon esprit, je vous embrasse très fort.

Feeney apparut, sa casquette enfoncée sur ses cheveux gris-roux.

— Beau boulot, ma chère, déclara-t-il en la gratifiant d'une étreinte de flic – un coup de poing sur l'épaule.

— Merci.

— J'ai cru que le maire n'en finirait jamais, mais, l'un dans l'autre, c'est un sacré événement.

Peabody eut droit à une tape sur les fesses de la part de McNab. Connors apparut, et Eve craignit le pire. Il se contenta de lui prendre les mains et de la dévisager avec un respect infini.

— Félicitations, lieutenant. Cette médaille te va à merveille. Et bravo, Feeney, pour avoir fait d'elle un si bon flic.

Feeney s'empourpra, comme chaque fois qu'il était heureux ou embarrassé.

— Elle avait la matière première. Je n'ai eu qu'à la façonner ici ou là.

— Il ne s'en est pas privé, riposta Eve. Je crois qu'il…

Les mots moururent sur ses lèvres. Elle venait de le distinguer au loin. Ce beau visage, cette pâleur de détenu. Lunettes de soleil, cheveux blond foncé coiffés en arrière, costume gris à fines rayures et cravate bleu roi.

— Seigneur Dieu !

Elle se propulsa en avant, mais la foule les engloutit tous les deux. Une main sur la crosse de son arme, Eve se faufila entre flics et civils. Le bruit de la ville était assourdissant. Au-dessus de leurs têtes, un dirigeable publicitaire beuglait un *jingle* annonçant des soldes au centre commercial.

Connors réussit à la rattraper alors qu'elle s'était immobilisée sur le trottoir, le poing fermé.

— Qu'y a-t-il ?

— Je l'ai vu. Il était là.

— Qui ?

— McQueen. Isaac McQueen. Ce fils de pute. Il faut que j'aille prévenir le commandant.

— Je t'attends ici. Je présenterai tes excuses à Mavis et aux autres. Eve, ajouta-t-il en lui agrippant le bras. Dès que tu le pourras, je veux que tu me racontes tout.

Le commandant Whitney était encore en uniforme, comme Eve. Grand, imposant, il portait avec élégance le poids de sa charge. Il la jaugea de son regard sombre.

— Vous en êtes certaine ?

— Oui, commandant. Il voulait que je le voie, que je sache qu'il était capable de traverser un océan de flics devant le Central. Il cherche à humilier et à discréditer le département dans son ensemble et moi en particulier. Je dois rassembler une équipe de toute urgence et le retrouver.

— Il est déjà recherché par la police de New York et le FBI. Laissez-moi finir, ajouta-t-il en levant la main comme elle ouvrait la bouche. Je comprends que vous vouliez participer à cette chasse à l'homme. Je ne vous interdirai pas de vous servir de ce que vous savez au sujet de McQueen ni de vos ressources pour aider à son arrestation. Il vous veut autant que vous le voulez, et je le soupçonne d'avoir énormément pensé à vous durant toutes ces années.

— Je le connais mieux que personne, commandant. Je ne souhaite pas attendre qu'il tue quelqu'un pour que son cas devienne une priorité.

— Pensez-vous qu'il reprendra contact avec vous ?

— Oui.

— Nous aviserons à ce moment-là. En attendant, rassemblez tout ce que vous avez sur lui, effectuez vos calculs de probabilités. Je dois recevoir un rapport complet du directeur, de l'administrateur et du psychiatre de la prison, ainsi que des gardiens de son secteur d'ici demain matin. Je vous en transmettrai une copie.

— Il a un plan. Il prévoit toujours tout soigneusement. Il n'est pas sorti de Rikers par hasard. Je veux interroger ses codétenus et ses gardiens. J'ai besoin d'accéder à ses fichiers, sa liste de visiteurs, ses relevés téléphoniques.

— La prison mène une enquête interne.

— Commandant, il s'est évadé il y a presque vingt-quatre heures !

— J'en suis conscient, lieutenant. Je ne l'ai appris que ce matin.

Il marqua une pause, hocha la tête avec lenteur.

— On m'a promis un compte-rendu pour 9 heures. Soyez assurée qu'à 9 h 01, vous disposerez des mêmes documents que moi.

— Ils tergiversent. D'ici là, cette ordure aura peut-être enlevé une autre gamine. Voire plusieurs.

— Je sais, marmonna Whitney en s'asseyant. Quand bien même nous obtiendrions toutes les informations nécessaires, rien ne permet d'affirmer qu'elles nous mettront sur sa piste. Sa précédente arrestation a requis de gros moyens et un soupçon de chance, Dallas. Il va nous falloir les deux pour le remettre en cage.

Eve alla se changer, puis rassembla toute la documentation concernant l'affaire, mais elle avait un goût amer dans la bouche.

Connors l'attendait près de son véhicule dans le parking.

— Donne-moi ça, ordonna-t-il en lui prenant ses sacs des mains. Si tu m'avais dit que tu serais aussi chargée, je serais monté.

— J'ai plus de dossiers que je ne l'imaginais.

« Pas tout à fait vrai », songea-t-elle en lui laissant le volant. Elle avait d'autres archives sur Isaac McQueen à la maison.

— Pour commencer, je t'annonce que j'ai décliné une flopée d'invitations à boire un verre, dîner et/ou faire une mégabringue dans un établissement de ton choix.

Cette dernière proposition venait sûrement de Mavis.

— Désolée.

— Ne t'inquiète pas. Tout le monde comprend. Les parents de Peabody comptent rester un jour ou deux et espèrent te revoir avant de quitter la ville.

— Avec plaisir, murmura-t-elle en pianotant sur son genou.

— Comment s'est passé ton entretien avec Whitney ?

— Comme je m'y attendais. Je n'ai pas obtenu tout ce que je voulais.

— Si je me fie au poids de ces sacs, la nuit sera longue.

— Je n'aurai aucune information en provenance de la prison avant demain matin, 9 heures. Isaac McQueen est…

— J'ai lancé une recherche pendant que tu étais avec Whitney. Je connais l'essentiel. Vingt-six filles. Je veux tout entendre de ta bouche, Eve.

— Je te relaterai les faits, mais, avant, j'ai besoin de m'éclaircir les idées. J'aimerais être dehors à le traquer, mais ce serait une perte de temps et d'énergie, parce qu'il pourrait se trouver n'importe où. Je dois commencer par réfléchir et je n'y arriverai pas tant que je ne me serai pas défoulée physiquement. Je vais m'accorder une heure dans la salle de gym.

— Avec un droïde que tu peux aplatir ?

Elle esquissa un sourire.

— Je ne suis pas énervée à ce point.

— Prends ton temps. Nous discuterons ensuite.

Elle demeura silencieuse tandis qu'ils franchissaient le portail et remontaient l'allée menant à leur somptueuse demeure.

Ce palais, c'était Connors qui l'avait construit. Désormais, elle y vivait avec lui. Encore un bonheur qui lui coupait le souffle.

— À l'époque, je n'avais personne à qui me confier. Feeney ne m'avait pas encore prise sous son aile, je n'avais pas rencontré Mavis. Je n'éprouvais pas le désir d'en parler. Aujourd'hui, il me semble que si je garde tout pour moi, je vais devenir folle.

— Je suis là, lui rappela-t-il en s'emparant de sa main. Tu ne seras plus jamais seule, ajouta-t-il en portant ses doigts à ses lèvres. Va. Détends-toi. Je m'occupe de tes sacs.

Parce qu'il s'était renseigné sur McQueen, il savait qu'elle avait besoin de s'isoler et l'acceptait. Qu'avait-elle fait pour mériter un homme qui la comprenait si bien ? se demanda-t-elle en pénétrant dans la maison.

Cela dit, rien n'était jamais gratuit.

Summerset se dressait devant elle, tout de noir vêtu, le visage indéchiffrable, Galahad, le gros chat, à ses pieds.

— Incroyable mais vrai, vous êtes presque à l'heure et vous n'arborez pas la moindre tache de sang, commenta-t-il.

— La journée n'est pas finie. Figurez-vous que j'ai cru apercevoir un squelette ambulant, il y a deux heures. Avez-vous été obligé de descendre en ville vous réapprovisionner en yeux de triton ?

Il haussa les sourcils.

— J'ignore de quoi vous parlez. Je préfère faire mes courses dans le quartier.

— Alors, ce devait être un autre cadavre, bougonna-t-elle en passant devant lui pour gagner l'ascenseur.

Tout en songeant que le lieutenant avait une sacrée allure en uniforme sur les marches du Central, Summerset alla ouvrir la porte à Connors.

— Si je comprends bien, ton dîner de célébration est repoussé à plus tard.

— En effet. Un vieil adversaire a refait surface. C'est inquiétant, répondit Connors avant de grimper l'escalier, le chat sur ses talons.

Elle courut cinq kilomètres, sélectionnant le programme « urbain » qui simulait le bruit de ses pas sur la chaussée et le brouhaha de la circulation – routière et aérienne.

Après quoi, elle souleva des poids jusqu'à ce que ses muscles demandent grâce. Insatiable, elle prit une douche et décida d'aller plonger dans la piscine. Une douzaine de longueurs l'aideraient peut-être à effacer les dernières traces de frustration et de peur. Sans prendre la peine de se mettre en maillot, elle attrapa au vol une serviette. Elle avait dépassé l'heure prévue, mais elle ne se sentait pas encore tout à fait prête.

Lorsqu'elle pénétra dans la serre exotique qui entourait le bassin, elle le vit, assis à une table. Il avait troqué son costume pour un jean et un tee-shirt, prévu une bouteille de vin et deux verres – et il semblait s'amuser comme un gosse avec son mini-ordinateur.

Il l'attendait. N'était-ce pas en soi un miracle ? Cet homme extraordinaire était là pour elle, rien que pour elle.

Les cinq kilomètres de course à pied, la musculation avaient été superflus. Connors lui suffisait.

— Ah ! Te voilà ! fit-il. Tu te sens mieux ?

— J'ai pris plus de temps que prévu. Je me suis laissé entraîner.

— Aucune importance. J'avais du travail à terminer et j'en ai profité pour me baigner.

— Ah bon ? Je pensais que tu nagerais avec moi.

— Je pourrais, mais je préfère te regarder, surtout quand tu es toute nue.

— Espèce de pervers… Pourquoi ne pas te joindre à moi ? proposa-t-elle en le rejoignant. À moins que tu n'aies plus que la force de regarder.

Elle laissa tomber sa serviette.

— Vu sous cet angle…

Plutôt que de plonger directement dans l'eau, comme à son habitude, elle emprunta les marches du coin lagon. Elle commanda la mise en route des jets et d'un éclairage bleu et s'enfonça doucement dans l'eau.

— J'allais finir ma séance par des longueurs, expliqua-t-elle tandis que Connors se déshabillait. Mais je pense que tu saurais mieux me soulager.

— J'adore les défis, riposta-t-il en la rejoignant.

Elle renversa la tête en arrière, enfouit les doigts dans ses cheveux et attira son visage vers le sien.

— Prouve-le.

Elle avait envie de sexe pur et dur. Pas de tendresse, pas de caresses, que de l'abandon.

Comme toujours, il le sentit. Elle enfonça les dents dans la chair de son épaule pendant que ses mains, agiles et fermes, la transportaient en un lieu où il n'y avait plus de place pour les angoisses, les pensées négatives, la cruauté.

Ah ! Cette bouche qui la dévorait… Le premier orgasme la saisit tandis que Connors l'entraînait sous l'eau.

Haletante, aveugle, elle se laissa couler, noyer par les sensations. Comme il la remontait à la surface, elle poussa un cri sauvage. Elle noua les bras autour de son cou, se pressa contre lui, avide, vorace. Sa bouche, ses mains devinrent aussi actives que les siennes à lui, aussi exigeantes. L'anxiété qu'il avait décelée dans son regard s'était dissipée.

Pris au piège par son propre désir, il la plaqua contre la paroi, la saisit par les hanches et plongea en elle. Des gémissements étouffés s'échappaient de ses lèvres. Il aurait voulu les avaler, l'avaler, elle, à grandes goulées. L'eau bleutée clapotait autour d'eux, nimbant leur peau d'une teinte étrange.

— Encore. Encore, répéta-t-il.

« Oui, pensa-t-elle. Encore. » Se cramponnant au bord de la piscine, elle enroula les jambes autour de sa taille et se cambra, s'arc-bouta jusqu'à ce que ses cris retentissent à travers le jardin exotique. Jusqu'à en perdre haleine.

3

S'il lui laissait le loisir d'en décider, Eve choisirait sans doute de discuter devant un prétendu repas dans son bureau. Connors opta donc pour un dîner sur l'une des terrasses fleuries.

L'air était encore humide après l'orage matinal, et les flammes des bougies vacillaient dans l'obscurité.

— J'ai des recherches à effectuer, protesta-t-elle.

— Je n'en doute pas, et nous nous y attellerons dès que j'aurai appréhendé la situation et que tu te seras restaurée. Viande rouge, annonça-t-il en soulevant la cloche qui recouvrait son assiette.

Eve contempla le steak.

— C'est de la triche.

— Existe-t-il un autre moyen ? J'ai prévu un tonneau de sel pour tes frites.

Elle rit malgré elle.

— Salaud, plaisanta-t-elle en acceptant le verre qu'il venait de remplir. Tu connais toutes mes failles.

— Comme ma poche. Je parie que tu as loupé le déjeuner.

Elle s'assit, avala une gorgée de vin.

— J'ai passé la matinée à jour les gratte-papier en me disant qu'un cadavre me permettrait d'esquiver cette corvée. Méfions-nous de nos rêves, ils pourraient se réaliser. Le pire, c'est que c'est vrai.

Elle lui parla de Tray et de Julie, de l'administration de la prison qui avait tardé à signaler l'évasion de McQueen.

— Il cherche à attirer ton attention.

— Il a réussi. Il l'aura jusqu'à ce que je le remette en cage. On aurait dû le transférer dans un pénitencier hors-planète il y a six ans, quand Omega a ouvert ses portes. Mais…

Elle haussa les épaules, s'attaqua à son steak.

— Il n'a jamais été accusé des meurtres ? s'étonna Connors. Sa mère, les filles que l'on n'a pas retrouvées, les autres femmes ?

— Non. Manque de preuves, selon des procureurs davantage préoccupés par leur taux d'inculpations que par la justice.

— Cela t'a déçue, devina-t-il.

— Je débutais. J'étais persuadée que les présomptions concernant les quatre gamines disparues, la mère décédée, les compagnes étaient suffisantes. Malheureusement, ce n'était pas à moi d'en décider. Ce n'est pas mon boulot.

— Tu n'es pas remise de ta déception.

— Possible mais, depuis, j'ai acquis de l'expérience, et je suis devenue plus réaliste. Du reste, McQueen n'a jamais craqué. Feeney l'a cuisiné pendant des heures, des jours. J'avais le droit d'observer. Il m'a même invitée une fois dans la salle d'interrogatoire dans l'espoir que ma présence déstabiliserait McQueen. Mais je m'égare. Il vaudrait mieux que je commence par le commencement.

— Tu sortais tout juste de l'École de police.

— J'essaie de me remémorer ce temps-là, de me voir telle que j'étais. Je voulais tellement être flic. Un bon flic, solide. Gravir les échelons jusqu'au poste d'inspecteur. J'ai toujours visé la Criminelle. Je ne connaissais personne. La plupart de mes camarades de promotion se sont retrouvés dans différentes banlieues. J'ai eu

Manhattan et j'étais enchantée. C'était là que je voulais être.

— Je pense à la photo que tu m'as offerte pour Noël. Tu es à l'École, derrière ton bureau. À peine sortie de l'enfance, les cheveux longs.

— Quand j'ai eu mon diplôme, je les ai coupés.

— Tu avais déjà des yeux de flic.

— Je ne voyais pas tout. J'avais beaucoup à apprendre. Je travaillais dans le Lower West Side. Un petit commissariat. Le Central a fini par l'absorber il y a environ huit ans. Aujourd'hui, c'est un night-club. Le *Blue Line*. Bizarre.

Une pensée lui vint.

— Tu n'en serais pas le propriétaire, par hasard ?

— Non.

Elle inspira à fond, puis :

— Donc, je n'étais là que depuis quelques semaines, affectée aux tâches subalternes comme tous les bleus. Il faisait chaud. Il y a eu une agression qui a sérieusement dérapé. Un couple qui rendait visite à leur fille. Elle venait d'avoir un bébé. Ils retournaient chez elle après être sortis faire quelques courses pour le gosse. Un junkie en manque surgit devant eux, armé d'un couteau. Ils ne lui remettent pas assez vite ce qu'il demande et il flanque un coup de lame à la femme pour qu'ils pressent le mouvement. Une chose en entraîne une autre, l'homme reçoit un coup mortel. Bien que gravement blessée, la femme est consciente. Elle réussit à appeler au secours jusqu'à ce que quelqu'un s'arrête enfin. C'est un quartier tranquille et on est en plein jour. Sauf qu'il n'y a personne dans les parages. Pas de chance. L'enquête est confiée à Feeney.

— Ça, c'est une chance, en revanche, commenta Connors.

— Oui. Il était remarquable. L'informatique est son dada et il est le meilleur dans son domaine, mais c'était un sacré bon flic. Il n'a pas changé, sinon qu'il avait moins de cheveux gris et moins de rides. Mais même à cette époque, il semblait toujours avoir dormi avec ses vêtements. J'ai tout appris en l'observant. Comment analyser une scène de crime, les témoins... Je me suis dit : « Voilà ce que je veux être. » Pas uniquement flic de la Criminelle, mais, surtout, aussi efficace que lui. Je le revois sur le trottoir, devant le corps. Il visionnait la scène. Il s'en imprégnait. Tout était dans le ressenti. C'est difficile à expliquer.

— Et inutile, répliqua Connors, car lui aussi avait vu Eve devant des corps, visionnant la scène, s'en imprégnant, ressentant.

— Bref, le junkie s'est tiré et les dépositions des témoins étaient contradictoires. La victime survivante était inconsciente la plupart du temps, mais nous avions un scénario sur lequel nous baser. L'un des témoins ayant suggéré que le coupable vivait dans Murray Street ou connaissait quelqu'un qui y habitait, des uniformes ont dû quadriller le secteur. J'ai travaillé en binôme avec Boyd Fergus, un bon officier de proximité. Nous avons atterri au 258, Murray Street. Nous étions dans une impasse. Personne n'avait rien vu – logique puisque la plupart des gens étaient au boulot. En atteignant cet immeuble, Fergus a décidé qu'on allait se séparer et que, comme j'étais plus jeune et plus en forme, je devais démarrer par le deuxième étage pendant qu'il s'attaquait au rez-de-chaussée. On devait se retrouver au premier. Fatalité ou coup de chance, toujours est-il que je suis montée au deuxième.

Là, elle avait vu. Ressenti.

Le vieil édifice emprisonnait la chaleur comme une boîte en métal. S'y mêlaient des odeurs de ragoût de légumes à l'ail qu'un locataire préparait dans l'un des appartements. Provenant de différents logements, rock trash, informations, rires artificiels d'une sitcom et chants d'opéra résonnaient dans la cage d'escalier. Au-delà de ce fond sonore, elle avait perçu des grincements, des voix, une femme se plaignant du prix exorbitant du café de soja.

Elle était bien d'accord.

Elle s'était imprégnée de l'ensemble, machinalement, notant la taille et la forme du couloir, les issues, la fenêtre au bout du palier, les murs fendillés.

L'important était de prêter attention, d'enregistrer les détails pour comprendre où l'on se trouvait. Elle appréciait que Fergus lui ait fait confiance même si ce n'était qu'une procédure de routine.

Les procédures de routine étaient la base de tout, la structure. Certes, frapper aux portes, se présenter, interroger, puis recommencer encore et encore, était ennuyeux à la longue. Mais dès que l'ennui menaçait, elle se ressaisissait : elle était flic, elle faisait son boulot.

Pour la première fois de sa vie, elle avait une raison d'être.

Elle était l'officier Eve Dallas de la police de New York.

Désormais, elle avait un but précis. Si elle avait gravi les marches de ce bâtiment suffocant et bruyant, c'était pour Trevor et Paula Garson.

Deux heures auparavant, Trevor était en vie et Paula, en pleine santé. À présent, lui était mort et elle luttait pour vivre.

Peut-être, *peut-être* qu'un de ces interrogatoires lui fournirait une information sur le salaud qui avait volé une vie, brisé toutes celles qui y étaient reliées.

Elle avait frappé, s'était présentée, elle avait questionné puis recommencé.

La femme qui lui avait ouvert était en pyjama et avait les yeux rougis.

— J'ai un rhume, avait-elle expliqué. J'essaie de m'en débarrasser en dormant.

— Vous avez passé toute la journée chez vous ?

— Oui. C'est à quel sujet ?

— Deux personnes ont été agressées dans le quartier il y a environ deux heures. Avez-vous vu ou entendu quoi que ce soit d'anormal ?

— Possible. J'ai le cerveau en compote et les oreilles bouchées, mais il m'a semblé entendre des cris. Je me suis dit que c'était mon imagination ou qu'un voisin avait monté le volume de sa vidéo, mais j'ai tout de même jeté un coup d'œil par la fenêtre. J'ai vu quelqu'un courir, mais je ne m'en suis pas inquiétée et je suis retournée me coucher. Mon Dieu ! Il y a des blessés ? Nous sommes pourtant dans un quartier paisible.

— Oui, madame, il y a des blessés. Pouvez-vous me décrire l'individu que vous avez aperçu ?

— Bof, je ne l'ai pas vraiment regardé. J'étais là, avait-elle enchaîné en indiquant une fenêtre. Je m'étais levée pour boire et je pensais m'allonger sur le canapé.

— Vous permettez que j'entre ?

— Pas de problème, mais tenez-vous à distance. Je suis probablement contagieuse. Franchement, j'étais dans les vapes à cause de tous les médicaments que j'ingurgite, mais j'ai bien vu quelqu'un courir. Dans cette direction.

Elle avait pointé le doigt vers l'ouest.

— C'était un homme. Cheveux longs… euh… châtains, je crois. Il me semble qu'il a jeté un regard par-dessus son épaule. Il avait une barbiche.

— Taille, poids, couleur de peau ?

— Euh… il était blanc. En tout cas, il n'était pas noir. Plutôt maigre. Un short ! Il portait un short. Les genoux noueux. Et il avait des sacs de courses. Je m'en souviens parce que j'ai trouvé qu'il paraissait drôlement pressé de rentrer chez lui avec son butin. Merde ! C'était celui d'un autre ?

— Aviez-vous déjà vu cet individu ?

— Je ne crois pas. En général, la journée, je suis au boulot. J'ai emménagé il y a environ deux mois, je ne connais pas grand monde.

Eve avait noté le nom et les coordonnées de la jeune femme. Après l'avoir remerciée, elle avait quitté l'appartement avec l'intention de mettre Fergus au courant de la situation.

Elle s'était figée. Devant le 303 se tenait un homme. Il avait posé ses deux sacs de courses – au logo du supermarché local – pour décoder son système de sécurité, nettement plus élaboré que ceux de ses voisins. Tout en s'approchant de lui, elle avait enregistré sa taille, son poids, les vêtements qu'il portait.

— Excusez-moi, monsieur.

Il avait ouvert la porte et se penchait pour ramasser ses sacs. Il s'était redressé lentement et tourné vers Eve.

— Que puis-je pour vous ?

— Êtes-vous résident de cet immeuble ?

— Je le suis, oui. Isaac McQueen, avait-il ajouté avec un sourire charmeur.

— Vous arrivez de votre travail, monsieur McQueen ?

— À vrai dire, j'étais sorti faire quelques courses.

— Étiez-vous chez vous il y a environ deux heures ?

— Bien sûr. Pourquoi ?

Quelque chose clochait, mais quoi ?

— Il y a eu une agression.

Il avait affiché une expression de détresse, un peu comme s'il glissait un masque sur son visage.

— Ah, c'est donc cela ? J'ai vu des policiers en allant au supermarché.

— Avez-vous vu ou entendu quelque chose ?

— Je n'en ai pas souvenir. Il faut vraiment que je range mes provisions.

Décidément, ce type était… bizarre.

— J'ai quelques questions de routine à vous poser. Puis-je entrer ?

— Je ne vois pas en quoi je peux vous aider, officier…

— Dallas. Ce ne sera pas long, et cela vous épargnera une autre visite afin que je puisse compléter mon rapport.

— Entendu. Je suis tout prêt à aider les hommes – et les femmes – en bleu.

Elle lui avait emboîté le pas.

Bel espace, joliment meublé. Nombreuses fenêtres, tous stores baissés. Une porte sur la gauche munie de verrous.

Oh, oui, ça sentait mauvais !

— Je vais mettre les fruits et les légumes au frais, annonça-t-il.

— Allez-y. Bel endroit, monsieur McQueen.

— Je m'y plais, avait-il marmonné en emportant ses sacs dans la cuisine.

— Vous vivez seul ?

— Pour le moment, oui.

— Vous avez un emploi ?

— En quoi cela vous concerne-t-il ?

— Je vous le répète, ce sont des questions de routine pour mon rapport.

— Télétravail, en free-lance.

— À domicile, donc.

— Essentiellement.

— Dans un environnement calme et confortable, avait-elle commenté.

« Calme, contrairement aux autres appartements. » Pour quelle raison avait-il insonorisé le sien ? En quel honneur l'une des pièces était-elle verrouillée de l'extérieur ?

— Étiez-vous en train de travailler il y a deux heures, quand l'incident s'est produit ?

— Oui, ce qui explique que je n'ai rien vu et rien entendu.

— C'est dommage car la fenêtre derrière vous donne directement sur la scène du crime... C'est votre bureau ? avait-elle poursuivi en jetant un coup d'œil vers la gauche.

— Oui.

— Cela ne vous ennuie pas que j'y jette un coup d'œil ?

— Je crains que si. Mes activités sont sensibles et confidentielles.

— D'où tous ces verrous extérieurs.

— Mieux vaut prévenir que guérir. À présent, si vous n'avez plus de...

— Vous m'avez dit que vous viviez seul.

— Exact.

— C'est beaucoup de nourriture pour une personne seule.

— Vous trouvez ? Cela dit, vous êtes très mince, n'est-ce pas, officier Dallas ? À moins que vous ne me croyiez coupable d'une agression sur un couple à deux pas de chez moi, j'aimerais pouvoir ranger mes victuailles et me remettre au boulot.

— Je n'ai pas parlé d'un couple.

Le visage de McQueen s'était fendu d'un large sourire.

— Je vous escorte jusqu'à la sortie.

Comme il contournait le comptoir et se dirigeait vers elle, elle avait posé la main sur la crosse de son arme.

— Monsieur McQueen, j'ai du mal à comprendre pourquoi vous n'avez pas signalé un crime ou au moins appelé les secours alors qu'une femme hurlait dehors.

— Je le répète : je n'ai rien vu. Et dans l'hypothèse où j'aurais vu quelque chose, certains d'entre nous préfèrent ne pas s'impliquer. Je vous prie de...

— Ne me touchez pas, monsieur.

Il avait levé la main en un geste d'apaisement.

— Quant à moi, je ne tiens pas à devoir dénoncer ce harcèlement auprès de vos supérieurs.

— J'appelle mon collègue au rez-de-chaussée. Il montera et vous pourrez nous dénoncer tous les deux...

Fergus lui botterait sans doute les fesses mais, nom de nom, il se passait quelque chose de louche ici !

— Et nous expliquer ce que vous cachez derrière cette porte, avait-elle achevé.

— À votre guise, avait-il rétorqué, mi-agacé, mi-amusé.

Son poing avait jailli, vite et fort. Elle s'était écartée, mais il avait rebondi sur sa pommette et une explosion de douleur l'avait assaillie. Son mouvement de recul avait permis à McQueen de faire valser le pistolet paralysant qu'elle venait de pointer sur lui.

Elle avait pivoté, la main droite engourdie, la figure en feu, pour riposter d'un mouvement de jambe circulaire, suivi d'un revers du poing. Elle aurait volontiers appelé des renforts via son communicateur, mais elle avait aperçu l'éclair d'une lame.

La gorge nouée, elle avait eu du mal à esquiver le premier coup.

— Criez si vous voulez, avait-il raillé.

Il souriait, mais elle avait décelé – et reconnu – le monstre qui se cachait derrière.

— Personne ne vous entendra. Quant à vos appareils électroniques, ils ne fonctionneront pas. J'ai activé les brouilleurs. Vous auriez dû m'écouter, officier Dallas. Je vous ai laissé une chance de vous échapper.

Bloquant son coup de pied, il lui avait entaillé l'épaule avec la pointe de son couteau.

Il était plus lourd qu'elle, mieux placé et armé. Apparemment, il était bien entraîné au combat.

Fergus tenterait de la joindre. N'y parvenant pas, il viendrait à son secours.

Mais elle ne pouvait pas dépendre de lui. Elle ne pouvait compter que sur elle-même.

— Vous vouliez voir mon bureau. Je vous le montrerai quand nous en aurons terminé. Vous verrez où vont les petites vilaines.

Elle s'était emparée d'une lampe et la lui avait jetée au visage. Pitoyable, mais au moins elle avait réussi à augmenter la distance entre eux.

Cette fois, quand il avait tenté de lui porter un autre coup, elle avait plongé les poings dans ses testicules et la tête dans son ventre. La pointe de la lame l'avait accrochée, mais elle avait contre-attaqué par un uppercut et un coup de genou dans son entrejambe déjà meurtri. Elle avait voulu le plaquer au sol, mais il l'avait envoyée valdinguer à l'autre bout de la pièce.

— Vous m'avez fait *mal* ! avait-il braillé, écarlate de rage. Espèce de salope, vous allez me le payer.

Ses oreilles bourdonnaient. Sa vision se brouillait. Pas question de mourir comme ça. Elle voulait ses galons d'inspecteur.

Elle avait réussi à se relever tant bien que mal, avait titubé derrière un fauteuil. Il fallait qu'elle reprenne son souffle. Elle était blessée, mais elle ne devait pas y penser. Si elle ne se défendait pas, il l'achèverait.

— Je suis flic, avait-elle déclaré, un goût de sang dans la bouche. Dallas, officier Eve. Vous êtes en état d'arrestation. Vous avez le droit de garder le silence.

Il avait ri, ri, ri encore, la lèvre ensanglantée. Balançant son couteau d'une main dans l'autre, il s'était avancé vers elle.

— Quelle fougue ! Je vais vous maintenir en vie un long, long moment.

L'espace d'un éclair, elle l'avait vu en double. Souffrait-elle d'une commotion cérébrale ? « Plus près, s'était-elle dit. Laisse-le se rapprocher. Laisse-le croire que tu es à bout. »

C'est alors qu'elle avait poussé le fauteuil dans ses jambes, de toutes ses forces, avant de plonger à terre. Elle avait roulé sur le sol, s'était relevée avec son pistolet à la main. Tandis qu'il bondissait vers elle, elle avait tiré. Une fois. Deux fois.

— À terre, salopard !

Et une troisième fois.

Son couteau lui avait échappé, il s'était effondré, le corps secoué de spasmes, et Eve s'était entendue crier :

— Salopard ! Salopard ! Salopard !

Elle s'était redressée. Elle avait du mal à respirer.

L'entraînement, la routine. « Repousse son arme. Sors tes menottes. Sécurise le prisonnier. »

Elle était percluse de douleurs, le cœur au bord des lèvres.

Elle ne saurait jamais pourquoi elle l'avait fait. Des années plus tard, elle se demandait encore ce qui l'y avait poussée. Fouillant dans les poches de McQueen, elle avait trouvé la clé.

Elle avait titubé jusqu'à la pièce verrouillée tout en se rappelant les règles : « Fiche le camp, contacte Fergus, appelle des renforts. Tu as besoin de soins. »

Au lieu de quoi, elle avait utilisé la clé et, après trois essais, réussi à décoder la serrure.

Et elle avait ouvert la porte de l'enfer.

— Elles étaient si nombreuses. Des gamines, chevilles et poignets enchaînés, nues, couvertes d'hématomes, de sang séché et de Dieu sait quoi d'autre. Elles se pressaient les unes contre les autres. Tous ces regards rivés sur moi… L'odeur, les bruits… je ne peux pas te les décrire.

Elle ignorait si c'était elle qui avait pris la main de Connors ou le contraire, mais ce contact lui permettait de s'ancrer dans le présent, de prendre du recul par rapport à l'horreur.

— Il leur avait fourni deux toilettes chimiques, des vieilles couvertures. Des caméras fixées dans les angles lui permettaient de les surveiller. Sur le moment, je ne les ai pas remarquées. Je ne voyais que les gamines, leurs yeux. Je les vois encore.

— Fais une pause, murmura Connors.

Eve secoua la tête avec vigueur.

— Tout d'un seul coup, c'est mieux. Pendant une minute, je me suis retrouvée ailleurs. J'avais refoulé si profondément les souvenirs de mon père, dans cette chambre à Dallas. Je croyais avoir oublié. Mais là, devant ces filles, j'ai fait un bond dans le passé. Les néons rouges qui clignotaient derrière la vitre. Le froid. Tout ce sang. Je me suis figée. J'avais de nouveau huit ans. J'ai senti que je m'affaissais, que je glissais à terre, que je retournais en un lieu que je ne reconnaissais pas totalement. Mais l'une des filles s'est mise à crier : « Aidez-nous ! Faites quelque chose ! Espèce de conne, faites quelque chose ! » Elle s'appelait Bree Jones. Sa jumelle, Melinda, et elle étaient les dernières arrivées. Il les avait enlevées une semaine auparavant. Une semaine de martyre. Certaines d'entre elles subissaient ce sort depuis des années.

— Comme toi autrefois.

Eve ferma brièvement les yeux et se concentra sur la main de Connors, chaude et ferme, qui enserrait la sienne.

— Elle hurlait, tirait sur ses chaînes et, soudain, je suis revenue au présent. *Aidez-nous !* Ma mission, c'était de les aider, pas de rester là, paralysée, tremblante, effarée. Les autres ont commencé à hurler, à sangloter. Des sons inhumains. Je suis entrée. J'étais paumée. Je n'avais pas les clés des chaînes. Je devais à tout prix les trouver.

Elle se frotta le visage.

— La procédure, la routine. Je me suis appuyée dessus. Je leur ai expliqué que j'étais de la police. Je leur ai décliné mon nom et mon grade, je leur ai dit qu'elles n'avaient plus rien à craindre. Quand je leur ai annoncé que je devais aller chercher de l'aide, elles sont devenues folles. « Ne nous laissez pas ! » Elles me suppliaient, m'injuriaient, elles rugissaient comme des bêtes sauvages. Mais je n'avais pas le choix. Je devais prévenir Fergus, rameuter d'autres flics, alerter les secours. La procédure, la routine. Tout est là. Je suis sortie. McQueen reprenait conscience. Je l'ai assommé d'un quatrième choc. Sans le moindre état d'âme. Dans le couloir, j'ai appelé Fergus avec mon communicateur. Je lui ai demandé des renforts et des médecins. En nombre. Victimes multiples, appartement 303. Il ne m'a posé aucune question. Il a transmis mes requêtes tout en me rejoignant. Je l'ai entendu monter l'escalier au pas de course alors que je regagnais la pièce. Je l'ai entendu s'exclamer : « Jésus Marie, Mère de Dieu ! » Comme une prière. Ensuite, j'ai quelques trous.

Elle reprit son souffle, but une gorgée de vin.

— Nous avons déniché les clés, des draps et des couvertures pour couvrir les gamines. Fergus était si calme – comme un bon père. Rassurant. Puis ce fut de nouveau la procédure. L'arrivée des renforts, des secours, l'obtention des identités des victimes, les questions. Feeney.

Elle contempla le parc joliment éclairé, huma les fragrances de fleurs dont elle ignorait les noms.

— Feeney s'est assis près de moi pendant que l'infirmier soignait mes blessures. Dans ce chaos plus ou moins organisé, il a pris la peine de s'asseoir et de me dévisager. Tu connais ce regard.

— En effet.

— « Eh bien, ma petite, aujourd'hui, tu as épinglé un monstre et sauvé quelques vies, m'a-t-il dit. Pas mal, pour une débutante. » Je n'étais pas dans mon état normal. On m'avait donné une dose de calmants avant que je puisse refuser. Alors j'ai rétorqué : « N'importe quoi, lieutenant. C'est pas mal pour n'importe quel flic. » Il a acquiescé, puis m'a demandé combien elles étaient. Vingt-deux. Je ne me rappelais pas les avoir comptées.

Prenant soudain conscience que ses joues étaient humides de larmes, elle les essuya.

— J'ai refusé d'aller à l'hôpital. Étonnant, non ? Il a enregistré mon rapport oral sur place, dans l'appartement de McQueen. Deux jours plus tard, j'étais promue coéquipière de Feeney. Le Central, la Criminelle. D'une certaine façon, grâce à McQueen, j'ai eu tout ce que je voulais.

— Tu te trompes. Tu ne dois ta réussite qu'à toi-même. Tu as décelé en lui ce que les autres n'avaient jamais remarqué et n'auraient peut-être pas remarqué avant longtemps.

— J'ai vu mon père. J'ai vu Richard Troy. Je ne le savais pas, mais c'est lui que j'ai vu en McQueen.

— Tu as sauvé vingt-deux jeunes filles.

— La trêve aura duré douze ans. À présent, la donne a changé. Il est de nouveau en chasse, Connors… Il a sûrement un logement. S'il n'a pas déjà une partenaire, il ne tardera pas à en trouver une. Il aura un moyen de transport, probablement une fourgonnette foncée. Il s'est échappé de l'infirmerie, il s'est donc muni de drogues – somnifères, neuroleptiques. Il modifiera légèrement son apparence. Quand je l'ai aperçu aujourd'hui, il avait les cheveux plus clairs qu'autrefois. Il est trop vaniteux pour se métamorphoser complètement, mais il procédera à quelques changements subtils. Il s'habillera bien, dans l'air du temps mais rien de surfait. Il aura une apparence rassurante, attirante. Il est sûrement pressé de recommencer. Julie lui a permis de se défouler, mais elle ne correspond pas à ce qu'il recherche. Il sera à l'affût d'une gamine de douze ou treize ans, ou d'une ado de quatorze, quinze ans qui paraît plus jeune. Si elle est avec des amis ou des membres de sa famille, il se débrouillera pour l'attirer à l'écart. Il l'entraînera jusque dans la camionnette ou lui donnera juste la dose de tranquillisant qu'il faut pour la rendre malléable.

Connors comprit qu'Eve avait besoin de travailler. D'éplucher des données, de faire appel à la logique pour refouler l'émotion.

— Comment ? Comment peut-il financer tout cela ? s'enquit-il.

— Si cela s'avère commode ou nécessaire, il volera. Comme pickpocket, il est aussi doué que toi.

— Je t'en prie !

— Bon, peut-être un peu moins, mais je me fie uniquement aux rapports et au passé. Nous avons supposé qu'il planquait des fonds quelque part. À en juger par les vêtements, les appareils électroniques, la qualité des provisions et du vin chez lui, il avait forcément de l'argent. Plus que ce que nous avons trouvé. Il a longtemps vécu – et bien – de ses talents de fraudeur. La DDE n'a jamais déterré un autre compte que celui qu'il avait pris à son nom et sur lequel il avait environ deux mille dollars. Mais nous pensions qu'il dissimulait du fric dans un coin, comme il avait appris à le faire depuis l'enfance.

— S'il est intelligent, il aura prévu plusieurs cachettes. Il n'est jamais prudent de mettre tous ses œufs dans le même panier.

— Tu en sais quelque chose. S'il avait de l'argent à New York, il l'a probablement déjà récupéré. Cependant…

— Cependant… ?

— Des liasses de billets ici et là, pourquoi pas ? Des liquidités, histoire de tenir. Mais il est malin, avide, il aime les beaux vêtements, les bons vins. Il s'y connaît en informatique.

— Tu penses qu'il a un ou plusieurs comptes secrets. Des investissements, de l'argent qui travaille.

— Exactement. Autre priorité : la partenaire. Il a besoin d'attention, de soutien, de quelqu'un qui puisse le protéger.

— La liste des visiteurs, le relevé de ses communications. Elle doit y figurer, non ?

— Forcément. Il s'est peut-être évadé sur un coup de tête ou en profitant d'une occasion, mais s'il n'avait pas échafaudé un plan au préalable, il aurait fait profil bas en attendant.

Eve se tut un instant pour réfléchir.

— Ils sont à l'affût d'un individu qui fuit, se terre, reprit-elle, les idées plus claires, à présent. C'est une erreur. Il a délibérément sollicité l'attention, preuve qu'il se sent en confiance. Il n'est pas en fuite. L'avis de recherche ne donnera rien, sauf coup de chance inouïe. Il a séquestré sa première victime new-yorkaise dans cette chambre pendant trois ans. Elle était solide. Il vivait dans un quartier tranquille, au deuxième étage d'un immeuble respectable. Il a réussi à y amener ses proies et à en sortir les corps de celles qui n'avaient pas survécu au nez et à la barbe de tous ses voisins. Il ne sera pas facile à coincer.

— Sans remettre en cause ton jugement, permets-moi d'ajouter que, cette fois, il s'agit d'autre chose que de nourrir un besoin, de collectionner des jeunes filles. C'est à toi qu'il en veut. La vengeance est pour lui une distraction qui comporte des risques nouveaux.

— En effet, convint Eve. Le fait qu'il ait changé son mode opératoire complique davantage la situation pour lui que pour nous. Cela dit, il a eu douze ans pour réfléchir, organiser, affiner les détails. À moi de le rattraper.

— Dans ce cas, on devrait s'y mettre, déclara Connors en se levant. Ce n'est pas la chance qui t'a permis de l'arrêter autrefois. Déjà, tu étais plus futée que lui. Il avait la force, l'avantage, mais tu n'as pas perdu la tête. Et tu as continué à te perfectionner dans ton métier. Si lui a eu le temps de planifier, toi, tu en as profité pour aiguiser ton instinct, parfaire ton expérience. Sans oublier que tu as aujourd'hui un atout que tu n'avais pas à l'époque.

— Toi.

— Tu vois à quel point tu es intelligente ?

Il déposa un baiser sur son front.

— C'est avec plaisir que je mets à ta disposition mes ressources considérables, reprit-il, sans mentionner des capacités…

— Tu viens de les mentionner.

— Dont acte. Je m'en servirai volontiers pour t'aider à l'enfermer de nouveau, cette fois définitivement. Je peux commencer par accéder à sa liste de visiteurs et aux relevés de ses communications depuis la prison.

Elle ouvrit la bouche, prête à refuser. Ce ne serait pas la première fois qu'elle enfreindrait les règles, mais cela ne la mettait jamais très à l'aise.

— D'accord, dit-elle. Après tout, ils n'avaient qu'à nous rendre leur rapport aujourd'hui. J'ai besoin de savoir à qui il a parlé, qui il a vu. Quelques heures d'avance nous permettront peut-être de sauver une jeune fille.

Ils gagnèrent le bureau de Connors, où se trouvait son matériel clandestin, à l'abri du regard vigilant de CompuGuard. Il se dirigea vers sa console en forme de U, posa la paume sur l'écran tactile.

— Ici Connors. Mise en marche.

Mille et un boutons lumineux se mirent à clignoter. Aucune des informations obtenues via cet ordinateur surpuissant ne pourrait figurer dans les rapports d'Eve, pas tant qu'elle ne les aurait pas reçues par les canaux officiels. Toutefois…

C'était l'une de ses zones d'ombre. Connors en avait plus qu'elle, ses limites étaient plus flexibles. Mais en repensant à toutes ces gamines, tous ces regards, elle oublia ses états d'âme.

Elle s'installa devant la machine auxiliaire, afficha ses dossiers. Plus tard, elle mettrait sur pied un tableau de meurtre, car elle travaillait mieux à l'aide de visuels. Pour l'heure, elle voulait se rafraîchir la mémoire.

Elle se plongea dans les documents, photographies, fichiers, comptes-rendus psychiatriques, minutes des procès et ne refit surface que lorsque Connors posa une tasse de café près d'elle.

— L'infirmier qu'il a tué hier avait une femme et une gosse de deux ans, annonça-t-il.

Elle opina.

— Tu penses que j'éprouve le besoin de justifier ce que je suis en train de faire ou ce que je te laisse faire. Ce sera peut-être le cas un de ces jours. Pour l'instant, cela ne me pose aucun problème. Au diable, le règlement.

Elle leva les yeux vers lui. Il s'était attaché les cheveux en catogan – comme toujours lorsqu'il travaillait.

— Tant mieux. Bien… j'ai le registre des visiteurs et le relevé de toutes ses communications approuvées. J'imagine que tu le soupçonnes d'avoir contacté quelqu'un à l'extérieur par des moyens interdits. Je vais creuser la question.

Il s'appuya sur la console, but une gorgée de son propre café.

— J'ai programmé une recherche sur les phrases clés, les répétitions. Jusqu'ici, tous ses mails se sont révélés anodins. Réponses à des messages de reporters, d'écrivains, d'un groupe de défense des détenus. Ils sont très peu nombreux pour une période de douze ans, ce qui me fait pencher pour la théorie du louvoiement.

Eve réfléchit.

— Il a des connaissances informatiques. Il n'aura commis aucune erreur de ce côté-là et aura fait très attention à ce qu'il mettait sur le disque dur. Nous avons analysé tous ses appareils électroniques, autrefois. En vain. Il est prudent. S'il s'est choisi une partenaire, il l'a connue par le biais des visites. Un contact en face à face. Grâce aux actions des groupes de défense des détenus, les visites ne sont plus surveillées. J'opterais pour une femme entre quarante et... cinquante ou soixante ans. Jolie, souffrant d'une addiction ou d'une vulnérabilité exploitable.

— Pratiquement toutes les personnes qui sont allées le voir étaient de sexe féminin. J'ai transmis les données sur ta machine.

Eve s'empressa d'ouvrir le dossier. Sur vingt-six visiteurs, dix-huit étaient des femmes, et la plupart étaient revenues à plusieurs reprises.

— Les journalistes, je comprends – cette histoire sordide pourrait donner lieu à un bouquin ou à un film. Il doit les bercer de fausses espérances pendant un temps, les inciter à revenir, à le divertir. Sans rien leur dire. Mais les autres ? Qu'ont-elles à gagner ? Je ne... Seigneur ! Melinda Jones.

— Oui.

— Août 2055. Il y a environ cinq ans. Elle ne s'est présentée qu'une fois. Il faut que tu me renseignes sur elle.

— Je t'ai devancée. Elle est psychologue, rattachée à la police de Dallas où sa sœur vient de passer inspecteur. Elles partagent un appartement, à quelques kilomètres seulement de la demeure de leurs parents, où elles ont grandi. Elle est célibataire et clean.

— Donc, elle devait avoir dix-neuf ans quand elle l'a rencontré, calcula Eve.

— Elle voulait sans doute affronter son bourreau.

— Possible. Probable. Il faut que je la contacte. Elle ne correspond plus à ce qu'il recherche. Trop vieille pour satisfaire ses fantasmes, trop jeune pour devenir sa partenaire. L'une est psy, l'autre est flic. Elles s'en sont bien sorties après ce qui leur est arrivé. J'en suis heureuse.

Elle déroula la liste.

— Voyons un peu quelles sont les récidivistes. Visites multiples mais pas trop. Pas la peine d'attirer l'attention... Ordinateur, séparer les noms des sujets qui comptent entre six et douze visites... Commençons par là.

— J'en prends quatre, proposa Connors.

Ils demandèrent leurs biographies et leurs photos.

— Ordinateur, éliminer les sujets trois, cinq et huit. Trop d'arrestations, expliqua-t-elle à Connors. Il ne peut pas travailler avec une incapable au risque de se faire prendre. La deux étant décédée, nous pouvons aussi la supprimer. Il n'en reste plus que quatre.

Eve se leva et se mit à arpenter la pièce.

— La première, Deb Bracken, est domiciliée à New York. On ira la voir. Les trois autres sont dispersées entre Miami, Baltimore et Bâton Rouge. Si Bracken ne donne rien, on s'adressera aux autorités locales pour les autres. Celle-ci, la sept, m'intrigue.

— Sœur Suzan Devon, lut Connors. Toxicomane en rémission. Deux arrestations pour possession de produits illicites et une pour racolage sans licence.

— Oui, mais c'était dans sa jeunesse dépravée. Depuis ses trente ans, RAS. L'âge correspond. La cinquantaine, pas trop moche. Membre de l'Église de la rédemption, basée à Bâton Rouge. Se dit conseillère spirituelle pour justifier ses visites. N'importe quoi.

— Elle n'y est pas retournée depuis plus d'un an.

— Aucune importance s'il avait déjà réussi à mettre son plan sur pied et à la joindre en douce. Elle me paraît louche, je vais me pencher sur son cas ainsi que sur celui de la numéro six. Résumons : Bracken parce qu'elle est à New York, Devon et Verner parce qu'elles titillent ma curiosité et enfin la quatrième, Rinaldi, parce qu'elle n'a pas été éliminée au départ.

Eve se tourna vers Connors.

— Si l'on parvient à établir une corrélation entre leur emplacement géographique et les mails que tu as exhumés, peut-on identifier leurs communications spécifiques ? Le système de contact qu'elles ont utilisé ?

— Nous, je ne sais pas. Moi, oui.

— Prétentieux.

— Je vais poser mes fesses de prétentieux sur un siège et te faire ça tout de suite, ma chérie. Quant à toi, tu peux aller me chercher un cookie.

— Un cookie ?

— Oui. J'aimerais un cookie et une autre tasse de café.

— Pfft !

Comme il posait ses fesses de prétentieux sur un siège, elle décida de s'offrir un cookie, elle aussi.

4

Quand Eve pénétra dans le bureau de Whitney le lendemain matin, elle avait déjà prévu sa stratégie. Elle connaissait les données, les hypothèses et les quelques individus qui méritaient qu'on leur remonte les bretelles.

Tout dépendait de la manière dont elle présenterait les choses.

La réunion avec les agents fédéraux, le directeur de la prison, les avocats et les membres de la brigade de Recherche des fugitifs pouvait tourner en séance de blabla et de poignées de main ou en concours d'insultes.

Personnellement, Eve n'avait rien contre les concours d'insultes, mais là, le temps pressait.

Elle arriva donc préparée à jouer un jeu qu'elle comptait bien gagner.

— Lieutenant Dallas.

Whitney demeura assis et la présenta aux agents du FBI. Eve étudia la brune voluptueuse, l'agent spécial Elva Nikos, et son partenaire, Scott Laurence, au gabarit de boxeur.

Pourvu que ces deux-là ne soient pas des connards.

— Le lieutenant Tusso dirige l'équipe de Recherche des fugitifs, expliqua le commandant. Nous attendons les représentants de la prison.

— Dans l'intervalle, proposa Nikos, j'aimerais vous répéter ce que l'agent Laurence et moi-même avons dit au commandant Whitney et au lieutenant Tusso. Nous ne sommes pas ici pour vous écarter ou vous marcher sur les pieds. Nous comprenons que la police de New York a appréhendé le sujet et étayé le dossier pour son inculpation, et que vous, lieutenant Dallas, avez tout particulièrement intérêt à localiser Isaac McQueen.

— Dans ce cas, permettez-moi de vous répondre que je me fiche éperdument de qui découvrira McQueen et le remettra au trou, déclara Eve. Votre partenaire et vous, le lieutenant Tusso et son équipe, mes hommes et moi – ou toute autre combinaison qui en découle. Et si c'est une petite grand-mère munie d'une bombe de gaz poivre et d'un bon crochet du droit, tant mieux !

— Je vous remercie, lieutenant. Il va de soi que nous partagerons avec vous toutes nos découvertes.

— Idem. Voulez-vous que j'attaque dès maintenant ou préférez-vous patienter jusqu'à l'arrivée des représentants de la prison, commandant ?

Whitney la scruta un instant, puis :

— Vous avez du nouveau, lieutenant ?

— Je pense avoir... identifié plusieurs pistes, commandant.

D'un signe de tête, il lui indiqua de poursuivre.

— J'ai examiné les fiches des gardiens et autres membres du personnel le plus souvent en contact avec McQueen, en respectant la procédure dans la mesure où tous peuvent être et sont considérés comme des suspects. Suite à une série de recherches standard et des calculs de probabilités, je souhaite convoquer Kyle Lovett, un gardien affecté au bloc de McQueen, et Randall Stibble, un thérapeute non professionnel.

— Qu'avez-vous sur eux ? s'enquit Nikos.

— Je pars du principe que vous n'avez pas besoin de voir mon travail, rétorqua Eve d'un ton sec. Lovett, un joueur invétéré, a déjà suivi deux programmes de réhabilitation. Depuis que sa femme l'a quitté, il y a dix-huit mois, je suis prête à parier qu'il est partant pour un troisième round. McQueen a une prédilection pour les personnes qui souffrent d'addictions.

Elle avait d'autres renseignements, mais ceux-là avaient été obtenus par des voies un peu trop obscures.

— Stibble conseille les drogués et les alcooliques sur la base de son expérience personnelle, continua-t-elle. Il a enchaîné les cures de désintoxication depuis l'âge de seize ans, il a purgé des peines pour délinquance juvénile puis, plus tard, pour des faits relatifs à des produits illicites. McQueen ne prend pas de stupéfiants, il boit du vin – de qualité – avec modération. Pourtant, il a assisté régulièrement aux réunions de Stibble. Or, il ne gaspille jamais son temps et n'entreprend rien sans un but précis.

— Vous soupçonnez l'un ou les deux d'avoir aidé McQueen à s'échapper ? demanda le lieutenant Tusso.

— Je pense que l'un ou les deux sont allés encore plus loin. McQueen travaille avec une partenaire jusqu'à ce qu'elle le lasse, commette une erreur ou ne lui soit plus utile. Il avait besoin de quelqu'un à l'extérieur. Une messagère, en quelque sorte... Il en a sans doute eu plus d'une au cours des douze dernières années. Nous allons constater que sa liste de visiteurs penche sérieusement en faveur du sexe féminin. On établit un lien avec quelqu'un à la prison – Lovett ou Stibble, selon moi – et on a un indice sur la partenaire. Une femme vulnérable, vraisemblablement une arnaqueuse. Séduisante, entre quarante-cinq et soixante ans.

Eve se lança dans la phase la plus délicate.

— J'ai une liste de noms de femmes qui correspondent au profil et ont eu des contacts avec Stibble ou Lovett. Avec un peu de chance, on pourrait en retrouver une sur la liste des visiteurs.

— C'est une tâche considérable pour un délai très court, protesta Nikos.

Eve lui jeta un vague coup d'œil.

— Le temps presse. Il est déjà en chasse.

— Nous savons que McQueen préfère les environnements urbains, intervint Tusso. Le plus souvent, il repère et enlève ses victimes dans des endroits très fréquentés. Times Square, Chelsea Piers, Coney Island – ce sont les terrains de jeu de sa dernière crise.

Eve l'aurait volontiers repris sur ce terme. Crise rimait avec colère, rapidité, hasard. Une soif soudaine de violence et d'excitation. Elle tint sa langue.

— Il a déjà commis une agression à New York, continua Tusso, et adressé des messages au lieutenant Dallas par le biais des victimes. Nous allons nous concentrer sur ses terrains habituels.

— Nous coordonnerons nos efforts avec les vôtres, annonça Nikos. Nos calculs de probabilités nous incitent à penser que McQueen va quitter la ville et faire profil bas un certain temps. Nous surveillons les transports publics et procédons à des reconnaissances faciales aux péages.

Eve la laissa développer la stratégie du FBI. Si les fédéraux voulaient se convaincre que McQueen était en fuite, grand bien leur fasse.

— Nous avons déjà déployé des hommes dans les zones à haut risque. McQueen enlève en général ses proies la nuit, mais il a œuvré aussi en plein jour. Ces secteurs seront surveillés vingt-quatre heures sur vingt-quatre jusqu'à ce qu'on le capture.

Après avoir frappé discrètement, l'assistante de Whitney annonça l'arrivée du directeur de la prison, Oliver Greenleaf. « Tête de fouine », songea aussitôt Dallas. À ses côtés, en tailleur rouge vif, se tenait

Amanda Spring, l'avocate principale du pénitencier. Sa mallette en cuir rutilante était assortie à ses cheveux châtain doré.

— Commandant, pardon pour ce léger retard, attaqua Greenleaf avec un sourire carnassier en traversant la pièce, la main tendue. Nous avons été retenus par...

— Vingt bonnes minutes, l'interrompit Whitney d'un ton qui, à la grande satisfaction d'Eve, effaça le sourire du visage pâle et émacié de Greenleaf. Vos explications et excuses ne m'intéressent pas. Vous avez déjà assez fait attendre ce département et les agents du FBI en vous accordant vingt-quatre heures pour nous procurer des informations indispensables à notre enquête.

— Commandant, intervint Spring d'un ton sévère, en tant que représentante légale de...

— Je ne vous ai pas encore adressé la parole et je n'ai aucune intention de le faire, riposta Whitney. Greenleaf, votre établissement est responsable de l'évasion d'un pédophile violent et vous avez gaspillé le temps – précieux – des hommes chargés de l'appréhender. Je vous préviens, ainsi que l'avocate que vous avez jugé nécessaire d'amener avec vous, que si une seule jeune fille est enlevée, vous le paierez cher. C'est une promesse personnelle.

— Commandant Whitney, les menaces ne mènent à rien.

Whitney fusilla Spring du regard.

— Si vous intervenez encore une fois, je vous éjecte de ce bureau. Vous n'y avez pas été invitée. Votre client n'a nul besoin de conseils juridiques puisqu'il n'est – malheureusement selon moi – pas question de le placer en état d'arrestation. À présent, je veux tous les documents que nous vous avons réclamés après avoir été si tardivement avertis de l'évasion d'Isaac McQueen.

— Nous avons pas mal d'informations à vous soumettre, commença Greenleaf. Toutefois, notre enquête interne n'est pas encore achevée. Il est bien entendu impératif qu'elle soit méticuleuse et approfondie. Nous espérons pouvoir vous remettre le dossier à la fin de la journée.

— Encore trente secondes de ce petit jeu et voici ce qui va se passer, articula Whitney. Je tiendrai une conférence de presse avec mes lieutenants et ces agents. Je déclarerai que non seulement Isaac McQueen est sorti comme si de rien n'était de votre prison après avoir assassiné un infirmier, mais qu'en plus, vous avez estimé normal de patienter dix-huit heures avant de prévenir la police. Délai au cours duquel McQueen a agressé et violé une femme. Je vous procurerai tous les détails.

— Commandant…

— Taisez-vous, je n'ai pas fini. J'attesterai par ailleurs que votre institution a mis vingt-quatre heures supplémentaires avant de nous transmettre des données indispensables à notre enquête et que nous envisageons de la poursuivre pour obstruction à la justice. Ensuite, je demanderai au lieutenant Dallas de rappeler au public ce qu'elle a découvert quand elle a épinglé Isaac McQueen il y a douze ans. Vous aurez de la chance si la foule ne se rue pas sur vous armée de fourches.

Il marqua une pause.

— Je veux tout ce que vous avez, immédiatement, y compris vos rapports préliminaires relatifs à votre enquête interne. Trente secondes, répéta-t-il tandis que Greenleaf adressait à Spring un regard anxieux. Ne me poussez pas à bout.

L'avocate ouvrit sa mallette.

— Permettez-moi de…

— Non. Posez tous les dossiers sur mon bureau et allez-vous-en. Tous les deux. Greenleaf, si vous m'avez caché quoi que ce soit, vous aurez en effet besoin d'un défenseur. De même que votre supérieur. N'hésitez pas à lui passer l'info.

Spring s'exécuta, puis secoua vivement la tête tandis que Greenleaf ouvrait la bouche. Elle tourna les talons et disparut, son client trottinant derrière elle.

S'ensuivit un silence de plomb.

Laurence, dont le visage stoïque rappelait à Eve celui d'un chef de tribu africain, avait écouté ce sermon sans ciller. Un large sourire s'épanouit soudain sur son visage.

— Ce serait mal venu, mais j'ai très envie de vous applaudir, commandant, avoua-t-il. Une petite question : auriez-vous mis vos menaces à exécution ?

— Lieutenant Dallas ? Qu'en pensez-vous ? répliqua Whitney en pivotant vers elle.

— Vous leur avez accordé plus de temps qu'ils ne le méritaient, et plus de temps que nécessaire. Ils n'ont manifesté aucun remords pour avoir mis la population en danger ni pour l'infirmier assassiné. Ils ont cru pouvoir mener la danse en se présentant en retard à ce rendez-vous et en tentant de gagner du temps pour nous communiquer les documents requis. S'il l'avait fallu, vous les auriez grillés en sollicitant les médias. Les choses étant ce qu'elles sont, je pense que vous mettrez à profit votre influence et vos contacts pour obtenir l'annulation pure et simple des contrats de Greenleaf, de son avocate et de son supérieur. C'est mon opinion, commandant.

— Le lieutenant Dallas vient de vous offrir une brève démonstration de la raison pour laquelle elle est l'un des atouts les plus précieux de notre Département, déclara Whitney. Elle observe, déduit et rapporte minutieusement.

Ayant récupéré les copies qui lui étaient destinées, Eve traversa la salle commune et fit signe à Peabody de la rejoindre.

— Comment ça s'est passé ? s'enquit celle-ci. La réunion a duré beaucoup plus longtemps que je ne le pensais. Je commençais à m'inquiéter.

— Les gens de la prison nous ont fait poireauter. Whitney les a taillés en pièces comme un samouraï. C'était magnifique. J'ai l'impression qu'on est bien tombés avec les fédéraux. Ils m'ont l'air correct, bien qu'à mon avis ils se fourvoient en considérant l'affaire sous un mauvais angle. Quant à Tusso, de la brigade de Recherche des fugitifs, il a mis ses équipes en place autour des terrains de chasse connus de McQueen. Asseyez-vous.

— Aïe.

— J'ai déjà des noms, des liens et un plan d'action. Je ne vous dévoilerai pas la méthode grâce à laquelle j'ai récolté ces données.

— D'accord.

— Officiellement, je suis passée par les voies normales en franchissant de peu la limite. J'ai transmis ce que je pouvais de ces paramètres à nos collègues. Les fédéraux vont interroger l'un des gardiens. Il a les mains sales. Nous nous chargerons du conseiller non professionnel. Il est impliqué. Je le sais parce que j'ai réussi à dresser une liste de partenaires possibles de McQueen et qu'il a des liens avec plusieurs des femmes qui ont rendu visite à ce dernier en prison. Parmi les quatre sélectionnées, l'une se trouve à New York. Nous lui rendrons une petite visite.

— Le débriefing s'est prolongé, mais on est plus avancées que je ne le craignais, commenta Peabody.

— Pas suffisamment. McQueen a bénéficié de presque deux jours de répit. Le gardien est un vrai déchet. Un joueur invétéré. Je n'ai pas pu tout dire aux fédéraux, mais ils ne vont pas tarder à découvrir qu'il possède un compte mal dissimulé sur lequel il dépose deux mille dollars tous les mois depuis des années. McQueen savait qu'on le démasquerait et qu'on le convoquerait. Il n'aura pas grand-chose à nous apprendre.

— Raison pour laquelle vous l'avez refilé aux fédéraux.

— Il faut le cuisiner un peu. Il en sait peut-être davantage que je ne le pense. Mais c'est Stibble, le conseiller non professionnel, qui m'intéresse. Il n'est pas au courant des projets de McQueen, du moins pas dans le détail, mais il a peut-être une petite idée sur la partenaire. La New-Yorkaise est sur notre chemin, nous commencerons donc par elle. Allons-y.

Eve fonça vers la porte.

— Comment allons-nous nous organiser avec les autres équipes ? demanda Peabody en lui emboîtant le pas.

— Nous travaillerons indépendamment, décréta Eve qui se dirigea vers le tapis roulant. Nous partagerons toutes nos découvertes au cours d'un débriefing quotidien. Pour l'heure, tout le monde joue le jeu mais… j'aimerais que vous vous renseigniez sur les fédéraux. Histoire de mieux les cerner, ajouta-t-elle après avoir communiqué leurs noms à Peabody.

— Combien serons-nous ?

— Je m'en occuperai quand nous aurons interrogé ces deux personnes, répondit Eve en montant dans son véhicule. J'ai bien réfléchi hier soir. Si je me fie aux calculs de probabilités et aux données dont nous disposons actuellement, McQueen est en ville. Il chassera ses proies ici dans l'espoir d'engager le combat avec moi. Il veut que je participe à l'enquête.

— Logique, acquiesça Peabody, qui s'était installée à ses côtés.

Elle entra les noms des agents fédéraux dans l'ordinateur de bord.

— Non, rester à New York est stupide, rétorqua Eve, et McQueen ne l'est pas. Oui, il a enfreint son mode opératoire, ce qui signifie qu'il le transgressera de nouveau. Oui, il veut ma peau. Mais pourquoi le faire chez moi ? Il pourrait se rendre n'importe où.

— Quitter New York, renchérit Peabody. Vous semer.

— Il s'en est déjà pris à moi mais, curieusement, ça me chiffonne. Trop simple, trop direct. Je doute qu'il s'en contente alors qu'il a eu des années pour peaufiner ses plans. Mais ce ne sont que des supputations, marmonna Eve en faisant jouer les muscles de ses épaules pour les dénouer. Il faut que je voie Mira. Elle est plus fiable que les calculs de probabilités.

— Elle a assisté à la cérémonie, hier.

— Je sais. Je l'ai aperçue.

— C'était sympa que tous les amis soient venus. Je vous remercie de m'avoir libérée si tôt.

— Dites-vous bien que ça n'arrivera plus tant que McQueen ne sera pas retourné en cage.

— Quand bien même. Mes parents étaient enchantés de passer un peu de temps avec moi. Papa nous a invités à dîner. Dans un vrai restaurant, en plus. Pas une gargote végétalienne pour Free Agers. Nous avons mangé de la viande. Ils étaient désolés que Connors et vous ne puissiez vous joindre à nous. Ils ont compris, mais ils étaient navrés.

— J'ai été contente de pouvoir les saluer. Qu'ont donné vos recherches, Peabody ? Nous y sommes presque.

— Agent spécial Scott Laurence, vingt-sept ans de service. Recruté alors qu'il était encore étudiant. Une flopée de récompenses. Pressenti pour un poste de chef de bureau.

— Intéressant. C'est sa collègue qui a pris les rênes.

— Elle n'est pas du genre à se laisser faire. Il est marié depuis vingt-deux ans. Deux enfants. Elle est célibataire, huit ans de service. Diplômée en psychologie et en criminologie. Première de sa promotion à Quantico.

Peabody leva les yeux de l'écran tandis qu'Eve se garait sur un emplacement de deuxième niveau dans la rue.

— J'ai l'impression qu'on peut compter sur eux, conclut-elle.

— Je m'en doutais. Bracken bosse la nuit, enchaîna Eve. Elle est serveuse dans un bar de strip-tease où elle s'effeuillait autrefois. Elle vit au-dessus de son lieu de travail actuel.

— Pratique, commenta Peabody.

— Elle a cinquante et un ans. Jamais mariée, pas d'enfants. Parcours professionnel chaotique, deux peines de prison pour affaires de drogue. Rien de tragique. D'après les archives, sa jeunesse n'a été qu'une suite d'arnaques, de fugues et de vols mineurs.

— Tout pour plaire à McQueen.

Le quartier avait sans doute connu des jours meilleurs, mais aux yeux d'Eve il semblait avoir toujours été sale, morne et dangereux. Le bar de strip-tease, ingénieusement baptisé *Strip-tease Bar*, se tassait sur le trottoir tel un crapaud. Un artiste de rue avait dessiné des organes génitaux démesurés sur la femme nue de l'enseigne aux seins tout aussi démesurés.

Eve aurait volontiers utilisé son passe-partout pour franchir la porte réservée aux résidents, mais la serrure était cassée. Depuis peu, apparemment.

Ignorant les odeurs de Zoner rance dans l'entrée étriquée et l'ascenseur encore plus étroit, elle emprunta l'escalier, Peabody sur ses talons.

— Pourquoi les mecs s'obstinent-ils à uriner contre les murs d'édifices comme celui-ci ? s'interrogea celle-ci.

— Ils expriment leur dédain pour les toilettes aménagées.

Peabody ricana.

— Excellent. Le dédain par la pisse. Je parie qu'elle habite au dernier étage.

— Appartement 4-C.

— Ma foi, j'ai mangé tout mon dessert et une partie de celui de McNab, hier soir. Autant éliminer. Je n'avais pas prévu d'en prendre mais il était là, tout beau, tout sucré. C'est comme le sexe. Quand c'est là, comment refuser ? Je n'avais pas prévu de faire l'amour, vu que mes parents dormaient dans le bureau, mais...

— Peabody, fermez-la.

— Je crois bien qu'ils ont fait l'amour, eux aussi.

Eve s'efforça de ne pas tressaillir.

— Vous tenez à ce que je vous expédie au rez-de-chaussée et vous oblige à gravir une deuxième fois tous les étages ?

— Bof.

L'appartement 4-C n'était pas équipé d'un écran tactile ni d'une caméra de sécurité, nota Eve. Juste de deux verrous et d'un judas manuel.

Elle frappa.

— Les partenaires de McQueen conservent toujours leur propre logement, signala-t-elle à Peabody. En général, elles travaillent à plein temps ou à mi-temps. Les renseignements donnés par les victimes ne concernent que la dernière. Elle l'a aidé à appâter, kidnapper, séquestrer. Quand il abusait de ses victimes, elle prenait son pied à regarder.

— Elle était aussi monstrueuse que lui.

— En effet.

Eve frappa de nouveau. La porte d'en face s'ouvrit.

— Silence ! On ne peut plus dormir tranquille ?

Eve examina l'homme qui la fixait d'un œil noir. Nu comme un ver, un anneau au téton et le bras tatoué d'un serpent enroulé. Elle brandit son badge.

— Je pourrais vous embarquer pour atteinte aux bonnes mœurs. Deb Bracken.

— Merde. Elle est là. Elle a un sommeil de plomb.

Eve insista encore et encore jusqu'à ce qu'elle entende quelqu'un jurer dans le vestibule. Une minute plus tard, la locataire ouvrait.

— Qu'est-ce que c'est, bordel ?

De toute évidence, elle tombait du lit. Ses cheveux courts et emmêlés – une tignasse cuivré et noir – se dressaient autour de son visage affaissé. Elle avait négligé de se démaquiller, aussi ses paupières et sa bouche étaient-elles maculées de mascara et de rouge à lèvres. Elle portait un peignoir noir attaché à la va-vite, révélant de jolies jambes et des seins trop impertinents pour être d'origine.

— Isaac McQueen.

— Qui ?

— Si vous vous foutez de moi, Deb, nous aurons cette conversation au Central.

— Pour l'amour du ciel ! Vous me réveillez, vous m'agressez. De quoi s'agit-il ?

— Isaac McQueen, répéta Eve.

— Ouais, c'est bon, j'ai compris. Seigneur… Il me faut un shoot.

Elle se détourna et s'éloigna.

Sourcils en accent circonflexe, Eve entra à sa suite, la regarda se diriger d'un pas traînant vers la salle de séjour en désordre dans l'angle de laquelle se trouvait une kitchenette comprenant un évier miniature, un mini-frigo et un autochef de la taille d'une boîte à chaussures. Comme elle mettait ce dernier en marche, il émit un grincement, suivi d'un bruit sourd.

Elle en sortit une tasse, en avala le contenu en grimaçant. Un substitut de café bas de gamme, supposa

Eve. Elle laissa à Bracken le loisir de s'en programmer une deuxième dose.

— Isaac est en taule.

— Plus maintenant.

— Sans blague ! s'exclama Bracken, une lueur d'intérêt dans les prunelles. Comment ça ?

— Il a égorgé un infirmier et emprunté son identité.

— Il a tué quelqu'un ? N'importe quoi.

— Ce n'est pas la première fois.

— Je n'en crois rien, grogna-t-elle en secouant la tête. Il ne purgeait pas une peine pour meurtre, ce n'était pas son truc. Ce type est peut-être un salopard, mais il n'a rien d'un assassin.

— Vous n'aurez qu'à l'expliquer à la veuve et au gosse de l'infirmier. McQueen est-il venu ici, Deb ?

— Sûrement pas. Il m'a jetée depuis longtemps. Connard.

— Vous lui avez rendu visite en prison.

— Oui, et alors ? Je n'ai pas enfreint la loi. Un flic l'a piégé pour s'attirer les projecteurs. D'accord, il aimait bien le porno juvénile. La belle affaire. À chacun son truc, non ? De toute façon, je ne suis allée là-bas que deux ou trois fois pour bavarder avec lui, lui tenir compagnie.

— Onze fois, rectifia Peabody.

— Quelle importance ? Je ne l'ai pas vu depuis, voyons… deux ans. Il m'a lourdée. Vous comprenez ça, vous ? Il est en taule et il me plaque. Connard.

— Comment vous êtes-vous connus ? voulut savoir Eve.

— Qu'est-ce que ça peut vous faire ?

Sur un signe de tête d'Eve, Peabody sortit un dossier de son sac et le lui tendit. Eve le posa sur le comptoir ridiculement exigu et encombré.

— Regardez, dit-elle. Voici ce qu'il conservait dans une pièce fermée à clé de son appartement, il y a douze ans.

Bracken blêmit.

— C'était un guet-apens, protesta-t-elle.

— J'étais là. C'est moi qui ai trouvé ces jeunes filles.

— C'est vous qui l'avez piégé ?

— Je ne l'ai pas piégé, je l'ai arrêté. Et je le referai. Voici le crime qu'il a commis hier pour me prévenir qu'il était de nouveau dans le circuit.

Elle lui présenta la photo de Julie Kopeski.

— Son conjoint et elle habitent dans l'ancien appartement de McQueen. Il y est entré par effraction. Il l'a battue, violée. Voici la question que je me pose, Deb : est-ce qu'il va vouloir renouer avec vous ?

— Je veux m'asseoir.

— Allez-y.

Deb Bracken se fraya un chemin dans son capharnaüm et s'affaissa dans un fauteuil.

— Ce n'est pas une plaisanterie ?

— Souhaitez-vous voir un cliché de l'infirmier qu'il a tailladé ?

— Seigneur, non ! Je l'aimais bien. Sincèrement. Il me parlait gentiment. Et il est beau. Il paraissait si triste, comme s'il avait besoin de quelqu'un à qui se confier. Quand il m'a annoncé qu'il ne voulait plus me voir, j'en ai été profondément blessée. Il m'a rayée de sa liste de visiteurs et a refusé de répondre à mes messages.

— Vous n'avez pas commencé à lui rendre visite par simple bonté de cœur.

— Je participais à un programme. J'avais des problèmes de… de drogue. C'était une sorte de service à la communauté, supposé me remettre sur les rails. Aujourd'hui, je suis clean. Vous pouvez vérifier. Je le suis depuis bientôt neuf mois. Mais à l'époque, j'étais encore dans le flou et je gagnais cent dollars par visite. Au début, je l'ai fait pour le fric, mais ce connard m'a séduite. Si vous voyez ce que je veux dire.

— Qui s'est chargé de cet arrangement ?

— Je ne veux pas lui causer d'ennuis.

— Deb, McQueen a reçu une quantité de femmes comme vous. Toutes vulnérables. Il aime travailler en équipe. De préférence avec une femme à problèmes.

Sidérée, Bracken devint écarlate.

— Merde ! Jamais je ne ferais de mal à un gosse – ni à quiconque. Bon, je l'avoue, j'ai piqué quelques portefeuilles, j'ai fraudé, mais tout ça, c'était… Je n'ai jamais fait de mal à personne. Jamais je ne l'aurais aidé à malmener une gamine !

— C'est sans doute la raison pour laquelle il vous a écartée. Qui vous a menée à lui ?

— Stibble. Le salopard. Celui-là, je pourrais le tuer. Pas pour de vrai, s'empressa-t-elle de préciser.

— Randall Stibble ?

— C'est ça, grommela Bracken en passant la main dans ses cheveux hirsutes. Il gérait le programme. Quand Isaac m'a virée, j'ai replongé et tout laissé tomber. Aujourd'hui, je suis clean, je vous le jure.

— Je vous crois. Vous a-t-il jamais fait part de ses projets ?

— Parfois, il racontait qu'il allait trouver le moyen de s'échapper, de mettre les points sur les « i » au flic qui l'avait piégé. J'en déduis que c'est vous.

— Lui avez-vous apporté des produits ou objets interdits ?

— Écoutez, je n'ai rien à me reprocher. J'ai un boulot.

— Je ne suis pas ici pour vous harceler sur votre passé. Mais j'ai besoin de savoir, insista Eve en tapotant la photo de Julie.

— Bon, c'est vrai, il m'est arrivé de filer des trucs à Stibble ou à l'un des gardiens…

— Lovett ?

— Si vous le savez, pourquoi me le demander ?

— Quels trucs ?

— Ben… de la pornographie juvénile. C'était son point faible, ce n'était pas à moi de juger.

— Rien d'autre ?

— Euh… des appareils électroniques, peut-être.

— Par exemple ?

— Je ne sais pas, moi, je n'y connais rien. Il me donnait une liste et j'allais lui acheter ce qu'il voulait. La plupart du temps, c'est moi qui payais, en plus. *Connard !* Il m'avait expliqué qu'il se passionnait pour l'électronique. Où était le mal ? Il était tellement adorable. Il m'appelait sa poupée. Et il m'a fait livrer des fleurs. À deux reprises.

— Très romantique.

— C'est ce que je croyais.

Bracken se voûta sur sa tasse de café.

— Ensuite, il m'a envoyée paître, et maintenant, vous me dites qu'il a violenté ces gamines. J'aurais probablement dû m'en douter, mais j'étais paumée. Quand on est sobre, on voit les choses sous un autre angle.

— Si McQueen vous contacte, avertissez-moi immédiatement. S'il se présente ici, ne lui ouvrez sous aucun prétexte. Appelez les secours et joignez-moi.

— Vous pouvez compter sur moi, promit Deb en acceptant la carte de visite que lui tendait Eve.

— Et soyez raisonnable. Ne contactez pas Stibble.

— Je n'ai rien à dire à ce salaud. Mince ! McQueen, je l'aimais bien. Quel malade !

— Votre impression ? demanda Eve à Peabody tandis qu'elles regagnaient la voiture.

— Comme vous. Elle n'a pas menti. McQueen ne pense plus à elle depuis deux ans. Ça m'étonnerait qu'il lui rende visite.

— En effet, mais la crainte de le voir ressurgir incitera Bracken à nous relater tout ce qui pourrait lui venir à l'esprit. De surcroît, elle vient de nous confirmer que Stibble agissait comme intermédiaire.

— Et nous, on a plein de choses à dire à ce fumier.

— Oh que oui !

5

Elles trouvèrent Stibble dans une petite boutique où il tenait ses réunions. Il avait encore plus l'air d'un furet que sur ses photos d'identité, nota Eve. Sa barbe courte et bouclée n'adoucissait en rien son menton pointu, et la couleur rosée de son nez crochu ajoutait à son air stupide.

Avec sa longue tresse dégoulinant dans le dos de sa tunique blanche à capuche et ses bracelets en cuir aux chevilles, il offrait un curieux mélange de Free Ager au cœur tendre et de moine urbain.

Sans doute était-ce précisément ce qu'il visait.

Trois autres personnes étaient avec lui, toutes assises par terre en cercle. Une sorte de presse-papiers en forme de pyramide trônait au centre. Harpes et gongs constituaient le fond sonore.

Il marqua une pause, adressa un sourire chaleureux à Eve et à Peabody.

— Bienvenue ! Bienvenue ! Nous venons de commencer notre exercice de visualisation. Je vous en prie, installez-vous. Si vous en avez envie, vous pouvez nous donner vos prénoms.

— En ce qui me concerne, c'est lieutenant, annonça Eve en sortant son badge. Et vous pouvez visualiser un tour au Central.

— Il y a un problème ?

— Isaac McQueen en est un gros. L'autre, c'est que vous avez organisé ses rencontres avec sa future partenaire tout en empochant une rémunération de l'État.

Stibble croisa les mains.

— Il semble que vous soyez mal renseignée. Nous allons mettre cela au clair. Cette séance doit durer encore quarante minutes. Si vous voulez revenir, je...

— Auriez-vous l'amabilité de vous lever ? l'interrompit Eve d'un ton posé. Ou préférez-vous que je vous donne un coup de main. La classe est finie, ajouta-t-elle à l'intention des autres.

— Quoi ? Mais j'ai payé !

Elle examina l'homme qui venait de protester, ses joues mal rasées, son regard las.

— Combien ?

— Soixante-quinze dollars. Offre spéciale de lancement.

— Mon pauvre, vous êtes vraiment mal barré. Peabody, donnez à ce monsieur l'adresse du centre Dépendants Anonymes le plus proche. C'est gratuit. Et on ne vous oblige pas à vous asseoir en tailleur pour contempler des pyramides. Cerise sur le gâteau, on vous sert du café presque décent et des gâteaux.

— Je n'apprécie guère ces insinua...

— Vous, bouclez-la, conseilla-t-elle à Stibble. Pardon pour le désagrément, mais votre thérapeute est attendu ailleurs.

— C'est avec plaisir que je reporterai la session, bredouilla ce dernier tandis que ses clients s'éclipsaient. Surtout, que ce problème mineur ne vous fasse pas trébucher sur le chemin de la santé et du bien-être !

— La ferme, Stibble.

— J'ai d'autres patients qui doivent...

— Peabody, citez-lui ses droits.

— Attendez ! Attendez ! glapit-il.

Agitant les mains, sautillant sur la pointe des pieds, il effectua quelques cercles pendant que Peabody lui débitait le code Miranda révisé.

— Comprenez-vous vos droits et obligations, monsieur Stibble ?

— Vous ne pouvez pas m'arrêter ! Je n'ai rien fait de mal.

— Répondez à ma question, ordonna Eve.

— Oui, je comprends. En revanche, je ne comprends pas de quoi il s'agit. Isaac McQueen a assisté à nombre de mes séances. Je les pratique en prison depuis des années. Je sais qu'il s'est évadé. C'est épouvantable, mais je n'y suis pour rien.

— Deb Bracken. Ce nom vous dit quelque chose ?

— Je… je ne suis pas sûr.

— Elle n'a eu aucun mal à se souvenir de vous ni des cent dollars que vous lui remettiez chaque fois qu'elle rendait visite à McQueen. J'ai une liste de noms et je parie que tous pointent le doigt sur vous.

— Le contact humain et l'échange verbal sont des outils essentiels à la réhabilitation. Ça n'a rien d'illégal.

— En revanche, accepter un pot-de-vin d'un détenu pour lui présenter des femmes est interdit. Vous n'avez pas distribué vos billets de cent dollars par compassion ou par générosité, Stibble. Comment McQueen vous rémunérait-il ?

— C'est absurde ! brailla-t-il, visiblement paniqué. Mme Bracken était sous l'influence de son addiction, à l'époque. Elle doit confondre.

— Je m'apprête à vous inculper pour complicité dans la séquestration de deux personnes, l'agression et le viol de l'une d'entre elles.

— Vous plaisantez, bafouilla-t-il en reculant de quelques pas. Jamais de ma vie je n'ai levé la main sur un être humain.

— McQueen, si. Vous l'aidez et l'encouragez depuis des lustres.

— C'est un malentendu. Vos menaces me bouleversent. Nous devrions tous reprendre notre respiration.

— Peabody, menottez-le.

— Une seconde, une seconde ! s'affola-t-il. En effet, je me suis débrouillé pour que plusieurs femmes rendent visite à Isaac. À des fins thérapeutiques, et avec l'approbation de l'administration. Bien entendu, ces femmes devaient être rétribuées pour le temps passé. La réhabilitation exige de nombreux outils.

— Épargnez-moi vos conneries. Combien touchiez-vous ?

— Une indemnité ridicule. Pour couvrir mes frais.

— Mille dollars la visite, ça fait beaucoup de frais. Nous avons trouvé votre compte caché, Stibble.

— C'étaient des donations, s'égosilla-t-il. Pour mon centre. Un arrangement tout ce qu'il y a de plus légal.

— Comment dénichiez-vous ces femmes ? Elles ne sont pas toutes d'ici.

— Je... euh... j'ai prodigué des conseils à de nombreuses personnes en difficulté.

— Parmi ces dernières, qui a-t-il choisi pour travailler avec lui ?

Le regard de Stibble n'arrivait pas à se fixer, et Eve comprit qu'un rien suffirait pour lui faire cracher le morceau.

— Je n'en sais rien. Je ne vois pas où vous voulez en venir.

— Bien sûr que si.

Elle s'avança juste assez pour envahir son espace. Le visage dur, la voix monocorde, elle martela :

— Vous saviez pertinemment ce qu'il manigançait et vous vous en foutiez tant qu'il vous filait du fric. Il en a sélectionné une. Je veux un nom.

— Je ne peux pas vous révéler ce que j'ignore.

D'un mouvement preste, Eve le plaqua contre le mur, les bras dans le dos, et lui passa les bracelets.

— Non ! Que faites-vous ? Vous n'avez pas le droit ! Je coopère.

— Pas assez à mon goût. Vous êtes en état d'arrestation pour avoir accepté un pot-de-vin alors que vous étiez employé par l'État de New York, pour connivence avec un détenu, complicité d'évasion, meurtre et…

— Meurtre !

— Nathan Rigby. McQueen lui a tranché la gorge pour récupérer son uniforme et son badge. C'est vous qui allez porter le chapeau.

— Je n'étais pas au courant. Comment aurais-je pu l'être ?

— Donnez-moi un nom, insista Eve en le poussant vers la sortie. Je veux le nom de sa partenaire.

— Sœur Suzan. C'est sœur Suzan. Lâchez-moi.

— Où est-elle ?

— Je n'en sais rien. Je n'en sais rien, je vous le jure.

Eve s'immobilisa sur le seuil, relâcha légèrement son étreinte.

— Comment savez-vous que c'est elle ?

— J'ai joué les messagers à partir du moment où il lui a demandé de ne plus venir. Des blocs-notes électroniques et des disques. J'ignorais ce qu'ils contenaient. Il me disait où envoyer ceux qu'il lui destinait. Diverses boîtes postales. C'est tout ce que je sais.

— J'en doute, mais c'est un début.

— J'ai coopéré. Vous ne pouvez pas m'arrêter.

— On parie ?

Eve avait l'intention de le laisser mariner un moment avant de le cuisiner de nouveau. Il avait d'autres informations à lui dévoiler et elle avait la certitude qu'il craquerait. Pendant qu'elle le questionnait, Peabody effectuerait une recherche approfondie sur sœur Suzan Devon.

Toutefois, alors qu'elle s'engouffrait dans le parking souterrain du Central, son communicateur bipa.

— Dallas.

— Vous devez vous rendre au bureau du commandant Whitney. Immédiatement.

— Bien reçu.

— Vous croyez qu'il y a du nouveau ? s'enquit Peabody.

— Je ne vais pas tarder à le savoir. Vous pouvez vous charger de ce salopard ?

Peabody jeta un coup d'œil à Stibble, qui avait sangloté durant tout le trajet.

— Je pense que oui.

— Occupez-vous des formalités, puis mettez-le en cellule.

Il pleura encore dans l'ascenseur. Ce fut avec un immense soulagement qu'Eve en émergea et fonça vers les escaliers roulants.

L'assistante de Whitney la fit entrer aussitôt et ferma la porte derrière elle.

— Commandant. L'inspecteur Peabody et moi avons placé Randall Stibble en détention provisoire. Il a révélé le nom de la partenaire.

— Nous verrons cela ensuite. Asseyez-vous, lieutenant.

Il savait qu'elle préférait rester debout, mais elle obéit car il s'était exprimé d'un ton sans appel.

— McQueen a refait surface, lâcha-t-il. Il a pris un otage.

— Un otage ?

— C'est ce que nous supposons dans la mesure où elle ne colle plus au profil type de ses victimes.

L'estomac d'Eve se noua.

— En d'autres termes, il a enlevé une de ses ex-victimes. Une des jeunes filles. Je n'ai jamais songé... j'aurais dû... Comment pouvons-nous en être sûrs ?

— Il a laissé un message.

On frappa et le Dr Mira entra. Un frisson d'effroi parcourut l'échine de Dallas.

— Eve.

Mira s'installa dans un fauteuil et le tourna vers elle. Comme toujours, elle irradiait le calme et la beauté. Mais la lueur d'angoisse dans ses prunelles poussa Eve à se lever.

— Commandant.

— Restez assise, Dallas. J'ai prié le Dr Mira de nous rejoindre car je... *nous* accordons une grande valeur à ses perceptions et opinions. Je lui ai déjà résumé la situation.

Eve obéit et il déplaça son propre fauteuil – geste qu'il n'avait jamais eu auparavant – pour se placer en face d'elle.

— Aux alentours de minuit, heure Central, Isaac McQueen a enlevé Melinda Jones – sa dernière proie, avec sa sœur jumelle, il y a douze ans.

— Je sais qui c'est, murmura Eve. Elle lui a rendu visite en prison quand elle avait dix-neuf ans. Je n'ai pas approfondi la question, avoua-t-elle, la gorge sèche, le cœur battant. Sa sœur est flic, elles vivent toutes les deux à Dallas. Mon nom.

Car c'était à Dallas qu'on l'avait trouvée, visiblement brutalisée, mais incapable – ou refusant – de se rappeler ce qui s'était passé.

— Quel est le message ?

— En tentant de joindre sa jumelle, l'inspecteur Jones est tombé sur cette annonce...

Sans bouger, Whitney commanda à l'ordinateur de la diffuser.

Bonjour Bree ! J'espère que tu te souviens de moi aussi bien que Melinda lors de nos retrouvailles-surprises.

Quelle jolie femme, et comme tu lui ressembles malgré la différence de coiffure. C'est ton vieil ami Isaac. Melinda et moi réapprenons à nous connaître. J'aimerais en faire autant avec toi. Nous n'avons pas pu passer beaucoup de temps ensemble, il y a douze ans, vu que nous avons été si grossièrement interrompus. Sois mignonne, veux-tu, et transmets ceci à Eve Dallas – devenue le lieutenant Dallas : « Venez me chercher. Si Dallas n'est pas à Dallas – astucieux, non ? – dans les huit heures suivant la réception de ce message, ma foi, tout ce que je peux dire, c'est que Melinda sera très déçue de ne plus avoir que neuf doigts. Et ce ne sera qu'un début. Huit heures, Eve. Le deuxième round commence maintenant. Bises, Isaac. »

— On a pu récupérer le communicateur ?

— Dans son véhicule. À deux kilomètres à peine de chez elle.

— À quelle heure sa sœur a-t-elle essayé de la contacter ?

— 10 h 43 ce matin.

— Il n'est pas midi. Nous sommes dans les temps.

— Rien ne prouve qu'elle est encore vivante, observa Whitney.

— Il ne va pas la tuer, commandant. En tout cas, pas tout de suite. Il a choisi Melinda Jones pour des raisons spécifiques. Elle est allée l'affronter lorsqu'il était en prison. D'après la liste des visiteurs, aucune autre de ses ex-victimes n'a pris une telle initiative. De plus, il s'est démené pour mettre son plan sur pied. Il devait disposer de moyens pour l'atteindre, un appartement où la séquestrer. Cela signifie qu'il a effectué toutes les recherches nécessaires et mis sa partenaire à contribution. Quel intérêt de la tuer après tant d'efforts ?

— Si je suis plutôt d'accord avec vous, il est possible qu'elle ne soit qu'un appât – mort ou vivant – pour vous attirer dans une embuscade. Il vous veut là-bas, hors de votre élément, privée de vos ressources habituelles. Et comme vous, je pense qu'il s'est soigneusement préparé, qu'il s'est servi de sa partenaire et que vous êtes sa cible.

Whitney se tut, se pencha légèrement vers Eve.

— Comprenez-moi, lieutenant. Je ne vous donnerai pas l'ordre d'y aller.

— Quoi qu'il attende de moi, commandant, il ne s'arrêtera pas tant qu'il n'aura pas obtenu satisfaction.

Elle avait su tout de suite qu'il ne traînerait pas à New York, qu'il refuserait de se battre sur son terrain à elle.

De là à élire Dallas. Jamais elle n'avait imaginé qu'il opterait pour cette ville, et une ex-victime.

— Il reste vingt et une survivantes sur lesquelles il peut jeter son dévolu. Et des centaines d'autres qui satisferaient ses besoins. C'est moi qu'il vise. Il va torturer Melinda Jones et/ou enlever d'autres proies jusqu'à ce que j'aille là où il le veut.

Elle était coincée. Il l'avait poussée dans ses retranchements. Un point pour lui.

— Je préférerais avoir votre permission et votre soutien, commandant, ainsi que la collaboration de la police de Dallas. Mais s'il le faut, je m'en passerai. J'ai des congés à prendre.

— J'ai eu une conversation avec le lieutenant de l'inspecteur Jones. Il accepte votre aide et veut bien vous engager comme consultante. Toutefois…

Whitney posa les paumes sur ses cuisses, les tapota deux fois.

— Dallas, nous sommes tous au courant de votre passé dans cette ville. Nous devons en déduire que McQueen l'est aussi, du moins en partie.

Une boule de glace se forma dans le ventre d'Eve.

— Il a dû déterrer les faits de base, répliqua-t-elle. Raison de plus pour vouloir m'attirer là-bas. Vous le connaissez, ajouta-t-elle à l'adresse de Mira. Vous savez que c'est une possibilité.

— Commandant, puis-je bavarder quelques minutes en privé avec le lieutenant, s'il vous plaît ? demanda cette dernière.

Whitney fronça les sourcils, mais acquiesça et se leva.

— Bien sûr.

— Nous perdons du temps, déclara Eve dès qu'il fut sorti. Il est évident que je dois y aller, à quoi bon ressasser ?

— Je vous empêcherai de quitter New York tant que nous n'aurons pas parlé.

— Vous n'en avez pas le pouvoir.

Les yeux de Mira, d'un bleu si doux, virèrent à l'acier.

— N'en soyez pas si sûre.

— Vous seriez prête à le laisser torturer, démembrer, tuer une femme innocente pour m'épargner un traumatisme ? s'insurgea Eve en se levant. Je suis flic. Ce n'est pas à vous d'en décider.

— Si, justement, rétorqua Mira dans un élan de colère. Vous n'avez pas cillé. Vous n'avez pas hésité. Je vous conseille vivement de le faire maintenant, en ma présence, plutôt que de vous jeter dans la fosse aux lions sans réfléchir aux conséquences. Vous avez été battue et violée à Dallas.

— À Chicago aussi. Et ailleurs. Dois-je vous fournir une liste pour que vous me donniez l'autorisation de voyager ?

— Vous n'avez pas tué votre agresseur à Chicago. Vous avez enfin réussi à vous défendre à Dallas – une enfant de huit ans, couverte de sang, le bras cassé, en état de choc qui déambulait dans les rues.

— Je suis au courant. J'y étais.

— Vous avez refoulé ce drame pendant des années. Vous avez vécu avec vos cauchemars.

— Je n'en ai plus. J'ai vaincu le problème.

Presque complètement.

— Avez-vous envisagé, ne serait-ce qu'une seconde, ce que le fait de vous rendre là-bas en ces circonstances risquerait de provoquer ? Pourchasser un homme qui abuse physiquement, sexuellement, émotionnellement d'enfants, comme votre père autrefois ? Avez-vous songé à la manière dont cela pourrait vous affecter, sur les plans professionnel et personnel ?

— Vous croyez que j'en ai envie ? explosa Eve. J'y suis retournée une fois, dans cette chambre, dans ces rues, et même dans l'allée où l'on m'a ramassée. J'ai surmonté cette épreuve et je me suis promis de ne plus jamais y remettre les pieds. Il est mort ici et ici, enchaîna-t-elle en plaquant les mains sur sa tête. Je ne tiens pas du tout à le ranimer en me rendant là-bas. Mais que voulez-vous que je fasse ? Que je laisse mourir cette femme par peur de mon passé ?

— Au contraire, affirma Mira d'un ton posé. Je compte sur vous pour faire votre boulot, le débusquer et l'arrêter.

Eve hésita, puis :

— En somme, vous vouliez que je craque *avant* ?

— Exactement. Je vous apprécie énormément, Eve. Vous êtes bien davantage pour moi qu'un simple dossier parmi d'autres. Je vous aime comme ma propre fille et je suis consciente que ce genre de sentiment peut compliquer notre relation de temps en temps.

Elle poussa un soupir où la tristesse se mêlait au regret.

— Une mère protège son enfant avant tout. Elle doit aussi le laisser voler de ses propres ailes, mais pas sans s'être assurée que ledit enfant est prêt, armé. Si vous aviez été incapable d'admettre – vis-à-vis de vous-même comme vis-à-vis de moi – vos peurs, vos doutes, vous n'auriez pas été prête. À présent, je peux vous donner le feu vert tout en rêvant de vous retenir.

— Je n'en ai aucune envie, souffla Eve. Mais si je me dérobais, je ne me le pardonnerais jamais.

— Je sais. Il se servira de ce qu'il connaît de votre histoire comme du sel sur une plaie à vif. Il vous lancera des défis, titillera vos faiblesses. Promettez-moi de me contacter si vous avez besoin d'aide.

Eve se rassit.

— Par moments, j'ai du mal parce que les souvenirs que j'ai de ma mère sont tordus et sordides. Elle me détestait. Ce regard haineux, quand elle me contemplait... Le résultat, c'est que je réagis mal face à la moindre manifestation d'amour maternel, si pur soit-il.

— Je le conçois. Nous pourrons approfondir cette question quand vous en aurez envie, assura Mira en posant la main sur celle d'Eve. Surtout, *surtout*, faites appel à moi si vous en ressentez le besoin.

— Vous avez ma parole.

Mira quitta son siège, se dirigea vers la porte et s'immobilisa.

— Vous avez toujours été forte, mais vous l'êtes encore plus qu'autrefois. Vous avez toujours été intelligente, mais vous l'êtes encore plus aujourd'hui. Vous avez plus que cela même parce que vous vous êtes autorisée à donner et à recevoir. McQueen n'a pas changé depuis que vous l'avez arrêté. Vous, si. Appuyez-vous sur cela.

Elle ouvrit la porte.

— Commandant, fit-elle tandis que Whitney les rejoignait, je déclare le lieutenant Dallas apte à cette mission.

— Très bien. Le lieutenant Ricchio, de Dallas, est d'accord aussi, continua Whitney en se tournant vers Eve, et vous autorise à emmener un inspecteur de votre choix. Si c'est Peabody que vous voulez, pas de problème.

— On a besoin de Peabody ici, commandant, répliqua Eve. Elle a étudié les rapports et rassemblé les données sur la partenaire de McQueen ainsi que sur le suspect en détention provisoire – un complice qui pourrait nous procurer des informations précieuses. Je veux qu'elle continue à mener l'enquête d'ici. En tant que responsable.

— Soit.

— Je la mettrai au courant. J'emmènerai Connors comme expert consultant civil, s'il est disponible.

— Organisez-vous comme vous voulez et prévenez-moi quand vous serez dans les airs… Tenez, voici un disque contenant les biographies de Ricchio, de l'inspecteur Jones et d'autres collègues avec qui vous serez probablement amenée à travailler.

— Merci, commandant. C'est… gentil d'y avoir pensé.

— Je connais mes flics. Cela vous épargnera quelques recherches. Bonne chasse, lieutenant.

Eve regagna la Criminelle au pas de course. Elle prendrait le temps de réfléchir et de planifier son voyage, mais pour l'heure, le temps pressait.

Elle aperçut Peabody qui tergiversait devant les distributeurs.

— Peabody, avec moi.

Elle fonça dans son bureau.

— Stibble est en cellule, commença Peabody. Je m'apprêtais à déjeuner, puis à…

— Plus tard. McQueen est à Dallas. Il a enlevé Melinda Jones, une de ses ex-victimes, hier soir.

— Elle est vivante ?

— On suppose que oui. Il a laissé un message à sa jumelle. Il m'invite à aller faire joujou avec lui.

— Pour…

Peabody s'interrompit brusquement et ferma la porte.

— Il sait ce qui vous est arrivé là-bas ?

— Je l'ignore, avoua Eve en rassemblant ses dossiers. Je pars sur-le-champ.

— Autrement dit, *nous* partons sur-le-champ.

— Non. J'ai besoin que vous restiez ici. Je vous charge de Stibble. Essorez-le au maximum. Continuez à vous renseigner sur cette fameuse sœur Suzan. Elle est forcément à Dallas. Elle a préparé le terrain pour McQueen. Ils ont un lieu suffisamment isolé pour y séquestrer un otage. Elle a certainement son propre appartement non loin de là. Mettez Baxter et Trueheart dans le bain. Si vous avez besoin de davantage d'hommes, prévenez-moi.

Peabody se planta devant la porte pour lui bloquer le passage.

— Vous n'irez pas là-bas toute seule.

Eve haussa les sourcils.

— Mes ordres manquaient-ils de clarté, inspecteur ?

— Dallas, épargnez-moi ce genre de connerie. C'est un traquenard. Pire, c'est là que… c'est là.

— Je sais, et il est évident qu'il croit me tendre un piège. Il va faire traîner les choses un moment, juste pour le plaisir. Grosse erreur.

Peabody croisa les bras.

— J'y vais avec vous.

— Peabody, je suis consciente que vous vous efforcez d'améliorer vos compétences en matière de corps-à-corps, mais je peux vous aplatir en moins de cinq secondes.

Eve retint son souffle tandis que l'expression de Peabody se durcissait. D'abord Mira et maintenant Peabody.

— Si je ne peux pas m'en sortir seule, je n'ai rien à faire avec ces galons dans cette division, déclara-t-elle.

— Le problème n'est pas là. Cette fois, c'est différent.

— Chaque affaire a ses particularités et nous les traitons toutes en fonction de ces particularités. Ce qui ne change pas, c'est que nous faisons notre boulot et prenons les risques inhérents à notre métier. Point.

L'espace d'un instant, elle envisagea de démoraliser sa coéquipière en la bousculant. Elle se ravisa. D'une part, elle serait rongée de remords et, d'autre part, elle avait besoin d'une Peabody assurée, confiante et lucide.

De surcroît, elle n'avait pas le cœur à réfuter les inquiétudes de sa collaboratrice. Son amie.

— Je vais voir si Connors peut se libérer pour m'accompagner en qualité d'expert consultant, enchaîna-t-elle. Le commandant a reçu l'aval de la police de Dallas. N'insistez pas, Peabody. Je dois y aller et j'ai besoin de vous pour assumer la charge de l'enquête ici.

— La charge de l'en… Moi ? Mais Baxter…

— Vous connaissez parfaitement l'affaire McQueen et vous avez suivi les événements jusqu'ici. Vous êtes un inspecteur décoré. Vous allez diriger la partie new-yorkaise de cette enquête comme vous y avez été formée. Je vous interdis de me décevoir.

— Je ne vous décevrai pas, mais, je vous en supplie, ne partez pas toute seule. Si Connors ne peut pas se rendre disponible tout de suite, emmenez un autre homme. Quelqu'un à qui vous pouvez vous fier entièrement. Vous ne connaissez personne sur place.

— J'ai des fichiers. Si Connors est occupé, je pense m'adresser à Feeney.

— D'accord. Mais au cas où, je…

— Je sais où vous joindre. À présent, je file. Il ne m'a accordé que huit heures de délai et le temps passe très vite. Transmettez-moi tout ce que vous réussirez à arracher à Stibble, notamment concernant la partenaire.

— Je vous contacterai régulièrement.

À contrecœur, Peabody s'effaça pour laisser sortir Eve.

— Comment souhaitez-vous que j'aborde Stibble ? Dois-je…

— Vous savez ce que vous avez à faire. Faites-le. Et mettez les autres au courant sans attendre.

Sur ces mots, Eve s'éloigna. Elle s'empara de son communicateur et joignit Baxter tout en se dirigeant vers le parking.

— Hello !

— J'ai eu un tuyau sur McQueen et je quitte la ville. Peabody prend le relais. Je veux que Trueheart et vous travailliez avec elle. Elle est en charge de l'enquête.

— Bien reçu.

— Ne la malmenez pas trop, Baxter, mais ne la couvez pas non plus.

— N'ayez aucune inquiétude. Trueheart m'aidera à rester sur les rails. Contentez-vous d'attraper ce monstre, lieutenant.

— C'est bien mon intention.

Elle raccrocha, appela le bureau de Connors. Caro, son assistante, lui répondit avec un grand sourire.

— Bonjour, lieutenant. Connors est en holoconférence. Si c'est important, je peux intervenir.

— Je suis en route. J'ai besoin de lui parler au plus vite. Une urgence.

Le visage de Caro s'assombrit.

— Je lui transmets le message.

— Merci.

« C'est parti ! » songea Eve en grimpant à bord de son véhicule et en démarrant en trombe. Elle enfonça l'accélérateur, esquiva, se faufila, enclencha le mode vertical, puis inséra le disque que lui avait confié

Whitney afin de se familiariser avec le lieutenant Ricchio et son équipe.

Lorsqu'elle pénétra dans le vaste hall noir et blanc du siège de l'empire de son mari, un agent de sécurité vint à sa rencontre.

— L'ascenseur vous attend. Montez, lieutenant. Il est programmé.

— Merci.

Pendant la durée de l'ascension, elle arpenta la cabine, échafaudant un plan d'attaque.

Les portes s'ouvrirent directement sur le bureau de Connors.

— Que s'est-il passé ? demanda-t-il en venant à sa rencontre.

— McQueen a pris un otage.

Comme il lui serrait le bras, elle comprit son erreur. Il pensait que c'était quelqu'un de New York, quelqu'un qu'ils aimaient.

— Qui ?

— Melinda Jones. L'une des jumelles, ses dernières victimes avant son arrestation.

— Je m'en souviens.

Cependant, il ne parut guère soulagé. Connors n'oubliait jamais rien.

— Elle est à Dallas, ajouta-t-il, et ce n'était pas une question.

— Exact. Il l'a enlevée hier soir. Je te raconterai plus tard. Il m'accorde un délai de huit heures pour me rendre sur place, sans quoi il va commencer à la découper en morceaux.

— Il veut que tu ailles à Dallas ? Il te l'a expressément demandé ?

— Oui. Je dois y être huit heures au plus tard après réception de l'annonce qu'il a laissée sur le communicateur de Melinda. Il était 10 h 43 là-bas. Il est maintenant 12 h 40. Je dispose donc de six heures, sauf qu'avec le décalage horaire, ça ne fait plus que... Merde, je n'y comprends jamais rien.

— Il nous reste assez de temps. S'il est à Dallas, ce n'est pas une coïncidence.

— Nous en discuterons. Pour l'instant, ma priorité, c'est de l'empêcher de mettre sa menace à exécution. J'ai l'autorisation de travailler avec les autorités locales et d'emmener un partenaire. Je veux que Peabody reste ici pour poursuivre l'enquête de ce côté.

Connors opina et gagna son bureau face à une muraille de baies vitrées surplombant New York.

— Caro, annulez tous mes rendez-vous jusqu'à nouvel ordre. Réservez-moi un jet pour Dallas, Texas. Immédiatement. Merci... Assieds-toi, Eve.

— Je ne t'ai pas proposé de m'accompagner. Je m'y apprêtais, mais tu ne m'en as pas accordé le loisir.

— Tu crois vraiment que je t'aurais laissée partir sans moi ?

Elle ferma brièvement les yeux.

— Pas de questions ? Pas d'objections ? Pas de : « Je t'interdis de retourner là-bas » ? s'étonna-t-elle.

— Ce serait une perte de temps pour toi comme pour moi. Y aller va te meurtrir. Ne pas y aller te briserait.

Elle laissa échapper un soupir. Puis elle s'avança vers lui et noua les bras autour de son cou.

— Tu as raison. Quant à y retourner sans toi, je ne veux même pas y songer.

— Alors n'y songe pas, murmura-t-il en la repoussant légèrement pour plonger son regard dans le sien. Nous allons surmonter cette épreuve, toi et moi.

— Oui. Je... Nous devons rentrer à la maison faire nos valises.

Connors alla pianoter de nouveau sur son communicateur. Quelques secondes plus tard, Summerset apparaissait sur l'écran.

— Eve et moi devons nous rendre à Dallas. Une enquête policière. Pouvez-vous préparer nos bagages et les expédier à mon jet privé, s'il vous plaît ?

— Bien entendu. Je prévois des vêtements pour une semaine ?

— Parfait. Je vous recontacterai avec d'autres instructions sur le trajet. Merci.

En dépit de l'urgence de la situation, Eve eut un sursaut d'effroi.

— Quoi ? Summerset va préparer mes bagages ? Fourrager dans mes sous-vêtements ?

Connors lui jeta un coup d'œil et sourit.

— Cela semble te perturber davantage que la perspective d'affronter McQueen.

— C'est humiliant. Mais j'avale la couleuvre. Histoire de gagner du temps.

— Détends-toi. Respire. Je dois discuter quelques minutes avec Caro.

Eve resta obstinément debout.

— Connors, tu dois te dire que m'accompagner dans cette épreuve fait partie des règles du mariage.

Il esquissa un sourire.

— Toi et tes règles ! Tu les adores.

— Je les connais et je les comprends. Je te reproche souvent de posséder le monde ou d'acheter des planètes, mais je suis consciente du travail que la direction de toutes tes entreprises te demande, de l'énergie que tu déploies. Je sais que tu vas mettre en attente toutes sortes de réunions importantes à cause de moi, et je t'en suis infiniment reconnaissante.

— Eve... Un jour, je me suis trouvé dans un pré en Irlande, seul et un peu perdu, à me languir de toi. Tu es venue, alors que je ne te l'avais jamais demandé. Tu es venue parce que tu savais que j'avais besoin de toi. Nous ne faisons pas toujours ce qu'il faut, ce qui est bien. Pas même l'un pour l'autre, mais quand c'est important, nous le sentons. Il n'y a pas de règle pour cela, Eve. C'est juste l'amour.

« Juste l'amour », songea-t-elle tandis qu'il quittait la pièce. Elle était sur le point de replonger dans son enfer personnel pour affronter un meurtrier, mais à cet instant précis, elle s'estimait la femme la plus chanceuse du monde.

6

Eve passa la première partie du vol à étudier le reste des données que lui avait fournies Whitney. Puis elle arpenta l'allée en réfléchissant à sa stratégie, jusqu'à ce que Connors délaisse enfin son mini-ordinateur.

— Dis-moi à quoi je dois m'attendre en arrivant.

— Je ne peux rien affirmer, répondit-elle. C'est justement ce qui me tracasse. Ricchio, lieutenant Anton, est le supérieur de l'inspecteur Jones. Il dirige l'Unité Spéciale, il a donc l'habitude des crimes sexuels et des abus sur mineurs. Jones n'a pas choisi cette division au hasard.

— Quant à sa jumelle, elle s'est lancée dans la thérapie du viol. J'imagine qu'elles ont travaillé ensemble.

— Melinda a suivi de nombreuses victimes figurant dans les archives de l'Unité Spéciale. Ricchio a vingt ans de service à son actif. Il est marié – pour la deuxième fois – depuis douze ans. Il a un fils de dix-huit ans issu du premier lit et une fille de dix ans, avec sa femme actuelle. Il me paraît équilibré, il laisse de l'espace à ses hommes. Jones fait équipe avec son inspecteur le plus expérimenté, Annalyn Walker. Quinze ans de boutique, dont les huit dernières à l'Unité Spéciale. Célibataire, jamais mariée, pas d'enfants. Ses états de service sont irréprochables. À mon avis, c'est surtout avec elles deux que nous travaillerons.

Son communicateur bipa.

— Les fédéraux, annonça-t-elle. Ici Dallas.

— Qu'en est-il de la coopération et du partage des informations ? beugla Nikos.

De toute évidence, Elva Nikos était furieuse. Folle de rage, même.

— Agent Nikos, je cours contre la montre. Vous obtiendrez toutes les informations pertinentes en vous adressant à mon commandant et à l'inspecteur Peabody, qui dirige désormais l'enquête à New York.

— Si McQueen est à Dallas avec un otage, Laurence et moi devons nous y rendre.

— Ce n'est pas à moi d'en décider.

— Tout est arrangé. Nous avons une heure de retard sur vous. Vous auriez pu nous proposer de voyager avec vous.

— Écoutez, Nikos, j'ai des préoccupations un tantinet plus importantes que vos problèmes de transport. McQueen séquestre une jeune femme et a toutes les raisons de s'en prendre à une autre qui a réussi à lui échapper. Je ne lui en laisserai pas le loisir. Nous pensons que sa partenaire est une certaine Suzan Devon, domiciliée à Bâton Rouge. Ma coéquipière et ses hommes s'efforcent de la retrouver.

— Je suis au courant. Nous avons nous aussi des ressources considérables, grâce auxquelles nous avons pu établir que sœur Suzan Devon n'existe que depuis trois ans environ. Les empreintes et l'ADN enregistrés sont faux, ils appartiennent à un cadavre vieux de dix ans nommé Jenny Pike. Nous effectuons une recherche faciale dans l'espoir de détecter une correspondance dans notre système.

— Elle est sûrement à Dallas avec McQueen.

— Possible. Ou bien il s'est déjà débarrassé d'elle.

« Non, non, pensa Eve. Utilisez vos méninges. »

— Il a encore besoin d'elle. Il n'a pas eu le temps de chercher une nouvelle partenaire. Elle est avec lui. Elle est devenue sœur Suzan avant de rencontrer McQueen, il n'y est pour rien. L'inspecteur Peabody doit interroger Stibble, qui est à l'origine de leur rencontre. S'il sait quelque chose, elle le fera parler. Nous allons atterrir dans une minute. Nous poursuivrons cette conversation chez le lieutenant Ricchio.

Eve raccrocha et se tourna vers Connors.

— Merde.

— Pourquoi ? L'intervention du FBI complique les choses ?

— Je n'ai pas pensé à les prévenir. Ça ne m'a pas traversé l'esprit et ça aurait dû. Je leur avais promis mon entière collaboration.

— S'ils sont si près derrière nous, c'est qu'ils ont été informés rapidement.

— C'était à moi de le faire, marmonna Eve en se ratissant les cheveux. À présent, je vais devoir leur présenter mes excuses. J'ai horreur de ça. Et, oui, ça complique les choses. Ricchio doit se taper des fédéraux en plus d'un flic de New York. À sa place, je l'aurais mauvaise.

— Tu as une heure d'avance pour l'amadouer. Le FBI n'a qu'à assumer ses propres errements diplomatiques.

— Tu n'as pas tort.

— Assieds-toi et attache ta ceinture.

Se penchant sur elle, il s'en chargea lui-même avant d'entourer son visage de ses mains pour la regarder au fond des yeux. Les atterrissages la terrifiaient autant que les décollages.

— Tu connais ton métier, dit-il. Le lieu où tu l'exerces importe peu.

— Cette fois, si.

— Tu as ta cible, ton objectif. C'est le plus important. Et tu te connais.

Il l'embrassa, pour la rassurer, pour se rassurer.

La navette venait de toucher terre. À Dallas.

Ils émergèrent de l'appareil, et Eve fronça les sourcils en découvrant le véhicule que Connors leur avait réservé.

Amusé, il lui ouvrit la portière côté passager.

— J'ai pensé qu'il valait mieux jouer la discrétion, expliqua-t-il.

— D'accord, ce n'est pas un joujou décapotable en or massif, mais pour ce qui est de la discrétion... Cette voiture est une fortune sur roues.

— C'est une berline élégante dotée de capacités tout-terrain puisque nous ignorons où nous devons aller. Et elle est noire.

Il se glissa derrière le volant, programma l'ordinateur de bord.

— D'ailleurs, une décapotable en or massif pèserait beaucoup trop lourd. Un simple vernis doré, en revanche, pourquoi pas ?

— Je te fais confiance, grommela-t-elle.

— Avec raison.

Ils furent rapidement engloutis dans les embouteillages. Lors de sa précédente visite, Eve avait été frappée par la densité de la circulation, les rues qui partaient dans tous les sens au lieu de former un quadrillage parfait comme à Manhattan. Quant à l'architecture, elle était très différente de celle de New York où l'ancien côtoyait le nouveau, où les vieilles demeures de brique se mêlaient aux tours élancées. Ici, tout paraissait clinquant.

Elle se concentra sur les gratte-ciel, refusant de repenser à ce qui s'était passé dans la chambre glaciale d'un hôtel minable situé dans le quartier chaud de la ville.

— Qu'est-ce que ça a changé depuis notre dernière visite, commenta-t-elle.

Connors indiqua l'une des innombrables grues qui se dressaient dans le ciel.

— Cette ville est en perpétuelle évolution.

— Au fond, ce n'est pas plus mal. Peut-être que je ne ressentirai rien, comme si j'étais dans une cité anonyme… On nous a réservé un emplacement de visiteur. Niveau trois Est, numéro vingt-deux. C'est le niveau de l'Unité Spéciale.

— Pratique.

— Pure courtoisie. Ils auraient pu nous refiler une place à l'autre bout. C'est plutôt bon signe. Je dois convaincre Ricchio de me laisser prendre les rênes. Il ne connaît pas McQueen et c'est normal. Il se sera documenté, bien sûr, mais ça ne suffit pas.

— Bree Jones le connaît.

— Oui, mais elle a moins d'expérience que son supérieur. Et c'est sa sœur qui est en danger. Sans oublier le facteur traumatisme subi – et crois-moi, elle le revit minute par minute depuis 10 h 43 ce matin. J'ignore si elle sera un atout ou un poids.

Connors bifurqua dans le parking.

— Tu es nerveuse, anxieuse. Ne me contredis pas. Ils ne le devineront jamais, mais moi, je ne suis pas dupe. Je le sens.

— Je tâcherai de me contrôler.

— Je n'en doute pas une seconde. Le mieux serait peut-être d'y aller en douceur, de prendre le temps de cerner Ricchio et Bree Jones. De leur donner une chance de te découvrir.

— Oui. Oui, tu as raison. Mais je suis…

— … pressée d'en finir, devina Connors en se garant sur la place qui leur avait été attribuée.

— Exact. Sauf qu'il faut que j'arrête ça tout de suite. Sinon, j'aurais mieux fait de rester à la maison. Première étape, déclara-t-elle en descendant du véhicule, récupérer Melinda Jones saine et sauve.

Deuxième étape, mettre McQueen et sa partenaire derrière les barreaux. Le reste n'est que du superflu.

Il contourna la berline pour la rejoindre.

— Allons-y, l'encouragea-t-il en lui prenant la main.

— Hé ! Les consultants n'entrent pas dans un commissariat en pelotant un flic.

Il lui serra brièvement le bras avant de la relâcher.

— Il s'agit de *mon* flic.

Une fois les formalités d'usage accomplies, on les pria aimablement de patienter.

Les sols en carrelage blanc étincelaient. Les murs d'une teinte chocolat, infiniment plus riche et chaleureuse qu'un vulgaire beige, étaient ornés d'œuvres d'art géométriques bariolées dans des cadres en bronze. Les bancs installés dessous brillaient. Les distributeurs automatiques étaient reluisants.

Eve éprouva une sensation de malaise qui ne fit que croître quand deux uniformes passèrent, leur adressèrent un sourire et les saluèrent d'une voix enjouée.

— Qu'est-ce que c'est que cette boutique où on expose des tableaux et où les uniformes vous saluent au lieu de vous fusiller du regard ? marmonna-t-elle.

— Ressaisis-toi. Je suis sûr que quelque part dans ce bâtiment quelqu'un est en train de se faire remonter les bretelles.

— L'agent de sécurité m'a souri et dit : « Bonjour, madame » avant que je lui présente mon badge.

— Le monde est pourri, Eve, répliqua Connors en résistant à la tentation de la serrer contre lui. Tout fout le camp.

— Absolument. Alors qu'est-ce qu'ils ont, tous, à sourire ? C'est insupportable.

Malgré lui, il l'étreignit et posa les lèvres sur ses cheveux.

— Tu vas me dire d'arrêter ça tout de suite, je sais, concéda-t-il en riant. Mais c'est plus fort que moi dans ce monde de flics souriants. D'ailleurs, en voici un qui correspond mieux à tes critères.

Eve reconnut Bree Jones à l'instant où elle passa la porte. L'espace d'un éclair, elle revit la jeune fille au visage meurtri, enflé, déformé par la rage et la terreur. Puis la vision s'estompa et elle vit une jolie femme aux courts cheveux blonds, aux traits doux mais au menton volontaire. Ses yeux d'un bleu intense étaient cernés et son teint, blême.

Eve songea qu'elle ne pouvait masquer sa fatigue, mais qu'elle surmontait sa peur – à peine perceptible.

Petite, trapue, en jean délavé, tee-shirt blanc et bottes marron, elle s'approcha d'un pas vif.

— Lieutenant Dallas.

La voix était ferme, teintée de ce léger accent texan qui, aux oreilles d'Eve, évoquait un mélange de torpeur et de décontraction. Tout le contraire de sa poignée de main.

— Inspecteur Jones. Voici Connors. Il est ici en tant que consultant.

— Oui. Merci d'être venus aussi vite. J'ai demandé à mon supérieur la permission de venir vous accueillir. Je voulais vous remercier personnellement.

— Ce n'était pas la peine.

— Vous me l'avez déjà dit autrefois, mais j'y tenais. Je vous conduis chez le lieutenant Ricchio.

— Participez-vous à l'enquête, inspecteur ?

— Le lieutenant Ricchio est convaincu que je peux être un atout.

— Est-ce vous qui l'en avez persuadé ?

Bree observa Eve à la dérobée tandis que le trio s'enfonçait dans un dédale de couloirs.

— Oui, lieutenant, avoua-t-elle. Il s'agit de ma sœur. Je ne serais pas intervenue si je n'en avais pas eu la certitude absolue.

Eve ne dit rien. Bree se déplaçait comme un flic et, mis à part son intonation, s'exprimait comme un flic.

Mais ce commissariat ? Rutilant, savamment éclairé, climatisé…

— Ce bâtiment est neuf, inspecteur ? risqua-t-elle.

— Relativement. Il a cinq ans.

Cinq ans ? Les flics qu'elle connaissait en auraient terni l'éclat en cinq jours.

Ils atteignirent l'Unité Spéciale avec sa vaste salle commune et sa rangée de box. Des policiers, certains en veste, d'autres en manches de chemise, s'affairaient devant leur ordinateur. Leur arrivée provoqua un silence, et Eve eut droit à suffisamment de regards ombrageux pour se sentir rassurée.

Ricchio occupait l'espace traditionnellement attribué au patron, avec sa baie vitrée. Il en sortit immédiatement, la main tendue.

— Lieutenant Dallas, monsieur Connors, merci d'avoir réagi aussi vite. Je vous en prie, entrez. Puis-je vous offrir un café ?

Elle faillit refuser et rétorquer : « Mettons-nous au boulot. » Mais elle se rappela qu'elle se trouvait dans un monde où les flics disaient « s'il vous plaît » et souriaient à tout bout de champ.

— Volontiers. Noir.

— Idem pour moi, répondit Connors.

Ricchio programma l'autochef puis, après avoir distribué les tasses, les invita d'un geste à s'asseoir dans les fauteuils – avec coussins – réservés aux visiteurs tandis qu'il se perchait sur le bord de sa table.

Il portait un costume et une cravate ; une cascade de cheveux châtains ondulait autour de son visage carré à la mâchoire volontaire. Son regard passa de Bree à Eve.

— Je suppose que vous avez lu la déposition et le rapport de l'inspecteur Jones, lieutenant Dallas.

— En effet. Cependant, si cela ne vous ennuie pas, j'aimerais qu'elle me relate les faits de vive voix.

— Bree ?

— Bien sûr, lieutenant. Je ne suis rentrée que vers 4 heures ce matin, après une dure journée. Ma sœur et moi partageons un appartement. J'ai pensé qu'elle dormait. Je n'ai pas vérifié. Je me suis couchée tout de suite et, comme j'avais posé un jour de congé, je me suis offert une grasse matinée. Je…

Elle flancha.

— Quand mes inspecteurs ont enchaîné les heures supplémentaires, clôturé une affaire et qu'ils n'ont pas de dossiers pressants en cours, j'ai pour habitude de leur accorder une journée pour récupérer, intervint Ricchio.

— Je comprends.

— Je ne me suis levée qu'à 10 h 30, reprit Bree. Je me suis dit que Melinda était partie travailler. Elle m'avait laissé un message sur le réfrigérateur – nous communiquons souvent ainsi. Elle y écrivait qu'elle avait reçu un appel et qu'elle allait rencontrer une de ses patientes, victime d'un viol. À 23 h 30.

— Cela lui arrive souvent de sortir si tard ?

— Oui, madame… euh, pardon… lieutenant.

— Madame, c'est pour les taties au cul serré.

Bree esquissa presque un sourire.

— Oui, lieutenant. Pour Melinda, il n'est jamais ni trop tôt ni trop tard. Si quelqu'un a besoin d'elle, elle est là. Je ne m'en suis pas étonnée. Si elle avait rédigé ces mots sous la contrainte, je m'en serais rendu compte. Ce n'était pas le cas.

— Elle ne vous a pas précisé qui elle avait l'intention de rencontrer ?

— Non, mais ça n'a rien d'anormal. Sauf que, si elle était rentrée, elle aurait effacé le message. Inquiète, j'ai décidé de la contacter. Et je suis tombée sur l'annonce de McQueen.

Comme elle prononçait son nom, elle se mit à tripoter sa bague en argent.

— J'ai inspecté l'appartement. J'ai joint mon lieutenant pour lui expliquer la situation. Il a envoyé deux officiers et une équipe de techniciens chez nous, et lancé un avis de recherche. On a découvert le véhicule de Melinda dans le parking sécurisé d'un motel à environ un kilomètre de notre domicile. Aucune des personnes interrogées ne se rappelle avoir aperçu Melinda et/ou McQueen.

— Leur a-t-on montré la photo de la présumée partenaire de McQueen ?

— Oui, dès que votre département nous l'a transmise. Nous n'avons obtenu aucun résultat. Nous avons traqué – et nous traquons toujours – les clients qui avaient réservé une chambre la nuit dernière dans ledit motel. Jusqu'ici, ça n'a rien donné.

— Les suspects n'y sont pas descendus, déclara Eve. Ils y ont abandonné sa voiture ou l'ont peut-être transbordée dans une autre. Vraisemblablement une fourgonnette. Il serait judicieux de demander aux témoins s'ils en ont remarqué une sur le parking.

Bree sortit son carnet électronique.

— Selon toute probabilité, poursuivit Eve, la femme a donné rendez-vous à Melinda Jones devant un établissement genre restaurant – de préférence minable, mais très fréquenté. Elle suggère alors à votre sœur de chercher un endroit plus tranquille. Elle ne veut pas prendre le risque d'être vue en compagnie de sa cible. Elle est nerveuse, bouleversée. Votre sœur la fait monter dans sa voiture… Est-ce ainsi que réagirait Melinda, inspecteur ?

— Oui.

Bree cessa momentanément de prendre des notes, tritura de nouveau sa bague.

— Melinda l'aurait emmenée là où cette personne le désirait.

— Au bout d'un moment, enchaîna Eve, elle demande à votre sœur de se garer au bord d'un trottoir ou dans un parking désert. Elle feint une envie de vomir ou une crise d'hystérie : il est plus malin et plus intelligent de neutraliser votre sœur et de prendre le contrôle du véhicule à l'arrêt. La suspecte prend le volant, McQueen les rejoint, ou bien la suspecte se rend au motel où McQueen l'attend. Ils transfèrent Melinda dans un autre véhicule. Peu importe que l'on retrouve la voiture de votre sœur. Au contraire, c'est mieux : ainsi ils pourront prendre de l'avance pendant que vous perdez du temps à les rechercher dans les parages. Ils sont déjà loin.

— Si j'avais vérifié qu'elle était là à mon retour...

— Cela n'aurait rien changé, l'interrompit Eve. Pas plus que si vous aviez été auprès d'elle quand elle a reçu l'appel. Elle serait partie. Elle vous aurait peut-être donné le nom de la femme qu'elle allait voir, mais ça n'aurait servi à rien parce que ç'aurait été un faux nom. Je connais mal le secteur et les pics de circulation par ici mais, selon moi, en moins d'une heure, Melinda était séquestrée dans le local qu'ils avaient préparé.

Eve se tourna vers Ricchio.

— C'est le scénario le plus plausible.

— Pensez-vous qu'ils aient pu l'emmener hors de la ville ?

— McQueen est un citadin. Il a été enfermé pendant des années, loin de l'action, de l'énergie, du dynamisme de la ville. En banlieue ou dans les lotissements, les voisins ont tendance à prêter davantage attention à ce qui se passe autour d'eux. Je pencherais pour un appartement confortable. Rien d'ostentatoire. Sa partenaire avait tout préparé depuis des semaines, voire des mois. Murs insonorisés, système de sécurité dernier cri, beaucoup d'espace. Les partenaires précédentes de McQueen ont toujours conservé leur propre résidence. C'est sans doute toujours le cas. Il ne veut pas l'avoir dans les pattes du matin au soir. Il aime sa tranquillité.

— Vous avez un complice en détention provisoire, m'a-t-on dit.

— Randall Stibble, confirma Eve. C'est un intermédiaire. En échange d'une rémunération, il a recruté pour McQueen des partenaires potentielles qui lui ont rendu visite en prison. Ma coéquipière et un inspecteur sont en train de l'interroger. S'il a d'autres infos, ils sauront les lui faire cracher. Apparemment, la suspecte serait une ex-patiente de Melinda. Avez-vous son dossier ?

Ricchio hocha la tête en direction de Bree.

— Nous avons accédé aux archives de Melinda, expliqua celle-ci, et lancé des recherches sur toutes les personnes qui ont fait appel à ses services au cours des six derniers mois. Photos, ADN, empreintes… Nous n'avons pu établir aucune corrélation.

— Vous devez remonter dans le passé. D'un an, voire plus. Ils auront prévu un laps de temps entre le présumé viol, les consultations initiales et cette reprise de contact. L'identité dont elle s'est servie pour rencontrer McQueen en taule est fausse, mais d'une qualité suffisante pour contourner les vérifications. Comme McQueen, elle a dû modifier légèrement son apparence. Toutefois, ils ne peuvent transformer ni ce qu'ils sont ni qui ils sont.

— J'aimerais que vous mettiez au courant mes officiers et leur soumettiez les profils, intervint Ricchio. Votre expérience avec McQueen nous sera précieuse.

— Les agents Nikos et Laurence devraient être là dans vingt minutes, l'avertit Eve.

— Bien. Réunion dans une demi-heure. Si cela vous convient.

— C'est parfait.

— Comment paie-t-il tout cela ? voulut savoir Ricchio. Les voyages, l'appartement, les transports ?

— Nous avons toujours su qu'il avait de l'argent. Malheureusement, nous n'avons jamais pu mettre la main dessus. Il en aura donné à sa partenaire pour couvrir ses frais, ce qui pourra éventuellement nous indiquer une piste. Notre consultant civil est un grand spécialiste des finances.

Eve jeta un coup d'œil à Connors, qui enchaîna :

— Il possède probablement une multitude de comptes. Stibble et le gardien avec qui il œuvrait avaient tous deux des comptes cachés. McQueen a pu transférer des sommes relativement petites d'un compte offshore – au nom d'une société factice – aux leurs, le plus souvent par le biais de l'ordinateur de Stibble. Ce compte offshore n'a pas été difficile à dénicher, j'en déduis donc qu'il en a d'autres, plus conséquents. Dans la mesure où il a sérieusement entamé le premier, il va avoir besoin de piocher dans les autres pour couvrir ses dépenses courantes.

— Pourquoi Melinda ? interrogea Bree. Pourquoi ici ? Je suis sûre qu'il n'a pas choisi cette ville au hasard. Je vous aurais posé la question même si Melinda n'était pas ma sœur.

— Vous étiez ses dernières victimes avant son incarcération. Un coup de maître. Des jumelles. Jusque-là, à notre connaissance, il n'avait jamais enlevé plus d'une jeune fille à la fois. Il ne vous a eues à lui que peu de temps.

— Il aurait pu s'attaquer à moi. Il aurait dû, insista Bree. Enlever un officier de police est forcément plus excitant que de s'en prendre à une psychothérapeute.

— Je suis d'accord, admit Eve. Mais vous ne lui avez jamais rendu visite en prison.

— Quand ? aboya Ricchio. Êtes-vous en train de me dire que Melinda a été en contact avec McQueen auparavant ? Le saviez-vous, inspecteur Jones ?

— Oui. Seigneur ! souffla-t-elle en pressant la main sur sa tempe. J'avais oublié ce détail, lieutenant. Je ne m'en souvenais pas, c'était il y a des années. Elle ne m'en a parlé qu'après l'avoir vu. J'étais furieuse. Nous nous sommes violemment disputées et je...

— Bree, pour l'amour du ciel, asseyez-vous ! gronda Ricchio en se frottant le visage. Pourquoi est-elle allée le voir ?

— Elle m'a raconté que si elle voulait aider des victimes de viol, elle devait avant tout surmonter ses propres traumatismes. Elle éprouvait le besoin de le voir derrière les barreaux, de constater qu'il payait sa dette pour le mal qu'il avait infligé. Elle voulait aussi lui montrer qu'elle y avait survécu. Qu'elle était libre, en bonne santé, indemne.

Bree ferma les yeux, inspira profondément.

— Elle s'y est rendue en douce parce qu'elle savait que je me fâcherais. J'aurais couru chez nos parents, j'aurais tout fait pour l'arrêter. Mais son initiative a eu un côté positif. Les migraines qui la paralysaient se sont espacées, les cauchemars aussi. Elle était apaisée, plus heureuse... Du coup, j'ai complètement oublié cet épisode, acheva Bree avec une pointe d'amertume.

— Vous a-t-elle rapporté leur conversation ? demanda Eve.

— Elle m'a dit qu'il avait souri d'un bout à l'autre de la rencontre, l'air enchanté, charmant. Il était si content de la voir, elle était devenue si belle, et blablabla. Il lui a posé des questions auxquelles elle n'a pas répondu, du style : « Est-ce qu'elle avait un petit ami ? », « est-ce qu'elle suivait des études ? ». Il l'a interrogée à mon sujet, s'est plaint que je ne sois pas venue avec elle. Elle l'a laissé parler. Puis elle lui a assuré qu'elle aussi était ravie de le voir. En prison. Que c'était merveilleux de se dire que, grâce à l'officier Dallas, il allait pourrir en cellule jusqu'à la fin de ses jours. Qu'elle se réjouissait de le savoir en cage alors qu'elle était libre. Là-dessus, elle est partie. Il ne souriait plus. Elle l'a provoqué, elle a remué le couteau dans la plaie. Il ne l'a pas digéré. Il va lui faire du mal. Comme autrefois.

— Pas tout de suite, déclara Eve. Pour l'heure, elle n'est qu'un outil, comme Stibble, comme la partenaire, comme Lovett, le gardien de prison qu'il a soudoyé. Il a besoin d'elle. Désormais, c'est moi qu'il vise. Melinda m'a mentionnée spécifiquement comme la responsable de son incarcération.

— Oui. Elle… Nous vous étions si reconnaissantes.

— Tant que c'est moi qu'il vise, il la gardera en vie.

Un officier de sexe féminin entra sans frapper.

— On a McQueen sur le communicateur fixe de Bree, vidéo bloquée. Il veut qu'on lui passe le lieutenant Dallas.

— Conduisez-moi, ordonna Eve. Vous, Bree, pas un mot.

Eve fonça dans la salle commune et s'immobilisa devant le bureau de l'inspecteur Jones. Elle sollicita Ricchio du regard ; d'un signe de tête, il lui donna le feu vert. Elle se planta face à la caméra.

— Vous avez un peu d'avance, non ? railla-t-elle.

— Vous aussi, répondit-il, un sourire dans la voix. Quelle impression cela vous fait-il de revenir à la case départ ?

— Ce n'est pas ma case départ.

— Ah, non ? J'ai eu du mal à me renseigner sur vous, mais j'ai fini par y arriver… Certes, vous étiez un peu jeune à mon goût. Vilaine fille. Mais je parie que vous étiez délicieuse. Racontez-moi les détails ; j'aime entendre les détails.

— Vous pouvez toujours rêver. Une preuve de vie, McQueen, sans quoi je prends la prochaine navette pour New York.

— Dites « s'il vous plaît ».

— Allez au diable. Une preuve de vie ou je coupe la communication.

— Pfft ! Vous étiez si polie la première fois qu'on s'est rencontrés.

— Vous voulez dire, quand je vous ai poliment assommé ? C'était le bon vieux temps. Dernière chance, sinon, je m'en vais. Une preuve de vie.

— Si vous insistez…

Les haut-parleurs diffusèrent un jingle de mise en attente. Il se fichait d'elle.

Un instant plus tard, le visage de Melinda Jones apparut à l'écran. Elle avait les yeux vitreux – elle était droguée. Aucune trace d'hématomes faciaux.

— C'est Melinda…

Du coin de l'œil, Eve vit l'officier barrer le chemin à Bree.

— … Il ne m'a pas fait de mal. J'ignore où je suis. Elle a dit – Sara…

Elle se tut, grimaçant de terreur tandis que McQueen posait la lame d'un couteau sur sa gorge.

— Ttttt ! Ça suffit.

— Je veux la voir en pied, décréta Eve. Je suis arrivée dans le délai imparti. Je veux m'assurer que vous avez respecté vos promesses.

— Vous avez votre preuve de vie, et elle a encore tous ses doigts. Bloquez la vidéo.

L'image disparut.

— Que voulez-vous, McQueen ?

— Votre sang sur mes mains et une jolie petite fille dans mon lit.

— Mais encore ?

— C'est tout, et c'est ce que j'aurai. Entre-temps, j'aurai le plaisir de vous observer pendant que vous tenterez de me débusquer une fois de plus pour sauver la fille. Vous n'y parviendrez pas, mais moi, je vous coincerai, et vous finirez là où vous avez commencé.

Il laissa échapper un long soupir heureux.

— Nous avons Stibble et Lovett, riposta Eve.

— Gardez-les. Je n'ai plus besoin d'eux. Pour le moment.

Sur ce, McQueen raccrocha.

— Vous avez pu le localiser ? lança Eve.

— Non, grogna un homme à proximité, l'air dégoûté. Le signal rebondissait comme une balle de ping-pong. Il a pris ses précautions. Nous ne pouvons même pas affirmer qu'il se trouve à Dallas.

— Il est ici, murmura Eve en se tournant vers Bree. Melinda est vivante. Il ne l'a pas violentée – sans quoi il n'aurait pas pris la peine de la droguer. Il aurait tenu à ce qu'elle ressente la souffrance.

Elle aperçut les agents du FBI.

— Lieutenant, si vous pouvez m'accorder dix minutes avec les fédéraux, je serai ensuite en mesure de briefer vos hommes.

— Installez-vous dans mon bureau.

7

Eve résuma la situation à Nikos et à Laurence, après de petites chamailleries, elle eut le dernier mot. Elle prendrait la parole devant les policiers de Dallas, après quoi les fédéraux leur feraient part de leurs propres découvertes.

Avec ses tables reluisantes entourées de chaises confortables, la pièce où devait se dérouler la réunion ressemblait davantage, selon Eve, à une salle de conférences. Des écrans flanqués d'ordinateurs recouvraient tout un pan de mur. Quant au pupitre, elle avait la ferme intention de l'ignorer.

Lorsque les participants commencèrent à arriver, elle attira Connors à l'écart.

— Contacte Peabody, veux-tu ? Si elle a du nouveau, il me le faut. D'autre part, peux-tu essayer de remonter à la source de communication de McQueen ? Parce qu'il va rappeler.

— À condition de disposer d'assez de temps et d'un matériel *ad hoc*.

Elle scruta les alentours.

— Ils ont sans doute de quoi te satisfaire. Ils ont tout.

— Je préférerais m'en occuper de mon côté. Je travaillerai sur place avec la DDE si nécessaire, mais je ne connais pas les membres de l'équipe. Toi non plus.

Le mieux serait que je m'installe à notre hôtel et que je me connecte avec Feeney.

À quoi bon discuter puisqu'elle était d'accord ?

— Excellente idée. Mais nous devons jouer franc jeu avec les locaux. Si tu progresses, on les informe. Tu t'occuperas des finances et des transmissions électroniques.

— Je m'efforcerai de mériter ma rétribution exorbitante. Melinda Jones a-t-elle prononcé le début d'un nom ?

— C'est mon impression. Sara – Sara quelque chose. Je l'ai signalé aux fédéraux, ajouta-t-elle en jetant un coup d'œil aux deux agents penchés sur leurs mini-ordinateurs. Après cette mise au parfum, je vais devoir installer mon propre QG. J'ai besoin de mon tableau de meurtre, de mon cahier, de mon espace. Pour réfléchir… Comment marchent tous ces écrans ?

— Je m'en charge.

— Tant mieux. Imagine que j'affiche l'une de ces adorables photos de chiots au lieu de celles des suspects.

Eve se tourna vers l'assistance tandis que Ricchio se dirigeait vers le pupitre. Les murmures de conversations se turent.

— Tout le monde ici présent sait de quoi il retourne. Désormais, nous allons mener notre enquête en collaboration avec le Département de police de New York, représenté par le lieutenant Dallas, Connors, consultant civil, et les agents spéciaux Nikos et Laurence, du FBI. Comme vous le savez, ou devriez le savoir après notre réunion préalable, le lieutenant Dallas a appréhendé Isaac McQueen il y a douze ans. Grâce à elle, les mineures qu'il séquestrait chez lui ont été sauvées. Melinda Jones en faisait partie. Vous connaissez tous Melinda, vous avez travaillé avec elle. J'attends de vous la plus grande des courtoisies et une coopération totale avec le lieutenant Dallas, Connors et les agents Nikos et Laurence.

Eve fit un pas en avant.

— Isaac McQueen est un prédateur et un pédophile violent, attaqua-t-elle. Il est extrêmement organisé, intelligent et fixé sur ses objectifs. Il adore prendre des risques, il s'en nourrit, mais il les calcule. Il n'a jamais eu l'intention de se faire coincer, n'éprouve aucun remords mais a, au contraire, le sentiment d'être dans son droit. Il a un faible pour les adolescentes de douze à quinze ans. Des filles jolies. S'il a parfois jeté son dévolu sur des gosses des rues ou des fugueuses, il opte plus volontiers pour les petites bourgeoises bien habillées.

Elle pivota vers l'écran sur lequel Connors avait affiché la photo de McQueen et les facteurs les plus pertinents.

— C'est un arnaqueur expérimenté. Il est expert dans l'art de l'escroquerie. D'après les témoignages recueillis après son arrestation, il forçait souvent ses victimes à s'adonner à des jeux de rôle. Il s'adapte. Il se fond dans la masse. Il est affable et même charmant, élégant, soigné, éloquent. Il va s'intégrer discrètement dans un environnement urbain, vraisemblablement un appartement confortable sans ostentation. Il prend plaisir à bavarder avec ses voisins – c'est pour lui une autre sorte de jeu de rôle… Il n'hésitera pas à sortir. Après douze ans derrière les barreaux, il a envie de se lâcher. Il mangera au restaurant, fréquentera bars et galeries. Le shopping dans les magasins de luxe est un de ses passe-temps favoris. Là encore, il collectionne. Il connaît la ville où il aura élu domicile comme sa poche.

Eve fit signe à Connors d'afficher le visuel suivant.

— Sa mère, Alice McQueen, était une toxico. Elle lui a tout appris en matière de fraude et a abusé de lui sexuellement. On pense que cette relation sexuelle a duré jusqu'à ce qu'il la tue, à l'âge de dix-neuf ans. Elle est le prototype des partenaires qu'il recrute, exploite et dont il se débarrasse ensuite. Des femmes mûres, vulnérables, assez futées pour lui être utiles, assez fragiles pour lui céder.

Elle marqua une pause, le temps qu'une autre photo apparaisse à l'écran.

— Voici celle que nous soupçonnons d'être sa partenaire actuelle, reprit-elle. Pour l'heure, elle n'a pas encore été identifiée. Un intermédiaire l'aurait présentée à McQueen alors qu'il était en prison. Nous avons la preuve qu'ils ont continué à communiquer après l'arrêt des visites. McQueen ayant sélectionné sa cible et le lieu, elle se sera chargée de tout le travail de préparation. À un moment, elle a établi un lien avec Melinda Jones en se faisant passer pour une victime de viol. Elle se sera montrée très convaincante et aura réussi à développer une relation avec la cible. Nous pensons que c'est elle qui a attiré Melinda Jones dans les filets de McQueen. S'il suit son schéma habituel, elle ne vit pas avec lui, mais lui rend souvent visite.

Eve se tut de nouveau, contempla cette nuée de flics qui prenaient des notes tout en la jaugeant, pressée d'en finir avec les préambules pour se mettre sérieusement au boulot.

— Je comprends que votre priorité soit de retrouver Melinda saine et sauve, et je vous soutiendrai dans vos efforts. Mais sachez qu'il va se remettre en chasse.

Cette seule pensée la rongeait.

— Pendant un ou deux jours, insista-t-elle, il se contentera peut-être de prendre son pied en séquestrant Melinda et en me menant en bateau. Mais il sera dehors, il se baladera, il repérera des jeunes filles qui s'achètent une part de pizza, lèchent les vitrines ou traînent avec leurs copines. Il les voit, il les sent, il se frotte contre elles dans la rue. Il est avide et ne se privera de rien… Sa partenaire ne verra rien venir, c'est donc à nous d'agir au plus vite. Ils se déplaceront ensemble à bord d'une fourgonnette, un véhicule banal, passe-partout. McQueen prospecte le plus souvent la nuit, mais pas exclusivement. Il opte pour les lieux très fréquentés, ceux où les ados ont leurs habitudes. Il droguera sa proie avec une seringue, juste de quoi la désorienter. Il dispose sûrement d'un parking souterrain dans son immeuble. Si l'entrée est sécurisée, il sabotera le système. C'est un champion de l'électronique. Pour le moment, Melinda lui est utile, tout simplement. Elle ne correspond pas à ses victimes habituelles.

— Il a violé une femme adulte à New York, fit remarquer l'un des policiers.

Percevant de la colère dans sa voix, Eve l'examina. La vingtaine avancée, beau garçon, cheveux et yeux bruns, la mâchoire crispée.

— Il en a fait un message à mon intention, répondit-elle.

— Vous l'avez agressé pendant la communication.

Eve inclina la tête, le scruta plus attentivement. Manches de chemise retroussées, arme à la ceinture, cheveux en bataille, expression tendue, regard dur.

— Vraiment ?

— Vous l'avez envoyé balader.

— Tu parles d'un scandale !

Quelques rires fusèrent avant que Bree prenne la parole :

— Vous l'avez obligé à se concentrer sur vous – non sans l'énerver un peu. Vous et lui. Vous êtes la cible, par conséquent Melinda est l'outil, l'appât. Un personnage secondaire. S'il la touche, le *deal* est rompu et vous repartez chez vous. Vous le lui avez fait comprendre.

— Et chaque fois qu'il me contactera – car il n'y manquera pas –, je réagirai de la même manière. C'est ce qu'il attend. Ce qu'il désire. Ça l'excite parce qu'il est persuadé qu'il va pouvoir sévir de nouveau et que l'histoire se terminera autrement. Il n'a pas supporté d'être épinglé par une débutante – ce détail a dévoré son ego – et, croyez-moi, il n'a rien d'une mauviette. S'il prend le dessus, il vous mettra en pièces. Il est fort, entraîné à se battre. Ne commettez pas la même erreur que moi. Appelez des renforts. Neutralisez-le au pistolet paralysant s'il le faut. Je ne l'ai pas fait et ce monstre a failli me tuer. À présent, je passe la parole au FBI.

Sans surprise, ce fut Nikos qui prit les rênes. Au grand amusement d'Eve, elle s'installa derrière le pupitre.

— L'agent spécial Laurence et moi tenons à remercier le Département de police de Dallas et le lieutenant Ricchio pour leur collaboration et leur aide. Le Bureau s'est engagé à appréhender Isaac McQueen et à sauver Melinda Jones. Nous sommes d'accord avec l'essentiel du profil, des données et des supputations du lieutenant Dallas. Toutefois, j'aimerais souligner un point.

Elle reprit son souffle.

— Nous sommes d'avis, en effet, que le sujet se fixe des objectifs. C'est précisément pourquoi nos calculs de probabilités dévient de la trajectoire proposée par le lieutenant Dallas : nous doutons fort que McQueen s'attaque à une mineure dans l'immédiat. Par conséquent, notre but premier sera de traquer le sujet et d'obtenir la libération de son otage.

« Excellent », pensa Eve, notant que Laurence continuait à travailler pendant que sa coéquipière parlait.

Nikos poursuivit en ressassant des éléments déjà évoqués. « On perd du temps », s'agaça Eve. Connors se rapprocha d'elle et lui confia à voix basse :

— Ils ont arrêté le gardien de prison et le cuisinent en même temps que Stibble. La DDE a récupéré tous les appareils électroniques, en quête d'éventuelles communications en provenance de/ou adressées à McQueen et à sa partenaire.

— Parfait.

— J'ai mieux. Stibble a prêté son portable à McQueen à plusieurs reprises. McQueen a tout effacé, mais la DDE est dessus.

— Épatant. Je mettrais volontiers un terme à son discours, mais Nikos s'amuse tellement à endormir les flics.

Connors ébaucha un sourire.

— C'est une bureaucrate, plutôt moins barbante que la plupart. Tiens, on dirait que Laurence a du nouveau !

Eve le vit se lever. Nikos se tut.

— Je l'ai ! Sarajo Whitehead, supposée avoir été violée par un inconnu au mois d'octobre l'année dernière.

Bree se leva à son tour.

— On s'est penchés sur ce cas, intervint-elle.

— Traitée à la clinique Mercy par le Dr Hernandez, continua Laurence. Incident rapporté à l'Unité Spéciale. Melinda Jones désignée comme thérapeute.

— Montrez-moi ça, ordonna Eve avant de se rétracter. Excusez-moi.

— Je vous en prie, répondit Laurence avant de tendre son Palm à Connors. Vous êtes l'expert. Vous pouvez transférer ?

— Bien sûr.

— Elle s'est rendue à la clinique à pied, expliqua Bree. Le centre est ouvert jour et nuit. Ses vêtements étaient déchirés, elle avait des hématomes sur les bras et les jambes. L'auscultation a confirmé une relation sexuelle récente, brutale ou forcée.

— Exact, renchérit sa coéquipière, Annalyn Walker. Elle prétendait avoir été agressée après la fermeture du bar dans lequel elle était employée – le... euh, *Circle D* –, c'est à quatre pâtés de maisons de la clinique. Elle a déclaré qu'un type l'avait empoignée, bousculée, menacée avec un couteau. Il l'avait ensuite obligée à retourner avec lui dans le bar, puis l'avait violée avant de s'enfuir avec son sac et les bijoux qu'elle portait sur elle.

Bree prit le relais.

— Elle nous l'a décrit, mais assez vaguement. Il faisait noir, apparemment. Notre enquête a permis de confirmer qu'elle était bien employée dans cet établissement, et nous avons relevé des traces d'activité sexuelle dans l'entrée. Nous avons retrouvé son sac vide dans une benne de recyclage deux pâtés de maisons plus loin. Melinda l'a suivie pendant plusieurs semaines. Nous n'avons jamais mis la main sur le violeur.

— Je veux lire le dossier, décréta Eve. Interroger son ex-patron, ses collègues. Il est évident qu'elle ne travaille plus là. Nous devons retrouver le type avec qui elle a eu cette relation sexuelle – consentie.

— L'examen médical a révélé une déchirure, des contusions.

— Je n'en doute pas. Mais elle n'a pas été violée. Elle a dû se débrouiller pour en donner l'impression afin qu'on la confie à Melinda.

Eve adressa un signe de tête à Connors et pivota vers l'écran.

— Je constate des modifications mineures par rapport à l'époque où elle se faisait appeler sœur Suzan. Mèches plus claires, nouvelle couleur d'yeux, visage un peu plus rond, sourcils remodelés. Elle me rappelle quelqu'un, mais qui ?

— Fausse identité ! annonça Connors en brandissant son propre Palm. Ce nom et ces empreintes sont ceux d'une femme décédée dans un accident de la route à Toledo, Ohio, il y a trois ans.

— Vous êtes un rapide, commenta Laurence.

— Elle suit le plan à la lettre. Elle a endossé un nouveau personnage pour louer l'appartement de McQueen, acheter le véhicule. Elle est douée, murmura Eve en plissant les yeux. Il a eu du nez.

— Nous savons où elle travaillait, intervint Ricchio. Où elle habitait à l'automne dernier. Commençons par là. Annalyn, Bree, vous avez déjà interrogé les gérants du bar. Retournez les voir avec cette nouvelle information.

— J'aimerais en être, lieutenant, fit Dallas.

— Pas de problème, répliqua Ricchio.

— Laurence et moi nous chargeons du domicile, déclara Nikos.

— Je mets des hommes sur la fourgonnette et l'immobilier, promit Ricchio. Acquisition et enregistrement de véhicules d'occasion correspondant au profil, location d'appartements avec parking souterrain. Sans oublier l'achat et l'installation de matériaux d'isolation. Je fais en sorte que l'on vous transmette immédiatement le dossier sur Whitehead, à vous et aux agents du FBI.

— Ça me convient, approuva Eve avant de se tourner vers Bree. Nous vous suivons jusqu'au bar.

— Et maintenant, souffla Connors en se glissant derrière le volant, dis-moi ce que tu penses vraiment.

— Ils savaient que Bree était de service de nuit le jour où ils ont feint le viol. Ils voulaient l'impliquer dans l'affaire. Se faire une idée de la manière dont elle travaille, dont elle réagit. Ils ont parié – et ont eu raison – qu'elle conseillerait sa sœur comme thérapeute. La femme a convaincu un petit plaisantin de rester avec elle après la fermeture de l'établissement et de la malmener.

— Un truc vieux comme le monde, convint Connors.

— Oui. Elle l'oblige à se protéger. Elle ne veut pas qu'on puisse relever son ADN sur elle, le désigner comme coupable. Elle préfère choisir un inconnu. Elle rencontre Melinda, éveille sa compassion. Depuis le mois d'octobre dernier, elle a eu tout le temps de l'observer, de noter ses habitudes et celles de sa sœur. Ensuite, elle disparaît… Je pense que c'est ce que l'on va découvrir. Elle s'est volatilisée, mettant brutalement fin aux séances. Au bout d'un certain temps, elle est revenue. Elle est en rechute ou elle a aperçu son agresseur. Elle est hystérique, elle a besoin d'aide. « Je vous en supplie, est-ce qu'on peut se voir pour en parler ? Je sais qu'il est tard, mais j'ai besoin de me confier à quelqu'un. » Ce n'est sûrement pas la première fois qu'elle met au point un tel stratagème.

— Ce n'est pas l'œuvre d'une novice.

— Non. Le sexe n'est qu'un outil. Il n'aurait pas fait confiance à une fille qui n'aurait jamais utilisé le sexe pour le chantage ou le profit.

— Contrairement à Nikos, je ne suis pas d'accord avec l'essentiel de ton compte-rendu, mais avec l'ensemble. Ils n'ont pas acheté la fourgonnette dans la région.

— Une fois de plus, nous sommes sur la même longueur d'onde. Il faut vérifier, mais je suis presque sûre qu'elle se l'est procurée ailleurs et qu'elle l'a amenée à Dallas. Une fois l'appartement loué.

Connors haussa les épaules, doubla un pick-up.

— Je trouverai le vendeur.

— Tu crois ?

— Elle n'aura pas roulé pendant des jours. Le Texas est vaste, mais ce n'est qu'un État. Cela simplifie les formalités. Et à moins de changer de tête toutes les cinq minutes, il est possible qu'elle ait utilisé l'une des identités que nous connaissons. Personnellement, je vote pour sœur Suzan. Elle est du genre à conduire une estafette d'occasion, non ?

Eve réfléchit.

— Tu as raison. Je n'y avais pas songé.

— Tu aurais fini par en arriver à la même conclusion. Ricchio aussi. Il me paraît très compétent.

— Je suis d'accord avec toi.

Elle jeta un coup d'œil par la fenêtre, s'aperçut qu'ils pénétraient dans un quartier aussi dangereux que celui où elle avait erré, enfant, en état de choc.

Elle chassa ces images de son esprit. Quand Connors lui effleura la main d'une caresse, elle se rendit compte qu'il avait suivi le cours de ses réflexions.

— Je n'y pense pas, murmura-t-elle.

— C'est inutile.

— J'avais réglé mon problème quand nous sommes venus la dernière fois. Toi aussi. À présent, tout ce qui compte, c'est Melinda Jones.

— Tu crois vraiment qu'il va la ménager ou tu as déclaré cela dans le seul but de rassurer sa sœur ? voulut savoir Connors.

— À moins qu'il ne s'ennuie ou qu'il ne pique une colère, je ne vois pas pourquoi il la brutaliserait. Il sait se contrôler, mais un rien le met en rage. Je tâcherai de me débrouiller pour qu'il ne s'ennuie pas et qu'il concentre sa fureur sur moi. Si je n'y parviens pas, il enlèvera une gamine. Sur ce point, Nikos se trompe. Ni Melinda ni sa partenaire ne peuvent lui donner ce qu'il veut, ce qu'il estime être son dû.

— Ce que sa mère l'a aidé autrefois à obtenir.

— Oui. Selon moi, nous avons quarante-huit heures, pas plus et probablement moins. Si nous ne l'avons pas neutralisé d'ici là, il assouvira son appétit.

Connors se gara à côté de la voiture de police de Dallas, sur un parking troué de nids-de-poule.

— L'entrée est de l'autre côté, leur expliqua Annalyn. Elle a affirmé qu'il l'avait empoignée ici, alors qu'elle émergeait de la porte réservée au personnel. Qu'il l'a menacée avec son couteau jusqu'à ce qu'elle rouvre, et qu'il l'a sautée là, par terre.

— Il y a une caméra de sécurité, observa Eve.

Annalyn leva les yeux.

— Il n'y en avait pas. Le propriétaire l'a installée après les faits. Il tient un bouge, mais c'est un type correct. Il était bouleversé qu'une telle agression se soit produite chez lui.

Ils contournèrent le bâtiment. En effet, la façade n'était guère reluisante. Une fois à l'intérieur, Eve devina que c'était un lieu où l'on venait pour boire sec. Long comptoir, tabourets pivotants, quelques tables entourées de chaises en plastique, éclairage sordide. Rien à manger, aucun divertissement hormis l'écran minuscule à l'image vacillante, suspendu à un crochet dans un coin.

Elle compta onze clients, la moitié en bottes de cowboy, la plupart en solo.

L'homme qui maniait la tireuse à bière avait un ventre de baleine et une raie chauve au milieu du crâne. Il les repéra, hocha la tête et remonta vers le bout du comptoir.

— Inspecteurs, les salua-t-il. Ne me dites pas que vous avez attrapé – pardon pour ma grossièreté – le salopard qui a violé Sarajo ?

Annalyn laissa à Bree le soin de conduire l'entretien.

— La femme que vous avez connue sous le nom de Sarajo Whitehead est recherchée pour interrogatoire concernant une autre affaire. Il s'avère qu'elle a travaillé pour vous sous une fausse identité, monsieur Vik. Nous pensons maintenant que ce viol était une mise en scène.

— Nom de Dieu – pardon pour ma grossièreté ! s'exclama-t-il en se balançant d'un pied sur l'autre, son énorme bedaine roulant comme un tsunami. Je lui ai filé une semaine de paie pour la dépanner. Je me sentais responsable parce que c'est elle qui avait assuré la fermeture et que la porte de derrière n'était pas sécurisée. Pourquoi elle aurait fait un truc pareil ?

— Le problème, monsieur Vik, c'est que nous la soupçonnons d'avoir eu des relations avec une personne présente chez vous ce soir-là. Je sais que nous vous avons déjà posé la question, ainsi qu'aux autres employés, mais en y repensant sous cet angle neuf... qui, selon vous, aurait-elle pu laisser entrer après la fermeture ?

— En tout cas, c'était pas un fidèle. Eux, je les ai tous passés sur le gril, jusqu'au dernier, grogna-t-il en essuyant la surface du bar avec un chiffon. Il y avait bien un type de passage, mais il ne ressemblait pas du tout à celui qu'elle m'a décrit. Elle a parlé d'un type grand, métissé hispanique, cheveux et yeux foncés. Le gars dont je vous parle était blanc comme le cul d'un Irlandais – pardon pour ma grossièreté – et décharné. Cheveux jaunes. Complètement soûlant. Il m'a raconté qu'il était venu assister aux funérailles de son père, que de toute façon il avait toujours détesté son vieux et qu'il allait rentrer le plus vite possible dans le Kentucky. Quand je suis parti, aux alentours de minuit, il était encore là. Mais je vous assure, il n'était pas armé d'un couteau, et Sarajo l'aurait aplati comme une crêpe s'il lui avait posé la main dessus.

— Il s'est présenté ?

— Possible. Attendez un peu que je réfléchisse.

Vik ferma les yeux.

— Chester. Oui, c'est ça. Chester, comme son vieux. Il n'a pas donné son nom de famille, mais sa note était salée. S'il a payé par carte, j'ai une trace.

— Vous nous rendriez un immense service, monsieur Vik.
— Patientez deux minutes. Je vous offre un verre ?
— Non, c'est gentil, merci.
— Larry ! Prends le relais au bar ! aboya-t-il avant de s'engouffrer dans l'arrière-salle.
— Blanc comme le cul d'un Irlandais ? répéta Eve à voix haute.
— En quoi cela te surprend-il, ma chérie ? rétorqua Connors.
Annalyn ricana.
— Autrefois, je suis sortie avec un certain Colin Magee. Il était d'origine irlandaise et il avait un très joli petit cul bien blanc.
— Autrefois, tu es sortie avec tout le monde et n'importe qui, riposta Bree, les yeux rivés sur la porte dans l'espoir que Vik revienne très vite avec les renseignements demandés.
— J'ai toujours préféré le menu dégustation. On goûte un peu de ceci, un peu de cela. Dites-moi, lieutenant Dallas, comment jongle-t-on entre le métier et le mariage ?
— On n'a jamais faim. Ôtez-moi d'un doute : Vik a-t-il aussi bonne mémoire qu'il le sous-entend ?
— Oh, oui ! Lors de notre première visite, il a cité le nom de tous ses clients réguliers et son opinion sur chacun d'entre eux. Il nous a détaillé les emplois du temps et même fourni les coordonnées de ses ex-serveurs au cas où l'un d'entre eux serait revenu commettre ce viol par dépit.
Vik reparut, un papier à la main.
— Voilà. Il a bien payé par carte. Chester H. Gibbons.
— Merci, monsieur Vik, murmura Bree en s'emparant de la feuille. Vous nous aidez beaucoup.
— Si elle a fait ce que vous dites, j'espère qu'elle le paiera cher. Parce qu'elle a pris la poudre d'escampette. J'ai essayé de la joindre sur son communicateur,

j'ai même fait un saut chez elle. Je m'inquiétais – et je m'en voulais. Elle avait décampé. J'ai pensé qu'elle était trop ébranlée pour rester.

Il se tut, secoua la tête, examina Connors.

— Vous n'avez pas l'air d'un flic.

— Je ne le suis pas et je vous remercie de le remarquer.

— Vous êtes irlandais, non ? J'ai jamais connu un Mick[1] – sans vouloir vous offenser – qui n'avait pas une bonne descente. Revenez quand vous voudrez, je m'occuperai de vous.

— Avec plaisir.

— J'ai quelques questions, intervint Eve.

— Alors vous, par contre, vous avez l'air d'un flic.

— Je le suis et merci de le remarquer.

— Mais vous n'êtes pas d'ici.

— New York. Monsieur Vik, vous avez une mémoire d'éléphant. Quand Sarajo a-t-elle commencé à travailler pour vous ?

— Ce devait être vers la mi-août de l'an dernier. Elle a déboulé un samedi soir, elle cherchait un job. Les affaires marchaient, je lui ai proposé de se mettre au boulot sur-le-champ. Si elle me convenait, je lui filerais des heures ici ou là. J'ai tout de suite vu qu'elle avait de l'expérience. Elle était rapide, elle savait quand la ramener, quand la fermer. Plutôt belle. Même les ivrognes préfèrent que la barmaid soit jolie.

— Vous ne lui avez pas posé de questions ?

— Pas sur le moment, mais avant de l'embaucher officiellement, si. Elle m'a raconté que son mec l'avait plaquée à Laredo, qu'elle voulait redémarrer de zéro. Elle était efficace. Pas forcément aimable mais efficace.

— Vous qui êtes observateur, vous avez sûrement vu qu'elle était toxico.

1. « Mick » : raccourci de Michael, argot pour Irlandais. *(N.d.T.)*

Il haussa les épaules.

— J'ai bien pensé qu'elle se shootait de temps en temps, mais je n'ai jamais rien remarqué. Et dans la mesure où elle bossait bien, je me suis dit que ça ne me regardait pas.

— Elle assurait souvent la fermeture ?

— Une ou deux fois par semaine. Après quelques semaines, elle a demandé à faire plus d'heures. Mes deux autres serveuses ont des gosses. Pas elle. Ça tombait à pic. Mais qu'est-ce que vous lui voulez ? Vous n'allez pas la mettre en taule pour avoir crié au viol ou pris des stupéfiants.

— Non, bien que ces deux facteurs aient leur importance. Elle ne reviendra pas ici, monsieur Vik, mais si jamais vous la croisez à l'avenir, ne l'approchez surtout pas. Avertissez les inspecteurs Jones ou Walker. Un témoin comme vous nous serait très utile à New York.

— Vous m'enfonceriez un aiguillon à bétail dans le cul – pardon pour la grossièreté – que je mettrais jamais les pieds là-bas. Cette ville grouille de voleurs, d'assassins et de dingues. Sans vouloir vous offenser.

— N'ayez crainte.

Une fois dehors, Eve se tourna vers Bree.

— J'aimerais me rendre à pied à la clinique, interroger le médecin qui a examiné Whitehead. Je peux m'en charger seule si vous souhaitez lancer vos recherches sur Chester.

Bree regarda Annalyn, puis :

— C'est vrai, à quoi bon se déplacer en meute ? Nous vous informerons de nos résultats si nous en avons.

— De même. Puisque vous retournez au commissariat, vous pourriez peut-être en profiter pour mettre les fédéraux au courant de nos initiatives.

— Pourquoi pas ? Le centre médical est à quatre blocs, dans cette direction, indiqua Bree.

Sur ce, ils se séparèrent.

— Donc, attaqua Connors, tu es en quête d'une femme d'un certain âge, une toxico capable de mener à bout une arnaque, qui ne voit rien de mal à s'acoquiner avec un pédophile, qui jouit d'une bonne expérience de barmaid – du moins suffisante pour duper Vik, or, il n'a rien d'une chiffe molle. Elle ne rechigne pas à avoir des relations sexuelles avec un inconnu et à lui demander de la malmener pour simuler un viol. Enfin, elle n'a aucun remords à participer à l'enlèvement et à la séquestration de la thérapeute qui l'a aidée.

— Une vraie princesse, marmonna Eve. Elle a aussi un sens poussé de l'organisation.

— Pour rester dans l'ambiance de l'endroit où nous nous trouvons, ce n'est pas son premier rodéo.

— Non, confirma Eve. Elle monte à cheval depuis longtemps.

Un instant plus tard, ils pénétraient dans la clinique, nettement plus fréquentée que le bar. En effet, la salle d'attente était comble. Des bébés braillaient, des enfants geignaient. Plusieurs femmes arboraient des ventres ronds certifiant qu'elles mettraient bientôt au monde d'autres braillards et pleurnichards.

Eve fonça vers le comptoir de réception derrière lequel une femme en blouse à fleurs tapait sur un clavier.

— Désolée, le temps d'attente est de deux heures, annonça celle-ci sans lever les yeux. Il existe un autre centre…

— Il faut que je parle au Dr Hernandez.

— Je regrette, riposta la femme d'un ton sec, le Dr Hernandez est avec une patiente. Je peux…

Eve agita son badge.

— Il s'agit d'une affaire urgente. Je serai aussi rapide que possible, mais je dois absolument voir le Dr Hernandez.

— Accordez-moi une minute. Doux Jésus, quelle journée !

Elle se leva d'un bond, trottina le long d'un petit couloir, bifurqua à gauche.

— Pourquoi tant de blessés et de malades ? s'interrogea Eve à voix haute. Les voleurs, les assassins, les dingues, d'accord. C'est ce qui nous plaît à New York. Mais c'est à croire que Dallas est la proie d'une épidémie de peste.

La femme revint.

— Écoutez, leur confia-t-elle à voix basse, toutes les salles d'examen, tous les bureaux sont occupés. Si ces gens qui patientent depuis très longtemps aperçoivent ne serait-ce que l'ombre d'un médecin, ce sera l'émeute. Acceptez-vous de rencontrer le Dr Hernandez dehors, à l'arrière ?

— Sans problème.

— Je suis obligée de vous demander de sortir par-devant et de contourner l'édifice. Si je vous conduis...

— L'émeute. J'ai compris. Merci.

— Ce n'est pas la peste, murmura Connors. C'est le manque de personnel, le manque d'argent, et probablement le seul centre médical gratuit à des kilomètres à la ronde.

— Possible, mais j'ai visité la clinique de Louise. Ça n'a rien à voir, et pourtant c'est gratuit, et elle a un monde fou.

— Grâce à toi, Louise a les moyens d'engager du personnel.

Eve se voûta.

— C'était *ton* argent.

— Non, le tien.

— Parce que tu me l'avais donné.

— Donc, c'était le tien, mon Eve chérie.

— Maintenant, c'est celui de Louise, mais peu importe. Je ne me sens pas à l'aise ici. Ce quartier est moche, pauvre – et ce n'est pas ça que je veux dire. Ça pue la criminalité mais ça manque de caractère, d'atmosphère. On a l'impression que si n'importe quel connard vous sautait dessus, il aurait un accent, des bottes de cow-boy, peut-être même un chapeau. Pas intimidant pour un sou.

— Je t'adore, toi et ton esprit chauvin de New-Yorkaise.

Une petite femme brune apparut à la porte de derrière.

— Officier ?

— Lieutenant Dallas. Je travaille en collaboration avec les inspecteurs Walker et Jones. Vous avez reçu une patiente en octobre dernier qui prétendait avoir été violée au *Circle D.*, Sarajo Whitehead. Mes collègues ont pris l'affaire en main et il semble que Melinda Jones ait assuré la thérapie.

— Je m'en souviens. Vous avez arrêté le violeur ?

— Il n'existe pas. Elle a fait semblant.

— Je doute sincèrement que…

— Vous avez tort. Vous pourrez vous renseigner auprès des inspecteurs que vous connaissez. Cette femme est très dangereuse et elle est la complice d'un homme redoutable. Vous connaissez Melinda Jones ?

— Très bien, oui.

— Ils l'ont enlevée… Ce viol n'était qu'une mise en scène pour établir un lien avec Melinda. Cette femme a participé à son enlèvement hier soir. Dites-nous tout ce que vous savez.

— Ô mon Dieu ! J'appelle Bree. Je ne peux pas vous croire sur parole.

— Allez-y.

Hernandez sortit son communicateur.

— Je vais chercher le dossier, déclara-t-elle un instant plus tard, après avoir raccroché. Je vous donnerai tout ce que j'ai. J'ai cru cette femme. Ses lésions n'étaient pas si sévères, mais vu son état psychologique... je l'ai crue.

— Normal, dit Eve. Elle est douée.

8

Le dossier à la main, Eve remonta dans la voiture.

— Retour au commissariat ? s'enquit Connors.

— Pas le choix. J'aurais préféré aller à l'hôtel, m'installer, m'organiser et *réfléchir*, grommela-t-elle. Mais j'ai l'esprit d'équipe.

— Bof !

— Si, si, je t'assure.

— Quand il le faut, oui, concéda-t-il en l'observant à la dérobée. Surtout quand tu as la charge de ladite équipe.

— D'accord, je vais morfler. J'ai du mal à avaler le fait de devoir demander à Ricchio et aux fédéraux avec qui je vais bosser et comment. Jones est futée, mais elle ne peut pas être objective dans cette affaire. Aucun d'entre eux ne peut l'être. Moi non plus, au fond.

— Il ne te reste plus qu'à t'adapter dans l'urgence.

— Le temps est compté.

— Exactement.

— McQueen le sait. Il en joue. Oui, c'est ça, rumina-t-elle en pianotant sur sa cuisse. Plus je tarderai à me mettre au diapason, plus il pourra me mener en bateau.

— Parfois, pour obtenir ce que l'on veut, il faut savoir travailler sur deux niveaux en les fusionnant.

« Paroles d'empereur du business », songea-t-elle.

— Collaborer avec Ricchio et les agents du FBI ici, avec mes hommes là-bas. Je suppose que la clé, c'est l'intégration. On a beau prétendre que peu importe qui fait quoi – et en général, c'est vrai –, nous autres flics, nous défendons notre territoire. On est obligés... Ah ! Je rêve d'un bon café. Mais pas question que tu en fasses livrer une cargaison chez Ricchio. C'est à moi de m'adapter, conclut-elle en hochant la tête. Il faut que je m'acclimate.

Dans cette perspective, elle fila directement au bureau de Ricchio avec le dossier médical.

— Hernandez s'est montrée très coopérative. Je vous ai aussi apporté sa déposition. En résumé, les blessures de la suspecte étaient relativement mineures, mais collaient avec son histoire et son état émotionnel. Elle a joué son rôle à la perfection.

— Elle l'avait déjà endossé auparavant.

— C'est mon avis. Nous sommes à la recherche de quelqu'un qui a déjà monté des arnaques sexuelles. Vous avez des subordonnés qui peuvent analyser les données dont nous disposons. Moi aussi. J'aimerais mettre les miens sur ce coup en lien avec les vôtres. Visions variées, angles variés. Nous avons tout à y gagner.

— Empiéter sur un territoire exige du temps et du personnel, ce qui empêche de suivre d'autres pistes potentielles.

Elle aurait voulu rester debout, mais elle s'assit.

— Écoutez, je ne veux pas vous marcher sur les pieds, mais cette situation m'est pénible. Imaginez qu'on vous convoque à New York pour œuvrer au sein d'une unité établie.

Il eut un demi-sourire.

— Je suis allé à New York une fois et je ne peux pas l'imaginer. Mettez-vous à ma place, moi, le chef de l'unité établie, forcé de jongler non seulement avec les fédéraux, mais avec une patronne de New York.

— C'est dur pour tout le monde, convint Eve. Cependant, l'objectif est le même pour nous tous. Je serais plus efficace si je pouvais faire appel à mes propres ressources tout en collaborant avec vous et les vôtres.

Elle marqua une pause.

— En clair, je crois fermement que la suspecte peut nous mener à McQueen. Elle a entrepris toutes les démarches en amont et continue à l'aider. C'est elle qui fera les courses. Elle ne vit pas avec lui. Elle a son appartement et peut-être un autre emploi. Elle est ici depuis plus d'un an. Quelqu'un la connaît, lui a vendu de la nourriture, des vêtements ou d'autres produits. De surcroît, c'est une toxico. Où se procure-t-elle ses saloperies ? Elle est jolie, elle a un homme à satisfaire. Où va-t-elle se faire coiffer, pomponner ?

Avec une petite moue, Ricchio se cala dans son fauteuil.

— Soit, vous avez des arguments. Concentrer tous nos efforts sur McQueen me paraît plus raisonnable, mais vous avez des arguments.

— Si je puis me permettre, intervint Connors, considérez plutôt cela comme une approche à deux volets que comme un empiétement sur un territoire. Une manière de doubler nos chances de réussite.

— Franchement, si j'étais à votre place, j'agirais selon mon instinct en faisant fi de la politique de coopération, admit Ricchio. C'est mieux quand on se met tous d'accord.

— Ça me va. Excusez-moi, marmonna Eve tandis que son communicateur bipait.

Comme elle s'écartait, Ricchio pivota vers Connors.

— La rumeur veut que vous soyez un spécialiste de l'électronique. Ce serait bien que vous rencontriez le lieutenant Stevenson. Il dirige notre DDE.

— Bien sûr.

— Dès que vous serez prêt, je vous y ferai conduire. Nous faisons régulièrement appel à des civils comme Melinda. C'est plus rare au sein de la DDE.

— Dans ce cas, je m'arrangerai pour rester discret.

— Mon père a pris sa retraite de la police récemment, enchaîna Ricchio sur le ton de la conversation. Il y a des années, il a appartenu à une brigade vouée au démantèlement d'une vaste organisation de trafic d'armes. Un certain Patrick Connors était impliqué dans cette affaire. Je m'en souviens parce que mon père a passé deux semaines en Irlande pour cette enquête. Seriez-vous parents, par hasard ?

— Il s'agit de mon père, répliqua posément Connors, ce qui prouve que le monde est petit. Comme vous le savez sans doute, il traitait avec Max Ricker. De même que vous devez savoir que c'est mon épouse qui a expédié Ricker dans une prison hors-planète.

— Très intéressant. Patrick Connors a été poignardé à Dublin, n'est-ce pas ?

— Si vous sous-entendez que je l'ai tué, vous vous méprenez. Je n'ai pas eu ce plaisir.

Connors ravala son irritation tandis qu'Eve les rejoignait. À la lueur dans son regard, il comprit qu'elle avait du nouveau.

— Notre suspecte a échangé des câlins avec le gardien de prison que nous détenons contre des visites à McQueen. Il l'a aidée à entrer en douce à trois reprises au cours de l'année écoulée, les autorisant à se rencontrer dans un box conjugal. Elle a tenté de le soudoyer une quatrième fois, il y a deux semaines. Par le biais de Lovett, McQueen lui a fait comprendre qu'elle devait patienter.

— Elle est amoureuse de lui, commenta Connors.

— À sa façon. Elle est accro et McQueen est une drogue parmi d'autres. Il ne la gardera pas longtemps.

Il ne l'a jamais avoué et nous n'avons pas pu le prouver mais, en général, une fois qu'il a viré sa partenaire, il se débarrasse de ses otages et déguerpit.

Eve dévisagea Ricchio, sensible à son angoisse.

— Avant l'épisode de New York, il se cherchait encore. Il a fini par trouver son rythme, par le développer. Il n'en a pas terminé avec moi, il n'en a donc pas terminé avec Melinda. Souhaitez-vous que je fasse équipe, lieutenant ? Et pouvez-vous m'allouer un espace ?

— Je vous ai prévu un bureau provisoire. Modeste. J'aimerais que vous travailliez avec Bree et Annalyn. Bree a besoin de s'occuper l'esprit et elle a confiance en vous.

Eve faillit lui rétorquer que Bree ne la connaissait pas mais se ravisa.

— Bien. Au moins, je n'aurai pas à les mettre au courant de ce que nous avons découvert au bar.

— Si vous pouvez vous passer de Connors un moment, je voudrais le présenter à notre DDE.

— C'est là que tu seras le plus utile, dit-elle à Connors.

— À plus tard.

Ils partirent chacun de son côté.

Le « modeste » bureau était deux fois plus grand que le sien au Central, meublé d'un bureau étincelant, d'un ordinateur haut de gamme, d'un fauteuil multipositions, d'un autochef, d'un frigo, d'un poste de travail auxiliaire et de deux sièges confortables pour les visiteurs – sans oublier une immense fenêtre dont elle s'empressa de baisser le store.

« Trop d'espace, trop luxueux, pensa-t-elle. Adapte-toi, arrange-toi pour que ça marche. »

Elle se servit un pseudo-café, s'en contenta en installant son tableau de meurtre. Quand Bree et Annalyn entrèrent, elle leur jeta à peine un coup d'œil.

— Je ne suis pas tout à fait prête. Vous allez devoir vous partager l'ordinateur secondaire. Lancez une analyse sur toutes les données dont nous disposons, notamment concernant la suspecte. Et préparez-moi une chronologie en partant du premier contact avéré avec McQueen jusqu'à sa dernière communication avec moi.

— Je m'y mets tout de suite, répondit Annalyn en s'asseyant. Bree, pendant ce temps, si tu allais nous chercher de quoi manger ? Utilise mon code. C'est moi qui régale.

— Volontiers. Que voulez-vous, lieutenant ?

— Aucune importance.

— Vous êtes végétarienne ? demanda Annalyn.

— Uniquement quand je n'arrive pas à identifier la viande.

— On a de l'authentique bœuf du Texas. Prends des burgers, Bree.

— Je boirais bien un Pepsi, ajouta Eve. Le café est ignoble.

— Je m'en occupe.

Après le départ de Bree, Eve se tourna vers Annalyn.

— Quelque chose vous tracasse, inspecteur ?

— Bree est un bon flic, elle ne loupe pas grand-chose. Avec un peu d'expérience, elle ne loupera plus rien. Sur le plan personnel, elle est un peu soupe au lait, mais jamais méchante. Pour l'heure, elle s'accroche comme elle le peut. Elle tiendra tant qu'elle aura la conviction que nous allons retrouver Melinda. À la minute où elle cessera d'y croire, elle sera fichue. Totalement.

— Nous ferons en sorte qu'elle continue à y croire.

— Il faut qu'elle puisse participer à la capture de McQueen.

— J'en conviens, mais c'est à votre lieutenant d'en décider, pas à moi.

— Vous ne saisissez pas bien : vous êtes son héroïne. Que vous le vouliez ou non, insista Annalyn. Vous lui avez sauvé la vie et, surtout, vous avez sauvé celle de Melinda. Vous savez ce qu'il leur a infligé, ainsi qu'à toutes les autres, vous l'avez arrêté, vous les avez sorties de l'enfer.

— J'ai eu de la chance. Si vous aviez lu les archives, vous sauriez que c'est un miracle qu'il ne m'ait pas tuée.

Annalyn posa une cheville en équilibre sur son genou.

— Ce n'est pas mon interprétation et, du reste, si la chance ne nous souriait pas de temps en temps, la moitié des affaires que nous avons résolues seraient encore en cours. Qu'importe la manière dont vous y êtes parvenue, vous l'avez fait. Et elle vous croit capable de recommencer. Si vous avez des doutes – et Dieu sait que moi j'en ai –, vous permettrez à Bree de s'impliquer, de se rendre utile, sans rien en montrer.

Eve répondit sans hésiter :

— Soyons claires. À ce stade, je n'ai aucun doute. En revanche, j'ai des infos, des schémas de comportement, des hypothèses et un instinct. Je ne crois pas que nous allons sauver Melinda et mettre McQueen et sa partenaire en cage. J'en ai la certitude.

Annalyn jeta un coup d'œil vers la porte.

— Comment est-ce possible ? Non, attendez que Bree revienne.

— Pas de problème. Démarrez les analyses.

Ayant exprimé le fond de sa pensée, Annalyn s'exécuta. Eve acheva de mettre en place son tableau. Elle en était presque satisfaite quand Bree reparut avec leur en-cas.

Une odeur de hamburgers-frites emplit la pièce et, l'espace d'un instant, Eve se sentit en terrain connu. Elle s'empara d'un sandwich et mordit dedans.

— Délicieux, commenta-t-elle. Bien. Voici comment je fonctionne, et comment nous fonctionnerons tant que je serai là. Je me sers de visuels comme tous ceux que j'ai affichés là, et si je suis calée dans mon fauteuil, les yeux fermés, ce n'est pas parce que je fais la sieste. Je gamberge. Si je vous mets dehors, c'est parce que j'éprouve le besoin d'être seule. Inspecteur Jones, si j'appelle votre sœur « la victime », épargnez-moi la tête que vous faisiez pendant le briefing. Cette enquête vous touche personnellement, j'en suis consciente, et dans une certaine mesure, ce pourrait être un atout. Si cela devient un obstacle, je vous exclurai.

— Oui, lieutenant.

— Votre coéquipière vous comprend et veille sur vous. Je ne veux pas qu'elle perde les pédales sous prétexte qu'elle s'inquiète pour vous.

— Je…

— Ne me coupez pas la parole. Nous allons débusquer McQueen et le renvoyer en prison. Selon moi, la voie la plus directe est la partenaire. Nous allons l'identifier, la localiser, l'intercepter, la convoquer et la passer sur le gril comme un bon steak texan.

Elle prit une autre bouchée de hamburger, avala une gorgée de Pepsi.

— Il a sévi un long moment avant de tomber, reprit-elle. Il a choisi son lieu et en a fait sa cour de récréation. Cette fois, son manège ne durera pas. Pour plusieurs raisons.

Elle s'appuya contre le bureau rutilant, soulagée de constater qu'elle commençait à trouver son rythme.

— Primo, continua-t-elle, je suis sacrément plus affûtée qu'il y a douze ans. Nous avons davantage de ressources et savons qui il est. Deuzio, parce qu'il est obsédé par le désir de me détruire, il a commis des erreurs de parcours. Nous allons presser ses complices comme des citrons et suivre toutes les pistes. Tertio, Melinda. C'est une psychothérapeute expérimentée. Elle sait comment parler aux gens, s'immiscer dans leur cerveau. Elle a eu le cran de rendre visite à McQueen en prison, une épreuve, mais aussi un moyen pour elle de redémarrer sa vie. Elle a eu le courage d'embrasser une carrière qui lui rappellerait jour après jour ce qu'il lui avait infligé. Conclusion : elle est plus solide et plus finaude que lui. Si vous n'y croyez pas, vous ne me serez d'aucun secours.

— J'y crois, lieutenant.

— Qu'est-ce que c'est que cette manie de tripoter votre bague ?

Bree se figea.

— Elle est à Melinda. Je... je l'ai mise ce matin. Je voulais avoir sur moi un objet qui lui appartient, que je peux toucher, qui me rappelle notre lien.

— D'accord, acquiesça Eve. Établissez la chronologie.

Eve examina le tableau, effectua quelques rajustements, y ajouta des éléments. Pendant que Bree s'activait, elle arpenta la pièce, sourcils froncés, s'imprégnant des diverses données.

Elle décida d'aller inspecter l'ancien appartement de la femme, d'interroger les voisins, les commerçants. Les fédéraux lui reprocheraient probablement de marcher sur leurs plates-bandes, mais la théorie de l'approche à deux volets de Connors lui plaisait.

Elle y découvrirait peut-être quelque chose. Une miette, une phrase entendue, une personne remarquée. Une impression. Une opinion.

Ses frites manquaient de sel. Dommage. Désormais, elle penserait à en avoir toujours dans sa poche pour les urgences frites.

Une addiction. Comme le café. Des envies que Connors s'efforçait d'assouvir. Ce qui faisait de lui une sorte de dealer, non ?

— Comment a-t-elle pu tomber amoureuse de lui ?

— Pardon ?

Elle s'immobilisa devant Bree.

— Il est en prison. Elle veut l'argent, le boulot – pour arrondir ses fins de mois, pour se payer sa drogue. Elle a de l'expérience, elle est endurcie, égocentrique comme tous les toxicos. Pourtant, elle en pince pour lui.

Eve se remit à aller et venir en étudiant les photos de McQueen et de sa partenaire.

— Certes, il est bel homme. Peut-être son genre. Lui aussi est coriace, il a bourlingué, il connaît la chanson. Mais il a un faible pour les petites filles. Ces corps menus et souples, des fleurs prêtes à s'épanouir. Elle est trop âgée, trop chevronnée pour satisfaire ses pulsions sexuelles. Elle a beau s'entretenir, elle ne sera plus jamais cette fleur prête à s'épanouir. Elle en est forcément consciente.

— Il est charmant, dit Bree. Quand il m'a violée la première fois, il s'est montré charmant. Je n'entends pas par là que je...

— Je sais. Vous n'étiez pas dupe, mais il a vous a fait son numéro.

— Il m'a flattée. Il me trouvait mignonne, j'avais la peau si douce. Mes hurlements ne semblaient pas l'intimider. Il avait allumé des bougies, mis de la musique. Comme pour un tête-à-tête romantique... Mais je vous ai déjà raconté tout cela quand vous êtes venue me voir à l'hôpital.

— Une piqûre de rappel ne fait jamais de mal. Il la charme, il la flatte. Mais ce n'est pas suffisant. Pour des raisons qui nous échappent, elle se croit différente des autres, indispensable. Comment forme-t-on un être à vous obéir au doigt et à l'œil, à suivre des instructions complexes sur une longue période ? À s'attacher au point de tout accepter sans ciller ? C'est une escroquerie comme une autre. Il ne peut pas la contrôler par la peur, il la contrôle donc par le plaisir.

— Il lui offre tout ce qu'elle désire, lui promet la lune, intervint Annalyn.

— Les stupéfiants. Il est son fournisseur.

Eve se pencha pour attraper son communicateur. Pour joindre Peabody. « Tu as deux inspecteurs à ta disposition, se rappela-t-elle. Sers-toi de ce que l'on te donne. »

— Il me faut les noms de ses codétenus. Cherchez un lien avec un dealer et un prisonnier libéré. Remontez à six mois avant son premier contact avec la femme. Si rien ne vous saute aux yeux, élargissez le champ sur un an.

— Tout de suite, répliqua Annalyn.

— Les appels relevés sur le communicateur de Stibble n'étaient pas tous destinés à cette femme. J'en mettrais ma main au feu. Il devait donner des os à son chien. Il avait quelqu'un à l'extérieur pour s'en charger. Quelqu'un qui lui est redevable ou qu'il payait… Trop d'intermédiaires, marmonna-t-elle. Beaucoup trop d'intermédiaires. Elle a une source à Dallas aussi. On trouve la source, on trouve la partenaire. On trouve la partenaire, on trouve McQueen.

— Jayson, le frère de l'inspecteur Price, est à la brigade des Stups, lança Bree. C'est lui qui vous a interrompue pendant la réunion. Melinda et lui ont commencé à sortir ensemble il y a deux mois, alors…

— Je m'en fiche. Qu'il joigne son frangin. Vik l'Obèse a convenu qu'elle se shootait peut-être de temps en temps. Mais elle prend sûrement aussi des calmants. Avec tout ce qui se passe, elle ne peut pas se permettre d'être défoncée à longueur de temps. Elle doit pouvoir décrocher, se détendre.

— Question sexe, elle doit s'imaginer en concurrence avec les gamines, non ? suggéra Annalyn. Ajoutons donc l'Erotica à la liste.

— Bonne idée. Au boulot, Jones.

Eve étudia Annalyn.

— Vous prenez soin de votre personne, commenta-t-elle.

— Merci. Je m'efforce de mettre mes atouts en avant.

— Et vous êtes célibataire. Vous sortez. Vous fréquentez les salons de beauté ? Les coiffeurs et tout le bataclan ?

— Avec mon salaire de flic, c'est difficile, mais oui, une fois par mois environ. Je vois où vous voulez en venir. Elle doit se présenter à lui sous son meilleur jour. D'après moi, elle a subi quelques interventions esthétiques depuis qu'elle l'a rencontré. Rehaussement des lolos, un coup de laser sur les rides, des trucs de ce genre…

— C'est récent. Après l'arrêt de la thérapie, avant l'évasion de McQueen. À Dallas ou dans les alentours. À la perspective de le revoir, elle s'est peut-être offert un relooking complet. Ces derniers jours.

— C'est plausible.

— Bon, je m'attaque aux codétenus. Jones et vous connaissez cette ville comme votre poche. Dressez un inventaire des salons de beauté et des centres chirurgicaux où elle aurait pu se rendre. Montrez ses deux photos d'identité. Que la chance soit de nouveau avec nous !

— Allez-vous mettre les fédéraux au courant ?

— Merde, je les avais oubliés, ceux-là. Oui, je m'en occupe.

— Dommage, répliqua Annalyn avec un sourire. Viens, Bree. Allons traquer cette salope.

Eve s'assit devant son ordinateur. Annalyn avait raison. Elle avait flairé une piste.

Elle s'absorba dans sa tâche. Cette fois, McQueen avait merdé. Les fondations se fendillaient sous le poids d'un surplus de complices, d'initiatives.

Elle ne fut pas du tout étonnée de découvrir un tel nombre de détenus libérés, présumés réhabilités, en lien avec le milieu de la drogue.

— Les prisons sont remplies de voyous, marmonna-t-elle en lisant. Burt Civet, alias Thor, tu me plais. Vous me plaisez tous.

Elle effectua un calcul de probabilités, ébaucha un sourire.

— Tiens, tiens ! Tu plais aussi à l'ordinateur. Quelle popularité !... Appeler Peabody, inspecteur Delia, police de New York, ordonna-t-elle au communicateur.

Le visage de Peabody apparut à l'écran. Elle avait les traits tirés.

— Bonjour, Dallas. Nous avons toujours Stibble et Lovett. Nous pensons leur avoir soutiré tout ce que nous pouvions, mais par précaution nous retenterons le coup demain.

— J'ai peut-être un filon. Burt Civet, alias Thor. Il était en prison avec McQueen. Il a bénéficié d'une libération conditionnelle il y a quatre ans. Domicile actuel, rue Washington. Sans emploi, j'en déduis donc qu'il est de nouveau dans le circuit de la drogue. Coincez-le, embarquez-le, cuisinez-le. Je soupçonne McQueen de l'avoir soudoyé pour qu'il fournisse sa partenaire quand elle était à New York.

— Compris.

— Je veux tout ce qu'il sait à propos de cette femme, Peabody. Absolument tout. Je veux savoir comment McQueen s'est débrouillé pour le payer. Négociez s'il le faut mais persuadez-le qu'il a tout intérêt à cracher le morceau. Il a déjà purgé cinq ans ferme. Servez-vous-en. Il aime vendre ses saloperies aux mineurs et a tendance à se balader à proximité des parcs, écoles, galeries de jeux.

— McQueen et lui font la paire.

— Je suis sûre qu'ils se sont liés d'amitié. Je veux la partenaire de McQueen, Peabody. Essorez-le.

— Entendu. Comment ça se passe, à Dallas ?

— C'est bizarre. Ils sont trop polis, ils ont un drôle d'accent, tout est trop brillant. Mais le café est encore plus infect qu'au Central, ce qui me rassure. Je vous envoie tout ce que j'ai. Après quoi, j'irai chercher Connors à la DDE. Je veux travailler seule à l'hôtel un moment. Vous pourrez me joindre sur mon portable.

— Je vous tiens au courant.

Eve raccrocha, poussa un soupir. Elle aurait préféré être à New York pour matraquer elle-même Civet. Depuis son départ, elle n'avait pu intimider, empoisonner, engueuler personne. Pas normal.

Elle contacta Connors.

— J'ai quelques pistes. J'aimerais les explorer tranquillement à l'hôtel. Quand peux-tu te libérer ?

— J'arrive.

Elle sauvegarda ses données, rassembla ses affaires. Plutôt que de s'adresser directement aux fédéraux, elle leur adressa un bref compte-rendu par SMS.

Comme elle émergeait de son bureau pour aller informer Ricchio de ses plans, Connors l'intercepta.

— J'ai dit au lieutenant texan où il pourrait nous trouver en cas de nécessité. Fichons le camp d'ici.

— Un problème ?

Il la saisit par le bras et pressa le mouvement.

— Disons que je suis habitué à ta boutique. Celle-ci me donne de l'urticaire.

— Comment sont les gars de la DDE ?

— Moins sympathiques que les nôtres, mais efficaces, et tout aussi colorés côté garde-robe – avec une petite touche du Sud-Ouest en plus. Le chef n'apprécie guère que des civils envahissent son espace – ça aussi, j'y suis habitué. Mais ce n'est pas ça.

— Tu as pris tes grands airs, devina Eve en montant dans la voiture.

— Je n'avais pas le choix. Je déteste me sentir méprisé et me faire insulter par des flics. Sauf le mien, bien entendu. Et toi, ta journée ?

— On progresse.

Elle lui relata les événements en chemin.

— Ton approche à deux volets semble fonctionner à merveille, commenta-t-il. De même que ton acharnement à retrouver cette femme. Elle est le maillon faible de McQueen. S'il ne s'en est pas encore rendu compte, ça ne saurait tarder. Je suis d'accord avec toi, il ne va pas la garder longtemps.

— Elle pourrait gagner du temps, à condition d'être habile. Mais j'ai l'impression qu'elle s'est attachée à lui, donc, elle va commettre une erreur. Et puis, il a Melinda pour la compagnie et la conversation.

— Tu crois qu'il va la malmener ?

— C'est peu probable, d'où mon inquiétude : je crains qu'il n'enlève une gamine très bientôt. Mais Melinda discutera avec lui, du moins je le pense. C'est son métier. Elle est formée à cela. Je veux croire qu'elle va surmonter cette épreuve, se servir de ses connaissances pour l'empêcher de faire du mal à l'enfant.

Il se gara devant l'hôtel, une tour scintillante toute de verre et de chrome. Sur un simple « Connors », il tendit la carte-clé et un pourboire (exorbitant aux yeux d'Eve) au portier qui se rua pour leur ouvrir la porte.

— Ce n'est pas ici que nous sommes descendus la dernière fois, fit-elle remarquer, mais de toute évidence, cet établissement t'appartient.

— En effet, et je me suis dit que le changement serait le bienvenu pour nous deux.

Alors qu'ils se dirigeaient vers un ascenseur, l'employé de la sécurité derrière son comptoir se leva d'un bond.

— Monsieur.

Connors le salua d'un signe de tête, agita une carte devant le tableau de commande de la cabine.

— Triplex ouest, dernier étage, commanda-t-il.

— Un triplex ?

— Je pensai utiliser le troisième niveau comme QG. Ainsi, on pourra tout verrouiller et aucun membre du personnel n'y aura accès. Un droïde suffira pour le ménage. Espace de vie au premier, chambres au deuxième. Nous montons directement au QG. afin que tu déposes tes affaires. Ensuite, je meurs d'envie d'un foutu verre.

— Moi aussi. Et d'une foutue douche et d'un foutu suspect à matraquer.

Il sourit.

— New York te manque. Que dirais-tu d'un foutu repas pour accompagner le tout ?

— J'ai mangé un hamburger.

— Merde, je n'ai pas eu cette chance.

Les portes s'ouvrirent. Eve cligna des yeux.

Un tableau de meurtre était dressé au milieu de la pièce. Il n'était pas tout à fait organisé comme elle l'aurait voulu ni mis à jour, mais les photos, les données, la chronologie partielle, tout était là. De même qu'une table de travail, un divan, trois écrans, deux ordinateurs – en plus d'une cuisine équipée, d'une salle de bains et, après inspection, d'un deuxième bureau.

— Comment as-tu fait ?

— J'ai un homme de confiance. Cela te permet de gagner du temps.

— En effet. La deuxième pièce est pour toi ?

— Oui. Moins bien équipée qu'à la maison, mais bon…

Il s'était donné de la peine pour lui faciliter la vie, lui procurer tous les outils afin qu'elle puisse travailler comme elle en avait l'habitude.

Elle s'avança vers lui, entoura son visage de ses mains et déposa un baiser sur ses lèvres.

— On se croirait chez nous, murmura-t-elle.

Puis, comme elle se sentait bien, elle l'étreignit avec fougue.

— Allons boire ce foutu verre.

9

Assise sur la terrasse, elle savoura son vin en ignorant la vue. De toute façon, Connors était beaucoup plus beau à regarder. Mais à force de le contempler, elle décela des signes qui lui avaient échappé dans sa hâte à gagner l'hôtel.

— Tu es fâché ?

Il haussa les épaules.

— Pas contre toi. Pour le moment.

— Contre qui ? Ou quoi ?

— Disons que j'en ai par-dessus la tête des flics – sauf toi, je le répète. Pour le moment.

— Si les membres de la DDE t'exaspèrent, n'y retourne pas. Tu n'as aucun besoin d'y aller alors que tu peux travailler d'ici, en coordination avec Feeney si tu le désires.

— Je ne te quitterai pas d'une semelle. Après tout, dans l'absolu, un zeste d'agacement ne représente pas grand-chose.

— Tout dépend. Qu'est-ce qui t'a chiffonné, précisément ?... Connors, insista-t-elle en lui prenant la main.

— Au fond, c'est idiot. Le père de Ricchio – flic lui aussi, comme par hasard – a participé à l'enquête sur le mien. Il a pris la peine de me le faire savoir.

Elle se hérissa.

— C'était déplacé.

— Tu crois ? Aurais-tu réagi de la même manière à sa place ?

— Possible. Probable. J'aurais eu tort. Tu es ici pour nous aider en tant que consultant civil désigné par le département de police de New York. Patrick Connors n'a rien à voir là-dedans. L'une des consultantes civiles de Ricchio est actuellement entre les mains d'un prédateur violent. C'est sur cela qu'il doit se concentrer ; il n'a pas à te harceler alors que des vies humaines sont en jeu.

— Là-dessus, nous sommes d'accord. Mais il y aura toujours un hic, n'est-ce pas ? Ainsi va le monde.

— Le monde pue.

— Souvent. Mais maintenant que tu es énervée, je me sens mieux. J'ai faim.

Pas le moins du monde apaisée, Eve se leva brusquement et s'éloigna d'un pas vif.

— Cette ville de merde, je la déteste. Je suis peut-être injuste, mais je m'en fous. C'est ici qu'ils se sont rencontrés, ton père et le mien.

— Ma chérie, Ricchio n'a aucune raison, aucun moyen d'établir un lien entre Patrick Connors, Richard Troy et le lieutenant Eve Dallas.

— Pourtant, il existe. Il existera toujours, c'est ça, le hic.

Elle fit demi-tour et revint vers lui. Se libérant enfin du poids qui lui pesait depuis leur atterrissage à Dallas, elle enchaîna :

— Nous n'y échapperons jamais totalement. Quoi que nous fassions, qui que nous soyons, nos géniteurs en feront partie. Nous n'y pouvons rien. Cela nous poursuit partout, encore plus ici qu'ailleurs.

— C'est vrai, murmura-t-il en se levant pour s'approcher d'elle. La solution : retrouver Melinda Jones très vite, épingler McQueen et rentrer chez nous.

Il appuya son front contre le sien, et elle ferma les yeux.

— Ce plan me convient. Il est simple, direct.

— J'ai foi en toi.

— Dans ce cas, je ferais mieux de me remettre au boulot. Voici ce que je te propose : pour me faire pardonner, je dîne avec toi avant d'attaquer mes rapports. Que dirais-tu d'un hamburger à la viande de bœuf du Texas ?

— Excellente idée, approuva-t-il.

Il s'empara de ses mains et ajouta :

— Réfléchis. Sans nos malheurs d'autrefois, nous ne serions pas qui nous sommes aujourd'hui et nous ne nous obstinerions pas à tenter d'effacer le passé.

— Sans doute. Tout de même…

Son communicateur bipa.

— C'est Peabody.

— Réponds-lui. Je peux commander le repas.

— D'accord. Désolée, murmura-t-elle avant de décrocher. Peabody ? Vous l'avez serré ?

Tout en programmant l'autochef, Connors garda un œil sur Eve. Elle allait et venait, une main dans la poche. Elle parlait vite, les yeux plissés.

Lorsqu'elle le rejoignit dans la cuisine, elle avait retrouvé son énergie.

— Ils ont coincé Civet en possession d'une variété de produits illicites. À un pâté de maisons d'un centre pour jeunes, ce qui n'arrange pas son cas. Vu son casier, il risque entre dix et quinze ans de prison. Il voudra passer un marché. Il parlera. Si Peabody la joue fine, ça marchera.

Elle se remit à arpenter la pièce, tourna autour du tableau.

— Il faut qu'elle laisse Baxter endosser le rôle du méchant tandis qu'elle adoptera l'attitude « On va arranger ça ».

— Tu penses qu'elle y parviendra ?

— Oui. Mais je serais plus tranquille si j'étais sur place.

— Tu meurs d'envie de faire transpirer un suspect, voilà tout.

— Oh, oui ! Peabody a eu Stibble, Lovett et maintenant Civet. Moi, j'ai eu droit à Vik l'Obèse, le gérant de bar plus que coopératif à la mémoire d'éléphant. Ce n'est pas juste.

Elle se laissa tomber sur son siège de bureau.

— N'empêche, je vais essayer de tirer les vers du nez aux anciens voisins de la présumée partenaire.

— Tu en as parfaitement le droit. Quant à moi, je vais manger mon repas à côté en jouant à « Trouver la fourgonnette » sans avoir à subir des ricanements de flics par-dessus mon épaule.

Eve s'attela à la rédaction de son rapport. Les collègues avaient avancé de leur côté – locations immobilières et transactions de véhicules –, mais le bout du tunnel était encore loin.

« La ville est grande, les immeubles et les estafettes, innombrables. Quoi d'autre ? De quoi a-t-il eu besoin ou envie ? » s'interrogea-t-elle.

Elle se cala dans son fauteuil, posa les pieds sur la table, ferma les yeux.

Il aimait le bon vin. Dans son terrier new-yorkais, on avait retrouvé une magnifique collection de cabernets.

Elle remonta dans le passé, s'appuyant sur ses sens, sa mémoire plutôt que sur les photos de la scène du crime.

« Verres à vin rangés par catégorie dans le placard », se rappela-t-elle. Aujourd'hui, elle était capable d'affirmer qu'ils étaient en cristal. « Belle vaisselle, un service sobre, blanc, avec un pourtour en relief. Fruits et légumes frais dans les sacs au logo du supermarché bio, continua-t-elle à énumérer mentalement. Aucun aliment transformé. Du fromage et… comment appellet-on ça, déjà ?… une baguette. Des œufs dans le frigo. Des vrais, pas des succédanés. »

Tout cela avait dû lui manquer en prison.

Dans sa tête, Eve poursuivit son tour de l'appartement : « Peu de mobilier, aucun désordre… Produits de nettoyage naturels. Sans parfum. »

La chambre comportait un lit équipé de barreaux – indispensable pour attacher cordes et menottes.

« Draps de qualité – deux paires de rechange –, tous blancs, en coton bio », se souvint-elle.

Il avait toujours violé ses proies sur une literie immaculée.

Draps de qualité rimaient avec blanchisserie.

Dans la salle de bains, serviettes et gants de toilette étaient, là encore, en coton bio, blancs. Savons, shampooings, produits de beauté, sans additifs ni conservateurs.

Il avait dû préciser ses exigences à sa partenaire. Où avait-elle fait ses courses ? Dans les boutiques locales ? En ligne ? Un peu des deux ?

Caméras de sécurité, matériaux insonorisés, chaînes. Les autorités locales et les fédéraux enquêtaient déjà sur ces éléments.

Ce n'était pas suffisant. Eve se leva pour tourner autour de son tableau tout en dictant une liste à l'ordinateur.

— Conseiller recherche de commerces dans la région de Dallas et en ligne. Literie, ustensiles de cuisine, produits de nettoyage achetés au cours des six dernières semaines. Cosmétiques, vin, quatre semaines. Denrées alimentaires, deux à trois jours. Vérifier aussi les services de blanchisserie – draps et serviettes blancs en coton bio.

Connors apparut

— Enregistrer et envoyer le mémo à tous les collaborateurs. Marquer comme priorité urgente, acheva-t-elle.

— *Requête entendue... tâche accomplie.*

— Je n'ai pas été assez méticuleuse, avoua Eve en se tournant vers Connors. J'étais tellement obsédée par la femme que j'ai négligé les détails, le quotidien. Torchons, serviettes. Merde ! Ça fait partie du mode opératoire de McQueen, de son profil.

— Dans ce cas, cela figure dans le dossier dont disposent tous les membres de l'équipe.

— Sauf qu'ils n'ont jamais mis les pieds dans cet appartement. Ils n'ont pas vu la vaisselle, les bouteilles de vin. Le flacon de *Green Nature* sous l'évier.

Fasciné, Connors haussa les sourcils.

— Tu te rappelles la marque du produit de nettoyage ?

— Oui, et bien que ce soit enfoui quelque part dans l'inventaire des objets trouvés chez lui et consignés, qui va y prêter attention à moins de rassembler le tout ? Si j'y avais pensé plus tôt, j'aurais déjà des hommes dessus.

— Au bout de combien de temps cela t'est-il revenu, une fois que tu as enfin pu t'asseoir, t'éclaircir les idées et *réfléchir* ?

— Assez vite, convint-elle. Ça m'a probablement turlupinée toute la journée sans que j'en aie conscience. Je réagis trop lentement. Autre problème, elle a sans doute fait ses courses en ligne. Remonter aux sources sera d'autant plus compliqué.

— Tu crois qu'elle est amoureuse de lui ?

Eve fixa les photos.

— Je crois qu'elle croit être amoureuse de lui.

— À mon avis, elle a dû acheter certaines choses dans des boutiques locales. Notamment la literie. Elle monte son ménage, n'est-ce pas ? Les draps, elle veut les toucher, les examiner de près, tergiverser.

— Ah bon ? s'étonna Eve.

— Tout le monde n'est pas allergique au shopping. Tu dis qu'elle est solide, qu'elle a de l'expérience. Mais il a repéré ses faiblesses. Elle a très bien pu s'accorder le temps et le plaisir de choisir, surtout si elle s'imaginait blottie contre lui.

— Tu es presque aussi perspicace que Mira. Si c'est le cas, et si une vendeuse la reconnaît, ce sera une piste intéressante. En attendant...

— En attendant, j'ai un filon sur la supposée fourgonnette.

— Déjà ?

— J'avais commencé à la DDE, mais je suis plus efficace en solo. Camionnette bleue, modèle 2052, enchaîna-t-il en se dirigeant vers l'autochef pour leur commander des cafés. Enregistrée au nom de la *Heartfelt Christian League* – une association bidon. Je suis parti du principe que si la transaction avait été effectuée par sœur Suzan, celle-ci prétendrait représenter une organisation religieuse.

— Très futé.

— C'est étonnant le nombre de congrégations qui ont acquis une fourgonnette depuis un an, observa-t-il. En ce qui concerne celle-ci, j'ai pu remonter jusqu'à l'ex-propriétaire, Jerimiah Constance, un chrétien dévot, habitant Mayville, de ce côté de la frontière avec la Louisiane. Sœur Suzan étant domiciliée à Bâton Rouge, le lien a du sens. Elle a payé en espèces, ajouta-t-il. La signature de sœur Suzan Devon apparaît sur la déclaration de cession.

— De mieux en mieux.

— Je t'ai transféré toutes les informations.

Eve tourna les talons et regagna son bureau.

— On va y arriver. Le véhicule a sans doute été repeint, mais c'est une piste de plus à explorer. Et elle aura changé l'immatriculation, ce qui n'est pas un problème en soi. Je vais inciter les fédéraux à vérifier, et demander que l'on interroge Jerimiah le croyant.

— Côté finances, McQueen s'est bien protégé.

— Il est habile. Tu l'es encore plus.

— Certes, mais merci quand même.

— Nous sommes sur la bonne voie. Continuons, et allons tourmenter quelques Texans vivant en appartement.

Connors choqua son mug contre celui d'Eve.

— Youpi !

Le bâtiment était délabré et le petit parking adjacent semblait servir de cour de récréation, car plusieurs enfants se poursuivaient entre les voitures en hurlant.

La sécurité était acceptable, mais les fenêtres grandes ouvertes étaient une invitation à l'adresse des cambrioleurs.

L'un des gosses fonça droit sur Eve.

— Chat ! C'est toi qui l'es !

— Non.

Il lui adressa un grand sourire, révélant un trou béant à la place des incisives centrales.

— On joue à chat. Vous êtes qui ?

— Je suis la police.

— On joue aussi aux gendarmes et aux voleurs. Moi, j'aime bien être le voleur. Vous pouvez m'arrêter.

— Reviens dans une dizaine d'années.

Eve examina l'entrée, le môme. Après tout, il fallait bien commencer quelque part. Elle sortit la photo de Sarajo Whitehead.

— Tu la connais ?

— Elle habite plus là.

— Mais elle y a habité.

— Ouais. Bon, faut que je retourne avec mes copains.

— Une seconde ! Elle vivait toute seule ?

— Je suppose. Elle dormait beaucoup. Elle arrêtait pas de nous crier après parce qu'on faisait trop de bruit quand y avait des gens qui essayaient de dormir. Mais ma mère, elle disait que c'était tant pis pour elle parce qu'on était au beau milieu de la journée et que les enfants ont le droit d'être bruyants quand ils jouent dehors.

— Qui est ta maman ?

— Becky Robbins, et mon papa, c'est Jake. Moi, c'est Chip. On est au quatrième étage et j'ai une tortue qui s'appelle Butch. Tu veux la voir ?

— Ta maman est à la maison ?

— Bien sûr ! M'man ! s'époumona-t-il.

— Merde ! Tu me perfores les tympans.

— On doit pas dire « merde ». On doit dire « *mer*... credi ». *M'man !*

— Chip Robbins, combien de fois t'ai-je demandé de ne pas m'appeler pour un oui ou pour un non ?

La femme qui venait d'apparaître à la fenêtre avait les mêmes cheveux bouclés et noirs que son fils, et l'air morose.

— Mais m'man, la police veut te parler. Tu vois ?

Il s'empara de la main d'Eve, l'agita avec la sienne – bien collante. Résistant à la tentation de l'essuyer, Eve montra son insigne.

— Pouvons-nous monter, madame Robbins ?

— C'est pour quoi ? Mon fils est turbulent, mais il est sage comme une image.

— Il s'agit d'une de vos anciennes voisines. Si nous pouvions monter...

— Je descends.

— M'man, elle aime pas recevoir des inconnus quand papa est pas là. Il rentre tard.

— Je comprends.

— Il conduit un aérotram et m'man travaille dans mon école. Je suis en CE 1.

— Tant mieux pour toi.

Eve sollicita Connors d'un regard suppliant, mais il se contenta de lui répondre d'un sourire.

— Tu vas arrêter un voleur ? continua le gamin.

— Tu en connais un ?

— Mon copain Evert, il a chapardé une barre de chocolat au supermarché, mais sa mère l'a su et elle l'a obligé à retourner la payer avec son argent de poche et il a pas eu le droit de s'acheter des bonbons ni *rien* pendant un mois. Tu pourrais l'arrêter. Il est juste là.

Chip désigna joyeusement le coupable.

— Il me semble qu'il a réglé sa dette envers la société.

Doux Jésus, combien de temps ce supplice allait-il encore durer ? Que fichait la mère ?

— Parle avec ce monsieur, suggéra-t-elle, sacrifiant Connors sans remords.

— D'accord. Tu es policier, toi aussi ?

— Pas du tout.

— Tu as un drôle d'accent. Tu es français ? La dame du marché, elle vient de France. Elle aussi, elle a un drôle d'accent. Elle m'a appris un mot.

— Lequel ?

— Chip, cesse d'ennuyer ce monsieur et cette dame et va jouer.

Becky Robbins avait pris le temps de se recoiffer. Elle s'approcha d'un pas vif, ses tongs claquant sur le sol, serra brièvement son fils contre elle.

— Allez, ouste !

— Salut ! lança-t-il avant de courir rejoindre ses camarades.

— Que se passe-t-il ? s'inquiéta Becky. On m'a dit que des agents du FBI étaient venus en notre absence. Et maintenant, la police.

— Connaissez-vous une femme qui prétendait s'appeler Sarajo Whitehead ?

— Oui. Elle habitait ici, au deuxième. Elle a déménagé il y a quoi… huit, dix mois ? Pourquoi ? Elle a fait quelque chose ? enchaîna Becky sans laisser à Eve le loisir de lui répondre. Les gens du FBI sont restés flous, mais Earleen, ma voisine, a flairé le coup. Je n'ai jamais aimé cette femme. Sarajo, pas Earleen.

Chip avait de qui tenir…

— Pourquoi ?

— Elle daignait à peine nous dire bonjour. Je sais qu'elle bossait le plus souvent la nuit, mais je ne supporte pas qu'on crie après les gosses.

Becky plaqua la main sur la hanche et tourna le regard vers les enfants.

— Ils ont le droit de s'amuser dehors quand le temps le permet, surtout en plein jour. Une fois, je me suis fâchée, je lui ai conseillé d'aller s'acheter des bouchons d'oreille… Qu'est-ce qu'elle a fait ?

— Nous le saurons quand nous l'aurons localisée. Recevait-elle des visiteurs ?

— Je n'ai jamais vu personne entrer chez elle à part une femme. Jeune, jolie.

— C'est elle ? s'enquit Eve en lui montrant la photo de Melinda.

— Oui. Elle n'a pas de problèmes avec la police, j'espère ? Elle semblait si gentille.

— Non, aucun. Vous ne vous rappelez pas avoir aperçu quelqu'un d'autre ?

— Eh bien… si, une fois, un homme est venu. Très gros. Il a expliqué qu'elle était son employée et qu'il la cherchait. Mais elle était déjà partie. Du jour au lendemain, en laissant tous ses meubles. Apparemment, le mobilier était loué. Par contre, elle était à jour de ses paiements, loyer compris. Je le sais par la gérante. Quoi qu'il en soit, son départ ne m'a pas attristée.

Eve attendit un instant.

— Ce n'est pas tout, devina-t-elle.

Becky scruta les alentours, se balança d'un pied sur l'autre, puis :

— C'est juste une impression. Je ne peux rien jurer.

— Le moindre détail me sera utile.

— Ça m'ennuie d'accuser les gens – même elle –, mais franchement, le FBI, la police... Je pense qu'elle se droguait. Du moins de temps à autre. J'ai un cousin qui a plongé dans ce vice, je connais les signes. Les yeux trop brillants, les tressaillements. Quand on s'est disputées à propos des enfants, je lui ai dit qu'elle n'avait qu'à augmenter la dose, comme ça, elle ne les entendrait plus puisqu'elle serait dans les vapes. Je n'aurais pas dû, mais j'étais excédée... Elle m'a jeté un de ces regards ! J'ai eu peur. Elle m'a claqué la porte au nez et je suis rentrée chez moi. Le lendemain, j'ai pris ma voiture pour me rendre au boulot. Celle de mon mari était garée juste à côté, tous ses pneus venaient d'être lacérés. Je suis certaine que c'était elle. Mais comment le prouver ? Du reste, c'est moi qui avais eu des mots avec elle, pas Jake. Il ne s'emporte pas comme moi. Si elle s'en était prise à mes pneus, j'aurais pu lui mettre les flics sur le dos, mais là... Jake a besoin de sa bagnole pour aller au boulot. Il a perdu une journée entière.

— Vous avez porté plainte ?

— Bien sûr. C'est obligatoire pour l'assurance. Mais Jake ne voulait pas que je la mentionne. De toute façon, elle aurait nié, et peut-être qu'ensuite, elle se serait vengée. Après cet incident, je l'ai évitée au maximum. Je n'étais donc pas mécontente qu'elle parte.

Eve interrogea d'autres habitants de l'immeuble, mais les informations fournies par Becky Robbins lui suffisaient.

— Devant son patron, elle savait se tenir, mais une fois chez elle, elle se laissait aller. Chez soi, on a envie de se détendre, de jouir de sa tranquillité, pas de subir les plaintes de sa voisine. Quoi de mieux pour se venger que de s'attaquer au moyen de transport du principal soutien de famille ? Qu'ils aillent au diable, tous. Elle frappe là où ça fait mal : la bourse du ménage, supputa Eve.

— Elle est coléreuse et méchante. Elle n'aime pas les enfants et n'a pas souhaité entretenir de relations avec ses voisins.

— Pas besoin. Mais par ailleurs elle est assez maligne pour payer son loyer en temps et en heure.

— On a la confirmation qu'elle ne possédait pas de voiture pendant son séjour ici. Soit elle marchait, soit elle empruntait les transports en commun. Personne hormis Melinda ne lui a rendu visite. Personne hormis son ex-employeur n'est venu à sa recherche, continua Connors.

Eve prit le relais :

— Donc, celui ou celle qui lui fournissait ses produits illicites la rencontrait ailleurs. Elle ne recevait pas d'hommes. Elle restait fidèle à McQueen. Du moins à la maison. Certains dealers préfèrent une rémunération en nature. Sexe rime avec business.

— J'adore faire du business avec toi.

— Curieusement, personne ne m'a envoyée balader. Ils sont tous si coopératifs. Ils parlent, ils parlent, ils parlent… surtout ce gosse. On a l'impression d'être dans un pays étranger… Tu crois que c'est l'eau ? On devrait peut-être éviter d'en boire, au cas où on se mettrait tout à coup à raconter notre vie à tout le monde.

— Il y a de l'eau dans le café.

— Oui, mais elle est bouillie. Ce qui tue les microbes qui déclenchent toute cette amabilité. La nuit tombe. Je sais que nous progressons, mais la nuit tombe. Melinda est entre ses mains depuis plus de vingt heures.

Eve inspira profondément.

— La nuit tombe, répéta-t-elle à mi-voix. Il aime chasser la nuit.

10

L'obscurité. Il les maintenait dans l'obscurité, car ainsi elles ne distinguaient plus le jour de la nuit et finissaient par perdre toute notion du temps. Et elles étaient privées du réconfort de se voir les unes les autres.

À moins qu'il ne laisse toutes les lumières allumées pendant des heures et des heures. Là, elles ne se voyaient que trop bien. Tous ces regards vides et désespérés. Les menottes et les chaînes, leur poids et leurs morsures aux poignets, aux chevilles.

Mais le pire, c'était quand il en détachait une et l'emmenait dans sa chambre.

Elle se débattrait quand il reviendrait. Bree affirmait qu'elles *devaient* lutter, toujours. Bree avait raison, bien sûr, mais c'était si difficile. Il lui avait fait si mal.

Elle s'y efforcerait. S'il revenait la chercher, elle lui résisterait de toutes ses forces.

Dans le noir, elle tendit la main en quête de celle de sa sœur.

C'est alors que tout lui revint d'un coup

Elle était dans l'obscurité, mais elle était seule. Elle n'était plus une enfant. Pourtant, il l'avait enlevée de nouveau, comme dans ses pires cauchemars.

Il était de retour.

Melinda changea de position, sentit le poids, les morsures des chaînes à ses poignets et à ses chevilles. Dans sa tête, elle hurla comme un animal blessé, mais elle ne laissa aucun son sortir de sa bouche.

« Reste calme, s'exhorta-t-elle. Crier ne servira à rien. Réfléchis. Trouve une solution. »

Bree était sûrement à sa recherche, soutenue par toutes les forces de police de Dallas.

Mais était-elle seulement à Dallas ? Elle pourrait se trouver n'importe où.

La terreur lui noua la gorge.

« Réfléchis », s'ordonna-t-elle.

Sarajo.

Sarajo l'avait appelée en la suppliant de l'aider. Qu'avait-elle dit ? Chaque détail comptait…

Elle avait croisé son violeur. Elle était terrifiée. Elle n'avait pas le courage de prévenir la police, pas envie de revivre cette épreuve.

Bien qu'épuisée après une longue journée de travail, Melinda n'avait pas hésité. Elle avait laissé un mot à l'intention de Bree, soigneusement fermé la porte à clé. Elle verrouillait toujours tout. Prudence, prudence…

Et pourtant.

Elle ne s'était pas méfiée une seconde. Elle avait réussi à calmer Sarajo et à la convaincre de se rendre au commissariat.

Bien sûr. « Bien sûr », avait-elle répété quand Sarajo s'était précipitée vers sa voiture dans le parking du restaurant ouvert vingt-quatre heures sur vingt-quatre. *Bien sûr,* allons nous réfugier dans un endroit moins fréquenté, moins bruyant.

Sympathie, compassion, les yeux dans les yeux, un effleurement de la main, Melinda s'était voulue rassurante. Sarajo avait pris place sur le siège passager.

Elle était visiblement bouleversée. Elle avait envie de vomir. Melinda s'était aussitôt garée le long du trottoir, s'était penchée pour lui ouvrir la portière. Elle n'avait pas vu la seringue, mais elle avait senti la piqûre dans sa nuque.

Puis, l'espace d'une seconde, juste avant de sombrer dans l'inconscience, elle avait vu Sarajo sourire, l'avait entendue lâcher :

— Pauvre idiote. Pauvre imbécile prétentieuse.

C'est alors qu'il avait surgi de nulle part.

Impossible de crier, impossible de se défendre. À eux deux, ils l'avaient déposée sur la banquette arrière.

— Coucou, Melinda ! Comme dans le bon vieux temps !

Ensuite rien. Le noir absolu.

Quand il était entré, la lumière l'avait aveuglée. Elle avait le tournis, la nausée. Il lui avait présenté son communicateur. Bree était à l'autre bout de la ligne. Melinda avait reconnu son visage, sa voix. Elle s'était forcée à rester calme, à réfléchir.

« Sarajo », pensa-t-elle de nouveau. Sa partenaire. Il avait toujours une complice. Melinda avait tout lu sur Isaac McQueen. Elle s'y était contrainte. Elle savait comment il fonctionnait.

Malgré cela, elle était tombée dans le piège. Une fois de plus, elle était à sa merci.

Il ne l'avait pas violée. Normal, ce n'était plus ce qui l'intéressait chez elle. Elle n'était plus une jeune fille.

Dieu merci, il n'en séquestrait aucune. Du moins l'espérait-elle.

Il avait jeté son dévolu sur elle pour une autre raison. La vengeance ? Elle n'avait été qu'une parmi beaucoup d'autres victimes. Il n'envisageait tout de même pas de collectionner toutes les survivantes ?

Non, non. Trop long, trop risqué, et dans quel but ?

Elle s'efforça de trouver une position plus confortable sur le sol, de chasser la torpeur qui lui engourdissait le cerveau. Il ne l'avait pas ciblée au hasard, non.

Sa sœur était flic et elles vivaient ensemble. Pourquoi n'avait-il pas choisi une proie plus facile ?

Sarajo avait déclaré le viol presque un an auparavant. Par conséquent, il avait lancé la machine bien avant l'enlèvement.

Pourquoi ? *Pourquoi ?*

Parce que Bree et elle avaient été ses dernières victimes ? Était-ce aussi simple que cela ? Cela n'avait aucun sens. Pourquoi perdre son temps avec elle ?

Était-elle un appât pour attirer Bree dans ses filets ?

Ô Seigneur, Bree ! Bree. Bree.

La panique l'emporta, lui coupant le souffle.

Pas sa sœur. Pas encore.

Elle entendit le cliquetis des verrous, tenta de se ressaisir, ferma les yeux juste avant qu'il n'appuie sur l'interrupteur. La lumière lui brûla les paupières malgré tout. Elle perçut un bruit de talons hauts, l'effluve d'un parfum.

« C'est la femme, comprit-elle. Elle s'est pomponnée pour lui. Et moi, je suis l'idiote, l'imbécile prétentieuse. Elle n'est pas assez intelligente pour comprendre qu'à ses yeux, elle est aussi jetable qu'un mouchoir en papier. »

Melinda ouvrit lentement les yeux et regarda celle qu'elle avait crue désespérée.

En effet, elle s'était apprêtée pour lui. Lèvres peintes, chevelure blonde cascadant sur les épaules. Plus âgée que McQueen, mais sa robe rouge trop moulante trahissait un désir de paraître plus jeune.

Melinda masqua son dédain.

Sarajo lui apportait un sandwich sur une assiette en carton et une bouteille d'eau. Elle y avait peut-être versé un somnifère, mais Melinda afficha une expression de gratitude.

— Il ne veut pas que vous mouriez de faim, dit l'autre.

— Merci. J'ai faim. Il est très tard ?

— Trop tard pour vous.

— Je vous en prie, Sarajo, j'ignore ce que vous voulez de moi. Ce qu'il veut. Si vous me l'expliquiez, je pourrais peut-être tâcher de vous l'obtenir.

— On a déjà ce qu'on voulait. Les cœurs sensibles dans votre genre... vous êtes toutes pareilles. Faibles et stupides.

— Je voulais seulement vous aider.

— Je voulais seulement vous aider, minauda méchamment Sarajo. Oui, vous êtes toutes pareilles, toujours à gémir. Vous vous croyez intelligente, mais regardez-vous. Vous n'êtes qu'une bête dans une cage.

— Qu'ai-je fait pour que vous me haïssiez à ce point ?

— Primo, vous existez. Deuzio, à cause de vous, Isaac a croupi en taule pendant douze ans.

— Vous savez ce qu'il m'a infligé ainsi qu'à toutes les autres.

— Vous l'aviez mérité, non ? Bande de petites putes.

— J'avais douze ans.

— Ah, oui ? glapit Sarajo en se déhanchant et en inclinant la tête. Quand j'avais douze ans, j'ai couché avec des tas d'hommes. Il leur suffisait de payer d'abord. C'est là que vous êtes stupide. Vous voir ici est une sorte de récompense après tout le temps que j'ai dû passer avec vous.

— Je peux vous donner de l'argent.

— On n'en manque pas, répliqua Sarajo en lissant sa robe de la main. Et on en aura encore plus quand ce sera fini.

— Si c'est une rançon que vous voulez, je...

Sarajo explosa de rire.

— Il ne s'agit pas de vous. Vous n'êtes rien, seulement un moyen pour nous d'atteindre notre but. Elle va payer pour ce qu'elle a fait à Isaac. Quant à nous, on aura des tonnes de fric. Isaac et moi, on va vivre la belle vie.

— Il vous tuera. Quand il aura obtenu ce qu'il veut, il se débarrassera de vous.

Sarajo jeta l'assiette à l'autre bout de la pièce, renversa la bouteille d'eau. À cet instant, Isaac apparut.

— Oups ! s'exclama-t-il, tout sourire. On demande une femme de ménage, allée six.

Hilare, il enroula le bras autour de la taille de Sarajo, la serra contre lui.

— C'est de moi que vous parliez, toutes les deux ?

Il pressa les lèvres sur la tempe de Sarajo tout en adressant un clin d'œil complice à Melinda.

— Elle délire, voilà tout. C'est sa spécialité, marmonna Sarajo en se tournant vers lui. Mon chou, laissons cette salope laper son eau par terre. Viens te régaler de moi.

— Très tentant. Mais nous avons une tâche à accomplir, rappelle-toi. Et pour cela, tu dois te changer. Bien que tu sois *raaaavissante*.

— Si on s'offrait une soirée en tête à tête ?

— Tu verras, ce sera encore mieux, chuchota-t-il. Je te le promets. Allez, mon ange, va vite te changer. On va s'amuser comme des fous.

Il la gratifia d'une tape sur les fesses. Elle fusilla Melinda du regard une dernière fois et disparut.

— Isaac, vous vous êtes donné beaucoup de peine pour m'amener ici.

— Plus que tu ne l'imagines, ma douce. Mais je suis si content de revoir ton joli minois, déclara-t-il, le regard pétillant. Nous allons pouvoir rattraper le temps perdu. Je veux que tu me racontes tout ce que tu as fait depuis notre dernière rencontre.

— Vous êtes déjà au courant.

En jean repassé et chemise, il était d'une élégance irréprochable. Ses cheveux étaient blonds, son visage bronzé comme s'il avait passé son temps à s'activer au soleil.

— C'était si gentil à toi de me rendre visite.

— C'est la raison de ma présence ici ? Ma gentillesse ? Suis-je la seule à m'être rendue à la prison ?

Il poussa un soupir.

— Malheureusement, de nos jours, les bonnes manières ne sont plus ce qu'elles étaient. Remarque, c'étaient toutes de vilaines filles.

Melinda s'obligea à le fixer, à moduler sa voix.

— Vous savez comme moi que vous ne les enlevez pas parce qu'elles sont vilaines, mais parce qu'elles sont innocentes. Vous pouvez être honnête avec moi, Isaac. De toute évidence, vous dominez la situation, ajouta-t-elle en levant ses bras enchaînés. Vous avez le contrôle sur moi, sur Sarajo – si c'est son véritable prénom.

— Elle ne s'en souvient sans doute pas. Tu te débrouilles à merveille, Melinda. Le ton posé du thérapeute, le choix des mots. Je suis très fier de toi.

— Dites-moi pourquoi je suis là. Pourquoi vous vous servez de moi. N'avez-vous pas envie de partager vos desseins avec moi ?

— Si, si, mais tu connais mon goût pour les jeux.

Il s'approcha, lui souleva le menton. Un frémissement la parcourut.

— Réfléchis. C'est une sorte de puzzle. Il suffit d'en rassembler les pièces. À présent, j'ai une petite aventure en perspective. Sois bien sage.

— Si vous restiez un peu avec moi, pour parler ? Ou... ce que vous voulez. N'importe quoi. Mais ne m'abandonnez pas ce soir.

— Elle est adorable ! Sans vouloir t'offenser, mon trésor, tu sais pertinemment que tu n'es plus mon genre – bien qu'il m'arrive de me contenter de moins. L'ennui, c'est que j'ai d'autres projets pour la soirée.

— Ils sont à votre recherche, lança-t-elle. Si vous sortez, si vous tentez d'enlever une autre fille, ils vous attraperont. Tout sera terminé avant même d'avoir commencé. Ne me laissez pas maintenant. Je me soumettrai à tous vos désirs.

— Ne t'inquiète pas pour moi, mon cœur, rétorqua-t-il en lui soufflant un baiser. Je serai de retour bientôt et tu seras contente d'avoir de la compagnie. Désolé pour ton dîner mais ça t'apprendra à énerver la maîtresse de maison. Elle a un sacré caractère.

— S'il vous plaît !...

À quoi bon insister ? Rien ne l'arrêterait.

— S'il vous plaît, dites-moi au moins où nous sommes. À Dallas ou...

— Dallas est la clé du mystère. À plus tard !

Il laissa les lumières allumées. Melinda posa le front sur ses genoux et laissa échapper une plainte pour l'enfant dont l'existence serait ruinée à jamais si McQueen réussissait son coup.

Elle se balança d'avant en arrière, sanglota, cria jusqu'à en perdre la voix puis, épuisée, se roula en boule sur le sol de l'horrible pièce. Un parallélépipède rectangle muni d'une seule fenêtre condamnée. Quand bien même elle parviendrait à l'atteindre, il lui faudrait un outil pour déchiqueter le store métallique. Pas de table, pas de chaise, juste une couverture.

Et quatre paires de chaînes fixées aux parois.

Il avait tout prévu.

Que Dieu lui vienne en aide, lui donne la force de secourir celles qu'il ramènerait. Qu'Il lui procure un moyen de les sauver, de préserver leur tête et leur cœur. Elle était formée à cela. Pour le reste, elle faisait confiance à Bree.

S'ils étaient à Dallas, comme McQueen l'avait sous-entendu, les chances de s'en sortir étaient réelles. Bree ne la laisserait pas tomber. Elle était intelligente, rusée, infatigable. Flic jusqu'au bout des ongles depuis que l'officier Dallas les avait découvertes, douze ans plus tôt, à New York, elle…

Melinda se redressa.

Dallas était la clé du mystère. Eve Dallas ?

N'était-ce qu'une histoire de vengeance ?

Eve allait et venait devant son tableau, s'attardant sur les détails, échafaudant des hypothèses, les détruisant, les reformulant. Elle vérifiait l'heure sans arrêt.

Peu de temps s'était écoulé depuis qu'on avait appréhendé Civet à New York. Arracher des aveux à un dealer de cette trempe exigeait finesse, patience et sueur.

Mais pourquoi ne lui avaient-ils encore rien soutiré ?

Elle se planta sur le seuil du bureau annexe où Connors travaillait sur trois ordinateurs simultanément en jurant entre ses dents.

— Tu pourrais peut-être m'holotransporter à New York en salle d'interrogatoire ? hasarda-t-elle.

Il marqua une pause, fit jouer les muscles de ses épaules, l'examina de haut en bas.

— Ce serait possible.

— Ma présence ajouterait un poids. Je pourrais peut-être l'attaquer sous un autre angle.

Il ne dit rien, se contenta de la dévisager.

— Ça ne servirait qu'à casser leur rythme, poursuivit-elle. À saper la confiance de Peabody. Je sais ce que tu penses car je le pense aussi. Mais attendre ici, c'est…

— Difficile. Attendre, c'est toujours difficile, et frustrant même quand on sait qu'il n'y a pas d'autre solution.

— Ça t'énerve, toi aussi ?

— Par moments, énormément.

— Je ne peux rien faire de plus ce soir sinon ressasser et patienter.

— Alors accorde-toi un moment de repos et décompresse, lui conseilla-t-il. J'aurai bientôt d'autres données sur lesquelles tu pourras gamberger.

Elle s'éclipsa, se servit un autre café. Tourna autour de son tableau. Vérifia l'heure.

Pendant ce temps, Darlie Morgansten enfilait la veste la plus chic qu'elle ait jamais possédée. Elle était rose, sa couleur préférée, avec un col saupoudré de paillettes. Superbe.

Elle coûtait l'équivalent de trois mois d'argent de poche. Darlie ayant déjà dépensé ses économies pour s'offrir un sac, elle était complètement fauchée. Pourtant elle continuait à prendre des poses et à s'admirer devant la glace, indifférente au regard sévère que la vendeuse adressait à Simka, sa meilleure amie, et à elle depuis qu'elles avaient franchi le seuil de la boutique.

— Il faut *absolument* que tu la prennes, insista Simka. Elle est vraiment super.

— Papa acceptera peut-être de me donner une avance. Maman refusera, marmonna Darlie en levant au ciel ses jolis yeux verts. Tout ce qu'elle sait faire, c'est...

— Te sermonner, devina Simka. Tu pourrais le joindre, lui montrer comme tu es belle.

— Trop facile de dire non par communicateur... Flûte ! Cette femme ne nous lâche pas. On n'est pourtant pas des voleuses. Tiens, prends-moi en photo, ajouta-t-elle en tendant son portable à Simka. Ensuite, je rentrerai à la maison et j'essaierai de le convaincre quand il sera de bonne humeur.

— Quelqu'un risque de l'acheter avant.

— Il me reste un peu d'économies. Je peux la réserver.

Darlie prit une pose avantageuse et adressa un sourire éclatant à l'objectif ; une ravissante adolescente aux longs cheveux châtains semés de mèches violettes – ce qui lui avait valu un sermon pas plus tard que le matin même.

D'ailleurs, après cette querelle, elle avait dû se démener pour obtenir l'autorisation de se rendre au centre commercial avec sa copine. Et si elle avait eu gain de cause, c'était uniquement parce que sa mère avait des courses à faire, elle aussi.

Elle avait rendez-vous avec la Geôlière – c'était ainsi qu'elle appelait sa mère – à 21 h 45 précises sous la tour de l'horloge. Le lendemain était un jour de congé. Elle avait prévu une séance de shopping avec Simka suivie d'un film et d'une pizza. Mais *non*, la Geôlière s'était montrée intraitable : retour à la maison à 22 heures, au lit à 22 h 30.

À croire qu'elle avait encore trois ans.

Décidément, les mères, quelle plaie !

— Je fais mettre la veste de côté, décida Darlie. On a encore une demi-heure devant nous.

— D'accord, approuva Simka. J'essaie ce haut et ce pantalon. Tu me diras ce que tu en penses.

— Je sais d'avance que tu seras parfaite.

Darlie se précipita vers le comptoir, toisa la vendeuse en déposant les arrhes. Elle regagnait les cabines d'essayage quand une jupe *trop mortelle* attira son attention.

— Excusez-moi.

Darlie sursauta.

— Je n'ai rien fait de mal.

— Je suis désolée.

Sarajo – désormais Sandra Millford – afficha un sourire aimable.

— Je n'ai pas voulu vous faire peur. Pourriez-vous me rendre un petit service ? Ma nièce a à peu près votre taille, votre teint, votre âge. Quinze ans ?

Flattée, Darlie mentit avec allégresse.

— Oui.

— Vous croyez que ceci pourrait lui plaire ? Je veux lui offrir un beau cadeau pour son anniversaire la semaine prochaine.

Sarajo lui présenta une robe habillée de couleur rose.

— Oh ! Je l'avais repérée, celle-là. Elle est méga-top, mais elle coûte une fortune.

— C'est ma nièce préférée. Vous permettez que je la tienne devant vous pour me donner une idée de ce que ça rendrait sur elle ?

— Bien sûr. Elle est vraiment *trop* belle.

— Vous trouvez ?

Sarajo glissa la seringue sous l'étoffe, se détournant comme elle s'y était exercée pour masquer son geste. Elle enfonça l'aiguille dans le cou de Darlie.

— Aïe ! Qu'est-ce que...

— Ce doit être une épingle... Non, au fond, ce n'est pas son style.

Soutenant Darlie d'un bras, Sarajo remit la robe à sa place.

— Il est temps de partir, demain, il y a école ! claironna-t-elle en entraînant la gamine vers la sortie.

— Demain, c'est congé, bredouilla Darlie d'une voix pâteuse.

— Tu ne crois pas si bien dire.

Elle la conduisit jusqu'à l'entrée sud. McQueen les rejoignit en chemin, prit le bras libre de Darlie.

— Alors, cette séance de shopping ?

— Très sympa, répondit Sarajo. Mais notre demoiselle ne se sent pas bien. La fatigue, je suppose.

— Nous serons bientôt à la maison.

Telle une famille unie, ils émergèrent dans le parking, McQueen bloquant la sécurité au passage. Au moment où Simka jaillissait de la cabine d'essayage pour lui montrer sa tenue, ils installaient Darlie sur la banquette arrière de la fourgonnette.

Eve pénétra dans la boutique avec Connors. Elle était située au rez-de-chaussée d'un centre commercial à trois niveaux. Les issues se comptaient par dizaines.

Bree s'échappa d'un groupe de flics et se rua vers elle.

— Darlie Morgansten, treize ans, cheveux châtains, yeux verts, un mètre soixante, cinquante kilos. Elle était avec son amie.

Bree désigna une adolescente assise par terre, secouée de sanglots.

— La copine essayait des vêtements dans la cabine d'essayage. Quand elle en est sortie, Darlie s'était volatilisée. Elles devaient retrouver la mère de Darlie, Iris Morgansten, à 21 h 45. Cette dernière faisait du shopping de son côté.

Bree reprit son souffle.

— L'une des vendeuses a aperçu Darlie avec une femme et en a déduit que c'était sa mère. Elles regardaient une robe. Elles sont parties ensemble. Comme si de rien n'était. Nous avons récupéré les disques des caméras de sécurité

— Ça s'est passé il y a bientôt une heure, calcula Eve. Ils sont déjà loin. Demandez que l'on vérifie les enregistrements de ces derniers jours. La femme a certainement repéré les lieux, pris des photos. McQueen avait soigneusement prévu le parcours. Pourquoi a-t-on mis si longtemps avant de lancer l'alerte ?

— La copine a commencé par chercher Darlie. Puis elle s'est adressée à une vendeuse. Celle-ci lui a déclaré l'avoir vue partir avec sa mère. Du coup, Simka – la copine – s'est précipitée là où elles avaient rendez-vous. Mme Morgansten est arrivée trente minutes plus tard. Elles ont tout de suite compris que quelque chose clochait.

— D'accord. Je veux interroger les employées de la boutique, la gamine, la mère.

— Le père est ici aussi.

— Je n'ai pas besoin de lui s'il n'était pas présent lors des faits. Je veux...

Elle s'interrompit en voyant Nikos s'approcher.

— Vous avez raison, lâcha cette dernière. J'ai préféré me fier à mes statistiques plutôt qu'à votre instinct, et maintenant, cette petite est...

— Peu importe, coupa Eve. Vous aviez tort, mais ça ne change rien au fait qu'il n'y a pas assez de flics à Dallas pour surveiller toutes les adolescentes.

— Possible, mais ça ne me console en rien. Vous aviez vu juste aussi au sujet de la fourgonnette. Le vendeur a eu affaire à sœur Suzan. Il n'a rien pu nous apprendre d'intéressant. Transaction simple, paiement en espèces, signature de la déclaration de cession et adieu. Elle était seule. Nous avons enregistré l'entretien. Vous en aurez une copie.

— Bien.

Eve vit Laurence s'accroupir auprès de la jeune fille en larmes, lui tendre des mouchoirs en papier, l'entourer d'un bras réconfortant tandis qu'elle posait la tête sur son épaule en sanglotant de plus belle.

— Laurence devrait interroger l'amie, décida Eve. Elle lui fait déjà confiance, c'est un avantage. Peut-être pourriez-vous utiliser votre insigne d'agent fédéral pour faire pression, côté sécurité. Je veux visionner tous les enregistrements de la semaine écoulée. Inspecteur Jones, je souhaite commencer par la vendeuse.

— Entendu.

— Nous la retrouverons, déclara Nikos, et dans son regard le remords le disputait à la rage. Pourvu qu'il ne soit pas trop tard.

— En effet, répliqua Eve. L'important, maintenant, c'est de la récupérer vivante.

En dépit de la lumière aveuglante et de la peur, Melinda finit par s'endormir. Le bruit des verrous la réveilla en sursaut et elle serra les poings. Sarajo traîna une fille dans la pièce.

— Non, non, non, non, cria Melinda.

Sarajo poussa l'adolescente, nue et tremblante, à terre.

— La ferme !

Elle gifla Melinda, lui flanqua un violent coup de pied quand celle-ci tenta de se lever.

— À plat ventre, sinon je la mets en sang. C'est comme ça que ça marche avec vous, pas vrai ?

Sarajo enchaîna la petite, qui s'affaissa, à demi inconsciente.

— Si vous essayez de vous en prendre à moi, espèce de garce, c'est elle qui paiera, cracha-t-elle. Ne l'oubliez pas.

— Vous avez joué un rôle dans cette affaire ? Dans ce qu'il lui a infligé ?

— Mon rôle commence maintenant. Quant à elle, elle n'est qu'un préambule.

— Si l'occasion m'en est donnée, je vous tuerai, articula froidement Melinda. Vous êtes encore plus monstrueuse que lui.

— Vous ne me faites pas peur, ricana Sarajo.

Elle sortit, ferma la porte à clé. L'adolescente gémit, appela sa mère. Melinda rampa jusqu'à elle et s'efforça de la réconforter.

Juste avant que Sarajo n'éteigne la lumière, elle avait repéré le tatouage sur le sein gauche de la jeune fille. Le nombre 28 au milieu d'un cœur parfait.

11

Laurence pénétra dans la régie de la sécurité de la galerie marchande et jeta un coup d'œil sur les multiples enregistrements qu'Eve était en train de visionner.

— J'ai laissé la gamine rentrer chez elle, annonça-t-il. Simka Revin. Je lui ai montré les photos que nous avons du sujet. Elle hésite. Idem pour Jones avec les parents de la victime. Cependant, deux vendeuses l'ont reconnue. Elle serait venue environ deux fois par semaine depuis un mois.

— Je l'ai aperçue sur ces bandes, ici ou là, confirma Eve. Le même look chaque fois. J'en déduis qu'elle voulait qu'on la remarque, qu'on la prenne pour une cliente fidèle.

— On a déployé des hommes pour interroger le personnel et les clients qui étaient présents avant la fermeture. Le centre était bondé, entre autres de jeunes de l'âge de Darlie. Il n'y a pas classe demain.

— C'est ce que j'avais cru comprendre. Vous pouvez être sûr qu'il le savait quand il a choisi ce lieu. Il y en aura d'autres, et sa partenaire se sera chargée du repérage, comme ici. Il prend son pied, Laurence.

L'agent hocha la tête, les mains dans les poches, les yeux sur les écrans.

— Je ne suis pas né de la dernière pluie.

— Je sais. J'ai lu votre dossier.

Il esquissa un sourire.

— Idem pour moi. À mon avis, si Darlie était entrée avec elle dans la cabine d'essayage, Simka ne dormirait pas dans son lit cette nuit.

Eve indiqua les moniteurs.

— Cette boutique et deux ou trois autres attirent tout particulièrement les proies de prédilection de McQueen. Parfois elles y entrent avec un adulte, le plus souvent, elles sont en groupe. C'est ce qu'il préfère : en séparer une de la meute, tel un lion avec une antilope. Kidnapping à la vue de tous. Pour le frisson et pour le sentiment de supériorité. De nombreuses adolescentes ont défilé dans ce magasin ce soir. N'importe laquelle aurait pu convenir.

— Pas de chance pour Darlie Morgansten.

— C'est ça. Pas de chance.

Une fois le protocole initial de recherche accompli, les alertes diffusées et les équipes déployées, Eve et Connors purent enfin regagner leur hôtel aux alentours de 2 heures du matin. Les cernes sous les yeux d'Eve contrastaient fortement avec la pâleur de son visage. Elle était à bout de forces.

Elle avait besoin de repos mais, comme s'y attendait Connors, lorsqu'il arrêta l'ascenseur au niveau des chambres à coucher, elle objecta :

— Je n'ai pas fini.

— Oh, si !

Elle enleva sa veste, la jeta sur une banquette.

— J'ai un service à te demander, dit-elle.

— Parfait. Et réciproquement. On échange ?

Elle se tenait devant lui, son harnais en bandoulière par-dessus sa chemise aux manches remontées, ses yeux ambre luisant d'un mélange de fureur, de chagrin et de stress. Il comprenait. Il était dans le même état.

— Bordel de merde, Connors.

— Ce n'est pas ainsi que tu obtiendras quoi que ce soit de moi, surtout en pleine nuit. Dis-moi de quoi tu as besoin, je tâcherai de te le procurer.

— Cette femme a repéré les lieux dans la peau d'une « dame inoffensive ». Elle a même acheté des vêtements pour des filles qui correspondaient à la tranche d'âge visée. Elle connaissait l'endroit, j'en déduis donc qu'elle s'y rendait pour faire ses propres courses.

Connors se débarrassa de sa veste à son tour, s'assit sur la banquette pour délacer ses chaussures. Quitte à continuer à bosser, autant se mettre à l'aise.

— Je vois où tu veux en venir.

— Elle doit se parer pour séduire McQueen, non ? Robes, lingerie fine. Quand on veut séduire un homme, on s'offre des panoplies sexy.

Il leva la tête. Elle allait et venait, bougeait sans arrêt parce que si elle s'arrêtait – il le savait aussi bien qu'elle –, elle ressortirait aussitôt.

— Pas toi, fit-il.

— Parce que tu m'as acheté de quoi équiper un troupeau entier de prostituées professionnelles.

— C'est ma faiblesse. Un troupeau, dis-tu ? Mon Eve chérie, tu es très fatiguée.

Elle eut un tressaillement de frustration.

— Si on pouvait juste lancer un programme de reconnaissance faciale et corporelle, de quoi extirper des probabilités, on…

— Non, trancha-t-il. Tu m'as demandé de m'en charger, je m'en charge.

Il se leva, pieds nus à présent, et sortit un cordonnet en cuir de sa poche.

— En échange, reprit-il, tu vas aller te coucher.

— Je préfère démarrer cette application.

— Je m'en occupe. Ensuite, nous nous reposerons pendant deux heures, le temps que le programme s'exécute. Je suis éreinté, mais si tu me pousses à bout, je te coucherai moi-même.

— Tu me menaces, maintenant ?

— Tu sais pertinemment que non, rétorqua-t-il d'une voix calme en s'attachant les cheveux. C'est un fait, et je refuse de perdre du temps à en discuter. Va t'allonger tout de suite, sinon la situation risque de dégénérer.

Elle s'empourpra, furieuse, et il haussa les épaules tandis qu'elle crispait les poings. Connors savait d'expérience qu'elle était parfaitement capable de s'en servir lorsqu'elle était en colère.

Il espérait presque qu'elle se lâcherait, lui donnerait un prétexte pour la soulever dans ses bras, la transporter jusqu'au lit et l'obliger à ingurgiter une dose de tranquillisant, ce qui lui permettrait de laisser libre cours à sa propre mauvaise humeur.

Apparemment, elle parvint à se ressaisir, car elle tourna les talons et fonça vers la chambre.

Elle avait eu un mal fou à se retenir. Le problème, songea-t-elle en arrachant son harnais, c'était qu'elle n'était pas au mieux de sa forme – du coup son cher mari aurait mis sa menace à exécution.

Grrrrr ! Elle détestait qu'il lui donne des ordres comme à une gamine récalcitrante à l'heure de la sieste.

Un café suffirait pour recharger ses batteries. Oui, elle était fatiguée, reconnut-elle en se déshabillant. Les flics travaillaient toujours jusqu'à l'épuisement.

Une femme de chambre avait défait leurs bagages et rangé les affaires que Summerset leur avait préparées. Elle n'avait même plus le contrôle sur sa garde-robe.

Elle ouvrit les tiroirs de la commode, excédée. Pas question de se coucher nue au risque de donner des idées à son pète-sec de mari. Elle renifla en découvrant la pile de nuisettes délicates, farfouilla parmi elles en quête de la plus moche, l'enfila.

Elle ne dormirait pas. Elle s'allongerait quelques minutes, pour qu'il soit content.

Après quoi, qu'il aille au diable.

Elle s'empara de la poignée de chocolats enveloppés dans du papier doré sur les oreillers, les jeta sur la table de chevet. Elle les dégusterait avec son café après son quart d'heure de pause. De quoi la recharger à bloc.

S'écroulant à plat ventre sur les couvertures rabattues, elle pensa tout à coup à Galahad. Le chat lui manquait.

Hantée par l'image de Darlie Morgansten, elle sombra dans un profond sommeil. Elle n'entendit même pas Connors lorsqu'il la rejoignit vingt minutes plus tard.

La pièce était glaciale. Elle avait envie de dormir, de s'échapper, mais le froid et la faim la maintenaient en éveil.

Elle n'avait pas le droit de se servir. Elle mangeait ce qu'il lui donnait, quand il le lui donnait, sans quoi « ça barderait ».

Quand « ça bardait », il la battait – ou pire. Elle connaissait l'enfer parce qu'elle y vivait.

Elle avait huit ans.

Elle tremblait, les yeux clos parce qu'il avait laissé la lumière en partant. Une lumière aveuglante, ponctuée par les clignotements de l'enseigne au néon rouge, dehors.

Il avait oublié de lui donner à manger avant de sortir. Des affaires à régler. Des endroits où aller, des gens à voir.

Elle n'allait jamais nulle part et ne voyait que lui.

Peut-être oublierait-il de revenir. Cela lui arrivait parfois et elle restait seule. C'était mieux. Elle pouvait regarder les passants par la fenêtre, les voitures, les immeubles.

Elle devait rester confinée dans la chambre. Les petites filles qui tentaient de s'enfuir et s'adressaient aux inconnus étaient ramassées par la police et jetées dans un puits ou dans une arène remplie de serpents et d'araignées qui les rongeaient jusqu'à l'os.

Elle n'avait pas envie qu'on la balance dans un trou. Pas envie que « ça barde ». Mais elle avait tellement faim.

Elle savait qu'il restait un peu de fromage. Si elle s'en coupait un petit morceau – telle une souris –, il n'en saurait rien. Surveillant la porte, elle s'empara du couteau.

Quel délice !

S'il ne rentrait pas, elle pourrait tout manger. De toute façon, s'il rentrait, il serait probablement soûl. Avec un peu de chance, il serait assez bourré pour ne pas la remarquer, ne pas la toucher.

La porte s'ouvrit si brusquement qu'elle en lâcha le couteau.

Terrorisée, elle constata qu'il n'était pas assez bourré.

Elle essaya de mentir, de faire semblant, et l'espace d'un instant – un très court instant –, elle crut qu'il allait la laisser tranquille.

Il la rossa violemment. Elle s'affaissa, un goût de sang dans la bouche.

— Je t'en supplie, non. Je t'en supplie. Je serai sage.

Mais elle eut beau implorer, prier, il la frappa encore et encore. Puis il se jeta sur elle de tout son poids. Il empestait l'alcool, la drogue et cette abominable odeur de père.

Elle savait que c'était pire quand elle se défendait, mais elle ne put s'empêcher de hurler, de se débattre tandis qu'il s'enfonçait en elle.

Et de continuer à le supplier d'arrêter.

Et tout autour, dans la chambre glaciale à l'éclairage aveuglant ponctué des clignotements de l'enseigne au néon rouge, se trouvaient d'autres petites filles. Des dizaines de paires d'yeux la fixaient pendant que les halètements et les râles de son père se mêlaient à ses cris.

Elle lui griffa le visage. Par-dessus son braillement de surprise, elle entendit un craquement sec. Une douleur intense la submergea.

Elle avait si mal. Et ce regard sur elle, ce visage déformé par la fureur... Ses doigts se saisirent du couteau.

Elle avait si mal. Elle frappa.

Le cri du monstre retentit plus fort que les siens et, dans son désespoir, résonna comme un triomphe. Elle frappa de nouveau, sentit la lame s'enfoncer dans la chair, le sang tiède dégouliner sur sa main tandis qu'elle se dégageait de son étreinte.

Elle se rua sur lui tel un animal enragé, hachant, tailladant tandis que le sang lui éclaboussait le visage, les bras, le corps.

Rouge, comme le néon. Chaud.

Les autres filles psalmodiaient en chœur.

Tue-le.

Tue-le.

Le visage de son père, les yeux écarquillés. L'autre visage, maculé de sang.

Tue-les.

Toutes les petites filles se regroupèrent autour d'elle pendant qu'elle plantait son couteau en lui. En eux. Des mains la caressaient, des bras tentaient de la soulever.

Elle se démena en grognant.

— Arrête ! Eve, arrête !

Connors était conscient de lui avoir fait mal, mais la douceur puis la fermeté n'avaient pas suffi à l'extraire de son cauchemar. Paniqué, il craignit un instant qu'elle n'en réchappe jamais.

— Eve. Mon Eve adorée. Pour l'amour du ciel, réveille-toi !

Il lui immobilisa les bras, la maintint alors qu'elle s'arc-boutait en hurlant.

— Non. Non, reviens-moi, Eve. Eve, répéta-t-il dans l'espoir de l'atteindre. Je t'aime, Eve. Je suis là. Tu es en sécurité. Lieutenant Eve Dallas, murmura-t-il en pressant les lèvres sur ses cheveux, sa tempe. Mon amour. *A ghra*. Eve.

Quand elle se mit à claquer des dents, il en éprouva un soulagement indicible.

— Chut... Chut, mon amour. Je suis là. N'aie pas peur.

— Froid. Il fait si froid.

— Je vais te réchauffer.

Il lui frotta les bras. Ils étaient glacés.

— Je vais te chercher une autre couverture. Ne...

— Malade, bredouilla-t-elle en posant une main moite sur sa poitrine. Je suis malade.

Il la souleva dans ses bras, la transporta jusque dans la salle de bains. Impuissant, il resta à ses côtés pendant qu'elle vomissait. Mais lorsqu'il voulut lui essuyer la figure avec un gant de toilette humide, elle le lui prit des mains.

— Accorde-moi une minute, murmura-t-elle sans le regarder, en s'asseyant, les genoux remontés sous le menton. S'il te plaît. Juste une minute.

Il décrocha l'un des luxueux peignoirs au logo de l'hôtel.

— Mets ça, dit-il en le lui drapant sur les épaules. Tu as la chair de poule. Je... je vais te servir un cognac.

Quitter la pièce, l'y abandonner l'anéantit.

Il remplit les verres en tremblant. Il les aurait volontiers jetés contre le mur. Il avait envie de tout casser. Piétiner. Détruire.

Il se planta devant la fenêtre, imagina la ville en flammes, réduite en cendres.

Cela ne suffit pas à le rasséréner.

« Plus tard », se promit-il. Plus tard, il trouverait le moyen de passer cette rage terrifiante qui le tenaillait. Pour l'heure, il resterait là, jusqu'à ce qu'elle sorte de la salle de bains.

Elle était blanche comme un linge, les joues creuses de fatigue.

— Ça va mieux.

Il se tourna vers elle, lui tendit un verre.

— Mon Dieu ! s'écria-t-elle, choquée.

Ses yeux s'emplirent de larmes tandis que, du bout du doigt, elle effleurait les griffures sur son torse.

— C'est moi qui t'ai fait ça. Pardon. Pardon.

— Ce n'est rien, murmura-t-il en portant sa main à ses lèvres. Tu as cru que j'étais... que je te brutalisais. Bois... Je n'ai rien mis dedans, je te le promets.

Elle opina, se détourna légèrement, avala une gorgée d'alcool.

— Pourquoi refuses-tu de me regarder ? reprit-il. Je sais que je t'ai fait mal. J'en suis malade. Je suis malade que tu aies pu, ne serait-ce qu'un instant, me prendre pour lui. Pardonne-moi.

— Non, non, pas toi, fit-elle en tournant enfin les yeux vers lui. Pas toi... Excuse-moi, mais je ne peux pas boire ça, ajouta-t-elle en repoussant le verre de cognac.

— Tu veux de l'eau ? Du café ? Dis-moi comment je peux t'aider. Je suis perdu.

Elle se percha au bord du lit. Lui qui savait toujours quoi faire pour l'apaiser, il semblait aussi démuni qu'elle.

— Je croyais que c'était fini. Je n'étais pas retournée dans le passé depuis un moment. Je pensais avoir surmonté le traumatisme.

Prenant garde de ne pas la toucher, il s'assit auprès d'elle.

— Le fait d'être à Dallas, face à McQueen, a tout déclenché.

— C'était pire.

— Je sais.

Il voulut lui prendre la main, se ravisa.

— Je sais, répéta-t-il. Tu peux me raconter ?

— Au début, c'était comme avant. La chambre, le froid, la lumière. La faim. Je m'empare du couteau, je mange le fromage. Il déboule, soûl mais pas assez. Et ça commence. Il me frappe violemment. J'ai mal.

Connors se leva, alla se planter devant la fenêtre, le regard dans le vide.

— Tu hurlais.

— Je ne pouvais pas m'arrêter. Là où ça change, c'est que… elles étaient toutes là, autour de nous. Les jeunes filles… Mon bras… j'entends encore le craquement quand il l'a fracturé. Je suis folle de douleur et de terreur. J'attrape le couteau, je l'enfonce dans sa chair. Le sang dégouline sur ma main. Sa chaleur me réconforte. Non, non, elle ne me réconforte pas, elle m'excite… Ce n'est pas la scène que je me rappelais, la lutte pour la survie. Ce sang, je voulais qu'il coule. Les filles aussi. Elles m'encourageaient toutes à le tuer. Et là, j'ai vu son visage, puis celui de McQueen, puis le sien… J'ai éprouvé… un plaisir horrible, sordide… Je ne t'ai pas griffé parce que tu me faisais mal. Je… je me suis débattue parce que tu essayais de m'en empêcher.

Elle pressa la main sur sa joue, l'autre sur son ventre, et laissa échapper un sanglot tremblotant. Quand Connors vint vers elle, elle voulut se dérober, mais il savait à présent ce qu'il devait faire.

Il l'étreignit, lui caressa les cheveux, le dos, la berça.

— Pourquoi t'infliges-tu tant de souffrance ? murmura-t-il. Tu n'étais qu'une enfant.

— À la fin, non.

— Quand il t'a violée, si. Et aujourd'hui, tu travailles comme une forcenée pour cette fille et celle que tu as déjà sauvée une fois.

— Je ne pourrai pas les sauver si je tue de cette manière – pas pour me défendre mais pour en finir. Si je prends plaisir à commettre un meurtre, alors je suis aussi condamnable qu'eux. Mes parents.

— Jamais, trancha-t-il en ravalant un flot de colère. Ton père et ta mère, ces raclures, ont tenté de te réduire à néant. Tu es devenue tout ce qu'ils n'ont jamais été.

— Ce que j'ai ressenti dans ce cauchemar m'a terrifiée. J'ai honte.

— Tu t'es couchée épuisée et de mauvaise humeur. À cause de moi. Ne te punis pas pour un rêve, mon ange.

Comme elle posait la tête sur son épaule, il ferma les yeux.

— Tu veux voir Mira ?

— Non. Oui. Peut-être… C'est de toi que j'ai besoin. De toi.

— Je suis là pour toujours. Ne pleure plus, je t'en supplie.

— Son visage me hante. Celui de Darlie. Je savais qu'il partirait en chasse, mais maintenant… je sais ce qu'elle ressent. Elle aussi, elle aura des cauchemars bien après que nous aurons arrêté ce monstre… Laisse-moi soigner tes plaies.

— C'est inutile.

— S'il te plaît.

— Ma foi, connaissant Summerset, je suppose qu'il a prévu une trousse de premiers secours. Elle doit être dans la salle de bains.

— Je vais la chercher.

Eve se leva, s'immobilisa.

— Tu m'as calmée. Je sais que ce n'était qu'un rêve, mais tu m'as neutralisée. Si bizarre que cela puisse paraître, j'ai l'impression qu'au bout du compte, tu m'as sauvée. Merci.

— Nous n'avons de cesse de nous sauver l'un l'autre depuis que nous nous connaissons.

— Je suppose que oui.

Elle dénicha la trousse de premiers secours – ah, ce Summerset, toujours aussi efficace !

— Mon Dieu, je t'ai vraiment lacéré. Comme une gamine hystérique.

— Si cela peut te consoler, tu m'as aussi assené deux ou trois coups de poing.

— Tu as mal ?

— Je ne serais pas un homme si j'avouais souffrir de quelques écorchures infligées par une gosse.

Elle rit, l'entoura de ses bras.

— Il est presque l'heure de se lever.

— Nous n'avons pas beaucoup dormi.

— Non, pas trop. Et pourtant...

— Et pourtant, murmura-t-il juste avant que leurs lèvres ne se rejoignent.

Leur désir était réciproque, tout simple. Doux comme un chuchotement, comme la lumière de l'aube filtrant par les fenêtres. « Le réconfort », songea-t-il. Eve le comprenait. Elle savait amadouer la fureur intérieure qui le rongeait, la transformer en tendresse. Pour le moment.

Il la caressa, sidéré et empli d'humilité à l'idée qu'elle s'offre ainsi à lui après avoir vécu une telle horreur. Soulagé de pouvoir lui apporter paix et plaisir.

Leurs baisers estompaient l'effroi.

Avec une tendresse infinie, ils se touchèrent, s'effleurèrent. Eve l'entendit lui murmurer un mélange de mots anglais et irlandais qui lui fit battre le cœur. Ces paroles, le son de sa voix suffisaient à la bouleverser, à la transporter.

Elle l'avait blessé – pas uniquement en le griffant. En revenant au présent, elle avait vu son regard accablé.

Quand elle retournait dans le passé, il souffrait pour elle. Ces plaies-là méritaient tout autant d'être pansées.

Elle soupira, savourant la sensation de ses mains sur sa peau. À présent, elle tremblait non plus de froid mais de désir. Elle se cambra vers lui, se fondit en lui.

— Reste avec moi, chuchota-t-elle. Je t'aime.

Il l'accompagna dans l'orgasme, la serra très fort contre lui tandis qu'ils entamaient la longue et délicieuse descente.

— Dors, l'encouragea-t-il lorsqu'elle se pelotonna contre lui.

— Peux pas. Je vais bien. Je vais mieux. Il faut que je me remette au travail. Le travail est une sorte de… pansement.

— D'accord. Mais avant, je veux que tu manges. Pour moi.

— Ça tombe bien, je meurs de faim. Douche, café, nourriture, boulot. La routine. C'est ainsi que j'arrive au bout de mes missions… Je vais peut-être commencer par le café.

— Je m'en occupe, décréta-t-il en se levant. Tu le boiras au lit. Il est encore tôt. Pendant ce temps, je vais faire ma toilette. J'ai des affaires à régler, et je veux m'assurer que le programme de recherche que j'ai lancé pour toi a bien fonctionné.

— D'accord, acquiesça-t-elle. Connors ? ajouta-t-elle comme il programmait l'autochef. Ne contacte pas Mira. Je vais bien, et je préfère qu'elle travaille avec Peabody et l'équipe de New York. Récupérer Melinda et Darlie, épingler McQueen et sa partenaire me suffiront.

Il lui apporta une tasse fumante.

— Entendu. Tiens… Je n'en ai pas pour longtemps. Ensuite, nous prendrons le petit-déjeuner et nous attaquerons la journée.

Il la laissa récupérer tranquillement, en profita pour contacter Caro et Summerset. RAS de ce côté-là, une bénédiction. Deux ou trois problèmes mineurs à régler à son retour, pas de quoi s'affoler.

Il s'apprêtait à consulter les résultats de la recherche qu'il avait lancée la veille quand l'interphone bipa.

— Connors, répondit-il.

— Bonjour, monsieur. Ici Peterson, à la réception. Un certain inspecteur Jones demande le lieutenant Dallas. J'ai vérifié son identité. Je vous envoie un visuel.

Bree apparut à l'écran.

— Faites-la monter.

— Tout de suite, monsieur.

Connors raccrocha et descendit au premier niveau du triplex. Apparemment, tout le monde s'était levé aux aurores ce matin.

12

Bree Jones n'avait pas mieux dormi qu'Eve. Elle avait fait de son mieux pour masquer sa fatigue à l'aide d'anti-cernes et de blush, mais ces subterfuges ne suffisaient pas à dissimuler l'angoisse qui lui tirait les traits. Connors lui ouvrit.

— Bonjour, inspecteur.

— Bonjour. Excusez-moi, il est tôt. Je ne m'en suis rendu compte qu'en arrivant ici.

— Pas de problème. Le lieutenant devrait nous rejoindre d'une minute à l'autre. Nous allons prendre le petit-déjeuner.

— J'aurais dû…

— Tous les trois, l'interrompit-il en lui saisissant le bras et en l'entraînant à l'intérieur. Vous n'avez pas mangé.

— Non, je… Comment le savez-vous ?

— Je suis marié avec une femme comme vous.

— C'est le plus beau compliment que vous puissiez me faire. J'aurais dû vous contacter d'abord.

— Mais non. Je peux vous assurer qu'Eve avait prévu un petit-déjeuner de travail. N'est-ce pas, lieutenant ? s'enquit-il tandis que l'intéressée descendait l'escalier.

— Absolument. Bonjour, inspecteur.

— J'espérais que vous pourriez m'accorder un moment avant que la journée démarre.

— Si je montais préparer ton bureau ? suggéra Connors.

— Bonne idée.

Il lui effleura le bras d'une caresse et disparut.

— Pardonnez-moi cette intrusion, lieutenant.

— N'ayez crainte, si vous me dérangiez, je vous le dirais. Vous avez réussi à vous reposer ?

— Pas vraiment. Je me suis installée chez mes parents. Je ne pouvais pas rester à l'appartement et, de toute façon, ils ont besoin de moi.

— Ils tiennent le coup ?

— Ils ont peur, avoua Bree en triturant sa bague. Je leur répète en boucle que nous allons sauver Melinda, et ils s'efforcent d'y croire. Je leur ai dit que je faisais un saut à la salle de gym, histoire de me défouler. C'est la première fois que je leur mens depuis ce soir où Melinda et moi nous sommes échappées en douce de l'hôtel, à New York. On voulait voir Times Square la nuit. C'était mon idée. Melinda m'a suivie parce que je l'ai menacée d'y aller seule. Aujourd'hui, je me rends compte de tout ce que nous avons fait subir à nos parents. À l'époque, je ne m'en doutais pas… Mais ça n'a aucune importance.

— Tout a de l'importance, argua Eve.

Jones n'avait pas sollicité l'aide de sa partenaire. Elle avait donc besoin de quelque chose que celle-ci ne pouvait lui offrir.

— Si nous montions manger un morceau ? Sans quoi, Connors va nous harceler.

— Je me contenterai d'un café.

— C'est ce que je dis toujours, rétorqua Eve en la précédant à l'étage.

— Ce doit être bien d'être mariée.

Eve pensa à son cauchemar, à Connors qui l'en avait arrachée.

— Pas mal.

Elle pénétra dans le bureau, nota que la porte menant à celui de Connors était fermée. Elle avait compris, quand il lui avait effleuré le bras, qu'il avait l'intention de lui laisser un peu de temps avec Bree.

Au-delà du tableau était dressée une table. Assiettes, tasses, jus de fruits, et surtout un énorme pot de café.

— C'est plus fort que lui, dit-elle en s'approchant de la table. Il passe son temps à nourrir les flics.

— Il travaille beaucoup avec vous.

— Plus ou moins. En tant que consultant. Il a un bon instinct et il est très doué en informatique.

— C'est merveilleux de vivre avec quelqu'un qui comprend votre métier. J'ai eu une relation pendant un temps, mais ça n'a pas marché. Mon compagnon ne supportait pas les horaires irréguliers, les rendez-vous manqués. Il estimait que je me consacrais trop à mon métier et pas assez à lui. Il avait sans doute raison.

— Il faut être fou ou stupide pour s'acoquiner avec un flic.

— Dans quelle catégorie classez-vous Connors ?

— Je n'ai pas encore décidé.

Eve souleva les cloches sur les assiettes, soupira.

— J'aurais dû m'en douter. Petit-déjeuner complet à l'irlandaise.

— Doux Jésus ! s'exclama Bree devant la quantité gargantuesque d'œufs, de bacon, de saucisses et de pommes de terre frites. Moi qui me contente d'un beignet rassis et de mauvais café !... Face à toute cette nourriture, je ne peux pas m'empêcher de me demander si Melinda a de quoi subsister. Est-ce qu'il lui donne à manger ? Il oubliait souvent... Est-ce qu'elle a froid ? Est-ce qu'elle...

— Inspecteur, restaurez-vous, ordonna Eve. Vous en aurez besoin pour tenir le coup.

Docile, Bree attrapa une fourchette.

— Pourquoi vous adressez-vous à moi et non à votre coéquipière ou à votre lieutenant ? reprit Eve.

Elle connaissait la réponse, mais voulait lui tendre une perche.

— Annalyn est formidable. Mais… je n'arrête pas de repenser au passé, à la première fois. Elle appartient à l'Unité Spéciale depuis des années, elle me forme. Elle me comprend, mais elle ignore ce que j'ai vécu. Tant qu'on n'est pas passé par là, on ne peut pas l'imaginer… Vous étiez là. Vous savez ce qu'il nous a fait subir parce que vous en avez été témoin. Ce qui s'est passé à l'époque éclaire ce qui se passe aujourd'hui. J'ai l'impression que vous le connaissez encore mieux que moi. Même si…

Les mots moururent sur ses lèvres et elle posa la main sur son cœur.

— Je ne l'ai jamais effacé.

Elle déboutonna son chemisier pour révéler le tatouage.

— Melinda a préféré faire enlever le sien. On me l'a vivement conseillé, mais…

— Vous voulez l'avoir sous les yeux. Quand vous vous emparez de votre arme et de votre insigne avant de prendre votre service, vous voulez le voir. Vous rappeler pourquoi vous faites ce métier.

Bree ferma brièvement les yeux, hocha la tête.

— C'est pour cela que je suis ici. Vous savez.

— Il la tatouera de nouveau. Par orgueil. Pour la punir, ajouta Eve en ignorant le tressaillement de Bree. Il ne la laissera pas mourir de faim, mais il la maintiendra dans le manque, l'inconfort. Il préservera sa vie jusqu'à ce qu'il en ait fini avec moi. Comme je ne lui laisserai pas le loisir de m'achever, elle s'en sortira vivante.

Eve mangeait tout en parlant, dans l'espoir que Bree suivrait son exemple.

— Il ne la violera pas. Il s'est défoulé sur la fille. Il se sent plus puissant, plus fort.

Bree acquiesça, mais son visage exprimait de la souffrance.

— Il pense qu'en abusant de la gamine, il va affaiblir Melinda, la rendre plus malléable, la pousser au désespoir. Il s'est servi de nous de cette manière, expliqua-t-elle.

— Vous m'avez dit que lorsqu'il ne jetait pas son dévolu sur vous ou Melinda, dans cette chambre à New York, le soulagement vous grisait. Vous étiez très en colère quand vous me l'avez confié.

— Je le suis restée ; c'était une question de survie. Mais Melinda le suppliait chaque fois de ne pas faire de mal à celle qu'il choisissait pour la nuit – ou la journée. Et quand il la ramenait, Melinda craquait complètement. C'est sur cela qu'il va jouer, à présent.

— Melinda n'est plus une petite fille.

— Non. Tout au long de l'épreuve, elle va s'endurcir, s'efforcer d'aider Darlie à surmonter ce cauchemar. S'il lui en laisse l'occasion, elle lui parlera, elle essaiera de négocier, de gagner du temps. Si elle trouve quelque chose qui puisse lui servir d'arme, elle s'en servira. Elle n'hésitera pas à le tuer pour protéger Darlie.

Bree croisa les mains sur ses genoux.

— C'est ce qui me terrifie plus que tout, avoua-t-elle.

— Il va nous contacter aujourd'hui.

— Vous êtes bien sûre de vous.

— Je le suis, oui. Il va éprouver le besoin de se vanter. S'il veut me mettre la main dessus, il doit entamer la manœuvre rapidement. Dès qu'il le fera, nous entamerons la nôtre.

— À savoir ?

— Nous les monterons l'un contre l'autre, sa partenaire et lui, comme les suspects en salle d'interrogatoire. J'espère simplement disposer de quelques éléments supplémentaires d'ici là... Et la chance nous sourit peut-être, ajouta-t-elle tandis que Connors surgissait sur le seuil de la pièce, un disque à la main.

— Tu avais raison, annonça-t-il.

— Voyons cela, fit Eve en se précipitant vers l'ordinateur.

— Elle se fait appeler Sylvia Prentiss. Sauf que Sylvia Prentiss, originaire de l'Oregon où elle exerçait le métier d'agent immobilier, est décédée depuis six ans et... Eve ? Qu'as-tu ?

Elle avait blêmi, et se tenait le ventre.

— Quoi ?... Rien... C'est le manque de sommeil.

Elle se frotta les yeux, examina la photo d'identité.

— Vous devriez vous rasseoir, lieutenant, lui conseilla Bree.

— Je réfléchis mieux debout. Excusez-moi, j'ai décroché un instant. Voici donc à quoi elle ressemble quand elle est avec lui.

— Plus jolie que les précédentes, fit remarquer Connors en lui massant la nuque. Elle prétend avoir quarante-six ans.

— Je parie qu'elle s'est rajeunie. Et qu'elle a subi des interventions de chirurgie esthétique. Mais c'est le visage qu'elle contemple dans le miroir actuellement.

— Comment l'avez-vous retrouvée ? voulut savoir Bree.

— Les enregistrements de la sécurité du centre commercial, répondit Connors. Le lieutenant a pensé, à raison, qu'elle avait déjà écumé les lieux pour elle-même. Tu veux visionner ses mouvements à travers la galerie marchande ? enchaîna-t-il à l'adresse d'Eve en laissant sa main courir sur ses cheveux.

— J'ai beau fouiller dans ma mémoire, je ne trouve pas...

— Quoi, ma chérie ?

— Je… je ne sais pas. Quelque chose. Aucune importance… Oui, voyons comment elle se déplace, où elle va.

— Il y a une adresse sur sa carte d'identité, commenta Bree, un trémolo dans la voix.

— Oui, j'ai vu. Ce sont peut-être ses coordonnées actuelles, peut-être pas. Nous vérifierons. Concentrons-nous d'abord sur les images.

— Il faut que je signale ce nouvel élément à ma hiérarchie. Qu'on se rende sur place.

— Inspecteur, ne vous précipitez pas. Elle est rusée. Elle multiplie les arnaques depuis des années. Si on se jette sur elle sans avoir élaboré une stratégie, on risque de la perdre.

Eve consulta sa montre. Il était encore tôt.

— J'attends des nouvelles de ma coéquipière à New York, qui exploite une autre source. Penchons-nous sur ces vidéos.

— Une fois la correspondance établie, intervint Connors, je l'ai isolée à plusieurs reprises, dans diverses boutiques, à des heures différentes.

— Elle vise les produits de maquillage – de luxe, nota Eve.

Blonde, cheveux longs cascadant sur les épaules. Robe bleue, courte et moulante. Les mains manucurées.

— Seigneur ! Les vendeuses ne voient donc rien ? marmonna Eve. Elle vient de piquer un rouge à lèvres et un autre truc sous leur nez.

— Du fard à paupières, dit Bree. Une marque haut de gamme. En revanche, elle paie la crème pour le visage, qui coûte encore plus cher. En espèces.

— L'habitude, peut-être. Pour certaines personnes, le vol à l'étalage est une espèce de hobby.

Eve regarda Connors, qui affichait un large sourire.

— Elle est douée, constata-t-il. Elle a la main leste.

— Elle est défoncée. Sur son petit nuage. Elle s'amuse, dit Eve.

Dans la boutique de lingerie, elle s'achetait – et volait – plusieurs panoplies et un négligé transparent.

— Elle dépense son fric dans les meilleurs magasins, murmura Bree. Mais si vous voulez mon avis, elle manque de goût.

— Elle adore s'occuper d'elle, renchérit Eve. Chaussures, sacs, tenues sexy, cosmétiques, baume pour les cheveux... Elle prépare son stock pour le retour de son chéri. Ces safaris shopping ont eu lieu entre deux semaines et deux jours avant l'évasion de McQueen. Il va falloir m'extraire des clichés de ces bandes.

— J'ai mieux, annonça Connors. J'ai la fourgonnette.

— Quoi ?

— Apparemment, elle n'a pas jugé nécessaire de bloquer la sécurité – ou n'a pas su le faire – quand elle s'est garée sous le nom de Prentiss. J'ai tenté le coup, effectué quelques recherches. Elle a aussi décidé de s'accorder une pause et a confié son véhicule au voiturier.

Il tapota sur le clavier.

— Merci mon Dieu !

— Je m'appelle Connors. Ce n'est pas bien d'oublier le nom de ton mari.

— La voilà ! La marque, le modèle, l'année. Brun foncé, terne. Tu as même réussi à repérer la plaque d'immatriculation !

— Autant bien faire les choses.

— On l'a ! s'exclama Eve avec un curieux mélange de satisfaction et d'excitation. Jones, contrôlez la plaque d'immatriculation et contactez vos collègues. Réunion dans trente minutes. Merde, j'oubliais, avertissez aussi les fédéraux.

Elle pivota vers Connors.

— Tu mérites bien plus qu'un cookie.

— Je m'en souviendrai quand viendra le jour de la paie. Tu reprends des couleurs, lieutenant.

— Je me sens mieux. Penchons-nous sur les coordonnées de sa carte d'identité.

— Je m'en charge. Je l'aurais fait plus tôt, mais je voulais que tu voies son visage. Et la fourgonnette.

— Si tu me confirmes l'adresse, je pourrai la transmettre à Peabody. À ce rythme-là, j'aurais pu aller à New York à pied, cuisiner Civet et revenir.

Elle sortit son communicateur.

— La plaque est enregistrée au nom de Davidson Millford et à l'adresse de Prentiss, annonça Bree. Je me renseignerai sur Millford dès que j'aurai lancé l'appel au briefing.

— Entendu. Dès que j'aurai joint ma…

L'appareil bipa dans sa main.

— Peabody ! glapit-elle. Il était temps.

— Désolée, Dallas. Civet nous a donné du fil à retordre. Apparemment, au cours de son dernier séjour en prison, il a entrepris des études. Ce connard se prend pour un avocat. Quelle plaie.

— Vous avez joué les méchants flics ?

— Non, marmonna Peabody en affichant une moue à l'écran. J'en avais très envie, mais Baxter a décrété qu'il était plus machiavélique. On l'a cuisiné jusqu'à minuit. Civet n'arrêtait pas de demander des pauses, de nous proposer des marchés débiles. À un moment, il a exigé qu'on le relaxe avec en prime un stock à vie de crème glacée et un abonnement annuel pour les matchs des Yankees.

— Comment avez-vous pu le laisser se moquer de vous à ce point ?

— Dallas, je vous le jure, il était muet comme une carpe. Il a dit qu'on pouvait le remettre en cellule, que ça ne lui posait aucun problème. Qu'à sa sortie, il serait magistrat. Il ne plaisantait pas. Il n'avait de cesse de nous citer toutes sortes de règles et de lois bizarres…

Peabody leva les yeux au ciel. Elle était visiblement épuisée.

— … Il prenait son pied.

— Avez-vous obtenu quelque chose ?

— À minuit, on a jeté l'éponge, mais on a réattaqué ce matin aux aurores. Il a accepté le *deal*. Il en avait l'intention depuis le début, ce salaud. Il a entendu parler de McQueen, mais affirme n'avoir jamais traité avec lui. Nous ne le croyons pas.

— Sans blague ?

Peabody ébaucha un sourire las.

— On a fait comme si on le croyait et il a fini par admettre qu'il avait eu affaire régulièrement à une certaine Sandra Millford qui…

— Millford ?

— Oui. M-I-L-L…

— Je sais l'épeler.

— D'accord. Elle lui aurait dit – j'insiste sur le conditionnel – qu'elle était la maîtresse de McQueen et qu'ils avaient de grands projets. Que McQueen allait sortir de taule, allait détruire celle qui l'avait détruit, et qu'ensuite ils crouleraient sous le fric. C'est un serpent, mais une fois le marché conclu – par écrit –, il a craché au bassinet pendant plus d'une heure. On a lancé une recherche sur Millford, on est tombés sur Sandra, on lui a montré sa photo parmi plusieurs autres. Il l'a repérée tout de suite.

— Excellent. Renseignez-vous sur un couple Millford, ordonna Eve à Bree. Davidson et Sandi ou Sandra.

— À qui parlez-vous ? Connors ? Vous me manquez. Je peux lui faire un petit coucou avant que…

— Ce n'est pas Connors.

— Je ne trouve pas de Davidson Millford ni à Dallas ni à New York, intervint Bree. En revanche, j'ai une Sandra à l'adresse de New York.

— Je suppose que vous faites équipe avec quelqu'un d'autre, bougonna Peabody. Elle est jolie ?

— Pour l'amour du ciel ! Peabody, rassemblez-moi des données sur Sandra Millford et un certain Davidson Millford.

— D'accord. Je vous transmets la copie de l'interrogatoire de Civet. Vous aurez mon rapport dès que je l'aurai rédigé. Nous avions l'intention de vérifier les coordonnées new-yorkaises après avoir fait le point avec vous.

— Parfait. Je vous envoie ma mise à jour.

— Pouvez-vous au moins me dire ce qui...

— Pas maintenant, coupa Eve. J'ai une réunion, et ensuite j'ai l'intention de me faire une vraie salope.

— J'aimerais tant faire ça avec vous, Dallas.

— Les occasions ne manqueront pas. À plus tard.

Elle raccrocha, aperçut Connors qui l'observait depuis le seuil de l'autre pièce.

— On devrait lui rapporter un souvenir, suggéra-t-il. Une paire de bottes de cow-boy, peut-être ?

— Quoi ? Qui ? Pour Peabody ? Doux Jésus ! Qu'as-tu de nouveau ?

— Une maison mitoyenne louée à un certain Davidson Millford – bail signé en son absence il y a dix mois. Située, d'après mes calculs, à une dizaine de minutes en voiture du centre où la fille a été enlevée.

— C'est là que vit la partenaire, déclara Eve, en proie à un regain d'énergie. Elle y est. McQueen n'est sûrement pas très loin. Allons-y !

— Lieutenant... commença Bree.

— Je préviens votre lieutenant en chemin, coupa Eve. Nous devons surveiller ce lieu. Votre chef n'aura qu'à s'entendre avec les fédéraux pour savoir qui va s'en charger. Simple surveillance. On n'intervient sous aucun prétexte.

— Elle pourrait nous mener droit à Melinda et à Darlie.

— Absolument. Et si nous nous débrouillons bien, elle nous y mènera.

« Qui tient les rênes ? » s'interrogea Eve pour la vingtième fois. Les flics de Dallas étaient efficaces, mais trop polis. Quant aux fédéraux, ils partaient du principe qu'ils dirigeaient les opérations. Chez eux, c'était inné. Mais Nikos se montrait un peu trop à cheval sur les règlements et les statistiques au goût d'Eve.

Elle allait donc prendre l'affaire en main. Si cela ne plaisait pas aux autres, qu'ils essaient de l'écarter. Sur cette enquête, elle ne se laisserait pas faire.

Elle l'expliqua à Connors, qui prit le volant pendant qu'elle échafaudait une stratégie sur son mini-ordinateur.

— Ricchio connaît le secteur, les hommes, fit remarquer Connors. C'est là qu'il te sera le plus utile.

— J'en suis consciente et je le soulignerai. J'ignore comment il travaille et je n'ai pas le temps de le découvrir. Du côté des fédéraux, Nikos a reconnu s'être trompée concernant le tout dernier enlèvement, elle s'en mord les doigts. Du coup, elle coopérera peut-être plus facilement. Selon moi, Laurence est le plus doué des deux et il comprend vite. Mais je ne veux pas me laisser envahir par le système de raisonnement du FBI. Avec un minimum de flair, on pourrait en finir dès ce soir.

— J'ai approfondi mes analyses des comptes de McQueen. Je sais désormais comment il fonctionne. Sa technique est parfaitement au point, pleine de ruses et d'impasses, mais j'approche du but.

— Tant mieux. J'aimerais que tu continues sur ta lancée pendant que je prépare mon intervention. Dès que nous l'aurons serré, il faudra couper court à ses rentrées d'argent. Pas question qu'il puisse se repayer un billet de sortie.

Elle contacta Bree.

— Vous avez mis en place la surveillance ?

— Le lieutenant a déployé quatre hommes autour de la maison avec l'ordre de se contenter de la toucher des yeux. La camionnette est sur place, Dallas. La suspecte est à l'intérieur.

— On ne bouge pas, insista Eve. Que ce soit bien clair. Si elle sort, il faut la filer discrètement.

— C'est ce qu'a dit le lieutenant Ricchio. Je suis à deux minutes du commissariat.

— Nous arrivons.

Eve raccrocha, pianota un moment sur ses cuisses, joignit Peabody.

— Nous sommes en route pour l'adresse new-yorkaise, déclara celle-ci. Vous avez le bonjour de Baxter et de Trueheart.

— Bien sûr, bien sûr. J'ai un briefing dans quelques minutes. Je vais avoir besoin de vous.

Peabody brandit le poing.

— Je pars pour le Texas !

— Du calme, Peabody. Par vidéoconférence, évidemment. Préparez vos notes. Vous énoncerez tout ce que vous avez, données, noms, faits, déclarations. Soyez brève et précise. Évitez les traits d'humour. Ne m'appelez jamais Dallas, mais lieutenant.

— Compris. Vous voulez leur faire croire que vous êtes une dure à cuire.

— Je le suis.

Eve grogna devant l'écran.

— Vous êtes coiffée comme l'as de pique. Attachez vos cheveux et enlevez-moi ce rouge à lèvres.

— Mais je... Bien reçu, lieutenant. Quand dois-je intervenir ?

— Je n'en sais rien encore. Tenez-vous prête.

Elle coupa la transmission avant que Peabody passe en mode bavardage.

Connors bifurqua dans le parking du commissariat.

— Bien vu. Tu veux leur présenter un cliché du flic new-yorkais, devina-t-il.

— Qui souhaiterais-tu avoir à la tête d'un commando comme celui-ci ? La personne qui va de l'avant, celle qui connaît toutes les données, les pions, les alternatives possibles, qui agit sans se laisser influencer.

— En d'autres termes... toi.

— Quelle perspicacité !

Un instant plus tard, il la regardait foncer à travers le bâtiment, le regard aiguisé. En pénétrant dans la salle de réunion, elle offrait l'image d'une femme qui maîtrisait la situation, arborait son autorité avec autant d'aisance que son arme.

Elle se dirigea directement vers Ricchio – malin. Elle réussirait mieux dans le monde des affaires qu'elle ne l'imaginait. Prendre les devants, tout le secret était là, surtout sur le terrain de l'équipe adverse.

— Lieutenant, ma coéquipière se joindra à nous par vidéoconférence le moment venu, attaqua-t-elle. J'aimerais parler au chef des interventions spéciales et aux membres de la DDE affectés à cette affaire. L'inspecteur Jones me signale que vous avez engagé une surveillance du logement où se trouve la suspecte.

— Exact. RAS pour l'instant.

— Elle s'accorde peut-être une grasse matinée. Vous êtes-vous assuré de sa présence à l'aide d'un détecteur de chaleur ?

— C'est en cours.

— Prévenez-moi dès que vous aurez les résultats. Elle est peut-être partie à pied. Pouvez-vous me procurer un visuel du quartier sur un rayon de dix pâtés de maisons ? Boutiques, restaurants, commerces ?

— Bien sûr. Mes hommes sur place ont les photos et descriptions de toutes les identités connues de la suspecte. Je suppose que vous voulez diriger la réunion ?

— Ce sera plus simple et plus rapide. Nous ignorons quand elle va bouger. Pour la sécurité des otages et afin d'appréhender les deux sujets, nous devons mettre notre stratégie en place au plus vite. Je vous demande de sélectionner vos meilleurs éléments. Avant qu'elle nous conduise chez McQueen, nous devons savoir où nous mettons les pieds : présence de civils, échappatoires possibles, meilleurs points de vue pour les membres de la Brigade d'intervention spéciale si nécessaire. Je ne connais pas votre ville, lieutenant, mais je connais McQueen. Et depuis vingt-quatre heures, j'apprends à connaître sa partenaire.

— Si vous avez établi une stratégie, j'aimerais l'entendre. J'ai la mienne.

— Pas de problème. Mettons-nous au travail. Je ne veux pas que vos hommes chargés de la surveillance entreprennent une filature avant que nous soyons prêts... Si le facteur temps n'était pas aussi crucial, je prendrais la peine de vous soumettre mon plan, d'en discuter avec vous, puis je me tiendrais à l'écart. Je ne cherche pas à vous coincer, lieutenant. Je veux participer aux interrogatoires une fois que nous aurons attrapé ces ordures, mais le reste, je m'en fiche.

— Je comprends, lieutenant Dallas. La parole est à vous.

— Merci.

Elle se tourna, scruta le visage des hommes et des femmes rassemblés devant elle.

— Asseyez-vous, ordonna-t-elle. On se tait. Voici quelle est la situation.

Du coin de l'œil, elle vit Nikos bouger, et Laurence l'en empêcher d'un signe de tête.

Premier problème résolu.

— Vous, fit-elle en désignant une version texane de McNab – couleurs chamarrées, pantalon rouge vif muni de dizaines de poches. DDE ?

— Inspecteur Arilio. À votre service.

— Je vous charge des visuels. Affichez les lieux actuellement surveillés, écran 1.

Il s'exécuta.

— Nous avons déniché le terrier de la suspecte, enchaîna-t-elle. Il est sous surveillance. Nous avons identifié et trouvé le véhicule que la partenaire a acheté pour McQueen. Arilio, photos des deux derniers alias de la suspecte, écran 2. Sandra Millford est celle qui repère les proies de McQueen et a participé à l'enlèvement de Darlie Morgansten. Voici à quoi elle ressemble, d'après nous, lorsqu'elle n'est pas déguisée et se fait appeler Sylvia Prentiss. C'est l'apparence qu'elle préfère adopter pendant son temps libre, si je peux m'exprimer ainsi. Elle vit à cet endroit sous l'une ou, plus vraisemblablement, ces deux identités. Nous en avons une troisième à ajouter.

Elle contacta Peabody.

— Arilio, écran 3... Inspecteur Peabody, envoyez-nous la photo de la suspecte reconnue par Civet au cours de son interrogatoire.

— Bien, lieutenant. Envoi en cours.

— Donnez-nous vos informations sur cette personne.

Peabody, impassible, les cheveux tirés, s'exécuta.

— De plus, lieutenant, ajouta-t-elle, nous sommes actuellement au domicile qu'occupait la suspecte sous cette identité lorsqu'elle vivait à New York. Nous nous apprêtons à interroger les habitants de l'immeuble et avons les coordonnées de son ancien lieu de travail.

— Bon boulot, inspecteur.

— Merci, lieutenant.

— Prévenez-moi dès que vous aurez du nouveau. Vous pouvez disposer.

Elle coupa la transmission.

— Je veux que vous vous familiarisiez tous avec chacun de ces visages. Si par hasard la suspecte se déplaçait sous l'une de ces identités, elle devra être suivie. Surtout pas abordée. Qu'elle soit à pied ou à bord de la fourgonnette, nous la filerons jusqu'à ce qu'elle nous mène à McQueen.

— Pourquoi ne pas poser un dispositif de repérage sous la camionnette ?

Eve jeta un coup d'œil à l'inspecteur Price.

— Il se pourrait qu'elle soit munie de détecteurs qui alerteraient la femme ou McQueen. Comme l'était celle que nous avons confisquée à New York. Filature à quatre véhicules. Cinq en incluant le mien. Votre lieutenant formera les équipes et choisira le meilleur endroit pour patienter. Prévoyez des renforts aériens. La DDE coordonnera les transmissions et les visuels. On la laisse aller jusqu'à McQueen. Si elle flaire un flic, on la perdra. De même que McQueen, Melinda Jones et Darlie Morgansten. Qu'elle soit dehors ou dedans, *personne* ne s'approche de l'estafette. On attend.

— On vient de détecter une source unique de chaleur à l'intérieur de l'appartement, annonça Ricchio. Elle bouge.

— Épatant. Elle est là, elle est levée. Je veux aussi quatre hommes en civil pour le cas où elle déciderait de sortir à pied.

Elle marqua une pause.

— Et maintenant, McQueen. Une fois qu'elle nous aura conduits jusqu'à lui, nous nous adapterons en fonction des lieux. Nous agirons par étapes. Prudemment, intelligemment. Et nous l'arrêterons.

Elle écourta la séance de questions. L'heure tournait. Cette salope n'était pas du genre ménagère à bricoler toute la journée chez elle.

Nikos attendit la conclusion de l'exposé pour s'approcher.

— Nous pouvons nous charger des renforts aériens et de la filature. Laurence et moi resterons à terre.

— Entendu.

— J'ai quelques inquiétudes concernant l'arrestation.

— Nous aviserons sur place. Une fois qu'elle sera avec McQueen, nous aurons le temps de nous pencher sur le problème. Mais je ne veux pas risquer de la perdre maintenant, alors allons-y.

Eve se dirigea vers Connors.

— Je sais que tu préférerais m'accompagner, mais j'ai besoin que tu me dégotes tous les comptes cachés. Je serai entourée de deux douzaines de flics, d'agents fédéraux et des gars de la Brigade d'intervention spéciale. De surcroît, je t'avertirai dès qu'elle bougera. Et quand elle aura retrouvé McQueen, je te transmettrai les coordonnées et tu pourras m'y rejoindre. Avant qu'on ne le serre.

— D'accord.

— Je vais bien, murmura-t-elle, notant qu'il l'examinait un peu trop attentivement.

Il lui effleura les doigts.

— Je le vois.

— Il faut que j'y aille. Je prends la voiture. Personne ne file un suspect à bord d'une bagnole pareille, elle ne se doutera de rien. Je m'arrangerai pour qu'un officier t'amène chez McQueen.

— Pas question, riposta-t-il. Je m'y rendrai par mes propres moyens.

— Comme tu voudras.

Cette fois, il lui serra la main, brièvement.

— Vas-y, lieutenant. Épingle-la.

— Tu peux compter sur moi.

13

« Quartier agréable », remarqua Eve. Classe moyenne, population familiale à en juger par la quantité de jeux pour enfants dans les jardins. De véritables petites aires de récréation équipées de toutes sortes de structures pour se balancer, grimper, se casser la figure, se fracturer un bras. Des flottilles de bicyclettes – non cadenassées.

Un secteur sûr, d'après la description de Ricchio et ses propres observations, où personne ne pouvait imaginer qu'un prédateur sirotait tranquillement des cocktails tous les soirs dans la maison d'à côté.

Les voitures garées le long des trottoirs et dans les allées étaient relativement anciennes, mais il y en avait aussi des neuves, rutilantes. Celle d'Eve se fondait donc dans la masse. De toute façon, elle était stationnée à un bloc de la cible, hors de vue.

Elle étudia la bâtisse sur l'écran de son tableau de bord, écoutant distraitement les échanges entre les hommes postés dans le sous-marin de la DDE et les autres véhicules affectés à la surveillance.

Une maison mitoyenne à deux étages, impeccablement entretenue. Un joli jardin partagé en deux, des pots en céramique verts débordant de fleurs rouges et violettes sur l'autre perron. Apparemment, la suspecte n'avait pas jugé utile de s'occuper du sien, car il était dépourvu de plantations.

Une petite bicyclette bleu vif reposait sur sa béquille devant la demeure située juste avant. Un vélo de garçon, avec des roues de stabilisation.

Pas une proie pour McQueen.

Sa partenaire s'entendait-elle avec ses voisins ? Sans doute. Elle ignorait combien de temps elle allait rester, autant s'intégrer. Quand on les interrogerait plus tard, ils répondraient tous qu'elle était « charmante, très discrète ».

Une femme gentille, douce, jolie – qui devait en incarner plusieurs afin de pouvoir aller et venir sous l'une ou l'autre de ses identités. Une « ancienne camarade d'université », par exemple, une « sœur » ou encore, une « colocataire »... Elles ne se montraient jamais ensemble, mais qui s'en étonnerait ? L'une travaillait le jour, l'autre la nuit, elles ne prenaient jamais le même jour de congé... La mascarade n'était pas compliquée à jouer, à condition de rester sur ses gardes.

Les portes et les fenêtres étaient dotées d'un système de sécurité sophistiqué. Tous les stores étaient baissés.

« Allez, sors de là, l'exhorta Eve. Va faire un tour. Il ne te manque pas ? Tu es complètement obsédée par lui. Accro. Tu penses à lui du matin au soir... Qui es-tu ? Où ai-je vu ton – tes – visage(s) ? As-tu vécu à New York avant de rencontrer McQueen ? »

Car plus le temps passait, plus Eve avait l'impression de la connaître. L'avait-elle arrêtée autrefois sous son vrai nom ? Interrogée ? S'étaient-elles croisées à l'époque où Eve était ballottée de foyers d'accueil en institutions ? Oui, ce devait être ça... Ce qui expliquerait cette sensation d'effroi qui la poursuivait depuis le début de l'affaire. Toutes ces années, prisonnière d'un système qui, à l'origine, était conçu pour lui venir en aide, mais qui, malheureusement pour elle, s'était révélé un cauchemar d'un autre genre.

Elle n'avait commencé à vivre que le jour où elle s'était rendue à New York. À l'École de police.

Elle changea de position, se redressa quand la porte latérale du pavillon à la bicyclette s'ouvrit. Un enfant s'élança dehors. Un garçon, en effet. Probablement trop jeune pour aller à l'école. Aucune importance, d'ailleurs, puisqu'il n'y avait pas classe aujourd'hui. Elle le regarda se précipiter sur son vélo, le visage irradiant de bonheur.

Elle se cala dans son siège, suivit le gamin des yeux tandis qu'il pédalait comme un fou d'un bout à l'autre du trottoir. Elle le vit agiter la main, interpeller quelqu'un dans le jardin d'à côté. Un type assez âgé, coiffé d'une casquette de base-ball, qui portait des outils de jardinage. Il les posa par terre, plaqua les mains sur ses hanches et gratifia le gosse d'un large sourire.

« Une journée comme une autre dans un quartier paisible, songea-t-elle. Jeux en plein air, nettoyage des plates-bandes. Tiens, une dame qui promène son chien. Drôle de bestiole, une boule de poils qui tire sur sa laisse, saute partout, jappe. Quelle idée de posséder un animal qui aboie sans arrêt ! M. Jardinier et Mme Clébard entament la conversation. Comment ça va ? Quelle chaleur, n'est-ce pas ? Et blablabla… Forcément, M. Jardinier montre ses fleurs à Mme Clébard. Et le chien qui s'énerve, le gosse qui pédale comme si sa vie en dépendait… Si je devais subir ça jour après jour, je me flinguerais. »

Soudain, la cible apparut.

Enfin ! Toute bichonnée pour lui. Par ce beau matin ensoleillé, elle incarnait Sylvia. Cheveux blonds brillants, robe rose légère, sans manches, au décolleté profond. Lunettes teintées assorties, escarpins à talons rose et blanc, sac rose.

— On l'a, annonça Eve dans son communicateur. Laissez-lui de l'espace. Elle se dirige vers la fourgonnette.

L'incident se produisit en un éclair. De là où elle se trouvait, le peu qu'en vit Eve lui suffit.

La laisse céda. Déséquilibrée, Mme Clébard atterrit sur les fesses. M. Jardinier se pencha pour l'aider à se relever.

Le chien bondit droit sur le gosse.

La suspecte se retourna en ouvrant la portière de l'estafette.

Surpris, l'enfant poussa un cri, fit une embardée, vira vers la chaussée. En plein devant une voiture qui roulait beaucoup trop vite dans un quartier aussi paisible.

— Oh, merde !

Comme le petit garçon volait par-dessus le guidon, l'un des membres de l'équipe de surveillance – Price – se propulsa hors de son véhicule et piqua un sprint vers lui tandis que le chauffard freinait brutalement. Le flic ramassa l'enfant et poursuivit sa course sans ralentir jusqu'au trottoir d'en face.

La voiture envoya valser la bicyclette alors que le policier se jetait à terre avec le môme.

Le pan de la veste de Price s'écarta. Eve vit clairement son insigne et son arme.

La suspecte aussi.

— Elle nous a repérés ! hurla Eve. Démarrez ! Démarrez !

Alors que la femme bondissait dans la fourgonnette, Eve enfonça l'accélérateur

— Coupez-lui la route, ordonna-t-elle. Annulez l'opération et appréhendez-la.

Dans un crissement de pneus, elle doubla la voiture immobilisée et la bicyclette écrabouillée. Des cris et les braillements du gamin retentirent derrière elle.

La fourgonnette avait déjà pris quelques dizaines de mètres d'avance. Eve s'élança à sa poursuite.

La suspecte allait contacter McQueen dès qu'elle le pourrait. Il ne fallait surtout pas lui en laisser la possibilité.

Il n'y avait qu'une seule solution : l'arrêter maintenant. Tout de suite.

Eve se mit en mode vertical, gagna en vitesse. Plus jamais elle ne reprocherait à Connors son choix de véhicule, se jura-t-elle. Au son des sirènes hurlantes, elle bifurqua vivement en même temps que la camionnette, se rapprocha.

Encore un peu. Encore un tout petit peu.

Elle la dépassa, atterrit lourdement, braqua de nouveau pour lui bloquer la route.

L'espace d'un instant, elle aperçut le visage de la femme, vit sa bouche s'arrondir en un « oh ! » de surprise et de rage. L'estafette tenta d'éviter la collision, dérapa, percuta l'arrière de la berline, qui fit un tour complet sur elle-même. Par-delà les explosions des airbags, Eve entendit un fracas de tôle. Elle fit glisser son siège en arrière, se libéra.

La camionnette s'était immobilisée moitié sur le trottoir, moitié sur la chaussée après avoir embouti un autre véhicule.

L'arme au poing, Eve s'en approcha.

— Vos mains ! cria-t-elle. Je veux voir vos mains.

D'autres flics arrivèrent.

— Mettez vos foutues mains sur le volant ! Maintenant !

— Je suis blessée.

— Vous le serez encore plus si je ne vois pas vos deux mains sur ce volant.

Elle les vit, ainsi que le sang.

« Une plaie à la tête », nota-t-elle en ouvrant la portière. Impitoyable, Eve tira la conductrice dehors, la fit pivoter face au véhicule.

— Qu'est-ce que vous faites ? Je suis blessée. À cause de vous, ma fourgonnette est démolie. Il me faut une ambulance.

— Appelez les secours, ordonna Eve.

— Ma poitrine, se plaignit la femme, la respiration sifflante. Ô mon Dieu, mes côtes ! Et ma tête.

— C'est ça, oui. Vous êtes en état d'arrestation, déclara Eve en lui menottant les mains dans le dos.

— Qu'est-ce que vous racontez ? Je n'ai rien à me reprocher. C'est vous qui avez provoqué cet accident.

Eve la força à se retourner.

— Comment dois-je vous appeler ? Sœur Suzan ? Sarajo Whitehead ? À moins que vous ne préfériez Sylvia Prentiss puisque c'est elle que vous incarnez aujourd'hui ? Peu importe. On vous a pincée. Et on ne va pas tarder à pincer McQueen.

— Allez vous faire foutre ! Vous n'avez rien. Vous n'êtes rien !

Tout à coup, les genoux d'Eve menacèrent de se dérober sous elle tandis que sa vision périphérique se brouillait. Un flot de chaleur lui monta des orteils jusqu'au crâne, et sa peau se couvrit d'une fine pellicule de sueur.

Enfin, elle avait la réponse à la question qui la taraudait depuis des jours.

— Lieutenant Dallas, intervint Annalyn en lui prenant le bras. Vous devriez vous asseoir. Vous avez pris un sacré coup.

— Je vous connais, articula Eve à l'adresse de la suspecte. Je vous connais.

— Vous ne savez rien.

À ces mots, les yeux de la femme se révulsèrent. Elle serait tombée dans les pommes si Eve ne l'avait pas retenue.

— Je vous connais, répéta-t-elle.

— Dallas, du calme, s'écria Annalyn avant de lancer à un collègue : Jay, occupez-vous de cette ordure… Venez par ici, Dallas, vous êtes en état de choc.

— Quoi ? Quoi ?

Eve repoussa Annalyn, se laissa choir sur le trottoir, la tête entre les genoux.

Non, elle ne vomirait pas.

Elle se trompait sûrement.

Tout tournoyait autour d'elle, elle avait froid, à présent, et du mal à respirer.

— L'ambulance arrive, lieutenant, annonça Bree Jones en s'accroupissant devant elle. La fourgonnette n'était pas équipée d'airbags. La suspecte est inconsciente. Elle est salement amochée. Vous aussi, vous l'êtes, malgré les airbags.

— Je vais bien. Je suis juste un peu secouée.

— Le médecin va vous examiner, mais il vaudrait mieux aller à l'hôpital.

— J'en ai bien l'intention. Avec elle. Je monterai avec elle.

« Ressaisis-toi, s'ordonna Eve. Rappelle-toi qui tu es. » Elle leva la tête, la rabaissa aussitôt, en proie à un étourdissement.

— Seigneur, quel merdier !

— Elle n'a pas contacté McQueen. Elle n'en a pas eu le temps. Nous avons récupéré son communicateur. Price l'a déjà inspecté de même que celui du tableau de bord. Elle n'a utilisé ni l'un ni l'autre au cours de la dernière demi-heure. McQueen ignore qu'elle est entre nos mains.

— C'est déjà ça.

— Elle nous dira où il est. Nous la ferons parler, insista Bree, les larmes aux yeux.

— Un peu, oui. Mettez tout de suite la DDE sur les communicateurs.

— Nous pouvons prendre le relais, proposa Laurence en s'approchant. Nous nous chargeons du véhicule, du matériel électronique, du logement. Vous, allez vous faire soigner. Votre lèvre saigne pas mal.

Eve l'essuya, contempla la tache sur le revers de sa main.

— Ce n'est rien.

Du sang. Sur sa main, dans la fourgonnette.

Le sang ne mentait jamais.

Elle se mit debout, refusant l'assistance de Bree.

— C'est bon. J'ai besoin de marcher un peu.

Elle se dirigea vers la berline comme pour examiner les dégâts. Connors la connaissait, et inversement. Comme elle s'y attendait, il avait pensé à déposer un kit de terrain dans le coffre.

« Ne réfléchis pas, se dit-elle. Agis. »

Elle sortit plusieurs bâtonnets, en passa un sur sa lèvre, l'introduisit dans un tube stérile. Sans trembler, elle l'étiqueta et l'empocha. Puis elle se fraya un chemin entre les flics et les secouristes qui s'affairaient autour de la suspecte.

Elle regarda le sang sur le volant de la fourgonnette, en préleva quelques gouttes, étiqueta et empocha le tube.

Elle inspira profondément avant de retourner auprès des secouristes.

— Quel est le verdict ?

— Lacérations à la tête, sans doute une commotion cérébrale. Contusions sur la poitrine et les bras, deux côtes fêlées ou fracturées. Elle souffre probablement aussi de lésions internes. Nous devons l'emmener aux urgences.

— Je vous accompagne. Quel hôpital ?

— *Dallas City*. Si vous venez, c'est maintenant.

— Je viens.

Elle s'éloigna de quelques pas, contacta Connors.

— Vous avez fait vite… commença-t-il.

Son visage s'assombrit.

— Tu es blessée.

— Quelques égratignures dues aux airbags. Par contre, j'ai bousillé la bagnole.

— Ça ne m'étonne pas de toi, plaisanta-t-il, mais son regard demeura grave. Que s'est-il passé ?

— Je te raconterai plus tard. On l'a. L'opération a merdé, mais on a la femme.

Une nouvelle onde de chaleur la submergea.

— On la transporte à l'hôpital *Dallas City*. J'ai besoin de toi. Je veux que... que tu m'attendes là-bas. Je n'ai pas noté l'adresse.

— Ne t'inquiète pas. Eve, dis-moi ce qui te tourmente.

— Je ne peux pas. Pas maintenant. Je ne suis pas blessée, Connors. Ce n'est pas ça. J'ai besoin de toi.

— J'arrive.

— C'est maintenant ou jamais ! lança le médecin-chef.

— Il faut que je te laisse.

— J'arrive, répéta Connors.

Eve glissa son communicateur dans sa poche et monta à bord de l'ambulance.

Elle s'assit, étudia le visage de la femme inconsciente.

« Ouvre les yeux, nom de nom ! l'exhorta-t-elle. Ouvre-les yeux et regarde-moi. »

Parce qu'elle ne s'était pas trompée. Ce n'était pas le choc dû à l'accident. Elle connaissait la toute dernière partenaire de McQueen.

Un cauchemar de plus.

Mais la femme ne revint pas à elle durant le court trajet jusqu'aux urgences. À l'hôpital, Eve accompagna la civière, vit les paupières de sa prisonnière tressaillir, l'entendit gémir tandis qu'on l'emmenait dans une salle d'examen.

— Restez dehors, s'il vous plaît.

Eve jeta un coup d'œil à l'interne responsable, un jeune Noir à l'air harassé.

— Elle est en détention provisoire. Je reste.

— Alors tenez-vous à l'écart.

Elle recula d'un pas, mais observa les mouvements de chacun alors que les spécialistes parlaient à toute allure dans leur étrange langage tout en transférant la victime sur la table d'examen.

— Son nom ? demanda le médecin à Eve.

— Lequel ? Elle en a plusieurs. Essayez Sylvia. C'est celui qu'elle utilise actuellement.

— Sylvia. Vous êtes en sécurité. Regardez par ici. Pouvez-vous me dire quel jour nous sommes ?

— Je souffre le martyre. Faites que ça s'arrête. Donnez-moi quelque chose.

— Accrochez-vous, nous allons prendre soin de vous.

— Donnez-moi quelque chose pour cette putain de douleur, connard.

— Quelle classe, railla Eve. C'est une toxico.

— Éloignez cette putain de flic d'ici. Elle a essayé de me tuer.

— Elle est lucide, déclara le médecin.

— Elle est probablement défoncée, intervint Eve.

— Qu'avez-vous pris, Sylvia ? En quelle quantité ?

— Allez vous faire foutre. Je suis mourante. Elle a tenté de me tuer. Donnez-moi quelque chose ! cria-t-elle en se débattant.

— Attachez-la, ordonna-t-il.

Eve observa la scène d'un œil froid. L'une des infirmières s'approcha d'elle.

— Voulez-vous sortir avec moi un instant ? Elle est neutralisée et, croyez-moi, le Dr Zimmerman saura l'amadouer. Nous devons la stabiliser afin de pouvoir ausculter ses blessures.

Eve opina. Elle passa dans le couloir, mais demeura face au hublot.

— Avez-vous une idée de ce qu'elle a pu avaler ? reprit l'infirmière.

— Pas encore. Les collègues vont récolter tout ce qu'elle planquait dans son sac, à son domicile et dans son véhicule. Vous devrez effectuer des analyses vous-même pour déterminer ce qu'elle a ingurgité. Elle est dangereuse. Elle doit rester sous bonne garde vingt-quatre heures sur vingt-quatre, menottée. Interdiction absolue de communiquer avec l'extérieur.

— Qu'a-t-elle fait ?

Eve aperçut Annalyn et Bree qui remontaient le couloir au pas de charge.

— Ces inspecteurs vont vous mettre au courant.

— Dans quel état est-elle ? s'enquit Bree. Elle a parlé ?

— Rien d'intéressant, répliqua Eve. En ce qui concerne son état, adressez-vous à l'infirmière.

Elle reprit sa surveillance.

« Elle a intérêt à survivre, se dit Eve, parce que je veux des réponses à mes questions. »

À présent, Sylvia était entourée de machines et de scanners. On sondait ses organes. Les larmes avaient remplacé les cris.

— Elle est amochée, mais son état n'est pas critique, annonça Annalyn à la fin du compte-rendu de l'infirmière. La DDE fouille la maison. Dès que la voie sera libre, nous prendrons le relais.

— Qu'en est-il de ses communications ?

— La dernière était un SMS.

Annalyn sortit son carnet et lut : *Tu m'as lessivée hier soir. Vais salon beauté + shopping. Serai là vers 15 h. A+.*

— On a une petite marge. On peut pister la transmission ?

— S'il essaie de la joindre, oui. La DDE travaille sur le code dont elle s'est servie pour envoyer le message. Pour l'instant, je n'en sais pas plus.

— La fourgonnette était-elle équipée d'un GPS ? Je n'en ai pas vu.

— Désactivé. Tous ses communicateurs sont des clones jetables pourvus de filtres. Mais la DDE parviendra à ses fins.

— Elle sait où se trouve Melinda, murmura Bree.

— Et elle nous le dira, la rassura Annalyn. McQueen ne va pas se soucier d'elle avant 15 heures. Nous avons un peu de temps devant nous.

— Envoyez-lui un autre SMS, intervint Eve. Après 14 heures. Du genre : *La coiffeuse est débordée ; je m'offre un massage ; je t'ai acheté un cadeau*. N'importe quoi. Elle est en retard. Elle espère être là vers 18 heures.

— Bonne idée.

— J'en ai des tas, grommela Eve.

— J'ai appris en chemin qu'on avait repéré le salon de beauté. S'il le faut, nous pourrons le mettre sous surveillance au cas où il essaierait de l'y rejoindre.

— Envoyez une équipe tout de suite, ordonna Eve. On ne prend aucun risque.

Apercevant Connors au loin, elle se détourna d'Annalyn.

— Ne la quittez pas des yeux. S'ils l'emmènent au bloc, suivez-les. J'ai un truc à régler.

Elle intercepta Connors.

— Allons dehors, j'étouffe.

Il frôla du doigt les écorchures sur sa joue, la coupure sur sa lèvre.

— Ce n'est rien. Les airbags. Les siens n'ont pas fonctionné, elle est pas mal esquintée. Elle s'en remettra, mais elle va souffrir un moment.

— McQueen ?

— Elle nous a flairés. Elle a voulu s'enfuir. Du coup, non, nous n'avons pas localisé McQueen. Pas encore.

Eve sortit, continua à marcher.

— Toutefois, elle n'a pas pu l'avertir, et nous disposons d'un certain délai pour la cuisiner.

— Ce n'est pas ce qui te tracasse.

— J'ai besoin que tu me rendes un service, vite et en catimini.

— Entendu.

Elle sortit les tubes de sa poche.

— Je veux une comparaison d'ADN. Je veux savoir si... Il y a un échantillon de mon sang. Et un autre du sien.

Sur le visage de Connors, le choc initial fut remplacé par le chagrin.

— Mon Dieu, Eve...

— Dès le début, j'ai eu l'impression de la connaître. Tout au fond de moi, je savais qui elle était. Ça me rendait malade. Et puis, quand je l'ai sortie de la camionnette, elle m'a regardée, et j'ai su. Ce regard, je ne l'ai jamais oublié... Je devais avoir deux ou trois ans, j'avais joué avec ses produits de maquillage. Elle était furieuse, surexcitée, violente. Elle me fixait avec une telle haine. Une haine meurtrière... Ma mère, acheva Eve après un soupir tremblant.

— Tu viens d'avoir un accident, commença Connors.

— Je ne délire pas, l'arrêta Eve. J'en ai la certitude. À l'époque, elle s'appelait Stella, mais c'est sans importance. Elle a toujours choisi des prénoms qui commencent par un « S ». Elle possède peut-être des draps chiffrés ou une connerie de ce genre... Je sais que j'ai raison. J'ai simplement besoin d'une confirmation.

— Je m'en occupe, promit-il en l'attirant contre lui. Ne t'inquiète pas. Et elle ? Elle t'a reconnue ?

— Non. Je n'étais rien pour elle sinon un ticket-repas potentiel et un punching-ball.

Connors l'écarta avec douceur, encadra son visage de ses mains.

— Tu dois absolument prendre du recul.

— Impossible. Cette femme ne m'empêchera pas d'appréhender McQueen. Au contraire, cet événement imprévu m'incite à redoubler d'efforts. Je ne craquerai pas.

— Je veux la voir.

— Tu ne veux pas seulement la voir, répliqua Eve en reculant pour lui prouver qu'elle tenait encore debout toute seule. Nous aurons le temps de réfléchir à tout ça plus tard. Elle finira ses jours en taule. En attendant, elle nous est indispensable. Elle est le lien qui nous conduira à McQueen.

— Peut-être pas le seul. J'ai déterré deux de ses comptes.

— Tu… Pourquoi ne pas me l'avoir dit plus tôt ? glapit-elle avant de lever la main. Pardon. C'est évident.

— Il a pris de l'argent sur l'un d'entre eux le jour où il t'a contactée pour la première fois à New York. Il a effectué un virement de deux cent mille dollars dans une banque dans les Caraïbes, puis de là en Afrique du Sud, et enfin à Dallas.

— Une seconde. Si je comprends bien, tu as le nom de sa banque ici même, à Dallas ?

— Exact. Pour y accéder, il se sert d'un passeport et d'un nom sud-africains. Pas plus tard qu'hier, il en a retiré la somme de soixante-quinze mille dollars. En personne. *Prairie Bank and Trust,* la filiale de Davis Street.

— Attends, attends, marmonna Eve en allant et venant. Quel foutoir ! Pourquoi avoir prélevé un tel montant en personne ? Il ne veut pas qu'elle s'en doute. Il va bientôt se débarrasser d'elle, il prévoit des munitions pour la suite. Comment s'est-il rendu à la banque ? Est-ce qu'il emprunte la camionnette pour se déplacer ? Je ne vois pas comment il pourrait le faire sans qu'elle s'en rende compte. Les transports publics, peut-être ? Ou alors un autre véhicule. Celui à bord duquel il prendra la fuite. Nous devons aller à cette agence vérifier les bandes de sécurité.

— Certainement.

— L'autre – celle-là, déclara-t-elle en montrant la porte des urgences, peut attendre. Il faut que je mette Ricchio et les fédéraux au courant.

Ils s'apprêtaient à revenir sur leurs pas quand Eve remarqua Price devant l'entrée de l'hôpital, l'air désemparé.

— Inspecteur.

— Lieutenant. Le lieutenant Ricchio vous cherchait. Il est ici… à l'intérieur.

— Connors, peux-tu aller lui relater le résultat de tes recherches ? J'arrive tout de suite.

Elle demeura à côté de Price et attendit sans mot dire.

— C'est ma faute, j'en suis conscient, commença-t-il. Elle nous aurait menés directement à Melinda et j'ai tout gâché. On avait tout prévu et j'ai enfreint le protocole.

— Aucun d'entre nous n'aurait voulu voir ce gosse aplati comme une crêpe sur la chaussée, Price. Melinda la première.

— Je ne sais pas. À l'heure qu'il est, on l'aurait sauvée.

— Si vous n'aviez pas réagi, cet enfant serait probablement mort. À présent, il est chez lui, en sécurité et en un seul morceau. Vous avez sauvé une vie aujourd'hui, inspecteur. Vous avez fait votre boulot.

— À quel prix ?

— Rien n'est jamais gratuit. Nous avons la partenaire. Nous avons d'autres pistes et un peu de marge. Secouez-vous et continuez à faire votre métier.

Elle regagna la salle d'examen. Cette fois, l'infirmière lui barra le chemin.

— Elle est stabilisée. Il va falloir l'opérer. Commotion cérébrale, deux côtes fracturées, un…

— Elle est consciente et stable, coupa Eve.

— Oui.

— Je veux lui parler.

— Dès qu'elle aura…

— Non. Maintenant. Si son état n'est pas critique, elle peut patienter un peu. Deux autres vies sont en jeu. Elle est toujours dans cette pièce ?

— Oui. On est en train de la préparer pour…

— Plus tard.

Eve contourna l'infirmière et poussa les portes battantes. Elle examina la femme sur la table.

— Soyez attentive, aboya-t-elle.

La femme ouvrit les yeux et son regard se fit sauvage.

S'avançant d'un pas, Eve cita à sa mère le code Miranda révisé.

14

— Vous avez compris ? s'enquit Eve.

— Je veux un communicateur. Tout de suite.

— Vous n'êtes pas en position d'exiger quoi que ce soit. Donnez-moi votre nom. Le vrai.

— Sylvia Prentiss.

— Plus vous vous ficherez de moi, plus vous devrez attendre pour qu'un médecin soit autorisé à vous filer une dose. Votre nom.

— Sylvia Prentiss, et je vais vous traîner en justice. Procurez-moi un communicateur. Je connais mes droits. Je veux appeler un avocat.

— À votre guise. Donnez-moi ses coordonnées, je m'arrangerai pour qu'il se déplace. Il est hors de question que vous preniez contact avec quiconque en dehors de cette chambre. Il est hors de question que vous alertiez McQueen.

— J'ignore de quoi vous parlez et je m'en contrefiche. Vous avez failli me tuer. Je refuse de vous parler. Je veux un médecin et un communicateur.

Eve se rapprocha, nota qu'elle avait changé la couleur de ses yeux ; ils étaient désormais d'un vert vif surnaturel. Dans la dernière image qu'Eve conservait de sa mère, elles avaient toutes deux les yeux ambre. À la pensée qu'elles partageaient peut-être autre chose, elle eut envie de vomir.

— Vous savez qui je suis mais vous ne me connaissez pas. Vous ne me connaissez pas, répéta Eve, mais moi, je vous connais. Peu importe votre nom. Vous avez beau en changer, vous êtes toujours la même.

Elle avait tant de questions à lui poser. Mais aucune n'était en rapport avec le présent. Avec Melinda ou Darlie. Ou McQueen.

— Vous avez abandonné une enfant aux mains d'un monstre…

« Une fois de plus, pensa Eve. Mais là, c'était différent parce que… »

— … Une enfant aimée de ses parents et qui ne sera plus jamais comme avant à cause de vous. Vous l'avez laissée ainsi que la femme qui a tenté de vous aider. À mes yeux, vous êtes encore pire que McQueen.

Pâle, son visage contusionné luisant de transpiration, Sylvia eut un sourire sarcastique.

— Vous me confondez avec quelqu'un d'autre.

— Je vous connais, martela Eve en se penchant sur elle. Vous êtes fichue. Nous savons que Stibble vous a envoyée à McQueen en prison. Que vous entretenez des relations avec ce dernier depuis plus d'un an. Que vous avez acquis une fourgonnette sous le nom de sœur Suzan Devon. Que vous avez travaillé au *Circle D* comme barmaid sous l'identité de Sarajo Whitehead et feint un viol pour attirer Melinda Jones dans les filets de McQueen.

Le teint de la femme vira au gris.

— Nous savons que vous avez loué une maison mitoyenne sous le nom de Sandra Millford, poursuivit Eve.

Stella/Sylvia/Sandra s'humecta les lèvres.

— Si vous en savez autant, pourquoi me harcelez-vous ?

— Nous allons faire plus que vous harceler. La loi vous mettra dans le même panier que McQueen. Vous serez condamnée pour enlèvements et séquestrations.

Pour complicité, incitation et encouragement au meurtre. Vous passerez le restant de vos jours en cage.

— Vous n'êtes rien.

— La boucle est bouclée. Nous avons Stibble et Lovett. Nous avons Civet. Nous avons vos papiers falsifiés, des témoins. Nous avons les enregistrements du centre commercial où vous apparaissez avec Darlie Morgansten. McQueen s'est servi de vous et se fiche pas mal de ce que vous arrivera.

La colère l'emporta sur la terreur.

— Vous n'en savez rien !

— Je le connais comme ma poche, ainsi que toutes les autres avant vous, et je sais comment il s'en est débarrassé. Je sais ce qu'il compte faire de vous. En ce moment, il est assis au domicile que vous lui avez loué et meublé. Il compte les heures avant de vous égorger.

Eve ravala un haut-le-cœur.

— Il vous reste une chance de limiter les dégâts, de négocier une incarcération sur Terre, voire de réduire les charges.

— J'ignore de quoi vous parlez. Et c'est vous qui allez tomber. Croyez-moi, vous allez le payer.

— Payer pour quoi ? siffla Eve en se penchant davantage. Je ne vous dois rien sinon souffrance et malheur. Croyez-*moi*, personne ne rêve plus que moi de vous enfermer. Je vous offre une chance de vous en sortir, mais la porte ne va pas tarder à se refermer. De toute façon, nous sommes à deux doigts d'appréhender McQueen. Dites-moi où il est, où il détient Melinda et Darlie, et je vous aiderai à conclure un marché.

— Vous n'êtes qu'une menteuse, comme tous les flics. Vous n'avez rien.

— Nous avons trouvé ses comptes en banque. Tout cet argent dont ni vous ni lui ne profiterez jamais. Eh oui ! Vous serez saignée à blanc ou derrière les barreaux. Savez-vous qu'il a déjà sorti une jolie somme pour assurer sa fuite une fois qu'il vous aura éliminée ?

— Menteuse.

— Il vous tuera comme les autres. Avec lui, vous êtes morte. Avec moi, vous avez une chance de survivre. Où sont Melinda et Darlie ?

— Qu'elles aillent au diable. Et vous aussi.

— Il a assassiné sa propre mère et toutes les remplaçantes qui ont suivi. Il en fera autant avec vous. Il vous tranchera la gorge et vous jettera dans la rivière la plus proche.

— Il m'aime !

La passion mêlée de désespoir qui transparaissait dans la voix de cette femme choqua Eve. L'espace d'une seconde, elle éprouva quelque chose qui ressemblait à de la compassion.

— Qui se tape tout le boulot, qui prend les risques ? Pas lui. Qui est attachée sur un lit d'hôpital, en manque de drogue ? Pas lui. Il refuse que vous viviez avec lui, et s'il vous touche, ce n'est qu'une autre manière de vous utiliser. Il aime les petites filles. Vous connaissez, non, les types qui aiment les petites filles ?

— Foutez le camp !

— Comment en êtes-vous arrivée là ? s'écria Eve. Cela remonte-t-il à votre mère, à votre père ? C'est le sang de toute la famille qui est empoisonné ?

Malgré la douleur, Sylvia se hissa sur les coudes.

— Vous êtes complètement cinglée. Il va vous faire payer, vous et le salaud d'Irlandais que vous avez épousé. Payer, et payer, et payer.

Haletante, le visage déformé, elle se cabra. « Le déni, conclut Eve. Le déni, la terreur, la souffrance et la fureur. »

— Comment ?

— Vous ne l'atteindrez pas. Lui, si. Il vous enlèvera. Connors versera une fortune pour vous récupérer, mais vous ne reviendrez pas entière. Et je serai là pendant qu'Isaac vous fera hurler, vous obligera à le supplier.

— C'est ainsi que vous prenez votre pied ? En le regardant torturer ses victimes ? Vous aimez regarder les hommes qui violent des enfants ? Des innocents ?

— Personne n'est innocent ! Certains ont plus de chance que d'autres, c'est tout. Donnez-moi ma drogue ou je vous tuerai moi-même.

— Melinda Jones et Darlie Morgansten. Dites-moi où elles sont.

— Elles sont là où vous serez bientôt. Cette fois, vous aurez moins de chance. Vous ramperez devant lui pour qu'il vous tue. Votre mari crachera au bassinet chaque fois qu'Isaac découpera un morceau de votre chair. Nous nagerons dans un océan de fric.

— S'il est à ce point malin, il n'a besoin ni de Melinda ni de Darlie pour s'en prendre à moi. Dites-moi où elles se trouvent. À moins que vous ne le jugiez pas assez courageux pour m'affronter directement.

— J'espère qu'elles sont *mortes*. La garce martyre et la morveuse geignarde. J'espère qu'il me laissera vous buter quand il en aura fini avec vous.

« Elle me haïssait autrefois, elle me hait aujourd'hui », songea Eve, submergée par une immense lassitude. N'avait-elle jamais éprouvé autre chose que de la haine ? Ne serait-ce qu'une minute ?

— C'est vous qui seriez morte si tout s'était déroulé comme il l'avait prévu. Qu'est-ce qui vous fait croire que vous êtes différente des autres ?

Eve décida soudain de prendre un risque calculé.

— Qu'est-ce qui vous attire chez les hommes comme lui ? Quel est l'intérêt ? Car il n'est pas le premier. Vous avez beau changer de nom ou d'apparence, c'est du pareil au même. Richard Troy était comme lui... Stella.

Sa mère étrécit les yeux, puis détourna la tête.

— Foutez-moi la paix.

— Vous ne l'avez pas oublié. C'était il y a très longtemps, mais vous vous souvenez de lui. L'histoire s'est mal terminée, n'est-ce pas ? Comme toujours. Qui a dupé qui, cette fois-là ?

— Vous me prenez pour une idiote ? Je suis partie quand je l'ai décidé. Avec ma part. Si Richard a prétendu le contraire, il ment. J'ai pris ce qui me revenait et je suis partie.

— Et vous n'avez pas oublié quelque chose ?

— Rien dont je voulais. Richard n'était qu'un paumé rêveur. Isaac est efficace, il me traite bien. Je ne le trahirai jamais.

— En effet, je m'en rends compte. Tant pis, nous l'arrêterons sans vous. Nous rendrons Melinda et Darlie à leurs familles sans vous. Et nous vous permettrons de rester en vie afin que vous puissiez passer le restant de vos jours dans un cachot en béton.

— Il me sortira de là.

— Il vous oubliera très vite.

« Alors que moi, je penserai à vous très, très longtemps », admit Eve en silence.

— Je vous laisse réfléchir le temps que les médecins vous rafistolent, conclut-elle.

Elle se dirigea vers la porte, s'immobilisa, se retourna.

— Vous avez eu un enfant autrefois. Qu'est-il devenu ?

— Comment voulez-vous que je le sache ?

Un grand froid envahit Eve.

— C'est bien ce que je pensais, dit-elle. Vous êtes exactement celle que vous paraissez être, Stella.

Sur ce, elle sortit.

— Alors ? s'enquit Bree en la saisissant par le bras. Elle a parlé ?

— Elle campe sur ses positions.

Nikos colla le nez au hublot.

— On va essayer de lui tirer les vers du nez.

— Je vous en prie. Toutefois, je ne pense pas que nous ayons besoin d'elle. Connors a mis la main sur des comptes bancaires cachés. Il est en train de remonter aux sources. Nous avons davantage de chances de localiser McQueen par ce biais que par elle.

— Nous n'en avons pas été informés, protesta Nikos.

— Je l'ai appris juste avant de pénétrer dans cette pièce, et je vous en informe en ce moment même, répliqua Eve. Donnez une heure à Connors. C'est le meilleur dans son domaine, alors, lâchez-lui les baskets. McQueen va nous contacter, jouer son petit jeu avec moi. Nous devons nous y préparer. Allez-y, interrogez-la, conclut-elle en haussant les épaules. Mais à votre place, je la laisserais souffler quelques minutes, réfléchir. Les médecins veulent la soigner.

— Qu'ils fassent ce qu'ils ont à faire, décida Laurence. D'ici à ce qu'ils aient terminé, elle sera peut-être décidée à passer un marché avec nous.

— Bonne chance. Inspecteur Jones, où est votre lieutenant ?

— Il est retourné au commissariat. Nous devons diffuser un communiqué de presse afin de limiter d'éventuelles fuites. Si McQueen suit les infos, nous ne tenons pas à ce qu'il apprenne que nous avons sa partenaire.

— Précaution utile. Je veux un homme auprès de la prisonnière, où qu'on la transporte, quoi qu'on lui fasse. Il faut prévenir la DDE. Quand McQueen se manifestera, qu'on le bascule sur mon communicateur. Je veux pouvoir être mobile.

— Je reste avec elle, proposa Bree.

— Pas vous. Elle sait qui vous êtes, elle cherchera à vous ébranler. Croyez-moi, insista Eve comme Bree se rembrunissait, si je n'étais pas certaine que vous êtes la dernière personne à qui elle crachera le morceau, vous seriez déjà en train de la passer sur le gril. Prévenir les fuites, ici comme au commissariat, est une priorité.

— Ricchio a suggéré à Annalyn de raconter aux journalistes qu'elle est soupçonnée d'avoir commis une série de cambriolages et qu'elle aurait été blessée lors d'une course-poursuite après un vol qui aurait mal tourné.

— Cela devrait suffire pour le moment.

— Je me mets en relation avec la DDE, dit Bree. Le lieutenant Ricchio souhaite qu'Annalyn et moi restions à votre disposition.

— Combien d'homme a-t-il déployés ici, à part votre coéquipière et vous ?

— Trois, avec un relais toutes les trois heures.

— Bien. Annalyn et vous pouvez y aller. Commencez par ratisser le secteur autour de la maison. Nous sommes à la recherche d'un appartement qui comporte au moins deux chambres à coucher. Un logement plutôt confortable dans un immeuble avec garage. Un quartier agréable. Ce ne sera pas au rez-de-chaussée et le bail aura été signé au cours de l'année. Suivez la piste de l'insonorisation. Recensez les magasins spécialisés à trente minutes de trajet maximum. Plus de cinq ou dix, moins de trente. Il veut habiter près de chez elle mais pas trop.

— Maison mitoyenne, pavillon, appartement ?

— Appartement, précisa Eve. C'est plus anonyme. Et il doit avoir un parking pour son véhicule de secours. D'après Connors, il s'est présenté en chair et en os à l'agence de la *Prairie Bank and Trust*, Davis Sreet, pour retirer une somme conséquente. Servez-vous de cet élément pour établir une triangulation. Quant à moi, je ferai un saut à la banque pour visionner les disques de sécurité.

— Connors avait déjà fait suivre cette info. Le lieutenant Ricchio a ordonné à la DDE de récupérer les enregistrements.

— Parfait. Qu'on me les apporte à l'hôtel. J'ai deux ou trois trucs à régler là-bas, ensuite, je vous rejoindrai.

— Si elle révèle le lieu où se terre McQueen…

Comme Bree, Eve jeta un coup d'œil à la porte de la salle d'examen.

— N'y comptez pas. Votre sœur et la petite ne sont rien pour elle. Elle n'a qu'une obsession, McQueen – une drogue de plus. Elle est accro. Si je me trompe, les fédéraux la feront parler. Pour l'heure, concentrez-vous sur ce que je vous ai demandé.

Eve se détourna, appela Connors.

— Tu as un nouveau véhicule ?

— Oui.

— Je veux aller à l'hôtel, travailler sur quelques hypothèses avant de retourner au commissariat.

— Je viens te chercher là où nous nous sommes quittés tout à l'heure.

Dès qu'elle fut dans la voiture, elle renversa la tête et ferma les yeux.

— Accorde-moi une minute, d'accord ?

— Prends ton temps.

Maintenant que la tension se relâchait, elle avait mal. Partout. À la tête, au ventre, à la poitrine. Des plaies béantes, à vif, qui pulsaient au rythme de son pouls.

— Je ne sais pas si j'ai eu raison de lui parler, commença-t-elle. J'ignore si je l'ai fait pour moi ou pour les victimes.

— Tu n'oublies jamais les victimes, Eve.

— Elle n'a pas craqué. Elle ne craquera pas. Elle ne connaît pas le lien qui m'unit à elle, mais celui qui me relie à McQueen. Elle sait qu'il me déteste, qu'il a décidé de me donner une leçon. Par conséquent, c'est ce qu'elle veut aussi, plus encore qu'une négociation. Elle fonctionne ainsi. Elle s'amourache d'un certain type d'homme, puis se soumet entièrement à lui. Jusqu'à ce qu'elle en ait assez. Elle a eu un enfant dont elle ne voulait pas parce que Richard Troy considérait cela comme un investissement. Aujourd'hui, elle s'aplatit devant McQueen. Il y en a sûrement eu d'autres entre les deux... Ça n'a aucune importance, sinon que cela confirme sa façon de fonctionner. Mais on ne tirera rien d'elle. Si, par miracle, elle craque, ce ne sera pas devant moi. Je suis la cible. Pire, je suis flic. Je suis à la fois l'ennemi et l'objectif. Nous le sommes. C'est pour l'argent. Il cherche encore à gagner du fric sur mon dos. Quelle ironie.

— Sous forme de rançon ?

— Oui. C'est ce qu'il lui aurait expliqué. Ils m'enlèvent, lui s'amuse avec moi, me punit tout en t'extorquant des sommes faramineuses. Il est possible que ce soit vrai, bien qu'il n'ait aucune intention de partager sa fortune avec elle. Pour elle, c'est une mission à accomplir. Une preuve d'amour. Melinda et Darlie ne sont que des pions.

— Ce retrait en espèces signifie qu'il est déjà au boulot.

Eve se frotta le visage, se passa la main dans les cheveux.

— Oui. Il espère m'enlever d'ici deux jours. Plus tôt si possible. Pour cela, il a besoin d'elle. Un appât, un leurre. Nous venons de contrarier son plan.

Eve inspira profondément, se tourna vers Connors.

— Je serais folle de rage s'il avait réussi son coup et que tu t'apprêtais à allonger le fric.

— Sans blague ?

— Pur gaspillage. Il me tuerait de toute façon.

— Tu es bien prosaïque.

— C'est ainsi, voilà tout.

— En somme, si la chance lui sourit, je n'ai qu'à m'asseoir sur mes montagnes de billets et considérer que le sort de ma femme est scellé. Ma foi, on aura passé un bon moment ensemble.

Elle connaissait ce ton posé, aimable. Aussi dangereux qu'un serpent. Mais, pour le moment, elle était incapable de s'en soucier.

— Pas exactement. Plus ou moins. En tout cas, pas de quoi en faire un fromage puisque ça n'arrivera pas.

— Mais je ferais mieux d'en prendre note pour l'avenir. Dont acte. À présent, que les choses soient claires : si McQueen ou n'importe qui d'autre te séquestrait en échange d'une rançon, je ne reculerais devant aucun sacrifice pour te récupérer. Et tout en le payant, je poursuivrais le ravisseur. Je le débusquerais. Et il me suppliera de l'achever.

Il lui glissa un regard de biais.

— Que ferais-tu à ma place ?

Elle détourna la tête, haussa les épaules.

— C'est ton fric. Le jeter par la fenêtre ne me dérange pas. De toute façon, le problème ne se pose pas. Ce sont Melinda et Darlie que McQueen retient. D'ici quelques heures, il va se rendre compte que quelque chose cloche. Il disparaîtra. Il leur laissera peut-être la vie sauve. Ou pas.

— Quant à toi, tu demeureras toujours sa cible.

— Pour l'heure, mon objectif est de garder les otages en vie. S'il est obligé de modifier sa tactique, tout est possible.

Arrivés à l'hôtel, elle expliqua, tandis qu'ils se dirigeaient vers le hall :

— Si j'ai tenu à revenir ici, c'est parce que tu y seras mieux pour travailler. Je te ficherai la paix, et vice versa. Il va me contacter bientôt. Je veux être prête. J'ai besoin de mettre tout à plat – au calme. Quand j'aurai fini, je demanderai à Ricchio d'envoyer quelqu'un me chercher afin que tu puisses continuer ici.

Ils montèrent dans l'ascenseur en silence. Un silence bouillonnant. Ils émergèrent de la cabine au niveau de leurs bureaux, mais avant qu'elle puisse atteindre le sien, Connors lui agrippa le bras.

— Que tu cherches la bagarre à tout prix, soit. Mais avant cela, tu vas avaler un cachet pour ta migraine.

— Je n'ai pas le temps de me bagarrer avec toi.

— Dans ce cas, je te conseille de te défouler sur quelqu'un de plus faible.

Il extirpa une petite boîte de sa poche, l'ouvrit. Elle grogna en découvrant les pilules bleues.

— Ce sera beaucoup plus facile pour toi de prendre ça que pour moi de te le faire ingurgiter de force.

— Pourquoi me menaces-tu ?

— Parce que tu souffres et que tu es trop têtue pour l'admettre. Parce que je t'aime comme un fou, si bien que tu peux me mettre en rage et me fendre le cœur dans la foulée. À présent, avale cette foutue pilule.

Elle s'empara d'un comprimé, le goba.

— Ce n'est vraiment pas le moment de me provoquer.

— Dans ce cas, ne lance pas la première pierre en me disant de rester assis sur mon cul puisque de toute manière tu seras déjà morte. Je vis avec toi et ton métier jour après jour. Inutile d'en rajouter.

— Je voulais simple…

— Tais-toi. N'essaie pas de me convaincre que tu faisais simplement preuve de pragmatisme. Tu es prise dans une situation abominable. Tu t'efforces de sauver des vies alors qu'une partie de la tienne a ressurgi et te déchire le cœur. Je m'efforce de te ménager alors que tu nous prives tous deux du réconfort de partager ce poids impossible.

Atterrée, Eve s'aperçut qu'elle n'avait qu'une envie : se rouler en boule et sangloter. Un mot gentil de la part de Connors et elle s'effondrerait.

Donc, elle se déchaîna.

— Je n'ai pas le temps d'analyser mes sentiments, d'explorer ma psyché. Pendant que tu es là, à justifier ton énervement, une ordure est en train de torturer – ou pire – deux personnes dont une gamine de treize ans. Alors le réconfort et les ego meurtris attendront.

— Très bien. Puisque c'est ainsi, faisons ce que nous avons à faire, chacun de son côté. La scène de ménage, ce sera pour plus tard.

Il pivota, s'engouffra dans son bureau. Ferma la porte.

Eve fit un pas dans cette direction, recula. Elle ne se prêterait pas au jeu de : « Discutons-en, réconcilions-nous. » Ses soucis personnels n'avaient aucun rapport avec l'enquête. Le fait que sa mère était la partenaire de McQueen n'intéressait personne d'autre qu'elle.

S'ils ne retrouvaient pas McQueen d'ici quelques heures, ils perdraient toute l'avance qu'ils avaient prise. Il risquait de se débarrasser de ses deux proies avant de se volatiliser.

Eve ne pouvait pas se permettre de sombrer maintenant.

Elle se planta devant son tableau de meurtre, s'obligea à examiner les photos de celle qu'elle avait connue sous le nom de Stella. Ce qu'elle avait fait trente ans auparavant ne concernait en rien Melinda Jones et Darlie Morgansten.

Aujourd'hui, elle était Sylvia. Or, Sylvia n'était qu'un outil grâce auquel elle parviendrait peut-être à sauver deux victimes et à coffrer McQueen. Et elle finirait ses jours derrière les barreaux.

Quels que soient les sentiments d'Eve à cet égard, elle devait les mettre de côté pour l'instant.

Elle s'installa à son bureau de manière à garder un œil sur les photos tout en travaillant.

Elle réécouta l'entretien, prit des notes, en quête de mots clés, d'erreurs. De toute évidence, Stella – non, Sylvia – détestait Melinda et Darlie. Elle était pressée de s'en débarrasser. Elle voulait McQueen pour elle toute seule. En outre, elle ignorait que McQueen avait retiré une grosse somme d'argent de son compte.

Eve passa ensuite au visionnage des disques de sécurité de la banque.

Elle le repéra immédiatement. Pour son rôle de Sud-Africain, il arborait des cheveux très blonds. Ses mouvements étaient précis, son costume, taillé à la perfection.

« Où l'as-tu acheté, Isaac ? s'interrogea-t-elle. Est-ce Sylvia qui l'a choisi pour toi ? Ou toi, à New York ? Belle mallette, chaussures de qualité. Quelqu'un a fait des courses, forcément. »

Elle l'observa tandis qu'il effectuait sa transaction et gratifiait la guichetière d'un sourire charmeur. À sa sortie, il passa devant l'objectif de la caméra extérieure. Centre commercial en plein air, bondé, quantité incroyable de boutiques et de restaurants, mais il se rendit directement au parking.

Un 4 × 4 et un pick-up obstruaient la vue sur son véhicule. Eve donna l'ordre à l'ordinateur d'agrandir et de figer l'image, ce qui lui permit d'identifier une berline bleu marine de modèle récent. Comme il démarrait, elle commanda un nouvel agrandissement. Impossible de relever la plaque d'immatriculation en entier, mais elle avait de quoi lancer une recherche.

« Où t'es-tu procuré la voiture, Isaac ? pensa-t-elle. Tu avais dû préparer ton coup longtemps à l'avance. »

Elle décrocha son communicateur en mode vidéo.

— Dallas, salut ! s'exclama Peabody avec un grand sourire. Quoi de…

— Secouez Stibble. C'est l'intermédiaire. McQueen roule à bord d'une Orion neuve, bleu marine. Si Stibble s'est occupé de la négociation, arrachez-lui des aveux. J'ai un bout de plaque d'immatriculation, T, B, D, Z – Texas, Baker, Delta, Zulu. Je vérifie en même temps de mon côté. S'il ne l'a pas achetée, il l'a volée. Dans un cas comme dans l'autre, je veux savoir où et quand.

— Entendu. À part ça ? Rien de nouveau ?

Eve hésita, puis :

— La partenaire est en détention provisoire.

— Nom d'un p'tit bonhomme, c'est génial !

— Elle n'a rien dit. Pas encore. Le temps presse, Peabody. Si elle n'est pas chez lui à 18 heures, il va se méfier.

— Je viens de recevoir un rapport de la DDE, il y a quelques minutes. Ils analysent les transmissions de Stibble. Vous devriez avoir le compte-rendu d'ici peu. Je sais que Connors a avancé sur les comptes parce qu'il tient Feeney au courant de sa progression. Le barrage est sur le point de céder, Dallas.

— Le plus vite sera le mieux. McQueen a un véhicule, des espèces et certainement un itinéraire d'évasion. S'il apprend qu'on détient sa compagne, il se vengera sur les otages. Essorez Stibble, Peabody.

— Compris.

« On touche au but », songea Eve en se relevant pour examiner son tableau. Mais arriveraient-ils à temps ?

Melinda caressait les cheveux de Darlie. Elle l'avait enveloppée dans les deux couvertures, pourtant l'adolescente continuait à frissonner à la suite d'un cauchemar.

Melinda avait soif. Elle avait pris le risque de boire quelques gouttes de la bouteille d'eau que Sarajo avait jetée par terre mais, très vite, elle s'était sentie étourdie.

Rester alerte était vital.

Darlie avait besoin d'elle.

La femme avait amené Darlie dans la chambre la veille au soir – du moins pensait-elle que c'était le soir. McQueen préférait confier les corvées à ses partenaires.

Melinda avait fait de son mieux pour réconforter la jeune fille.

— Il va revenir ?

Combien de fois Darlie lui avait-elle posé cette question ? La réponse de Melinda était immuable.

— Je ferai tout mon possible pour l'empêcher de te faire de nouveau du mal. Ma sœur est à notre recherche. Je t'ai parlé de Bree, tu te rappelles ? Elle est inspecteur de police. Et elle n'est pas seule. Elle travaille avec Eve Dallas, celle qui m'a sauvée autrefois. Tu verras, Darlie, nous nous en sortirons. En attendant, il faut tenir le coup.

— Il m'a traitée de vilaine fille. Il a dit que j'aimais ce qu'il me faisait, mais ce n'est pas vrai. C'était horrible.

— Il ment, ma chérie. Il ment parce qu'il veut que tu aies honte. Tu n'as rien à te reprocher. Rien de cela n'est ta faute.

— J'ai essayé de l'empêcher. J'ai essayé de me battre, mais il me faisait tellement mal. J'ai hurlé et hurlé. Mais personne ne m'a entendue.

— Je sais. Je suis là. On va nous venir en aide.

— Il a tatoué un numéro sur mon sein. Ma mère sera furieuse. Mon père et elle m'ont interdit de me faire faire un tatouage avant mes dix-huit ans. Maman va se fâcher très fort.

— Non, ma chérie. Ne t'inquiète pas. Je te promets qu'elle ne se mettra pas en colère car tu n'es coupable de rien.

— J'ai dit des méchancetés sur elle. J'étais énervée et j'ai dit des méchancetés. Je suis une mauvaise fille.

— Pas du tout, déclara Melinda d'un ton ferme. Toutes les filles s'énervent contre leurs parents de temps à autre. Quoi qu'il advienne, sache que ce n'est pas ta faute.

— Je n'ai pas le droit d'avoir des relations sexuelles, gémit Darlie.

— Il t'a violée. Ce n'était pas une relation sexuelle, mais une attaque, une agression.

— Il va revenir ?

— Je n'en sais rien, mentit Melinda. Pense à tous ceux qui sont à notre recherche, Darlie.

— Je vous en supplie, ne le laissez pas me faire encore du mal.

— Je ferai tout pour l'en empêcher, je te l'ai dit. N'oublie jamais que tout cela n'est pas ta faute. Réfugie-toi quelque part dans ta tête, et ne le laisse pas y entrer…

Elle entendit le déclic des verrous. Darlie eut un frémissement d'effroi.

— *Oh, non !*

— Chut. Ne pleure pas, chuchota Melinda. Ça lui plaît quand tu pleures.

Le monstre apparut.

— Ah ! Les voilà, mes vilaines filles, claironna-t-il avec un sourire exprimant l'indulgence et l'affection.

Mais Melinda décela la lueur dans ses yeux.

— C'est l'heure de ta nouvelle leçon, Darlie.

— S'il vous plaît, laissez-lui un peu de temps pour encaisser la première. Elle n'en sera que plus habile.

— J'ai l'impression qu'elle l'a très bien encaissée. N'est-ce pas, Darlie ?

— Emmenez-moi, intervint Melinda. Je mérite une bonne leçon.

Il lui jeta un coup d'œil.

— Pour toi, il est trop tard. Tu n'es plus toute jeune. Alors que celle-ci…

Il s'approcha.

— Je ferai tout ce que vous voudrez. J'ai été vilaine. Vous pouvez me faire du mal, je le mérite.

— Ce n'est pas toi que je veux, riposta-t-il en giflant Melinda. Continue comme ça et c'est elle qui paiera les pots cassés.

— Et si nous discutions ? Votre amie ne semble pas avoir grand-chose à dire. De toute évidence, elle ne possède pas votre intelligente. Nous ne risquons pas d'aller où que ce soit, lui rappela Melinda en serrant la main de Darlie sous les couvertures. Vous n'avez pas envie de parler un peu ? Le jour où je vous ai rendu visite en prison, vous vouliez bavarder, mais j'ai refusé. Je le regrette. J'aimerais bien me rattraper maintenant.

— Comme c'est intéressant, fit-il en inclinant la tête de côté.

— Je ne peux pas vous donner ce qu'elle vous donne, mais je peux vous offrir autre chose. Quelque chose qui a dû vous manquer pendant toutes ces années.

— Et de quoi discuterions-nous ?

— De tout ce qui vous plairait, répondit Melinda, le cœur battant. Les hommes comme vous trouvent toujours la conversation, le débat, la discussion très stimulants. Je sais que vous avez beaucoup voyagé. Vous pourriez me parler des endroits que vous avez visités. Nous pourrions aussi discuter d'art, de musique ou de littérature.

— Intéressant, répéta-t-il, et elle sentit qu'elle l'intriguait, l'amusait.

— Vous avez une audience captive.

Il éclata de rire.

— Quelle impertinente !

Quand il ressortit, Melinda poussa un soupir de soulagement.

— Tiens bon, Darlie. Surtout, pas un mot.

Il reparut peu après avec une chaise, la posa, s'y assit.

— Voyons, commença-t-il avec un sourire, qu'avez-vous lu de passionnant, ces derniers temps ?

15

Elle se préférait en Sylvia. C'était le prénom qu'elle utilisait lorsqu'elle était en tête à tête avec Isaac, celui qu'elle souhaitait conserver quand tout serait fini et qu'ils auraient la belle vie. Sylvia rimait avec classe, élégance. Isaac était un homme raffiné.

Cette garce de flic s'obstinait à l'appeler Stella, mais Stella n'existait plus depuis belle lurette. Un autre jeu, bien décevant celui-ci. Richard Troy… Comment cette garce de flic était-elle au courant ?

Richard avait sans doute ouvert sa grande gueule. Sylvia ne voyait pas d'autre explication. Il croupissait probablement en prison quelque part, ce salaud. Il avait dû conclure un marché avec la flic et l'avait donnée en échange d'une réduction de peine.

Mais comment avait-il su ?

Aucune importance, du moment qu'il était encore en cage.

L'ingrat. Elle lui avait donné le meilleur d'elle-même. Bordel, elle avait même porté un lardon dans son ventre pendant neuf mois. Pour Richard.

« On va le former, avait-il dit. Le former et le vendre. Beaucoup d'hommes sont prêts à payer le prix fort pour de la chair fraîche. »

Ce n'était pas lui qui s'était trimballé avec ce poids supplémentaire. Ce n'était pas lui qui avait souffert le martyre parce que les stupéfiants étaient interdits au menu. Il ne voulait pas d'un monstre – la marchandise abîmée rapportait nettement moins.

Bon, d'accord, durant un temps, la gosse leur avait rendu service même si elle chialait du matin au soir. Un bébé, ça vous attendrissait les clients. Les deux premières années, ils avaient pu mener grand train en exploitant la situation à fond. Mais elle, qu'y avait-elle gagné ? Une mioche braillarde. Puis une lèvre explosée, le jour où elle s'était aperçue que Richard piquait dans la cagnotte et qu'elle le lui avait dit. Au fond, elle s'en était pas mal sortie, non ? Elle avait joué le jeu, subissant le salaud et son rejeton, jusqu'au jour où elle s'était tirée avec cinquante mille dollars en poche.

Si Richard avait pu la rattraper, il l'aurait tabassée. Il était resté coincé avec la môme et elle avait dépensé le fric.

Elle l'avait aimé, ce fils de pute.

Avec Isaac, c'était différent. Il la traitait bien – comme Richard au début, et quelques autres au fil des ans. Il *l'appréciait*. Il lui avait même envoyé des fleurs alors qu'il était en prison. Il lui disait qu'elle était belle, sexy, intelligente. Il échafaudait des *projets* avec elle.

Ils ne faisaient pas l'amour aussi souvent qu'elle l'aurait voulu mais, en ce moment, Isaac avait d'autres préoccupations. S'il avait envie de sauter la gamine qu'elle lui avait dénichée, pourquoi pas ? Cette idiote le méritait.

En plus, ça le mettait de fort bonne humeur. Quand il en avait terminé avec la geignarde, ils savouraient un bon verre de vin, elle se shootait aux amphétamines et ils parlaient, parlaient, parlaient. De l'avenir, de la fortune qu'ils allaient empocher, de sa vengeance sur celle qui l'avait expédié en taule. Cette garce ne l'aurait jamais démasqué si elle n'avait pas eu de la chance.

Eh bien, la chance cesserait bientôt de lui sourire.

Sylvia n'avait pas supporté de l'entendre démolir Isaac, de tenter de la monter contre lui. L'avenir leur appartenait, ils allaient le construire en se servant du sang de cette femme flic en guise de colle. Isaac lui ferait payer le double.

Elle entrouvrit les yeux. Le chien de garde était assis devant la porte, un énorme tas de graisse, selon elle.

Grâce aux soins qu'on lui avait prodigués, elle recouvrait ses esprits. Grâce aussi au petit remontant qu'on avait enfin daigné lui administrer. Mieux encore, quand on l'avait emmenée au bloc, on l'avait détachée.

Elle n'avait pas perdu la main, se félicita-t-elle en caressant le scalpel laser qu'elle avait chipé en feignant une crise. Ni vu ni connu, comme du temps où, enfant, elle détroussait les passants – et cet objet valait bien plus que le portefeuille d'un plouc quelconque.

Le moment était venu d'agir. Elle ne croyait pas un mot des salades que cette pouffiasse de Dallas avait racontées à propos d'Isaac. Elle devait absolument le prévenir. Il viendrait à son secours.

Peut-être lui offrirait-il de nouveau des fleurs. Ensuite, ils régleraient son sort à Eve Dallas.

Elle gémit, se tourna d'un côté et de l'autre.

— Aidez-moi, supplia-t-elle d'une voix faible, se mettant dans la peau de son personnage.

— Calmez-vous, suggéra le vigile.

— Quelque chose ne va pas. S'il vous plaît, appelez l'infirmière. Je crois que je vais vomir.

Il prit son temps, mais se leva et appuya sur la sonnette. Quelques secondes plus tard, le visage d'une infirmière apparut sur l'écran du panneau de contrôle.

— Un problème ?

— Elle dit qu'elle a besoin d'une infirmière. Qu'elle va vomir.

— J'arrive.

— Merci, murmura Sylvia, paupières presque closes. Il fait chaud. J'ai si chaud. Je vais mourir.

— Si vous crevez, vous aurez encore plus chaud là où vous finirez.

L'infirmière apparut.

— Elle dit qu'elle a envie de vomir, qu'elle a chaud et qu'elle est mourante.

— Les médicaments peuvent provoquer des nausées.

L'infirmière tâta le front de Sylvia tout en remontant le lit. Laissant échapper un râle, Sylvia tenta de rouler sur le côté, mais la menotte à son poignet droit l'en empêchait.

— Mal. J'ai mal.

Elle eut un haut-le-cœur et l'infirmière s'empara d'une cuvette.

— Peux pas. Peux pas. Crampe. Je voudrais bien mais… peux pas.

— Respirez, lui conseilla l'infirmière. Il faut lui enlever cette menotte, sinon elle va nous gerber dessus.

Le flic s'exécuta en bougonnant. D'un geste brutal, Sylvia lui lacéra la gorge avec le laser. Tandis qu'il reculait en titubant, le sang giclant partout, elle pressa l'instrument contre la joue de l'infirmière.

— Un bruit et je vous défigure.

— Laissez-moi lui venir en aide.

— Pensez plutôt à vous et détachez l'autre bracelet. Ce truc peut vous entailler à deux mètres de distance. Vous êtes infirmière, vous devez le savoir. Allez, grouillez-vous.

Une fois libérée, Sylvia délia ses doigts.

— Vous avez du sang sur vous, commenta-t-elle. Remarquez, dans les hôpitaux, ce n'est pas rare. Déshabillez-vous.

Elle envisagea un instant de tuer l'infirmière, puis se ravisa. Une blouse trop tachée risquait d'attirer l'attention. Elle se contenta donc de la menotter et de la bâillonner avec du sparadrap.

— Vous avez de grands pieds, constata-t-elle en enfilant les chaussures.

Elle s'attacha les cheveux, fixa le badge avec le nom de l'infirmière sur la poche de la blouse, attrapa un plateau sur lequel elle jeta quelques instruments chirurgicaux.

— Transmettez un message à Dallas de ma part. Dites-lui qu'Isaac et moi, on va venir la chercher.

Sur ce, elle sortit. Et s'aperçut trop tard qu'elle n'avait pas pensé à emporter le communicateur de l'infirmière. Mais le temps qu'elle franchisse les portes du hall d'entrée, elle souriait. Les voitures en étaient équipées. Cela faisait des lustres qu'elle n'en avait pas volé une.

Ah ! Le bon vieux temps.

Melinda s'efforçait de capter son attention pour le détourner de Darlie. Les nuits qu'elle avait passées à l'étudier comme elle aurait étudié une maladie avaient porté leurs fruits. Elle connaissait son profil, sa pathologie, tout ce que l'on avait découvert et publié concernant son passé.

Elle savait qu'il était cultivé, qu'il se considérait comme un érudit au goût irréprochable. Elle discuta littérature classique, enchaîna sur la musique – classique, contemporaine, les tendances, les artistes.

Une migraine atroce lui taraudait les tempes, mais Darlie avait cessé de trembler et s'était enfin assoupie.

Quand elle le contredisait, elle marchait sur des œufs, naviguant prudemment entre opinion et argument, concession et flatterie, s'accordant même le luxe de rire ici ou là comme s'il venait de marquer un point.

— Toutefois, je prends plaisir à regarder une bonne comédie de temps à autre, avoua-t-elle, songeant qu'elle vendrait son âme pour une gorgée d'eau. Glissades et tartes à la crème y compris. Surtout après une longue et dure journée.

Il haussa les épaules.

— Si ça n'incite pas à la réflexion, ce n'est pas de l'art.

— Certes, mais parfois j'ai besoin de frivolité.

— Après une longue et dure journée consacrée au suivi psychiatrique de vilaines filles.

Le cœur de Melinda manqua un battement, mais elle opina.

— Décrocher, rire permet de prendre du recul. Mais je le répète, je…

— Tu passes tes journées à leur expliquer, comme à notre petite Darlie ici présente, que ce n'est pas leur faute ?

Délibérément, elle fixa la caméra suspendue au-dessus de la porte.

— Ne nous voilons pas la face : je me savais surveillée. Je voulais la calmer. L'aider à s'adapter.

— Alors tu mens encore et encore. Car nous savons tous les deux qu'elles désirent ce que je leur donne. Toi aussi, autrefois.

— À cet âge-là, il est difficile de comprendre le…

— Les femmes sont ainsi, l'interrompit-il, s'assombrissant brusquement. Elles naissent menteuses et putains. Influençables et sournoises.

Posant les mains à plat sur ses cuisses, il se pencha en avant.

— Les jeunes filles, poursuivit-il d'un ton moralisateur, doivent être formées, éduquées, contrôlées. Elles doivent apprendre qu'elles sont sur terre pour le plaisir de l'homme. Des jouets qu'il peut utiliser comme bon lui semble. Qu'il marque au fer rouge comme du bétail.

Il sourit, agita l'index.

— Tu as effacé ma marque, Melinda.
— Oui. Mais vous me l'avez remise.
— Absolument.
Il se redressa, balaya l'air de la main.
— Les plus âgées ont leur utilité. Tu pourrais m'être utile d'ici deux décennies de maturation. Elles aiment servir – ou font semblant. Elles veulent qu'on les cajole, qu'on les bichonne, qu'on les comble de cadeaux. Qu'on leur promette la lune.
Il poussa un profond soupir et secoua la tête, mais une jubilation mauvaise scintillait dans ses prunelles.
— Elles sont tellement reconnaissantes qu'elles en deviennent pitoyables. Calculatrices, manipulatrices. Il faut les exploiter – tout en les caressant dans le sens du poil, évidemment. Une femme vous obéira au doigt et à l'œil en échange d'un bijou, d'un poème… et d'une bonne partie de jambes en l'air de temps en temps.
De nouveau, il changea de position, croisa les mains autour de son genou. Sans se départir de ce sourire satisfait qui donnait envie à Melinda de le frapper.
— Ensuite, il faut s'en débarrasser car elles deviennent odieusement ennuyeuses. Ce que tu n'es pas – pas encore. Tu le seras, mais pour le moment, ta compagnie me réjouit. Tes efforts pour établir ce lien avec moi m'enchantent, Melinda. Bien qu'ils soient superflus, car ce lien existe déjà depuis longtemps. Enlever la marque ne suffit pas pour le trancher. Tu n'oublieras jamais ce que je t'ai fait. Ce que je t'ai appris.
— En effet.
— Bien ! s'exclama-t-il en claquant les paumes sur ses cuisses avant de se lever. À présent, je vais m'occuper de la jeune génération. Je tiens à te remercier, ma chérie. Tu n'imagines pas à quel point tu m'as *stimulé*. Je sens que je vais apprécier plus pleinement encore de donner sa leçon à Darlie.

Melinda se raidit. C'était idiot et dangereux, mais elle ne le laisserait pas emmener Darlie sans se battre. Elle avait des dents, des ongles. Elle pouvait au moins le faire souffrir.

Le communicateur de McQueen bipa et ce dernier s'immobilisa pour l'extirper de sa poche.

— La vieille vient aux nouvelles, annonça-t-il avant de froncer les sourcils. Tu connais un certain Sampson Kinnier ? Moi non plus, continua-t-il avant que Melinda puisse lui répondre. Transmission croisée, je suppose. Attendons qu'il me laisse un message.

Quand la voix de Sylvia s'éleva dans la pièce, le regard de McQueen se fit impénétrable.

— *Isaac, mon chou, c'est moi. Décroche, je t'en prie. Il y a eu un problème. Cette salope de Dallas m'a poursuivie jusqu'à la maison. Je l'ai semée, mais elle a bousillé la fourgonnette. Elle m'a fait mal, mon chou, mais ce n'est rien comparé à ce qu'on va lui faire en retour. Allez, décroche ! On m'a raccommodée à l'hôpital. J'ai réussi à m'échapper – j'ai descendu un flic au passage. J'arrive. J'ai besoin d'un remontant. Maman est en manque de friandises, mon chou. Tu veux bien m'en préparer ? Je ne vais pas tarder. Et on la saignera à blanc.*

Isaac fixa le communicateur en silence. Il paraissait perplexe. Désemparé. Un flot d'espoir submergea Melinda.

Puis il soupira. Le sourire revint, le regard demeura indéchiffrable.

— Changement de plan, décréta-t-il.

Il remit le portable dans sa poche, dégaina son couteau.

Eve se rua sur les rapports de la DDE dès qu'elle les reçut. D'après Feeney, les images étaient grillées, les enregistrements audio, morcelés. Mais ils avaient réussi à sauver des fragments de transmissions et ils en auraient bientôt d'autres.

Paupières closes, Eve les écouta.

La voix de McQueen, onctueuse, assaisonnée d'une pointe de séduction. Et celle de Stella – non, Sylvia – excitée, coquette.

... sais pas ce que je... sans toi, poupée. Impatient... de... plus attendre.

... venir te voir. Tout est prêt... pourrais revenir avec toi quand...

Sois patiente... besoin de vérifier la sécurité chez nous. Je ne veux pas... problèmes une fois qu'on sera lancés.

... pas plus tard qu'hier. L'appartement est insonorisé... on n'entend plus ce bébé qui braille la moitié de la nuit au bout du...

... caméras de sécurité testées... compte sur toi, ma chérie.

Tu peux... panne la semaine dernière. Le technicien a...

Excellent. Tu as une idée de ce qui te ferait plaisir ?

Toi aussi, tu me manques.

Tu peux m'envoyer de l'argent ? Le loyer... dû dans deux jours.

... déjà tout dépensé ? ... t'es acheté quelque chose de joli ?

Pour toi, je veux être belle, mon chou.

Je m'en charge. Pas la peine d'attirer l'attention sur le compte de Maxwell. Il faut que je te laisse. Plus que deux semaines à tirer et... avec toi.

Je meurs d'impatience.

Bientôt, poupée.

Eve nota la date et l'heure de chaque communication, surligna les phrases et les mots clés sur la version texte.

— Copier et envoyer le dossier aux inspecteurs Jones et Walker, aux agents Nikos et Laurence. Mention urgente. Je veux que l'on réduise le champ des recherches sur la base du texte surligné.

— *Requête entendue. En cours... dossier copié et transmis.*

— Rechercher appartements dans un rayon de trente kilomètres autour de l'adresse référencée. Locations payables le 15 du mois. Contrats au nom de Maxwell – nom ou prénom. Logement comprenant deux ou trois chambres à coucher. Immeuble avec parking souterrain.

— *Requête entendue. En cours...*

Elle envoya les noms et les dates à Connors par mail. « Plus facile que de lui parler », se justifia-t-elle.

À cet instant précis, son communicateur bipa.

— Dallas.

— Elle s'est évadée.

— Quoi ?

— Elle a tué Malvie – l'officier Malvie, expliqua Bree. Elle a obligé l'infirmière de service à lui remettre sa blouse, elle lui a pris son badge, et elle est partie comme si de rien n'était. Ils ont bloqué toutes les issues de l'hôpital et donné l'alerte, mais...

— Elle fonce chez McQueen, coupa Eve – la fureur et la frustration, ce serait pour plus tard. Elle n'est sûrement pas à pied. Elle aura volé une voiture ou hélé un taxi.

— Ici, on ne hèle pas les taxis.

— Qu'est-ce que vous... Laissez tomber. Demandez à la sécurité si un véhicule a disparu du parking – sans doute près de la sortie. Combien a-t-elle d'avance sur nous ?

— Une heure, voire un peu plus.

« C'est trop, songea Eve. Beaucoup trop. »

— Je vous rejoins.

Elle raccrocha, cogna à la porte de Connors.

— Pour l'amour du ciel, je n'ai pas fermé à clé.

Elle entra.

— Sylvia est dans la nature. Elle a assassiné le flic chargé de la surveiller, emprunté les affaires de l'infirmière. Il faut que j'y aille. Maintenant.

— Deux minutes, grommela-t-il, penché sur son ordinateur. Deux foutues minutes. J'y suis presque. Elle va rejoindre McQueen. Laisse-moi trouver ce salaud.

— Ajoute le nom « Maxwell » dans tes recherches. Pas de questions, glapit Eve. Ajoute Maxwell et cherche un virement effectué le 12 du mois.

— Feeney m'a déjà fourni ces données. Elles sont rentrées. Tais-toi.

Elle serra les dents, crispa les poings. Mais elle connaissait ce regard, cet air renfrogné : il était à deux doigts de réussir. Il aboya des ordres tout en pianotant furieusement sur son clavier. De l'endroit où elle se trouvait, Eve voyait des données – incompréhensibles – défiler à toute allure. Son communicateur bipa, elle décrocha et aboya :

— Quoi ?

— Un dénommé Sampson Kinnier vient de déclarer le vol de son 4 × 4 au premier niveau du parking visiteurs de l'hôpital, annonça Bree. Un Marathon rouge, modèle 2050. Plaques d'immatriculation texanes, C, T, Z 151 – Charlie-Tango-Zulu-un-cinq-un. Avis de recherche lancé.

— Connors pense être sur le point de localiser McQueen. Je m'attarde encore deux minutes. S'il y parvient, je vous mets au courant en route.

— Je ne pense pas, marmonna Connors. J'en suis sûr.

Eve se fia à son instinct.

— Il va réussir. Avertissez votre lieutenant. Il nous faut une équipe de la Brigade d'intervention spéciale, un expert en stratégie, un négociateur – tout le monde, inspecteur.

— Bien reçu. Dallas, s'il s'enfuit… Melinda.

— Le mieux à faire pour elle, c'est de se mettre au boulot, et vite !

Eve rangea son communicateur.

— Connors…

Il leva la main, lui intimant le silence, puis soudain :

— Je l'ai, cette ordure. Transmettre le positionnement au GPS de mon véhicule, ordonna-t-il.

Tandis que l'ordinateur s'activait, il ramassa une arme dans son holster – une arme qu'il n'était pas censé porter sur lui – et fixa ce dernier tout en se dirigeant vers la porte.

— Où allons-nous ? s'enquit Eve alors qu'elle bondissait dans l'ascenseur à sa suite.

Il lui débita une adresse en enfilant sa veste.

— Apparemment, c'est à quelques minutes d'ici.

— Elle est déjà arrivée.

Eve transmit les coordonnées à Ricchio.

Les effets de l'adrénaline et de l'antalgique qu'on lui avait administré à l'hôpital s'étaient estompés quand Sylvia pénétra à toute allure dans le parking souterrain. Ses côtes la faisaient atrocement souffrir. Son cœur battait si fort qu'elle avait du mal à respirer. Elle se dirigea vers l'ascenseur en boitant.

Ils avaient évoqué une fêlure à la cheville. Tu parles ! La douleur était intenable.

Tout ce qu'elle voulait, c'était rejoindre Isaac, avaler sa dose. Qu'il prenne soin d'elle comme il l'avait promis, comme personne d'autre ne l'avait fait avant lui.

Il lui donnerait ce dont elle avait besoin – la drogue – et lui offrirait des fleurs.

Des larmes de souffrance et de rage jaillirent tandis qu'elle pénétrait dans le bâtiment. Son visage ruisselait de sueur.

Deux jours. Dans deux jours, elle irait mieux. Ensuite, ils enlèveraient Dallas. Vivement qu'ils mettent la main sur cette salope – elle rigolerait moins quand ils en auraient fini avec elle.

Haletante, elle s'engouffra dans l'ascenseur.

— Attendez ! cria quelqu'un.

— Allez vous faire foutre ! hurla-t-elle à la femme et à son morveux.

Elle n'avait qu'un étage à monter, mais chaque seconde était une torture.

— Isaac…

La voix rauque, elle tapa sur le panneau de sécurité. Elle ne se rappelait plus le code. Tout s'embrouillait dans sa tête.

Elle était en manque. Elle avait besoin d'un remontant.

Elle avait besoin d'Isaac.

Quand il lui ouvrit, elle tomba dans ses bras.

— Je suis blessée. À cause d'elle.

— Ma poupée, murmura-t-il en lui frottant le dos.

Elle empestait la transpiration et l'éther. La stupidité et l'âge. Même ses cheveux, une masse emmêlée, puaient.

Elle avait les traits tirés, le teint blême – un visage de vieille.

— Tu ne répondais pas. Tu ne répondais pas.

— J'étais… occupé. Je n'ai pas entendu le signal, et après, je n'ai pas osé te rappeler, au cas où. Comment es-tu venue jusqu'ici, ma douce ?

— J'ai volé une voiture sur le parking de l'hôpital. Sous le nez des flics. Ils me guettaient, Isaac, devant la maison. Mais je me suis échappée. Donne-moi un fixe, Isaac. À l'hôpital, ils ont refusé.

— Je vais t'arranger ça tout de suite, promit-il en l'accompagnant jusqu'au canapé près duquel il avait déjà préparé une seringue. Vite fait, bien fait. Pauvre poupée.

Les mains tremblantes, elle s'en empara, et il la regarda enfoncer l'aiguille dans le creux de son bras, comme il avait regardé sa mère un nombre incalculable de fois.

Comme sa mère, elle émit un son guttural – presque sexuel – tandis que la drogue se répandait dans son système sanguin.

— Ça va aller, souffla-t-elle, les yeux déjà vitreux de plaisir, le sourire aux lèvres. Ça va aller.

— Oui. Que lui as-tu dit ?

— À qui ?

— À Dallas.

— Rien du tout. Elle a essayé de me monter contre toi. Putain de menteuse. Je lui ai craché à la figure, je lui ai répondu que tu allais te venger, Isaac.

— Bien sûr.

— Je veux la découper la première. Si tu savais comment elle m'a regardée… Comme si je lui donnais envie de vomir. Elle a tenté de me faire croire qu'elle n'avait pas besoin de moi parce qu'ils étaient sur le point de te trouver. Putain de menteuse.

— Ah, oui ?

McQueen se mit à arpenter la pièce.

Tout ce travail, ce temps, cet argent, ces préparatifs, songea-t-il. Pire, toutes ces heures qu'il avait dû passer avec cette *imbécile* de junkie desséchée.

Il s'imagina la tabassant comme une brute, se surprit à pivoter vers elle, le souffle court, les poings fermés.

Elle était immobile, le regard vide, le sourire aux lèvres, à mille lieues de là. L'effort qu'il dut faire pour se maîtriser lui arracha un frisson.

— Comment t'ont-ils débusquée, ma chérie ?

— Aucune idée. Ils étaient là, c'est tout. J'en veux encore.

— Dans une minute.

La fourgonnette, devina-t-il. Ils avaient réussi à la pister. Lui qui était convaincu d'avoir encore une semaine devant lui. Tant pis. Il ne lui restait plus qu'à recourir au plan B.

— Valise, marmotta-t-elle.

— Hein ?

— On s'en va ? On fait nos bagages et on part au soleil ?

Il suivit la direction de son regard. Dans sa hâte, il avait oublié de dissimuler la valise.

— Mmm, murmura-t-il en contournant le canapé.

— On va s'installer dans un bel endroit, et quand on aura attrapé Dallas, c'est moi qui la saignerai en premier, pas vrai, Richard ? Grâce à elle, on va se remplir les poches, hein ?

Il haussa les sourcils en l'entendant l'appeler Richard. « Les femmes, décidément. Incapables de faire le tri entre leurs bonshommes », se dit-il.

— Je vais malheureusement te décevoir.

D'un geste preste, il lui tira la tête en arrière et lui trancha la gorge avec une précision presque chirurgicale.

Enfin ! Il se sentait *nettement* mieux, à présent.

Comme elle laissait échapper un gargouillement et portait les mains à son cou, il secoua la tête et la laissa glisser à terre.

— Tu m'es inutile désormais. Totalement inutile.

Il ôta sa chemise, la jeta de côté et alla dans la cuisine se laver les mains et les bras.

Il avait déjà presque fini de charger le véhicule. Il se changea, se lissa les cheveux du plat de la main, chaussa une paire de lunettes noires.

Ramassant la valise, il souffla un baiser vers la porte derrière laquelle se trouvaient Melinda et Darlie.

— On a passé un bon moment, conclut-il avant de s'éloigner sans un regard pour la femme qui se vidait de son sang sur le sol.

16

Connors prit le volant pendant qu'Eve coordonnait, planifiait et informait l'équipe que Ricchio avait constituée.

— Quatre uniformes sur le site, à un bloc de la cible, dit-elle tandis que Connors appuyait sur l'accélérateur. Il ignore que nous l'avons localisé. Il doit se dire qu'elle n'y serait jamais retournée si c'était le cas – or, on a repéré la voiture volée à l'entrée du parking souterrain. Donc, elle y est. Que personne ne se montre. Pour l'heure, il a des appâts, pour commencer sa collection. S'il aperçoit les flics, les appâts deviendront des otages. Un seul lui suffit.

— La Brigade d'intervention spéciale est en route, annonça Ricchio. Nous sommes juste devant eux.

— Nous serons là-bas dans moins de deux minutes. Il nous faut un accès. Il aura sécurisé l'appartement. Il est sur ses gardes, il se demande ce que nous savons. À moins qu'il ne se soit déjà volatilisé.

— Nous verrons cela avec la DDE.

— Les détecteurs de chaleur ne les percevront pas dans la chambre qu'il leur a préparée. En admettant qu'ils s'y trouvent tous. Nous y sommes. Je vous rappelle.

Elle bondit de la voiture avant même que Connors se soit arrêté.

— Rapport, aboya-t-elle en brandissant son insigne sous le nez des uniformes.

— Aucune activité visible de l'extérieur chez l'individu. On a repéré la voiture volée dans le parking souterrain.

— Il a un autre véhicule. Une berline Orion bleu marine.

— Cette information nous a été communiquée, mais non confirmée, lieutenant. Il existe un niveau inférieur. Il faudrait pénétrer dans l'immeuble pour pouvoir nous en assurer. Nous avons reçu l'ordre de ne pas bouger.

Elle acquiesça.

— J'ai besoin d'y accéder.

— Je peux t'y aider, proposa Connors, mais elle secoua la tête.

— S'il nous observe, il te reconnaîtra en moins de deux secondes.

— Mais pas toi ?

— C'est un problème, admit-elle en balayant la rue du regard. Attends... Hé, toi, là-bas !

Au coin de la rue, un adolescent exécuta un saut sur son aéroskate.

— Oui, m'dame ?

Seigneur ! Même les skaters étaient polis, ici.

Eve s'approcha en sortant son insigne.

— Police.

— J'ai rien fait de mal ! protesta-t-il. Je suis juste en train de...

— File-moi ta casquette, tes lunettes... Et ton skate.

Dieu lui vienne en aide !

— Mince, je viens de l'acheter !

— Tu vois ce type, là-bas, avec les flics ? Celui qui a l'air super-riche ?

— Oui, madame.

— Il va te donner cent dollars. À condition que tu restes où tu es.

— Ben, oui, m'dame, mais le skate coûte...

— Deux cents dollars. Pour te l'emprunter. Si je ne suis pas de retour d'ici dix minutes, il t'en donnera trois cents. Et maintenant, passe-moi cette foutue casquette, les lunettes. Le tee-shirt, aussi.

Il s'empourpra.

— Mon tee-shirt ?

— Oui. Et ne t'avise pas de me redonner du « oui m'dame ».

— Non, m'dame.

— Qu'est-ce que tu fabriques ? s'enquit Connors en les rejoignant.

— Je vais faire du skate.

Eve ôta sa veste, la lança à Connors. Puis elle enfila le tee-shirt taille XXL arborant la photo d'un groupe de musiciens aux cheveux hirsutes.

— Si tu t'imagines ressembler à un ado, commença-t-il. Remarque, c'est pas mal, se ravisa-t-il après qu'elle eut mis la casquette et les lunettes. Mais il n'est pas question que tu pénètres dans cet édifice.

— Bien sûr que si. McQueen est au deuxième. Je ne dépasserai pas le rez-de-chaussée. Je vais accéder au parking, vérifier si son véhicule est là – ou pas. C'est important. Il va peut-être falloir évacuer les civils.

— Je passe par-derrière.

— Connors...

— Tu veux que je te fasse confiance pour passer par-devant sans qu'il te reconnaisse. Fais-en autant avec moi. Baisse la tête, lui conseilla-t-il en donnant une chiquenaude sur la visière de la casquette. Arrondis le dos.

— Excusez-moi, monsieur, interrompit l'ado. La dame m'a dit que vous me donneriez deux cents dollars pour ce prêt.

— Deux cents... ?

Résigné, Connors sortit son portefeuille.

Eve jeta un coup d'œil derrière elle, adressa un signe aux uniformes. Comment diable était-elle censée se tenir le dos rond sur un skate ? Pourvu qu'elle ne se casse pas la figure.

Elle ne prit aucun risque, mais sauta de l'aéroskate devant l'entrée de l'immeuble et le hissa sur son épaule pour masquer son visage. Dodelinant de la tête et des épaules comme tous les jeunes qu'elle avait pu observer, elle sortit son passe-partout.

Une fois à l'intérieur, elle dégaina son arme, scruta l'escalier.

Rien. Personne.

— Un seul ascenseur, précisa-t-elle dans le micro de son communicateur avant de jeter les lunettes de soleil sur l'unique chaise du hall. Situé sur la droite. L'ascenseur arrive. Tenez-vous prêts.

Elle recula sur le côté, dos au mur. Les portes de la cabine s'ouvrirent. Une femme et deux gosses en émergèrent en faisant suffisamment de bruit pour réveiller un mort.

Eve fit un pas en avant.

— S'il vous plaît, restez où vous êtes.

— Oh ! Vous m'avez fait peur ! s'exclama la femme.

Elle commença à rire, et s'arrêta net en apercevant l'arme d'Eve. Elle poussa les enfants derrière elle.

— Police, la rassura Eve en cherchant son insigne. Connaissez-vous les locataires de l'appartement 208 ?

— Je ne suis pas sûre, je...

— Un grand type athlétique, la trentaine avancée. Beaucoup de charme. Il vient d'emménager. Il reçoit une femme de temps en temps. Elle doit être chez lui en ce moment. Blonde, environ cinquante-cinq ans, jolie, un peu clinquante.

— Vous devez parler de Tony ! Tony Maxwell. Quel homme adorable. Il va bien ? Je l'ai croisé tout à l'heure alors qu'il s'en allait.

— Quand ?

« Merde ! » songea Eve en enlevant le tee-shirt qu'elle lança sur les lunettes.

— Quand, précisément ?

— Il y a environ une demi-heure. J'allais chercher les enfants et je l'ai vu dans le parking en train de ranger sa valise dans le coffre de sa voiture. Il m'a dit qu'il partait deux jours pour affaires. Que se passe-t-il ?

— Il était seul ?

— Oui.

— L'avez-vous vu démarrer ?

— Non, je suis partie avant lui, mais il montait dans son véhicule. J'aimerais savoir ce qui se passe.

— Vous allez sortir avec vos enfants, tourner à gauche et marcher jusqu'à ce que vous rencontriez les policiers en uniforme postés au bout du pâté de maisons.

— Mais...

— Allez-y. Tout de suite ! insista Eve en entendant l'ascenseur remonter.

Le trio s'éloigna en toute hâte alors qu'Eve reculait et levait son arme. Connors sortit de la cabine.

— Sa voiture n'est pas là, annonça-t-il.

— Il est parti, dit-elle en abaissant son arme. Une voisine l'a vu. Seul, avec une valise. Merde ! Il lui a raconté qu'il s'absentait deux jours.

Elle arracha la casquette, se passa la main dans les cheveux.

— Il faut monter.

À cet instant, son communicateur bipa.

— Dallas, où en êtes-vous ? s'enquit Ricchio.

Elle lui résuma la situation.

— La DDE ne relève aucune source de chaleur à l'intérieur du local ciblé, la prévint-il. Le bâtiment est cerné, les membres de la Brigade d'intervention spéciale se mettent en position.

— Nous allons essayer de vérifier si le suspect est toujours là.

— Les renforts arrivent.

— Pouvez-vous les retenir, lieutenant ? Deux minutes seulement. Au cas où il serait encore sur place, ses prisonnières seront moins en danger s'il ne s'attend pas à nous voir.

— Deux minutes. Pas une de plus.

Elle fourra l'appareil dans sa poche.

— Je suis sûre qu'il a déguerpi, mais je ne veux prendre aucun risque. Connors, tu peux bloquer son système de sécurité assez longtemps pour une entrée rapide et silencieuse ?

— Tu sais bien que oui.

— Escalier.

Ils gravirent les marches deux à deux.

— Là, murmura Connors en entrant une série de codes dans son dispositif de décryptage. Il est malin, il a pris ses précautions. On dirait des verrous standard, ajouta-t-il en sortant une petite boîte de sa poche avant de s'accroupir. Beau boulot.

— Tu le féliciteras quand il sera au trou.

— Et voilà, le tour est joué ! Prête ?

Elle opina, leva un doigt, puis deux. Au troisième, ils firent irruption dans l'appartement.

Elle sentit l'odeur du sang, de la mort, instantanément. Virant à gauche, elle vit le corps, celui de sa mère, dans une mare écarlate.

— Mon Dieu. Mon Dieu. Mon Dieu.

— Eve.

— Inspection des lieux, dit-elle d'une voix altérée. Je prends ce côté-ci et toi, l'autre.

En pivotant, elle aperçut les clés sur une console près de l'entrée, à côté d'un bloc-notes électronique.

« Il a filé », comprit-elle. Elle s'approcha, ramassa le trousseau.

Les renforts avaient envahi le hall. Si Bree était avec eux, si McQueen avait laissé d'autres cadavres derrière lui, Eve devait se tenir prête.

Elle déverrouilla la porte, inspira à fond, rassembla son courage.

Elles étaient par terre, la petite enveloppée dans une couverture, la femme couchée sur elle pour la protéger.

Melinda la dévisagea. Cligna des yeux.

— Officier Dallas, s'écria-t-elle d'une voix étranglée. Darlie, c'est l'officier Dallas. Je t'avais dit qu'on viendrait à notre secours.

— En fait, c'est lieutenant, rétorqua Eve en regardant Darlie, une autre fillette abîmée à jamais. Tout va bien, vous êtes en sécurité. Elles sont vivantes ! lança-t-elle tandis que Bree faisait irruption dans la pièce.

— Melinda !

— Je vais bien, assura-t-elle, mais elle posa la tête sur l'épaule de sa sœur lorsque celle-ci l'entoura de son bras, et se mit à pleurer. Nous allons bien. J'étais sûre que tu nous retrouverais.

Eve recula, se détourna pour céder le passage à l'inspecteur Price, qui se rua vers Melinda.

— Sortons, suggéra Connors en lui prenant le bras. Tu n'as plus rien à faire ici.

— Oh, si ! répliqua-t-elle, un filet de sueur froide roulant le long de sa colonne vertébrale. Si. Lieutenant Ricchio, la scène est à vous.

— L'ambulance arrive, répondit celui-ci. Melinda et la petite vont recevoir des soins médicaux avant de répondre à nos questions. Sécurisez le site et passez-le au peigne fin. Nous avons lancé un avis de recherche pour le véhicule à bord duquel il a pris la fuite.

« Il va s'en débarrasser très vite », devina Eve, mais elle hocha la tête.

— Nous avons posté des agents dans toutes les stations de transport de la ville, intervint Nikos. S'il essaie de quitter Dallas par un autre moyen que sa voiture, nous le coincerons.

— Il est parti précipitamment, constata Laurence en jetant un coup d'œil sur le corps. Il a peut-être oublié quelque chose près du corps de sa partenaire. S'il doit commettre une erreur, ce sera maintenant. Je me mets au travail avec deux de vos hommes. Lieutenant Ricchio, vous prendrez le relais quand vos experts seront arrivés.

— Bien. Je préviens les parents de Darlie, et je lance le quadrillage du quartier.

L'inspecteur Price souleva Darlie dans ses bras. Il lui murmura quelques mots et elle ferma les yeux. Lui pressant le visage contre son épaule, il traversa le salon et sortit.

Il avait voulu lui épargner la vue du corps, du sang, comprit Eve. Elle avait déjà assez d'horreur dans la tête.

Melinda apparut, soutenue par sa sœur. Elle regarda la morte, puis Eve.

— Merci, murmura-t-elle. Une fois de plus. Il m'a chargée de vous dire de rester dans les parages. Il...

— Plus tard, Melinda, intervint Bree en la serrant contre elle.

— Je veux rester auprès de Darlie. Elle a besoin de moi.

— Nous nous verrons tout à l'heure, dit Eve.

— Sale journée, commenta Ricchio tandis que les deux sœurs s'éloignaient. Mais ç'aurait pu être pire.

Malheureusement, ce n'était pas fini, songea Eve. Loin de là.

— J'appartiens à la Criminelle, fit-elle. Si vous n'y voyez pas d'objections, je me charge du corps.

— Je vous remercie. Je contacte le médecin légiste. Souhaitez-vous un assistant ?

— Connors connaît la chanson.

— Dans ce cas, à vous de jouer. Remarquez, ça m'a l'air assez simple.

— Oui. Oui, sans doute, reconnut-elle en s'approchant du corps. Connors, j'ai besoin d'un kit de terrain.

Comme il ne répondait pas, elle tourna les yeux vers lui, soutint son regard.

— S'il te plaît, insista-t-elle en arrêtant son magnétophone. Je dois le faire. Facilite-moi la tâche.

— Bien. Toutefois, quand tu auras terminé, nous devrons avoir une conversation, toi et moi.

— Je sais.

— Je vais chercher le matériel.

La pièce bourdonnait de flics, mais elle se sentit seule, terriblement seule, lorsqu'elle s'accroupit auprès du corps, la pointe de ses bottes à la lisière de la mare de sang.

Qu'aurait-elle dû éprouver ? Elle n'en avait aucune idée. Elle savait seulement ce qu'elle avait à faire.

La procédure de routine.

Elle remit son magnétophone en route.

— La victime est de sexe féminin, race blanche, environ un mètre soixante-cinq. Hématomes et contusions faciales subis lors d'un accident de la circulation plus tôt dans la journée et traités aux urgences de l'hôpital *Dallas City*. Autres lésions préalablement consignées. L'examen initial montre une entaille en travers de la gorge qui a sectionné la jugulaire. Les éclaboussures de sang correspondent à ce diagnostic.

Elle s'assit sur ses talons, scruta le sol, les murs, le canapé.

« Représente-toi le scénario », s'ordonna-t-elle.

— Elle était assise sur le canapé. Il y a une seringue sur le coussin. Elle s'est shootée. C'est lui qui lui a donné la drogue. Je demande des analyses toxicologiques afin de déterminer quelle substance elle s'est administrée et en quelle quantité. Il a pris le temps de lui parler, de la calmer, jusqu'à ce qu'elle lui dise ce qu'elle nous avait révélé, ce que nous savions. Il avait déjà préparé sa valise. Parce qu'elle l'avait joint depuis la voiture volée sur le parking de l'hôpital. Vérifier le communicateur du tableau de bord en quête de communications entre la victime et McQueen.

Elle l'avait contacté. Elle l'avait mis en garde, lui laissant le temps de faire ses bagages, de planifier, d'échafauder une stratégie. Elle avait mis sur pied son propre meurtre.

En attendant Connors et la mallette, Eve imagina le déroulement des événements. La fuite effrénée après avoir tué le flic, de la même façon qu'elle le serait, peu après. Par l'homme auprès duquel elle s'était réfugiée.

Elle devait avoir mal partout, à la tête, aux côtes, à la poitrine. Eve inspecta le corps. Cheville gauche salement enflée. Douloureuse. Elle avait dû boiter, tenter de courir, ruisselante de transpiration, le cœur battant. Souffrante et blessée, du sang de flic plein les mains, et ne pensant qu'à rejoindre celui qui allait l'achever.

Obsédée, aussi, par un autre flic, le désir de vengeance. Que les dernières pensées de sa mère aient été pour elle, n'était-ce pas là le comble de l'ironie ? songea Eve.

Connors réapparut et elle se redressa.

— Pas difficile de deviner ce qui s'est passé, déclara-t-elle en le fixant droit dans les yeux, le temps de se recentrer. McQueen a emporté tout ce dont il avait besoin. Vêtements, objets personnels, espèces, fausses identités. Il a eu largement le temps de se préparer, mais il avait probablement déjà tout prévu.

— Il veut pouvoir décamper à tout moment, acquiesça Connors.

— Je parie qu'il a gardé le costume qu'il portait à la banque. Il ignore que tu as déterré ses comptes. S'il effectue des transactions, tu peux les retracer ?

— Oui.

— Occupe-t'en, veux-tu ? Mais cette fois, je dois la jouer en équipe. Nikos ! Vous pouvez m'accorder une minute ?

— Vous avez besoin d'aide avec la victime ?

— Non. Connors a réussi à accéder aux comptes de McQueen. On a son fric.

— Excellent, approuva Nikos en gratifiant Connors d'un regard respectueux. Nos gars se cognent encore contre des murs. Ces données nous seront utiles. On va pouvoir bloquer les fonds, le déstabiliser.

— Vous pourriez aussi traquer la moindre opération financière et, par ce biais, le localiser, suggéra Eve.

— S'il réussit à se rendre quelque part où nous n'avons pas le droit d'extradition, on le perdra définitivement.

— C'est un risque à prendre. Il n'a pas fini, Nikos. Il n'a pas obtenu ce qu'il voulait. Il est fou de rage. Il va retenter le coup.

— Contre vous, peut-être. À moins qu'il ne soit assez malin pour limiter les dégâts. Écoutez, je vais soumettre les deux possibilités à mes supérieurs. Nous prendrons une décision, mais pour cela, j'ai besoin des données.

— Je vous envoie les dossiers, promit Connors. En fait, il possède trois comptes. Il n'est pas du genre à mettre tous ses œufs dans le même panier.

— Merci.

Nikos tourna les talons, sortit son communicateur et s'éloigna.

— Je peux retarder le transfert d'une heure environ en créant une petite panne de routage, proposa Connors.

— Parfait, approuva Eve. Si les fédéraux optent pour le blocage, j'enfoncerai le clou parce qu'à mon avis, c'est une erreur. Pour le moment, on en reste là – tu devrais solliciter l'aide de Feeney. Il faut que je termine ceci, ajouta-t-elle en s'emparant du kit.

Il posa la main sur la sienne.

— Je peux m'en charger, murmura-t-il. Tu pourrais te consacrer aux recherches. Tu connais McQueen mieux que personne.

— Tu sais bien que c'est impossible. Que je le veuille ou non, elle est à moi, à présent.

Eve s'accroupit, ouvrit la mallette, s'enduisit les mains de Seal-It. Puis releva les empreintes de sa mère.

— Victime, Sylvia Prentiss. Pseudo. L'appeler Marie Unetelle en attendant la vérification de sa véritable identité.

Elle chaussa ses lunettes microscope, ne dit pas un mot quand Connors s'accroupit près d'elle pour s'enduire à son tour les mains de Seal-It avant de sortir les jauges. Elle examina la plaie fatale.

— Le médecin légiste confirmera. Toutefois, l'examen initial indique une entaille de gauche à droite avec une lame à bord lisse. Au vu de l'angle et des éclaboussures, l'attaque a eu lieu par-derrière. Il lui tire la tête en arrière, tranche. Elle glisse sur le sol. Il a du sang sur sa chemise, il l'enlève et la jette de côté. Note aux techniciens : inspecter toutes les canalisations. Il s'est lavé les mains.

Connors annonça l'heure du décès.

— Moins de trente – probablement une vingtaine de minutes avant que les flics cernent l'immeuble, murmura-t-elle. Comme l'a souligné Laurence, il a dû se dépêcher. Vingt-cinq minutes après s'être enfuie de l'hôpital. Donc, elle était déjà morte avant que nous n'apprenions son évasion. Mais... Tu peux lancer une application pour estimer le temps de trajet entre l'hôpital et ici ?

— D'accord.

Elle s'empara d'un sachet stérile, mit la seringue sous scellé.

— En tenant compte de la circulation à cette heure de la journée, le parcours est d'une durée de plus ou moins quinze minutes, annonça Connors.

— Moins, décida Eve. Elle a dû rouler vite, prendre des risques. Mais il faut aussi inclure le temps qu'il lui a fallu pour voler la voiture, pénétrer dans le bâtiment… en boitant. Nous en saurons davantage quand nous aurons l'heure et l'endroit depuis lequel elle l'a contacté. N'empêche, il est pressé, mais il lui accorde quelques minutes. Il ne la tue pas dès son arrivée. Il la fait asseoir, lui donne sa dose. Il lui parle… J'aimerais bien retourner le corps, mais je préfère attendre le légiste. Apparemment, il ne la malmène pas sous prétexte qu'elle a tout gâché. Il sait qu'il va la liquider et ça lui suffit. Il est maître de la situation. Il aurait pu lui filer une overdose, mais ça, ça ne lui aurait pas convenu.

— Trop impersonnel, trop facile pour elle.

— Exactement. Quand il tue, il veut éprouver des sensations. La lame qui déchire la chair, le sang qui gicle. Il ne mutile jamais. Trop salissant. Manque de classe.

Elle jeta un coup d'œil du côté de la pièce où il avait séquestré Melinda et Darlie.

— Les jeunes filles, il aime les torturer. Il prend tout son temps. Mais sa partenaire ? Il s'en débarrasse comme d'une vieille chaussette.

— Nous avons fait le tour de la question, déclara Connors d'un ton posé. Tu sais comment, quand, qui et même pourquoi. Ça suffit pour l'instant, Eve.

— Je veux la confirmation du médecin et l'analyse toxicologique. Parce que si McQueen a forcé la dose – de quoi l'assommer avant de l'assassiner –, ce sera différent.

— Lieutenant Dallas ?

— Oui.

L'un des officiers lui tendit un bloc-notes électronique.

— McQueen a laissé ceci à votre intention.

— Merci.

Elle l'activa.

Re-bonjour, Eve. J'espère que je peux vous appeler Eve, après tout ce que nous avons traversé ensemble. J'avais prévu d'avoir une longue conversation avec vous aujourd'hui, mais j'ai dû modifier mes plans.

Bienvenue dans mon ex-demeure. J'aurais aimé être là pour vous offrir un verre de vin. Je sais que vous aimez en déguster de temps en temps. Les photos de vous en Italie, chez des vignerons, sont superbes. Le mariage vous va bien.

Comme vous pouvez le constater, je n'ai pas eu le temps de faire le ménage avant de partir. Cependant, je sais que vous serez ravie de le faire à ma place. Je vous aurais volontiers accueillie quelques jours. J'aimerais tant passer un moment avec vous. Mais cela ne saurait tarder.

Vous vous demandez sans doute pourquoi j'ai laissé la vie sauve à l'inébranlable Melinda et à l'adorable Darlie. Figurez-vous que je me pose moi-même la question. Peut-être suis-je heureux de savoir qu'elles ne m'oublieront jamais. Personne n'apprécie d'être oublié, ignoré. Ne vous imaginez pas une seule seconde que j'en ferai autant avec vous.

Vous habitez mes pensées jour et nuit. À bientôt.

— Ce salaud ne manque pas d'air, mais on perçoit dans sa voix une fureur à peine contenue.

Emportant le bloc-notes avec elle, Eve alla examiner la pièce où avaient été enfermés les otages.

— Quatre paires de chaînes seulement, nota-t-elle. Il aurait éliminé Melinda après m'avoir enlevée. Il aurait gardé la fille, et commencé à en chercher une autre. Il n'est jamais rassasié. Avec moi, il aurait pris son temps, deux ou trois jours, peut-être. Il aurait tenté de t'arracher une rançon. C'est un escroc dans l'âme, il ne tourne jamais le dos à un bénéfice possible.

— Sacré risque.

— Ça ajoute du piment. Il n'a négligé aucun détail – du moins en est-il convaincu. C'est un arrogant. Persuadé d'être le plus intelligent de tous.

— Et toi, qui es-tu ? Celle qui l'a vaincu ?

Eve haussa les épaules.

— La première fois, j'ai eu la chance d'une débutante. Sur ce point, il a raison. Il a échappé aux autorités pendant des années. Il a la certitude de pouvoir continuer. Il m'aurait enlevée. Il m'aurait obligée à le regarder tuer Melinda, quelqu'un que j'ai sauvé autrefois. Puis sa partenaire et enfin la – ou les – fille(s). J'aurais été la dernière. Ensuite, il aurait déguerpi, il se serait installé ailleurs, très loin. En Europe, pourquoi pas ? Et il aurait commencé une nouvelle collection.

— À présent, il est forcé de réviser ses projets.

« Moi aussi », pensa Eve.

— Il va s'adapter, peaufiner. Quand il me dit « À bientôt », il est sincère. Ah ! Ce doit être le légiste. Je veux la voir avant de joindre Laurence.

Son communicateur bipa.

— Dallas.

— Lieutenant, désolée de vous déranger, commença Bree.

— Qu'y a-t-il, inspecteur ?

— Melinda… on la réhydrate et on panse ses blessures. Ils veulent qu'elle passe la nuit en observation. Quant à Darlie… vous savez ce qui l'attend.

— Oui.

— Elles veulent vous parler, toutes les deux. Nous avons pris leur déposition, elles ont répondu à nos questions. Elles tiennent beaucoup à vous voir. Ricchio, les médecins et les parents de Darlie sont d'accord. Si vous pouviez trouver le temps de venir, lieutenant. Nous sommes au *Dallas City*.

— Dès que j'en aurai terminé ici.

— Je les préviens.

Comme elle rangeait son appareil, Connors tendit le bras, éteignit le magnétophone.

— Accorde-toi une pause.

— Non. Plus je suis occupée, mieux je me porte. Pour le reste, je verrai plus tard. Je n'ai même pas encore les résultats des tests ADN…

Il lui prit la main et elle se tut.

— Tu les as, devina-t-elle.

— Ils sont arrivés alors que j'allais chercher ton kit de terrain.

Un flot de bile lui monta à la gorge.

— Je ne m'étais pas trompée.

— En effet.

— C'est mieux de savoir, chuchota-t-elle, les yeux rivés sur le mur.

— Tu crois ?

— Je l'ai su tout de suite, au premier regard. Je croyais l'avoir accepté. Maintenant, je… je ne sais plus, avoua-t-elle en se frottant le visage. Il faut que je travaille, je réfléchirai à ça le moment venu.

Elle s'approcha du médecin légiste et du corps. Connors demeura un long moment à contempler les chaînes fixées au mur de l'horrible petite pièce.

17

Eve ne traîna pas près du corps. À quoi bon ? Elle passa dans la chambre où Laurence menait une fouille visiblement approfondie et méticuleuse.

— Alors ?

— Draps et serviettes de luxe, couette en duvet. Aucun problème de traçabilité. Il a emporté pas mal de choses. Il a un sens de l'organisation qui frôle l'obsession. Tout est en place, nous avons donc pu constater qu'il manquait de la literie, des vêtements, des chaussures.

Il indiqua l'armoire.

— Il a laissé une douzaine de cravates. Vu sa manière de les ranger, il en a pris une autre douzaine. Qui a besoin de vingt-quatre cravates ?

Eve s'approcha.

— Il aime les vêtements, il aime les collectionner. Mais… certaines de ces cravates sont semblables, ou c'est moi qui n'ai pas l'œil question mode ?

— Vous avez raison. Même motif, même créateur.

— Cela ne lui ressemble pas. D'ailleurs, il y a un peu trop de tout. Il ne s'agit plus tant de collectionner que de…

— D'amasser, compléta Laurence. C'est aussi mon avis. Ce pourrait être une sorte de compensation après douze ans en tenue de taulard.

— Possible. C'est surtout une rupture de schéma. Intéressant.

— N'est-ce pas ? Bref, nous envoyons le linge de maison au labo pour analyses. Les accessoires de toilette appartiennent à la partenaire. Il devait y avoir un ordinateur sur ce bureau – qu'il a embarqué. Il avait un moniteur dans la salle de bains, d'où il pouvait surveiller ses victimes en se masturbant. Excusez-moi. La môme m'a bouleversé.

— Je comprends.

— Il a laissé une provision de seringues. Là encore, il en manque quelques-unes.

— Il ne consomme pas, il n'avait pas besoin d'en emporter beaucoup. Il ne va pas se chercher une nouvelle partenaire dans l'immédiat.

— La femme disposait de deux tiroirs. On dirait qu'il les a inspectés pour s'assurer qu'elle ne conservait rien la reliant à lui. Il n'a pas vérifié derrière ni dessous... Voyez ces sachets scellés, ajouta-t-il en les montrant d'un geste. Elle stockait des réserves – une véritable pharmacie.

« Comme autrefois », songea Eve, un flot de souvenirs lui inondant brusquement l'esprit.

— Elle préférait prendre ses précautions, au cas où il la priverait.

— Elle variait les plaisirs. Ce que nous avons trouvé jusqu'ici nous renseigne davantage sur elle que sur lui. Nous avons de quoi mettre ce salaud en cage jusqu'à la fin de ses jours, mais rien qui puisse nous mettre sur sa piste.

— Il a peut-être glissé un indice à l'une des victimes, suggéra Eve. Je vais les interroger.

Elle sortit de la chambre et rejoignit Connors qui s'était réfugié dans un coin avec son Palm.

— Les données devraient parvenir aux fédéraux d'une minute à l'autre, annonça-t-il. Feeney et moi avons une belle avance sur eux, mais je serais plus efficace à l'hôtel.

— Nous en avons terminé ici. Tu peux y aller, creuser la question.

Il accrocha son regard.

— Je te soutiens de toutes mes forces, lieutenant. Je te l'ai déjà dit. Le mieux serait que tu fasses un saut à l'hôpital afin de parler avec Melinda et Darlie. Je peux t'y déposer si tu veux.

— Oui, mais j'ai un truc à régler avant. En chemin, précisa-t-elle.

Une fois dehors, elle scruta la rue. Les badauds s'étaient dispersés, probablement gagnés par l'ennui. Le boulot des flics était long et fastidieux, la plupart des civils perdaient vite patience.

Pas le sien.

— Tu as payé le gamin de l'aéroskate ? s'enquit-elle.

— Oui.

— Prépare-moi une note de frais. On te remboursera.

— Si ça t'amuse, murmura-t-il d'un ton neutre en montant dans la voiture. Où allons-nous ?

— Je veux retourner chez elle. Les experts ont passé les lieux au peigne fin, relevé tous les indices. Mais les gens négligent parfois certains détails, surtout quand ils ignorent ce qu'ils recherchent.

— Parce que toi, tu sais ce que tu recherches ?

— Non, mais je suis presque sûre que je le saurai quand je le verrai. Il faut que j'y aille, pour le boulot. Et pour moi.

— Dans ce cas, pourquoi m'encourager à regagner l'hôtel ?

— Je ne sais pas, avoua-t-elle, la gorge nouée. Je n'ai pas envie d'y réfléchir pour l'instant.

Il entoura son visage des deux mains.

— Je te conduirai où tu voudras. Je resterai auprès de toi. D'accord ?

— Oui, souffla-t-elle en s'efforçant de se ressaisir. Pardon pour mon éclat, tout à l'heure, reprit-elle tandis qu'il démarrait. Je ne me rappelle même pas pourquoi je me suis énervée. Je tiens simplement à mettre les choses au clair.

— Elles le sont déjà. Tu éprouvais le besoin de me provoquer pour pouvoir te défouler sur moi.

— Probable.

Elle allongea les jambes, fit jouer les muscles de ses épaules et de sa nuque. Son corps entier était tendu, douloureux.

— Je me suis plutôt bien débrouillée lorsque je l'ai interrogée. En y repensant, j'aurais pu faire mieux. Mais c'est toujours ce qu'on se dit quand les événements ne se sont pas déroulés comme prévu. J'avais peur de craquer et, du coup, je m'en suis prise à toi.

— Je me suis défendu.

— Je n'en attendais pas moins de ta part, répliqua-t-elle. Je ne pensais pas ce que je t'ai dit. C'était stupide, et je savais que ça te blesserait. J'ai agi comme par réflexe.

Il tourna la tête, contempla son visage aux traits tirés.

— J'ai contacté Mira, murmura-t-il.

Elle pivota sur son siège.

— Quoi ?

— Je me contrefiche que ça t'agace. Tu as besoin d'elle. Elle est en route.

— Tu n'as pas le droit de...

— *J'ai* besoin d'elle, bordel !

Eve écarquilla les yeux, sidérée. Quelle idiote elle était de n'avoir rien vu venir. De n'avoir pas compris qu'elle n'était pas la seule que cette affaire avait ébranlée.

— D'accord.

— Je sais ce que j'ai envie de te dire, reprit Connors plus calmement. De faire pour toi. Mais j'ignore si j'ai raison. D'autre part, je suis conscient que cette histoire n'est pas la mienne, mais tout ce qui te touche me touche aussi. Mira pourra nous aider tous les deux.

Eve demeura silencieuse un moment.

— Tu as bien fait, concéda-t-elle enfin. Je suis contente qu'elle vienne. C'est juste que... lorsque je commencerai à en parler, ça deviendra réel. Ce ne sera plus une enquête parmi d'autres.

Connors se gara, et elle examina la maison mitoyenne.

— Pendant qu'on surveillait les lieux, j'ai pensé que c'était un quartier agréable. Pas du tout le genre de McQueen. Trop banlieusard, bien que tout près du centre-ville. Ce n'est pas non plus son genre à elle, avec tous ces gosses à bicyclette et ces amateurs de jardins. Il a voulu la déstabiliser. Pour qu'elle lui soit reconnaissante chaque fois qu'il l'autorisait à venir le voir.

— Pourquoi s'est-elle entièrement dévouée à lui ?

— Ça n'aurait pas duré. Elle aurait fini par se lasser, par s'en aller. Mais il la traitait bien. Il lui offrait des cadeaux, lui fournissait sa drogue. Bref...

Elle descendit du véhicule. La porte voisine s'entrouvrit et Eve agita son insigne. Une femme qui approchait la trentaine sortit.

— Des policiers sont déjà venus. Ils viennent de repartir. Ils ont dit que Sylvia avait été arrêtée.

— En effet.

— Je ne comprends pas. Bill, qui habite au bout de la rue, m'a raconté que le secteur était infesté de flics, que le petit Kirk a failli être renversé par une voiture. J'étais au travail et quand je suis rentrée, c'était la folie.

— Vous vivez ici depuis longtemps ?

— Quatre ans. Avec ma sœur Candace. Qu'en est-il de Sandra ?

— Pardon ?

— La sœur de Sylvia. Sandra Millford. Elle a des problèmes, elle aussi ?

— On peut dire cela. Vous étiez amies ?

— On essayait, Candace et moi. Quand Sylvia et Sandra ont emménagé, nous avons pensé qu'on se verrait souvent, entre sœurs.

Elle haussa les épaules, enchaîna :

— Elles étaient toujours débordées, jamais libres en même temps. Nous avons cessé de les inviter. D'ailleurs, elles restaient très peu chez elles.

— Elles recevaient de la visite ?

— Je n'ai remarqué personne. En revanche, Sylvia avait un petit ami.

— Vraiment ?

— Une femme qui se pomponne autant a forcément un amant. Maintenant que j'y songe, je l'ai entendue discuter avec quelqu'un sur son communicateur, hier. Elle était assise dehors, comme moi, en train de boire un café. Sa façon de rire, son ton… elle avait un homme dans sa vie, c'est évident. De quoi est-elle coupable ?

— D'avoir aidé un dangereux criminel à s'évader de prison. De complicité d'enlèvement de deux femmes, dont une mineure destinée audit dangereux criminel, qui est aussi un pédophile violent.

Les yeux ronds, bouche bée, la femme se frotta la gorge.

— Ô mon Dieu !

Eve sortit son Palm, afficha la photo de McQueen.

— Je doute qu'il vienne ici, mais au cas où, restez chez vous et alertez immédiatement la police.

— Je l'ai vu aux informations ! Seigneur ! Sylvia sort avec lui ?

— Sortait. Il l'a assassinée il y a quelques heures.

— Non ! s'écria-t-elle en reculant d'un pas, les mains plaquées sur le cœur. Et Sandra ? Sa sœur ?

— Elle n'existe pas. Sylvia et Sandra n'étaient qu'une seule et même personne, sous deux identités différentes. Dites-le à vos voisins. Si cet individu se présente dans le quartier, avertissez la police.

— Vous pouvez compter sur moi.

Elle tourna les talons, se précipita à l'intérieur en appelant sa sœur.

— Tu l'as terrorisée, fit remarquer Connors.

— Volontairement. Car McQueen pourrait très bien revenir. Il craint peut-être que Sylvia n'ait laissé des indices pouvant mener à lui. Cette femme à qui je viens de parler n'hésiterait pas à répondre à ses questions. J'ai brandi mon badge de la police de New York à trois mètres de distance, et elle n'a pas cillé. Elle est sortie sans se méfier. Je ne tiens pas à apprendre qu'elle a été égorgée.

Elle gagna la porte, utilisa son passe-partout.

Les techniciens étaient passés, à en juger par la fine couche de poudre à empreintes répandue un peu partout.

— Inutile de se protéger, lança-t-elle à Connors.

— Quelle bénédiction !

— Mobilier de bonne facture, nota-t-elle en traversant le séjour. Pas en grande quantité. Zéro flonflons. Rien d'un nid douillet.

Elle examina le canapé recouvert d'un tissu imprimé de fleurs roses et pourpres.

— Ça fait mal aux yeux, ou c'est juste moi ?

Elle avait besoin de détendre l'atmosphère, comprit Connors, aussi répliqua-t-il :

— J'étais sur le point de sortir mes lunettes de soleil.

— D'ici, elle pouvait regarder son écran de divertissement, tous stores baissés, continua-t-elle. Elle préférait éviter les regards indiscrets. En attendant qu'il s'évade, elle a dû se sentir seule, mais elle n'a jamais reçu d'hommes. Elle les rencontrait ailleurs. Dans la peau d'une autre, je suppose.

Eve s'immobilisa sur le seuil des toilettes. Une seule serviette.

— Pas d'invités, nota-t-elle. S'il y avait du bazar, des détritus, les experts les auront emportés. RAS.

Elle passa dans le coin salle à manger – vide –, puis dans la cuisine.

— Elle s'asseyait au comptoir pour manger. Ou plutôt pour boire, rectifia Eve en ouvrant le réfrigérateur qui contenait en tout et pour tout quatre bouteilles de bière et une de vin, ouverte.

Elle inspecta les placards.

— Des verres, deux assiettes en faïence, un paquet d'assiettes en carton.

D'un geste, elle désigna l'évier rempli de vaisselle sale, les emballages éparpillés sur le plan de travail.

— Piètre ménagère.

— Et pas de droïde pour prendre le relais, observa Connors.

— Installation, appareils ménagers de qualité, mais elle s'en fiche. Ce n'est pas à elle. Ce n'est pas ce qu'elle veut. Elle vise bien plus haut que cette maison de poupée avec son jardin clôturé et ses deux voisines qui posent trop de questions. Elle veut la belle vie qu'Isaac va lui offrir. RAS, répéta-t-elle en sortant pour rejoindre l'escalier.

Une fois à l'étage, elle explora d'abord la chambre. « Trop de parfum, nota-t-elle immédiatement. Capiteux, lourd, étourdissant. » Le souvenir la frappa comme un coup de poing. Elle chancela. Connors lui agrippa les bras.

— Eve.

— Tu sens cette odeur de fleurs fanées ? J'en ai la nausée.

Mais elle le repoussa lorsqu'il tenta de l'emmener hors de la pièce.

— Non. Je me rappelle… la chambre – leur chambre. Ça sentait toujours ainsi. Trop fort. Le parfum. Et le sexe. Tous ces flacons, tous ces tubes. Rouge à lèvres, sprays, poudres. Si j'y touche, elle va me cogner. Elle me cognera de toute façon parce que je suis moche, stupide et encombrante.

— Non, ma chérie, arrête.

— Ça va. J'ai juste besoin d'air. Tu peux ouvrir la fenêtre ? S'il te plaît, ouvre cette fenêtre !

Il s'exécuta, et elle se pencha dehors, aspirant à grandes goulées comme une noyée.

— Ça va, répéta-t-elle. Ça m'a fichu un coup. Elle voulait se débarrasser de moi. Je les entends encore en train de se disputer. J'ai peur. Si je me cache, peut-être qu'ils m'oublieront. Elle ne veut plus de moi. Je ne suis bonne à rien, j'ai toujours faim, je suis toujours dans ses pattes. Le mieux serait de me vendre maintenant… Il refuse. Je leur rapporterai de l'argent plus tard, quand ils pourront me louer. Une gosse de six ans, ça ne rapporte pas grand-chose, mais à dix ans… On en tire profit pendant cinq, six ans, ensuite on la cède au plus offrant.

Décomposé, anéanti, Connors la serra contre lui.

— Allons-nous-en d'ici.

— Je ne guérirai jamais si je ne surmonte pas cette épreuve.

— Je sais, murmura-t-il. Je sais.

— Je ne comprenais pas ce qu'ils disaient, pas exactement. Mais j'avais si peur. Ils se sont battus. Je les ai entendus se tabasser mutuellement, puis baiser. Il me semble qu'elle est partie après cette scène. Je subissais déjà les attouchements de mon père, mais quelques jours plus tard, il s'est mis dans une colère noire parce qu'elle avait disparu en lui piquant de l'argent ou je ne sais quoi. Fou de rage, il s'est soûlé et m'a violée pour la première fois. Je m'en souviens.

Elle inspira une dernière goulée d'air, se retourna.

— C'est cela que tu cherchais ? demanda Connors.

— Non, marmonna-t-elle en se frottant les joues, agacée d'y sentir des larmes. Non, je ne m'attendais pas que des souvenirs remontent à la surface. Pas ici. C'est le parfum. Heureusement, maintenant que la fenêtre est ouverte, il s'est évaporé.

— Eve, il était très discret.

— Peu importe, grommela-t-elle.

Assez pleurniché. Elle était venue ici pour travailler, pas pour s'apitoyer sur son sort.

— Je vais fouiller cette chambre de fond en comble. Autrefois, où que nous allions, elle avait toujours une cachette pour ses provisions de drogue. Elle en a sûrement une ici. Pour stocker des produits illicites, du fric, voire autre chose. Peut-être.

— À savoir ?

— Elle croyait être amoureuse de lui. Qu'as-tu dans tes poches ?

Avec un sourire, il en sortit le bouton gris tombé de son affreux tailleur le jour où ils s'étaient rencontrés.

— Tu vois ? fit-elle, se demandant comment un vulgaire bouton gris pouvait l'émouvoir à ce point. Les amoureux conservent des objets auxquels ils sont sentimentalement attachés.

— Qu'as-tu, toi ?

Elle extirpa de son chemisier le diamant en forme de larme suspendu à une chaîne en or.

— Je ne pourrais porter un truc pareil pour personne d'autre que toi. J'en ai honte. Et j'ai aussi...

— Ah, autre chose !

— Merde. Je suis fatiguée, je jacasse comme une pie. J'ai... une de tes chemises.

Il fronça les sourcils, stupéfait.

— Une de mes chemises ?

— Dans mon tiroir, sous une pile d'affaires. Tu me l'as prêtée le matin de notre première nuit ensemble. Elle sent toujours ton odeur.

L'espace d'un instant, l'inquiétude peinte sur les traits de Connors disparut.

— C'est la chose la plus adorable que tu m'aies dite depuis que nous sommes ensemble.

— Je te suis redevable. De toute façon, tu possèdes assez de chemises pour habiller une troupe de Broadway. Tu me donnes un coup de main ?

— Volontiers.

Eve commença par la commode. Un meuble modeste, en faux bois – une sorte de grande valise avec des tiroirs.

Elle en ouvrit un, constata que sa mère avait dépensé une fortune en lingerie fine.

Elle tendit les mains, suspendit son geste. Elle n'avait aucune envie de toucher ces frivolités aux couleurs criardes.

« Ne pense pas à qui elles appartiennent, se réprimanda-t-elle. Concentre-toi sur ton boulot. »

Elle se remit à la tâche, inspecta les côtés, les fonds. Si elle s'y était autorisée, elle aurait dressé le portrait d'une femme qui achetait – ou volait – dans des boutiques haut de gamme, mais optait toujours pour la vulgarité.

L'un des tiroirs était consacré à la garde-robe plus subtile de son autre identité ; Eve y dénicha le chemisier que portait Sandra le soir de l'enlèvement de Darlie.

Elle s'attaqua aux tables de chevet. Comme elle s'y attendait, elle y découvrit les joujoux et instruments d'une femme qui ne lésinait pas sur les objets destinés à son plaisir personnel.

Eve imagina sans peine les blagues de mauvais goût des techniciens qui étaient passés avant elle.

— J'ai quelque chose ! lança Connors.

Elle le rejoignit devant le dressing, considéra l'amoncellement de vêtements, de chaussures et de sacs. Il avait libéré un espace et, à l'aide d'un de ces petits outils qu'il emportait partout avec lui, soulevait une trappe.

Il en sortit un coffret recouvert de faux joyaux et de minuscules miroirs ronds. Il jeta un coup d'œil à Eve, devina qu'elle ne tenait pas à entrer dans le dressing, à sentir le parfum qui imprégnait les étoffes.

— Si on emportait ça en bas ? suggéra-t-il.

— Bonne idée.

Elle opta pour la cuisine.

— Cette boîte a dû coûter un max, mais elle n'en est pas moins moche et kitsch, commenta-t-elle. Elle n'est pas neuve.

— Non. Elle devait sans doute l'emporter partout avec elle.

— Je n'en ai aucun souvenir, marmonna Eve. Peu importe. Ce qui compte, c'est le contenu.

Elle l'ouvrit.

— Des produits illicites, des espèces, des cartes d'identité et bancaires, énuméra-t-elle.

Elle sortit un sachet en plastique qui contenait une rose séchée.

— Ça, c'est sentimental. Regarde, elle a dessiné un cœur sur le sachet, avec les initiales S et I au milieu. Isaac lui a offert cette fleur. Et tiens ! Elle a pris une photo de lui pendant qu'il dormait.

Eve l'étudia, gisant sur le dos sous un drap froissé.

— Je parie qu'il n'est pas au courant. C'est son lit à lui. Ici, il est blond et bronzé – comme sur la photo du passeport sud-africain. Il a l'air épuisé, non ? Qu'y a-t-il sur la table de chevet ? Du champagne ? Ils ont fêté un événement. Sa sortie de prison, peut-être. Oui, ce doit être ça.

— C'est un de mes préférés. Il est très rare Je me demande de quel millésime il s'agit.

— Donc, il – ou elle – s'offre des bulles de qualité.

— Mieux, on ne peut pas se le procurer n'importe où. C'est ce qui en fait un produit d'exception, expliqua Connors.

Il sortit une loupe de sa boîte magique.

— Pratique, commenta Eve.

— Je distingue à peine... Oui, c'est un 2056, série limitée. Plutôt rare. Nous en avons bu pour fêter notre anniversaire.

— Ah oui ? Il était bon.

— Bon ? Mon Eve adorée, il était exquis. Isaac conservait d'excellents vins chez lui, mais rien de ce niveau.

— Il a peut-être emporté ses meilleurs crus.

— Possible. En tout cas, pour acheter celui-ci, il a dû s'adresser à un fournisseur spécialisé.

— À Dallas, dit Eve. Combien sont-ils à Dallas ?

— Je vais me renseigner.

— Il pourrait y retourner. Dès que nous aurons la liste des boutiques, nous interrogerons les gérants, décida-t-elle en sortant du coffret un petit paquet de messages et de cartes postales. Cette carte-là est de Dallas, mais le cachet de la poste est new-yorkais, remarqua-t-elle. Adressée à une boîte postale. Il y a une série de chiffres. Des codes ?

Connors y jeta un coup d'œil.

— Des mesures. Entrejambe, manches, tour de taille, apparemment. Il commande un costume.

— *Baker & Hugh* ? s'enquit Eve.

— C'est un magasin pour hommes réputé pour ses costumes sur mesure. Il n'en existe qu'un seul à Dallas, ajouta-t-il après avoir consulté son Palm.

— Il veut des vêtements de qualité. Il n'a pas de temps à perdre en essayages. Il lui demande de s'en charger. Quand il arrive, sa garde-robe l'attend. Non, rectifia-t-elle en fermant les yeux. À New York, quand je l'ai repéré au milieu de la foule lors de la remise de médailles, il portait un costume gris et une cravate rouge. Il lui a demandé de passer commande et de lui en envoyer un à New York. Il voulait être élégant quand je l'apercevrais.

— Il se met en quatre pour t'impressionner.

— Justement, c'est la faille. Il complique tout dans le but de me provoquer. Il engage, titille, humilie au lieu d'aller droit au but.

Elle déplia un message.

— S'il ne l'avait pas déjà tuée, il le ferait maintenant. Elle a imprimé certains de ses mails. *Tu me manques aussi, ma poupée*, lut-elle. *Jour J moins 30. L'heure est venue d'organiser mon envol vers tes bras. Réserve un jet privé, Franklin J. Milo. Je vais avoir besoin des documents, bébé ; secoue Cecil. Je ne voudrais pas tomber sur une boîte aux lettres vide. Bientôt le bonheur. Envoie les affaires de Milo à l'hôtel pour qu'il puisse se doucher et se changer avant de te rejoindre. Nous y retournerons un de ces jours, nous prendrons la suite royale et nous boirons du champagne à notre santé. Garde un œil sur Melinda, et prends bien soin de toi, ma poupée. Je t'écris dans une semaine pour t'indiquer les prochaines étapes. Nous touchons au but ! SAUB × 2.*

Eve fronça les sourcils.

— SAUB ?

— Scellé avec un baiser, multiplié par deux.

— Beurk. Il a vraiment écrit tout ça. Il avait peur qu'elle n'oublie. Dans ses P-S, il lui rappelle de supprimer les mails, mais il est devenu négligent parce qu'il ne la jugeait pas suffisamment intelligente pour retenir les détails. Elle avait peut-être dû lâcher le ballon une ou deux fois.

Eve déplia une autre feuille.

— Petits mots d'amour saupoudrés de directives. Ici, il lui explique comment préparer ce qu'il appelle la chambre d'amis. L'ordure. Il lui dit d'aller chez *Greek* à Waco pour se procurer les bracelets. Les chaînes. Et chez *Bruster B* à Fort Worth pour le matériel d'insonorisation.

— Ces éléments te sont-ils utiles maintenant que tu as localisé l'appartement ?

Elle leva les yeux de son papier tandis que les pièces du puzzle commençaient à se mettre en place dans sa tête.

— Il en a un autre. Ici, à Dallas. S'est-il adressé aux mêmes fournisseurs ? Peut-être pas. Mais…

Elle s'empara de son communicateur, contacta Peabody.

— Franklin J. Milo – c'est le nom dont s'est servi McQueen pour réserver un jet privé et une chambre d'hôtel – suite royale. Trouvez-les-moi.

— D'accord, mais…

— C'est uniquement pour boucler la boucle, Peabody. Ça ne mènera sans doute nulle part, mais je veux un dossier bien ficelé. Ah ! Dégotez-moi aussi l'adresse du magasin pour hommes *Baker & Hugh* à New York. Voyez s'il y a acheté des vêtements. Et quel moyen de transport il a utilisé pour aller à l'aéroport. Je prendrai le relais.

— Entendu. Dites… Tray Schuster est revenu. Ils ne s'en sont pas rendu compte le jour où ils ont été agressés son amie et lui – on peut le comprendre –, mais il leur manque un vieux manteau, un communicateur qu'ils n'avaient pas eu le temps de porter au recyclage, une paire de baskets bleues, une chemise que Julie avait emballée pour l'anniversaire de son frère. Bref, des petites choses. Je vous envoie l'inventaire.

— De quoi se déguiser. Dès que vous aurez l'hôtel, demandez s'il n'a rien oublié dans la chambre.

— Vous avez l'air épuisé, fit remarquer Peabody.

— Pas encore, répliqua Eve avant de couper la communication. Allons mettre Ricchio au courant afin qu'il commence à éplucher les noms avec les fédéraux. Mais avant, j'aimerais faire un saut à l'hôpital.

Peabody avait raison, songea Connors. Eve avait l'air épuisé. Elle était pâle, les traits tirés.

— Tu devrais prendre deux heures pour te reposer. Tu le sais.

— Plus tard. J'avalerai un remontant s'il le faut.

— Ce n'est pas d'un remontant que tu as besoin, fit-il valoir tandis qu'ils s'installaient dans la voiture. Je ne vais pas te harceler, pas encore. Surtout si tu acceptes de retourner à l'hôtel après avoir parlé avec Melinda et Darlie – en l'absence d'imprévu. De toute façon, tu travailles mieux là-bas.

Difficile de le contredire, dans la mesure où c'était ce qu'elle comptait faire.

— À condition que tu ne m'obliges pas à prendre un calmant.

— Entendu.

— Tu cèdes trop facilement. C'est louche.

— Je laisserai à Mira le soin de t'apaiser.

Eve laissa échapper un petit rire.

— Je préfère.

Une fois à l'hôpital, il l'entraîna directement aux distributeurs automatiques.

— Choisis.

— Je n'ai pas vraiment...

— Tu n'as peut-être pas faim, mais tu as besoin de manger. Voyons un peu... Tiens ! Un wrap légumes, fromage. Bourré de protéines, approuva-t-il en sélectionnant la touche adéquate.

— J'aimerais mieux la...

— La barre de chocolat, je sais. Tu l'auras. Quand tu auras avalé ton sandwich, décréta-t-il en lui tendant ce dernier.

Elle mordit dedans à pleines dents.

— Pourquoi dois-je manger, et pas toi ?

— Je ne trouve rien qui m'inspire. Tant pis, soupira-t-il en commandant un deuxième wrap. Nous allons souffrir ensemble.

— Ce n'est pas si mauvais.

Il goûta le sien.

— Si, ça l'est. Je ne me risquerai pas à goûter le café, ajouta-t-il en optant pour un tube de Pepsi chacun.

— Ce que tu peux être snob dès qu'il s'agit de nourriture.

— Je n'appelle pas cela de la nourriture. Donne-moi un bout de ta friandise.

— Tu n'as qu'à t'en acheter une, riposta-t-elle.

Elle sortit toutefois des crédits de sa poche, les inséra dans la fente.

— Là, fit-elle en lui tendant une barre chocolatée avec un vrai sourire. On dirait un pirate très bien habillé qui trimballe un coffre à trésor hideux. Merci pour le déjeuner.

18

Annalyn s'apprêtait à monter dans l'ascenseur lorsque Eve et Connors en émergèrent. Elle s'effaça.

— J'arrive à l'instant. J'ai partagé mon temps entre Melinda et Darlie, les parents de Darlie, Bree, ses parents, les médecins. On se croit blindé, marmonna-t-elle en se frottant les yeux. En fait, on ne s'y habitue jamais.

— Les bons flics, non, répliqua Eve.

Annalyn baissa aussitôt les bras.

— Eh bien, aujourd'hui, je suis un sacré bon flic.

— Elles veulent toujours me parler ?

— Oui. Melinda a convaincu Darlie que ce serait bien. À l'entendre, c'est vous le bourreau du monstre.

Eve grimaça.

— L'idée que les bourreaux existent la rassure, enchaîna Annalyn, dans la mesure où elle a vu un monstre en chair et en os. Melinda devrait se reposer, mais elle n'a de cesse d'effectuer des allers-retours entre sa chambre et celle de la petite. Elles se soutiennent l'une l'autre.

Elle haussa les sourcils en découvrant le coffret que tenait Connors.

— Si c'est un cadeau, il est drôlement tape-à-l'œil.

— Il contient des preuves. Nous l'avons déniché chez Sylvia.

— Quoi ? Où ? Je n'ai rien vu de tel sur la liste des objets confisqués.

— Elle avait une cachette dans le dressing de la chambre. J'ai eu une intuition, expliqua Eve, et la chance nous a souri.

— Ce n'est pas trop tôt. J'ai beau me rappeler que nous avons sauvé Melinda et Darlie, Malvie est mort et McQueen est dans la nature.

— Elle a conservé toute sa correspondance avec McQueen dans cette boîte.

— Sans blague ?

— Nous avons des noms, des infos. Vous allez pouvoir lancer des recherches. Il y a aussi une photo de lui. Elle l'a prise pendant qu'il dormait. Vous remarquerez une bouteille de champagne sur la table de chevet. Selon ma source ici présente, c'est un millésime rare.

— Seules, deux boutiques vendent ce cru à Dallas, intervint Connors. *Fine Wine* et *Personal Sommelier*.

— Il va peut-être vouloir se réapprovisionner, murmura Annalyn en s'emparant du coffret. Je m'en occupe. Si j'ai du nouveau, vous serez les premiers prévenus.

— Mes hommes travaillent sur plusieurs des données new-yorkaises, précisa Eve. Vous pouvez joindre l'inspecteur Peabody.

— Entendu.

Annalyn rappela l'ascenseur, jeta un coup d'œil à Eve.

— Vous êtes un bon flic. La gosse va vous briser le cœur.

Eve et Connors se dirigèrent vers le bureau des infirmières.

— Je vais commencer par Melinda, annonça-t-elle. Si tu souhaites assister à l'entretien, je suis sûre qu'elle acceptera ta présence. En ce qui concerne la petite, il vaut mieux que tu restes à l'écart.

— Si tu n'as pas besoin de moi, je vais me dénicher un coin tranquille pour continuer à avancer avec Feeney.

— Encore mieux.

Eve sortit son insigne et se présenta à l'infirmière.

— Oui, vous êtes attendue. Melinda – Mlle Jones souhaite que vous passiez d'abord chez elle. Chambre 612. Darlie est juste en face.

— Merci.

Eve remonta le couloir. Elle détestait les hôpitaux, se souvenait avec horreur d'y avoir été transportée d'urgence, dans cette ville, aussi brisée et traumatisée que Darlie. Et tous ces flics qui lui posaient des questions auxquelles elle ne pouvait répondre, ces médecins incapables de masquer leur émotion en la soignant.

Devant la porte de Melinda, elle hésita. Devait-elle frapper ? Se déplaçant devant le hublot, elle vit les deux sœurs allongées côte à côte sur le lit étroit. Curieusement, c'était le flic qui dormait, un bras autour de la taille de sa jumelle. Eve entra sur la pointe des pieds.

— Lieutenant Dallas, murmura Melinda avec un sourire. Bree est si fatiguée. Elle n'a pas fermé l'œil depuis… Nos parents viennent de partir nous chercher quelques affaires. Ils ont très envie de vous revoir, de vous remercier une fois de plus.

— Je n'ai pas agi seule. Je suis étonnée que l'inspecteur Price ne rôde pas dans les parages.

Une lueur dansa dans les prunelles de Melinda.

— J'ai vaguement évoqué l'idée d'une pizza. Il est allé m'en chercher une à mon restaurant préféré, dans notre quartier. Il a lourdement insisté.

— S'activer est un bon moyen de surmonter une épreuve.

— Je sais. De même que je sais que Bree et Jayson retourneront travailler dès qu'ils seront complètement rassurés sur mon sort. Je vais bien, mais ils n'en sont pas convaincus.

— Je peux revenir plus tard. Pas la peine de la réveiller.

— Je suis réveillée, fit Bree en ouvrant les yeux. Désolée, je me suis assoupie quelques minutes.

Elle s'assit, prit la main de sa sœur. Eve nota à quel point elles se ressemblaient.

— J'ai une impression de déjà-vu, continua Bree. La situation est très différente pour nous deux, mais la première fois, vous nous aviez aussi rendu visite à l'hôpital.

— Comme aujourd'hui, vous étiez allongées sur le même lit. Je m'en souviens. C'est vous qui dormiez, Melinda.

— Il a fallu des semaines avant que j'arrive à trouver le sommeil sans que Bree me tienne dans ses bras, avoua celle-ci. Vous avez l'air fatigué.

— Nous le sommes tous, j'imagine.

— Voulez-vous vous asseoir ? On peut aller vous chercher un café ou un en-cas.

— Merci, je viens d'en prendre un, répondit Eve en se perchant sur le bord du lit. Souhaitez-vous me relater les faits ?

— Pour Darlie, c'est essentiel. Je n'ai cessé de parler de vous et de Bree pour qu'elle garde l'espoir. McQueen ne m'a pas violée. Il ne m'a frappée qu'une fois dans un élan de colère. Au début, ils me droguaient, mais j'ai arrêté de boire l'eau. Il a tué sa partenaire. J'ai vu…

— Oui.

— Sarajo – du moins, c'est sous ce nom que je la connaissais. Je n'arrive pas à comprendre comment j'ai pu ne pas voir que c'était une menteuse, qu'elle me dupait ?

— C'était une pro.

— Je voulais l'aider, je pensais y être parvenue. Quand elle m'a recontactée, si bouleversée, si paniquée, je n'ai pas réfléchi à deux fois. Je suis tombée la tête la première dans le panneau.

— Dois-je vous dire que ce n'est pas votre faute ?

— Non. J'ai eu tout le temps de me remémorer la scène. Pour vivre pleinement, il faut faire confiance aux autres, essayer de leur tendre la main. Je l'ai crue. J'étais inquiète parce que je la soupçonnais d'être shootée, mais je me suis dit que c'était la peur. Je l'ai laissée monter dans ma voiture et j'ai quitté l'endroit où nous avions rendez-vous puis je me suis garée parce qu'elle me l'a demandé. Je n'ai rien vu venir. J'ai senti la piqûre dans mon cou, mais je n'ai compris que lorsque j'ai vu McQueen.

Elle ferma brièvement les yeux.

— J'ai pensé à vous. À Bree, puis à vous, quand je me suis réveillée dans cette chambre. Comme autrefois, il faisait noir. Mais là, j'étais seule et adulte.

Elle rouvrit les yeux.

— J'étais l'appât, c'était évident. Il m'a fait savoir sans détour que je ne l'intéressais pas : je n'étais plus assez... fraîche. La plupart du temps, c'était sa compagne qui m'apportait à manger. Une fois, elle s'est plantée devant moi et elle a dévoré mon repas. Elle me haïssait d'autant plus que j'avais essayé de l'aider.

— La salope, murmura Bree.

Eve resta muette, la gorge serrée.

— Elle vous détestait aussi, lieutenant. Elle me racontait qu'ils allaient vous enfermer dans cette même pièce, vous torturer, vous donner une bonne leçon. Qu'ils allaient gagner une fortune en vous vendant...

Un spasme secoua Eve.

— Tout va bien ? s'enquit Melinda.

— Oui, oui, ça va.

— J'aurais dû dire en *faisant semblant* de vous vendre. À mon avis, elle voulait vous achever. Peut-être encore plus que lui. Elle était obsédée par McQueen alors qu'il la méprisait. Devant moi, il ne s'en cachait pas. Ensuite, ils ont amené Darlie.

À présent, ses yeux brillaient de larmes.

— Je savais qu'il était en chasse, il avait pris soin de me le dire – une autre façon de me torturer. Sarajo a jeté Darlie dans la chambre quand ils en ont eu fini avec elle. Ils ont laissé la lumière allumée pour que je puisse voir dans quel état elle était.

— Votre présence l'a aidée, assura Eve.

— Pour être franche, la réciproque est vraie. Avoir quelqu'un à réconforter, à consoler, ça vous aide à tenir. Quand il est revenu la chercher, le lendemain, j'ai fait mon possible pour le distraire. Sa partenaire n'était pas là. Je me suis servie de ce que je savais sur lui et j'ai réussi à engager la conversation. Il a pris plaisir à étaler ses connaissances en matière de littérature, d'art.

— Avez-vous abordé des sujets d'ordre personnel ? A-t-il évoqué ses projets, dit quoi que ce soit qui pourrait nous mettre sur sa piste ?

— Non, il est resté très mondain et je n'ai pas osé l'interroger.

— Comment était-il habillé ?

— Eh bien, euh…

— Tâchez de vous rappeler. Imaginez-le devant vous.

— Un pull à col rond, manches remontées. Très classique, bleu marine. Pantalon décontracté mais bien coupé. Chamois, il me semble. Oui… et une ceinture marron à boucle en argent… Il avait aussi des boucles à ses chaussures. C'est ça, elles étaient assorties à la ceinture. Un étui en cuir était accroché à cette dernière. Je me suis demandé comment m'y prendre pour l'inciter à s'approcher de moi afin de lui subtiliser son couteau. Ah, j'avais oublié ! L'étui avait des initiales gravées dessus.

— Lesquelles ?

— I. M.

Bree se leva aussitôt et s'empara de son communicateur.

— Je lance une recherche.

— Avez-vous remarqué d'autres détails ? continua Eve. Portait-il des bijoux ?

— Une montre en argent. Je... je ne sais plus...

— Faites une pause, suggéra Eve. Non seulement vous avez surmonté une rude épreuve, mais vous l'avez empêché de s'attaquer de nouveau à la petite.

— Au bout d'un moment, il en a eu assez. Je l'avais diverti, mais il avait deviné mon stratagème. Il s'apprêtait à emmener Darlie quand sa partenaire l'a contacté. Au début, il a paru perplexe. Il a laissé la communication basculer sur la boîte vocale, a écouté le message. Il avait l'air furieux. Il a sorti son couteau. Il avait l'intention de nous tuer. Et puis, il s'est... figé.

— Figé ?

— Pendant une bonne minute, il semblait désemparé, comme quelqu'un qui a perdu le fil de ses pensées, ou oublié ce qu'il est censé faire.

— Il tergiversait ?

— C'était plutôt comme s'il ne se rappelait plus quoi faire ou était incapable de se décider. Puis il a tourné les talons et quitté la pièce. Il a verrouillé la porte. Je m'attendais qu'il revienne avec le couteau... Pourquoi n'est-il pas revenu ?

— Par manque de temps ou d'intérêt. Le changement de programme imprévu... Il sait que vous ne l'oublierez jamais, ni l'une ni l'autre. Pour lui, c'est le plus important.

— Il l'a marquée, murmura Melinda en posant les doigts sur son cœur. Et moi aussi. On peut effacer le tatouage, comme je l'ai fait autrefois. Mais il sera toujours là.

— Vous avez survécu. Elle survivra.

— Je l'espère. On ne se remet jamais complètement d'une pareille épreuve. Désormais, la pauvre petite est l'une des nôtres. Un numéro pour lui.

— Vous n'êtes un numéro pour personne d'autre que lui, Melinda, lui rappela Eve en se levant.

— Vous allez voir Darlie ?

— Oui. S'il vous revient quoi que ce soit, prévenez-moi.

Bree la suivit dans le couloir.

— Nous sommes sur les traces de l'étui en cuir, dit-elle. C'est une bonne piste.

— Intéressez-vous aussi aux vêtements, surtout la ceinture et les chaussures. Sa partenaire a acheté une partie de sa garde-robe, mais après douze ans de taule, il a dû avoir envie de s'offrir quelques séances de shopping. Peut-être a-t-il effectué des achats en allant à la banque. Histoire de remplacer ce qu'il avait été obligé d'abandonner.

— Je travaillerai d'ici. On va m'apporter un lit de camp afin que je passe la nuit près de ma sœur. Je doute fort qu'il revienne chercher l'une ou l'autre, mais…

— Ne prenons aucun risque. Restez avec Melinda.

Eve traversa le corridor, pivota.

— Il est moins malin qu'il ne l'imagine. Il est grisé autant par le fait d'être libre que par les plans qu'il a échafaudés. Il veut s'offrir les beaux vêtements, les bons vins dont il a été si longtemps privé. Il ne se terrera pas longtemps. Il ne supporte plus d'être enfermé.

— Il va se mettre en quête d'une nouvelle proie.

— Oui.

Songeant à cela, Eve pénétra dans la chambre de Darlie.

La mère était assise sur le lit, un bras autour des épaules de la petite. Le père se tenait de l'autre côté. Il s'efforçait désespérément de faire sourire sa fille.

— Bonjour, je suis le lieutenant Dallas.

— Je me souviens de vous, dit la mère en se levant. Vous étiez au centre commercial quand… Nous vous sommes si reconnaissants, mon mari, Darlie et moi.

Darlie fixa Eve.

— Je vous ai vue. Vous êtes entrée dans la pièce. Vous nous avez dit que tout allait bien.

— Vous êtes en sécurité, désormais.

— Melinda m'a dit que vous viendriez. Où est-elle ?

— Juste en face.

— Vous l'avez retrouvé ? Vous l'avez remis en prison ?

— Pas encore, mais cela ne saurait tarder.

Darlie ravala un sanglot. Le visage de son père se décomposa. Sa mère lui prit la main.

— J'aimerais parler avec Darlie en tête à tête, dit Eve.

— Elle a déjà tout raconté, protesta M. Morgansten. Elle a vraiment besoin de…

— Ça va, papa. Je veux lui parler. Ne t'inquiète pas.

— Nous vous accordons quelques minutes, décida Mme Morgansten. Sortons, proposa-t-elle à son époux.

— Je… Nous allons t'acheter la glace que nous t'avions promise, annonça-t-il. D'accord ?

— D'accord.

— Choco-coco, c'est bien cela ? Ta préférée.

— La meilleure.

— On ne s'absente pas longtemps, promit-il en se penchant pour l'embrasser.

En s'éloignant, il adressa à Eve un regard empli de chagrin, de culpabilité et d'espoir.

— Mon papa a pleuré, dit Darlie dès qu'elles furent seules. Il essaie de se retenir, mais il ne peut s'en empêcher. Il veut me remonter le moral, mais il a du mal.

Confrontée à la souffrance et à l'épuisement de l'enfant, Eve pensa à Peabody. Elle aurait su quelle attitude adopter, quels mots employer.

— Je ne peux pas dire à papa ce que ce type m'a fait. J'aimerais en parler avec maman, mais je ne sais pas comment. J'ai été stupide, alors tout est ma faute.

— En quoi as-tu été stupide ?

— Je n'ai pas le droit de parler avec des inconnus, comme cette femme. Si je n'avais pas...

— Elle était gentille, coupa Eve. Elle semblait sympathique, normale. Tu étais au beau milieu d'un grand magasin, il y avait du monde, ton amie était dans la cabine d'essayage tout à côté.

— Elle m'a raconté qu'elle voulait acheter un cadeau pour quelqu'un – je ne me rappelle plus qui. Une robe super, elle voulait mon avis. Je mélange un peu tout.

— Je parie que tes parents t'ont appris à être polie avec des adultes.

— Oui, mais...

— Tu étais dans un magasin que tu connaissais, il y avait des clients, des vendeuses, ta copine. Une gentille dame t'a posé une question. Tu lui as répondu parce que tu es bien élevée. Tu n'as rien à te reprocher. Tu n'as rien fait pour mériter ce qui t'est arrivé.

— Vous ne comprenez pas, murmura Darlie, de grosses larmes roulant sur ses joues. Les autres policiers ne comprennent pas. Vous ne pouvez pas.

— Si, je peux.

Darlie secoua vigoureusement la tête.

— Vous ne pouvez pas. Vous ne *savez* pas.

— Si, je sais.

Surprise par le ton d'Eve, Darlie s'essuya la figure et la dévisagea.

— C'était lui ? murmura-t-elle, les lèvres tremblantes. C'était Isaac ?

— Non. Quelqu'un comme lui.

— Vous vous êtes échappée ? On est venus vous sauver ?

— J'ai réussi à m'enfuir.

— Comment avez-vous réussi à guérir ? Je ne guérirai jamais.

— Tu as déjà commencé. Tu as dit à ton papa que tu avais envie d'une glace alors que c'est faux. Tu le lui as dit parce que tu ne veux pas le blesser.

Eve ramassa la brosse sur la table de chevet.

— Je parie que ta maman t'a brossé les cheveux. C'était sa façon à elle de t'aider.

— Ça m'a fait du bien.

— Tu as déjà commencé, répéta Eve en s'asseyant au bord du lit. Ce sera long et difficile. Ceux qui prétendent le contraire sont ceux qui ne peuvent pas comprendre. On ne peut guère leur en vouloir, mais c'est agaçant… et douloureux.

Les larmes repartirent de plus belle tandis que Darlie hochait la tête.

— Tu vas éprouver de la colère, de la peur, poursuivit Eve d'un ton posé. De temps en temps, tu recommenceras à te sentir coupable mais c'est faux.

— Tout le monde va me regarder d'un autre œil.

— C'est probable, du moins au début. On va avoir pitié de toi et tu auras du mal à le supporter. Parce que tu voudras que tout redevienne comme avant. Ça n'arrivera pas.

— Je ne pourrai jamais retourner à l'école.

— Ne rêve pas, ma jolie. Tu es entourée d'êtres chers qui vont t'acheter des glaces, te brosser les cheveux, te tenir la main et sécher tes larmes. Tant mieux car tu vas en avoir besoin. Mais je ne te raconterai pas d'histoires : tu apprendras à vivre avec ce que tu as subi. Ce que tu feras de ta vie dépend de toi.

— Et s'il me retrouve ?

— Mon boulot est de l'en empêcher. Je suis douée dans mon métier. Tu n'es pas obligée de me décrire ce qu'il t'a fait. Mais si tu pouvais me dire ce dont tu te souviens : l'homme, la femme, l'appartement, leurs discussions…

— Elle a dit qu'il devrait la tatouer, lui offrir un cœur avec son prénom inscrit dedans. Il a ri et elle s'est fâchée. Il était… Je ne pouvais pas bouger, chuchota-t-elle et, comme Melinda, elle posa les doigts sur son cœur. J'avais si mal. Ça me brûlait.

— Tu étais réveillée ?

— Je les voyais et je les entendais, mais c'était comme dans un rêve. Elle a dit qu'il n'avait qu'à continuer à marquer ses petites putains, qu'elle s'adresserait à un vrai pro. Il a répondu : « Ne fais pas ça. » Il ne voulait pas qu'on lui abîme la peau. Elle s'est calmée.

Darlie prit une inspiration tremblante.

— Il n'avait pas de vêtements et comme il en avait fini avec le tatouage, elle a commencé à …

Darlie s'empourpra.

— … à le toucher, vous savez, en bas. Et lui, il l'a touchée aussi, mais il me regardait. J'avais envie de vomir et j'ai fermé les yeux parce que j'aurais voulu que ce soit un cauchemar… Il lui a dit d'arrêter et elle s'est encore fâchée. Il a dit qu'il était temps de passer aux choses sérieuses. D'installer la caméra.

— La caméra ?

— Il lui a dit d'aller la chercher dans l'armoire. Elle était posée sur un trépied. Il m'a donné un truc à boire et j'ai réussi à bouger. Seulement mes mains étaient attachées. J'ai crié. Je pleurais, j'ai voulu me débattre et elle m'a giflée. Très fort. Elle m'a dit… Elle m'a dit : « Ferme ta gueule. » Mais lui, il a répondu qu'il aimait bien entendre les vilaines filles hurler. Et là…

Elle se remit à pleurer.

— Chut… Tu en parleras quand tu seras prête. Revenons à la caméra.

— Euh… Il l'a sortie pour filmer ce qu'ils étaient en train de faire. Quand… quand il…

Paupières closes, elle tendit la main. Comprenant, Eve s'approcha, s'en empara.

— Quand il me violait, bredouilla Darlie. Il voulait que je crie : « Au secours ! Aidez-moi, aidez-moi ! » J'ai obéi, mais il ne s'est pas arrêté. Il disait : « Crie, crie : Dallas ! » Je l'ai fait et il a continué.

Ainsi, songea Eve, submergée par la rage, il avait pensé à elle en violant Darlie.

— Tu n'as jamais été seule avec lui ? La femme a-t-elle quitté la pièce ?

— Je ne... si, je crois. Après la première fois... ou la deuxième. Je mélange tout.

— Aucune importance.

— Je n'arrivais plus à crier, ça me faisait mal. Ils étaient couchés sur le lit avec moi. Elle a dit qu'elle avait faim, qu'elle avait envie de chocolat. Elle est allée s'en chercher. Alors, il a dit qu'il me garderait peut-être avec lui, sa première nouvelle vilaine fille. Que peut-être il m'emmènerait avec lui.

— Où ? Il t'a précisé le lieu ?

— Il ne s'adressait pas vraiment à moi. Il fixait le plafond comme s'il réfléchissait tout haut. Il a dit qu'il nous trouverait une autre maman et qu'on ferait la noce quelque temps avec Dallas à nos pieds. Mais New York lui manquait. Il était pressé de rentrer. Ensuite, il a rebranché la caméra... Il est monté sur moi. J'ai recommencé à crier.

— Repose-toi. Tu m'as dit un ou deux trucs qui pourraient nous aider à l'attraper.

— Ah, oui ? Vraiment ?

— Pourquoi te mentirais-je ?

— Pour me réconforter.

— Hé, tu vas avoir une glace. Ça devrait déjà te réconforter.

Darlie ébaucha un sourire.

— Vous êtes drôle.

— Je suis un baril de singes, petite, même si je doute que des singes entassés dans un baril aient envie de plaisanter.

Le rire s'envola, un peu rouillé, un peu faible, mais il retentit dans la chambre à l'instant où les parents de Darlie entraient. En l'entendant, les yeux de Mme Morgansten se mouillèrent de larmes.

— Excellent timing, déclara Eve en se levant. Nous avons terminé.

— On vous a rapporté un cornet, claironna M. Morgansten en se ruant vers elle.

— Vous aussi, ça va vous réconforter, déclara Darlie.

— J'en ai bien l'impression. Merci.

— Lieutenant Dallas ? murmura Darlie en prenant la glace que son père lui tendait sans quitter Eve des yeux. Vous me préviendrez quand vous l'aurez renvoyé en prison ?

— Tu seras la première à l'apprendre. Je te le promets.

Elle sortit, s'adossa au mur, le temps de se ressaisir. Elle aurait pu retourner voir Melinda, mais elle n'en avait plus la force.

Elle sortit son communicateur. Connors apparut à l'écran.

— J'en ai terminé, annonça-t-elle, et j'ai deux ou trois pistes à explorer. Où…

— C'est un cornet de glace que tu as à la main ?

— Oui. Un cadeau.

— J'en mangerais volontiers un.

— Je regagne la voiture, alors…

— Si je t'accompagnais ? proposa-t-il en surgissant d'une pièce sur sa droite alors qu'elle se dirigeait vers l'ascenseur. On pourrait se partager cette merveille.

— Je crois que c'est une Choco-coco.

Il se pencha, donna un coup de langue.

— Mmm… Délicieux. Comment va la petite ?

— Elle est blessée, fragile, mais plus forte qu'elle ne l'imagine. Entre Melinda et elle, j'ai une paire de chaussures et une ceinture assortie à boucles en argent, un étui en cuir gravé des initiales I.M. et une caméra sur trépied. Autrefois, jamais il n'utilisait de caméra. Aucune des autres victimes ne l'a évoqué.

— Parce qu'il savait que si on retrouvait un enregistrement, cela suffirait à l'inculper. D'après ce que j'ai lu dans son dossier, il n'en avait pas besoin. Il n'avait pas de raison de revivre ce qu'il pouvait vivre de nouveau.

— Exactement. Il avait les filles. S'il avait envie d'un deuxième round, il lui suffisait d'en choisir une. Il n'a rien consigné parce qu'il est intelligent.

— Cette fois, cependant, il ne cherche pas à cacher ses crimes. Il est déjà condamné. Tu crois qu'il veut pouvoir visionner ses exploits entre deux victimes ?

— Je ne pense pas. Cette vidéo, il l'a tournée pour moi. Ce truc me coule sur les doigts ! s'exclama-t-elle.

Connors sortit de sa poche un mouchoir immaculé et le sacrifia en l'enroulant autour du cône. Un geste de gentleman moyennant un paiement en glace.

— Pour toi ? répéta-t-il.

— Il l'a obligée à crier « Dallas » pendant qu'il la violait.

— Merde. Ça me coupe l'appétit.

D'accord avec lui, elle jeta le cône dans une poubelle.

— Je vais éplucher la liste des pièces à conviction, mais il ne me semble pas avoir vu l'ombre d'une caméra ni d'un trépied. J'en déduis qu'il les a emportés avec lui, et que par conséquent il compte s'en resservir.

— Une autre fille ?

Comme elle hésitait, il serra les mâchoires.

— Tu penses qu'il a l'intention de te filmer une fois qu'il t'aura enlevée. Peut-être pour moi, peut-être juste pour lui.

— Preuve qu'il n'a rien perdu de son assurance. Darlie m'a révélé encore un détail, confirmant – selon moi – qu'il est encore en ville.

Elle ouvrit la portière, se glissa dans la voiture.

— Quand sa partenaire a quitté la chambre pour aller chercher du chocolat, il a dit qu'il envisageait de garder Darlie avec lui. Il ne s'adressait pas directement à elle. Il réfléchissait à voix haute. Il a parlé de leur trouver une nouvelle maman, ce qui renforce le profil. Dans son esprit tordu, ses partenaires sont une mère. Il aurait Dallas à ses pieds, mais j'ignore s'il faisait allusion à moi ou à la ville. Les deux, peut-être. Cependant, il a parlé de retourner à New York. Plus tard.

— Tu penses qu'il y possède déjà un appartement de repli.

— Depuis longtemps. J'ai besoin de réfléchir, de faire le tri. Bref, souffla-t-elle en fourrageant dans ses cheveux.

Elle appela le lieutenant Ricchio pour le mettre au courant.

— Le mieux serait que je retourne chez lui, décida-t-elle ensuite. Histoire de m'imprégner des lieux, de recenser ce qu'il a emporté, ce qu'il a laissé. Ce qu'il…

— Plus tu rassembles d'éléments, moins tu pourras faire le tri, l'interrompit Connors.

— Plus j'en accumule, plus j'ai de quoi travailler. La première fois, il y avait trop de monde et… je n'étais pas au mieux de ma forme.

Connors resta silencieux un moment.

— Mira est à l'hôtel.

— Je ne suis pas encore prête à me torturer la cervelle et les entrailles. Avant cela, je veux avoir le sentiment d'avoir fait tout ce que je pouvais. Comme pour n'importe quelle enquête. Je dois donc revisiter la scène du crime.

— Bien, allons-y. Ensuite, tu te reposeras, Eve. Ça suffit pour aujourd'hui.

Tout dépendrait de ce qu'ils trouveraient, songea-t-elle, mais elle se garda de le contredire.

— Gare-toi dans le parking, ordonna-t-elle à Connors tandis qu'ils arrivaient devant l'immeuble. C'est par là qu'il sera entré et sorti au quotidien.

Elle descendit de la voiture. Sécurité minimale, mais présente. Il avait dû bloquer la caméra quand il avait ramené Melinda, puis Darlie. Les gars de la DDE de Dallas analyseraient les disques. S'ils y décelaient quelque chose d'intéressant, elle y jetterait un coup d'œil. Mais pour l'heure…

— Et s'il avait déjà séquestré la deuxième fille ici même, sous son nez ? Comment l'aurait-elle su ? Ce serait bien son genre. Il adore ridiculiser les autres.

— J'ai une copie du dispositif de sécurité du bâtiment. On pourrait la visionner.

— Tu as raison, on ne sait jamais.

Elle étudia les lieux, les plans.

— Il les aura ramenées dans la nuit afin de réduire le risque de rencontre fortuite avec d'autres résidents ou visiteurs. Mais il a pris la précaution de bloquer l'ascenseur. Personne ne pouvait ni monter ni descendre tant qu'il n'avait pas intégré l'appartement. Il les drogue, mais pas trop. Elles tiennent debout. Il emprunte l'escalier, voilà pourquoi il choisit toujours un étage inférieur.

Elle commença à gravir les marches.

— Discret. Rapide. Assuré, mais excité aussi, d'autant qu'il a été privé de tout plaisir pendant douze ans. Sa partenaire le précède, scrute le couloir.

Connors endossa ce rôle.

— Ils entrent, continua Eve en sortant son passe-partout pour décoder le scellé. Melinda, ils l'ont emmenée directement dans la pièce de séquestration. Darlie, dans la chambre, dit-elle en se dirigeant vers cette dernière. Ils lui administrent une dose supplémentaire de somnifère, lui attachent les mains à la tête du lit. Le produit est un dérivé d'un paralysant. La victime est consciente, mais neutralisée. Il ne veut pas qu'elle se débatte quand il lui fera son tatouage. Il est perfectionniste.

Elle visualisa la scène. Il déshabillait la fille, la touchait – un peu, mais pas trop. Il pliait ses vêtements, les rangeait. Puis il sortait ses instruments.

— La caméra est dans l'armoire, marmonna-t-elle en allant l'ouvrir. Il a emporté les chaussures marron, nota-t-elle. Celles que m'a décrites Melinda. Il a pris le temps de sélectionner ce qu'il voulait garder. Posément. Il n'a rien laissé traîner sauf la chemise maculée du sang de sa partenaire.

Eve examina de nouveau les cravates, repensa au commentaire de Melinda. Il s'était figé – comme s'il était incapable de se décider. Songeuse, elle tâta la manche d'une veste.

— Beau tissu. Il a dû râler de devoir abandonner ces costumes, d'autant qu'il n'a pas pu en porter beaucoup. Il va vouloir les remplacer. Attendra-t-il d'être à New York ? Je ne sais pas, avoua-t-elle en reculant. « Dallas à ses pieds. » S'il faisait allusion à la ville, c'est qu'il a un autre logement, plus classe que celui-ci. Il en a marre du côté petit-bourgeois. Il s'est offert une garde-robe trop chic pour ce quartier. Il se dit que le moment est venu de monter d'un cran. C'est là qu'il me conduira. Par conséquent, soit le lieu est déjà prêt, soit il doit s'en occuper.

Elle s'avança jusqu'au seuil de la salle de bains, retourna dans le salon où le sang de sa mère avait taché le sol.

Croyait-elle que cela ne l'affectait pas ? s'interrogea Connors. Ne se rendait-elle pas compte qu'elle avait tout inspecté *sauf* le sang ?

— Il passe le plus clair de son temps ici. Il apprécie d'avoir de l'espace après avoir été confiné dans une cellule. Il peut observer Melinda, puis Darlie, par le biais de ce moniteur, ou regarder un film, écouter de la musique, lire. Mais il s'impatiente. Il a la bougeotte, envie de profiter de la ville. Il opte pour les endroits très fréquentés. Boutiques, restaurants, galeries, bars. Une fois sa partenaire partie, il veut prendre l'air. Il endosse un nouveau personnage, s'installe à une table dans un club huppé, engage des conversations, flirte avec une femme. Il revient, s'enferme à double tour, jette un coup d'œil sur ses « invitées ». Il savoure un verre de vin. Puis il se couche et dort comme un bébé.

Elle passa dans la cuisine, vérifia l'autochef, le réfrigérateur, les placards.

— Curieuse, cette manie qu'il a de tout acquérir en de multiples exemplaires. Qui a besoin d'une demi-douzaine de bocaux d'olives farcies ?... Il ne va pas emporter tout ça. Il peut en racheter. On va devoir recenser les épiceries fines. Et les night-clubs à la mode. Si on découvre où il s'est rendu les soirs où il a enlevé Melinda, puis Darlie, on en saura davantage sur ses divertissements nocturnes.

— Il aura varié les plaisirs, dit Connors. Pour ne pas risquer d'être repéré.

— Tu as probablement raison. Donc, on procédera par élimination. Mais on aura une idée du style.

Elle s'approcha de la fenêtre, contempla la vue.

« Dallas à ses pieds », pensa-t-elle de nouveau.

— Il a parlé d'un hôtel et d'une suite royale. La belle vie. Étages supérieurs, prix exorbitants, grand train. S'il a changé de mode opératoire pour son logement de repli, nous devons viser une tour. Vue spectaculaire, baies vitrées, pourquoi pas une terrasse ? Beaucoup d'ouvertures. Et toujours deux chambres à coucher, un garage souterrain.

Paupières closes, elle s'efforça de réfléchir.

— Un de ces appartements de fonction, peut-être, ou une location à long terme ? Ou...

— Tu t'accroches parce que tu es crevée. Tu n'en peux plus, Eve, et tu essaies d'oublier que tu te tiens à trois mètres de l'endroit où ta mère est morte il y a quelques heures. N'empêche que tu en es consciente. Ce n'est pas ici que tu vas réussir à réfléchir. Accepte-le une fois pour toutes.

— Je crois, répliqua-t-elle avec une lenteur délibérée, qu'il a soigneusement sélectionné ce qu'il allait emporter avec lui, à savoir ce qu'il possédait de mieux en matière de vêtements, provisions, vin et matériel. Pour emménager dans un lieu plus luxueux. Je suis convaincue qu'en nous concentrant sur les immeubles haut de gamme en milieu plus urbain, nous le débusquerons.

— Dans ce cas, refile le bébé à tes associés afin qu'ils puissent se mettre au travail.

— C'est mon intention.

— Tant mieux. Pendant que tu t'occupes de ça, je contacte Mira. Elle pourra nous rejoindre au bar de l'hôtel.

— Je ne veux pas…

— C'est indispensable, Eve. Pour toi. Et si tu refuses de le faire pour toi, alors fais-le pour moi. Je te le demande.

Ignorant Connors et la mare de sang séché, elle décrocha son communicateur et contacta Ricchio tout en quittant la scène de crime.

19

Le silence d'Eve n'offusquait pas Connors. Certes, elle avait accepté de parler avec Mira et même admis que c'était nécessaire. Mais il lui avait forcé la main – il avait arrêté sa course en avant, l'obligeant à cesser de se concentrer sur les crimes, le coupable, les victimes, les questions et les réponses, tout cela pour affronter son passé.

Et ses sentiments concernant la vie et l'assassinat de sa mère.

Il comprenait son besoin de transformer sa réticence en agressivité à son encontre. À sa place, il en aurait sans doute fait autant.

Décidément, ils formaient une sacrée paire.

Il avait anticipé et s'était préparé à sa réaction quand les portes de l'ascenseur s'ouvrirent… sur Mira. Le regard qu'Eve lui lança lui transperça le cœur.

— J'admirais la vue, dit la psychiatre en se détournant de la fenêtre.

— Je suis content de vous voir, répondit Connors en allant vers elle. Le voyage s'est bien passé ?

— Très bien.

— Votre chambre ici vous convient ?

— Elle est superbe.

Derrière eux, le silence d'Eve était un rugissement de fureur.

— Si nous buvions un verre de vin ? proposa Connors.

— Allez-y, échangez vos mondanités, interrompit Eve d'une voix glaciale. Je vais prendre une douche.

Elle gravit l'escalier au pas de charge, faillit claquer la porte de la chambre. C'est alors qu'elle aperçut le chat sur le lit, qui la contemplait de ses yeux bicolores.

Le cœur battant, la gorge brûlante, elle se rua en avant, s'agenouilla devant l'animal.

— Galahad.

Il cogna sa tête contre la sienne, ronronna comme un camion.

— Il a demandé à Mira de t'amener, murmura-t-elle en frottant son visage contre la fourrure soyeuse. Mon Dieu, je suis dans un état pitoyable.

Elle s'assit par terre, le dos calé contre le lit, et un flot de tendresse l'envahit lorsque le chat sauta sur ses genoux. Il tourna en rond, ses griffes s'enfonçant dans ses cuisses.

— D'accord, d'accord, chuchota-t-elle en lui caressant le dos.

Paupières closes, elle le serra contre elle, et tenta de se ressaisir.

— Je suis désolé, murmura Connors à l'étage en dessous. Je ne lui avais pas dit que vous nous attendiez ici. Je savais qu'elle repousserait cette rencontre et que nous finirions par... j'ai pensé que ce serait encore plus difficile. Je vais chercher le vin.

Il choisit une bouteille au hasard derrière le bar. Pendant qu'il la débouchait, Mira se rapprocha.

— Vous semblez harassé. C'est si rare.

— Je ne le suis pas tant que ça. Je suis surtout énervé. Il faudrait laisser ce vin respirer quelques minutes, mais tant pis, marmonna-t-il en remplissant deux verres.

— Énervé contre Eve ?

— Non. Oui… Enfin, pas vraiment, enchaîna-t-il. Elle est surmenée. C'est surtout à moi que j'en veux. Je ne sais pas quoi faire, quoi dire pour l'aider. Je déteste me sentir aussi désemparé devant la personne qui m'est le plus chère au monde. Excusez-moi, je manque à tous mes devoirs. Je vous en prie, asseyez-vous.

Mira prit place dans un fauteuil et but une gorgée de vin tandis qu'il arpentait la pièce tel un lion en cage.

— Que devriez-vous lui dire, ou faire, selon vous ? s'enquit-elle.

— Justement, je n'en ai pas la moindre idée. Dois-je la laisser travailler jusqu'à l'épuisement ? Cela ne me paraît pas raisonnable. Pourtant, je suis conscient que se noyer dans le boulot, la procédure, lui permet de surmonter le reste.

Il fourra les mains dans ses poches, trouva le bouton gris, le tripota.

— Seulement cette fois c'est différent, continua-t-il. Il ne s'agit pas d'une affaire comme les autres.

— Venir ici représentait en soi une difficulté pour elle.

— Tous les souvenirs remontent en vrac. Les cauchemars s'espaçaient enfin, mais depuis notre arrivée, elle a replongé. Eve est d'un courage infini, vous savez. La voir si terrifiée, si vulnérable…

— Réveille votre terreur et votre vulnérabilité, devina Mira.

Il s'immobilisa, visiblement bouleversé.

— Elle a fait un rêve abominable, le pire de tous. J'ai cru que je n'arriverais pas à l'en arracher. Et c'était avant qu'elle découvre pour sa mère. C'était le seul fait d'être à Dallas, à la poursuite d'un homme qui lui rappelle son père.

— Vous saviez combien l'expérience serait douloureuse pour elle. Avez-vous tenté de l'empêcher de venir ?

— Comme si je l'avais pu.

— Connors, commença Mira, et elle attendit qu'il la regarde. Vous savez pertinemment que vous auriez pu. Vous étiez le seul à pouvoir la retenir à New York. Pourquoi ne l'avez-vous pas fait ?

Il se figea un instant, puis vint s'installer en face d'elle.

— Comment l'aurais-je pu ? Si elle ne s'était pas précipitée ici, n'avait pas fait tout ce qui était en son pouvoir, et que McQueen ait violenté, voire tué Melinda Jones, Eve ne se le serait jamais pardonné. Une partie d'elle-même en serait morte. Ni l'un ni l'autre n'aurions pu vivre avec cela.

— Melinda et la jeune fille sont en sécurité, à présent.

— Mais ce n'est pas fini, et pas uniquement parce que McQueen est dans la nature. Aujourd'hui, Eve a procédé à l'examen préalable du corps de sa propre mère. Seigneur ! s'exclama-t-il en se frottant la tempe. Elle n'a pas eu le temps d'encaisser l'événement, de le comprendre. Elle refuse de se l'accorder. Dois-je la forcer ? Verser une dose de tranquillisant dans son verre pour qu'elle se repose ? La laisser courir jusqu'à ce qu'elle tombe de fatigue ? Dois-je me contenter de la regarder souffrir sans intervenir ?

— Vous avez l'impression de n'avoir rien fait pour elle ?

— J'ai traqué des comptes bancaires et je l'ai obligée à avaler un putain de sandwich. Autrement dit, presque rien. Elle a besoin que je fasse davantage mais quoi ?

— Tu as fait venir le chat.

Eve se tenait sur l'escalier, Galahad à ses pieds. Connors se leva tandis qu'elle traversait la pièce.

— Qui d'autre aurait pensé – aurait su – que j'avais besoin de cet idiot de chat ? Qui ?

— Peut-être que je l'ai fait pour moi, riposta Connors.

Eve secoua la tête, encadra le visage de Connors de ses mains, et le scruta. Elle lut dans son regard du chagrin, de la lassitude et un amour infini.

— Tu m'as amené Mira et Galahad. Pourquoi pas Peabody et Feeney, pendant que tu y étais ? Et Mavis, pour la note comique ?

— Tu les veux auprès de toi ?

En guise de réponse, Eve eut un geste qu'elle ne se permettait jamais en présence de visiteurs. Elle réclama ses lèvres.

— Pardon. Je suis tellement désolée.

— Non. Je ne veux pas que tu le sois.

— Tant pis pour toi. Tu voulais qu'on reprenne notre souffle et j'ai refusé. Tu avais raison. C'est moi qui déconne complètement. Nous allons donc le faire maintenant. J'en profite pour te dire tout de suite que je t'aime car le répit sera de courte durée.

Il lui murmura des mots doux en irlandais, effleura son front d'un baiser.

— Nous y sommes habitués, non ? *A ghra*, tu es si pâle. Elle a déjà perdu du poids, lança-t-il à l'adresse de Mira. Au bout de deux jours à peine.

— Connors s'inquiète. Il me houspille comme une… – elle faillit dire « mère », se ravisa – épouse. Il excelle dans le rôle de l'épouse.

— Tu essaies de me pousser à bout, mais vu les circonstances, je serai indulgent. Si tu t'asseyais ? Je te verse un verre de vin.

— Un grand, s'il te plaît.

Elle se laissa tomber dans un fauteuil, poussa un profond soupir.

— Je sais que je me suis montrée grossière tout à l'heure, Mira. J'imagine que c'est un mécanisme de défense. Toutefois, je vous prie de m'excuser. J'apprécie énormément que vous soyez venue. Merci.

— Je vous en prie.

— J'ai du travail, déclara Connors en tendant son verre à Eve. Je vous laisse bavarder toutes les deux.

— Non, protesta Eve en lui prenant la main. Reste. Cela te concerne aussi.

— Entendu.

— J'ignore par où commencer. J'ai l'impression de déambuler dans un labyrinthe à la nuit tombée, et…

Galahad vint s'étaler sur ses pieds, et soudain elle retrouva ses marques.

— Mon chez-moi me manque. Connors vous a demandé de m'apporter Galahad parce qu'il en est le symbole. Avant lui, je n'ai jamais rien possédé. Je m'étonne encore de l'avoir pris sous mon aile, mais voilà, c'est ainsi. Je me languissais de lui. De Peabody avec sa grande gueule et son bon sens, de Feeney et de Mavis. Et de ma salle commune. Même Summerset me manque ! C'est tout dire.

Connors émit un gloussement et elle se tourna vers lui en étrécissant les yeux.

— Si jamais tu le lui répètes, je te rase le crâne pendant ton sommeil, je t'enfile une culotte à froufrous rose, je te filme et je vends l'enregistrement aux enchères. Je gagnerai une fortune.

— C'est noté, répliqua-t-il en pensant : « Enfin, mon Eve est de retour. »

— Ce n'est pas seulement l'éloignement. Depuis que je suis avec Connors, j'ai souvent voyagé. C'est le fait d'être ici, de travailler avec des inconnus sur un territoire étranger… Et il y a plus que cela, admit-elle tandis que Mira l'encourageait du regard à continuer. Pour moi, McQueen rime avec nouveau départ. Pas uniquement dans ma carrière. Quand j'ai ouvert cette porte à New York, derrière laquelle il séquestrait toutes ces filles, quand j'ai compris ce qu'il leur avait infligé, j'ai effectué un bond dans le passé et je me suis retrouvée, l'espace d'une minute, dans cette chambre d'hôtel à Dallas… Je m'étais probablement rappelé certains détails avant cela, mais c'était la première fois que je ne pouvais pas feindre le contraire. Il leur avait fait subir ce qu'un autre m'avait fait subir.

— Qu'avez-vous ressenti ? demanda Mira.

— Du dégoût, de la peur, de la rage. Mais j'ai tout refoulé, pendant longtemps. De temps en temps, quelques bribes s'échappaient, me tourmentaient, mais je parvenais toujours à les renvoyer dans l'ombre. Puis, juste avant que je rencontre Connors, il y a eu cette affaire. Une fillette – un bébé. Je suis arrivée trop tard.

— Je m'en souviens, murmura Mira. Le père était défoncé au Zeus. Il l'a assassinée avant que vous puissiez la sauver.

— Il l'avait découpée en morceaux. Aussitôt après, j'ai récupéré l'affaire DeBlass dans laquelle Connors était suspect. Il était si… Il était Connors, et si je pouvais l'éliminer de ma liste de suspects, j'étais incapable de l'ébranler. J'ai poursuivi mon enquête, et ma vie a basculé.

— Que ressentiez-vous ?

Eve esquissa un sourire.

— Du dégoût, de la peur, de la rage. Qu'est-ce qu'il veut de moi, celui-là ?

— Veux-tu que je te le dise ? intervint l'intéressé.

Elle le dévisagea.

— Tu me le dis chaque jour. Parfois, j'ai encore du mal à le comprendre, mais je le *sais*. Lorsque ma vie a basculé, les souvenirs sont remontés d'un coup. Mon père, le supplice qu'il m'avait fait endurer. Je ne peux plus ranger cela dans une boîte et sceller le couvercle.

— Est-ce ce que vous souhaitez ? Sceller le couvercle ?

— Jusqu'ici, oui. Maintenant, je veux régler le problème, l'accepter, aller de l'avant. J'étais sur la bonne voie, il me semble. Puis je me suis remémoré la nuit où il est entré dans la chambre, où il s'est jeté sur moi et m'a violée. Il m'a fracturé le bras (elle le massa comme si elle ressentait la douleur). Et je l'ai tué. Je craignais de ne jamais pouvoir vivre avec cela, ce souvenir. Sans Connors, sans vous, je n'y serais pas parvenue. Cependant, en revenant à Dallas, d'autres détails me sont revenus. McQueen et mon père se mélangent dans ma tête.

— Vraiment ?

— Oui. Ce n'est sans doute pas nouveau. Je sais que j'ai tué pour survivre. Je n'étais qu'une enfant désespérée. Mais je sais aussi que j'ai éprouvé… une certaine jubilation à le poignarder. À enfoncer ce petit couteau dans sa chair, encore et encore, j'étais euphorique.

— Pourquoi ne l'auriez-vous pas été ?

Sidérée, Eve fixa Mira.

— J'ai abattu des hommes, depuis, dans mon métier. Sans le moindre plaisir. Si je ressentais de nouveau cette ivresse avec du sang sur les mains, je ne m'en remettrais pas.

— C'est ce qui vous tourmente ?

— Je… savoir que j'ai cela en moi me perturbe.

— Nous l'avons tous en nous, répliqua Mira. Rares sont les gens qui sont en position – ou choisissent – de l'expérimenter. Certains deviennent des monstres. D'autres, des chasseurs de monstres.

— La plupart du temps, je le comprends, et je l'accepte. Ici, tout devient flou… J'ai fait un cauchemar et j'ai attaqué Connors.

— Ce n'était rien, commença-t-il.

— Ne dis pas cela ! N'essaie pas de me protéger. Je t'ai griffé, mordu. Il a saigné, Mira ! Si j'avais eu une arme à portée de main, je m'en serais servie. J'ai peur de dormir, avoua-t-elle spontanément. Peur de recommencer.

— Est-ce arrivé ?

— Non, mais ce matin, j'ai croisé le regard de ma mère, et je l'ai reconnue. Cet après-midi, j'ai examiné sa dépouille, et une fois de plus j'ai replongé dans le passé.

— Et vous craignez que ces souvenirs ne vous poussent à être plus violente parce que vous baissez la garde durant votre sommeil.

— Ce serait logique, non ?

— Je ne peux pas vous promettre que les cauchemars vont cesser, ou qu'ils ne seront pas violents. En revanche, voici ce que je crois. Le premier soir, vous étiez sous pression, en un lieu si évocateur de votre enfance que vous avez… surchargé la machine.

— C'est un terme de psy ?

— C'est un terme que vous comprenez. Vous n'étiez plus capable de contenir vos émotions. Vous n'avez pas attaqué Connors, vous vous êtes défendue contre l'individu qui vous brutalisait dans votre rêve.

— Et comment faire pour que ça ne se reproduise pas ? demanda Eve. Combien de temps allons-nous nous coucher le soir dans la crainte d'une bagarre et d'un bain de sang ?

— Je pourrais vous prescrire un médicament pour une courte durée, répondit Mira. Ou vous pourriez réfléchir à un facteur que vous n'avez pas encore évoqué. Si vous avez reconnu votre mère, n'est-il pas concevable que votre subconscient l'ait déjà identifiée quand vous avez examiné la photo de la partenaire présumée de McQueen ?

— Si. Il me semblait l'avoir déjà croisée quelque part, mais je n'arrivais pas à mettre le doigt dessus.

— Consciemment. Vous avez un sens aigu de l'observation, Eve. Si vous l'aviez reconnue, et qu'on ajoute ce stress à tout le reste, rien d'étonnant qu'il se soit manifesté à travers un cauchemar violent. Elle faisait partie de ce que vous n'aviez pas encore admis, de ce que vous refouliez. La mère, destinée à couver, nourrir, aimer et protéger.

— Elle me haïssait.

— Qu'en savez-vous ?

— Je l'ai vu, je l'ai senti. J'avais combien... trois, quatre, cinq ans ? Elle me cognait. Elle m'avait mise au monde parce que mon père avait eu l'idée géniale d'élever leur propre gagne-pain. À ses yeux, j'étais moins qu'un chien et elle ne me supportait pas. Elle voulait me vendre, mais il a refusé. L'investissement n'était pas encore assez mûr. Quand il s'absentait, elle me battait ou m'enfermait dans un placard. Il faisait noir, j'avais faim. Elle ne m'a même pas donné de prénom. Je n'étais rien pour elle. Moins que rien.

Tremblante, Eve but une gorgée de vin.

— Quand nous nous sommes retrouvées face à face, elle ne m'a pas reconnue.

— Cela vous a blessée ?

— Non. Je ne sais pas. Je sais seulement que, l'espace d'une minute, je suis redevenue une moins que rien. Comme si elle m'avait tout confisqué, Connors, mon insigne, ma vie, moi-même. Tout a disparu simplement parce qu'elle était là, devant moi. Je ne veux plus être une moins que rien.

— Tu ne le seras jamais, articula Connors d'une voix empreinte de colère. Tu t'en es sortie envers et contre tout. Ils n'ont pas réussi à te détruire. Tu es un miracle. Tu es mon miracle, et tu ne seras jamais rien d'autre.

— Je porte mes parents en moi.

— Et moi, donc ? Tu es au courant. Tu sais comment j'ai choisi de lutter, et pourtant tu es avec moi. De toutes les possibilités qui t'étaient offertes, tu as choisi de protéger et de servir, de rendre justice aux victimes. Même elle. Désormais, même elle.

— J'ai vu qui elle était dans ce lit d'hôpital où je l'ai expédiée. Couverte de bleus.

— Comme vous dans votre enfance, suggéra Mira.

— Comme moi. J'ai éprouvé… du mépris, peut-être, ou du dégoût, tandis que je l'étudiais comme un insecte dans l'espoir de m'être trompée. Mais je savais qui elle était, ce qu'elle était.

— Qu'était-elle ?

— Égoïste, cruelle et sournoise. Mais j'ignore toujours pourquoi… Tout ce sang. Cette mare écarlate. Je me suis demandé ce qu'il contenait. Qu'y avait-il dans ce sang, le sien, le mien ? Nous avons les mêmes yeux.

— Non, trancha Connors. Tu te trompes.

— Elle en a changé la couleur, mais…

— Non ! répéta-t-il. Qui connaît tes yeux mieux que moi ? Figure-toi que j'ai observé de près ces photos d'identité. La couleur, on peut la modifier sur un caprice. Ce qui compte, c'est la forme. Tes yeux sont les tiens, Eve. Ils ont leur couleur, leur forme et, par-dessus tout, ce qu'ils transmettent. Tu n'as rien hérité d'elle.

— Cela me rassure parce que je n'ai pas envie de me regarder dans un miroir et de l'y voir. Je ne veux pas qu'un jour tu me regardes et que tu…

— Jamais.

— C'est idiot d'y attacher de l'importance, marmonna Eve d'un ton las. Je sais que je ne lui ressemble en rien. Melinda et Darlie n'étaient pour elle qu'un moyen au service d'une fin. Pas des êtres humains. Tout ce qu'elle voulait, c'était sa prochaine dose de came. Mener les flics en bateau. Retrouver McQueen – sa faiblesse. Elle avait le don de craquer pour des hommes qui l'obligeaient à aller contre ses désirs. Mettre un enfant au monde, faire les courses, préparer un repas. Elle cédait à McQueen parce qu'il la comblait comme une drogue. Elle vivait un mensonge, mais chez elle, c'était une seconde nature. Comme utiliser et exploiter les autres. Elle m'a abandonnée à mon père en toute connaissance de cause. Il me maltraitait déjà. Pourtant, elle est partie sans moi.

— Comme elle a abandonné Darlie à McQueen, ajouta Mira.

— Oui. Je savais ce qu'elle était, et je ne ressentais que du mépris. Puis j'ai eu la nausée, je me suis mise à frissonner. J'ai dû me contrôler. Il le fallait parce que si nous ne retrouvions pas Melinda et Darlie sans son aide, je devrais revenir la cuisiner. Mais elle s'est précipitée chez McQueen. Elle a assassiné un flic sans l'ombre d'un remords pour le rejoindre. Et quand je suis entrée dans cet appartement, quand je l'ai vue par terre, dans cette mare de sang, j'ai ressenti…

— Quoi ? Qu'avez-vous ressenti ? s'enquit Mira.

— Un grand soulagement ! s'écria Eve. Elle ignorait qui j'étais, elle ne l'apprendrait jamais. Je ne passerais pas le restant de mes jours à surveiller mes arrières au cas où elle rassemblerait les pièces du puzzle, s'en servirait contre moi, contre Connors et tous ceux que j'aime. Elle était morte, et moi, j'étais soulagée.

Eve posa la main sur sa bouche, ravala un sanglot.

— Mais tu n'as pas éprouvé de la joie, fit remarquer Connors posément.

— Quoi ?

— Tu n'as pas éprouvé de la joie.

— Mon Dieu, non ! Il lui avait tranché la gorge comme à un cochon. Peu importe ce qu'elle était, il n'avait pas le droit de lui ôter la vie.

— CQFD, lieutenant.

— Je…

Elle essuya ses larmes, se tourna vers Mira.

— C'est une chance exceptionnelle d'avoir auprès de soi quelqu'un qui vous connaît et vous comprend si bien, déclara cette dernière. Qui vous aime telle que vous êtes. Il vous pose la question, comme je m'apprêtais à le faire, alors qu'il connaît déjà la réponse. Vous étiez soulagée parce qu'une menace qui pesait sur vous, ce que vous êtes, ce que vous possédez, ceux que vous aimez, était éliminée. Vous bataillez pour traiter cette victime-là comme n'importe quelle victime. Ce qu'elle n'est pas.

— Elle a été assassinée.

— Et McQueen devra payer pour ce crime. Vous devez participer à son arrestation non pas à cause du lien qui vous unit à elle, mais parce qu'elle a été tuée ici, à Dallas, par un homme que vous considérez comme aussi monstrueux que votre père. Vous avez envie de tout plaquer, mais vous en êtes incapable. Votre soulagement ne vous empêchera pas de lui rendre justice. Ce conflit engendre du stress, du chagrin et des doutes. J'espère que le fait d'exprimer vos tourments vous apaisera.

— Je l'aurais envoyée en prison.

— Une fois de plus, elle avait jeté son dévolu sur un monstre.

— Elle le croyait toujours vivant. Richard Troy. J'ai parlé de lui. Pour la tester, je suppose. Je lui ai laissé entendre qu'il nous avait communiqué des informations à son sujet.

— Bien joué, commenta Connors. Pardon, ajouta-t-il en la voyant froncer les sourcils. Est-ce méchant de ma part ? Devrais-je réagir autrement ?

— Non, chuchota Eve en fixant son verre de vin.

— Je regrette qu'elle soit morte, reprit Connors. Sincèrement. J'aurais voulu la savoir en prison. Mais à chacun ses déceptions.

— Tu la hais. Je n'en ai pas la force. Je ressens… comment dire… du dégoût, un peu de honte. Je n'y peux rien. J'aurais préféré la haine. Si elle avait vécu, j'y serais peut-être parvenue. N'empêche, bien que soulagée, je m'estime dupée. J'ignore ce que cela signifie.

Mira croisa ses jolies jambes fines.

— Vous voulez mon avis de professionnelle ? Cela signifie que vous réagissez de façon très saine à une situation très malsaine. Cette affaire vous accable tous les deux, mais vous êtes là, ensemble. Avec votre chat.

Eve laissa échapper un gloussement tandis que Galahad continuait à ronfler à ses pieds, les quatre pattes en l'air.

— Vous avez besoin de dormir. Si vous voulez un somnifère, je peux vous le prescrire, proposa Mira.

— Je préfère m'en passer.

— Si vous changez d'avis, je serai là.

— Je suis contente d'avoir un médecin à proximité au cas où j'attaquerais Connors.

— Pour l'heure, je vous prescris un repas et du repos.

— Pour la première fois de la journée, j'ai faim, constata Eve avec surprise.

— C'est bon signe. Je suis à côté si vous avez besoin de moi.

— Restez manger avec nous, proposa Connors.

— Une autre fois. Profitez de ce tête-à-tête. S'il y a du nouveau concernant l'enquête, j'aimerais en être informée.

— Bien sûr, répondit Eve, qui se leva en même temps que Mira. Que vous soyez venue, que vous m'ayez écoutée m'a beaucoup aidée.

Connors raccompagna la psychiatre jusqu'à la porte, se pencha pour l'embrasser.

— Merci, souffla-t-il.

Il revint vers Eve.

— Tu es aimée. Un jour, quand tu penseras « maman », j'espère que tu penseras à Mira.

— Quand je pense « bien », je pense à elle. C'est déjà ça.
— En effet.
— Pardonne-moi. J'ai été injuste envers toi.
— Et réciproquement.
— On se disputera sûrement encore avant la fin de cette histoire.
— Certainement. Si on se restaurait avant ?
— Bonne idée.
Elle noua les bras autour de son cou.
— Que dirais-tu d'un bon plat de spaghettis bolognaise ?
— Youpi ! s'exclama-t-elle en se blottissant contre lui.
Puis elle éclata de rire tandis que Galahad, qui s'était miraculeusement réveillé, venait serpenter entre leurs jambes.
— Il a l'ouïe fine, ce chat.
— Je commande trois parts. Il mérite qu'on le gâte un peu, non ?
— D'accord, mais pas de vin pour lui. Il supporte mal l'alcool.
Elle se serra encore un instant contre Connors, s'imprégnant de sa tendresse, lui offrant la sienne en retour.
— Une dernière chose, dit-elle, ensuite je n'en reparlerai plus, du moins pour le moment.
— Je t'écoute.
— Quand j'étais gamine – après le drame, à l'époque où j'étais ballottée de foyers en familles d'accueil, je m'imaginais qu'on m'avait volée à mes parents. Je me disais qu'ils allaient me retrouver, me ramener chez nous, dans une belle maison avec un jardin et plein de jouets. Qu'ils seraient formidables, parfaits, et qu'ils m'aimeraient… Au bout d'un certain temps, j'ai dû accepter la réalité. Personne ne viendrait jamais. Il

n'y avait ni maison, ni jardin, ni jouets. J'ai tenu bon et un jour, j'ai décroché le jackpot. Je t'ai rencontré.

Elle s'écarta, lui prit les mains et les serra dans les siennes.

— J'ai eu une chance folle, Connors. Tu es ma réalité.

Il porta ses mains à ses lèvres, les embrassa.

— Pour toujours.

20

Il s'attendait qu'elle se remette au travail après le repas, et c'est ce qu'elle fit. Mais Mira avait raison. Il la comprenait.

Elle avait besoin d'agir, d'avancer. De parler avec Peabody, ne fût-ce que brièvement.

— Ils continuent à chercher son terrier new-yorkais, annonça Eve après avoir coupé la communication. Toutefois, ils ont réussi à retracer toutes les étapes entre son évasion et son arrivée à Dallas.

Elle se planta devant son tableau de meurtre, entama une nouvelle chronologie.

— Il récupère un colis à l'adresse postale qu'il avait communiquée à sa partenaire. Papiers d'identité, vêtements, outils, communicateur. De là, il gagne son ancien appartement. Il neutralise Schuster et Kopeski, les torture. Il s'offre un petit-déjeuner, fait le ménage, récupère ce dont il a besoin. Puis il sort se balader. Il se rend à l'hôtel *Warfield* où il a réservé une suite sous le nom de Milo. On lui remet un paquet déposé à son intention – le costume, selon moi. Peabody a retrouvé le taxi qui l'y a amené, et c'est du sacrément bon boulot. Il l'avait hélé à cinq pâtés de maisons de l'immeuble. Nous avons les disques de sécurité de la réception.

Elle commanda le démarrage de la bande.

— Regarde, Connors, il est déguisé. Manteau, casquette, lunettes de soleil, baskets – toutes ces affaires appartiennent à Schuster. Il me contacte depuis la chambre en se servant d'un filtre et d'un brouilleur. Il appelle le service pressing pour qu'on lui repasse le costume que lui a envoyé sa partenaire. Il commande un repas copieux en room service. Il s'habille.

Elle afficha une autre bande sur laquelle on le voyait émerger de l'ascenseur, cheveux blonds, complet élégant, mallette probablement achetée à New York.

— Il a payé sa note par carte depuis sa suite. Il monte dans une limousine préalablement commandée. À un bloc du Central, il descend, demande au chauffeur de patienter. Il fait une apparition à la remise de médailles, remonte dans la voiture qui le conduit à l'aéroport. À bord de la navette, il s'offre un en-cas et deux verres de cabernet. Stibble a avoué avoir aidé McQueen à acheter le véhicule qui l'attendait à l'atterrissage.

Elle ricana.

— D'après Peabody, McQueen lui aurait expliqué que c'était un cadeau pour un vieil ami.

— Il a mal jaugé ses complices, commenta Connors.

— Il n'avait pas l'embarras du choix. Du reste, Stibble lui a rendu service. McQueen n'avait pas imaginé qu'on le démasquerait aussi vite, voilà tout.

— Une erreur de calcul parmi beaucoup d'autres au cours de ce deuxième round.

— Ces erreurs ne l'ont pas empêché de tuer deux personnes, d'en torturer deux autres, d'enlever Melinda, d'enlever et de violer Darlie.

— Donc, il ne faut pas le sous-estimer, conclut Connors.

— Surtout pas. On le perd quand il prend possession de sa voiture ici, mais ce n'est pas grave. je pense qu'il s'est rendu dans un magasin de vins et spiritueux et a fait quelques courses avant de rejoindre l'appartement.

Elle fourra les mains dans ses poches, s'efforça de se mettre dans la tête de McQueen.

— À mon avis, il n'a pas précisé son heure d'arrivée à Sylvia. Il ne tenait pas à ce qu'elle soit là pour l'accueillir. Il avait d'autres chats à fouetter, envie de savourer sa solitude, de vérifier les caméras, de cacher ce qu'il ne voulait pas lui montrer. D'autant qu'elle aurait exigé des retrouvailles romantiques, non ? Il n'en a pas le temps. Il veut ramener Melinda avant de servir le champagne et le caviar.

Eve tourna autour du tableau.

— Selon toute vraisemblance, il a aussi fait un saut à son logement de repli, histoire de s'assurer que tout y était prêt.

Tournant la tête, elle aperçut Galahad, endormi dans le fauteuil. Connors buvait son café en la contemplant.

— Quoi ?

— Rien. J'observe mon flic. J'aime la voir à l'œuvre.

— J'ai enfin l'impression de toucher au but. Je me sens mieux.

— Je vois ça.

— Je me suis aéré la tête et rempli la panse. McQueen est cuit.

Il lui sourit.

— Que déduis-tu de tout cela ? fit-il. Les courses, le caviar ?

— Un schéma comportemental. Il a dû prendre le temps de changer ses cheveux, de modifier légèrement son visage, la couleur de ses yeux. Ce qui implique l'acquisition d'accessoires. Perruques, produits de maquillage. Nous n'avons rien découvert de la sorte à l'appartement, il a donc tout emporté avec lui. Ce qui signifie qu'il a l'intention de s'en resservir.

Elle recula d'un pas pour étudier les diverses photos d'identité qu'il avait utilisées.

— Tu m'offres sans arrêt des bijoux, lâcha-t-elle.

— Tu vas à la pêche aux cadeaux ?

— Sûrement pas, je suis plus que comblée. Sylvia en avait chez elle. Deux ou trois très belles pièces. Elle en portait quand j'ai défoncé sa fourgonnette. Elle devait en avoir d'autres chez lui, non ?

Connors réfléchit.

— Si. Elle espérait vivre avec lui. Quand une femme manœuvre pour s'installer chez un homme, elle a tendance à oublier des choses chez lui. Histoire qu'il s'habitue.

— Vraiment ?

Il ne put s'empêcher de sourire devant son étonnement.

— Tu t'en es bien gardée au début. J'ai dû me contenter d'un bouton égaré.

— Vivre avec toi ne faisait pas partie de mes projets. Mais les projets évoluent. Admettons qu'elle ait laissé des babioles chez lui. Il les a ramassées. Il compte s'en servir ou les revendre. Les autorités locales pourraient se pencher sur la question.

— Ça me paraît compliqué dans la mesure où tu ignores ce qu'il a et quand il compte s'en séparer.

— Toute enquête comporte son lot de complications. Il faut aussi que les collègues du coin découvrent les artisans que la partenaire a sollicités pour l'insonorisation et l'installation du dispositif de sécurité. Il en avait besoin pour l'appartement. Ont-ils été recrutés pour le logement de repli ? Non, marmonna-t-elle avant que Connors puisse ouvrir la bouche.

— Non, acquiesça-t-il. Parce qu'ils auraient pu, malgré l'interdiction de McQueen, parler du deuxième contrat à la partenaire. C'était une joueuse, elle savait y faire. Le sexe, l'argent, ou tout simplement poser la bonne question au bon moment, et le tour était joué, elle découvrait le pot aux roses.

— Donc, les locaux se concentrent sur le premier lieu et nous, sur le second. J'aimerais que tu te mettes en quête de ce dernier. Un logement plus luxueux, plus classe, plus central. Il a dû s'en occuper depuis la prison et sans complices à l'extérieur. Je vais brancher Feeney là-dessus, à partir des transmissions de McQueen. Malheureusement, elles sont de mauvaise qualité.

— Il faut du temps pour recouvrer des communications brouillées, effacées et filtrées.

— Je ne dis pas le contraire. Nous, on travaille dessus ici et eux, là-bas. Quant aux locaux et aux fédéraux, ils se mêlent de leurs oignons.

— Tu veux l'épingler toi-même, décida Connors. Avant, tu voulais qu'il tombe, mais tu te fichais de savoir qui le ferait trébucher. À présent, tu veux t'en charger.

Pour gagner quelques secondes, elle alla se commander un café à l'autochef.

— Ce n'est pas parce qu'il l'a tuée, commença-t-elle en tournant le dos à Connors. Pas à cause du lien entre elle et moi.

— D'accord.

— C'est parce qu'il a tué, point à la ligne. Parce qu'elle a égorgé un flic. Parce que le père de Darlie m'a offert une glace alors qu'il avait du mal à retenir ses larmes. Et aussi, je suppose, parce que je me revois enfant, dans ce lit d'hôpital, avec ce policier qui m'interrogeait.

— Peu m'importent tes raisons à moins qu'elles ne comptent pour toi. J'en suis heureux, Eve, car depuis le début, cette affaire est personnelle. Pas la peine de riposter que c'est impossible, que tu dois rester objective. Pour toi, c'est toujours une affaire personnelle. C'est pourquoi tu réussis si bien dans ce métier.

— J'aimerais appréhender McQueen, mais je ne râlerai pas si quelqu'un y parvient avant moi.

— Entendu. Je me mets en quête de ton lieu luxueux, classe et central.

— Avec une belle vue sur la ville. Pas moins de deux chambres à coucher, deux salles de bains et un garage souterrain. Quelle heure est-il à New York ?

Il secoua la tête.

— Une heure de plus qu'ici. La Terre tourne, Eve, quand bien même cela t'exaspère.

— Elle peut tourner autant qu'elle veut. Je ne comprends pas pourquoi les gens ne se mettent pas d'accord sur une heure commune.

— J'y songerai pendant que j'effectue ta recherche et que je discute avec Hong Kong.

— Quelle heure est-il là-bas ?

— Le matin.

— Tu vois ? C'est complètement dingue.

Elle s'assit à son bureau, appela Feeney.

Entendre sa voix, voir son visage à l'écran, quel réconfort !

— Yo ! s'exclama-t-il.

En un éclair, elle se retrouva à New York.

— Je voudrais que tu m'explores une piste. Qu'est-ce que c'est que ce boucan ?

— Match de base-ball. Score nul, fin de la deuxième manche. Deux joueurs éliminés, un autre sur la première base. Si les *Mets* se tiennent à carreau, ils réussiront peut-être à remporter la division ce soir.

— Merde, je voulais le voir, ce match.

— On n'a pas le droit de regarder le base-ball, là-bas ?

— Si. Sans doute. Je tâcherai de le capter en différé.

Il secoua tristement la tête.

— Pas pareil.

— Mieux que rien. Bref, voici mon hypothèse : McQueen aurait un deuxième terrier à Dallas.

— Peabody m'a mis au courant. Elle se débrouille bien. Je sais que McQueen a égorgé sa partenaire et filé. Que tu as sauvé la femme et la gamine.

— Cette salope a tué un flic, quitté l'hôpital à pied, volé une voiture sur le parking. Elle avait une heure d'avance sur nous.

— Oui, ça aussi, je le sais.

Il changea de position pour figer l'image du match à l'écran, et Eve constata qu'il était chez lui, pas au Central. Compte tenu de l'heure, elle aurait dû s'en douter.

« Chez lui, songea-t-elle. Le match, une bonne bière. »

— Je suis consciente que vous travaillez sans relâche, dit-elle.

— Vingt-quatre heures sur vingt-quatre. Extraction d'octets, nettoyage, rapiéçage. Ce type n'a rien d'un amateur.

— Je suis à l'affût d'octets d'une autre sorte. S'il a un logement de repli… et il en a un, j'en suis sûre, Feeney. Certaine. Je me pose la question : en avait-il un, il y a douze ans ? À l'époque, nous l'avions lui, nous n'avions pas de raisons de creuser la question. Or, tout indique qu'il en a prévu un ici. Il a donc dû le trouver, le louer ou l'acheter. Pour cela, il a forcément contacté une agence immobilière, non ? Quand bien même il aurait confié cette mission à un intermédiaire, il aura communiqué avec ce dernier, lui aura viré des fonds.

Feeney goba quelques pralines, les arrosa d'une gorgée de bière.

Au prix d'un petit effort, Eve s'imagina en face de lui dans son bureau du Central, à discuter pistes et hypothèses.

— La logique voudrait qu'il se soit procuré une planque, au cas où la situation déraperait. Il ne va pas quitter Dallas de sitôt, pas tant qu'il ne t'aura pas attirée dans ses filets, déclara Feeney. Il a toujours eu l'intention de supprimer sa partenaire. Ton intervention l'a obligé à le faire plus tôt qu'il ne l'escomptait. À en juger par ce qu'il a emporté, il avait d'autres affaires ailleurs. Le fait est qu'il est malin. Le plus sage, pour lui, c'est de faire profil bas, de te laisser rentrer chez toi, de patienter, puis de t'attaquer dès que tu auras baissé la garde.

— Il ne peut pas aller de l'avant tant qu'il ne m'aura pas piégée. Il a enlevé la gamine parce qu'il avait besoin de prendre son pied, mais aussi de me provoquer. De surcroît, cela lui permettait de brandir deux appâts ou outils de marchandage. À présent, il n'en a plus du tout.

— Tu penses qu'il va enlever une autre fille ?

Cette possibilité l'avait rongée toute la journée.

— Je crois que nous avons un, peut-être deux jours devant nous. Il a besoin de se ressaisir, et sa partenaire n'est plus une entrave. Il est énervé, Feeney, mais assez intelligent pour s'accorder un délai de réflexion. En plus, il a les enregistrements. Le plaisir ne sera pas le même – un peu comme de visionner un match en différé –, mais cela suffira à le calmer.

— Quel malade ! Je programme quelques mots clés : locations, immobilier, acompte, clôtures… Si on parvient à trouver des correspondances, on aura une piste, et on pourra se concentrer sur l'analyse du communicateur. Je ne te promets pas d'avoir un résultat en une journée, mais on s'y attelle.

— Connors se charge de cette recherche de notre côté. Quant à moi, j'attaque l'angle des achats – sécurité, insonorisation. Nous disposons d'une multitude d'éléments : étiquette de champagne, marque, modèle et plaque d'immatriculation de son véhicule, faux documents d'identité. Les fédéraux s'apprêtent à geler ses comptes, Feeney.

— De quoi le mettre hors de lui.

— Oui, et peut-être de quoi l'inciter à commettre un faux pas. Ou l'ébranler suffisamment pour qu'il emprunte la voie que tu suggérais tout à l'heure : se cacher et attendre.

Eve hésita. Elle avait du mal à mettre un terme à leur conversation.

— Comment va ta femme ?

— Égale à elle-même. Elle est à son cours de poterie. Pourquoi ?

— Comme ça.

Voilà qu'elle se mettait à papoter, maintenant. Il était vraiment temps qu'elle rentre à New York.

— Donne-moi des nouvelles.

— Repose-toi, Dallas. Tu as des valises sous les yeux.

— Je ne vais pas tarder à me coucher.

Mais elle se leva, se rendit dans le bureau de Connors.

— Il a forcément un autre compte.

— Pour régler son loyer ou ses traites, les frais inhérents à un deuxième local non encore identifié, acheva Connors. Je suis dessus.

Il s'adossa à son fauteuil, l'examina un instant.

— J'ai un problème à résoudre avec Hong Kong. Tu pourrais en profiter pour commencer tes recherches sur la sécurité et l'insonorisation, suggéra-t-il.

— Absolument.

« Quartier chic, immeuble haut de gamme, grand luxe », médita-t-elle en regagnant son bureau.

Un bâtiment neuf ?

Elle pensa à toutes les grues dressées à travers la ville, aux tours qui jaillissaient du sol comme des mauvaises herbes scintillantes. Pourquoi pas un appartement sur plan, conçu selon ses exigences personnelles ? N'était-ce pas plus facile que de rénover de l'ancien ?

Elle s'apprêtait à retourner chez Connors pour lui soumettre cette idée mais se rappela Hong Kong.

Connors était plus rapide qu'elle, mais cette tâche ne l'effrayait pas.

— Ordinateur, rechercher édifices érigés à Dallas au cours des deux dernières années. Zone centrale, équipements résidentiels.

Paupières closes, elle énuméra sa liste de critères.

« Il y est déjà, songea-t-elle. En ce moment même, il est dans son nouvel appartement en train de ruminer parce que ses plans ont changé. Mais il remet de l'ordre dans tout ça, et il se dit qu'au fond, ce n'est pas plus mal ainsi. Le défi n'en est que plus amusant, le meurtre n'en sera que plus significatif. Mais il rêve de commencer sa toute nouvelle collection. À moi de l'en empêcher. »

Sentant qu'elle s'assoupissait, elle se redressa dans son fauteuil. Quand l'ordinateur annonça les résultats – décidément, dans cette ville, ils construisaient à tour de bras –, elle se leva pour se servir un autre café.

Connors la découvrit voûtée sur sa machine, comme sous le poids de la fatigue.

— Tu en as fini avec Hong Kong ?

— Pour l'instant.

— Je me suis dit qu'il avait peut-être opté pour un appartement sur plan. Le problème, c'est que les immeubles neufs sont innombrables, mais je suis en train de réduire le champ.

— Excellente initiative.

Il y avait pensé aussi et avait lancé une recherche auxiliaire. Toutefois, il jugea inutile de le lui préciser.

— Viens avec moi.

— Tu as un filon ?

— Ça tourne… comme ton programme, ajouta-t-il en se penchant pour pianoter sur son clavier. Inutile de rester plantés devant nos écrans jusqu'à pleurer des larmes de sang.

— Je veux effectuer un recoupement avec…

— L'ordinateur s'en chargera, trancha-t-il en la hissant sur ses pieds.

— Je n'ai pas sommeil.

— Très bien. Il existe d'autres moyens de se détendre.

— Ha ! railla-t-elle. Ça ne m'étonne pas de toi.

— Le sexe, le sexe et encore le sexe. Et tu te demandes pourquoi je t'ai épousée.

— Cette fois, tu vas devoir mettre ce programme en attente, riposta-t-elle.

Mais, déjà, il la poussait vers la salle de bains. Il avait rempli l'énorme baignoire encastrée dans le sol, et il s'en dégageait un parfum floral lénifiant. Il avait aussi allumé des bougies qui ajoutaient à l'atmosphère apaisante.

— Un bain chaud, décréta-t-il. Ou plutôt, te connaissant, bouillant. Du calme et un disque de réalité virtuelle destiné à détendre et à recharger les accus.

Comme elle avait laissé sa veste et son harnais dans le bureau, il se contenta de lui faire passer sa chemise par-dessus la tête.

— Assieds-toi, je t'enlève tes boots.

— Je peux me déshabiller toute seule.

— Pourquoi me priver de mes petits plaisirs ?

Docile, elle le laissa poursuivre sa tâche. Lorsqu'elle s'immergea dans l'eau bleu pâle, elle laissa échapper un profond soupir.

— Je reconnais, ça fait du bien.

— Jets, puissance maximale, ordonna-t-il.

Elle gémit tandis que l'eau pulsait contre ses muscles endoloris.

— C'est encore mieux.

— Visons encore plus haut. Essaie la réalité virtuelle.

Elle n'avait pas envie de réalité virtuelle, mais elle n'avait pas non plus envie de rester seule. Ce qu'elle voulait se tenait au-dessus d'elle et l'observait d'un air beaucoup trop soucieux.

— Tu pourrais t'accorder une pause, toi aussi.

— Pourquoi pas ?

— La baignoire est immense. On pourrait presque y nager.

— Alors je vais t'y rejoindre. Dans une minute.

Dès qu'il fut sorti, elle s'adossa à la paroi, contempla le plafond. Il n'était pas orné de miroirs – Dieu merci –, mais d'un matériau réfléchissant qui accrochait les lueurs de flammes et les transformait en minuscules étoiles.

Joli.

Connors revint avec deux verres de vin blanc, qu'elle lorgna d'un œil soupçonneux.

— Je n'y ai rien ajouté, déclara-t-il en les posant au bord de la baignoire pour se dévêtir. Parole d'honneur.

S'il y avait versé une dose de tranquillisant, il le lui aurait dit. Elle s'empara du sien et but une gorgée.

— Un match de base-ball et une bonne bière.

— Pardon ?

— Un match de base-ball et une bonne bière, répéta-t-elle. C'est ainsi que les flics se ressourcent. Pas dans une piscine à jets avec du vin.

— Je t'en inflige, des sacrifices.

— Tu ne crois pas si bien dire, murmura-t-elle en le contemplant.

Qu'il était beau ! Élancé, musclé, athlétique et viril sous ses costumes à la coupe parfaite.

À elle. Rien qu'à elle.

En entrant dans l'eau, il laissa échapper un juron. Eve s'esclaffa.

— Elle n'est pas si chaude.

— Si j'avais un homard, on pourrait le faire bouillir et le déguster.

— C'est toi qui as réglé la température.

— Exact. Et maintenant, puisqu'il n'y a pas le moindre homard en vue, ce sont mes testicules qui sont en train de cuire.

Il avait fait couler ce bain pour elle, afin qu'elle se détende et prenne un peu de recul. Elle repensa à ce qu'elle l'avait entendu confier à Mira, à son expression anxieuse.

Il avait besoin de ce moment autant qu'elle.

— Je suppose que Hong Kong n'est qu'un problème à régler parmi d'autres.

Paupières closes, il savoura une gorgée de vin.

— L'avantage, quand on tient les rênes, c'est que l'on peut choisir de les poser quelques minutes.

— Tu devrais peut-être essayer la réalité virtuelle, suggéra-t-elle.

Il rouvrit les yeux.

— À vrai dire, la réalité toute simple me convient parfaitement.

Ils étaient assis face à face, et elle glissa le pied le long de sa jambe.

— Quoi qu'il arrive, nous rentrerons à la maison d'ici deux jours, déclara-t-elle.

— Le plus tôt sera le mieux.

— Oh que oui ! On va devoir acheter une paire de bottes de cow-boy pour Peabody, j'imagine. Feeney me dit qu'elle se débrouille comme un chef.

— Excuse-moi, ce doit être l'alcool qui me monte à la tête. Es-tu en train de me dire que je vais faire du shopping avec ma femme ?

— Je te déconseille de t'y habituer, camarade.

— Et si on offrait un Stetson à Feeney ?

Eve, qui avait pris une gorgée de vin, faillit s'étrangler de rire.

— Tu l'as fait exprès.

— Éperons et jambières pour McNab. Phosphorescentes, précisa-t-il.

Hilare, elle s'immergea jusqu'au menton.

— Je ne sais même pas à quoi ressemblent des jambières.

Connors nota, enchanté, que son regard brillait de nouveau.

— Cravates lacets pour les autres membres de l'équipe, continua-t-il.

— Quelle horreur !

— Une de ces jupettes à franges pour Mavis.

— Elle en possède déjà probablement une dizaine.

« Au diable la réalité virtuelle », décida-t-elle alors qu'il continuait sur sa lancée. S'immerger dans un bain bouillonnant en parlant de tout et de rien, c'était vraiment le nirvana !

Quand elle eut vidé son verre et que l'eau se rafraîchit, ils en sortirent ; Connors s'empressa de l'envelopper dans un épais drap de bain tiède.

— Si on regardait un film ?

Elle se tourna vers lui, écarta les pans de la serviette pour l'en envelopper.

— Pourquoi pas ? C'est l'étape qui vient tout de suite après les spaghettis bolognaise ?

— C'était mon plan.

Elle plongea son regard dans le sien.

— Mais, apparemment, j'ai sauté une étape, murmura-t-il en s'inclinant sur elle.

— Ce n'est pas dans tes habitudes.

Il s'empara de ses lèvres et savoura l'exquise sensation de ce corps humide et parfumé pressé contre le sien.

Quand il la souleva, la serviette tomba à terre.

Les mots n'étaient plus utiles. Ils en avaient eu assez. Assez des tempêtes et des réconciliations. Eve demeura blottie contre lui sur le lit, tandis qu'elle lui couvrait le visage de baisers. Déjà excité, déjà perdu, il fit courir ses mains sur son corps.

Vite, vite, pas le temps de réfléchir, il la sentit se cambrer, frissonner. Accepter.

Il la comblerait, ils se combleraient mutuellement. L'espace d'un moment, les souillures sordides de cette journée s'effaceraient.

L'espace d'un moment, le plaisir et la passion asphyxieraient la douleur.

Elle sentit le cœur de Connors palpiter contre le sien, un battement sourd, frénétique, réjouissant, réconfortant. Vie contre vie. Leurs vies.

Rien ne pourrait jamais changer cela, ni les cauchemars, ni la honte, ni la culpabilité. Elle s'était arrachée à l'obscurité et était désormais avide de toute la lumière dont il l'inondait.

Une lumière qui la transperça tels des milliers de flèches lorsqu'il l'emmena jusqu'à l'orgasme.

Elle poussa un cri dans lequel Connors crut percevoir un zeste de triomphe. Il comprenait. Malgré tout ce qu'elle avait subi, elle était encore capable de ressentir, de prendre et de donner. De vivre et de s'épanouir. D'avoir envie de lui.

Que ce soit possible, qu'elle le fasse, le rendait humble. L'émerveillait.

Elle glissa sur lui, se délectant de sa chair à le rendre fou de désir. Quand il la tira vers le haut, elle s'assit à califourchon, le prit en elle jusqu'à la garde, le chevaucha comme un étalon sous le fouet.

Juste avant que sa vision ne se brouille, il vit la courbe de son corps, son expression de joie féroce.

Elle s'affaissa sur lui, épuisée, haletante.

— Mon Dieu, souffla-t-elle. Merci mon Dieu. Merci mon Dieu. J'avais peur que... tu comprends, après une journée pareille... mais c'était juste comme ça devait être.

— Mon Eve adorée, murmura-t-il en lui caressant le dos.

— Ce fut une étape très réussie, conclut-elle en calant la tête au creux de son épaule.

— Peut-être même plus encore que les spaghettis bolognaise.

Elle demeura silencieuse un instant, puis :

— Je sais que tu veux que je dorme. Malheureusement, je ne… si on regardait un film, histoire d'aller jusqu'au bout de toutes les étapes ?

— D'accord. Un porno ?

À la satisfaction de Connors, elle rit et le gratifia d'un coup de coude.

— Espèce de pervers. Tu viens d'avoir ta dose, non ?

— Voilà qui montre ton incapacité à établir une distinction entre art et pornographie de bas étage.

— Dans ce cas, restons-en là. Feeney suivait le match de base-ball. Les *Mets* pourraient remporter la division ce soir. Il doit y avoir une rediffusion, un différé ou je ne sais quoi.

— Base-ball, ordonna-t-il en remontant la couette.

Elle sombra au début de la cinquième manche. Connors s'étonna qu'elle ait tenu aussi longtemps.

Il commanda la diminution de l'éclairage, au cas où elle se réveillerait, l'extinction de l'écran. Puis, la serrant contre lui, il s'endormit à son tour.

Plus près d'elle qu'elle ne l'imaginait, Isaac McQueen errait dans son nouvel espace. L'appartement était tel qu'il l'avait conçu, au détail près – couleurs, étoffes, matériaux, aménagement.

Pourtant, il avait l'impression de tourner en rond.

À cause de cette salope de Dallas, il était de nouveau enfermé. Une fois de plus, elle avait eu de la chance. Tout ça, à cause de cette idiote de Sylvia.

Heureusement, elle était morte. Sa stupidité, ses demandes sans fin ne seraient plus un problème. Elle lui avait rendu service, mais il n'aurait aucun mal à la remplacer le moment venu. Une femme sur qui il pourrait compter et qu'il n'aurait pas à charmer, former et gérer depuis la prison.

Tout le problème était là. Il ne s'était pas trompé dans son choix. L'intervention de Dallas l'avait empêché de la former correctement, voilà tout.

« La prochaine fois », se dit-il en remuant son verre de cognac.

Il maîtrisait encore la situation. N'avait-il pas prévu l'imprévisible ? Certes, sans cette idiote de Sylvia, il aurait eu Darlie pour se divertir. Rien ne le mettait plus en forme qu'une vilaine fille.

S'approchant de la fenêtre, il contempla la ville en sirotant son alcool. Combien de vilaines filles se promenaient-elles dans ces rues en ce moment même ? Une seule lui suffirait pour l'instant. Une seule.

Certes, il pourrait s'en trouver une. Il était tellement plus sagace, plus futé que les flics. Il pourrait en enlever une pour baptiser son nouveau logement.

« Non, se ravisa-t-il. Pas de précipitation. » Il était trop tendu, trop crispé. Trop furieux pour travailler convenablement.

Il ne lui restait plus qu'à se contenter du substitut pâle et sans relief de l'enregistrement.

Il rumina. Il visionnerait le film en imaginant ce qu'il ressentirait quand il forcerait Dallas à le regarder avec lui. Cela ajouterait un peu de piquant à la sauce.

Il décida de se préparer un en-cas. Durant plusieurs minutes, il déambula dans la cuisine, incapable de se décider. Tant de choix. Beaucoup trop.

Ridicule. Il se secoua mentalement, chassant cette indécision temporaire. Il savait exactement de quoi il avait envie. Il le savait *toujours*.

Il opta pour un plateau de fromages accompagné de baies et de tranches de baguette fraîche. Procéder à ces tâches domestiques fit refluer la petite pointe de panique qu'il avait ressentie.

Il adorait cette cuisine, se rappela-t-il en s'affairant, toutes ces surfaces si lisses, si brillantes. Il prendrait plaisir à s'en servir une semaine ou deux.

Oui, vraiment, ce lieu était mieux adapté. Tout se déroulait à merveille.

Bientôt, quand Dallas flotterait dans la rivière – quel dommage qu'elle l'ait privé de cette tradition avec Sylvia ! –, il s'en irait. Idéalement, il aurait voulu s'installer à New York (ne serait-ce que par rancune), mais c'était impossible.

« Londres, pourquoi pas ? » se demanda-t-il en portant son plateau dans la salle de séjour. Il avait toujours rêvé de passer un peu de temps à Londres. Il posa le plateau sur la table basse, déplia une serviette en lin blanc, laissa courir ses doigts sur le tissu immaculé.

Oui, Londres. Carnaby Street, Big Ben, Piccadilly Circus.

Et toutes ces vilaines filles aux joues roses.

— Allumage écran, commanda-t-il en imitant l'accent britannique. Diffuser *Darlie*, ajouta-t-il en riant, enchanté par ce nouveau personnage.

Il grignota, but son cognac et découvrit que le substitut pâle et sans relief produisait l'effet désiré à condition de se mettre dans le bon état d'esprit.

Aussitôt, il se promit d'en tourner un intitulé *Eve Dallas*. Il imagina la mise en scène, les décors, l'éclairage. Peut-être même écrirait-il des dialogues, pour lui et pour elle.

La forcer à prononcer ses mots à lui, quel pied !

Il était impatient de produire ce chef-d'œuvre, de le diriger. Puis de le regarder, encore et encore, une fois qu'il l'aurait tuée.

21

À l'approche de l'aube, elle rêva. Elle était prisonnière, dans le noir, cernée par les chuchotements et les gémissements. Elle avait froid, très froid, et les chaînes lui mordaient les chevilles et les poignets.

Il était là, tout près, et cette pensée la transperçait d'effroi.

« Pas comme ça, pensa-t-elle en tirant sur ses chaînes. Il y a mille et une façons de mourir, mais pas comme ça, pas entre ses mains. »

Un rai de lumière s'immisçait à travers les fissures pour maculer l'obscurité comme du sang.

Et voir était encore pire.

Elles se pressaient autour d'elle, toutes ces filles. Tous ces regards vides, désespérés. Elles étaient assises, frissonnantes, dans la chambre glacée de ses cauchemars. Toutes avaient son visage. Son visage d'enfant.

Elle tira plus fort sur ses chaînes, entendit – sentit – l'os se briser. L'une des filles hurla, et toutes lui agrippèrent le bras.

— Non, non ! Ce n'est pas vrai. Ce n'est pas réel.

Calée dans l'un des fauteuils confortables de son bureau, Mira croisa ses jolies jambes.

— C'est vous qui faites en sorte que ça le soit, répondit-elle.

— Vous devez m'aider.

— Bien sûr. C'est mon métier. Alors, quelle impression cela vous fait-il de vous retrouver ici ?

— C'est abominable. Nous devons nous échapper.

— Vous êtes en colère, observa Mira d'un ton placide en buvant une gorgée de thé dans une tasse en porcelaine. Mais ce n'est pas tout, il me semble. Que cache cette colère, Eve ? Creusons la question.

— Faites-nous sortir ! Vous ne voyez pas combien elles sont terrorisées ?

— Elles ?

— *Je* suis terrorisée.

— Nous progressons, décréta Mira avec un sourire satisfait. Parlons-en.

— Nous n'avons pas le temps, protesta Eve. Il va revenir.

— Uniquement si vous le laissez faire. La séance est terminée pour aujourd'hui.

— Pour l'amour du ciel, ne nous abandonnez pas ! Emmenez les filles. Elles ne méritent pas d'être ici.

— Non, répondit Mira d'une voix douce. Vous ne le méritez pas.

— Et moi ? glapit la femme, la partenaire, la mère, le sang giclant de sa gorge. Voyez ce que vous m'avez fait.

— Je ne vous ai pas tuée.

Eve grimaça tandis que toutes les filles se recroquevillaient sur elles-mêmes.

— Espèce de garce, tout ça, c'est votre faute !

Comme elle giflait l'une des filles, Eve ressentit le coup.

— Tu n'es qu'une salope stupide et moche. Tu n'aurais jamais dû naître.

— Mais je suis née. Comment pouvez-vous haïr ce qui vient de vous ? Comment pouvez-vous haïr ce qui a besoin de vous ? Comment avez-vous pu le laisser me toucher ?

— Tu as toujours été une pleurnicheuse. Tu n'es rien d'autre qu'une erreur, et maintenant, je suis morte parce que tu es vivante.

Le visage changea, une image vint s'imprimer sur l'autre. De Stella à Sylvia, de Sylvia à Stella.

— Tu as mérité tout ce qu'il t'a infligé, tout ce qu'il va t'infliger.

— Il est mort ! Il ne peut rien contre moi parce qu'il est mort.

— Idiote. Comment es-tu arrivée ici, alors ?

— Décidément, personne ne sait mieux vous culpabiliser qu'une mère.

Avec un sourire compatissant, Peabody s'accroupit devant Eve.

— Comment ça va ?

— À votre avis ? Sauvez ces gamines. Appelez des renforts. Apportez-moi une arme.

— Doux Jésus, Dallas, calmez-vous.

Folle de rage, Eve tira sur les chaînes.

— Me calmer ? Qu'est-ce qui vous prend ? Bougez-vous les fesses et faites votre boulot.

— Je le fais. Nous le faisons tous. Regardez.

Comme dans un rêve dans le rêve, elle vit sa salle commune, ses hommes devant leur bureau. Et Feeney, en costume froissé au beau milieu des couleurs clinquantes de ses subordonnés de la DDE. Au-dessus, Whitney veillait, les mains croisées dans le dos.

— Officier en difficulté, murmura Eve, saisie d'un vertige.

— Nous sommes là, Dallas. J'ai rassemblé les meilleurs, comme vous me l'avez enseigné. Voyez un peu, ajouta-t-elle en indiquant McNab, qui sautillait à droite à gauche en baskets à rayures multicolores. C'est comme ça qu'il bosse. N'est-ce pas qu'il a un joli petit cul ? Par contre, votre homme, il en bave.

Eve aperçut Connors derrière un mur en verre. Des écouteurs sur la tête, il s'affairait devant un ordinateur et deux moniteurs. Son communicateur bipait furieusement, codes et chiffres défilaient à toute allure sur les écrans muraux.

Il avait attaché ses cheveux. Ses yeux luisaient d'angoisse et d'épuisement.

— Connors.

— Difficile d'avoir l'esprit clair, de repérer les détails quand on est à ce point inquiet. Il vous aime. Quand vous souffrez, il souffre.

— Je sais. Connors.

— Il va falloir briser le mur en verre, je suppose, dit Peabody avec un sourire. Vous êtes mon héroïne.

— Je ne suis l'héroïne de personne.

Peabody tapota les menottes.

— Dans cet attirail, non.

— Enlevez-moi ça !

— Comment ?

— Trouvez la clé. Trouvez la putain de clé et libérez-moi.

— J'aimerais bien, Dallas, mais, justement, il y a un hic. C'est à vous de la trouver avant qu'il mette la main sur une autre victime. Avant qu'il vous tue. Vous n'avez jamais été stupide. N'écoutez pas cette femme.

— Comment voulez-vous que je trouve quelque chose si je suis attachée ? Comment… Il arrive.

— Il n'est jamais parti.

La mère se dirigea vers la porte.

— Ne l'ouvrez pas, je vous en supplie !

McQueen entra, lui adressa un sourire charmeur.

— Bonjour, fillette, lança-t-il avec la voix de son père.

Puis, le sang jaillissant de ses multiples plaies, il se rua sur elle.

Elle se redressa brusquement dans le lit en portant la main à sa gorge. Elle ne parvenait plus à respirer.

Son cœur battait follement, mais elle ne parvenait plus à respirer.

Elle ne sentit même pas le chat cogner la tête contre son flanc.

Connors fit irruption dans la pièce, bondit sur le lit, plaqua les mains sur ses bras.

— Je suis là, Eve. Regarde-moi.

Elle obéit, vit son visage, ses yeux d'un bleu intense contrastant avec la pâleur de sa peau. Elle essaya de prononcer son nom.

— Respire. Nom de nom !

Il la secoua. Sous le choc, sa gorge se dénoua, l'air se rua dans ses poumons. Connors l'entoura de ses bras.

— Tout va bien. Accroche-toi à moi. Tu n'as rien à craindre.

— Il est venu nous chercher.

— Non, ma chérie, non. Il n'est pas là. Il n'y a que toi et moi.

— Tu étais derrière un mur en verre.

— Je suis ici, près de toi. Tu es en sécurité, chuchota-t-il en déposant des baisers sur son front, ses joues.

— La chambre. J'étais dans la chambre. Enfermée. Je ne sais pas laquelle. Elles étaient toutes là. Les filles.

— C'est fini.

« Non, pensa-t-elle. Non, ce n'est pas fini. »

— Pardonne-moi. Je n'aurais pas dû te laisser seule.

Elle scruta la pièce. Ils étaient dans leur suite à l'hôtel. L'éclairage était diffus, et Galahad était assis près d'elle tel un chien de garde.

— Où es-tu allé ?

— J'avais du boulot. Je ne voulais pas te réveiller, alors je suis monté dans le bureau. Tu dormais tranquillement, j'ai cru que… Je n'aurais pas dû te laisser.

Elle plongea son regard dans le sien, y décela de la peur, de la culpabilité, de l'angoisse et de la colère.

— J'ai crié ?

— Non. Tu t'es mise à te tortiller dans tous les sens, et quand je suis arrivé…

— Comment as-tu su qu'il fallait venir ?

— Je te voyais sur mon moniteur.

— Tu m'observais en train de dormir pendant que tu travaillais ?

— Il est très tôt. Je voulais que tu te reposes encore un peu.

— Mais tu travaillais et tu m'observais.

— Ça n'avait rien d'un acte de voyeurisme.

Elle le repoussa légèrement.

— Tu t'inquiétais pour moi, alors tu gardais un œil sur moi tout en essayant de bosser.

— Bien sûr que je m'inquiétais.

— Parce que tu craignais que je ne fasse un cauchemar.

— Tu en as fait un, donc…

Elle le repoussa de nouveau et se leva.

— Ainsi, tu es obligé de me surveiller comme une gosse malade, et ensuite, tu t'en veux de t'être accordé un moment pour travailler sur tes propres affaires avant le lever du soleil. Ça suffit. Ils nous ont assez fait souffrir comme ça. Il est temps que ça s'arrête.

Elle s'éloigna au pas de charge, glorieusement nue, étincelante d'indignation. Pour la première fois depuis qu'elle s'était précipitée dans son bureau de New York, quelques jours auparavant, Connors éprouva une sensation de paix.

— J'en ai par-dessus la tête, continua-t-elle. Tu ne peux même plus aller t'acheter un système solaire sans craindre que je ne m'effondre. Comment veux-tu être efficace ?

— À vrai dire, je n'envisage pas d'acheter un système solaire dans l'immédiat.

— Personne n'est à l'abri de l'horreur. Qui le sait mieux que toi ? Des choses abominables peuvent arriver, qu'on le mérite ou pas. Ton père était un salaud, il t'a martyrisé, mais tu ne restes pas assis là, à te morfondre sur ton sort.

— Toi non plus.

— Exactement ! explosa-t-elle. Je ne suis pas une pleurnicheuse. Je ne suis ni faible ni stupide. Je suis un putain de flic.

— Jusqu'à la moelle.

— Parfaitement ! Ces foutus sursauts de mon subconscient doivent cesser. J'en ai marre de me laisser ronger par le passé, marre de te voir dans cet état. Je suis un putain de flic, et peu importe pourquoi je le suis devenue ou comment j'exerce mon métier. Ce qui compte, c'est de le faire bien, intelligemment et jusqu'au bout. Ce qui compte, c'est toi et moi. Ce qui compte, c'est toi parce que je t'aime, bordel !

— Je t'aime aussi, bordel.

— Je le sais. Tu ne serais jamais tombé amoureux d'une trouillarde pleurnicheuse.

— En effet.

— Bien, conclut-elle en reprenant son souffle. C'est réglé.

Elle plaqua les mains sur ses hanches, baissa les yeux, fronça les sourcils.

— Je suis toute nue.

— Sans blague ? riposta-t-il en ravalant un rire. Ma foi, tu as raison. Cela ne m'ennuie pas du tout.

— Je te reconnais bien là, grommela-t-elle en s'emparant du peignoir qu'il avait déposé au pied du lit. Qu'est-ce que je suis énervée !

— Pas possible ?

Elle fonça vers l'autochef, programma deux cafés. Puis, repérant le chat qui la contemplait d'un air suppliant, ajouta un bol de lait à sa commande. Elle posa le bol par terre, tendit une tasse à Connors.

— Merci.

— Je ne t'interdis pas de t'inquiéter. Ça fait partie du jeu, j'en conviens. Mais je refuse que tu te mettes dans l'état où tu es depuis notre arrivée à Dallas. À cause de moi.

— Tu n'en es pas responsable.

— Il est temps que je me ressaisisse. Ma maman ne m'aimait pas, eh bien, snif, snif.

Il l'obligea à s'asseoir près de lui.

— Nous savons tous les deux que c'est un peu plus compliqué que cela.

— N'empêche, je ne vais pas la laisser me détruire au point d'en perdre la tête. Et je t'interdis de culpabiliser sous prétexte que tu t'es éloigné de moi pour travailler.

— Comme tu l'as dit toi-même, ce qui compte, c'est toi.

Il posa le bras sur ses épaules tandis qu'ils savouraient leur café.

— Tu as bien dormi, commenta-t-il. Jusque-là.

— Grâce au traitement complet spaghettis bolognaise. Qui a remporté le match ?

— Aucune idée. Je me suis endormi aussitôt après toi.

— Donc, nous nous sommes tous deux reposés. C'est un début. Je te propose un marché. Épinglons ce salaud et rentrons à la maison.

— Avec plaisir.

— Je vais m'habiller et éplucher de nouveau tous les éléments dont nous disposons. Je suis sûre que j'ai loupé quelque chose.

— Attends encore une petite minute, murmura-t-il.

Elle demeura donc près de lui, avec le chat, à boire du café et à contempler le lever du soleil.

Dans son bureau, elle se servit une deuxième tasse de café et étudia son tableau de meurtre. Elle avait refusé de prendre un petit-déjeuner et Connors n'avait pas insisté.

— Tu y vas ce matin ? s'enquit-il.

— Où ? Ah ! Au commissariat. Pas sûr. Voilà ce qui me tracasse. Nous avons sauvé Melinda. Or, c'était l'appât, la raison pour laquelle j'ai demandé de venir ici travailler avec les locaux. Continuer ne poserait aucun problème à Ricchio, ni même aux fédéraux, bien qu'ils aient tous eu le temps de se documenter sur McQueen et n'aient pas nécessairement besoin de moi. Mais à moins que nous soyons complètement idiots, il est tout à fait possible qu'il enlève une autre fille et me la brandisse sous le nez pour m'attirer dans ses filets. Pourquoi ne pas m'incruster et en finir ?

Elle haussa les épaules.

— J'ai toutefois l'impression que nous travaillons mieux ici, toi et moi. Donc, pourquoi se rendre au commissariat si nous n'avons rien de solide à ajouter ?

— Ce plan me convient. J'ai lancé la recherche sur les appartements potentiels.

— Merci. Écoute, si tu t'occupais des mille et une choses que tu as laissées en suspens au sein de ton empire ? Moi, je reprends à la case départ. Je veux relire toutes les données, tous les entretiens, revoir les chronologies. En somme, réexaminer le dossier dans son ensemble. Tu n'auras qu'à me transférer les résultats de ta recherche quand tu les auras.

— Bien. Sache quand même que Summerset et Caro ainsi qu'une multitude d'autres personnes se chargent des mille et une choses que je laisse en suspens au sein de mon empire. Donc, si tu as du nouveau ou si tu as besoin de mon aide, n'hésite pas.

— Merci.

Elle regagna son bureau, afficha la plainte déposée par Bree et sa déposition après l'enlèvement de Melinda.

Elle connaissait les faits par cœur et ne voyait pas ce qu'elle, les flics de Dallas ou les fédéraux auraient pu manquer. Néanmoins, elle se replongea dans les documents, les déclarations du gérant du bar concernant Sarajo, celles de la voisine. Elle filtra, tria toutes les informations accumulées par Peabody, Feeney et l'équipe de New York. Pas à pas, étape par étape, elle retraça le temps passé au Texas, s'attardant sur chaque piste, chaque hypothèse, chaque calcul de probabilités.

Son communicateur bipa et elle le décrocha, encore absorbée par sa tâche.

— Dallas.

— McQueen nous a contactés, annonça Ricchio. Il veut vous parler. Je vous mets en ligne ?

— Une seconde.

Elle se précipita dans le bureau de Connors.

— McQueen, par l'intermédiaire de Ricchio. Tu peux remonter à la source ?

— Oui.

Elle retourna à sa place.

— Je suis prête.

— Voulez-vous bloquer l'image ?

— Non.

— Relais en cours.

Elle se pencha vers l'objectif de la caméra pour qu'il puisse l'observer à son aise. Elle était reposée, alerte.

— Eve.

— Isaac. Je suis désolée de vous avoir raté hier.

— Et réciproquement. C'est pourquoi j'organise une rencontre dans un avenir prochain.

— Pourquoi pas maintenant ? Je suis disponible.

— Patience. J'ai encore quelques préparatifs à effectuer pour que nos retrouvailles soient parfaites. Comme vous le savez, j'ai dû me débarrasser de mon assistante. Je suis donc à court de personnel.

— Oui, vous étiez pressé, vous avez pris moins de précautions que par le passé, Isaac. Quand vous retournerez à New York, ce ne sera que pour une courte étape. Cette fois-ci, vous aurez droit à un séjour à vie hors-planète.

— Ma chère, j'ai d'autres projets.
— Par exemple ?
— Je propose de vous les exposer quand je vous recevrai dans ma chambre d'amis. En attendant, j'ai pensé vous divertir en vous présentant la bande-annonce d'un film amateur que j'ai produit récemment.

Une image apparut, les hurlements et les sanglots de Darlie retentirent. Eve s'obligea à visionner l'extrait d'un air impassible tandis que l'enfant en elle pleurait aussi fort que celle à l'écran. Le supplice cessa brutalement.

— Nous regarderons le reste quand vous serez là, promit McQueen. Je préparerai du pop-corn. C'est tout pour le moment.

Ricchio prit le relais, le visage de marbre.

— Communication brouillée et filtrée. Nous nous efforçons de remonter à la source.

— Lovers Lane à Highland Park !

Connors intervint en écran divisé.

— Bien reçu ! lança Ricchio. Je transmets. Dallas ?

Elle secoua la tête.

— J'attends de vos nouvelles.

Elle coupa la communication, resta un instant immobile.

— Je vais bien, assura-t-elle lorsque Connors arriva avec un verre d'eau.

— Faux. Ça ne sert à rien de faire semblant.

— J'avais flairé le coup, je m'y étais plus ou moins préparée. Je refuse de craquer, ajouta-t-elle, mais elle vida le verre d'un trait. Je n'accompagne pas Ricchio parce que McQueen ne sera pas là. Ils doivent y aller, pour le principe, mais ils rentreront bredouilles.

— Tu as raison, concéda Connors.

— Son nouvel appartement n'est pas non plus dans les parages. Nous pouvons donc éliminer ce quartier. Highland Park, Lovers Lane – l'allée des amants –, tu parles ! Il l'a fait exprès.

— Oui. Tu veux en discuter avec Mira ?

— Absolument, mais pas pour moi, pour cette affaire. Pour qu'elle m'aide à peaufiner le profil. Pendant toutes ces années, il s'est tu. Il n'a pu partager ce qu'il considère comme sa supériorité qu'avec les femmes qu'il prévoyait de tuer de toute façon. Aujourd'hui, il prend plaisir à se vanter. Il m'a contactée pour me déstabiliser, pour renforcer le lien mais aussi pour partager. Il ne se contrôle plus comme avant et c'est un avantage pour nous. Mais cela le rend encore plus imprévisible… Peux-tu envoyer à Mira toutes les mises à jour et cette dernière transmission ? Demande-lui de retoucher son profil. Ensuite, nous pourrons en parler avant de le refiler aux locaux et aux fédéraux.

— D'accord. Je t'interdis de revoir cette bande.

— Tu sais bien que je n'ai pas le choix.

— Alors attends un peu. Tu dis que son intention était de te désorienter, de se vanter. Imagine qu'il ait cherché à détourner ton attention – le temps passé à étudier cette bande, tu ne le consacreras pas à d'autres pistes possibles.

— Tu n'as sans doute pas tort. Je termine ma relecture du dossier et je lance quelques calculs de probabilités. Je doute que cet extrait nous fournisse une piste pour son logement de repli. Mais il m'a confirmé en avoir un, avec une chambre d'amis. Il commet des erreurs. Pas moi.

Lorsque Connors revint, elle s'attaquait à la liste des entreprises d'insonorisation.

— Je vais t'aider, proposa-t-il. À condition que tu t'accordes une pause. Il est presque 13 heures, tu t'es levée à l'aube et tu n'as rien avalé.

— Je suis dans une impasse. Tous les appartements que j'ai recensés ont été insonorisés lors de leur construction.

— Dans ce cas, nous passerons directement à la sécurité et aux appareils électroniques. Après avoir déjeuné.

— D'accord. J'ai besoin de laisser mijoter un peu. Si j'ai loupé quelque chose, s'il existe une clé, elle m'échappe.

— De quoi as-tu envie ?

— Bof, éluda-t-elle en allant consulter le menu de l'autochef. Tiens, ils ont des nachos ! Ce n'est pas une spécialité de la région ? Et je vois une soupe à la tortilla. Pas mal.

— Bonne idée, approuva-t-il, songeant qu'elle serait obligée de s'asseoir pour les manger.

Eve commanda les plats, sortit les boissons du réfrigérateur et retourna déambuler autour de son tableau.

— Retour à la case départ, répéta-t-elle.

Elle s'assit, engloutit une crêpe de maïs copieusement fourrée.

— Il s'est installé à New York. Un terrain de chasse idéal. Il a du fric un peu partout, mais il a choisi un immeuble modeste. Nous n'avons pas trouvé de logement de repli à New York, mais il en avait probablement un. Plus luxueux. On l'arrête, on le jette en taule. Il se débrouille pour corrompre des membres du personnel. Il n'a pas commencé avec Stibble et le gardien. Il a confié des missions à d'autres personnes, accédé en douce à des communicateurs. Pour cela, il faut de l'argent. Il faut soigner ses intermédiaires. En admettant qu'il soit propriétaire du second lieu, a-t-il pu le revendre ? En investir le montant ?

— Possible.

— Car s'il en avait un autre, et j'en ai la conviction, pourquoi ne s'y est-il pas rendu ? Pourquoi est-il retourné là où je l'avais épinglé ? Il aurait pu utiliser cet appartement de repli plutôt que d'aller à l'hôtel ? À moins qu'il ne l'ait vendu. Bon, c'est un peu tiré par les cheveux.

— Peut-être, peut-être pas. Continue ton raisonnement.

— Il a tué sa partenaire de New York avant que je le serre. Selon nos hypothèses, il exécute sa complice juste avant de changer de local. Pourtant, rien n'indique qu'il avait l'intention de quitter l'appartement de New York. Il y dissimulait toute sa collection.

— Il en a eu assez de sa partenaire.

— Ou elle lui a tapé sur les nerfs. Ou encore elle a merdé. Supposons qu'il en avait assez. N'en avait-il pas une autre en vue pour la remplacer ?

— Je dirais que oui. Par conséquent, il avait besoin d'un endroit où la recevoir, la divertir, commencer à la former, sans qu'elle risque de découvrir ce qu'il dissimulait derrière la porte blindée.

— Un endroit qui correspondait mieux à ses goûts.

— Je pourrais te le dénicher, mais je ne vois pas en quoi cela te serait utile au point où tu en es.

— Des infos supplémentaires, tout bêtement. Il est à New York, une ville qui lui convient, il s'amuse comme un fou. Il écoute les médias parler du Collectionneur, de l'incapacité des flics à résoudre l'enquête. Il jubile d'autant plus qu'il s'apprête à accueillir une nouvelle maman. La vie est belle. Et voilà qu'un pauvre bougre est agressé devant son immeuble et que je me présente à sa porte.

— Ça, il ne pouvait pas le prévoir.

— Non. Or, il fonctionne en échafaudant des plans. Il anticipe, il se prépare à toutes les éventualités, il... planifie, murmura-t-elle, sa cuillerée de soupe à mi-chemin entre l'assiette et sa bouche.

— J'en connais une qui a trouvé un filon, devina Connors.

Elle se leva, s'approcha du tableau.

— Il planifie. Contrôle. Anticipe. C'est un champion de la routine, de la procédure. Qu'avait-il d'autre à faire en prison, sinon des plans ? Il décide de s'évader. Ce sera long, mais qu'importe. Il veut que tout soit en place avant de s'enfuir. Il faut du temps pour amadouer les intermédiaires, s'imprégner du rythme de la prison, se comporter en détenu modèle afin de décrocher quelques privilèges. Du temps pour sélectionner la partenaire, la former...

Connors voyait exactement où elle voulait en venir.

— Nous ne sommes pas remontés assez loin dans le temps, intervint-il.

— Non. Nous nous sommes cantonnés à ces deux dernières années. Ce n'est pas suffisant.

— Douze ans, c'est long. Et malin. Qui songerait à remonter aussi loin ?

— Moins que cela, répliqua Eve en posant le doigt sur la photo de Melinda. Tiens, regarde. Elle lui a rendu visite. S'il avait déjà bâti un projet, il l'a revu. Elle était la clé. Un signe envoyé par le dieu perverti qu'il vénérait. Elle était la dernière de ses victimes, et moi, je l'avais sauvée. Melinda, de Dallas. Je savais bien que ça allait le faire trébucher. Comment ai-je pu louper ça ?

— Ne dis pas de bêtises. Tu n'as rien loupé du tout. Tu ne le soupçonnais même pas d'avoir une autre planque avant hier. À raison. Quand lui a-t-elle rendu visite ? fit-il en se levant pour gagner le bureau d'Eve.

— Août 2055.

— Commençons par là.

— Immeuble neuf. Il n'est pas pressé, autant en profiter pour s'offrir un appartement correspondant à ses désirs.

Elle sortit son communicateur, faillit appeler Peabody, se ravisa. Consciencieusement, elle joignit Ricchio.

— J'ai peut-être une piste.

Elle laissa à Connors le soin de lancer la recherche tandis que Ricchio ordonnait à ses hommes de s'y mettre de leur côté.

— Les fédéraux sont sur le point de geler les comptes, confia-t-elle à Connors. Nous venons de gagner deux heures. Ils vont patienter jusque-là.

— Pas de pression, grogna-t-il.

Elle s'apprêtait à lui répliquer du tac au tac quand elle se tourna vers lui. Cheveux attachés, il était déjà à l'ouvrage. Elle s'approcha de lui, se pencha et déposa un baiser sur son crâne.

— Je n'ai pas encore trouvé, dit-il en levant brièvement les yeux vers elle.

— Ça ne saurait tarder. J'appelle Mira. Elle pourra peut-être nous aider. Et je contacte Feeney pour le tenir au courant.

— Ailleurs, s'il te plaît.

Quand Mira arriva, Eve jeta un coup d'œil à Connors.

— Pas un mot, prévint-elle. Il est énervé. J'ignore si nous avons du thé.

— J'en ai commandé et je ne suis pas énervé. Bordel de merde !

Eve leva les yeux au ciel et alla chercher le thé.

— Nous pouvons discuter en bas, proposa-t-elle à Mira.

— Non. Le tableau m'est utile à moi aussi, répondit celle-ci tandis que Connors marmonnait en irlandais. Il régresse.

— Non. Plus il est frustré, plus il redevient irlandais.

— Pas Connors, répliqua Mira avec un demi-sourire. McQueen. Il a passé un long moment en prison et, comme nombre de détenus, il s'est accoutumé à la routine, à la structure. Retrouver la liberté après des années de confinement peut vous effrayer, vous exciter et vous décontenancer. Comment prendre une décision alors que l'on en a perdu l'habitude ?

— En prison, il en a pris. Il a choisi une partenaire, un lieu, sa première victime en la personne de Melinda.

— Certes, mais même ces choix sont illogiques. Il est pédophile avant tout, pourtant il met sa liberté en péril pour vous achever.

— Je l'ai arrêté autrefois. Il a son ego.

— Oui. Je pensais – comme vous – qu'il allait se terrer quelque part avant de se remettre en chasse et qu'il s'attaquerait à vous en dernier. Vous êtes devenue sa priorité. Depuis qu'il s'est évadé, il agit de manière impulsive, il s'impatiente, il brise le schéma. Il a perdu confiance en lui. Il le nie, mais ses actions sont inconsidérées… inélégantes. Le fait qu'il vous ait montré cette vidéo aujourd'hui…

Eve regarda Mira droit dans les yeux.

— Je vais bien.

— Vous montrer cette vidéo prouve qu'il lutte pour recouvrer son assurance et vous prouver qu'il domine la situation.

— Cravates et olives.

— Pardon ?

— Il a acheté toutes sortes de choses en plusieurs exemplaires, ce qui ne colle pas avec son comportement d'autrefois. Des dizaines de cravates, une multitude de bocaux d'olives farcies. Entre autres. De plus, Melinda affirme qu'il a perdu les pédales quelques instants après avoir reçu le message de Sylvia. Il a dégainé son couteau, et s'est figé. Comme s'il avait oublié ce qu'il voulait faire.

Mira opina.

— Logique. Retrouver la liberté, même désirée, engendre un stress. Prendre des décisions s'avère plus difficile. S'adapter à des changements inattendus, encore plus.

Elle examina le tableau.

— Selon moi, il va continuer à régresser. Ses actes dévieront de plus en plus du schéma de comportement auquel il adhérait autrefois. Il se montrera plus violent, aussi. S'il enlève une jeune fille, il la brutalisera davantage. Il la tuera peut-être car le viol et la maltraitance ne lui suffiront plus. Vous seule pourrez le contenter, et il prendra tous les risques pour vous attirer dans ses filets. Tant que vous existerez, il aura l'impression d'avoir échoué. Vous l'avez puni. D'une certaine façon – atroce –, vous êtes désormais sa mère.

— Seigneur ! s'exclama Eve. J'avais deviné un certain nombre de choses, mais je n'avais pas poussé le raisonnement jusque-là.

— Vous ne correspondez pas à son modèle. Vous n'êtes pas assez âgée, vous ne souffrez d'aucune addiction, vous n'êtes ni vulnérable ni sensible à ses charmes. *Mais.* Sa mère a abusé de lui, l'a puni et, plus important, l'a dominé pendant des années.

— D'où son besoin de l'éliminer, de la remplacer périodiquement par quelqu'un qu'il peut contrôler.

— Je pense que vous êtes la seule femme à l'avoir privé de ce contrôle depuis sa mère.

— Je ne vais pas me gêner pour recommencer, marmonna Eve en consultant sa montre. Dans une heure, les fédéraux bloquent ses comptes. Que va-t-il faire quand…

— T'occupe, l'interrompit Connors. Je l'ai.

— Tu as des logements qui englobent tous les paramètres ?

— Non. Franchement, pour qui me prends-tu ? J'ai *le* logement.

— Comment as-tu déterminé que c'était celui-là ? Je ne remets pas en cause tes capacités, s'empressa-t-elle d'assurer en le voyant plisser les yeux. Il faut juste que je puisse refiler l'info à Ricchio et aux fédéraux, les convaincre que tu as raison.

— Il a payé un acompte pour un appartement avec deux chambres et deux salles de bains, une cuisine digne d'un chef et un ascenseur privé. Au soixante-sixième étage. En septembre 2055.

— Pourquoi n'as-tu pas repéré la transaction avant ? Ce devait être une jolie somme.

— Parce que, comme tu t'en doutais, il avait un autre compte caché – un compte d'une société de courtage. Un cabinet d'avocats du Costa Rica se charge des dépôts et retraits. Je le sais parce que j'ai lancé simultanément une recherche secondaire qui m'a permis de remonter jusqu'à lui. L'appartement est loué par *Executive Travel,* encore une entreprise fantôme, qui lui a permis de récupérer ses fonds en le louant à des entreprises pour des périodes de courte durée.

— Alors c'est…

— Cependant, enchaîna Connors, ignorant son intervention, l'appartement a été retiré du marché pour rénovation il y a trois mois. Époque à laquelle il a modernisé le système de sécurité. Il n'est plus à louer.

— On l'a.

— C'est ce que je viens de dire. Éloigne les fédéraux, rassemble les troupes. Allons en finir une bonne fois pour toutes.

22

— Voici comment nous allons procéder, déclara Eve en fonçant vers la salle de réunion de Ricchio.

Connors était à ses côtés. Mira s'efforçait tant bien que mal de rester à leur hauteur.

— Nous avons les données, c'est donc nous qui dirigerons les opérations. Pendant que j'en informe Ricchio et les fédéraux, Connors, j'aimerais que tu te charges de la mise en place de toutes les données – plan de l'appartement, sécurité de l'immeuble et la sienne. Ensuite, je t'enverrai avec un membre de la DDE désigné par Ricchio briefer son équipe.

— Est-ce bien raisonnable ?

— Ils t'écouteront, parce qu'à moins d'être complètement idiots, ils ont compris que tu es meilleur et plus rapide qu'eux. Et parce que je leur en donnerai l'ordre.

— Eve a l'esprit d'équipe, confia Connors à Mira, ce qui lui valut un regard noir de sa femme.

— Nous allons brouiller son dispositif, désactiver son ascenseur et fermer l'édifice à double tour sans l'alerter, reprit Eve. Il faudra agir vite, habilement et à l'instant « I ». À toi de jouer. Je sais que tu en es capable. J'ignore si les hommes de Ricchio le sont.

— Vous pouvez faire cela ? demanda Mira à Connors. Isoler le logement de McQueen et fermer totalement le bâtiment ?

— C'est mon passe-temps favori.

— Mira prendra la parole la première, poursuivit Eve en gratifiant Connors d'un deuxième regard, encore plus noir. Elle mettra à jour le profil. Tous les participants à cette opération doivent savoir à qui ils ont affaire. Prenez votre temps, enfoncez le clou. La dernière intervention s'est terminée en fiasco : certains seront nerveux, d'autres, impatients.

— Compris.

— Au boulot.

Elle se dirigea vers Ricchio.

— Lieutenant, pouvez-vous m'accorder une minute ?

— Bien sûr, répondit-il avant d'adresser un signe de tête à l'inspecteur à ses côtés. Convoquez-les, lui dit-il avant d'ajouter à l'adresse d'Eve : Nous avons identifié et localisé les deux individus que la partenaire a sollicités, sur ordre de McQueen, pour les travaux de sécurité et d'insonorisation. Nous allons les interroger.

— Excellent.

— Nous avons aussi entendu le vendeur de la boutique de vins et spiritueux où McQueen a acheté le champagne, le vin et le caviar. Nous avons récupéré les disques qui le montrent dans le magasin en train de payer ses emplettes. Le vendeur a transporté les paquets jusqu'à la voiture et confirmé que McQueen conduisait l'Orion.

— Tout aussi excellent, d'autant que cela vient compléter notre chronologie.

— Nous avons pu remonter jusqu'au couteau et à l'étui, acquis le même jour.

— Ma foi, vous n'avez pas perdu une minute. Lieutenant, je vous présente ma profileuse, le Dr Mira. Je souhaiterais qu'elle explique à vos hommes les changements intervenus dans le comportement et la psychologie de McQueen.

— Entendu.

— Mon consultant installe le matériel.

Elle marqua une pause en voyant les fédéraux s'approcher, pivota vers eux pour les inclure dans la conversation.

— Nous avons les plans de l'immeuble, de l'appartement de McQueen et du dispositif de sécurité, reprit-elle. Lieutenant Ricchio, mon consultant va avoir besoin de vos meilleurs éléments. Désactiver la sécurité – de l'appartement de McQueen comme de l'immeuble – et bloquer son ascenseur s'annoncent délicats, et le timing sera crucial.

— Nous avons aussi des spécialistes en la matière, intervint Nikos.

— Tant mieux. Envoyez-les à Connors. Il coordonnera.

— Il…

— Il est largement au-dessus du lot, coupa Eve.

— Je le confirme, renchérit Ricchio. Stevenson n'est pas du genre à se laisser impressionner, pourtant, s'il le pouvait, il recruterait Connors dans sa division.

« Pas bête, le type », pensa Eve.

— Connors connaît l'agencement des espaces et le système de sécurité car c'est l'une des marques qu'il fabrique. La neutralisation de celui de McQueen sera plus difficile. Là encore, tout est une question d'habileté et de timing. Nous ne serions pas là sans les données fournies par mon consultant.

— Entendu, dit Laurence avant que Nikos puisse ouvrir la bouche. Nous nous mettons à sa disposition.

— À vous entendre, on a l'impression que vous dirigez les manœuvres, Dallas. Votre dernière opération s'est terminée par une course-poursuite, un flic et un suspect morts. Ce qui m'amène à évoquer l'inspecteur Price, ajouta Nikos en jetant un coup d'œil à ce dernier. Et mes doutes quant à la sagesse de l'inclure dans ce raid.

— Mon inspecteur a secouru un enfant qui aurait pu mourir, rappela Ricchio. Ne commencez pas à mettre en cause ses actions ou mon jugement, agent Nikos.

— Si vous tenez à coller cet échec sur le dos de quelqu'un, je suis là, aboya Eve. Auriez-vous laissé ce gosse mourir sur la chaussée ?

— Je vous en tiens pour responsable et crains par ailleurs que l'inspecteur Price ne soit pas mentalement apte à…

— C'est bon, Nikos. Sérieusement, fit Laurence en se frottant le front. Si tu tiens à blâmer quelqu'un, blâme ce foutu chien. Nous étions parfaitement préparés, et la situation a dérapé. C'est le moment de se rattraper. Dallas a toutes les données.

Nikos serra les mâchoires.

— Il faudrait commencer par les analyser afin de confirmer qu'il s'agit bien de l'appartement de McQueen.

— C'est confirmé, glapit Eve. Vous voulez que je vous décrive le processus par le menu ?

— Je veux des faits. Vérifiés.

— McQueen paie ce logement depuis septembre 2055, un mois après que Melinda lui a rendu visite à Rikers. La construction a été achevée en février de l'année suivante. Je n'ai pas fini, lança Eve alors que Nikos s'apprêtait à lui couper la parole.

« Fatiguée, nota Eve. Tendue, sous pression. Tant pis, elle n'a qu'à souffrir en silence. Comme nous tous. »

— Les traites, les fonds en provenance de la location à des entreprises et les coûts de maintenance sont gérés par *Ferrer, Arias & Garza*, un cabinet d'avocats basé au Costa Rica – plus précisément, à

Heredía. Vous pourriez peut-être vous pencher là-dessus. L'appartement appartient à *Executive Travel*, qui semble honorer consciencieusement toutes les charges et les taxes par le biais dudit cabinet d'avocats. Il fait appel à une entreprise locale de nettoyage, celle engagée par la partenaire pour la maison mitoyenne. Dans les deux cas, ces prestations étaient facturées à *Executive Travel* – une boîte postale – et honorées par le cabinet d'avocats.

Consciente que les oreilles des flics tout autour s'étaient dressées, Eve fixa Nikos et insista.

— Voilà des éléments que mon consultant a pu rassembler, entre autres durant le trajet entre notre hôtel et cette salle. Si vous le souhaitez, il peut vous procurer les noms de tous les employés du cabinet d'avocats et vous préciser s'ils portent des slips ou des caleçons. C'est vous dire à quel point il est doué. Et s'il a recherché ces renseignements, c'est parce que j'avais deviné que McQueen avait un logement de repli. Moi aussi, je suis douée. Grâce à nous, vous allez pouvoir démanteler une organisation criminelle – à savoir le cabinet d'avocats, au cas où vous n'auriez pas bien suivi – qui a sûrement enfreint une multitude de règles internationales et, en prime, confisqué une montagne de fric. Pour cela, cependant, il faudrait avoir arrêté McQueen.

Eve se tourna vers Ricchio, qui avait du mal à masquer son sourire.

— Avec votre permission, lieutenant, j'aimerais démarrer la réunion. Ensuite, nous distribuerons les rôles.

— Je vous en prie.

Nikos bouillait de rage, mais Eve ne s'en offusqua pas. Au contraire, elle en éprouva un regain d'énergie.

Après l'intervention de Mira, elle prit le relais pour tout ce qui concernait la stratégie et la procédure. Puis elle attira Connors et Mira à l'écart.

— Tu vas travailler avec les informaticiens de la police de Dallas et du FBI.

— La fête, commenta-t-il sans enthousiasme.

— Ricchio va mettre un bureau à ta disposition. Il se charge aussi d'obtenir les mandats pour que tu puisses te connecter aux systèmes de sécurité de l'immeuble et de l'appartement de McQueen. Vous formez l'équipe un.

— Si tu le dis. Bien, je te laisse. À plus, en ligne, lieutenant.

— Mira, j'aimerais que vous réfléchissiez à ceci, enchaîna Eve. Nous savons que McQueen était mobile quand il m'a contactée. Je doute qu'il ait enlevé une autre jeune fille, mais ce n'est pas impossible. Si c'est le cas, il se pourrait que nous ayons besoin d'un médiateur, une démarche longue et compliquée. En plus, vous le connaissez.

— Je serais heureuse de participer.

— Nous vous maintiendrons hors champ, mais reliée afin que vous suiviez les événements pas à pas.

— Entendu.

« Pas à pas », se répéta Eve un instant plus tard, alors qu'elle montait dans la fourgonnette avec son équipe et fixait son oreillette.

Se relier à la sécurité du bâtiment, déployer des yeux et des oreilles à l'intérieur comme à l'extérieur. S'assurer que la cible est sur place. Si oui, localiser et neutraliser son véhicule. À toutes les équipes, en position. Saboter la sécurité de l'appartement, désactiver l'ascenseur. Investir le couloir, bloquer l'escalier, verrouiller toutes les issues. Le piéger comme un rat.

Enfoncer la porte, faire irruption à l'intérieur. Le neutraliser.

En l'absence de la cible, patienter jusqu'à son retour.

Bree s'installa près d'elle.

— Je voulais vous remercier de m'avoir intégrée dans votre équipe.

— Et si c'était juste pour vous avoir à l'œil ?

Bree ébaucha un sourire.

— Ne vous inquiétez pas, je serai à la hauteur. Mes parents sont avec Melinda, chez nous. Je ne les ai pas mis au courant. Au cas où.

— Vous avez eu raison.

— Je veux pouvoir leur annoncer que nous l'avons appréhendé.

— Alors arrangeons-nous pour que ça arrive.

— Je sais que Nikos vous a énervée, et a énervé Ricchio, au sujet de Price. Les rumeurs se répandent vite.

— En effet.

— Je sais que vous avez pris sa défense.

— Il n'a pas merdé. C'est la malchance, point final. Nikos en est consciente. Elle est simplement en colère et frustrée.

— Tout de même. Votre attitude a été appréciée.

— Vous m'offrirez un verre quand tout ça sera fini.

— Comptez sur moi.

La fourgonnette se gara.

— Équipe deux, en position, ordonna Eve dans son micro.

Elle agita la main en direction de l'informaticien.

— Image… Voyons ce qu'il en est.

Elle étudia l'immeuble, une large courbe tout en verre et or. Balcons et terrasses aux étages supérieurs.

— Zoomez sur la cible.

Elle se pencha en avant. À moins d'avoir un parachute ou un hélico, impossible de s'enfuir par la terrasse. Privé d'accès à l'ascenseur et à l'escalier, McQueen ne pourrait pas se réfugier sur le toit.

Pour s'évader, il devrait franchir un mur de flics. Il n'y parviendrait pas.

— Inspection rez-de-chaussée, commanda-t-elle.

Elle vit les policiers en civil déjà placés ou en train de prendre position. Le couple installé à une table devant le café jouxtant l'édifice, un homme perché sur un muret au-dessus d'un massif floral, qui tapotait sur son Palm. Un autre, occupé à regarder les vitrines...

Les instructions étaient claires : si on repérait McQueen à l'extérieur, personne ne bougeait. Pas question de provoquer une nouvelle course-poursuite au risque de le perdre.

— Nous sommes à l'intérieur, murmura Connors dans son oreillette.

— Bien reçu. Montre-moi.

Une nouvelle image apparut sur le moniteur. Le hall d'entrée, étincelant, élégant ; un droïde derrière une table étroite pour accueillir visiteurs, livraisons, équipes de nettoyage. Beaucoup de fleurs dans des vases disposés le long d'un mur.

Pendant que Connors lui offrait une visite des lieux, le chef de l'équipe quatre l'interpella.

— Les détecteurs ne révèlent aucune présence humaine, lieutenant.

Merde !

— On patiente. Équipe cinq, rendez-vous au parking. Voyons s'il est en voiture ou à pied. Si vous localisez le véhicule, désactivez-le. Connors, passons à son étage.

Elle étudia le couloir, l'emplacement des autres appartements, de l'escalier, des ascenseurs. Et le dispositif de sécurité sur la porte de McQueen.

— Véhicule de la cible repéré et neutralisé.

— Bien reçu. On ne bouge pas.

Et on attend.

À quelques pâtés de maisons de là, McQueen traînait devant les étalages d'une épicerie fine. Ce bonheur lui avait manqué – celui de prendre son temps, de choisir ce dont il avait envie.

Ce soir, il avait l'intention de s'offrir un excellent dîner, le dernier avant la venue de son invitée.

Tout se déroulerait à merveille, se rassura-t-il en s'arrêtant devant les artichauts. Il savait où la trouver, à présent.

Comme on pouvait s'y attendre dans un hôtel appartenant à Connors, la sécurité frisait la perfection. Mais la police de Dallas avait moins de moyens et moins de talents. Il n'avait eu aucun mal à trianguler le signal d'Eve au cours de leur dernier contact. Ce soir, il lui rendrait visite. Sans doute serait-il obligé de tuer Connors. Dommage, il ne pourrait pas empocher le pactole.

Mais Eve en valait la peine.

Plus que quelques détails à régler. Après ses courses.

Soudain, il se figea devant le rayon des olives. Tout cet assortiment, tous ces petits bocaux ? Comment en sélectionner un ? Comment savoir ce dont il aurait envie d'ici une heure ? Deux ?

Agacé contre lui-même, il en saisit un au hasard, puis un autre, et deux de plus. Bien sûr qu'il savait ce dont il avait envie, ce dont il aurait envie. Il était préoccupé, voilà tout. Après tout, pénétrer dans l'hôtel puis dans la suite d'Eve ne serait pas chose facile. Il en était capable, mais cela exigeait de prendre toutes ses précautions. Pas étonnant qu'il hésite entre deux marques d'olives.

Il sortit son Palm où il avait noté tout ce dont il aurait besoin pour son festin. Plus calme, à présent, il poursuivit son chemin. C'était tellement mieux quand on était organisé.

Il fixa les tomates cerises un long moment.

— Il se passe un truc au *Gold Door*.

McQueen émergea brutalement de sa transe.

— Quoi ?

— La police.

Il faillit en lâcher son panier. Tournant la tête d'un côté puis de l'autre, il se prépara à piquer un sprint. Puis il aperçut le manutentionnaire qui discutait avec un jeune homme.

— La police dans cet immeuble ? Quelqu'un a trébuché sur une pile de billets et est tombé par la fenêtre ?

— Mieux. Je viens d'y effectuer une livraison. En sortant, j'ai vu un flic.

— Et alors ? Ils sont partout sauf quand on a besoin d'eux.

— Tu t'es levé du mauvais pied ce matin ou quoi ? Ce n'était pas un simple agent, mais un inspecteur. Il devait être en mission d'infiltration.

— Comment peux-tu affirmer qu'il est inspecteur ?

— Je le connais. Inspecteur Buck Anderson. Il est venu nous parler dans mon cours de criminologie, il y a deux semaines. Un type sympa, il m'a donné envie de prendre l'uniforme.

— Tu parles !

— Je ferais un super flic. Regarde, il est là-bas, sur le muret. Jean, tee-shirt et lunettes de soleil, mais je l'ai reconnu.

— C'est peut-être son jour de congé.

— Sûrement pas. Quand je l'ai salué, il a fait comme s'il ne me connaissait pas. Or, j'avais discuté avec lui une bonne vingtaine de minutes après le cours, il m'avait même donné sa carte de visite. Mais là, il m'a envoyé paître. « Est-ce que j'ai la tête d'un flic ? »

— Waouh, Radowski, quel scoop ! Tu as dû te tromper. Et quand bien même ?

— C'était lui. Je parie qu'il est en planque. Je parie qu'il va y avoir du grabuge au *Gold Door*.

McQueen posa délicatement son panier, s'arma d'un sourire et se dirigea vers les deux jeunes.

— Excusez-moi, j'ai cru vous entendre dire qu'il y avait la police au *Gold Door*. J'ai un ami qui habite là. J'espère qu'il ne se passe rien de grave.

Frappé par ce sourire qui ne cadrait pas avec le regard furieux de l'homme qui l'avait abordé, le livreur recula en bredouillant :

— Je l'ignore, monsieur… J'ai simplement cru voir quelqu'un que je connaissais. Je dois retourner au boulot.

Le manutentionnaire se tourna vers McQueen.

— Vous cherchez quelque chose en particulier, monsieur ? Je peux vous aider.

— Non, vous ne pouvez pas m'aider.

Sur ce, McQueen s'éloigna au pas de charge, bousculant un couple qui entrait dans le magasin, et prit la direction opposée à celle du *Gold Door* et de son appartement de rêve.

Ignorant les bavardages, Eve se retrancha en elle-même. Au bout d'une heure, Connors lui murmura à l'oreille :

— McQueen a repris contact. Il veut te parler.

« Quelque chose cloche », comprit-elle.

— Retenez-le au bout du fil. Continuez la fouille. Je ne veux pas entendre un mot de l'intérieur. Tu peux remonter à la source ?

— Possible. Avec ces appareils mobiles, c'est plus difficile.

— Essaie de le localiser. Établis le relais, bloque la vidéo.

Elle changea de position, patienta.

— Deux fois en une journée. Je dois vous manquer terriblement, Isaac.

— Ce ne sera plus très long.

« Quelque chose cloche », se répéta-t-elle. Elle l'entendait à sa voix, vibrante de colère.

— Vous n'arrêtez pas de me le dire.

— Mais vous n'avez pas voulu patienter. C'est très grossier, Eve, de venir chez moi sans y avoir été invitée.

Merde, merde, merde !

— Je passais dans le quartier. Quand revenez-vous, Isaac ? J'ai un cadeau de pendaison de crémaillère pour vous.

— Vous vous croyez maligne, siffla-t-il.

— J'ai trouvé votre terrier, non ?

— Un coup de chance. Un simple coup de chance. Vous rigolerez moins quand je viendrai vous chercher. Je vous le ferai tellement regretter que vous me serez reconnaissante de vous trancher la gorge.

— Comptez-vous utiliser le couteau que vous avez acheté chez *Points & Blades* ? Vous l'avez payée sacrément cher, votre lame. J'ai hâte de la voir.

— Vous la verrez. Dans vingt-quatre heures, je serai là.

— C'est curieux, vous me semblez un peu vexé. Si nous…

Il coupa la communication et Eve lâcha un juron.

— En cours, lança Connors avant qu'elle puisse lui poser la question. Je ne peux pas le localiser. Pas d'ici. Tout ce que je peux te dire, c'est qu'il est dans Davis Avenue, entre Corral Sreet et Kensington.

Ricchio intervint.

— J'alerte le dispatching. Nous avons émis un avis de recherche.

— Il ne viendra pas, décréta Eve. On entre. Il est en fuite, mais peut-être découvrirons-nous un indice qui nous mettra sur sa piste.

Ravalant son envie de flanquer des coups de poing dans ce qui était à portée de main, elle descendit de la fourgonnette. Elle avait observé les inspections, suivi les flics en civil. Rien n'aurait dû éveiller les soupçons de McQueen.

— Comment nous a-t-il repérés ? demanda-t-elle à Connors quand il la rejoignit.

— L'instinct, peut-être.

— N'exagérons rien. Il savait que nous étions là. Que j'étais là. Il est fou de rage.

Elle laissa à Ricchio le soin d'ouvrir la voie avec le droïde. Lorsqu'ils pénétrèrent dans l'appartement de McQueen, elle avait recouvré son calme.

— Nous pensons que c'est l'un de mes hommes, déclara Ricchio. Il n'a rien à se reprocher, mais quelqu'un l'aurait reconnu, un étudiant. Mon inspecteur est intervenu dans un de ses cours récemment et a discuté avec lui après la séance. Le jeune est sorti de l'immeuble et l'a aperçu. Mon gars s'en est débarrassé, mais a effectué une recherche sur lui. Il travaille comme livreur dans une épicerie fine à deux cents mètres d'ici – juste en dehors de notre périmètre.

— Quelle guigne !

— Il est là-bas en ce moment même pour interroger le garçon. On peut supposer que McQueen faisait ses courses et l'a entendu évoquer la présence de flics dans le quartier.

— Seigneur.

— Personne ne pouvait prévoir…

— Non, en effet. La balance a penché en faveur de McQueen, point à la ligne.

Cependant, elle se raidit quand Nikos se précipita vers elle.

— Si vous vous apprêtez à me harceler, épargnez votre salive.

— Pas cette fois. Tout marchait à la perfection. Mais j'aimerais savoir pourquoi vous n'avez pas mené McQueen en bateau. Pourquoi vous lui avez confirmé notre présence.

— Parce qu'il était au courant. J'ai donc décidé de le titiller un peu. Il a perdu ses repères. Le Dr Mira dit qu'il régresse. Plus on le provoque, plus il dérapera.

— Le Dr Mira dit aussi qu'il va probablement devenir de plus en plus violent et de moins en moins maître de ses actes.

— Exact. Bloquez les comptes. Le moment est venu.

— Mission accomplie. Il y a cinq minutes, précisa Nikos.

— Parfait. Il n'a nulle part où aller, et dans le cas contraire, aucun moyen de s'y rendre à moins ou jusqu'à ce qu'il pique un véhicule. Il sait qu'il ne pourra pas rouler indéfiniment à bord d'une voiture volée. Il faut barrer les routes, surveiller les transports publics et privés. Il ne dispose que des espèces qu'il a sur lui, de la pièce d'identité correspondant au personnage du jour. S'il utilise sa carte bancaire, on le coincera et il le sait.

Elle se retourna, fit un geste du bras.

— Voyez ce lieu. Cela lui a demandé beaucoup de temps et d'efforts pour se le procurer et l'aménager, depuis la prison, qui plus est. À présent, il n'y a plus accès, et il ne peut plus retirer d'argent.

— Il va tenter de quitter Dallas.

— Possible, mais nous ne lui faciliterons pas la tâche.

Eve alla se planter devant la porte verrouillée, jeta un coup d'œil à Connors. Il la lui déverrouilla et elle pénétra dans la pièce.

Il avait recouvert les murs de photos de ses victimes. Toutes ces filles, tous ces regards.

— Ce sont les clichés issus des dossiers de l'enquête, commenta Eve. Il s'est débrouillé pour les récupérer. Il me voulait là, prisonnière avec elles.

Elle examina les chaînes, se rappela combien elles avaient pesé sur ses chevilles et ses poignets dans son cauchemar.

Pivotant sur ses talons, elle sortit.

— Voyons ce qu'il a laissé d'intéressant.

La belle vie, nota-t-elle tandis qu'ils fouillaient l'appartement de fond en comble. Draps de lin irlandais, serviettes en coton turc, champagne français, caviar russe. Drogues, neuroleptiques, seringues soigneusement rangées dans un coffret sculpté.

— Fleurs coupées un peu partout, dit-elle à Mira. De quoi se nourrir pendant des mois. Beaucoup de denrées fraîches qui pourraient se gâter.

— Il éprouve le besoin d'acquérir, de collectionner, de posséder. Il a probablement du mal à décider de ce dont il a envie.

— Raison pour laquelle il accumule. Trop de tout. Autrefois, il se contentait de moins – du beau, mais en moins grand nombre. Je parie que nous allons relever ses empreintes partout et qu'elles se chevauchent. Il aura touché, palpé ces objets, encore et encore. De la terrasse, il se sera senti le roi du monde. Où va-t-il se réfugier ?

— Il envisageait de s'installer à Londres, annonça Connors. Nous sommes en train de décrypter ses communications et avons découvert qu'il recherchait un logement à là-bas.

— Il ne peut plus y aller.

— Il connaît New York.

Eve se tourna vers Mira.

— Il s'attend à ce que j'y retourne. Il va devoir s'y cacher un moment, le temps de renflouer ses fonds. Il se remettra en chasse bientôt. Mais où séquestrer sa proie ? Dans une chambre de motel qu'il peut payer en liquide ? Il aura besoin d'elle pour se défouler. Ou alors, suggéra Eve en arpentant la pièce, il s'introduira par effraction dans une résidence privée. Il prendra ce dont il a besoin, s'accordera un moment de répit.

— Il est en colère, prévint Mira. Il va agir de manière impulsive. Et violente.

— Les médias pourraient nous être utiles. Qu'ils diffusent son visage, son nom, des éléments concernant la chasse à l'homme. S'il tombe dessus, il n'en sera que plus déboussolé. Il est seul, désormais, il ne peut compter que sur lui-même. Ça ne lui est pas arrivé depuis longtemps.

Eve donna l'ordre à deux uniformes de raccompagner Mira à l'hôtel, regarda les membres de la DDE sortir avec les appareils électroniques.

— Tu pourrais leur filer un coup de main, suggéra-t-elle à Connors. Je sais que tu n'aimes pas travailler chez Ricchio, mais c'est là que va le matériel.

— Dans ce cas, nous y allons aussi.

— Je reste ici, je continue à chercher. Je suis entourée d'une douzaine de collègues, lui rappela-t-elle comme il se rembrunissait. Je demanderai à deux gars bien baraqués de m'accompagner. Ça te va ?

— Promets-moi de ne pas te déplacer seule.

— Ne t'inquiète pas, je ne lui donnerai pas la moindre chance de me coincer seule.

— Je t'appellerai toutes les heures, l'avertit Connors.

— Si ça t'amuse, mais dès que j'en aurai terminé ici, j'irai à l'hôtel pour réfléchir.

— Contacte-moi quand tu quitteras les lieux. Si je le peux, je t'y rejoindrai. Nous réfléchirons ensemble.

— Marché conclu.

23

« Réduit au rang de voleur de bas étage », pensa McQueen. Eve Dallas le paierait cher. Cela dit, il n'était pas mécontent de constater qu'il n'avait rien perdu de son habileté. En trois arrêts relativement courts, il avait obtenu tout ce dont il avait besoin.

Certes, se débarrasser d'un véhicule pour en voler un autre était fastidieux. Un peu excitant aussi. Nostalgique.

La dernière fois qu'il avait piqué une voiture, il s'asseyait encore sur les genoux de sa mère. Cerise sur le gâteau, dans la deuxième voiture, il avait trouvé un porte-documents. Excellent. Les accessoires ajoutaient toujours à l'illusion.

Le moment était venu d'aller droit au but. D'en finir avec tout ça, avec *elle*, et de fuir Dallas. Cette ville lui portait la poisse. Retour à New York. Histoire d'en rajouter une couche.

Quoique… New York aussi lui avait porté la poisse.

Philadelphie ? Baltimore ? Et pourquoi pas Boston ? Non, l'hiver approchait. Il opterait pour le Sud. Atlanta… Non, Miami. Toutes ces vilaines filles sur les plages. Des proies faciles. De vraies vacances… Il s'y voyait déjà, déambulant au bord de l'eau en costume de lin blanc.

À bord du roadster « emprunté », le moral en hausse à la perspective d'une vie au soleil, il se gara devant l'hôtel. Le portier se précipita pour l'accueillir.

— Bonsoir, monsieur. Vous avez réservé une chambre ?

— J'ai rendez-vous avec un ami au bar.

— Passez une bonne soirée, monsieur.

— J'y compte bien.

Il ne lésina pas sur le pourboire. Il prévoyait de repartir les poches pleines, il pouvait donc se permettre d'être généreux.

Il entra, balaya le hall du regard comme n'importe quel nouvel arrivant, constata que l'agencement correspondait à celui du site Internet. Au passage, il jaugea la sécurité – caméras et membres du personnel.

Sa mallette à la main, il pénétra dans le bar, choisit une table face aux ascenseurs.

Il avait un peu de temps devant lui, songea-t-il. Ils ne reviendraient pas de sitôt – les flics avaient du boulot ! Fouiller l'appartement. Mettre en place les barrages routiers, lancer la chasse à l'homme.

Ils auraient beau multiplier les communiqués de presse, il avait pris ses précautions. Quelques coups de ciseaux dans les toilettes d'un grand magasin, une teinture expresse, une barbichette confectionnée à l'aide de ses cheveux coupés et d'un tube de colle chapardé, le tour était joué.

« Pas mal », se dit-il en flirtant avec la serveuse venue prendre sa commande – une eau pétillante avec une rondelle de citron vert. Toutes les femmes le trouvaient irrésistible. Et que voyait celle-ci ? Un homme aux courts cheveux châtains, avec une barbichette. La serviette en cuir, le costume bien coupé.

Pas un individu traqué par la police, non. Jamais de la vie.

Il ouvrit et ferma le poing sous la table. Il avait soif de sang. Envie du corps à peine éclos d'une vilaine,

vilaine fille. De voir crever une certaine salope de flic. Mais il devait se retenir, procéder dans l'ordre.

La chance lui souriait de nouveau, se rassura-t-il. Il gratifia la serveuse d'un clin d'œil lorsqu'elle lui apporta sa boisson, une coupelle d'olives et un bol de cacahuètes.

« Des olives », se dit-il, perdant le fil un instant.

Le manutentionnaire, le livreur, les flics. Tous ces bocaux.

Il but. Eau pétillante maintenant, champagne plus tard. Tout se déroulerait comme prévu. Il ne lui restait plus qu'à guetter sa cible.

Il scruta le bar, le hall, réfléchissant, rejetant. Au bout de vingt minutes, il la repéra. Jolie, menue, robe noire très courte. Bijoux de pacotille, un peu trop maquillée, coiffure manquant de style.

En revanche, il apprécia les talons aiguilles rose bonbon.

« À peine vingt ans », estima-t-il tandis qu'elle entrait dans le bar. Une provinciale. Lorsqu'elle s'assit, à une table voisine, il vit là un signe.

Elle commanda une coupe de champagne. « La fête », conclut-il. Elle regardait autour d'elle. Il s'arrangea pour qu'elle ait la tête tournée de son côté quand il consulta sa montre, fronça les sourcils. Puis il leva les yeux, lui sourit.

Elle s'empourpra.

— Je crois bien qu'on m'a posé un lapin.

Il haussa les épaules, sourit de nouveau.

— J'espère que vous ne m'en voudrez pas de vous le dire, mais vos escarpins sont superbes.

— Ah !

Elle se mordilla la lèvre inférieure, jeta un coup d'œil à droite, à gauche. Clients alignés le long du comptoir, hôtel cinq étoiles. Où était le mal ?

— Merci. Je les ai achetés aujourd'hui.

— Excellent choix. Vous êtes de passage à Dallas ? s'enquit-il après avoir fait mine de vérifier l'heure, une fois de plus.

— Mmm...

— Désolé. Je ne voulais pas me montrer indiscret.

— Vous n'êtes pas indiscret. Je suis venue voir des amis. Nous avons prévu de dîner ensemble, mais ils ont retardé le rendez-vous. Du coup, comme j'étais prête...

— Et chaussée de ces splendides chaussures neuves.

Elle rit. « Trop facile », songea-t-il.

— J'ai décidé de descendre boire un verre plutôt que d'attendre dans ma chambre.

— Je vous comprends.

Tandis que la serveuse posait un verre devant elle, il commanda une autre eau pétillante.

— J'étais censé rencontrer un client, mais comme je viens de vous l'expliquer... D'où êtes-vous donc ?

— Euh... Nulle part, dans l'Oklahoma.

— Vous plaisantez ?

— Pas tant que ça. Une petite ville – Brady – au sud de Tulsa.

— Non ! s'exclama-t-il. C'est là que j'ai grandi, du moins jusqu'à mes seize ans, avant d'emménager ici. Ça m'a brisé le cœur. J'ai dû quitter ma petite amie dont j'étais fou amoureux. Je n'en reviens pas. Brady, Oklahoma. Décidément, le monde est petit. Permettez-moi de vous offrir un verre.

— Euh...

— Allez, entre Okies[1], il faut se serrer les coudes.

« Attention », se réprimanda-t-il. Il pivota pour lui faire face.

— Matt Beaufont, se présenta-t-il.

— Eloise. Eloise Pruitt.

---

1. Okies : habitants de l'Oklahoma. *(N.d.T.)*

— Enchanté, Eloise. C'est la première fois que vous venez à Dallas ?

Il engagea vraiment la conversation, la fit rire, rougir. Il régla leurs consommations quand la serveuse revint.

— Écoutez, ça vous ennuie que je m'asseye avec vous jusqu'à ce que vous alliez rejoindre vos amis ?

Sans lui laisser le loisir de répondre, il s'empara de son verre, se leva. D'un mouvement preste, il fit glisser sa chaise près de la sienne, l'acculant.

— Je devrais...

— Ne bougez pas, et continuez de me sourire. Vous sentez cela, Eloise ? C'est un couteau. Un geste, un cri, et je serai obligé de vous l'enfoncer dans le ventre.

Elle écarquilla les yeux, sous le choc

— J'abîmerai votre jolie robe et vous aurez du sang plein vos escarpins roses. Ce serait dommage.

— Je vous en prie.

— Je n'ai aucune envie de vous faire du mal. Sincèrement. Je veux que vous gloussiez comme tout à l'heure. Gloussez, Eloise, sinon je vous entaille.

Elle parvint à émettre une sorte de gazouillement haut perché. Il se saisit de la seringue dans sa poche. S'inclina comme pour lui chuchoter à l'oreille.

— Aïe.

— Voyons, ce n'est pas douloureux. Juste un avant-goût, pour vous aider à vous détendre. Associé à l'alcool, l'effet sera radical.

— Je me sens...

— Soûle, oui, je sais. Quel est le numéro de votre chambre, Eloise ?

— Je... 1603. J'ai la tête qui tourne. Ne me faites pas mal.

— N'ayez aucune inquiétude. Je vais juste vous raccompagner jusqu'à votre chambre. Je parie que vous avez envie de vous allonger.

— Oui.

— Glissez le bras autour de ma taille, Eloise. Gloussez.

Il la hissa sur ses pieds et elle chancela.

— Je ne me sens pas bien.

— Je vais arranger ça. Il vous suffit de m'obéir. Faites exactement ce que je vous demande.

Il l'entraîna jusqu'à l'ascenseur. Le dos tourné à la caméra, il lui ordonna de nouer les bras autour de son cou.

— Appuyez sur le bouton du seizième étage, Eloise. Souriez.

— Mes amis…

Elle dut s'y prendre à trois reprises avant de réussir à enfoncer la touche.

— Plus tard.

Personne ne monta avec eux. Tout allait pour le mieux. Dans le couloir, il feignit de la faire valser jusqu'à sa porte en riant.

— La clé, poupée.

— La clé ?

— Je m'en occupe.

Il la plaqua contre le mur, lui prit son sac, en extirpa la carte à puce.

— Que le spectacle commence.

À l'instant où ils furent dans la chambre, il la laissa s'affaisser sur le sol.

— Bravo, Eloise. Et maintenant, nous avons du pain sur la planche.

Carlotta Phelps émergea de l'ascenseur au seizième étage. Elle appartenait à l'équipe de la sécurité de l'hôtel depuis trois ans. Ce n'était pas la première fois qu'elle portait assistance à un client imbibé. Elle quittait son service dans dix minutes. Débloquer une porte de salle de bains et recoder une carte-clé, rien de compliqué.

Elle frappa.

— Mademoiselle Pruitt. Sécurité.

Elle entendit du bruit derrière la porte. Carlotta demeura impassible, mais intérieurement elle ricanait. Pourvu qu'Eloise de l'Oklahoma ait apporté de quoi se dégriser.

La femme qui finit par lui ouvrir paraissait un peu ébouriffée et très soûle, mais elle correspondait à la photo enregistrée à la réception.

— Désolée. Je suis désolée.

— Aucun problème. Vous avez perdu une clé et votre porte de salle de bains est bloquée, c'est bien cela ?

— Je… c'est ce que j'ai dit.

— Puis-je entrer ?

— Je… je vous en prie.

Eloise s'effaça, titubante, et Carlotta franchit le seuil. Tandis que la porte se refermait derrière elle, elle perçut un mouvement du coin de l'œil. Elle n'eut pas le temps de réagir avant que la seringue plonge dans son cou.

— Là ! s'exclama McQueen avec allégresse. Ce n'était pas si compliqué, n'est-ce pas ? Et maintenant, Eloise, sur le lit. À plat ventre.

— S'il vous plaît…

— Ce que tu peux être polie ! Dépêche-toi, sinon je te fends la joue jusqu'à l'os.

Elle s'exécuta.

— Le ruban adhésif, marmonna-t-il en le déroulant pour lui attacher les mains dans le dos. Rudimentaire, facile à trouver et polyvalent.

Il lui ligota les chevilles tandis qu'elle sanglotait.

— Je pourrais t'étouffer. C'est plus propre, mais en toute franchise, Eloise, ça ne m'intéresse pas.

Lassé de l'entendre le supplier, il la bâillonna.

— Ouf ! Enfin un peu de silence.

Satisfait, il reporta son attention sur la femme qui gisait à terre. Il la retourna, lui prit son passe-partout, ses communicateurs personnel et professionnel, son oreillette et, comme un peu plus tôt avec Eloise, son argent et ses bijoux.

Par précaution, alors même qu'elle ne reprendrait pas conscience avant une bonne heure, il la ligota et la bâillonna aussi. Puis il rangea le rouleau de ruban adhésif dans la mallette. Il aurait préféré lui trancher le pouce, vite fait bien fait. Trop salissant. Il le pressa sur une bande de papier aluminium, l'enroula soigneusement autour du sien.

Ragaillardi par le succès, il s'approcha du lit.

— Après tout, je vais peut-être t'étouffer. Tu es moche, tu ne mérites pas de vivre. Je plaisante ! rugit-il en explosant de rire tandis qu'elle se tortillait dans tous les sens. Enfin, pas tant que ça. Au revoir, Eloise et… de rien. Tu vas pouvoir régaler tes copines avec cette aventure pendant des années.

Il enjamba l'agent de la sécurité, réfléchit. S'emparant de son brouilleur, il entrouvrit la porte. La prudence était de rigueur, au cas où un gardien aurait la mauvaise idée de jeter un coup d'œil au moniteur au bon moment. Il programma le blocage de trois secondes et se rua vers l'escalier.

L'ascension serait longue, mais le jeu en valait la chandelle.

Il se mit à transpirer. Tant mieux, c'était le résultat d'un exercice sain.

Au cinquante-huitième étage, il fit une pause. Il allait avoir besoin de nouveau du brouilleur. Le passe-partout et l'empreinte suffiraient pour entrer dans la suite, mais leur utilisation déclencherait un enregistrement et une alerte.

Toute anomalie d'une durée de plus de dix secondes déclencherait une deuxième alerte, ce qui donnerait lieu à une vérification de routine. Il avait intérêt à être rapide.

Il actionna le brouilleur et bondit hors de la cage d'escalier. Il inséra la carte-clé, pressa son pouce enveloppé de papier aluminium sur l'écran. Rien.

Quelle mouche les avait piqués d'envoyer une femme ? Petites mains, petites empreintes. Dégoulinant de sueur, jurant, il recommença l'opération avec davantage de délicatesse.

La lumière passa au vert.

Il se rua à l'intérieur, éteignit le brouilleur en refermant la porte.

Alors qu'il s'accordait un instant pour reprendre son souffle, il se rendit compte qu'il avait les larmes aux yeux. Des larmes ! De joie, bien sûr. Il les ravala et balaya la suite du regard.

Elle en avait parcouru, du chemin, rien qu'en écartant les cuisses. Tapis magnifiques sur le sol en marbre, chandeliers en argent, fauteuils et canapés recouverts d'étoffes aux couleurs chaudes.

Il erra ici ou là, en proie à une jalousie sans nom, s'attarda sur le bar chromé, la longue table en ébène, la petite cuisine (une merveille comparée à celle qu'il avait conçue pour lui).

Voilà ce dont il avait envie. Ce qu'il méritait. Le cœur battant, il gravit l'escalier à la courbe élégante qui menait au deuxième niveau. Il explora la chambre principale et un flot de bile lui monta à la gorge.

Elle avait vécu dans toute cette opulence pendant qu'il croupissait en taule. Elle lui avait tout pris. Aujourd'hui encore, elle le privait du plaisir de la torturer, de prendre le temps de la regarder souffrir, de l'humilier.

Il la punirait en découpant son mari sous ses yeux.

Il s'approcha du dressing, dévoré par l'envie. Costumes, chemises, chaussures… Ce type avait bon goût – sauf en ce qui concernait le choix de son épouse.

Comme il allait se salir, il aurait besoin d'une tenue de rechange. Costume près du corps, veste déboutonnée, chemise par-dessus le pantalon. Ou alors, quelque chose de plus décontracté – toujours bien ajusté, mais…

Il perdit la notion du temps, plongé dans l'indécision, puis fit volte-face en percevant un sifflement derrière lui.

Il contempla le chat qui le fixait de ses yeux bicolores.

— Coucou, minou.

Avec un sourire, il dégaina son couteau.

L'idée de débiter son animal de compagnie en morceaux le réjouissait d'avance. Quand le félin bondit vers l'escalier menant au troisième niveau, il s'élança à sa suite.

— Ici ! Minou ! Minou !

Hilare, il pénétra dans le bureau d'Eve.

Et oublia le chat.

Le tableau de meurtre le ramena sur terre et il ressentit un sursaut de fierté.

Ses filles, toutes ses vilaines filles. Et lui… partout ! Il était devenu le centre du monde d'Eve Dallas. Exquis. Elle passait des heures et des heures à penser à lui, à tenter de se montrer plus futée que lui.

Mais qui était là, à cet instant précis, à l'attendre ? Qui avait été plus malin ? Elle avait eu ce qu'elle voulait pendant douze ans. Désormais, la situation était inversée.

— J'avais tort, murmura-t-il, les yeux brillants. Cela m'arrive pourtant rarement. Te tuer me suffira. Pas besoin de m'en prendre à ton mari. Je le ferai ici, devant toutes ces vilaines filles. C'est le lieu idéal.

— Je rentre, annonça Eve à Connors via son communicateur. J'en ai terminé ici. Je veux faire le tri, consulter Mira.

— Je te rejoins au plus vite. Nous avons progressé sur l'électronique, mais c'est lent. Je serai sans doute plus efficace en travaillant seul de mon côté. Comment retournes-tu à l'hôtel ?

— Je m'apprête à monter dans un véhicule officiel en compagnie de deux flics baraqués. Nous avons découvert la voiture que McQueen avait volée et abandonnée du côté de Fort Worth. Il a dû en piquer une autre. Nous recensons les plaintes récentes. À moins qu'il n'ait pris un conducteur en otage et filé encore plus à l'ouest. Toutes les routes jusqu'au moindre sentier sont sous surveillance.

Elle hocha la tête en direction des uniformes, s'installa sur la banquette arrière.

— Les médias sont sur le coup. Les témoignages affluent déjà. Ils seront tous pris en compte. Le hic, c'est que ce genre de démarche nous ramène le plus souvent les cinglés et les trouillards.

— Si tu demandais qu'on te dépose au commissariat ? Nous pourrions regagner l'hôtel ensemble.

— Connors, je serai dans notre suite d'ici dix minutes, en train de boire un café digne de ce nom et de rassembler mes notes. Sais-tu ce que nous avons trouvé dans sa commode ? Un album photos. Des photos de sa mère, des partenaires que nous connaissons et d'autres, inconnues. Numérotées, comme les filles. Mira va se frotter les mains.

— Il avait commencé à se renseigner sur les centres commerciaux, les cinémas, les galeries de jeux et les clubs de jeunes au centre de Londres.

— Ce n'est pas demain la veille qu'il va pouvoir s'offrir un poisson pané avec frites. Je dois revoir ma chronologie, mais je ne pense pas qu'il ait eu le temps de s'envoler pour l'étranger. Il est furieux et paniqué… On arrive devant l'hôtel. À plus tard !

— Je pars tout de suite. Tu devrais demander aux flics de monter avec toi.

— Je *suis* flic, lui rappela-t-elle. Merci, messieurs, lança-t-elle en descendant. À présent, je franchis le seuil de l'établissement. À tout à l'heure !

Ils étaient sur les nerfs. McQueen, les opérations avortées, ses soucis personnels – ils en pâtissaient tous les deux. Il était temps de souffler et de rentrer à New York. Non pas que là-bas elle ne risquerait pas sa peau, mais au moins c'était *normal*.

Alors qu'ici, rien ne l'était.

Elle passa en revue le hall, le bar et les boutiques, sur le qui-vive. McQueen ignorait où Connors et elle étaient descendus, mais il n'était pas idiot.

Se dirigeant vers les ascenseurs, elle salua le gardien en poste d'un hochement de tête.

— Bonsoir, lieutenant. Vous pouvez monter.

— Merci.

Elle s'engouffra dans la cabine, s'adossa contre le mur du fond. Un café, quelques minutes de pause, histoire de se détendre. Elle sortit au niveau des chambres. Elle rêvait d'une longue douche chaude, mais se contenta d'enlever sa veste et son harnais, pour enfiler un chemisier propre.

Déjà plus à l'aise, elle se servit un café, en but une première gorgée devant l'autochef, puis décida de partir à la recherche du chat. Un bon café, Galahad, son tableau de meurtre – c'était presque comme à la maison.

Le félin n'étant pas vautré sur le lit, Eve se dit qu'il dormait dans le fauteuil dans son bureau et se comporterait sans doute comme s'il était affamé et furieux d'avoir été abandonné toute la journée.

Elle entra dans ledit bureau, constata avec surprise qu'il n'était pas là. Il devait bouder dans son coin. Haussant les épaules, elle se dirigeait vers son tableau de meurtre quand Galahad sortit la tête de sous une chaise. Elle aurait souri et l'aurait ramassé pour le caresser, mais il découvrit les dents en sifflant.

Pour la deuxième fois depuis leur rencontre, Galahad lui sauva la vie.

Elle fit volte-face, le bras tendu. La lame creusa un mince sillon dans sa chair, mais rata son dos. Elle enchaîna avec un coup de poing, et tandis que McQueen esquivait, voulut dégainer.

Et se rappela qu'elle avait laissé son harnais et sa veste sur le lit.

Il se rua sur elle en brandissant son couteau. Elle fit un bond en arrière, réussit à atteindre son bras d'un coup de pied, mais il ne fut pas assez fort pour déloger la lame.

Elle avait une arme de secours à la cheville, mais comment s'en emparer ?

« Il régresse, se rappela-t-elle. Pousse-le à bout. »

— Vous perdez la main, Isaac, railla-t-elle en adoptant une posture de combat. Vous ne sortirez pas d'ici.

— J'y suis entré, non ? Cette fois, la chance est de mon côté. Dommage que Connors ne soit pas avec vous. Mais j'attendrai. Peut-être que je renoncerai à vous tuer – pour le moment. Vous me regarderez le découper, morceau par morceau.

— Il vous massacrera. Vous n'avez pas idée.

Elle para un nouveau coup de lame, tournoya sur elle-même, lui enfonça le talon de sa bottine dans le ventre. La lame lui entailla la hanche dans la foulée.

— Je vais vous trouer la peau.

Elle poussa un fauteuil vers lui et, en un éclair, se retrouva dans la pièce où elle s'était battue contre lui autrefois. Mais elle n'était plus une débutante. Elle était plus maligne, plus forte.

— C'est vous qui avez des trous là où vous aviez de la maîtrise et un cerveau. Vous auriez dû partir au loin dépenser allègrement l'argent que vous aviez mis de côté. À présent, c'est nous qui l'avons. Vous retournerez en taule, et cette fois vous n'aurez plus accès à aucun compte. Vous n'êtes qu'un *imbécile* !

Rouge de fureur, il chargea. Elle bondit par-dessus le divan, et le couteau en fendit le dossier. Emportée par son élan, elle se pencha pour attraper son pistolet de secours, tenta de reprendre son équilibre en se redressant.

Les deux armes tombèrent bruyamment quand McQueen la heurta de toutes ses forces. Il pesait sur elle de tout son poids, son bras était tordu sous elle. Elle perçut un craquement, un hurlement de douleur.

Et se revit dans une autre chambre, baignée d'une lumière rouge.

Connors profitait d'un embouteillage pour revoir la logistique. Ils avaient forcé la plupart des filtres de McQueen – les systèmes qu'il avait installés dans son deuxième appartement étaient de moins bonne qualité.

« Il se sentait en sécurité, songea Connors. Intouchable. »

Grossière erreur.

Rien de ce qu'ils avaient récupéré jusque-là ne se révélait utile pour les mettre sur sa piste. Toutefois, les dossiers conséquents que McQueen avait amassés sur Eve n'avaient fait qu'accroître l'inquiétude de Connors. Une telle obsession ne s'estomperait jamais. C'était précisément à cause d'elle que McQueen avait modifié son mode opératoire, repoussé les limites du bon sens, plongé dans une folle spirale d'intrigues et de plans.

Il n'abandonnerait pas la partie. Il en était incapable.

Tous ces messages, si personnels, si futiles. « Réactions d'un amant éconduit », songea Connors. Agacé par la paralysie du trafic, il entreprit de se faufiler entre les voitures.

La dernière communication était la plus étrange de toutes, pensa-t-il en bifurquant dans la rue de l'hôtel. McQueen avait contacté Eve alors qu'il était cerné par les flics et n'aurait dû avoir qu'une idée en tête : fuir.

L'idiot. Survivre était toujours la priorité, il l'ignorait donc ? Quand on veut provoquer l'adversaire (encore que Connors n'en ait jamais vu l'intérêt), on le fait à distance. Initier une transmission en sachant pertinemment qu'on remonterait à la source ? C'était…

Connors eut l'impression de recevoir un coup de marteau sur la tête.

Remonter à la source…

Il freina, bondit de son véhicule, sortit son communicateur. Tout en courant, il essaya d'abord de joindre Eve, tomba sur sa boîte vocale.

— Monsieur ! appela le portier tandis qu'il franchissait l'entrée au pas de course. Votre voiture…

— Appelez la police ! ordonna Connors en atteignant le poste de la sécurité devant les ascenseurs. Lieutenant Ricchio. Vite ! Et envoyez une équipe de vigiles armés dans ma suite. Immédiatement, nom de nom !

Il se rua dans l'ascenseur, dégaina l'arme de l'étui calé au creux de ses reins.

Il aurait pu prier, mais un seul mot tournait en boucle dans sa tête.

Eve.

Elle hurla. La douleur était intense. Insupportable. Il la frappait encore et encore, tout en pressant contre elle ce sexe dur qui allait bientôt s'enfoncer en elle, la déchirer, lui faire mal. Encore.

Et cette fois, il allait la tuer. Elle le lisait sur son visage.

Le visage de son père.

— C'est ça, crie. Personne ne t'entendra. Tu vas crier quand je te baiserai. Oui, oui, enchaîna-t-il en lui arrachant ses vêtements. Je vais te baiser, et ensuite je te tuerai. Qui a de la chance, à présent, salope ? Qui ?

— Arrêtez, je vous en supplie ! J'ai mal.

— Supplie-moi ! haleta-t-il, émoustillé. Pleure comme une petite fille. Une vilaine fille.

— Je serai sage ! Je vous en prie, non…

Quand il la frappa de nouveau, elle vit double. Folle de terreur et de douleur, elle tenta de lui griffer le visage. Il brailla, se redressa vivement.

Dans son esprit, elle le sentit s'enfoncer en elle. Dans la réalité, il referma les mains autour de son cou, lui coupant le souffle.

Elle agita sa main libre – impuissante, désespérée – et la referma sur le couteau.

Elle l'abattit sur son agresseur. Le sang gicla, tiède et gluant. Toussant, étouffant, s'étranglant, elle recommença.

Et soudain, elle fut libre, agenouillée près de lui, son bras cassé pendant le long de son flanc, le manche du couteau serré entre ses doigts. Le couteau brandi au-dessus de lui.

— Eve !

Le cœur de Connors s'arrêta. Plus tard, il se dirait que son cœur avait cessé de battre dans un mélange de soulagement – elle était vivante – et d'horreur.

— Eve !

Elle tourna la tête vers lui, le visage en sang, couvert d'hématomes, le regard sauvage. Une fois de plus, le chat, loyal jusqu'à la fin, cognait la tête contre sa hanche. Quand Connors fit un pas en avant, elle montra les dents en émettant un grognement féroce.

— Je sais qui tu es. Dallas, lieutenant Eve.

Pourvu qu'il ne soit pas obligé de la paralyser pour la sauver !

— Regarde-moi. Il ne peut plus rien contre toi, Eve. Lieutenant Eve. Mon Eve. C'est moi, Connors.

— Il est revenu.

— Pas cette fois.

— Il m'a fait mal.

— Je sais. Plus jamais, Eve. Je suis réel. Nous sommes réels…

Si elle abaissait ce couteau, elle ne s'en remettrait pas.

— Cet homme est Isaac McQueen. Ce n'est pas ton père. Tu n'es pas une enfant. Tu es le lieutenant Eve Dallas de la police de New York. Il est temps de t'occuper de ton prisonnier. De faire ton boulot.

— Le boulot, hoqueta-t-elle. J'ai mal.

— Je te soignerai.

Lentement, sans la quitter des yeux, il s'agenouilla de l'autre côté de McQueen qui avait sombré dans l'inconscience.

— Je t'aime, Eve. Fais-moi confiance. Donne-moi ce couteau.

Doucement, il posa la main sur la sienne.

— Connors.

— Donne-moi ce couteau, Eve.

— Prends-le. Je t'en supplie, prends-le. Je n'arrive pas à le lâcher.

Il l'arracha à ses doigts tremblants et le jeta de côté.

Comme il s'approchait d'elle, la soulevait dans ses bras, l'équipe de la sécurité de l'hôtel fit irruption dans la suite. Il se mit à aboyer des ordres, se rendit compte qu'il faisait fausse route – ce n'était pas ce dont Eve avait besoin.

— Dr Charlotte Mira, chambre 5508. L'un d'entre vous doit aller la chercher, lui dire que le lieutenant Dallas a besoin d'elle. Qu'elle monte avec sa trousse médicale. Tout de suite. Les autres, descendez, attendez la police.

Il porta Eve jusqu'au divan. Aussitôt, Galahad se nicha sur ses cuisses.

— Non, protesta Eve quand Connors voulut le repousser. Il m'a sauvée. Toi aussi, tu m'as sauvée.

— Tu t'es sauvée toi-même, mais nous avons joué notre rôle. Montre-moi ton bras.

— Il est cassé ?

— Non, ma chérie. Il est déboîté. Je sais que ça fait mal.

— Pas cassé, répéta-t-elle en laissant échapper un soupir tremblant. Pas cette fois.

De sa main valide, elle lui prit la sienne.

— Je voulais le tuer. J'en ai été incapable. Je tiens à ce que tu le saches…

— Ça n'a aucune importance, murmura-t-il en caressant sa joue blessée. Mira ne va pas tarder.

— Si, ça a de l'importance, répliqua-t-elle. J'en ai été incapable. Quelque chose en moi… C'est comme si j'étais entrée en moi-même. L'enfant criait, mais l'adulte était présente aussi. Moi. J'étais comme figée entre les deux. Comment l'expliquer ? Je ne pouvais pas l'achever, mais je ne pouvais pas non plus lâcher le couteau. Jusqu'à ce que tu interviennes, que tu me touches. Je n'avais pas la force de clore définitivement ce chapitre tant que tu n'étais pas là.

— Et maintenant ?

— Je n'ai pas le choix.

— Laisse-moi récupérer tes menottes.

Pendant qu'elle soutenait son bras douloureux, il les ôta de sa ceinture, se leva, fit rouler McQueen sur le ventre, s'accroupit, le menotta. Il le remettait sur le dos quand Mira apparut.

— Mon Dieu ! s'écria-t-elle.

— Elle tient le coup, déclara-t-il en se redressant pour empêcher Mira de se précipiter vers Eve. Administrez à ce salopard de quoi le réveiller.

— Eve a besoin de…

— De citer ses droits à son prisonnier, coupa-t-il. Et qu'il soit conscient lorsqu'elle le fera.

Mira adressa un long regard à Eve, puis opina. Connors pivota vers la porte tandis que flics, agents de la sécurité et agents fédéraux envahissaient la suite.

— C'est à elle de le faire, déclara-t-il. C'est le boulot du lieutenant Dallas.

Il lui tendit la main, mais elle secoua la tête. Tandis que Mira s'occupait de ramener McQueen à lui, elle se leva péniblement.

— Vous m'entendez ? demanda-t-elle.

— Vous saignez, grogna-t-il alors que Mira appliquait une compresse sur la plaie qui lui barrait le flanc.

— Vous aussi. Isaac McQueen, vous êtes en état d'arrestation pour le meurtre de Nathan Ribgy, celui d'une personne non identifiée connue sous le nom de Sylvia Prentiss, l'enlèvement et la séquestration de Melinda Jones. Pour l'enlèvement, le viol et la séquestration de Darlie Morgansten. Pour agression et homicide d'un officier de police. Pour tentative de meurtre d'un officier de police. Et d'autres charges qui restent à définir.

— Je vous retrouverai, menaça-t-il d'une voix vibrante de rage. Je m'évaderai et je vous retrouverai.

— Ma foi, je meurs de peur, railla-t-elle. Isaac McQueen, vous avez le droit de garder le silence…

L'envie de vomir qui la taraudait refluait à mesure qu'elle lui lisait ses droits.

— Inspecteur Jones, voulez-vous prendre en charge le prisonnier ?

— Oui, lieutenant.

— Que diable s'est-il passé ici ? s'écria Nikos.

— J'ai fait mon boulot.

— Comment est-ce que…

— Le lieutenant Dallas a besoin de soins médicaux, intervint Mira. Vous lui poserez toutes les questions que vous voudrez, mais plus tard. Connors, aidez-moi à la monter à l'étage. Nous utiliserons l'ascenseur.

Les flics s'écartèrent sur leur passage.

— Il faut que je prévienne Darlie. Je lui ai promis qu'elle serait la première avertie. Il faut sécuriser la scène, bredouilla Eve tandis que les portes se refermaient sur eux. Merde, je crois que je vais tomber dans les pommes.

— Aucun problème. Personne ne te voit.

Comme elle sombrait, il la souleva dans ses bras, pressa le visage contre son cou.

Lorsqu'elle reprit connaissance, elle était sur le lit, le bras dans une attelle. Mira pansait sa blessure à la hanche.

— Je n'ai pas mal.

— Pour le moment.

— Mais je me sens... Merde. Vous m'avez fait avaler un truc. Je me sens bizarre.

— Ça passera.

— C'est grave ?

— Relativement. Il vous a poignardée, battue, étouffée et il a failli vous arracher le bras. Mais vous guérirez.

— Ne soyez pas fâchée, murmura Eve avec un sourire. Il allait me violer. L'espace d'un instant, j'ai cru qu'il me violait. Mais il n'en a pas eu l'occasion.

— Non, répondit Mira en lui caressant la joue. Vous l'en avez empêché.

— Vous avez du sang sur votre tailleur. Vous qui êtes toujours si élégante, vous... Bref. Désolée.

— Ne vous inquiétez pas pour moi. J'ai presque fini.

— D'accord. Je suis nue ?

— Pas tout à fait.

— Tant mieux parce que ce serait gênant. Connors ? Où est Connors ?

— Je l'ai convaincu que je pouvais m'occuper de vous pendant qu'il répondait aux policiers. Il se charge de contacter Darlie. Vous pourrez lui parler un peu plus tard si vous le souhaitez.

— Il m'aime. Connors. Il m'aime.

— Vous n'imaginez pas à quel point.

— Personne avant lui ne m'avait aimée. Avant Mavis – mais elle est têtue comme une mule, elle s'est incrustée… Et Feeney. Mais lui serait mal à l'aise s'il devait l'avouer, alors… Motus. Connors, c'est différent, il n'a pas peur de ses sentiments. Il déborde d'amour.

— Oui. Vous devriez vous reposer, à présent, Eve.

— Je veux rédiger mon rapport. Mon visage est couvert de bleus, non ? Je déteste ça. Ce n'est pas que je sois jolie ou quoi, mais…

— Tu es la plus belle femme du monde, lança Connors depuis le seuil de la pièce.

À moitié dans les vapes, Eve lui adressa un vague sourire.

— Vous voyez, Mira ? Je vous l'avais bien dit. Il déborde d'amour… Dès que j'aurai rédigé mon rapport, on rentre tous à la maison, d'accord ?

Il s'approcha, s'assit au bord du lit.

— D'accord.

Épilogue

Mira refusa de l'autoriser à voyager avant vingt-quatre heures et elle pouvait se montrer intransigeante. Eve en profita pour clôturer le dossier.

— McQueen est en route pour une prison haute sécurité hors-planète, annonça-t-elle à Connors. Mais la police de Dallas et les fédéraux ont ajouté des charges à son encontre. Il assistera à son procès à distance.

— Tu vas devoir témoigner.

— Avec un immense plaisir. Comment vont l'agent de la sécurité et la jeune cliente ?

— Elles se sont remises de leur mésaventure. Nous allons modifier notre système de sécurité.

— Personne ne pouvait prévoir ce qu'il allait faire. Il était devenu fou.

— Mais il a réussi, non ? répliqua-t-il – et cela, il ne l'oublierait jamais. Il t'a piégée.

— Tu sais comme moi qu'avec un minimum d'habileté, beaucoup de détermination et de chance, n'importe qui peut s'introduire n'importe où. D'où l'existence des flics.

Elle se cala dans son fauteuil. Elle détestait l'avion, mais, cette fois au moins, la navette se dirigeait dans la bonne direction.

— À propos de flics, comment va le mien ?

— Plutôt bien. Sauf le bras.

— Tu as bien dormi cette nuit.

— Rien d'étonnant vu la dose de tranquillisants que j'avais ingurgitée. Je sais que je vais devoir réfléchir, surmonter cet épisode abominable, ajouta-t-elle en lui prenant la main. Mais j'en aurai la force parce que, au bout du compte, j'ai fait mon boulot. Et tu m'y as aidée.

— Je me suis toujours demandé, en admettant que ce fût possible, si je serais retourné là-bas tuer ton père pour t'épargner ce traumatisme. Puis je me suis retrouvé dans cette chambre à Dallas, et j'ai vu clairement ce qui s'était passé cette nuit-là, ce qu'il t'avait infligé.

Il porta la main d'Eve à ses lèvres.

— J'aurais pu t'arracher ce couteau des mains pour le planter dans le cœur de McQueen. Le double de ton père. J'en aurais été capable.

— Tu ne l'as pas fait.

— Non. Tu m'aimais.

— Tu m'as entendue parler à Mira ?

— En effet.

Elle posa la tête sur son épaule.

— Pour deux personnes qui ont si mal démarré dans la vie, on se débrouille plutôt bien.

Elle tourna la tête vers le hublot, ignorant le pincement à l'estomac à l'approche de l'atterrissage. Galahad bondit sur ses genoux, s'installa confortablement.

Aux côtés de Connors, le chat ronronnant comme une locomotive, elle regarda New York jaillir entre les nuages.

« De Dallas à New York, songea-t-elle. Sa ville. La boucle est bouclée. »

Célébrité du crime

De la renommée à l'infamie, c'est un sentier battu.

Thomas FULLER

La soif du pouvoir, de dominer les autres,
enflamme le cœur plus que toute autre passion.

TACITE

1

Avec une expression de frustration mêlée de regrets, elle examina le cadavre. Il gisait sur un canapé bordeaux, une tache de sang maculant le pull gris sous la lame argentée d'un scalpel. Elle promena un regard sombre sur le corps, la pièce, le plateau de fromages et de fruits sur la table basse.

— Il est allongé, commença-t-elle d'un ton posé. Il a désactivé le droïde. Le robot et le système de sécurité de la maison sont programmés en mode NE PAS DÉRANGER. Mais il est étendu là, paisiblement. Il ne craint pas que quelqu'un entre, se penche sur lui. Il est peut-être sous tranquillisants. Nous vérifierons les analyses toxicologiques, mais j'en doute. Il la connaissait. Lorsqu'elle est entrée, il n'a pas eu peur.

Elle s'avança jusqu'à la porte. Dans le couloir, une jolie blonde était assise par terre, la tête entre les mains. Près d'elle, un inspecteur frais émoulu affichait un petit sourire satisfait.

Elle s'immobilisa sur le seuil, le mort derrière elle.

— Coupez ! C'est dans la boîte !

Au signal du réalisateur, le plateau – une réplique du bureau de feu Wilford. B. Icove Junior – s'anima comme une ruche.

Le lieutenant Eve Dallas, qui s'était tenue autrefois dans ledit bureau (mais le macchabée ne s'était pas redressé en se grattant les fesses), retomba sur terre.

À ses côtés, Peabody exécuta une petite danse maîtrisée en sautillant sur les talons de ses bottes de cowboy roses.

— C'est génial, non ? Nous sommes sur un plateau de cinéma en train de nous observer nous-mêmes. Et nous sommes épatantes.

— C'est bizarre, marmonna Eve.

« D'autant plus bizarre, songea-t-elle, de se voir – ou du moins un fac-similé vraisemblable de sa personne – venir vers elle avec un grand sourire. »

Était-ce ainsi qu'elle souriait ? Bizarre, là encore.

— Lieutenant Dallas, quel bonheur de vous avoir parmi nous ! Je mourais d'impatience de vous rencontrer.

L'actrice lui tendit la main. Eve avait déjà vu Marlo Durn, mais en blonde bronzée aux yeux vert foncé. Ces cheveux châtains, courts et en désordre, ces yeux ambre et même cette fossette au menton identique à la sienne lui flanquaient vaguement la chair de poule.

— Et vous aussi, inspecteur Peabody, ajouta la comédienne en tendant à une habilleuse le manteau en cuir qu'elle avait porté pour cette scène (une réplique de celui que le mari d'Eve lui avait offert au cours de l'enquête Icove).

— Mademoiselle Durn, je suis une fan inconditionnelle, assura Peabody. J'ai vu tous vos films.

— Appelez-moi Marlo, je vous en prie. Après tout, nous sommes partenaires. Alors ? Qu'en dites-vous ? enchaîna-t-elle en désignant le décor, une bague – copie conforme de celle d'Eve – scintillant à son annulaire gauche. C'est assez ressemblant ?

— Tout à fait, assura Eve.

— Roundtree, le réalisateur, voulait de l'authentique, expliqua Marlo en indiquant d'un signe de tête un type costaud penché sur un moniteur. Et ce qu'il veut, il l'obtient. C'est l'une des raisons pour lesquelles il tenait absolument à tourner à New York. J'espère que vous avez eu le temps de vous balader, de vous imprégner de l'atmosphère. J'ai eu envie de ce rôle à la minute où j'ai entendu parler du projet, avant même d'avoir lu le livre de Nadine Furst. Quand je pense que vous, vous l'avez vécu... Mais je m'égare ! s'esclaffa-t-elle. C'est moi, la fan inconditionnelle. Je m'immerge dans le rôle d'Eve Dallas depuis des mois. J'ai même effectué quelques patrouilles avec une équipe d'inspecteurs, Roundtree n'ayant pas réussi à vous convaincre – ni votre commandant – de nous laisser vous accompagner, K.T. et moi. Après coup, j'ai compris pourquoi.

— Tant mieux.

— Mon Dieu, je parle, je parle. K.T. ! Viens par ici, que je te présente le véritable inspecteur Peabody.

L'actrice, en grande conversation avec Roundtree, leur jeta un coup d'œil. Une lueur agacée vacilla dans ses prunelles avant qu'elle n'affiche ce qu'Eve supposa être son sourire professionnel.

— Quel plaisir !

K.T. vint leur serrer la main, puis étudia Peabody de la tête aux pieds.

— Vous laissez pousser vos cheveux, constata-t-elle.

— Oui, plus ou moins. Je vous ai vue récemment dans *Teardrop*. Vous étiez fantastique.

— Je vous vole Dallas quelques instants, intervint Marlo en glissant le bras sous celui d'Eve. Allons boire un café.

Elle l'entraîna à travers le décor du premier étage du domicile d'Icove.

— Les producteurs se sont débrouillés pour nous fournir votre marque préférée, et à présent, je suis accro. J'ai demandé à mon assistante de nous installer dans ma caravane.

— Vous ne travaillez plus ?

— Dans ce métier, on passe un temps fou à attendre. Comme dans le vôtre, j'imagine.

En boots et pantalon, son harnais contenant une arme factice, Marlo fonça à travers le studio. Eve s'immobilisa devant la réplique de sa salle commune du Central. Bureaux encombrés, tableau de meurtre, ordinateurs, sol éraflé... il ne manquait plus que les flics – et les odeurs de sucre raffiné, de mauvais café et de sueur.

— C'est conforme à l'original ?

— Oui, admit Eve. Mais c'est plus vaste que dans la réalité.

— On n'aura pas cette impression à l'écran. Ils ont reproduit votre bureau. Vous voulez le voir ?

Elles passèrent derrière un faux mur et gagnèrent une reproduction quasiment parfaite de son antre au Central, sinon que l'étroite fenêtre donnait sur le studio plutôt que sur New York.

— Ils inséreront la vue grâce à des images de synthèse – immeubles, trafic aérien, expliqua Marlo comme Eve s'approchait de ladite fenêtre. J'ai déjà tourné quelques scènes ici, ainsi que celle de la salle de conférences, lorsque vous révélez la conspiration : Icove, Unilab, l'académie Brookhollow. Un moment particulièrement intense. Les dialogues sont tirés du livre et, d'après ce que l'on nous a dit, ils sont très proches des enregistrements d'origine. Nadine a brillamment réussi à associer la réalité à une intrigue palpitante. Cela dit, la réalité était sûrement palpitante. Je vous admire tellement !

Surprise, un peu mal à l'aise, Eve se tourna vers elle.

— Ce que vous faites jour après jour est si important, poursuivit Marlo. Je suis une bonne comédienne et j'estime que ce que je fais est important. Sans l'art, les histoires et les gens qui leur donnent vie, le monde serait triste et étriqué.

— Certainement.

— Quand j'ai commencé à me documenter pour ce film, je me suis rendu compte que jamais je n'avais autant souhaité rendre justice à un rôle. Pas dans l'espoir de décrocher un oscar – encore que le trophée serait superbe sur le manteau de ma cheminée –, mais parce que c'est important. Vous n'avez vu que la scène que nous venons de tourner, mais si quelque chose vous a paru sonner faux, je compte sur vous pour me le signaler.

Eve haussa les épaules.

— Ça m'a semblé bien. Mais je dois avouer que vous regarder incarner mon personnage, calquer vos gestes et vos paroles sur les miens m'a déstabilisée. J'en déduis que vous étiez dans le vrai.

Un large sourire fendit le visage de Marlo. « Non, décida Eve, je ne souris pas ainsi. »

— Tant mieux.

— Quant à ceci, poursuivit Eve en pivotant vers le décor de son bureau, J'ai la sensation que je devrais m'asseoir et m'attaquer à une pile de paperasse.

— Carmandy serait ravie de l'entendre. C'est la scénographe. Allons boire ce café. On ne va pas tarder à me réclamer sur le plateau.

Elles sortirent du bâtiment. En cette fin d'octobre 2060, le soleil brillait de tous ses feux.

— Je vous propose de passer devant le décor de votre maison. Il est spectaculaire. Preston, l'assistant-réalisateur, vous a-t-il prévenue qu'on allait profiter de ce que Peabody et vous étiez parmi nous pour prendre quelques photos ? C'est Valérie Xaviar qui s'en charge. Elle est formidable.

— On nous en a parlé, oui.

Marlo sourit de nouveau et serra brièvement le bras d'Eve.

— Je sais que vous préférez éviter les médias, mais ce sera une formidable publicité pour le film – et cela fera plaisir à toute l'équipe. Vous venez au dîner de ce soir, j'espère. Connors et vous.

— C'est prévu, en effet.

« Impossible d'y échapper », songea Eve. Marlo lui jeta un coup d'œil et pouffa.

— Je parie que vous rêvez d'une nouvelle affaire pour pouvoir vous dérober.

— Vous m'avez étudiée de près.

— Ce sera plus amusant que vous ne l'imaginez. Ce qui ne sera pas difficile vu que vous imaginez cette réception comme une torture.

— Vous avez placé des mouchards dans mon bureau ?

— Non, mais j'aime à croire que je suis branchée sur vous. Vous verrez, ce sera sympathique. Et vous allez adorer Julian. Il a cerné Connors à la perfection : l'accent, le langage corporel, cette aura de pouvoir et de virilité. De surcroît, il est beau, drôle et charmant. J'adore tourner avec lui. Êtes-vous sur une enquête, actuellement ?

— Nous en avons clôturé une il y a quelques jours.

— Cependant, vous en supervisez d'autres, vous témoignez au tribunal, vous consultez les hommes de votre division. Vous croulez sous les responsabilités. Vous…

Marlo se tut quand le communicateur d'Eve bipa.

— Dallas.

— *Dispatching à Dallas, lieutenant Eve. Retrouver immédiatement l'officier sur place au 13, Troisième Avenue Ouest. Homicide possible.*

— Bien reçu. Dallas et Peabody, inspecteur Delia, en route.

Elle raccrocha, contacta Peabody.

— On a une nouvelle affaire. Retrouvez-moi à la voiture.

Empochant son appareil, elle se tourna vers Marlo.

— Désolée.

— Pas du tout, je comprends. Ma question est peut-être stupide, mais que ressentez-vous quand on vous appelle pour vous annoncer que quelqu'un est mort ?

— Qu'il est temps de se mettre au boulot. Merci pour la visite.

— Il reste tant de choses à voir. Les productions *Big Bang* ont pratiquement recréé le Monde de Dallas dans les studios de Chelsea Piers. Nous en avons encore pour deux semaines, voire trois, de tournage. Peut-être pourrez-vous revenir.

— Peut-être. Je vous laisse. Je vous verrai ce soir si mon travail me le permet.

— Bonne chance.

Eve gagna au pas de charge le parking réservé aux VIP. Elle ne se réjouissait pas qu'un individu soit mort, mais dans la mesure où il l'était déjà, elle n'était pas mécontente de pouvoir échapper à la séance photos. Elle avait trouvé que Marlo Durn présentait bien, un peu trop exaltée, peut-être, mais sympathique, intelligente et honnête. Elle devait cependant reconnaître que faire face à son double était troublant. Surtout dans un environnement qui était la copie conforme du sien.

Le Monde de Dallas.

Humm…

— Il fallait que ça tombe maintenant, comme par hasard, râla Peabody en la rejoignant. On s'amusait tant. Et Preston – Preston Stykes, l'assistant-réalisateur – m'a proposé une figuration. Le week-end prochain, ils tournent en extérieurs et je serai une piétonne – avec un gros plan et peut-être même une réplique. Pourvu que je ne me retrouve pas avec un bouton d'ici là, ajouta-t-elle en se tapotant le visage pour vérifier. Il suffit d'avoir un gros plan pour qu'il vous en pousse un.

— J'en ai eu beaucoup – des gros plans, pas des boutons. Je ne veux pas entendre parler des vôtres.

— Ce sera mon premier, déclara Peabody en prenant place du côté passager tandis qu'Eve se glissait derrière le volant. Et ce soir au dîner, on va pouvoir frayer avec les stars. Je vais manger en compagnie de célébrités dans la résidence chic du réalisateur le plus en vue de Hollywood. Je vais rencontrer le producteur le plus puissant et le plus respecté dans le milieu, fondateur des productions *Big Bang*.

Oubliant ses boutons potentiels, Peabody plaqua la main sur son estomac.

— J'ai mal au cœur, enchaîna-t-elle. Roundtree vous cherchait. Il s'apprêtait à envoyer un coursier à vos trousses.

— Je vivais une expérience surréaliste : me voir moi-même me faisant visiter ma salle commune et mon bureau.

— Oh ! Mon poste de travail. J'aurais pu m'y asseoir. J'aurais pu m'asseoir au *vôtre*.

— Non.

— C'est un décor de cinéma.

— Quand bien même, non.

— Vous êtes méchante. Votre interprète est gentille. J'ai le droit de l'appeler par son prénom. La mienne est une espèce de garce.

— Ben voyons. Vive les stéréotypes !

— Ha ! Ha ! Très drôle. Franchement, elle a daigné m'adresser la parole pendant trente secondes, puis elle m'a envoyée balader. Et vous savez ce qu'elle m'a dit ?

— Comment le saurais-je puisque je n'étais pas là ?

— Eh bien, je vais vous le dire, grommela Peabody en chaussant ses lunettes de soleil arc-en-ciel. Elle a déclaré que si le portrait que Nadine a brossé de moi était juste, j'aurais intérêt à suivre un cours pour apprendre à m'affirmer. Sans quoi, je ne serai jamais rien d'autre qu'une subalterne, au mieux une assistante. Selon elle, mon attitude soumise me tire vers le bas.

Eve eut un frémissement d'agacement. Sa *coéquipière* s'était suffisamment affirmée pour faire rebondir l'une de leurs dernières enquêtes et démanteler un réseau de flics corrompus.

— Ce n'est pas une *espèce* de garce, mais une garce tout court, lâcha-t-elle. Et vous n'avez rien d'un sous-fifre.

— Exact. Je suis votre coéquipière et, d'accord, vous êtes mon lieutenant, mais ça ne fait pas de moi une subalterne lèche-bottes et soumise.

— Obéir aux ordres, c'est se comporter en bon flic.

— Merci. Je ne me suis pas tellement plu.

— Vous ne me plaisez pas tellement. Pas plus que l'autre moi, du reste.

— Je suis paumée, là.

— Marlo et K.T. ne s'aiment pas. Ça crève les yeux dès qu'elles sont hors champ. Quand le réalisateur a crié « coupez ! », elles sont parties chacune de son côté. Elles se sont ignorées ostensiblement jusqu'à ce que Marlo appelle K.T. pour vous la présenter.

— Je devais avoir des étoiles de Hollywood plein les yeux car je n'ai rien remarqué. Mais vous avez raison. Ce doit être dur de travailler avec quelqu'un, de faire semblant de se respecter alors qu'on se déteste.

— C'est pourquoi on appelle ça « jouer la comédie ».

— N'empêche. Ah ! Et l'autre moi a un plus gros derrière.

— Sans aucun doute.

— Vraiment ?

— Peabody, je n'ai pas examiné son séant et j'ai rarement l'occasion d'admirer le vôtre. Mais je vous concède volontiers que le sien est plus gros si cela peut vous rassurer et nous permettre de parler d'autre chose que de Hollywood.

— Entendu, mais juste un petit truc. L'autre moi est aussi une menteuse. Elle m'a expliqué qu'elle devait aller se préparer pour la prochaine scène. Pourtant, quand j'ai traversé le parking des caravanes pour vous rejoindre, je l'ai vue – et surtout, entendue. Elle cognait de toutes ses forces contre la porte d'une des caravanes en hurlant : « Je sais que tu es là, connard, ouvre-moi cette putain de porte ! » Comme ça.

— La loge de qui ?

— Aucune idée, mais elle était furieuse et se fichait pas mal des techniciens qui rôdaient dans les parages.

— Je l'ai toujours dit. Vous êtes une garce coléreuse et sans classe.

Peabody poussa un soupir, ébaucha un sourire.

— Mais je ne suis pas une subalterne.

— Ce problème étant réglé, marmonna Eve en se garant derrière un véhicule de patrouille, allons découvrir notre cadavre.

— Une visite sur un tournage, un macchabée, un dîner avec des célébrités. Sacrée bonne journée.

Cecil Silcock ne pouvait pas en dire autant.

Sa journée s'était terminée plus tôt que prévu, sur le carrelage léopard de sa cuisine ultramoderne. Il gisait sur le sol moucheté noir et or, la tête dans une mare de sang. On aurait dit une bête sauvage mortellement blessée.

Cecil était en effet mortellement blessé. Le sang imprégnait le peignoir en fin cachemire blanc qu'il avait enfilé avant que son crâne n'entre en contact avec un objet d'un certain poids, puis avec ces carreaux au motif douteux. À en juger par l'entaille sur son front,

Eve en déduisit que Cecil avait, dans sa chute, heurté le bord du plan de travail or de l'îlot de cuisson.

Le reste de la cuisine, le salon, la salle à manger, la chambre principale et la suite des invités étaient impeccables, accessoirisés et agencés comme un appartement témoin haut de gamme.

— Aucune trace d'effraction, annonça l'uniforme à l'entrée. Le conjoint de la victime est là, dans la chambre. Il prétend qu'il était en voyage depuis deux jours, qu'il est rentré plus tôt que prévu et a découvert le corps.

— Où est sa valise ?

— Avec lui.

— Il nous faut les disques de sécurité.

— Le conjoint affirme que le système était débranché à son arrivée. D'après lui, la victime oubliait souvent de le mettre en marche.

— Trouvez la régie et vérifiez, ordonna Eve en jetant sa bombe de Seal-It dans son kit de terrain avant de s'accroupir près du corps. Peabody, confirmation de l'identité, heure du décès. Il a pris un sacré coup sur le côté gauche de la tête, la tempe, l'orbite. Un objet large, lourd et plat.

— Cecil Silcock, cinquante-six ans, domicilié à cette adresse. Marié avec Paul Havertoe depuis quatre ans. Propriétaire et directeur de la société *Good Times*, spécialisée dans l'organisation de fêtes et de réceptions.

— Pour lui, la fête est finie.

Eve s'assit sur ses talons et parcourut la pièce du regard.

— Pas d'effraction. Et on dirait que les lieux ont été astiqués par des fées du logis. Il porte un anneau – je parie que c'est du platine – incrusté d'un gros diamant. Je doute que le mobile soit le vol. En plus des bijoux, je vois toutes sortes d'appareils électroniques haut de gamme facilement transportables.

— Heure du décès : 10 h 36, annonça Peabody. Vu sa tenue et l'absence d'effraction, il connaissait forcément le meurtrier. Il l'a laissé entrer et est revenu ici, peut-être pour lui préparer un café. Et vlan ! Exit Cecil Good Times.

— Possible. Ou alors, vu sa tenue, Cecil se trouvait en charmante compagnie en l'absence de son conjoint – dont il faudra confirmer l'alibi. Il prépare le petit-déjeuner et la Charmante Compagnie le tabasse. Autre hypothèse, le conjoint débarque à l'improviste, se rend compte que Cecil l'a trompé et le rosse.

L'uniforme reparut.

— Le système de sécurité est débranché depuis vingt-huit heures, lieutenant. Nous n'avons aucune image depuis hier soir.

— Entendu. Commencez à frapper aux portes, au cas où quelqu'un aurait remarqué quelque chose.

Ayant chaussé ses microlunettes, Eve examina le corps avec soin.

— Cecil est propre comme un sou neuf. Il sent le citron. Mais je perçois aussi une odeur de café, ajouta-t-elle en se penchant pour humer son visage. Il s'est douché et a bu un café avant l'agression. Aucune trace de lutte, aucune autre lésion. Il reçoit le coup, tombe, se cogne au bord de cet îlot, puis prend un deuxième coup sur l'autre tempe, après avoir heurté le carrelage. Curieux, non ?

— Ah bon ?

— Tout est si net, si ordonné.

— Parce que la victime était un maniaque de la propreté ?

— Possible. Probable… Il n'y a pas d'autochef, constata Eve, qui se redressa et ôta ses lunettes. Quel drôle d'endroit.

Elle jeta un coup d'œil dans le réfrigérateur.

— Que du frais, et tout est nickel, là encore.

Elle ouvrit quelques tiroirs, quelques placards.

— Beaucoup de poêles, de casseroles, de gadgets, de vaisselle assortie, de verres à vin et blablabla. Elle est lourde, ajouta-t-elle en soupesant une grande poêle à fond plat.

— Ma grand-mère a la même ! s'exclama Peabody. En fonte. Elle l'a héritée de sa propre grand-mère et ne jure que par elle.

Eve examina la poêle, s'accroupit de nouveau près du corps, rabaissa ses lunettes pour inspecter la blessure à la tête. Elle sortit un instrument de sa mallette, prit des mesures.

— Intéressant, murmura-t-elle. Conservez cette poêle pour la police scientifique. Donc, Cecil a de la compagnie – ou de la visite –, ils viennent ici, derrière l'îlot de cuisson. Pourtant, il ne l'utilise pas. Or, contrairement à n'importe quelle cuisine civilisée en ce bas monde, celle-ci est dépourvue d'autochef. Il devait donc se servir d'ustensiles. Et pour le café ?

— Il a une machine à Expresso. On y verse les grains, de l'eau, elle broie et elle infuse.

— Mais elle est vide et immaculée.

— On peut supposer qu'il n'a pas eu le temps de le préparer.

— Non. Son haleine sent le café. Il n'est pas entré ici pour se faire bêtement massacrer. Je parie que la poêle en fonte est l'arme du crime. S'il l'a sortie, où sont les ingrédients qu'il s'apprêtait à faire cuire ? Imaginons qu'il se querelle avec quelqu'un, est-ce qu'il songe à confectionner un repas ? Pourquoi l'assassin range-t-il la poêle ? Pourquoi ne l'emporte-t-il pas avec lui ? Non, il la nettoie et la remet à sa place – la bonne, apparemment. Peabody, quand vous préparez votre petit-déjeuner, par quoi commencez-vous ?

— Le café.

— Comme tout le monde et, d'après moi, Cecil ne fait pas exception à la règle. Pourtant, il n'y a ni café ni tasse.

Les yeux étrécis, Peabody s'efforça de visionner la scène comme Eve.

— Et si la dispute avait démarré après qu'il eut tout nettoyé ?

— Dans ce cas, comment expliquer que l'agresseur ait eu la poêle à portée de main pour frapper la victime ? Ça, enchaîna Eve en brandissant la poêle, c'est une arme improvisée. Il se fâche, s'en empare, frappe. Il ne prend pas le temps de fouiller et de sélectionner avant de porter son coup.

— Selon vous, c'est l'œuvre du conjoint qui a ensuite tout astiqué avant de prévenir les flics ?

— Selon moi, le moment est venu d'avoir une petite conversation avec ledit conjoint, décréta Eve

Elle remercia l'uniforme chargé de surveiller ce dernier et l'envoya rejoindre ses collègues pour le quadrillage du quartier. Comme la cuisine, la chambre principale aurait mérité une double page dans un magazine de décoration : montants du lit en argent, oreillers noir et blanc savamment disposés sur le couvre-lit imitation zèbre, commodes-miroir et un étrange vase contenant une unique fleur rouge qui semblait dissimuler des épines acérées sous ses pétales.

Dans le coin-salon devant la baie vitrée donnant sur la terrasse, recroquevillé sur un canapé noir jonché de coussins rouges, Paul Havertoe serrait entre ses doigts un mouchoir détrempé.

Eve lui donna une vingtaine d'années de moins que son partenaire. Son visage était beau, lisse, et son teint légèrement bronzé mettait en valeur sa chevelure couleur caramel. Son jean bien coupé – repassé – et sa chemise blanche impeccable moulaient à la perfection son corps d'athlète.

Il leva vers elle des yeux violets rougis par les larmes.

— Je suis le lieutenant Dallas et voici l'inspecteur Peabody. Je vous présente toutes mes condoléances, monsieur Havertoe.

— Cecil est mort.

— Je sais que c'est difficile, mais nous avons des questions à vous poser.

— Parce que Cecil est mort.

— Oui. Nous enregistrons cette conversation pour vous protéger. Et je vais vous citer vos droits afin que tout soit clair entre nous. D'accord ?

— Vous êtes obligée ?

— C'est mieux ainsi. Nous vous retiendrons le moins longtemps possible. Souhaitez-vous que nous contactions un membre de votre famille ou un ami avant de commencer ?

— Je... je suis incapable de réfléchir.

— Si vous pensez à quelqu'un, dites-le-nous.

Elle s'assit en face de lui et lui récita le code Miranda révisé.

— Comprenez-vous vos droits et vos obligations ?

— Oui.

— Bien. Donc... vous étiez en voyage ?

— À Chicago. J'avais rendez-vous avec un client. Nous sommes créateurs d'événements. Je suis revenu ce matin et...

— Vous êtes rentré de Chicago ce matin. À quelle heure ?

— Aux alentours de 11 heures, il me semble. Je ne devais arriver qu'à 16 heures mais j'ai pu me libérer plus tôt que prévu. Je voulais faire la surprise à Cecil.

— Vous avez donc modifié votre vol ?

— Oui, oui. Exactement. J'ai pu prendre une navette et commander un taxi. Je voulais faire la surprise à Cecil, répéta-t-il dans un sanglot.

— Vous êtes en état de choc. Je comprends. À quelle compagnie de taxi avez-vous fait appel, monsieur Havertoe ? Simple précision.

— Nous sommes fidèles à Delux.

— Parfait. À votre arrivée, poursuivit Eve tandis que Peabody s'éclipsait discrètement, que s'est-il passé ?

— Je suis entré, j'ai apporté ma valise ici, mais Cecil n'était pas dans la chambre.

— Aurait-il dû se trouver à la maison à cette heure-là ?

— Il avait l'intention de travailler ici aujourd'hui. Un client devait passer cet après-midi. Il faut que je le contacte. Il faut que je...

— Nous vous aiderons. Ensuite ? Qu'avez-vous fait ?

— Je... J'ai appelé... euh... J'ai pensé qu'il était dans le bureau qui jouxte la cuisine. La fenêtre donne sur la cour. Cecil aime contempler le jardin. Je l'ai vu par terre. Je l'ai vu et il était mort.

— Avez-vous touché à quelque chose ? Dans la cuisine, par exemple ?

— J'ai touché Cecil. Je lui ai pris la main. Il était mort.

— Savez-vous s'il avait des ennemis ?

— Non. Non. Tout le monde adore Cecil... Et moi, je l'aime, ajouta-t-il en pressant son mouchoir contre son cœur.

— Selon vous, qui aurait-il pu laisser entrer alors qu'il était encore en peignoir ?

— Je... J'ai l'impression que Cecil avait une liaison, déclara Havertoe, le menton tremblant.

— Qu'est-ce qui vous incite à le croire ?

— Il y a eu des signes... des retours tardifs, entre autres.

— Lui en avez-vous parlé ?

— Il a nié.

— Vous vous êtes disputés ?

— Tous les couples se disputent. Nous étions heureux.

— Mais il avait une liaison.

— Une aventure, éluda Havertoe en se tapotant les paupières. Ça n'aurait pas duré. Ce doit être son amant qui l'a tué.

— Avez-vous une idée de qui cela peut être ?

— Aucune. Un client ? Une personne rencontrée au cours d'une réception ? Nous en croisons tellement. Les tentations sont nombreuses.

— Vous avez une magnifique demeure, monsieur Havertoe.

— Nous en sommes très fiers. Nous recevons beaucoup ici. C'est notre métier... et une bonne publicité pour notre entreprise.

— Je suppose que c'est la raison pour laquelle vous avez nettoyé la cuisine, observa Eve d'un ton nonchalant alors que Peabody reparaissait. Vous ne teniez pas à ce que des inconnus voient le désordre.

— Je... Pardon ?

— Cecil était-il en train de préparer le petit-déjeuner quand vous avez surgi – plus tôt qu'il ne s'y attendait ? Ou avait-il terminé ? Avez-vous noté des détails qui vous ont mis la puce à l'oreille ? Vous tromper en votre absence, quel salaud.

— Il est mort. Vous ne devriez pas parler de lui en ces termes.

— À quelle heure êtes-vous arrivé, déjà ?

— Je vous l'ai dit : aux alentours de 11 heures, il me semble.

— C'est curieux, monsieur Havertoe, intervint Peabody, car votre navette a atterri à 8 h 45.

— Je... j'avais des courses à faire...

— Et le chauffeur de la compagnie Delux vous a déposé ici à 9 h 10.

— Je... je suis allé faire un tour.

— Avec vos bagages ? s'étonna Eve. Non. Vous avez franchi le seuil à 9 h 10, et Cecil et vous vous êtes querellés pendant que vous, lui, ou vous deux, prépariez le petit-déjeuner. Vous vouliez savoir avec qui il avait passé la nuit alors que vous étiez à Chicago. Vous avez exigé qu'il cesse de vous tromper. Vous vous êtes emporté, vous avez saisi la poêle en fonte et vous avez frappé. Vous étiez fou de rage. Quelle trahison, après tout ce que vous aviez fait pour lui ! Qui pourrait vous reprocher de vous énerver. Vous n'aviez pas l'intention de le tuer, n'est-ce pas, Paul ? Vous avez agi sous le coup de la colère.

— C'est faux. Vous vous trompez. Ce n'est pas du tout ça.

— Vous êtes rentré plus tôt que prévu. Vous espériez le prendre en flagrant délit avec son amant ?

— Non ! Je voulais lui faire une surprise. Je lui ai cuisiné son petit-déjeuner préféré : cocktail mimosa, café aromatisé à la noisette, œufs Bénédicte et pain perdu à la framboise.

— Vous vous êtes donné beaucoup de mal.

— J'ai dressé un joli couvert.

— Mais il n'a pas apprécié vos efforts.

— Et ensuite, je… je suis allé me balader. Quand je suis revenu, il était mort.

— Non, Paul. Vous l'avez poussé dans ses retranchements, vous l'avez assommé. Une sorte de réflexe. Vous étiez si furieux, vous souffriez tellement que vous vous êtes emparé de la poêle et l'avez frappé. Après… il était trop tard. Vous avez alors tout nettoyé tandis qu'il gisait là, sur le sol. Vous avez récuré la poêle. Vous avez remis la cuisine en ordre.

— C'était un accident.

— D'accord.

— Il m'a annoncé qu'il voulait divorcer. J'ai tout fait pour lui. J'ai pris soin de lui. Il a prétendu que je l'étouffais, qu'il en avait assez que je farfouille dans ses affaires, que je surveille son emploi du temps, que je l'appelle à tout bout de champ. Il en avait par-dessus la tête. De moi. Je lui avais préparé un brunch et lui, il voulait divorcer.

— Dur, commenta Eve.

2

Une fois Havertoe inculpé et écroué, les rapports rédigés et l'affaire clôturée, Eve fut dans l'incapacité de trouver le moindre prétexte pour échapper à ce fichu dîner de stars.

Ce ne fut pourtant pas faute d'essayer.

Elle fourra le nez dans les enquêtes en cours de ses inspecteurs dans l'espoir d'y déceler une nouvelle hypothèse requérant son attention immédiate et personnelle. Bredouille, elle envisagea de ressortir au hasard un dossier classé. Mais personne ne serait dupe, Peabody encore moins que les autres.

— Qu'allez-vous porter ce soir ? s'enquit celle-ci.

— Aucune idée. Un truc pour me couvrir.

— Longue ou courte ?

— Quoi, longue ou courte ?

— La tenue. Courte, pour montrer vos jambes – qui sont montrables. Ou longue et moulante parce que vous êtes mince et que vous pouvez vous le permettre.

Eve lambinait sur un compte rendu que lui avait remis l'inspecteur Baxter. Elle en était à la troisième lecture, histoire de ne négliger aucun détail.

— Vous passez trop de temps à penser à ma silhouette.

— Votre corps me hante jour et nuit. Non, franchement, Dallas, vous opterez plutôt pour le sexy ou l'austère, la classe ou le clinquant ?

— Pourquoi pas le sexy austère mais élégamment clinquant ?

Prenant tout son temps, Eve approuva et signa le document de Baxter.

— D'ailleurs, en quoi cela vous intéresse-t-il ? ajouta-t-elle.

— J'ai deux possibilités et il me sera plus facile de trancher quand je saurai dans quelle direction vous comptez vous orienter, expliqua Peabody. Soit je mets en valeur « les filles » – mais si vous la jouez classe, il me semble que ce serait mieux de ne pas...

Ahurie, Eve fit pivoter son fauteuil vers sa partenaire.

— Vous croyez vraiment que je vais vous aider à décider si vous devez ou non exhiber vos nichons à...

— Laissez tomber. Je vais consulter Mavis.

— Tant mieux. Et maintenant, que fabriquez-vous dans mon bureau, vous et vos « filles » ?

— L'heure de la relève approche et vous traînaillez en quête d'une excuse pour louper la fête en toute légitimité.

— Oh, oui !

Peabody ouvrit la bouche, puis s'esclaffa.

— Allez, Dallas, on va s'amuser ! Nadine sera là, Mavis et Mira aussi. Quand aurons-nous de nouveau le privilège de fréquenter des célébrités ?

— J'ai l'espoir que ce soit la dernière. Rentrez chez vous.

— Ah bon ? Il reste encore dix minutes avant la fin du service.

Les chances qu'une affaire leur tombe dessus dans les dix minutes à venir étaient minces.

— C'est qui, le patron ?

— Vous, lieutenant. Merci ! À plus tard !

Peabody disparut, et Eve signa un deuxième rapport. Fixer son communicateur ne suffisant pas à déclencher le signal qu'un psychopathe venait d'exterminer tous les touristes sur la Cinquième Avenue, elle abandonna la partie et se prépara à partir.

Après tout, ce n'était qu'une soirée, se dit-elle en gagnant le parking. Le repas serait sans doute somptueux, et Peabody avait raison, elle y rencontrerait des tas de gens qu'elle connaissait. Elle ne serait pas obligée de passer son temps à échanger des banalités avec des inconnus.

Elle ne pouvait cependant s'empêcher de repenser aux Icove père et fils, des médecins respectés qui avaient joué à Dieu dans leur laboratoire clandestin. À engendrer des clones humains, à éliminer ceux qui n'étaient pas parfaits, à reproduire les autres. Les éduquer, les former, les exploiter.

Jusqu'au jour où tous deux avaient été assassinés par leurs propres créations.

Après cette réception, elle en aurait terminé. Sauf qu'on lui avait déjà demandé d'assister à la première new-yorkaise. Après *cela*, donc, elle en aurait vraiment terminé avec les mondanités. Et l'affaire serait enfin enterrée.

Combien d'entre eux étaient dans la nature ? s'interrogea-t-elle. Les clones, les œuvres des Icove ? Elle pensa aux enfants qu'elle avait libérés – ou plutôt que Connors avait libérés –, à Avril Icove – les trois Avril Icove, mariées avec le fils.

Avaient-elles lu le livre de Nadine ? Où qu'elles soient, prêtaient-elles attention à l'intérêt que suscitait encore leur venue au monde ?

Elle pensa aussi à ce que Connors et elle avaient laissé – ils n'avaient pas le choix, le labo étant sur le point de sauter – dans les éprouvettes du laboratoire clandestin. Sur le plateau de *La Conspiration Icov*e, l'atmosphère, l'actrice en long manteau noir gravaient dans son esprit les vies qui y avaient été conçues, puis supprimées.

Oui, vivement qu'elle puisse tourner la page sur cette affaire.

Elle franchit le portail, fit jouer les muscles de ses épaules. Une seule soirée, se rappela-t-elle en admirant leur demeure.

Dès qu'ils seraient libres, et si le temps le permettait, Connors et elle dîneraient aux chandelles sur l'une des terrasses. Puis ils iraient se promener dans le parc sous le ciel étoilé.

Avant Connors, elle n'avait jamais songé à s'offrir ce genre de plaisirs. Elle n'en avait pas eu le désir. À présent, Connors faisait partie de sa vie et elle avait un chez-soi. Elle tenait à savourer les deux le plus possible.

Elle se gara devant le perron de l'immense bâtisse ornée de tourelles. Si la fête ne s'éternisait pas, ils pourraient s'offrir une petite balade en rentrant.

Elle se frotta distraitement le bras en descendant de voiture. Les blessures qu'elle avait récoltées à Dallas étaient presque guéries. Mais elle avait envie d'en chérir le souvenir.

Comme prévu, Summerset (squelettique) et le chat (obèse) l'attendaient dans le vestibule.

— Si je comprends bien, vous n'avez pas réussi à inventer une excuse pour échapper aux festivités de ce soir.

Décidément, le majordome de Connors la connaissait comme sa poche.

— Un meurtre pourrait être commis d'ici là, répliqua-t-elle. Y compris ici et maintenant.

— Trina vous a laissé un message sur le communicateur interne.

Eve se figea sur les marches.

— Si vous la laissez pénétrer dans cette maison, il y aura un drame. Un double homicide. Je vous tabasserai à mort tous les deux avec une brique.

— Elle est occupée en ville avec Mavis et Peabody et ne pourra donc pas passer ici pour vous coiffer et vous maquiller avant la réception. Toutefois, enchaîna-t-il alors qu'Eve s'apprêtait à soupirer de soulagement, elle vous a laissé des instructions précises.

— Je sais comment me pomponner pour un dîner, marmonna Eve en montant l'escalier au pas de charge. Je n'ai pas besoin de ses instructions précises.

Une fois dans la chambre, elle ôta sa veste et son harnais avant de fusiller du regard le communicateur interne.

— Tu me crois incapable de prendre une douche et de me tartiner le visage de crème ? lança-t-elle au chat, qui l'avait suivie. Je l'ai déjà fait, figure-toi.

Galahad se contenta de la fixer de ses yeux bicolores. Elle écouta le message.

— Faites ce que je vous dis et tout ira bien, commença Trina de sa voix monocorde. Soyez attentive. Pour commencer, vous allez prendre une douche bien chaude, avec gommage exfoliant à la grenade.

Eve se percha sur le bord du lit. Les étapes se comptaient par milliers, songea-t-elle. Tout ça pour une soirée ? Qui saurait si elle s'était, oui ou non, frotté la peau avec un produit à base de grenade ?

Trina, bien sûr.

Une bonne douche bien chaude ? Excellente idée. Aucun problème.

Une fois accomplis la douche, le gommage, l'application de lait pour le corps, du masque pour le visage et d'un produit d'aspect particulièrement louche sur les cheveux, Eve se farda les paupières, les joues, les lèvres tout en maudissant l'inventeur des cosmétiques.

Assez ! décida-t-elle. Elle retourna dans la chambre à l'instant précis où Connors y pénétrait.

Quelle injustice ! Lui n'avait pas besoin de tous ces artifices pour être beau. Ah ! Ce visage, ces yeux d'un bleu étincelant, cette bouche parfaitement dessinée qui lui souriait… !

— Tu es là, dit-il.

— Tu es sûr de me reconnaître ? J'ai tellement de saloperies sur la figure que je pourrais être n'importe qui.

— Voyons voir, murmura-t-il en s'approchant pour effleurer ses lèvres d'un baiser tendre. Tu es là, mon Eve, répéta-t-il.

— Je n'ai pas l'impression d'être *ton* Eve. La mienne non plus, d'ailleurs.

— Tu es superbe, ma chérie. Juste assez maquillée. Sexy. Et tu sens très bon.

— Ce sont les produits à la grenade que m'a recommandés Trina. Pourquoi est-ce que je la laisse me bousculer ainsi ?

— Je l'ignore. Comment s'est passée la visite du studio ?

— C'était bizarre, mais Durn est sympathique. Nous ne sommes pas restées longtemps car nous avons été appelées sur une scène de crime.

— Ah bon ?

— Affaire clôturée.

Il sourit.

— Je me sens obligé de te dire que j'en suis désolé. Si tu me parlais de Marlo Durn et des autres pendant que je prends ma douche ? suggéra-t-il.

— Tu connais sûrement certains membres de l'équipe. Tu as fricoté avec les stars de Hollywood à une époque.

— Mmm. En tout cas, je n'ai jamais fricoté avec Marlo Durn, ce qui devrait nous rassurer tous, car j'ai vu des reportages sur elle. On pourrait la prendre pour ta sœur, actuellement.

— Mouais. Ça fait un drôle d'effet.

Les mains dans les poches de son peignoir, Eve appuya l'épaule au chambranle et admira les fesses de son mari tandis qu'il pénétrait dans la cabine.

— K.T., celle qui joue Peabody, est une garce.

— J'ai entendu des rumeurs à son sujet, dit-il en élevant la voix pour se faire entendre par-dessus les pulsations du jet d'eau. Il paraît que Durn et elle se détestent. Ce devrait être une soirée intéressante.

— Tu crois qu'elles vont se crêper le chignon ? interrogea Eve, que cette possibilité enthousiasmait. Ce serait drôle.

— Nous ne pouvons que prier.

— Les décors me flanquent la chair de poule, reprit-elle. Dans la salle commune, il ne manquait que les miettes sur le bureau de Jenkins. L'odeur, aussi, mais il faut des années de métier pour l'obtenir.

Comme Connors émergeait de la douche et enroulait une serviette autour de ses hanches, elle fronça les sourcils.

— C'est tout ? Tu es déjà prêt ? Ce n'est pas juste.

— Toi au moins, tu n'as pas à te raser tous les jours, lui fit-il remarquer.

— N'empêche.

Elle fonça vers son dressing, l'ouvrit, grogna.

— Qu'est-ce que je dois mettre ? J'ai beaucoup trop de choix. Quand on ne possède qu'une tenue, on n'a pas à réfléchir. On la prend et on l'enfile. Là, c'est trop compliqué. Peabody m'a harcelée au point que j'ai failli lui arracher la langue et la lui enrouler autour du cou. Entre Trina et elle, j'ai le cerveau en compote.

Amusé, Connors la rejoignit.

— Tiens, décréta-t-il en s'emparant d'une robe.

Elle était courte, avec une sorte de drapé autour de la taille retenu par une fleur composée du même tissu bleu-vert. Eve l'examina, s'attarda sur le décolleté profond, les bretelles fines.

— Pourquoi celle-ci ?

— La petite robe noire est un classique – et pour de bonnes raisons –, mais souvent attendue, surtout à New York. Tu vas donc opter pour une couleur à la fois riche et douce. C'est sobre, féminin et discrètement sexy.

— Discrètement sexy, répéta-t-elle, dubitative, en découvrant l'échancrure dans le dos.

— Absolument, confirma-t-il. Tu as les chaussures assorties.

— Ah, bon ?

— Oui. Côté bijoux, opte pour les diamants.

— Lesquels ? Sais-tu combien tu m'en as offert ? Pourquoi tous ces cadeaux ? gémit-elle.

Sa détresse le réjouit presque autant que le fait de la gâter.

— C'est une maladie. J'irai te les chercher quand tu seras habillée.

Muette, elle demeura clouée sur place pendant qu'il sélectionnait un costume foncé, une chemise gris ardoise et une cravate anthracite.

— Pourquoi dédaignes-tu les couleurs ? voulut-elle savoir.

— Pour mieux mettre en valeur ma ravissante épouse.

Elle étrécit les yeux.

— Celle-là, tu l'avais préparée.

— C'est la vérité.

Elle pointa l'index vers lui.

— Celle-là aussi.

— Quel cynisme ! riposta-t-il en la gratifiant d'une tape sur le derrière.

Elle aurait pu lui répondre, mais décida de s'épargner cet effort. Le temps qu'elle enfile sa robe, se confonde en excuses auprès de ses pauvres pieds prisonniers d'escarpins à talons aiguilles et jette son arme, son insigne et son communicateur dans l'une de ces pochettes ridicules que les femmes se forcent à trimballer dans les réceptions, Connors lui avait préparé les diamants.

— Tout ça ?

— Tout ça, confirma-t-il avec fermeté en achevant de nouer sa cravate.

— Il y a là de quoi acheter l'État du New Jersey.

— Je préfère les voir sur ma femme que d'acheter le New Jersey.

— On pourra me repérer depuis l'espace, bougonna-t-elle en mettant boucles d'oreilles, bracelet et montre.

— Non, pas comme ça, protesta-t-il tandis qu'elle essayait en vain d'attacher le collier à triple rang. Là, c'est mieux. Le temps se rafraîchit, ajouta-t-il en lui tendant un manteau court transparent.

Sur la robe, on aurait dit une pluie d'étoiles.

— Je l'avais déjà, ce machin ?

— Tu l'as maintenant.

Elle contempla le reflet de Connors dans la glace, prête à l'insulter, se ravisa. Après tout...

— Pas mal, admit-elle.

Une main sur son épaule, il pressa la joue contre la sienne.

— Je trouve aussi.

— Allons jouer à Hollywood.

Décor, costumes, éclairages, on se serait cru sur un plateau de cinéma. Mason Roundtree vivait à Los Angeles, mais il n'avait pas lésiné sur son pied-à-terre new-yorkais.

Située sur Park Avenue, la maison comptait trois étages, et une terrasse sur le toit avec une rotonde abritant une piscine et un jardin. Le réalisateur avait opté pour un style minimaliste : beaucoup de verre, de chrome, d'espaces ouverts et de bois blond. Ici et là, un projecteur mettait en valeur une sculpture sinueuse ou une boule incrustée de joyaux. Les œuvres d'art jonglaient entre l'abstrait de couleurs éclatantes et les photographies en noir et blanc.

Dans le salon, un feu brûlait dans la cheminée plaquée argent.

— Enfin ! s'exclama Roundtree en bondissant vers Eve.

Vêtu d'un costume noir, il arborait une barbichette – un parfait triangle flamboyant – et une masse de boucles rousses.

Eve songea qu'on l'aurait davantage vu en train de couper du bois dans une forêt en pleine montagne.

— Vous êtes une femme difficile à amadouer, lieutenant Dallas.

— Sans doute.

— J'ai regretté de ne pas avoir pu vous parler au studio aujourd'hui.

— J'avais un meurtre à résoudre.

— Il paraît, oui. Ça tombait mal. J'espère que vous trouverez le temps de nous rendre visite, vous aussi, dit-il à Connors en lui serrant la main.

— Je ferai mon possible.

— Le tournage arrive à son terme. Je ne voudrais pas nous porter la poisse mais jusqu'ici tout s'est déroulé à merveille, déclara Roundtree en tirant sur sa barbichette, son regard bleu azur rivé sur Eve. Vous avez été notre seul obstacle. Impossible de vous consulter, de vous convaincre d'assister aux réunions, à un déjeuner, une interview.

— Les meurtres, toujours.

— Ah ! Bien sûr.

— Mason, cesse d'accaparer notre invitée d'honneur ! intervint une brune voluptueuse. Je suis Connie Burkette, l'épouse de Mason. Soyez les bienvenus.

— Quant à moi, je suis un grand admirateur, répliqua Connors.

Elle ronronna littéralement.

— Quoi de plus flatteur venant d'un homme aussi séduisant. Permettez-moi de vous retourner le compliment, ainsi qu'à vous, lieutenant Dallas. Mason est plongé dans ce projet depuis presque un an. Résultat, je le suis aussi. J'ai l'impression de vous connaître tous les deux. Alors... champagne ? Vin ? Un alcool un peu plus fort ?

Sur un signe discret, un serveur leur présenta un plateau chargé de flûtes de champagne.

— Merci, murmura Eve en se servant.

— Votre robe est superbe. Vous portez du Leonardo, n'est-ce pas ?

— Il est un peu trop original à mon goût.

Connie pouffa.

— Oh, oui ! J'ai eu grand plaisir à les rencontrer, Mavis et lui. Elle est unique, adorable. Et leur petite fille ! Quelle beauté. À présent, si vous veniez avec moi voir vos anciens et vos nouveaux amis ?

Moulée dans un fourreau couleur bronze, Marlo se précipita vers eux.

— Dallas ! Je suis si heureuse que vous ayez pu venir. Peabody m'a dit que vous aviez déjà clôturé l'enquête qui vous a été confiée aujourd'hui. N'est-ce pas incroyable ? ajouta-t-elle à l'adresse de Connie. Elles ont épinglé le tueur en quelques heures à peine.

— Ce n'est pas difficile quand ledit tueur est un imbécile, commenta Eve.

— La ressemblance est incroyable ! s'exclama Connie en prenant la main d'Eve, puis celle de Marlo.

Eve se demanda si tout le monde à Hollywood se sentait obligé de se toucher.

— Je connais Marlo depuis des années, poursuivit Connie. Mais vous voir côte à côte… C'est surréaliste. Certes, il y a des différences. Marlo est un peu moins grande, vous avez les yeux un peu plus en amande, et sans maquillage, Marlo est dépourvue de cette adorable fossette au menton. Mais au premier coup d'œil, c'est…

— Assez terrifiant, compléta Eve.

— En effet.

— Pour la fossette, Joel – le producteur – voulait que je subisse une intervention de chirurgie esthétique, précisa Marlo.

— Vous plaisantez ?

— Pas du tout. Joel est assez excessif. C'est pourquoi il est le meilleur.

— Il m'a obligée à me raser la tête pour *Unreasonable Doubt*, intervint Connie. Mais cette fois-là, Mason et lui avaient raison. J'ai un oscar pour le prouver.

— Ce n'est pas le fait d'être chauve qui t'a valu cet oscar. C'est ton génie, assura Marlo.

— Vous comprenez pourquoi j'adore cette ravissante créature ? s'esclaffa Connie. Ah ! Je crois apercevoir Charlotte Mira.

Eve jeta un coup d'œil par-dessus son épaule.

— En effet. C'est le Dr Mira et son mari, Dennis.

Dieu qu'il était mignon avec son costume soigné et ses chaussettes désassorties ! Le simple fait de le voir suffit à détendre Eve.

— Je vais me présenter, annonça Connie. Marlo, prends soin de notre vedette.

— Tu peux compter sur moi. Connie est merveilleuse, enchaîna Marlo tandis que leur hôtesse se dirigeait vers les Mira. Elle a du talent et de la classe. Roundtree et elle sont mariés depuis plus de vingt-cinq ans. Dans le milieu du cinéma, c'est un miracle, surtout quand les deux en font partie.

Soudain, elle fixa un point derrière Eve et cligna des yeux.

— Oh, mon Dieu !

— Mesdames.

— Connors, dit Eve en guise de présentation.

— Aucun doute, fit Marlo. Les yeux, ce n'est pas tout à fait cela. Désolée. Julian et moi travaillons ensemble depuis des mois, et j'ai tendance à penser à lui comme étant vous. Mais vous voilà en chair et en os.

— Très heureux de vous rencontrer. J'admire votre travail.

— Ah, vous voilà !

Peabody, ses « filles » débordant fièrement d'un corset bleu nuit semé d'étoiles, se rua vers eux.

— Nous avons eu droit à un tour du propriétaire. Cette maison est méga-top.

— Peabody, la salua Connors en s'emparant d'une flûte de champagne sur un plateau et en la lui offrant, vous êtes délicieuse.

Peabody s'empourpra.

— Merci. Qu'est-ce que c'est excitant ! Nous nous amusons comme des fous.

À ses côtés, Ian McNab, en chemise citrouille, baskets assorties et costume vert tilleul, souriait jusqu'aux oreilles. Ses longs cheveux blonds étaient attachés en catogan, dégageant son visage aux traits fins et révélant les anneaux en or à ses oreilles.

Eve ouvrait la bouche pour parler quand un autre homme vint se planter près de Peabody. Lui aussi avait les cheveux blonds attachés en catogan dégageant un visage aux traits fins. Son costume et sa chemise charbon épousaient ses formes à la perfection.

— McNab, voilà à quoi vous ressembleriez – quasiment – si vous vous habilliez comme un adulte, déclara Eve.

— Impressionnant, constata l'intéressé en engloutissant un canapé saisi au vol sur le plateau d'un serveur qui passait par là.

— Matthew Zank, se présenta l'acteur. Je joue le rôle de l'inspecteur Ian McNab. Enchanté, lieutenant.

— Appelez-moi Dallas, répondit Eve avec un sourire.

— Salut tout le monde !

Eve se retourna en entendant la voix familière. Mavis brandissait un appareil photo.

— Génial ! C'est c-o-n, mais je veux à tout prix immortaliser cet instant.

— Ta fille n'est pas là, lui fit remarquer Eve. Tu n'es pas obligée d'épeler le mot « con ».

— C'est l'habitude. Con, merde, salaud. Ouf ! Ça fait un bien fou. Bref... Leonardo discute avec Andrea à propos de sa robe pour la première. Vous l'avez rencontrée ? s'enquit-elle en s'emparant, comme McNab, d'un petit-four salé. Andrea Smythe. Elle incarne le Dr Mira. Ce soir, elle ne lui ressemble pas tellement. Je n'ai jamais vu Mira en combinaison moulante noire et je ne l'ai jamais entendue jurer.

— Andrea peut être terriblement grossière, expliqua Marlo. Cela fait partie de son charme, qui est énorme. Tout le monde l'adore.

— Elle fait rougir Leonardo. C'est craquant ! renchérit Mavis.

— C'est lui qui vous habille, n'est-ce pas ? s'enquit Marlo.

Eve la dévisagea d'un air hébété.

— Oui, répondit Connors à sa place.

— Superbe. Je sais, d'après mes recherches, que la mode n'est pas votre tasse de thé. Sur ce point, nous divergeons. Personnellement, j'en suis dingue. Vêtements, chaussures, sacs, chaussures encore et encore. Je ne m'en lasse pas.

— Nous ne pourrons jamais devenir amies, décréta solennellement Eve.

Marlo éclata de rire.

— Je suis une néophyte en comparaison de Julian qui est un véritable accro de la mode.

— Encore un point commun entre Connors et lui, murmura Eve. Il n'est pas là ?

— Toujours en retard. Il vient avec Nadine.

— Sans blague ?

— Qui sait ? fit Marlo en haussant les épaules. K.T. n'est pas encore là non plus, alors…

— Ah ! Nos deux vedettes sont réunies. Valérie, à toi de jouer ! Je me présente, Joel Steinburger.

Grand, la carrure imposante, l'homme aux cheveux argentés et aux yeux noirs serra vigoureusement la main d'Eve avant de pivoter pour lui agripper l'épaule et sourire de toutes ses dents à une jeune femme munie d'un appareil photo.

— Quel bonheur, quel bonheur !

Affichant un nouveau sourire, il enroula le bras autour de la taille de Marlo et la serra contre lui.

— Avez-vous apprécié votre visite du plateau, aujourd'hui ? demanda-t-il à Eve. Mieux vaut tard que jamais. Preston me dit que l'inspecteur Peabody a accepté un rôle de figurante. Excellente nouvelle. Nous nous débrouillerons pour que vous apparaissiez dans le film, vous aussi.

— Non, assena Eve.

— Ce serait amusant. Vous auriez droit à tous les égards. Qui n'a pas rêvé d'être star d'un jour ?

— Moi.

— Nous en reparlerons.

Il la gratifia d'un clin d'œil, mais son regard était perçant.

— Valérie est chargée des relations publiques sur ce projet. Il va falloir que vous déjeuniez ensemble pour discuter de la promotion.

— Non, répéta Eve en jaugeant du regard la jolie jeune femme au teint chocolat au lait et aux yeux de tigresse. Désolée, mais les déjeuners et les promos, je refuse.

— Valérie s'occupera de tout. Il paraît que vous n'avez ni agent ni manager. Cela nous évite les pourparlers avec des intermédiaires. Nous aurons besoin de vous pendant deux ou trois jours pour les bonus des DVD – en flic, pas en robe de soirée.

— Vous savez ce que signifie le mot « non » ? articula Eve.

— Allons, allons, ma chérie, ne soyez pas timide. Valérie sera là pour vous soutenir. Tâche de prendre ces photos qu'on a loupées tout à l'heure sur le plateau, Valérie !

— Joel, intervint aimablement Connors en lui prenant le bras, si nous nous écartions un peu pour bavarder ?

— Connors, bien sûr ! Quel plaisir. L'homme d'affaires. Le mari. Le compagnon en toutes circonstances.

— Se doute-t-il que Connors vient de lui sauver la vie ? s'enquit Peabody.

— J'ai bien entendu ? grommela Eve. Il m'a appelé sa *chérie* ?

— Navrée, lieutenant, dit Valérie. M. Steinburger se donne à cent dix pour cent sur ce film. Il en attend autant de notre part à tous.

— D'où proviennent les dix pour cent supplémentaires ?

Le sourire de Valérie se crispa.

— La promotion fait partie du tout, continua-t-elle. Si vous avez un moment, je vous en prie, contactez-moi. Je vous promets de veiller à vous retenir le moins longtemps possible.

— Je me demande si elle lui donnait du *M. Steinburger* quand ils s'envoyaient en l'air dans son bureau de Hollywood, susurra Marlo tandis que Valérie s'éloignait.

— Non, elle l'appelait Dieu, rétorqua Matthew. Comme dans « Oh, mon Dieu, oui ! ». Je l'ai entendue. Malheureusement, depuis que nous sommes à New York, le bureau est très tranquille.

— Tu parles ! Ils ont rompu il y a des mois, bien avant que l'on vienne sur la côte Est.

— Pardon, marmonna Matthew en gratifiant Eve de son sourire charmeur. Nous sommes superficiels et obsédés par les agissements des uns et des autres.

— Comme au lycée ? suggéra Eve.

— Exactement ! D'autant que les ragots nous occupent entre deux prises.

— Ma chère Eve !

L'accent irlandais était un peu grossier, les yeux d'un bleu moins intense, mais Julian Cross était beau à couper le souffle et bougeait bien. Il bougeait même si bien qu'il fonça sur Eve et l'embrassa sur la bouche.

— Hé !

— Désolé, je n'ai pas pu m'en empêcher. J'ai la sensation que nous sommes très proches.

— Recommencez et vous tournerez votre prochaine scène avec la lèvre enflée. Voire la mâchoire brisée, ajouta Eve en repérant Connors à l'autre extrémité de la pièce, les yeux plissés.

— Julian, un peu de tenue ! s'écria Nadine Furst en levant les yeux au ciel avant de lui prendre le bras. Nous sommes les derniers arrivés ?

— K.T. n'est pas encore là, lui signala Marlo. Julian, voici les inspecteurs Peabody et McNab.

— Peabody !

D'un mouvement aussi preste qu'enthousiaste, Julian la souleva de terre. Elle lâcha un *ouch !* avant qu'il ne l'embrasse. Puis conclut par un « hum ».

— Ma douce, dit McNab.

— McNab !

Julian ne l'étreignit pas, mais il l'embrassa.

— Ah, Hollywood ! s'exclama Matthew d'un air désabusé. Nous sommes vraiment une bande de crétins.

— Certains plus que d'autres, marmonna Marlo.

K.T. venait d'entrer, affichant un air dédaigneux.

3

Le repas s'avéra nettement plus décontracté que ne l'avait craint Eve. Le menu était somptueux, les vins exquis, et la maîtresse de maison excellait dans l'art de relancer la conversation.

Coincée entre Roundtree et Julian, Eve nota que le plan de table avait été conçu de manière à placer les véritables personnes en face ou à côté de leur alias. Peabody était assise entre Matthew et McNab, Dennis entre Mira et Andrea Smythe – qui ponctuait toutes ses phrases d'un rire agréablement salace.

Roundtree, qui de toute évidence adorait son existence et choisissait d'emblée le rôle de chef, les régala d'une multitude d'anecdotes. Eve avait entendu parler de la plupart des personnalités qu'il évoquait, mais elle regretta vaguement de ne pas s'être plongée dans le *Who's Who* de Hollywood avant la soirée.

— J'ai lu que Connors et vous vous étiez rencontrés alors qu'il était soupçonné de meurtre, lui murmura Julian avec un sourire dévastateur, et peut-être même sincère.

— Il figurait sur notre liste d'individus à interroger.

— Comme c'est romantique.

— Je ne vois pas en quoi.

— Se trouver face à une enquêtrice aussi belle, quelle chance !

— Sa chance, c'était d'être innocent.

Julian s'esclaffa.

— Vous avez eu tous les deux de la chance, je dirai.

— Vous avez raison, convint-elle, touchée.

— Comment êtes-vous devenue flic ?

— J'ai suivi le programme de l'École de police.

— Mais pourquoi ? insista-t-il en se tournant carrément vers elle, son verre de vin à la main. Et la Criminelle, en plus. Vous en aviez toujours rêvé ?

« Ma foi, il semble vraiment intéressé », se dit-elle en ravalant une pique.

— Depuis aussi longtemps que je m'en souvienne.

— C'est l'avis de Marlo et elle s'en est inspirée pour incarner votre personnage. Avec cette intensité, cette énergie, ce côté flic jusqu'au bout des ongles. Je m'efforce d'en faire autant pour Connors – un homme de pouvoir, prospère, mystérieux. Depuis le début, Marlo et moi sommes d'accord pour affirmer que votre couple est le cœur de cette histoire.

— Il me semble que c'est plutôt l'affaire Icove.

— D'après moi, les Icove en sont davantage les entrailles. Le… cancer de l'estomac. C'est l'expression qu'a employée Marlo. Mais votre amour en est le cœur.

— Notre…

Partagée entre l'effroi et l'embarras, Eve ne put aller plus loin.

— Ne soyez pas décontenancée, fit Julian. L'amour véritable, c'est magnifique. Et… insaisissable, non ?

— Julian est un grand romantique, lança Marlo, qui était assise juste en face, entre Roundtree et Connors. Mais il n'a pas tort.

Julian lui adressa un clin d'œil.

— Les scènes d'amour sont celles que je préfère, assura-t-il.

— Seigneur ! souffla Eve.

— L'alchimie entre ces deux-là est explosive, commenta Roundtree. Ils vont embraser l'écran.

— Seigneur ! répéta Eve.

Ce fut au tour de Connors de rire.

— Du calme, lieutenant.

— Vous l'entendez ? s'exclama Julian, visiblement enchanté, en pressant la main d'Eve avant de fixer le regard sur Connors. Cette manière que vous avez de dire « lieutenant ». D'un ton à la fois tendre, intime et sensuel.

— C'est mon rang dans la police, marmotta Eve.

— Il le respecte. Vous respectez son rang, déclara Julian à Connors, autant que vous l'aimez, elle.

— Pas tout à fait, rectifia Connors.

— Non, sans doute, mais c'est présent. Et vous vous *appréciez*. Vous vous faites confiance mutuellement. Quand vous descendez ensemble dans le laboratoire clandestin au péril de votre vie…

— Pour l'amour du ciel, cesse de leur lécher les bottes, Julian ! s'énerva K.T.

Elle but une gorgée de vin, reposa brutalement son verre sur la table. Puis elle eut le culot de claquer des doigts à l'adresse de l'un des serveurs pour qu'il vienne le lui remplir.

— À force, tu vas avoir des crampes aux lèvres.

— Nous entretenons une conversation, protesta Julian.

— Ça, une conversation ? Tu te comportes comme si Marlo et toi étiez les seuls acteurs du film. C'est insultant à la fin. Si tu nous lâchais un peu. Tu n'auras qu'à prévoir une partie de jambes en l'air avec Dallas et Marlo pendant ton temps libre. Certains d'entre nous essaient de manger.

Un silence horrifié suivit, pendant lequel Eve examina K.T. Puis elle s'adressa à sa partenaire :

— Peabody ?

— Oui, lieutenant.

— Il m'arrive occasionnellement de vous botter les fesses, n'est-ce pas ?

— Et même régulièrement, oui, lieutenant.

— Vous allez peut-être avoir une chance de me voir botter celles de votre double pendant que vous restez confortablement assise sur les vôtres. Ce genre d'occasion ne se présente pas tous les jours.

— Je n'ai pas peur de vous, riposta K.T. avec un sourire narquois.

— Vous devriez. Si vous laissiez les adultes discuter entre eux, à présent ?

— Bien joué, approuva Connors comme Eve reprenait sa fourchette.

Julian s'empara de son verre et le vida d'un trait.

— Je suis désolé, souffla-t-il.

Dès que le serveur l'eut resservi, il but de nouveau, longuement.

— Je suis désolé, répéta-t-il. Je ne cherchais pas à...

— Ne vous inquiétez pas, le rassura Eve en goûtant son homard. Si vous m'aviez offensée, Connors vous aurait déjà réglé votre compte.

Elle adressa un sourire à son mari.

— L'amour, le vrai, c'est magnifique, insaisissable, et aussi méchant qu'un serpent.

— Je m'occupe d'elle, intervint Connie d'un ton posé avant de s'éclipser avec K.T.

— Puis-je vous poser une question ? chuchota Marlo en se penchant vers Eve.

— Bien sûr.

— Si vous décidez de botter des fesses plutôt que de pendre, pourrai-je assister à la séance ?

— Plus on est de fous, plus on rit.

Un buffet avec desserts, digestifs et café avait été dressé dans la salle de projection, au sous-sol.

— Sacrée installation, admit Eve.

— En effet.

Elle observa la manière dont Connors examinait l'écran géant, les fauteuils en cuir jonchés de coussins, les canapés confortables, l'éclairage, le bar.

— Je vois tourner les rouages de ton cerveau, murmura-t-elle.

— J'avais pensé construire une salle de cinéma chez nous, mais j'hésitais quant à l'installation et au lieu.

— C'est l'écran géant qui t'excite.

— Possible.

— À ton avis, où Connie a-t-elle emmené K.T. ?

— Dans un endroit très tranquille. Cela dit, Julian te draguait.

— Simple réflexe.

— Je suis d'accord avec toi, et c'est pourquoi il est encore de ce monde.

Nadine, qui avait opté pour la petite robe noire et une demi-douzaine de rangs de perles, s'approcha pour choquer son verre de cognac contre la tasse de café d'Eve.

— Roundtree nous promet un film divertissant d'ici peu, annonça-t-elle, mais je doute qu'il vaille la petite scène à laquelle nous avons assisté tout à l'heure.

— K.T. est une imbécile et elle est grossière, déclara Eve. L'insolence, passe encore, mais lorsque s'y ajoute la bêtise, ça me donne envie de lui défoncer le visage à coups de poing.

— Vous n'êtes ni la première ni la dernière et encore moins la seule à éprouver ce sentiment, assura Nadine. Roundtree travaille avec elle parce qu'en dépit de son sale caractère elle est douée. J'ai vu quelques extraits. Elle a parfaitement cerné Peabody.

— Combien de temps Julian et elle ont-ils couché ensemble ?

— Ah ! Vous aviez compris. Une ou deux fois, il y a longtemps. Julian est beau gosse, charmant et attentionné. Il excelle dans son métier et couche avec n'importe qui, n'importe quand. C'est un chaud lapin mais il assume.

— Vous parlez d'expérience ?

— Non. C'est tentant, mais trop prévisible. Il a été surpris par mon « non merci » mais n'a pas pris la mouche.

Nadine scruta la pièce où s'étaient formés plusieurs petits groupes.

— Joel tente de glisser une liaison Marlo Durn/Julian Cross dans la locomotive publicitaire. Un coup classique et qui ne fait jamais de mal aux chiffres. Julian serait enchanté de lui rendre ce service. De surcroît, je pense qu'il s'est convaincu qu'il était amoureux de Marlo. Il fonctionne ainsi. À l'écran, c'est palpable.

— Il s'agit d'un film sur le sexe ou sur une affaire de meurtre ? s'offusqua Eve.

— Les deux alimentent la machine, expliqua Connors. Tiens ! On dirait que notre hôtesse a fini de sermonner son invitée.

— Le fac-similé de Peabody n'a pas du tout l'air repentant, nota Eve tandis que les deux femmes franchissaient le seuil de la salle. K.T. est visiblement énervée. Et elle alimente sa propre machine, ajouta-t-elle comme l'actrice fonçait vers le bar.

Eve se détourna en haussant les épaules. Cette femme ne méritait pas qu'on s'intéresse à elle.

Pendant une demi-heure environ, on continua à bavarder, à boire et à manger, à circuler. Eve frisait l'exaspération quand Roundtree vint à l'avant de la salle de projection.

— Asseyez-vous, tous. Dallas et Connors, ici au premier rang. J'ai monté quelques extraits de *La Conspiration Icove* en avant-première. J'espère que tout le monde, notamment nos invités d'honneur, appréciera cet aperçu.

— Voyons comment nous nous débrouillons, murmura Connors en prenant la main de sa femme.

— Et si on déteste ? chuchota-t-elle. Il faudra faire semblant ?

— Si tu nettoyais tes lunettes roses, pour une fois ?

Il lui serra brièvement la main tandis que les lumières s'éteignaient.

« Pas mal, la musique », songea Eve. Puissante, à la fois éloquente et obsédante. À l'instant précis où elle commençait à se détendre, le visage de Marlo – si semblable au sien – remplit l'écran gigantesque.

— Enregistrement. Dallas, lieutenant Eve.

La caméra s'éloigna pour révéler Marlo et le cadavre dans le fauteuil de bureau.

— La victime s'appelle William B. Icove.

Comme elle commençait à s'accroupir, le macchabée éternua bruyamment.

— À vos souhaits, lança Marlo, imperturbable. La victime paraît allergique à la mort.

Hors champ, les rires fusèrent.

Malgré elle, Eve sourit. Gags, bourdes et moments intenses rompus par des incidents inattendus s'enchaînèrent. Andrea, dans le personnage de Mira, loupa une réplique et lâcha un torrent de jurons aussi grivois qu'inventifs. Marlo et l'actrice incarnant Nadine s'interrompirent au beau milieu d'un dialogue pour s'embrasser avec fougue.

Cette scène leur valut une salve d'applaudissements.

Matthew/McNab tomba de sa chaise tandis que l'ordinateur sur lequel il travaillait s'écroulait. Julian s'égara en adoptant subitement l'accent de Brooklyn.

Les spectateurs étaient hilares.

— Comment peuvent-ils avancer en se plantant aussi souvent ? s'étonna Eve.

— C'est la raison pour laquelle il faut multiplier les prises, lui répondit Connors.

Toutefois, les comédiens ne semblaient pas s'en plaindre. Le bêtisier prit fin et la caméra revint sur

Marlo, cette fois vêtue de son long manteau noir, l'arme au poing, la brise ébouriffant ses cheveux courts.

— Je suis flic, déclara-t-elle, le regard féroce.

Elle écarta vivement le pan du manteau pour rengainer, rata l'étui. Le pistolet paralysant chuta à ses pieds.

— Eh, merde ! Pas encore !

Roundtree demanda qu'on rallume. Souriant, il se leva pour recevoir les acclamations de son public en caressant sa barbichette.

— Ça n'a pas été simple vu le nombre de bévues parmi lesquelles j'ai dû faire le tri, concéda-t-il.

Il s'assit auprès d'Eve, réclama son attention.

— Il faut bien s'amuser un peu.

— L'exercice est réussi.

— J'en rajouterai pour les bonus du DVD. Les gens adorent voir les acteurs merder, bafouiller et tomber sur leur postérieur.

— J'ai beaucoup ri, je l'avoue.

— Nous proposerons aussi des entretiens individuels avec les principaux acteurs. Sans vouloir vous harceler – c'est le boulot de Joel –, ce serait encore mieux si vous acceptiez une interview. Connors et vous… Je suis prêt à prolonger mon séjour à New York après le tournage s'il le faut, ou à revenir plus tard. Réfléchissez-y. Vous avez vécu cette histoire. Je vous promets que nous lui rendrons justice, et je tiens toujours mes promesses. Mais vous étiez présents. Tous ceux qui verront ce film auront envie d'entendre votre version des faits.

— Pour moi, c'est une affaire classée.

— Faux, contra-t-il en secouant la tête. J'ai compris au moins cela à votre sujet. Les Icove étaient les méchants, les Avril et les autres, les victimes. Pourtant, quand une victime a assassiné le méchant, vous avez dû la poursuivre. Celles qui ont survécu sont quelque part dans la nature. Il n'y en aura pas d'autres grâce à votre intervention, et cela, c'est important. Mais si vous avez clôturé le dossier, vous ne l'avez pas enterré. Réfléchissez, répéta-t-il en lui tapotant le bras.

— Il est doué, marmonna Eve tandis que Roundtree se relevait pour rejoindre Andrea.

— Et il a raison, murmura Connors.

— Quand j'ai consenti – dans une certaine mesure – à coopérer avec Nadine sur le livre, je savais que cela remuerait le couteau dans la plaie. Une partie de moi-même souhaitait la refermer définitivement, mais c'est impossible. L'autre partie pense que les gens doivent savoir qui étaient – qui sont – les véritables victimes dans cette histoire. Comment en parler ? Ce n'est pas à moi de décider qui est coupable et qui est innocent.

— Légalement, non. Mais au fond de toi, tu le sais.

Eve laissa échapper un soupir.

— En d'autres termes, tu m'encourages à accepter la proposition de Roundtree ?

— Ce pourrait être un moyen pour toi de panser la blessure. Tu es toujours hantée par cette histoire – par eux. Moi aussi.

— Bon, d'accord, je vais y songer. On peut s'en aller ?

— Dirigeons-nous vers la sortie.

Mais il fallait d'abord saluer les uns et les autres. Avec envie, Eve regarda Mavis et Leonardo s'esquiver (le bébé était un excellent prétexte) alors que Connors et elle se faisaient accrocher une fois de plus.

D'après les calculs d'Eve, il leur fallut vingt bonnes minutes pour atteindre le rez-de-chaussée. Julian était vautré sur un canapé dans le salon.

— J'en étais sûre, grommela Connie. Il était déjà soûl avant la fin du dîner.

— Il a beaucoup bu, confirma Eve.

— Le comportement de K.T. l'a mis fort mal à l'aise. Julian a une fâcheuse tendance à noyer son embarras dans l'alcool. L'incident avec K.T. est regrettable, mais elle est ainsi.

— Aucun problème, la rassura Eve.

— Si vous voulez, nous pouvons raccompagner Julian à son hôtel, proposa Connors.

— C'est gentil, mais je crois qu'il vaut mieux le laisser dormir. Ne bougez pas, je vais chercher votre superbe manteau.

— Décidément, la ressemblance est de moins en moins convaincante, commenta Eve. Tu tiens mieux la boisson et je ne t'ai encore jamais vu affalé sur un divan, un coussin serré dans les bras comme un ours en peluche.

— Pourvu que cela n'arrive jamais.

— J'adore ce vêtement ! s'exclama Connie en revenant.

Eve voyait enfin la lumière au bout du tunnel quand Matthew Zank, trempé, déboula de l'ascenseur. Marlo, d'une pâleur de cire, le suivait.

— Sur... sur le toit, balbutia Zank. C'est K.T. Sur le toit...

— Je crois qu'elle est morte, dit Marlo d'une voix blanche, en s'asseyant sur le sol, les yeux rivés sur Eve. Elle est morte. Là-haut. Il faut que vous y alliez.

— Ne bougez pas, ordonna Eve. Connie, personne ne sort avant que j'aie vérifié.

— Je... Non... Ce doit être une erreur.

— Possible, mais empêchez les gens de partir.

Connors et elle s'engouffrèrent dans la cabine.

— C'est une blague ? grommela-t-elle.

— Niveau toit, commanda Connors. Elle est peut-être simplement dans les vapes, comme Julian.

— Je l'espère parce que ça me fiche vraiment les boules d'enquêter sur un meurtre commis lors d'une réception où je suis invitée.

— Ça n'arrive pas souvent.

— Une fois, c'est déjà trop.

Ils émergèrent dans une vaste véranda – encore un feu dans la cheminée, des sofas confortables, un bar en miroir sur lequel trônait une bouteille de vin ouverte.

Les baies vitrées menant à la terrasse s'ouvrirent automatiquement à leur approche. Ils franchirent une autre porte en verre pour pénétrer dans une rotonde. Eve sentit un courant d'air, leva les yeux vers le ciel.

— Le dôme est entrouvert, constata-t-elle.

L'avait-il été toute la soirée ?

Trempée, K.T. gisait sur le dos près du bassin. Les yeux bruns et fixes étaient ceux de Peabody, et Eve en éprouva une sensation de malaise. Elle lui prit le pouls.

— Merde. Non seulement elle est morte, mais en plus, elle refroidit. Il l'a sortie de l'eau. Ou alors, il l'a poussée dedans, noyée, puis ressortie. Quoi qu'il en soit, il a bougé le corps. Merde !

— C'est fou ce qu'elle ressemble à Peabody.

— Mais ce n'est pas elle. Tu ferais mieux d'aller chercher la vraie et d'en profiter pour me rapporter un kit de terrain si tu en as un.

— Dans la limousine.

— Parfait. Demande à McNab de bloquer toutes les issues – je répète, personne ne sort – et de se renseigner sur le système de sécurité. Ne laisse monter que Peabody.

— Entendu. Voilà une soirée qui se termine mal, conclut Connors en contemplant la défunte.

— Pour elle, certainement.

Tandis que son mari redescendait, Eve extirpa son communicateur de sa pochette ridicule et alerta les autorités. Puis elle fixa son micro sur la fine bretelle de sa robe.

— Dallas, lieutenant Eve. Enregistrement.

« Du verre cassé, nota-t-elle. Une mare de vin rouge, sans doute celui de la bouteille que j'ai aperçue en arrivant. »

— Selon l'identification visuelle, la victime est K.T. Harris.

Elle énuméra les détails : lieu, raison de la présence de la victime, noms – y compris le sien et celui de Connors – des invités.

— J'aperçois des éclats de verre et du vin renversé. J'avais remarqué une bouteille ouverte sur le bar dans la véranda.

Elle se déplaça de côté.

— Six mégots de cigarettes à base d'herbe dans le cendrier. Le sac de la victime est sur la table basse, ouvert.

Elle s'accroupit, prenant soin de ne rien toucher.

— Je vois du rouge à lèvres, un petit boîtier noir, des espèces, une carte-clé. La victime porte la même robe qu'à son arrivée à la réception, ses bijoux, sa montre. Son escarpin gauche est en place, éraflé au niveau du talon. Le droit est au fond du bassin.

Elle pivota, dissimulant délibérément le corps lorsqu'elle entendit Peabody approcher.

— Si vous ne vous sentez pas d'attaque, dites-le-moi. Je comprendrai.

— Je n'ai pas bu tant que ça. J'étais trop nerveuse, trop excitée. Mais j'ai pris un Sober-Up par précaution.

— Ce n'est pas ce que je voulais dire.

Peabody s'humecta les lèvres et ses « filles » tremblèrent un peu.

— Je suis d'attaque.

Eve s'écarta sans un mot.

— Oh ! souffla Peabody, les yeux ronds. D'accord. Accordez-moi une minute.

— Prenez votre temps. Retournez à l'intérieur, mettez la bouteille de vin sous scellés. Connors m'apporte un kit de terrain. J'ai prévenu le Central. Les renforts ne vont pas tarder à arriver pour sécuriser le périmètre.

— Compris.

Peabody disparut.

« Scénario possible, songea Eve. K.T. Harris vient ici fumer une cigarette, s'imbiber, ruminer. Elle glisse, tombe dans le bassin et se noie. Un accident aussi banal que stupide. »

Ne serait-ce pas merveilleux ?

— Ce pourrait être un accident, déclara-t-elle quand Peabody reparut. Trop d'alcool, talons aiguilles... La piscine n'est pas très profonde. Elle chute, se cogne la tête.

— Elle n'a pas arrêté de boire pendant le repas.

— Donc, ce pourrait être un accident. Inspectez l'extérieur du dôme, tâchez de relever tout indice laissant supposer qu'elle n'était pas seule.

— C'est bon, je me sens mieux.

— Tant mieux. Sortez le Seal-It, enchaîna Eve, comme Connors revenait avec la mallette, et mettez-vous au boulot. Quel est le climat, en bas ? demanda-t-elle à Connors.

— McNab a placé tout le monde, y compris les membres du personnel, dans le séjour. À moins d'un contrordre, il prévoit de transférer les domestiques et les employés du traiteur dans la cuisine dès l'arrivée des uniformes.

— Parfait. Identification confirmée, énonça-t-elle dans son micro après avoir pressé le pouce de la jeune femme sur son écran tactile. Sexe féminin, type caucasien, vingt-sept ans... Deux de plus que Peabody.

— Tu cherches les dissemblances.

Eve haussa les épaules.

— La grande différence, c'est que celle-ci est morte. Heure du décès, 23 h 30, ajouta-t-elle en consultant sa montre, sourcils froncés. Peu après le début de la séance de cinéma, il me semble. Avant et après, les invités ont circulé. Nous avons parlé avec Roundtree à la fin, mais je n'ai pas prêté attention à l'heure.

Paupières closes, elle remonta dans le temps.

— Il nous a demandé de nous installer au premier rang. Je ne me rappelle pas avoir vu K.T. après que nous nous sommes assis.

— Elle était au fond, dit Connors. Je l'ai noté parce que j'avais la ferme intention de l'éviter, et de te tenir à l'écart d'elle.

Eve rouvrit les yeux.

— Nous tournions le dos aux spectateurs. Elle a très bien pu monter ici dès les lumières éteintes. Pas de sang, murmura-t-elle en lui tâtant le crâne. Tiens ! On dirait une petite lacération ici.

Elle chaussait ses micro-lunettes quand McNab les rejoignit.

— Nous avons quatre uniformes sur les lieux. Je leur ai demandé de...

Il blêmit.

— Ô mon Dieu ! Mon Dieu !

— Elle est plus âgée, dit Eve d'un ton neutre. Sa lèvre inférieure est plus mince, ses yeux, plus ronds. Ses pieds sont plus longs et plus étroits.

— Pardon ?

— La victime est K.T. Harris, vingt-sept ans, actrice.

— J'ai trouvé des verres et des serviettes sur un guéridon dans le coin jardin, annonça Peabody en revenant. J'ai tout embarqué pour la police scientifique.

— Peabody.

McNab lui agrippa la main. Elle poussa un cri et Eve se dit qu'il avait dû lui broyer un os. Il l'attira à lui, enfouit le visage dans ses cheveux.

— Qu'est-ce que... ? commença Peabody. Ah ! Je comprends. Moi aussi, j'en ai eu la chair de poule. Mais je suis là, tout va bien.

Pour le lui prouver, elle lui pinça les fesses – un geste qu'Eve, vu les circonstances, choisit d'ignorer.

— McNab, rapport...

— Lieutenant.

— Regardez-moi, glapit Eve. Regardez-moi quand je vous parle. Rapport.

— Nous avons rassemblé les membres du personnel – domestique et traiteur – dans la cuisine. Les autres sont toujours dans le salon. Deux uniformes par groupe. Ils posent un tas de questions. Sauf Julian Cross, qui est toujours dans le cirage. J'ai pensé qu'il valait mieux le laisser tranquille pour le moment.

— Bien. Redescendez, envoyez-moi l'un des uniformes affectés en cuisine pour sécuriser la terrasse. Remplacez-le, commencez à prendre les noms, les coordonnées, les dépositions. Combien sont-ils ?

— Trois de la maison, dix de l'extérieur.

— D'accord. Peabody, donnez-lui un coup de main. Qu'en est-il de la sécurité à ce niveau ?

— J'ai posé la question à Roundtree, répondit McNab. Il n'y a aucune caméra ici. Les entrées sont surveillées, mais pas l'intérieur ni le toit.

— Dommage. Il faudra néanmoins visionner les bandes existantes afin d'éliminer l'hypothèse d'un intrus. Installons-nous dans la salle à manger pour interroger les propriétaires et les invités. Commencez par Matthew Zank – seul. J'arrive.

Eve attendit qu'ils s'éloignent, main dans la main.

— Ça se complique, marmonna-t-elle.

— Parce que ?

— Ce pourrait être un accident. Sauf que l'escarpin qu'elle porte encore est éraflé derrière le talon. Et qu'elle a un léger hématome sur la joue droite.

— Tu crois qu'on l'a traînée de force dans le bassin ?

— Je pense qu'on a pu l'y traîner, puis l'y pousser. À moins qu'elle n'ait abîmé sa chaussure et ne se soit blessée en tombant.

— Mais tu n'en es pas convaincue, devina Connors.

— Non. Quand bien même ce serait un accident, nous avons un cadavre qui ressemble comme deux gouttes d'eau à l'un de nos inspecteurs et une maison remplie de Hollywoodiens – plus une journaliste. Les médias vont se ruer dessus tels des requins.

— D'autant que la responsable de l'enquête est la vedette du film.

Eve jeta un regard au corps.

— Pour l'heure, c'est elle qui tient le haut de l'affiche.

Ils regagnèrent le rez-de-chaussée, et elle pria Connors de vérifier les disques de sécurité avant de se diriger vers le salon. À son entrée, tout le monde se mit à parler en même temps.

— Stop ! Taisez-vous. Restez assis. Je ne peux pas vous répondre pour l'instant, alors inutile d'insister. En revanche, je peux vous confirmer le décès de K.T. Harris.

— Seigneur ! s'écria Connie en se cachant le visage dans les mains.

— Je ne pourrai vous fournir aucune information supplémentaire tant que le médecin légiste ne l'aura pas examinée. Je parlerai avec chacun d'entre vous.

Andrea brandit un verre minuscule. Elle en avala le contenu d'un trait, puis fixa Eve.

— Nous sommes les suspects.

— Je parlerai avec chacun d'entre vous, répéta Eve. Docteur Mira, si vous pouviez m'accorder quelques minutes.

— Bien sûr.

Mira se leva et suivit Eve hors de la pièce.

— Quel est votre avis ? s'enquit cette dernière. Comme ça, à brûle-pourpoint.

— Vous pensez qu'il s'agit d'un homicide ?

— Je l'ignore. Ce pourrait être un accident. Quoique… En attendant d'en avoir la certitude, nous procéderons comme si c'était un meurtre. Vos impressions ?

— Individuellement et en tant que groupe, ils sont nerveux, bouleversés. Connie a réussi à s'accrocher à son rôle d'hôtesse. Roundtree l'avait persuadée, ainsi que tous les autres, que Harris cuvait simplement son vin, comme Julian. Joel et Valérie – le producteur et la chargée de relations publiques – sont restés ensemble un moment. Il était furieux – et plusieurs d'entre eux ont protesté – quand McNab a confisqué tous les communicateurs. Cependant, personne n'a provoqué d'esclandre. Matthew et Marlo étaient les plus choqués. Dans la mesure où ce sont eux qui l'ont trouvée, cela peut s'expliquer.

— Vous pourriez peut-être assister aux interrogatoires, suggéra Eve. Du moins dans un premier temps.

— Si cela peut vous être utile.

— C'est une situation abracadabrante. Vous êtes psy. C'est votre domaine. Nous sommes dans un drôle de merdier, non ?

Mira laissa échapper un rire.

— Je suppose que oui.

4

Eve commença par Matthew. Ils s'installèrent dans la salle à manger où ils avaient dîné un peu plus tôt. Un centre de table composé de lys et de petites chandelles blanches avait remplacé les couverts et les plats. Matthew avait troqué son costume pour un tee-shirt et un pantalon de jogging gris.

— Connie m'a prêté une tenue de rechange, expliqua-t-il. Ils ont un gymnase et elle a toujours des vêtements de sport pour les invités. McNab m'a autorisé à me changer. J'étais trempé. Marlo aussi.

— Pas de problème. Je souhaite enregistrer cet entretien et, par simple précaution, je vais vous citer vos droits.

— Ça faisait un moment.

— Pardon ?

— Quand j'avais dix-sept ans, on m'a arrêté pour ivresse sur la voie publique et consommation d'alcool alors que j'étais mineur. JE sortais d'une de ces fêtes du genre « les parents sont en voyage, profitons-en ». J'avais la langue bien pendue, j'ai insulté le flic. J'en ai été quitte pour une amende de mille dollars, une thérapie et trois mois de travaux d'intérêt général. En plus, j'ai été interdit de sortie pendant un trimestre. Désolé, enchaîna-t-il en se frottant la figure. Vous vous en fichez, pas vrai ? Je n'avais encore jamais vu un cadavre. J'ai joué le mort, tué des gens, bercé ma sœur agonisante dans mes bras – à l'écran. On croit avoir vécu tout cela mais on se trompe. Peu importe la qualité du maquillage, des éclairages, des angles de prise de vue, ce n'est pas pareil... K.T. était si pâle. Et ses yeux...

— Voulez-vous quelque chose à boire, Matthew ? intervint Mira.

Il lui adressa un regard reconnaissant.

— Je peux avoir un thé ? Ça ne vous ennuie pas ?

D'un signe de tête, Eve lui donna le feu vert et Mira se leva.

— Je n'arrive pas à me réchauffer, reprit-il. L'eau était assez froide, je suppose. Et le... désolé, répéta-t-il.

— Vous avez quelque chose à regretter ?

— Je suis maladroit. Je me croyais fort, mais je craque.

— Ne vous inquiétez pas.

Eve brancha l'enregistreur et récita le code Miranda révisé.

— Vous avez bien entendu, Matthew ? Vous comprenez vos droits et vos obligations ?

— Oui.

— Que faisiez-vous avec Marlo sur le toit ?

— Nous voulions prendre l'air.

— Que s'est-il passé ?

— Elle avait mal aux pieds. Marlo. Je lui ai suggéré d'enlever ses chaussures et de tremper ses pieds dans le bassin. Nous pensions rester assis au bord quelques minutes. On riait encore du bêtisier en pénétrant dans la rotonde. On ne l'a pas vue tout de suite.

Mira revint avec un plateau chargé d'une théière et de tasses, dont une fumante.

— Café ? proposa-t-elle à Eve.

— Volontiers. Ensuite ?

— Marlo a poussé un hurlement. Elle l'a vue la première et elle a crié. Je n'ai pas réfléchi, j'ai plongé. K.T. flottait sur le ventre et je… nous l'avons sortie de l'eau.

— Marlo aussi a plongé dans la piscine ?

Il but une gorgée de thé.

— Non. J'ai ramené K.T. au bord et Marlo m'a aidé à la hisser hors de l'eau. Elle était lourde. J'ai tenté de la ranimer – j'ai été maître nageur sauveteur dans ma jeunesse –, mais il était trop tard. Marlo était en larmes. Elle m'a assisté, mais nous n'avons rien pu faire. Nous aurions dû appeler les secours depuis le toit. Mais nous sommes descendus vous chercher.

— Avez-vous remarqué quelqu'un là-haut, ou en chemin ?

— Non. Enfin si, nous avons aperçu Julian, endormi sur le canapé, et Andrea, qui sortait des toilettes du vestibule. Puis nous avons pris l'ascenseur.

— Connaissez-vous quelqu'un qui pourrait vouloir du mal à K.T. ?

— Seigneur ! soupira-t-il en fermant les yeux et en buvant une autre gorgée de thé. Elle a un sacré caractère, et quand elle boit, c'est pire. S'il y a des frictions sur le plateau, c'est le plus souvent à cause d'elle, car le reste de l'équipe s'entend bien. Mais non, personne ne peut lui en vouloir à ce point. D'ailleurs, elle avait tourné pratiquement toutes ses scènes. Nous n'aurions plus eu à la supporter que pendant la promotion.

— Avez-vous eu des problèmes avec elle, personnellement ?

Il fixa sa tasse, puis :

— Je ne sais pas comment vous appeler.

— Dallas, c'est parfait.

— Dallas…

Il inspira profondément.

— Nous sommes sortis plusieurs fois ensemble. C'était il y a des mois, avant le lancement du projet, avant que je n'obtienne le rôle. À l'époque, elle ne buvait pas. Elle ne buvait pas non plus quand elle a décroché son contrat, et Roundtree s'est battu comme un fou pour que les financiers approuvent ce choix. Elle a dû passer une audition, ce qui ne lui a pas plu, mais elle a su parfaitement cerner le personnage – et elle m'a pistonné. Ils voulaient engager quelqu'un d'autre pour jouer McNab. J'ai fait une lecture et j'ai été sélectionné. Pour moi, c'était une chance inouïe. Après, on a cessé de se voir.

— Parce que vous aviez eu le rôle ?

— Je sais, c'est l'impression que ça donne. Et ce qu'elle aimait à penser. Que je m'étais servi d'elle pour mettre un pied à l'étrier.

— Quoi d'autre sinon ?

Il se frotta vigoureusement les cuisses, posa les mains à plat sur la table.

— Bon… Au début, on s'est bien amusés. Notre liaison n'a duré que trois semaines environ, mais nous avons partagé d'excellents moments. Nous avons préparé nos auditions respectives ensemble et nous nous entendions bien. Ensuite, quand elle a su qu'elle avait le rôle, elle s'est remise à boire. Énormément. Elle est devenue… possessive et paranoïaque.

— Par exemple ?

— Elle voulait savoir où je me trouvais à la seconde près. Où j'étais, ce que je fabriquais, avec qui. Une véritable obsédée. Quand elle ne me harcelait pas de coups de fil ou de SMS, elle débarquait chez moi. Lorsque nous dînions au restaurant, si j'avais le malheur de sourire à la serveuse, c'était sûrement parce que j'avais envie de coucher avec elle, si ce n'était déjà fait. Vous avez vu comment elle s'est comportée pendant le dîner ? Elle provoquait sans cesse des incidents du même genre dans les lieux publics.

Il s'empara de sa tasse.

— C'était humiliant, énervant. Quand elle estimait que je ne lui prêtais pas suffisamment attention, elle m'accusait de la tromper, de lui mentir, de l'exploiter. Je vous le répète, notre liaison n'a duré que trois semaines. Rien de sérieux. Du moins pour moi. Mais du jour au lendemain, elle s'est métamorphosée. Elle a commencé à venir chez moi en pleine nuit pour vérifier si j'étais seul. Puis elle s'est mise à me bousculer, à me gifler, à me jeter des objets à la figure. Je lui ai annoncé que je voulais rompre. Nous n'en étions qu'à la préproduction quand elle a tenté de me faire virer. J'ai dû me précipiter chez Roundtree et tout lui raconter. Il m'a soutenu et affirmé que ce n'était pas la première fois qu'elle dérapait ainsi.

— Ce ne devait pas être facile de travailler avec elle.

— Ça s'appelle jouer la comédie, admit-il avec un sourire en demi-teinte. Si c'était facile, tout le monde le ferait. Bref, elle a fini par se calmer. Ç'a été un soulagement pour moi. Entre nous, ça marchait – question personnages. Tout le monde sentait que nous étions faits pour ces rôles. C'est très récemment qu'elle a recommencé à perdre les pédales. Peut-être parce que le tournage approche de sa fin. La semaine dernière, elle a saccagé ma loge. Je sais que c'était elle. Elle a tout cassé, déchiqueté mes vêtements. Maintenant, je suis obligé de fermer la porte de ma caravane à clé avant de me rendre sur le plateau. Nous n'avons plus de scènes ensemble, ajouta-t-il, puis il grimaça. Ce que je veux dire, c'est qu'avant ce drame, nous avions déjà terminé.

Il marqua une pause, fixa sa tasse vide.

— Nous avons bien bossé malgré tout.

— Bien, Matthew, ce sera tout pour l'instant. Vous seriez gentil de demander à Marlo de venir. Ensuite, vous pourrez rentrer.

— Chez moi ?

— Pour l'heure, oui.

— Je préférerais attendre que… Ça ne vous dérange pas que je reste un peu ?

— Faites comme vous voulez, mais envoyez-nous Marlo.

Il se leva. Son regard passa de Mira à Dallas, puis revint sur la psychiatre.

— Merci pour le thé.

Il sortit, Eve arrêta l'enregistrement et se tourna vers Mira.

— Votre avis ?

— Il paraît plus jeune qu'au dîner. Il est encore sous le choc. Avenant, vaguement coupable. Il ne parvient pas à décider s'il s'est effectivement servi de K.T. pour décrocher ce contrat, mais il sait qu'elle en avait la conviction, donc il s'en veut. Selon moi, il avait choisi de penser à elle le moins possible, et désormais, elle hante son esprit.

Eve ralluma son appareil à l'arrivée de Marlo. Celle-ci avait revêtu un pantalon de yoga noir et un débardeur. Son visage était dépourvu de tout maquillage.

Eve répéta le processus qu'elle avait suivi avec Matthew. Marlo l'écouta, les yeux ronds, les mains croisées sur les genoux.

— Pourquoi étiez-vous sur le toit avec Matthew ?

L'actrice raconta la même histoire, à peu de chose près.

— La nuit était belle. Un peu fraîche. Il faisait meilleur dans la rotonde, mais après que Matthew avait sorti K.T. de la piscine j'ai eu tout à coup très froid. Je pensais qu'elle allait se remettre à respirer. Qu'elle tousserait et cracherait de l'eau. Il a essayé de toutes ses forces de la ranimer. En vain… C'était un accident, n'est-ce pas ? J'ai vu les éclats de verre. Elle a dû glisser et tomber. Se cogner la tête ? Elle avait beaucoup bu.

— Nous ne pouvons rien confirmer pour l'instant.

— C'est forcément un accident. Personne ici ne… Nous ne sommes pas des meurtriers ! s'exclama Marlo. Vous avez assisté à cet épisode au cours du repas, inutile de faire croire que nous étions amies. D'ailleurs, elle n'en avait pas. Elle avait des adversaires, des atouts, des possessions, mais pas d'amis. De là à la tuer, non. Nous avons une prédilection pour la tragédie, c'est indéniable. Nous nous en nourrissons. Mais pas comme ça.

— Avez-vous eu des problèmes particuliers avec elle ?

— Voyons voir, murmura-t-elle en repoussant ses cheveux d'un geste impatient, exactement comme le faisait Eve. Elle me détestait.

— Parce que ?

— Pour de multiples raisons. J'ai été nommée aux oscars. Je n'ai pas gagné, mais j'ai été reconnue en tant qu'actrice par l'Académie et ça l'a rendue folle. Elle m'a fait comprendre qu'elle savait comment j'avais obtenu le rôle qui m'avait valu cet honneur. J'étais sortie avec le scénariste – bien avant qu'il ne ponde ce projet, soit dit en passant, et donc bien avant le casting. Nous sommes restés amis. Elle pensait que j'avais couché pour gagner. Sur *La Conspiration Icove*, elle prétendait que j'accaparais l'écran, que je poussais Roundtree à sucrer ses répliques et ainsi de suite. Ce soir, juste avant la diffusion du bêtisier, elle m'a attirée dans un coin. Elle voulait savoir ce que je ressentirais quand les médias découvriraient que je me tapais Roundtree, Matthew *et* Julian. Elle m'a assuré que Connie était au courant et que Nadine préparait un reportage sur mes méthodes douteuses pour atteindre la gloire.

— Comment avez-vous réagi ?

— Je l'ai envoyée balader. « Va te faire foutre, K.T., parce que personne d'autre ne le fera. » Ce sont les dernières paroles que je lui ai dites. Mon Dieu, soufflat-elle en fermant les yeux.

— C'est bon, fit Eve. Vous pouvez rentrer chez vous, Marlo. Demandez à Connie de nous rejoindre avant de partir.

— C'est tout ?

— Pour le moment, oui.

— Quand vous saurez ce qui s'est passé, vous nous le direz ?

— Bien sûr. Je vous tiendrai au courant.

Marlo se dirigea vers la porte, s'immobilisa.

— Nous sommes tous suspects, n'est-ce pas ?

— Vous vous êtes documentée pour ce rôle. Qu'en pensez-vous ?

— D'après moi, vous avez la certitude que K.T. a été assassinée et que l'un d'entre nous est le coupable, répondit Marlo, avant d'ajouter : Si seulement quelqu'un pouvait crier « Coupez ! ».

— Elle ne supporte pas d'avoir injurié la victime juste avant sa mort, commenta Mira après son départ. Elle ne l'aimait pas, et elle la jugeait comme inférieure à elle. Elle la trouvait grossière, pathétique et aussi horrible que sa dernière tirade.

— Elle la voyait aussi comme une menace à sa réputation.

— Vous ne croyez pas que Marlo couche avec Roundtree, Julian et Matthew ?

— Pas avec Roundtree ni avec Julian. En revanche, elle a une liaison avec Matthew.

Surprise, Mira s'adossa à son siège.

— C'est curieux, je n'ai rien remarqué.

— Ils le cachent bien. Cela risque de nous poser un problème. Ce sont des acteurs talentueux. Ils sont très discrets. Mais selon moi, deux personnes qui s'éclipsent en pleine réception pour se tremper les pieds dans un bassin sur un toit ont envie d'être seules. Et il l'attend dehors alors qu'il aurait pu partir depuis un moment.

Eve pianota sur la table.

— Je peux me tromper. Mais lui explique que Marlo l'a aidé, qu'elle a pleuré. Elle insiste sur le fait qu'il a tenté de ranimer la victime.

— Ils s'aiment, spécula Mira. Ils se considèrent mutuellement comme des héros.

— Mouais…

Eve remit en marche son appareil tandis que Connie franchissait le seuil de la pièce.

— Avant de commencer, puis-je vous offrir autre chose à boire ? s'enquit cette dernière.

— Non, merci, répondit Eve.

— Puis-je demander que l'on serve du café et peut-être quelques en-cas aux autres ? L'attente est longue.

— Bien sûr.

— Si je m'en chargeais ? proposa Mira en se levant. Asseyez-vous, Connie.

— Je suis complètement perdue, avoua celle-ci à Eve.

— Je vais vous poser quelques questions. Je serai aussi brève que possible. Par précaution, j'enregistre tous les entretiens et je cite ses droits à chacun d'entre vous.

Connie opina, l'air tendu, en se triturant les doigts.

— Pouvez-vous me dire ce qui s'est passé entre K.T. et vous quand vous l'avez emmenée à l'écart au cours du dîner ?

— Je l'ai priée d'un ton ferme de surveiller son langage et son comportement dans ma demeure. Je lui ai dit que si elle osait de nouveau s'en prendre à l'un de mes invités, je la mettrais à la porte et que je ne la recevrais plus jamais.

Connie détourna la tête, lèvres pincées.

— Ça n'a pas suffi.

— Expliquez-vous.

— Comme elle refusait de vous présenter ses excuses, à vous et aux autres, j'ai explosé. J'étais furieuse, horriblement gênée. Je lui ai lancé que je veillerais personnellement à ce qu'elle ne travaille plus jamais pour mon mari ni aucune de nos relations. Je lui ai rappelé que j'avais beaucoup d'influence dans le milieu.

Un frémissement la parcourut et elle essuya une larme furtive.

— Je n'aurais pas hésité.

— Comment a-t-elle réagi ?

— Au début, très mal. Elle a hurlé qu'elle en avait par-dessus la tête des sermons. Qu'elle avait des choses à dire et que personne ne pourrait l'en empêcher. Et elle a terminé sa tirade en déclarant que Marlo taillait des pipes à Mason entre deux scènes.

— Vous l'avez crue ?

— Ivre ou sobre, K.T. est une actrice douée. Sobre, elle est tolérable en tant qu'être humain, voire drôle. Ivre, elle est féroce, déraisonnable, et parfois violente. Grâce à l'intervention de divers agents, managers, responsables de relations publiques et producteurs, le public ignore cette facette de sa personnalité.

— C'est une réponse ?

— En partie. Non, je ne l'ai pas crue parce que mon mari est un homme intègre. D'une part, Marlo est trop orgueilleuse pour s'abaisser à ce genre de pratique – et elle nous respecte, mon époux et moi-même. D'autre part, Mason et moi sommes mariés depuis de longues années. Nous avons passé un accord. Si l'un n'aime plus l'autre, nous devrons faire preuve d'honnêteté. Si l'un ou l'autre éprouve le besoin d'une escapade, aucun souci. Mais si l'un ou l'autre couche, c'est fini. Pas de seconde chance.

— Un pacte judicieux.

— Nous ne nous en plaignons pas.

— De toute évidence, K.T. en voulait à Marlo. Pourquoi ?

— Elle était jalouse. Elle lui enviait sa beauté, son talent, son charme, sa popularité non seulement auprès de ses fans mais aussi de l'industrie. J'ai l'impression que K.T. s'en est prise à vous parce que vous êtes celle qu'incarne Marlo sur ce projet. Par conséquent, ce qu'elle ressent pour Marlo, elle le reproduit – le reproduisait – avec vous.

Elle se tut, plaqua la main sur sa bouche.

— Passé, présent, je mélange tout. Je suis complètement désemparée.

— Vous vous débrouillez très bien.

Mira réapparut et déposa une tasse de café devant Connie.

— Merci.

— Votre mari y a ajouté un doigt de cognac.

— Il me connaît.

— Vous rappelez-vous avoir vu K.T. quitter la salle de projection ? demanda Eve. Ou quelqu'un d'autre pendant la séance ?

— J'avais déjà visionné le bêtisier, je me suis donc esquivée pour aller discuter avec le traiteur. Je suis restée un bon moment dans la cuisine. Je suis revenue vers la fin, je me suis glissée jusqu'au buffet pour m'assurer qu'il ne manquait rien. Je n'ai vu personne entrer ni sortir.

— Et quand on a rallumé ? Tout le monde était présent ?

— K.T. n'était pas là. Je le sais parce que je la surveillais. Elle avait trop bu, je ne voulais pas d'un nouveau scandale. Je comptais la mettre dans une voiture et la renvoyer chez elle, mais elle n'était nulle part en vue.

— Qui d'autre manquait à l'appel ?

— Je ne saurais dire. C'est sur K.T. que mon attention était concentrée. Je m'apprêtais à partir à sa recherche, quand Valerie m'a interceptée. Elle voulait la liste des desserts pour un article qu'elle devait rédiger à propos de la soirée. Puis Nadine nous a rejointes et nous avons bavardé. J'ai laissé tomber.

Du coin de l'œil, Eve aperçut Connors. Elle lui fit discrètement signe d'entrer.

— Désolé de vous interrompre.

— Ce n'est pas grave, dit-elle. Nous en avons fini pour l'instant, Connie. J'interrogerai quelqu'un d'autre d'ici à deux ou trois minutes.

— Les techniciens et l'équipe de la morgue sont arrivés, annonça Connors dès qu'il fut seul avec Eve et Mira. Ils sont sur le toit.

— Pressons le mouvement. Demande à Peabody d'interroger Roundtree, Dennis Mira et l'assistant-réalisateur, dans n'importe quel ordre et ailleurs qu'ici. Restent Andrea Smythe, ce crétin de producteur et Nadine. Nous questionnerons Julian ensemble, en dernier. Mira, ajouta-t-elle, vous pourriez peut-être lui administrer une dose de Sober-Up.

Sur le qui-vive, les yeux brillants, Andrea avala une gorgée de café.

— C'était une salope. Un terme que j'emploie volontiers pour toute personne détestable, quel que soit son sexe. K.T. était une salope de première classe. Je ne l'aimais pas dans ce rôle car je trouve le personnage de Peabody particulièrement attachant. L'eau n'était jamais assez mouillée pour K.T.

Elle marqua une pause, sourit.

— Voilà qui est maladroit vu les circonstances. Je me fiche éperdument qu'elle soit morte, ajouta-t-elle en riant.

— Voilà une opinion bien arrêtée.

— Je maintiens. Pas plus tard qu'hier, je l'ai menacée de lui enfoncer un bâton dans le cul et d'y mettre le feu. Ou peut-être avant-hier. À force, je perds le compte. Il ne se passait pas une journée sans que je doive me retenir de l'étrangler à mains nues après lui avoir défoncé la figure à coups de pelle.

Andrea ébaucha un sourire par-dessus le rebord de sa tasse.

— Elle se débrouillait pour m'éviter.

— Je comprends.

— Ça m'est égal d'être une suspecte quand la victime est une imbécile de première, mais si je l'avais tuée, il y aurait eu des cris et du sang. Et j'y aurais pris trop de plaisir pour garder le secret.

Convaincue – du moins provisoirement –, Eve la libéra.

Joel Steinburger chercha immédiatement à prendre le contrôle.

— Nous avons quelques points à éclaircir.

— Sans blague ?

— Rien ne doit être dévoilé aux médias sans mon approbation, celle de Valerie ou de l'un des membres de mon équipe. Cette affaire doit être traitée avec la plus grande prudence. J'ai besoin de mon communicateur. En un moment comme celui-ci, je ne peux pas me permettre de figurer aux abonnés absents. De plus, je veux que tout le monde ici présent – personnel de service, police, invités compris – signe un accord de non-divulgation. Imaginez qu'un serveur se précipite chez les éditeurs de tabloïds pour raconter une version déformée des faits, ou qu'un flic mal payé tente d'arrondir ses fins de mois en diffusant une vidéo de K.T. morte. Il paraît que vous avez demandé son transfert à la morgue. Nous refusons.

— Ah bon ?

— Il faut la transporter dans un établissement privé. Doux Jésus, savez-vous combien ces chiens de l'Internet paieraient pour une photo de K.T. nue sur une table d'autopsie à la morgue ?

— C'est tout ?

— Non. J'ai besoin...

— Pour l'heure, vous avez surtout le droit de garder le silence. Et je vous suggère de la fermer jusqu'à ce que je vous aie cité vos droits.

— Qu'est-ce que c'est que ce délire ? s'écria-t-il, sincèrement ahuri. Qu'est-ce qu'elle raconte ? demanda-t-il à Mira.

— Respirez. Calmez-vous. Le lieutenant Dallas fait son travail.

— Et moi, je fais le mien. Toutes les personnes impliquées dans cette production exigent que j'aborde cette affaire avec circonspection et que je la gère au mieux.

— Avez-vous bien compris vos droits et vos obligations ? s'enquit Eve.

— Vous ne me traiterez pas comme un criminel, riposta Joel en croisant les bras. J'exige la présence de mes avocats.

— Parfait. Contactez-les. Nous irons les attendre au Central. Aucun problème.

— Vous ne pouvez pas…

— Si, je peux, aboya Eve en abattant son insigne sur la table. C'est moi qui mène la barque. Soit je prends votre déposition ici, soit je vous traîne au Central et nous y attendons vos avocats. À vous de décider.

— Mesurez vos paroles ou je me plaindrai auprès de vos supérieurs.

— Whitney, commandant Jack. Allez-y.

Steinburger poussa un profond soupir. La couleur qui avait envahi son visage s'estompa légèrement.

— Vous devez comprendre : je m'efforce de protéger mon projet, mes camarades.

— Et vous, vous devez comprendre que je m'efforce de découvrir comment une jeune femme avec qui nous avons dîné il y a quelques heures a fini dans une piscine, flottant sur le ventre. C'est moi qui l'emporte. Ici ou ailleurs, Joel. À vous de choisir.

— D'accord. D'accord. Que voulez-vous savoir ? K.T. a été victime d'un tragique accident, c'est évident. Je ne veux pas que les médias s'en prennent à elle sous prétexte qu'elle était ivre. Je ne veux pas que Roundtree et Connie souffrent du fait qu'elle s'était enivrée chez eux.

— Êtes-vous monté sur le toit ce soir ?

— Non.

— Avez-vous eu maille à partir avec la décédée ?

— Non.

— Vous mentez forcément. Vous seriez le seul, ici présent, à ne pas vous être fâché avec elle ?

— Certes, elle était difficile, reconnut-il. C'était une artiste. Les acteurs sont souvent de grands enfants. K.T. était capricieuse. Si je n'avais pas le don de gérer les personnalités excentriques, je n'en serais pas où j'en suis aujourd'hui.

— Il paraît qu'elle avait le vin mauvais.

— C'est précisément le genre de ragot que je veux éviter. Elle supportait mal l'alcool et elle était colérique. Elle n'était pas heureuse, mais elle faisait du bon boulot. Je ne tiens pas à ce qu'on la salisse.

— Avez-vous eu des altercations ?

— Je n'emploierais pas ce terme. Encore une fois, elle n'était pas heureuse. Elle avait des griefs contre le scénario, la direction, ses covedettes. Je suis accoutumé à ce type de saute d'humeur.

— Comment y remédiiez-vous ?

— Quand c'était possible, je les calmais, sinon, je me montrais ferme. K.T. comprenait qu'elle devait coopérer pour le bien de sa carrière. Elle était douée, très douée, mais pas indispensable. J'admets que son éclat au dîner était déplacé.

Il haussa les épaules.

— J'avais prévu d'en discuter avec elle demain, de l'encourager à retourner en cure de désintoxication, de suivre une thérapie. Sinon...

— Sinon ?

— Les acteurs affamés se ramassent à la pelle. J'ai un autre projet en cours et elle voulait y participer. Ce rôle lui aurait convenu à merveille, mais je lui aurais clairement expliqué que l'on pouvait se passer d'elle.

Eve libéra le producteur, et se tourna vers Mira.

— Il est à un poste où il a du pouvoir, observa celle-ci. Il s'en sert et adore cela. Il n'aurait eu aucun scrupule à se débarrasser d'elle – ou à l'en menacer – le cas échéant.

— Oui. Qui plus est, il est arriviste et nerveux. On ne peut s'empêcher de se demander ce que n'importe lequel d'entre eux ferait si la victime détenait une information pouvant ruiner leur réputation – ego et compte en banque inclus – ou ce film en particulier. Ce qui est évident, c'est que personne n'appréciait K.T. et que nul n'a pris la peine de feindre le contraire.

— Elle était particulièrement odieuse.

— Sans conteste, acquiesça Eve. Mais de là à se retrouver à la morgue.

— Avait-elle de la famille ?

— Je n'ai pas encore vérifié. Nous allons nous en occuper, prévenir les proches.

— Une tâche pénible. Voulez-vous que je commence à dégriser Julian ?

Eve ne put réprimer un sourire.

— Excellente idée. Pendant ce temps, je vais interroger Nadine. Merci pour votre aide. J'imagine que M. Mira et vous êtes pressés de rentrer chez vous.

— En fait, tout cela l'intéresse énormément. Et moi aussi.

— Ses chaussettes ne sont pas assorties.

— Pardon ?

— Les chaussettes de M. Mira ne sont pas assorties.

— Mince ! lâcha Mira avec un petit rire exaspéré. Le pauvre est si distrait. Je ne m'en suis pas aperçu.

— C'est… mignon, conclut Eve.

— Il a toujours la tête ailleurs. Il vivrait en cardigan dépenaillé et n'a de cesse de faire des trous dans les poches de ses pantalons. Il ne trouve jamais son portefeuille ni rien dans le réfrigérateur. Et à l'instant où l'on se dit qu'il est dans la lune, il avance la réponse ou la solution qui manquait… Ceux qui attendent de leur compagnon qu'il soit parfait passent à côté de beaucoup d'éclats de rire – et de douceur, conclut Mira. Je vais m'occuper de Julian. Voulez-vous que je vous envoie Nadine ?

— Oui, merci.

Eve songea à Connors. La plupart des gens voyaient en lui un homme parfait. Elle savait qu'il ne l'était pas et s'en réjouit. Comme par hasard, il apparut, un gros mug de café à la main.

— Où as-tu trouvé ça ? s'exclama-t-elle. Je n'ai eu droit qu'à des tasses de fille.

— Raison pour laquelle je suis allé trouver à la gouvernante.

Comme il posait le mug devant elle, Eve lui fit signe de se pencher. Et l'embrassa.

— Tu n'es pas parfait.

— Trop aimable.

— Tu n'es pas parfait, et c'est pour cela que tu me conviens. Merci, ajouta-t-elle en s'emparant du mug. Tu veux assister à mon entretien avec Nadine ?

— Volontiers, si tu acceptes de partager ce café. Histoire de te mettre au courant, Peabody et McNab viennent d'achever leurs interrogatoires. Peabody ne voulait pas t'interrompre. Elle m'a demandé de te prévenir qu'elle était remontée sur le toit faire le point avec les techniciens. Le corps a été transporté à la morgue.

— Je sais, ils m'ont envoyé un SMS : cause du décès non encore déterminée. Il faudra procéder à une autopsie pour savoir si c'est un accident ou un homicide. Selon moi, le suicide est une hypothèse à éliminer mais on ne sait jamais.

Nadine arriva, une tasse de café dans une main, une assiette de gâteaux dans l'autre.

— Écoutez… commença-t-elle.

— Non, c'est vous qui allez m'écouter. Asseyez-vous.

Eve s'empara d'un biscuit, au cas où Nadine s'énerverait et écarterait l'assiette.

— Vous êtes le témoin d'une mort suspecte, enchaîna-t-elle. Je dois prendre votre déposition.

— Vous l'aurez, mais je veux mon communicateur et mon mini-ordinateur. Vous n'avez pas le droit de...

— Taisez-vous.

Eve mordit dans le gâteau. Pas mauvais.

— Vous ne les obtiendrez pas tant que je ne vous aurais pas éliminée de ma liste, car il est hors de question que vous joigniez votre producteur ou je ne sais qui d'autre à Channel 75. Je vois d'avance le scoop : « K.T. Harris retrouvée morte dans la piscine de Mason Roundtree – détails suivent. »

— Je suis journaliste et c'est mon boulot. Je me trouve sur la scène du drame. J'ai dîné avec la défunte.

Rejetant ses cheveux en arrière, Nadine étrécit les yeux tel un chat.

— Si vous vous imaginez un seul instant que je laisserai la primeur à quelqu'un d'autre, vous vous fourrez le doigt dans l'œil. Pourquoi ce sourire, Connors ?

— Je suis un homme, je déguste un café et des biscuits face à deux ravissantes jeunes femmes qui se crêpent le chignon. Malgré moi, je me demande si elles vont bientôt en venir aux mains. Plutôt divertissant, non ?

— Décidément, tu n'es pas parfait, grommela Eve. Fermez-la cinq minutes, Nadine, vous voulez ? Vous l'aurez, votre scoop – et ma coopération dans la mesure du possible.

— Ce qui signifie ?

— Ce que ça signifie. Mais vous avez dîné avec la défunte, et quand nous avons un cadavre sur les bras, mon boulot l'emporte sur le vôtre.

— J'aimerais un face-à-face avec vous dès que nous en aurons terminé ici, insista Nadine.

— Je vous dirai ce que je peux, mais vous ne me filmerez pas. Plus vous discuterez ou tenterez de négocier, plus vous laisserez le champ libre à un membre du personnel pour répandre la nouvelle. J'ai besoin de votre regard, Nadine. Voici ce que je sais :

K.T. Harris est morte. Les trois personnes présentes dans cette pièce ne sont pour rien dans ce décès. Les Mira non plus. Peabody et McNab, pas davantage. Encore moins Mavis et Leonardo. Pour les autres ? Tout est possible. Par conséquent, il me faut vos impressions, vos intuitions, etc. À présent, au boulot.

5

Nadine extirpa de sa pochette une petite pile de serviettes en papier et un stylo-bille.

— Voyez à quoi j'en suis réduite, bougonna-t-elle. J'avais pourtant promis à McNab que je ne me servirais pas de mon mini-ordinateur pour contacter la chaîne.

— S'il vous l'avait laissé, je l'aurais expédié à la circulation. Première question – et cette fois, c'est officiel et enregistré – faites-vous des galipettes avec Julian Cross ?

— Vous avez l'art et la manière, commenta Nadine. Non, je vous l'ai déjà dit. Il est beau, charmant, amusant. Il est riche et célèbre. Il me plaît, je le trouve attendrissant, mais ce n'est pas une lumière. Or j'ai un faible pour les hommes intelligents. De plus, il « ferait des galipettes », comme vous dites, avec n'importe qui, n'importe quand et n'importe où. Je préfère quelqu'un de plus sélectif. Il n'insiste pas, que l'on accepte ses avances ou qu'on les refuse poliment. J'apprécie sa compagnie mais je n'ai aucune envie de coucher avec lui. Malheureusement… Sans compter que la machine promotionnelle lance une rumeur selon laquelle Marlo et Julian s'aimeraient à la ville comme à l'écran. De toute évidence, ça marche, bien qu'ils n'entretiennent qu'une solide amitié.

— Parce que Marlo a une liaison avec Matthew.

— Quoi ? Pas du tout ! s'exclama Nadine, avant de froncer les sourcils. Vraiment ? D'où sortez-vous cette information ? Je n'étais pas au courant.

Eve haussa les épaules.

— C'est mon impression. Vous devrez les interroger à ce sujet.

— Merde, grommela Nadine en écrivant fiévreusement sur une serviette.

— En attendant, reprit Eve d'un ton calme, vous avez passé beaucoup de temps sur le tournage. Qui pourrait vouloir tuer K.T. ?

— La thèse de l'homicide est confirmée ?

— Pas encore. Toutefois...

— D'accord. Ma réponse est : qui pourrait ne pas vouloir la tuer ? J'ai moi-même été tentée de l'assommer et de la noyer à plusieurs reprises. C'est ce qui s'est passé ?

— Sans commentaire. Pourquoi ?

— Parce que c'est une garce. Égoïste, geignarde, grossière. Elle boude, elle explose, elle aboie, elle crache son venin. Elle se considérait comme l'actrice principale de ce projet et s'arrangeait pour le faire savoir à la moindre occasion. Elle n'a pas hésité à m'aborder à propos du personnage de Peabody. Elle voulait des modifications, davantage d'interventions. Elle voulait une scène d'amour avec Matthew. Elle voulait que Peabody confronte Dallas sur divers points de l'enquête. Aucune de ses suggestions n'a été retenue, mais Roundtree, Valerie, Steinburger, Preston – ou un pauvre assistant – devaient la canaliser presque chaque jour. Elle ralentissait la production avec ses caprices et, ça, les huiles ne le supportent pas.

— Pouvez-vous me donner des exemples précis ?

— Dallas, à un moment ou à un autre, elle s'est attaquée à chacun des membres de l'équipe. Elle faisait ensuite profil bas pendant quelques jours, puis se trouvait une autre cible.

— Très bien. Concentrons-nous sur ce soir. Hormis son éclat au repas, l'avez-vous vue se disputer avec quelqu'un ?

Nadine examina les gâteaux, en choisit un, mordit dedans.

— Avec moi.

— Pour quelle raison ?

— Il ne lui restait plus que deux courtes scènes à tourner. Elle voulait qu'on les rallonge. Elle tenait absolument à ce que j'en parle à Roundtree, que l'on reprenne les séquences en fonction de ses propositions. Je lui ai répondu, comme les fois précédentes, que ses exigences étaient inacceptables. Elle m'a rétorqué, là encore comme les autres fois, que je ne connaissais rien au business ni au cinéma. Je lui ai conseillé d'écrire son propre bouquin, son propre scénario, et de laisser le mien tranquille. En des termes moins choisis.

— Vous êtes montée sur le toit ce soir ?

Nadine ricana.

— Non, pas ce soir.

— S'est-elle fâchée avec quelqu'un d'autre ?

— Je suppose que Connie et elle ont eu des mots quand Connie l'a entraînée hors de la salle à manger. Elle a vaguement insulté Andrea, mais K.T. manquait de repartie face à elle et le savait. Elle avait donc tendance à écourter leurs échanges. J'ai noté qu'elle avait attiré Preston à l'écart peu avant le dîner. Il avait l'air contrarié. Sinon, je l'avoue, je ne lui ai pas prêté plus d'attention que cela.

— Et durant la diffusion du bêtisier ? L'avez-vous vue quitter la salle de projection ?

— Non. Elle était au fond si je ne m'abuse, et je m'étais assise à côté d'Andrea parce que c'est de loin la plus drôle. De surcroît, Julian était déjà ivre et d'une humeur de chien. Je n'avais aucune envie de m'installer près de lui. Quelques minutes après le début du film, j'ai eu un message sur mon communicateur. Nous préparons une émission à Dallas avec des interviews des jumelles Jones, j'étais obligée de prendre l'appel. Je me suis donc rendue dans le petit salon du sous-sol. J'ai discuté avec mon producteur et mon réalisateur pendant une dizaine de minutes. À mon retour, je me suis glissée dans le fond...

Nadine plissa les yeux comme pour mieux se remémorer l'épisode.

—... Elle n'était pas là. K.T. Harris. J'ai scruté la salle car je ne voulais pas me retrouver à côté d'elle. J'ai supposé qu'elle avait changé de place. En fait, elle avait dû sortir. Peut-être avant moi. Je n'ai rien remarqué d'autre, désolée.

— D'autres personnes manquaient-elles à l'appel ?

— Je l'ignore. Dès qu'on a rallumé les lumières, j'ai filé aux toilettes. Quand je suis revenue, quelques minutes plus tard, il y avait du monde un peu partout. Sauf K.T. mais, si je m'en suis aperçue, c'est uniquement parce que je cherchais à tout prix à l'éviter.

— Parfait. Pouvez-vous me décrire l'ambiance dans le salon pendant que vous patientiez ?

— Ils étaient tous en état de choc, bouleversés, les nerfs à vif. Une réaction normale quand on sait qu'il y a un cadavre au-dessus de votre tête. Roundtree allait et venait, Connie s'efforçait de calmer les uns et les autres. Julian dormait, Matthew et Marlo étaient serrés l'un contre l'autre, blêmes. Quand elle n'était pas en train de supplier Connie de s'asseoir et de se détendre, Andrea tenait la jambe à Dennis Mira. Steinburger serrait Valerie dans ses bras – rien d'étonnant à cela – tout en râlant parce que McNab nous avait confisqué nos appareils électroniques. Preston a échangé quelques mots avec Roundtree, Steinburger et même avec moi. Sinon, il fixait son verre de bière. L'atmosphère était tendue, inconfortable, pénible. Tout le monde croit – ou veut croire – à un tragique accident, mais personne n'en est sûr.

Peabody franchit le seuil, s'immobilisa en apercevant Nadine.

— Ah ! Euh… Lieutenant, pouvez-vous m'accorder un instant ?

— J'ai tout ce qu'il me faut pour l'heure, Nadine, fit Eve. Vous pouvez retourner dans le séjour. Nous vous rendrons votre matériel rapidement.

— Dallas, vous m'aviez promis un scoop !

— Vous l'aurez. Mais je dois d'abord m'entretenir avec ma coéquipière.

— Très bien. J'emporte les gâteaux.

Non sans regrets, Peabody vit l'assiette disparaître avec Nadine.

— Ils avaient l'air délicieux, risqua-t-elle.

— Ils l'étaient. Rapport ?

— Nous avons toutes les dépositions. McNab vous en a préparé une copie, répondit Peabody en lui tendant un disque. Rien qui désigne quelqu'un comme un coupable possible. Le seul qui paraisse sincèrement chagriné est Roundtree. Il n'aimait pas K.T. mais il la détestait moins que les autres. Les techniciens ont presque terminé. Ils ont relevé des traces de sang.

— Où ? demanda vivement Eve.

— Au bord du bassin. Une infime quantité. Soit les taches avaient été nettoyées, soit l'eau les a estompées quand on a sorti le corps de l'eau. Cependant, dans la mesure où on a aussi découvert ce qui ressemble à un bout de tissu carbonisé dans la cheminée, j'opte pour la première hypothèse.

— Moi aussi.

— Le médecin légiste a confirmé la présence d'une contusion et d'une lacération à l'arrière de la tête de la victime, ce qui expliquerait la présence de sang. Ses empreintes étaient sur la bouteille de vin ouverte – dont le laboratoire analysera le contenu – et sur le tire-bouchon. La police scientifique étudiera aussi l'ADN sur les mégots de cigarettes, mais la marque correspond au paquet que K.T. avait dans son sac. Un paquet de douze. Il lui en restait deux. Marlo et Matthew ont laissé leurs empreintes sur les deux verres trouvés à l'extérieur de la rotonde.

— Bien. Nous allons interroger Julian, mais je vais d'abord transmettre quelques-uns de ces éléments à Nadine et la libérer.

Eve regarda Connors.

— Tu veux assister au dernier entretien ?

— Ma chérie, je ne raterais ce spectacle pour rien au monde. Toi, en train de cuisiner mon double.

— Peabody, allez chercher Julian. Citez-lui ses droits. Je n'en ai pas pour longtemps.

Elle entraîna Nadine à l'écart de Roundtree et de Connie tandis que Peabody conduisait un Julian à peu près sobre dans la salle à manger.

— Selon toute apparence, K.T. s'est cogné la tête sur le bord de la piscine avant d'y tomber, soit toute seule, soit avec de l'aide, expliqua-t-elle. Ou alors elle a voulu se relever et, ivre et étourdie par sa chute, elle aura glissé. J'en saurai davantage après l'autopsie.

— C'est tout ? s'étonna Nadine, déçue.

— Pour l'instant. Si on l'a aidée, j'ai des dépositions, des impressions et un début de chronologie. Si c'est un accident, l'affaire sera vite clôturée, mais il est encore trop tôt pour l'affirmer. En tout cas, j'aimerais que vous patientiez une trentaine de minutes avant de prévenir votre chaîne. Je veux entendre Julian et le mettre à l'abri avant que les médias ne se déchaînent.

— Quelle différence ce…
— Nadine, si je ne vous faisais pas confiance, je vous enfermerais à double tour dans une pièce sans vos joujoux électroniques. Mais je sais que vous saurez respecter ma volonté.
— Compris, soupira Nadine. Merci, Dallas.
Après une pause, elle ajouta :
— Il y a une autre raison pour laquelle j'ai refusé de coucher avec Julian.
— Je vous écoute.
— Il n'est pas comme Connors, mais il en donne l'illusion quand il joue son rôle. Du coup, l'idée de m'envoyer en l'air avec lui m'a paru… déloyale et euh… assez ignoble.
Eve faillit rire, puis se rendit compte que Nadine était très sérieuse.
— Vraiment ? fit-elle.
— Vraiment.
— J'apprécie votre délicatesse.
— Il paraît que c'est un très bon coup.
— Vous venez de me dire qu'il n'était pas comme Connors.
— Pardon, je suis méchante. Au fond, je vais peut-être revenir sur ma décision, riposta Nadine en se recoiffant. Je vais saluer Roundtree et Connie. Mon chauffeur m'attend, si vous en avez fini avec les Mira, je peux les déposer.
— Et en profiter pour obtenir quelques impressions.
— Naturellement. Mais même si j'échoue, ce sera un plaisir de les raccompagner.
— Je n'en doute pas. Ils peuvent s'en aller quand ils veulent.
Lorsqu'elle regagna la salle à manger, Julian, pâle et désespéré, était recroquevillé devant sa tasse de café.
— On vous a cité vos droits ?
— Oui. Elle a dit que c'était pour me protéger.

— En effet, confirma Eve en s'installant en face de lui. Savez-vous ce qui s'est passé ?

— Quoi ?

— Savez-vous que Marlo et Matthew ont découvert le corps de K.T. sur le toit ?

— Oui, marmonna-t-il en secouant la tête comme s'il émergeait d'un cauchemar. Mon Dieu ! C'est abominable. Je ne sais pas quoi faire.

— Commencez donc par répondre à mes questions. Êtes-vous monté sur la terrasse ce soir, Julian ?

— Non... Enfin, si... Je confonds tout. J'avais trop bu. Je n'aurais pas dû, mais cette scène pendant le dîner m'a déstabilisé. Sachez que je n'étais pas... que je n'aurais jamais eu le culot de vous draguer devant votre mari.

Il adressa un regard suppliant à Connors.

— Mais vous auriez peut-être essayé dans mon dos ? hasarda celui-ci.

Julian blêmit encore davantage.

— Je n'ai pas voulu dire...

— Je vous fais marcher, l'interrompit Connors avec un sourire.

— Ah, d'accord ! N'allez pas imaginer que je flirtais avec votre femme. Elle est fascinante, et quand j'incarne votre personnage, il y a de l'électricité entre Marlo et moi. Mais je... Marlo et moi ne sommes pas... ensemble. Sauf pour le boulot, pour la promo. C'est le jeu. Ce que je veux dire, c'est que... toutes deux sont très belles mais...

— Est-ce une condition ? coupa Eve. La beauté ?

— Toutes les femmes sont belles, affirma-t-il, souriant pour la première fois.

— Y compris K.T. ?

— Bien sûr. Enfin, elle aurait pu l'être.

— Avez-vous eu une aventure avec elle ?

— Pas récemment.

— À savoir ?

— Ça doit remonter à deux ans, environ. Et de nouveau, il y a deux mois. Elle était déprimée, je lui ai remonté le moral.

— Elle réclamait encore vos services ?

Il changea de position, le regard rivé sur sa tasse.

— Ce qu'elle voulait, c'était se plaindre de Marlo. Ou m'inciter à me plaindre d'elle – de Marlo, j'entends – auprès de Roundtree. Il n'en était pas question. Elle s'est fâchée et m'a traité de tous les noms. J'ai fini par aller chercher Joel pour qu'il la calme. Ça m'ennuyait, mais elle me déconcentrait. J'ignore pourquoi elle se comportait ainsi… Je ne comprends pas pourquoi les gens ne peuvent pas être gentils, tout simplement.

— Pourquoi êtes-vous monté sur le toit ce soir ?

Il baissa le nez.

— La vue est magnifique.

— Vous étiez seul avec la vue magnifique ?

Il demeura silencieux. Peabody se pencha vers lui, lui tapota le bras.

— Julian ? murmura-t-elle.

Il la dévisagea.

— Quand elle n'était pas maquillée, elle ne vous ressemblait guère. Vous avez une plus jolie bouche, de plus jolis yeux. Je préfère les vôtres.

— Merci.

Peabody s'empourpra, mais Eve se garda d'intervenir.

— Qui était avec vous ? insista Peabody avec douceur.

— Quand je suis arrivé, elle – K.T. – était là. Je n'avais aucune envie de discuter avec elle vu son humeur. Nous avions trop bu l'un comme l'autre. Je ne voulais pas lui parler.

— Mais vous l'avez fait ? intervint Eve.

— Je lui ai demandé pourquoi elle s'était énervée au dîner. Connie s'était donné tant de mal pour que nous passions une bonne soirée. Elle s'est énervée contre Marlo, vous, Matthew, contre tout le monde. J'étais agacé, je suis donc redescendu.

— Vous vous êtes querellés, devina Eve.

— J'ai horreur des conflits.

— Pas elle.

— On dirait qu'elle est incapable d'être heureuse. Pourtant, la vie nous a plutôt gâtés. Notre métier est parfois difficile mais, franchement, la plupart du temps on s'amuse. On gagne beaucoup d'argent. Que demander de plus ? K.T. n'a de cesse de se plaindre. Auriez-vous un antidouleur ? s'enquit-il en se frottant la nuque. Le Sober-Up me donne toujours mal à la tête, la gueule de bois. Je me sens complètement abruti. Je préfère cuver mon vin.

Connors sortit une petite boîte de sa poche et lui offrit un minuscule cachet bleu.

— Merci.

— À quel moment vous êtes-vous trouvé sur le toit avec K.T. ? poursuivit Eve.

— Ce soir.

Eve repensa au commentaire de Nadine à son sujet. Il était en effet un peu lent à la détente.

— À quelle heure ?

— Ma foi, je n'en sais rien. J'avais bu et... c'était après le dîner.

— Avez-vous regardé le bêtisier ?

Il fixa le vide, le front plissé.

— Plus ou moins. J'aimerais le revoir quand j'aurai recouvré mes esprits. Là, j'avais du mal à me concentrer. Je m'assoupissais. Du coup, je suis allé m'allonger sur le canapé.

— Quand vous êtes redescendu de la terrasse, K.T. y était-elle encore ?

— Oui.

— Avez-vous vu quelqu'un d'autre s'y rendre ?

— Non. J'avais envie de m'étendre, mais Roundtree nous poussait vers la salle de projection... Vous êtes sûre qu'elle est morte ?

— Tout à fait sûre.

— C'est irréel. J'ai du mal à le croire. M'avez-vous expliqué ce qui s'est passé ? Je ne m'en souviens plus. Tout se mélange.

— Il semblerait qu'elle se soit noyée.

— Noyée ? fit-il. Elle s'est noyée. Parce qu'elle était ivre et qu'elle est tombée dans le bassin ?

— Je l'ignore.

— Parce qu'elle était ivre, répéta-t-il. Elle est tombée dans le bassin et elle s'est noyée. C'est épouvantable.

Il se redressa tandis que Peabody lui tendait un verre d'eau.

— Merci, dit-il en s'en emparant. Si seulement ce n'était pas arrivé. Si elle n'était pas montée sur ce toit. Elle refusait le bonheur. Elle ne le connaîtra jamais.

Eve pria Peabody d'emmener Julian Cross, puis demeura un instant songeuse, s'efforçant de mettre de l'ordre dans ses pensées.

Connors vint s'asseoir en face d'elle.

Bizarre, songea-t-elle, vraiment bizarre de le voir dans le siège que Julian venait de quitter. Les différences entre eux étaient flagrantes. Langage corporel, clarté du regard, aisance même lorsqu'il ne bougeait pas.

— C'est un gobeur, non ? fit-il.

— Je ne saurais le dire. Que diable signifie ce mot ?

— Niais. Ce n'est pas seulement la boisson qui lui brouille l'esprit, à mon avis.

— Pas seulement, en effet. Un gobeur, répéta Eve en secouant la tête. Même les gobeurs peuvent tuer.

— Il me paraît plutôt inoffensif.

— Les inoffensifs aussi. Mais il est le seul, jusqu'ici, à admettre avoir été avec elle sur la terrasse. C'est peut-être le gobeur ou l'inoffensif en lui. Ou l'innocent. Il se dispute avec elle, se dit « j'en ai ras le bol d'elle », redescend. Quelqu'un d'autre prend le relais et la supprime. À moins qu'elle ne trébuche sur ses talons aiguilles et ne se supprime toute seule.

Peabody réapparut.

— Roundtree a enfin persuadé Connie d'avaler un somnifère et d'aller se coucher, annonça-t-elle.

— Bonne idée. Je n'ai plus besoin d'eux ce soir.

— De quoi as-tu besoin ? s'enquit Connors.

— De rentrer à la maison, je suppose, et de réfléchir. On a rarement l'occasion d'interroger autant de témoins/suspects d'un seul coup. Nous sommes des témoins, nous aussi, et pour l'heure, j'ai l'impression d'être nulle.

— Parce que tu n'as pas su repérer l'assassin – s'il existe – avant que le corps n'atteigne la morgue ?

— Nous étions sur place.

— Je n'arrête pas de me remémorer la soirée, avoua Peabody. De me demander si j'ai vu, ou senti, quelqu'un sortir puis rentrer en douce. Mais j'étais tellement absorbée par la projection. Ce bêtisier était si drôle. Je me rappelle avoir entendu différentes personnes lancer une remarque ici ou là, mais je suis incapable de dire à quel moment. Tout le monde riait de bon cœur. Rien ne me revient.

— On trouvera, décréta Eve avant de se lever. Mince ! marmonna-t-elle en vacillant sur ses talons. J'avais oublié ces fichus escarpins. Je vais m'assurer que les collègues ont sécurisé le périmètre.

— C'est fait, dit Peabody. J'ai déjà vérifié.

— Dans ce cas, on lève le camp.

— Venez avec nous, proposa Connors. Le chauffeur vous déposera chez vous ensuite.

— Super ! Merci ! Un tour en limousine. Tout bien considéré, si on élimine le corps et les deux heures d'interrogatoire, j'ai passé une soirée exceptionnelle.

Eve se débarrassa de ses chaussures dès qu'elle posa le pied dans la maison. Elle grimaça.

— Pourquoi ai-je encore plus mal après les avoir enlevées ? Je parie que Harris a plongé dans la piscine parce qu'elle avait mal aux pieds.

Connors la souleva dans ses bras.

— Tu mérites que je te porte.

— J'accepte, décida-t-elle alors qu'il entamait déjà l'ascension de l'escalier. Meurtre ou accident, c'est cinquante-cinquante.

— Je suis d'accord.

— Sauf que ce n'était pas un accident.

— Parce que ?

— Elle cherchait la bagarre et trop de gens parmi les personnes présentes étaient prêts à lui rentrer dans le lard. Quant à la tache de sang sur le bord de la piscine, oui, il est possible qu'elle soit tombée, qu'elle se soit relevée, qu'elle ait chuté de nouveau… le talon éraflé, une lanière cassée… Mais ces restes de tissu brûlé dans la cheminée… La victime énerve tout le monde, provoque une scène odieuse devant une flopée de civils – nous, en l'occurrence.

— C'est agréable d'être entouré de civils pour changer, commenta Connors en la déposant sur le lit.

— *Ensuite*, elle monte sur le toit et, comme par hasard, elle se noie.

Il cala les pieds d'Eve sur ses genoux.

— Comme par hasard ? Tout est relatif. Après tout, le flic le plus doué de sa génération était sur les lieux.

— Oui, mais… Mmmm… c'est divin ! fit-elle tandis qu'il entreprenait de lui masser les orteils.

— Un petit préambule, précisa-t-il.

— Exquis. Bref, le flic le plus doué de sa génération soupçonne tous les individus présents au même endroit, à la même heure – tandis que tous ceux qui ne l'ont pas tuée s'efforcent de se rappeler où ils étaient et ce qu'ils faisaient au moment du drame. Or tous les protagonistes, sauf l'assassin et la victime, sont restés enfermés dans une salle de projection pendant une bonne quarantaine de minutes.

— Entièrement focalisés sur eux-mêmes.

— Exactement. Nadine reçoit un appel ; elle s'éclipse mais elle est trop accaparée par son coup de fil pour remarquer quoi que ce soit d'anormal. Personne ne s'est aperçu de son départ, pas même Andrea, alors que Nadine était sa voisine. Nous étions devant, nous ne pouvions rien voir.

— Par ailleurs, tous les innocents sont convaincus, ou veulent se convaincre, qu'il s'agit d'un accident.

— D'autant qu'ils sont unis dans leur haine à l'égard de K.T. et leur engagement vis-à-vis du projet. Quand on veut tuer quelqu'un au milieu de la foule, mieux vaut savoir s'y fondre.

Comme Connors s'attaquait à son autre pied, Eve soupira d'aise.

— J'en viendrais presque, je dis bien *presque*, à me féliciter d'avoir porté ces escarpins briseurs de chevilles, avoua-t-elle.

— Je te suis redevable. J'ai pu admirer tes jambes toute la soirée.

— Question sérieuse.

— Je t'écoute.

— Lorsque la nouvelle va éclater, ce qui ne saurait tarder connaissant Nadine, en quoi cela risque-t-il d'affecter la fin du tournage ?

— S'ils s'y prennent bien – et ce sera le cas –, cela suscitera un maximum d'intérêt et une véritable attente. On vient de leur offrir une manne publicitaire gratuite. Un meurtre en plein tournage d'un film traitant d'un homicide ? Le véritable flic autour duquel est bâtie l'intrigue chargé de l'enquête ? Quelle aubaine !

— Je m'en doutais.

— Je te vois venir, lieutenant, mais il me semble un peu excessif de commettre un assassinat dans le seul but de faire parler d'un film, surtout quand le buzz existe déjà.

— C'est un avantage annexe non négligeable. Je vais y réfléchir. Pour l'heure, j'aimerais que tu m'aides à me déshabiller.

— Justement, je me demandais par où commencer.

— Je pense qu'il suffit de tirer sur la fermeture à glissière.

Il sourit, lui pinça les mollets.

— Retourne-toi.

Eve roula sur le ventre.

— Roundtree connaissait la durée du bêtisier. Il savait durant combien de temps précisément il pouvait quitter la salle. Mais il me semble que je l'aurais vu. Il était devant avec nous. Idem pour Connie, qui a avoué spontanément être sortie. Je parie que Preston Stykes avait déjà visionné la bande, voire participé à son montage. Si c'était planifié…

Elle perdit momentanément le fil quand les lèvres de Connors remplacèrent ses mains sur son mollet.

— Ce sont mes meilleurs candidats, reprit-elle. Steinburger et Valerie auraient pu s'éclipser, eux aussi, et l'un comme l'autre connaît la valeur potentielle du scoop.

Du bout de la langue, Connors lui taquina la cuisse.

— N'importe lequel des acteurs a pu s'éclipser, murmura-t-elle.

— Comment auraient-ils su que Harris était sur la terrasse ?

— Le tueur a pu s'arranger pour l'y retrouver. Ou encore…

La fermeture Éclair de sa robe glissa lentement tandis que la bouche de Connors continuait de s'activer.

—... c'est elle qui lui avait donné rendez-vous, ce qui nous ferait pencher du côté du crime impulsif ou passionnel. À moins que... Je n'arrive pas à penser quand tu fais cela.

— Eh bien, cesse de penser parce que je n'ai pas l'intention d'arrêter.

Il fit glisser son slip le long de ses hanches. La bouche au creux de ses reins, il inséra deux doigts en elle. Elle agrippa le drap.

— J'ai encore ma robe.

— Pas là où je suis. Tu es aussi chaude qu'une caille. Aussi douce que du duvet.

L'orgasme déferla en une longue vague sensuelle qui la laissa pantelante.

Il la retourna alors, acheva de la déshabiller.

— Tu es toujours en costume.

Il s'inclina sur elle, dessina de la langue un cercle autour de son mamelon.

— Tu m'aides pour la cravate ?

— Tu me rends folle, articula-t-elle en la dénouant d'un geste preste.

Il ôta sa veste tout en se repaissant de ses seins.

— On dirait une reine guerrière païenne, murmura-t-il en lui mordillant la gorge. Nue, éclatante, uniquement vêtue de diamants.

— Je te veux en moi, chuchota-t-elle, le souffle court.

— J'ai les mains occupées, fit-il en lui pétrissant les seins. J'ai besoin d'assistance pour ma chemise.

Elle attrapa les pans, tira. Les boutons volèrent.

— C'est une méthode comme une autre, commenta-t-il, ironique.

— Ainsi réagissent les reines guerrières païennes. Prends-moi... Je veux que tu me fasses l'amour comme si tu ne voulais rien d'autre au monde.

— C'est le cas. Avec toi, toujours.

— Quand tu me regardes ainsi, j'ai des frissons partout.

— Tu es à moi... Toute à moi.

Elle noua les bras autour de son cou, l'attira à elle, et il la posséda comme s'il ne voulait rien d'autre au monde.

6

Bâillant à s'en décrocher la mâchoire, Peabody hésitait sur les choix qui s'offraient à elle en matière de petit-déjeuner. Pour démarrer la journée sainement, mieux vaudrait renoncer aux bagels tartinés de fromage frais. Le plus sage serait d'opter pour un yaourt aux fruits. Surtout pas les bagels, le fromage frais *et* le yaourt.

Encore moins la viennoiserie qu'elle pouvait s'acheter en route pour le Central. Rien que d'y penser, elle s'offrait un kilo sur les hanches.

— Je prends le yaourt aux fruits, point final.

Assis à la table de leur minuscule cuisine, McNab engloutit une cuillerée de céréales sans mot dire.

Peabody but une gorgée de café. Si seulement cet édulcorant à la noix avait aussi bon goût que le vrai sucre à dix millions de calories ! Tant pis, elle demeurerait vertueuse sinon comblée.

Elle aurait tant voulu s'offrir un bol de *Croustis aux pépites de chocolat* noyé dans un océan de lait de soja comme McNab et son petit cul qui ne prenait jamais un gramme.

Décidément, la vie était injuste quand on était doté d'un métabolisme comparable à celui d'une tortue boiteuse.

Tout en buvant tranquillement son café, elle songea combien elle aimait la façon dont le soleil inondait cette pièce le matin, filtrant à travers les rideaux jaune vif qu'elle avait cousus elle-même. Elle avait pris plaisir à acheter le tissu, à le couper, puis à s'installer devant sa machine à coudre pour confectionner un accessoire aussi joli que fonctionnel.

Cerise sur le gâteau, McNab en était resté baba.

Un de ces jours, elle achèverait le tapis qu'elle avait commencé à crocheter pour la salle de séjour. McNab n'en reviendrait pas.

Il était tellement épaté par ses dons créatifs que cela redoublait son plaisir. Quel bonheur de partager leurs affaires dans cet appartement. Sa vaisselle et les bocks de McNab, son fauteuil et la table de McNab... Que c'était bon de se retrouver ainsi au lever, de petit-déjeuner ensemble, de discuter.

Elle s'aperçut soudain qu'il ne mangeait ni ne parlait.

— Tes céréales vont se détremper, le prévint-elle.

— Hein ? Ah ! marmotta-t-il en repoussant son bol. Je n'ai pas faim.

— Je ne comprends pas les gens qui ne sont pas affamés au saut du lit, déclara-t-elle. J'ai faim dès le réveil et je dois me forcer à ne pas me jeter sur la nourriture si je ne veux pas ressembler à un dirigeable publicitaire.

Comme il ne réagissait pas (contrairement à son habitude lorsqu'elle abordait le sujet de son poids), elle fronça les sourcils. Il était pâle, les yeux cernés.

— Ça va ? s'enquit-elle en lui effleurant la main. Tu n'as pas l'air en forme.

— Je n'ai pas beaucoup dormi.

— Tu es malade ? s'inquiéta-t-elle en se penchant pour lui tâter le front. Non, tu n'as pas de fièvre. Veux-tu que je te prépare un thé ? J'ai ce fameux mélange de ma grand-mère.

— Non, merci.

Il plongea son regard dans le sien.

— Peabody… Delia…

Aïe ! Il ne l'appelait par son prénom que lorsqu'il était fâché ou très, très excité – ce qui n'était visiblement pas le cas.

— Quoi ? Qu'est-ce qu'il y a ?

— Je me demandais… Je t'aime.

— Moi aussi, je t'aime. Je me disais justement combien j'adorais prendre mon petit-déjeuner avec toi tous les matins dans cette cuisine. Commencer la journée ensemble et…

— Veux-tu te marier ?

Elle faillit s'étrangler.

— Hein ? Euh… Hum… Oui, bien sûr. Éventuellement.

— Avec moi, je veux dire.

— Bien oui, avec toi, gros bêta. Qui d'autre ? s'exclama-t-elle en lui flanquant un coup de poing taquin dans l'épaule.

Mais il ne sourit pas et l'estomac de Peabody se noua.

— Je viens de te dire que je t'aime, non ? poursuivit-elle. Ai-je fait quelque chose qui te ferait penser le contraire ? Ian… je suis parfois maladr…

— Non, Delia, non. Tu n'as pas envie qu'on se marie tout de suite ?

— Eh bien… Et toi ?

— Je t'ai posé la question le premier.

— Tu pourrais peut-être m'expliquer pourquoi.

— Je n'ai pas fermé l'œil de la nuit, avoua-t-il. Je n'arrêtais pas de voir K.T. Harris gisant près du bassin. Elle te ressemblait tellement sous cet éclairage… l'espace d'un instant, j'ai eu l'impression que *c'était toi*. J'en ai eu la respiration coupée.

Anxieuse, soulagée, amoureuse, elle alla s'asseoir sur ses genoux et se blottit contre lui.

— Je vais bien. Je suis là, murmura-t-elle. Tout va bien.

— Je me suis rendu compte à quel point je tenais à toi et je me suis demandé si je… si nous… ne perdions pas un temps précieux. Que le moment était venu de nous marier. Tu es la femme de ma vie, Peabody. La seule et unique.

Elle s'écarta, encadra son visage de ses mains.

— Tu es l'homme de ma vie, McNab. Le seul et unique. Avec toi, je suis heureuse. Ici, chez nous.

— Moi aussi.

— Le mariage, c'est pour les adultes, déclara-t-elle, le sourire aux lèvres.

— Mais un jour peut-être… ?

— Oh, oui ! On organisera une fête extravagante. On se mariera et on aura des enfants.

Il sourit à son tour, lui tapota le ventre.

— Un petit ou une petite Peabody *bis*.

— Quand nous serons adultes.

Elle le gratifia d'un long baiser langoureux.

— Je t'aime, souffla-t-elle. Tu pourras me redemander ma main.

— Et si tu en prenais l'initiative ?

— Non, non, toi.

— Pourquoi pas toi ?

— Parce que c'est toi qui as commencé, gloussa-t-elle en réclamant de nouveau ses lèvres. Merde ! On me bipe.

Elle tendit le bras et attrapa son communicateur sur la table.

— Un SMS de Dallas. Rendez-vous à la morgue.

Elle effectua un rapide calcul, puis :

— Nous avons un quart d'heure devant nous.

Se levant d'un bond, elle se rua dans la chambre. Quinze minutes avec l'homme de sa vie, c'était bien meilleur qu'une viennoiserie, non ?

Eve remonta le long couloir blanc de l'institut médico-légal. Elle était accoutumée à l'odeur de la mort masquée par un produit de nettoyage industriel au parfum de citron. Lorsqu'elle apercevait ces hommes et ces femmes autour des distributeurs automatiques ou lorsqu'elle les croisait, elle ne pensait plus qu'ils avaient récemment évidé les organes d'un cadavre ou s'apprêtaient à le faire.

Elle ne se demandait plus combien de corps occupaient les tiroirs réfrigérés, combien de litres de sang s'écoulaient quotidiennement dans les gouttières des tables d'autopsie.

Toutefois, quand elle franchit les portes de la salle et que son regard tomba sur K.T. Harris, l'émotion la saisit. La ressemblance avec Peabody était telle...

Le médecin légiste en chef Morris se détourna de son écran d'ordinateur. Il portait un costume bleu marine à fines rayures argent. Il avait rassemblé ses cheveux d'ébène en plusieurs catogans sur la nuque.

Les haut-parleurs diffusaient à bas volume un morceau de rock et un gobelet de café fumant attendait sur un plateau d'acier.

— J'espérais que Peabody serait avec vous.

— Elle arrive.

— C'est... Je ne sais pas trop comment en parler, dit-il en s'approchant du corps nu dont l'incision en Y avait été soigneusement recousue. Les similitudes ne sont que superficielles. Et pourtant...

— Je sais.

— Je l'avoue, je suis content que Carter ait été de service hier soir. J'aurais eu un mal fou à travailler sur ce macchabée. Vous ne m'avez pas sollicité, fit-il remarquer.

Eve haussa les épaules et fourra les mains dans ses poches.

— Il était tard.

— Non, murmura-t-il, et son regard s'adoucit. Vous avez pensé qu'après la disparition d'Amaryllis, cette ressemblance même lointaine avec une amie me perturberait.

— Possible.

— Je tiens à vous remercier de votre délicatesse. Amaryllis me manque, ajouta-t-il. Je regretterai toujours ce que nous n'avons pas pu vivre ensemble. Mais je remonte la pente.

— Tant mieux.

— Quand je l'ai vue en arrivant ici ce matin, j'ai éprouvé une tristesse infinie. Nous avons beau affronter la mort jour après jour, nous n'en éprouvons pas moins du chagrin par moments. Il me semble que c'est important.

— Je la connaissais à peine et elle ne m'a pas plu du tout, avoua Eve. J'essaie de ne voir que les différences physiques entre Peabody et elle, mais je suis émue malgré tout.

— C'est rassurant de constater que nous conservons un peu d'humanité après tout ce temps, tous ces drames. Un café ?

— Ça ? railla-t-elle en désignant son gobelet. Sans façon, merci.

— Il est immonde, concéda-t-il. Mais je m'y suis habitué.

— Je pourrais vous en procurer du vrai.

— Si j'avais du vrai café ici, je serais assailli par des visiteurs indésirables. Même les morts se relèveraient tels des zombies. Ce serait un cauchemar.

— Je doute que l'odeur d'un vrai café pousse Harris à se relever et à vous arracher la gorge.

— La cervelle, rectifia Morris. Les zombies mangent la cervelle.

— Beurk !

— Après tout, ce sont des zombies. Mais revenons à nos moutons. Après la peine, la gratitude a pris le dessus. Cette perte n'est ni la mienne ni la vôtre. Je pense de temps en temps que nous devons en être reconnaissants.

— Hier soir, j'ai eu envie d'embrasser Peabody sur la bouche. J'ai résisté, mais...

— Le flic et le légiste ont l'âme bien sensible, commenta-t-il avec un sourire. Enfin, quelqu'un d'autre la pleurera ce matin.

— Pas sûr. C'était une peste. Personne ne l'aimait à l'exception de sa mère. Et encore. Peut-être était-ce simplement le choc.

— Elle n'a donc rien en commun avec notre Peabody. Dommage pour la victime. Cela dit, au vu des résultats des analyses toxicologiques je doute qu'elle ait souffert. Harris était très imbibée. Son taux d'alcoolémie était élevé et on a relevé des traces considérables de Zoner.

— Elle a bu toute la soirée. Elle avait des cigarettes aux herbes dans son sac, et j'ai repéré six mégots sur le toit. Ils sont au labo. Elle avait peut-être ajouté du Zoner au mélange.

— À vous entendre, elle semblait plutôt désespérée, commenta Morris.

— Cause du décès ?

— Noyade. De l'eau dans les poumons. Elle était vivante quand elle est tombée. La plaie à la tête, poursuivit-il en l'affichant à l'écran aux côtés d'un gros plan du bord du bassin, était sévère mais pas fatale. Si elle avait été sobre, elle aurait souffert d'un léger traumatisme requérant quelques points de suture et un analgésique. La reconstitution effectuée par Carter, avec laquelle je suis d'accord, indique une chute.

Il appela une série de données numérisées.

— Elle est tombée ou a été poussée et s'est cognée sur cette surface granuleuse. Elle a dû demeurer inconsciente plusieurs minutes.

— À en juger par la manière dont elle s'est blessée et l'endroit, elle n'a pas pu se retrouver dans l'eau sans aide, supposa Eve.

— En effet.

— À moins qu'elle n'ait repris connaissance, tenté de se lever et perdu l'équilibre.

— Dans ce cas, il y aurait d'autres lésions car l'eau n'était pas profonde. La contusion sur la tempe, comme vous pouvez le voir, correspond à un choc sur le bord. Par ailleurs, comme vous l'avez noté dans votre rapport, l'arrière d'un de ses escarpins était éraflé. Ici, continua-t-il en revenant vers le corps et en montrant la hanche droite, nous avons une autre contusion mineure. Celle-ci concorde avec la chute initiale et le sang prélevé par les techniciens.

— Du sang qui a été effacé. Les éclaboussures n'auraient pas suffi, la distance ne colle pas.

— C'est ce que tend à indiquer la reconstitution de Carter.

— Donc, elle tombe, seule ou avec de l'aide. Elle est dans les pommes et quelqu'un en profite pour la tirer vers le bord et la pousser dans le bassin où elle s'est noyée.

— C'est notre conclusion. Il ne s'agit pas d'un accident mais bel et bien d'un homicide.

— C'est tout ce dont j'ai besoin.

Alors qu'elle pivotait, Peabody surgit. Et s'immobilisa abruptement.

— Ça fait un drôle d'effet, avoua-t-elle. J'ai l'impression que ses jambes sont plus longues que les miennes. Pourquoi suis-je aussi mal foutue ?

Morris contourna la table d'autopsie, s'approcha d'elle, la prit par les épaules et planta un baiser sur sa bouche.

— Eh bien ! s'exclama-t-elle en clignant des yeux. Euh… merci. C'est gentil.

— Je suis très heureux de vous voir, déclara-t-il en s'écartant et en adressant un regard complice à Eve.

— Jusqu'ici, c'est la plus belle matinée de ma vie, déclara Peabody.

— Cela ne saurait durer, la prévint Eve. Nous avons un meurtre sur les bras, un cirque médiatique en puissance et une liste interminable de suspects. Mettons-nous au boulot. Merci, Morris.

— À votre service. Peabody ? Vos jambes sont parfaites.

— De mieux en mieux !

Grisée, Peabody emboîta le pas à Eve, qui avait déjà atteint le couloir.

— Vous êtes en retard, grommela celle-ci. Et je devine, à votre démarche sautillante, que ce retard est dû à des ébats sexuels. Résultat, je suis obligée de vous résumer les propos de Morris, c'est donc loin d'être la plus belle matinée de *ma* vie,

— Je n'ai pas pu faire autrement. McNab m'a demandée en mariage.

Eve se figea.

— Quoi ? Seigneur ? *Quoi ?*

— Je mangeais un malheureux yaourt aux fruits pendant qu'il se régalait d'un bol de *Croustis aux pépites de chocolat* et il m'a proposé de l'épouser. Je n'avais pas le choix, je devais faire l'amour avec lui.

— D'accord, murmura Eve. Et donc... ?

— Et donc, nous allons nous marier. Un jour. Pas tout de suite.

— Je n'y comprends rien.

— Il voulait me dire que j'étais l'amour de sa vie. Et il avait besoin de savoir que c'était réciproque. Ça l'est. Vraiment. En voyant K.T. morte, il a eu l'impression que c'était moi. Ça l'a secoué.

— Normal.

— Il voulait que je sache, et il voulait savoir, il m'a donc posé la question et… je suis folle de lui, Dallas. Mais c'est plus que cela. Je l'aime profondément.

Eve s'accorda une pause lorsqu'elles émergèrent au grand air.

— Je vous crois. Je ne vous le répéterai probablement jamais, Peabody, mais vous formez un beau couple. Et vous avez raison de patienter avant de franchir la prochaine étape.

— Vous n'avez pas attendu, vous.

— Connors et moi n'avons pas réfléchi. Au fond, c'est un miracle que nous soyons ensemble.

— Vous vous trompez. Plus on vous observe, plus on a la conviction que ça ne peut que marcher entre vous.

— Possible, grommela Eve. Mais je vous préviens, la prochaine fois que vous êtes en retard, je vous botte les fesses.

— Bien reçu, lieutenant.

— Nous allons faire un saut chez Mavis et Leonardo. Ils sont partis avant la découverte du corps, mais ils étaient là toute la soirée et pendant la projection. Il nous faut donc leurs dépositions. D'autant plus que Mavis a travaillé avec l'équipe. Elle aura peut-être des détails intéressants à nous fournir.

Eve ressentait toujours un pincement au cœur lorsqu'elle se rendait dans l'appartement qui avait été le sien autrefois. Mavis, Leonardo et leur bébé l'occupaient désormais, de même que l'appartement voisin dont ils avaient abattu les cloisons pour créer un espace en accord avec leur vie de famille et leur travail.

Plus étonnant encore, Peabody et McNab s'étaient installés dans le même immeuble.

Que de changements en si peu de temps.

— Il est tôt, admit-elle en gravissant l'escalier, mais je veux en finir au plus vite, quitte à les réveiller.

— Dallas, ils ont un enfant de moins d'un an. Croyez-moi, ils sont debout.

— Si vous le dites.

Tout en frappant, elle nota que le système de sécurité était de qualité et que la porte avait été récemment repeinte en rose fuchsia.

Leonardo leur ouvrit, un grand sourire aux lèvres. Ses yeux ambre étaient encore ensommeillés, et ses cheveux cuivrés, coiffés en dreadlocks.

— Quelle bonne surprise ! s'exclama-t-il.

Il portait une longue tunique beige aux manchettes brodées sur un pantalon chocolat.

Il les étreignit tour à tour affectueusement.

— Mavis est en train d'habiller Bella. Nous avons un cours de yoga en famille tout à l'heure, avant que Mavis n'aille faire un enregistrement. Quant à moi, j'ai une série de réunions pour la collection de printemps.

— Un cours de yoga ? répéta Eve. La petite fait du yoga ?

— C'est une excellente activité familiale.

— Ah bon. Et la collection de printemps ? Nous abordons à peine l'automne.

— Dans la mode, on a toujours un train d'avance. Café ? J'ai la marque de Connors.

— Je m'en charge, proposa Peabody.

Parfaitement à l'aise, elle se précipita dans l'espace cuisine fraîchement rénové.

Eve prit un instant pour examiner le décor. Que de couleurs ! Murs, œuvres d'art, étoffes drapées ici et là. Pour séparer la cuisine du séjour, ils avaient fait construire une sorte de demi-mur en verre texturé.

— Cet endroit vous ressemble, décréta-t-elle.

— Nous y sommes heureux.

— Ça se sent. Leonardo, je suis navrée de bousculer votre matinée, mais…

Avant qu'elle n'ait le temps de terminer, Mavis apparut, les cheveux enroulés en chignon au sommet du crâne, le corps moulé dans un débardeur et un pantacourt chamarrés. Calée sur sa hanche, Bella portait un pantacourt du même rose que la porte d'entrée, et un tee-shirt blanc étincelant de faux diamants.

— Das ! s'écria Bella – qui s'obstinait à appeler Eve ainsi – avant de débiter un flot de paroles incompréhensibles.

— Il me semblait bien avoir entendu quelqu'un, dit Mavis. Et Peabody est là aussi ! Vous arrivez au bon moment. Regardez cela ! Bellissima, va voir Dallas.

— Das ! répéta Bella tandis que Mavis la déposait doucement sur le sol en tenant sa main potelée.

— Allez, bébé, tu peux le faire.

L'œil brillant, Bella avança prudemment un pied chaussé d'une basket rose. Puis l'autre. Elle lâcha sa mère, tituba.

— Qu'est-ce qu'elle fait ? s'affola Eve en se retenant de s'enfuir devant ce petit être qui fonçait vers elle avec enthousiasme.

— Elle marche ! s'écria Peabody qui oublia le café et les rejoignit. Elle a fait ses premiers pas, constata-t-elle.

Bella les acheva en heurtant les tibias d'Eve et en se cramponnant à son pantalon.

— C'est arrivé ce matin ! expliqua Mavis, émue. Leonardo l'a posée sur le tapis pour qu'elle joue pendant qu'on lui préparait son petit-déjeuner. Elle s'est mise debout en s'agrippant à une chaise et elle est allée jusqu'à lui. Jusqu'à son papa adoré. J'en ai encore les larmes aux yeux, bredouilla-t-elle en s'essuyant les paupières.

Derrière Eve, Leonardo renifla.

Toujours agrippée à elle, Bella renversa la tête.

— Das ! implora-t-elle.

— Qu'est-ce qu'elle veut ?

— Que tu la prennes dans tes bras, répliqua Mavis.

— Pourquoi ? Elle marche.

— Das ! insista Bella en parvenant à insuffler tout son amour dans cette seule syllabe.

— D'accord, d'accord.

Paniquée, Eve se pencha, la ramassa. Bella battit des pieds en hurlant de joie. Puis elle pressa ses lèvres – toujours humides – sur la joue de Dallas.

— Salut, toi.

Bella lui tapota le visage, écarta les bras.

— Pidy !

— C'est moi, intervint Peabody. Je suis Pidy. Que tu es jolie ! Que tu es intelligente ! s'exclama-t-elle en l'attrapant et en la jetant dans les airs.

— Vous êtes folle ! protesta Eve.

— Elle adore ça, assura Peabody en recommençant, au grand bonheur de Bella qui éclata de rire.

— À vrai dire, commença Eve, nous sommes ici pour des raisons officielles.

De toute évidence, Mavis ne voyait aucun inconvénient à ce que Peabody traite son bébé comme un ballon.

— K.T. Harris a été assassinée hier soir.

— Assassinée ? répéta Mavis, ahurie. Voyons, nous étions tous à cette soirée. Elle était en pleine forme, cette garce.

— Elle s'est noyée dans la piscine sur la terrasse. On l'a aidée.

— C'est abominable, marmonna Leonardo. Je ne sais pas quoi dire.

— Vous êtes partis avant que l'on découvre le corps, mais nous devons vous interroger tous les deux.

— Si j'allais jouer avec Bella ? suggéra Peabody. Ce sera plus rapide et plus simple.

— Bonne idée, approuva Mavis. Je ne tiens pas à l'exposer à de mauvaises vibrations.

Tandis que Peabody pivotait et s'éloignait, Bella se pencha par-dessus son épaule, agita les mains, souffla des baisers.

— 'Voir ! 'Voir !

— Je m'occupe du café, annonça Leonardo en caressant au passage la joue de Mavis avant de continuer vers la cuisine.

— Quel choc ! s'exclama-t-elle. Nous étions là, nous avons parlé avec elle. Enfin, plus ou moins. Et cette scène, pendant le dîner… Vous savez qui l'a tuée ? Vous avez un suspect ? Ils sont tous comédiens, artistes. Comment l'un d'entre eux a-t-il pu la supprimer ? Au beau milieu d'un tournage majeur.

— Assieds-toi, ma chérie, lui recommanda Leonardo en revenant avec un plateau chargé de tasses fumantes. Je t'ai préparé un thé au jasmin.

— Le café sent bien meilleur, soupira Mavis en obtempérant. Mais j'évite les excitants, ajouta-t-elle à l'adresse d'Eve. J'ai tourné des scènes avec K.T. Sur le plateau, elle était remarquable. Elle était Peabody. Quand nous jouions ensemble, je l'aimais bien.

— Avait-elle des problèmes avec l'un des membres de l'équipe ?

— Elle en avait avec tout le monde, oui ! Hors plateau, elle était odieuse – tout le contraire de Peabody. Elle s'acharnait particulièrement sur Marlo et Matthew.

Mavis replia les jambes sous elle, but une gorgée de thé.

— Je l'ai entendue crier après Julian dans sa loge un jour, alors que je me rendais dans la mienne. Et elle traitait Preston – qui est pourtant une perle – comme de la m-e-r-d-e. Elle avait tendance à éviter Andrea dont les insultes valent souvent mieux qu'un coup de poing dans le nez. Elle a énervé Roundtree à plusieurs reprises mais, apparemment, il la supportait.

— Et hier soir ?

— Je n'ai pas fait très attention. Mon chou ? fit-elle en se tournant vers son mari.

— L'atmosphère était tendue, répondit-il. Je déteste cela. Elle m'a interrompu alors que je discutais avec

Andrea de la robe que j'allais lui créer pour la première. Elle tenait absolument à ce que je lui en réalise une aussi. Elle était ivre, grossière, et Andrea l'a envoyée paître. Le ton est monté. K.T. a prétendu qu'elle avait un rôle plus important, qu'elle devrait donc avoir la primeur. Andrea l'a de nouveau remise à sa place. J'étais terriblement mal à l'aise. K.T. a fini par s'éloigner, et Andrea et moi avons repris notre conversation comme si de rien n'était.

— C'est bon à savoir, commenta Eve. Andrea Smythe n'a pas signalé cet incident hier soir.

— Quant à moi, intervint Mavis, j'ai vu K.T. intercepter Matthew. Je n'ai pas entendu ce qu'ils se racontaient mais il semblait pétrifié. Elle lui a enfoncé l'index dans la poitrine, puis elle a tourné les talons. Il paraissait offensé.

— C'était à quel moment ?

— Hmm... juste avant le repas. Oui, quelques minutes avant. Ensuite, elle s'en est prise à Julian, un peu avant la projection. Lui ne paraissait pas offensé mais agacé. Ils étaient tous deux déjà bien imbibés. Je suis presque sûre qu'elle s'est installée toute seule au fond de la salle. Je ne lui ai pas prêté attention parce que j'avais envie de profiter du bêtisier.

— Avez-vous vu quelqu'un sortir pendant le film ?

— Non, répondit Mavis.

— Non, renchérit Leonardo.

— Nous étions collés l'un à l'autre, mon amoureux et moi. Nous avons quitté les lieux peu après. Trina est une baby-sitter hors pair, mais nous ne voulions pas rester trop longtemps loin de notre Bella. Nous avons salué Roundtree et Connie, et nous nous sommes éclipsés. Ah ! Nous avons aperçu Julian. Il cuvait son vin dans le salon.

— Parfait. Si le moindre détail vous revient, contactez-nous.

— Dire que K.T. est morte, murmura Mavis en secouant la tête. Et maintenant ?

— Maintenant, on trouve celui ou celle qui l'a tuée.

Eve mit Peabody au parfum sur le chemin du Central.

— Aucun de ceux que Mavis et Leonardo ont vu se quereller avec K.T. n'a mentionné ce fait dans sa déposition, fit remarquer Peabody.

— Tâchons de savoir pourquoi.

— On les convoque ?

Eve réfléchit.

— Oui. On prétexte un suivi de routine mais on les oblige à se déplacer. Contactez-les, organisez les rendez-vous. Je veux noter ces nouveaux éléments, et commencer mon tableau de meurtre. Ensuite, nous les questionnerons un par un, histoire de leur rafraîchir la mémoire.

Sur un mode amical, songea Eve. Pour l'instant.

7

— Lancez une recherche approfondie sur la victime, ordonna Eve tandis que Peabody et elle s'engouffraient dans l'ascenseur du Central. Voyez quels liens pourraient exister entre Harris et les personnes présentes chez Roundtree hier soir, y compris le personnel de maison et les employés du traiteur.

— Tout de suite.

Lorsqu'elles sortirent de la cabine, Eve repéra deux de ses inspecteurs devant les distributeurs automatiques.

Carmichael, ses cheveux attachés avec une pince bizarre, se tourna vers elles.

— Lieutenant.

— Inspecteurs.

— Sanchez est en train de réduire notre choix de boissons fraîches.

— J'ai simplement signalé que le Fizzy au citron n'en contient pas. Pour s'en procurer un véritable, il faut se rendre chez le restaurateur au coin de la rue. Ils préparent le leur sur place.

— Quant à moi, argua Carmichael, je prétends que de toute façon notre corps est bourré de produits chimiques, alors un peu plus ou un peu moins.

— Fascinant, déclara Eve.

— On voulait se désaltérer avant d'interroger une bande de racailles, expliqua Carmichael. On est tombés dessus hier soir. Deux casseurs ont fait irruption sur ce lieu de trafic de stupéfiants déguisé en terrain de basket, Avenue B. L'un d'entre eux est mort sur la scène, criblé de trous. L'autre respirait encore, lui aussi est plein de trous, et il s'est fait en plus défoncer la tête avec un vieux poteau métallique – sur lequel on a pu prélever un peu de son sang et de sa peau mais aucune empreinte.

— Nettement plus intéressant que les citrons, décida Eve.

— Le second ayant claqué ce matin, nous avons un double meurtre, enchaîna Sanchez. Il se pourrait que les deux DCD se soient entretués, sauf que le premier type ne portait pas de gants, aucune protection, et qu'il est bel et bien mort sur la scène de crime. Donc, difficile d'imaginer qu'il ait pu effacer ses empreintes digitales du poteau avant de claquer. Par ailleurs, le légiste n'a trouvé ni mouchoir, ni chiffon, ni bout de chemise dans l'estomac du cadavre – au cas où il aurait avalé le morceau de tissu avec lequel il aurait essuyé ses traces. On n'a rien découvert sur le site qui ait pu servir à cet effet. On en déduit donc qu'une tierce personne s'est chargée du tabassage et du ménage.

Sanchez était relativement nouveau dans sa division, mais Eve aimait bien son style.

— À ce stade, j'aurais tendance à me ranger à votre avis, dit-elle.

— Raison pour laquelle on a convoqué les racailles soupçonnées d'avoir des liens avec les deux victimes, précisa Carmichael. La journée s'annonce donc dure et longue.

— D'où notre désir de nous désaltérer avant l'épreuve, conclut Sanchez.

— Je comprends. Le poteau métallique provenait-il des alentours ?

— Il y en avait plusieurs, éparpillés sur le sol, confirma Carmichael. Autrefois, ils faisaient partie de la clôture.

— Cherchez plutôt un jeune ou une petite amie en marge du groupe. Le poteau est une arme improvisée. N'importe quelle racaille qui se respecte serait venue munie d'un pistolet.

— Excellent, approuva Carmichael. Et ça réduit le champ considérablement.

— N'empêche que je ne boirai pas un faux Fizzy au citron.

— Il existe un marchand, Avenue B, qui fabrique encore des *Egg Creams*[1] authentiques, leur fit savoir Eve. Ça vous coûtera un max, mais le jeu en vaut la chandelle.

— Je le connais ! s'exclama Carmichael. Je sais où c'est.

— Tant mieux, fit Sanchez. Parce que c'est toi qui régales.

Ils se dirigèrent vers les escaliers roulants en se chamaillant. Eve s'en réjouit car elle voyait là une équipe solide qui s'était formée en un temps record.

— C'est malin, grommela Peabody. Maintenant, j'ai envie d'un *Egg Cream*.

— Vous vous contenterez de faux citrons. Occupez-vous de la recherche, organisez les rendez-vous avec les témoins. Je commence mon cahier et mon tableau de meurtre.

Eve traversa sa salle commune en savourant bruits et parfums familiers – faux sucre, fausse graisse, faux café, vraie sueur, voix, bips, ronronnements d'ordinateurs – avant de s'enfermer dans son bureau.

---

1. Boisson new-yorkaise à base de sirop de chocolat, de lait et d'eau gazéifiée. Ne contient ni œufs ni crème. *(N.d.T.)*

Sur son communicateur, le signal de la boîte vocale clignotait comme un néon sur Vegas II. Elle gratifia l'appareil d'une grimace, se rua sur l'autochef pour se programmer un café, puis demanda la liste des appels sans messages.

En s'attelant à son travail, elle eut une soudaine envie – maîtrisée – d'*Egg Cream*, ce qui lui fit penser chocolat, puis friandises. Des friandises auxquelles elle avait enfin trouvé une nouvelle cachette.

Elle jeta un coup d'œil au fauteuil réservé aux visiteurs qui abritait dans son siège un stock de gourmandises. Cependant, pour y accéder, elle devait démonter le fond. Ce serait pour plus tard.

Elle commença son tableau de meurtre en y fixant des photos de la victime, puis les portraits des personnes présentes à la réception ainsi qu'une série de clichés pris sur la scène du crime – la pochette, les mégots, le verre brisé. Elle y afficha ensuite le rapport initial de la police scientifique, le compte rendu et les résultats de Carter, le légiste.

Après quoi, elle s'installa à son bureau et but son café en examinant son œuvre.

Elle achevait une première ligne chronologique quand elle entendit un bruit de pas.

Ce n'était pas celui de Peabody, nota-t-elle distraitement. Celui de Peabody était reconnaissable entre tous… Whitney ! Elle se redressa précipitamment, quelques secondes à peine avant l'apparition de son supérieur.

— Dallas.

— Commandant.

Elle se leva, mal à l'aise. Whitney venait rarement à elle, encore moins dans son bureau en refermant la porte derrière lui.

— K.T. Harris, fit-il.

— Le légiste confirme la thèse de l'homicide. Vu que j'étais sur les lieux à l'heure du décès, j'ai pu interroger, avec l'aide des inspecteurs Peabody et McNab, tous les individus sur place.

— Y compris vous ?

— Je vais rédiger ma déposition, en effet. Je devrais pouvoir vous la transmettre d'ici peu.

— Asseyez-vous, lieutenant.

Lui-même prit place dans le fauteuil des visiteurs, sourcils froncés.

— Qu'attendez-vous pour remplacer ce machin ? J'ai l'impression d'être assis sur un tas de briques.

Cela faisait bizarre de savoir que les fesses de son commandant n'étaient qu'à un coussin de ses friandises.

— Personne ne s'y attarde, dit-elle en guise d'explication. Prenez le mien, commandant.

D'un geste, il refusa cette proposition et fit pivoter son siège pour étudier le tableau de meurtre. Il avait un visage large, marqué par les années et le poids des responsabilités. Ses cheveux, coupés ras, étaient striés de fils d'argent.

— Cette enquête s'annonce compliquée, commença-t-il avant d'indiquer la lumière clignotante de son répondeur. Les médias ?

— Oui, commandant. Je m'en occuperai plus tard.

— Je n'en doute pas. C'est là la première complication. La deuxième, c'est votre lien avec la victime.

— Je n'en avais aucun.

— Dallas, vous avez dîné avec elle peu avant le meurtre.

— J'ai dîné avec plusieurs personnes. J'ai rencontré la victime, je lui ai parlé, point à la ligne. Nous ne nous connaissions pas.

— Vous avez eu des mots avec elle.

Eve réprima un sursaut, entre surprise et irritation.

— Pour être exact, c'est elle qui s'est emportée, précisa-t-elle. Elle avait trop bu et, selon tous les témoins interrogés, elle était odieuse. Elle s'est énervée pendant le repas, mais elle ne s'est pas adressée directement à moi. Je crois l'avoir remise à sa place de manière brève et appropriée. L'incident s'est arrêté là.

— Elle incarnait le rôle de votre partenaire dans un film important, lui rappela Whitney. Pour l'heure, les suspects sont les individus qui jouent votre personnage, celui de votre mari, des autres membres de ce département et de plusieurs de vos relations personnelles.

— Oui, commandant.

— Les médias vont se ruer sur ce tas de foin et le mélanger avec le fumier, déclara-t-il sans détours. Nous devons être prêts. À ce stade, vous retirer l'affaire pour la confier à un collègue ne servirait à rien. Il y aurait même un risque d'enlisement. Toutefois, vous ne pouvez ignorer ces appels, poursuivit-il en désignant son communicateur. Peabody et vous devez rédiger une déclaration précise sur cette affaire. Nous tiendrons une conférence de presse cet après-midi. Voyez notre responsable des relations publiques à cet effet.

— Commandant, protesta Eve, qui aurait préféré qu'on lui enfonce dans l'œil une aiguille extirpée dudit tas de foin puant.

— Certes, il vaudrait mieux que votre coéquipière et vous puissiez vous consacrer entièrement à votre travail, mais c'est une étape nécessaire. Certains racontent déjà que vous vous êtes querellée avec la victime. D'autres se demandent s'il est bien sérieux que vous enquêtiez sur la mort de la femme qui jouait le rôle de votre coéquipière. Tous insistent sur le fait que vous étiez présente au moment du décès de K.T. Harris. En attendant que vous ayez clos le dossier –

là-dessus, je vous fais entièrement confiance –, nous ferons face.

Il se leva.

— Salle de conférences numéro un. Maintenant. Avec Peabody.

— Bien, commandant.

« Nom de nom », songea-t-elle en lui emboîtant le pas.

— Peabody, avec moi ! ordonna-t-elle comme elle traversait la salle commune.

Quelle perte de temps !

— Quoi de neuf ? s'enquit Peabody.

— Ces putains de journalistes, siffla Eve. Le putain de responsable des relations publiques, la putain de conférence de presse, les putains de déclarations officielles.

— Ah ! souffla Peabody. C'était prévisible.

— Oui, mais j'espérais pouvoir terminer d'abord mon rapport préliminaire et récupérer les résultats d'analyse. Quelqu'un a déjà répandu la nouvelle selon laquelle j'avais « eu des mots » avec la victime.

— Pas du tout ! C'était une pouffiasse.

— Souvenez-vous-en.

Elles pénétrèrent dans la salle de conférences. Un autre tableau avait été dressé et Eve éprouva une bouffée d'irritation en voyant sa propre photo d'identité figurer aux côtés de celles de Marlo, de Connors, de Julian… et ainsi de suite.

L'homme qui venait de le compléter était grand, vêtu d'un élégant costume gris. Ses cheveux sombres et lustrés rebiquaient sur le col de sa chemise. Il avait des boutons de manchette en argent.

Comme il pivotait pour leur faire face, Eve découvrit qu'il avait un visage magnifique, le teint moka, des yeux foncés en amande et des cils épais. Quand il lui sourit, une fossette lui creusa la joue gauche.

— Lieutenant Dallas, dit-il d'une belle voix grave. Inspecteur Peabody.

— Voici Kyung Beaverton, annonça Whitney. Il travaille avec le préfet Tibble qui nous le prête pour la durée de cette affaire.

— Appelez-moi Kyung, je vous en prie, fit ce dernier en leur serrant la main. Je suis heureux de vous aider à naviguer à travers ce labyrinthe médiatique. Voulez-vous vous asseoir ?

Eve ignora sa question.

— Commencez par m'expliquer pourquoi vous nous avez placées parmi les suspects.

— Parce que les médias l'ont déjà fait. C'est contrariant mais c'est ainsi. Vous n'êtes pas elle, elle n'est pas vous, mais ce lien sera pointé du doigt encore et encore. À nous d'agir en conséquence.

Il écarta ses mains aux longs doigts fins.

— Vous avez beau respecter l'actrice qui vous incarne, elle n'est que votre reflet sur une affaire classée. Marlo Durn continuera à jouer des personnages fictifs et réels tandis que vous continuerez à enquêter sur des homicides. Votre priorité, à ce stade, est de faire toute la lumière sur le malheureux décès de…

— Le médecin légiste a confirmé la thèse de l'homicide, intervint Whitney.

— Ah ! Bref, vous suivez toutes les pistes possibles. Vous ne pouvez ni ne voulez divulguer les détails d'une affaire en cours.

— D'accord, murmura Eve en se détendant légèrement.

Ce type paraissait un peu moins stupide que les responsables de relations publiques qu'elle avait côtoyés jusqu'à présent.

— Il semblerait que vous ayez eu une vive discussion avec la victime avant sa mort, reprit-il.

— C'est inexact.

— Tant mieux. Je vous en prie, asseyez-vous. J'ai réussi à obtenir le café que vous aimez. Nous allons le déguster ensemble et vous allez me raconter – *précisément* – ce qui s'est passé entre la victime et vous. Inspecteur Peabody, n'hésitez pas à nous faire part de vos réflexions ou de ce que vous auriez pu entendre au cours de ce spectacle dans le spectacle.

— Un spectacle dans le spectacle, répéta Eve en suivant Kyung des yeux tandis qu'il programmait l'autochef. Pas mal, la trouvaille.

— J'excelle dans mon métier, lieutenant. Comme vous et votre coéquipière dans le vôtre.

Il leur adressa un sourire charmeur et enchaîna :

— Vous détestez tout ce cirque. Je le conçois. Personne ne vous oblige à y prendre plaisir et c'est pourquoi vous aurez tout intérêt à me laisser les rênes.

Il leur sourit de nouveau en posant un pot de café sur la table.

— J'adore mon travail. On est plus efficace quand on aime ce que l'on fait, non ?

Non, décidément, cet homme n'était pas un imbécile, mais un… manipulateur. Très doué, de surcroît. Respect.

— Bien, voici ce qui s'est passé.

Elle lui rapporta la scène quasiment mot pour mot.

— Une réponse appropriée à une attitude odieuse, commenta Kyung. Ensuite ?

— Entre nous, rien. Je me suis rendu compte qu'elle avait un problème avec ses camarades et que la boisson exacerbait son agressivité. Ne pouvant deviner qu'elle finirait dans un cercueil, je ne lui ai guère prêté attention.

— Elle vous a traitée de « salope », intervint Peabody. Quand les conversations ont repris autour de la table, elle a grogné « salope ». McNab me l'a rapporté plus tard. Il était assis à côté d'elle. Ça l'a ulcéré mais il n'a rien dit parce que le… spectacle dans le spectacle avait assez duré.

— Il a eu raison. D'autant que si personne ne me traitait de salope au moins une fois dans la journée, j'aurais l'impression de ne pas faire mon boulot.

Kyung esquissa un sourire.

— Maintenez ce ton et cette posture, et vous vous en sortirez merveilleusement avec les médias.

Eve le fixa d'un air perplexe.

— D'ordinaire, on m'encourage plutôt à leur parler gentiment, à me montrer diplomate. À mettre du rouge à lèvres.

— Autres circonstances, autre style, riposta-t-il en haussant les épaules. Je considère que vous devez vous présenter telle que vous êtes, mais en vous préparant aux questions inévitables. Quand on vous interrogera sur cet épisode du repas, je vous conseille de réagir comme vous venez de le faire. Il n'y a pas eu de dispute. Mlle Harris s'est montrée désagréable, vous l'avez remise à sa place. C'est le seul moment de la soirée où vous avez eu affaire à elle. Si vous parvenez à vous exprimer d'un ton calme et posé, puis à prendre une autre question, ça devrait passer.

Il leva les bras et ses boutons de manchette accrochèrent la lumière.

— Si quelqu'un insiste, tenez-vous-en à cette version et au fait que vous ne vous connaissiez pas. Rappelez que votre priorité est de retrouver la personne responsable de sa mort. Je vous ai entendue dire à propos d'autres affaires de meurtre que la victime vous appartenait désormais. Si cela vous paraît être le cas ici, dites-le.

— C'est le cas.

— Parfait. Efforcez-vous de bifurquer sur les informations que vous êtes en mesure de divulguer. On vous demandera sûrement quelle impression cela fait d'enquêter sur le meurtre d'une femme qui incarne votre coéquipière, qui lui ressemble.

— K.T. Harris n'était pas ma partenaire. C'était une actrice qui faisait son boulot. Le mien est de démasquer le coupable.

— Ma présence semble superflue, observa Kyung en souriant de nouveau. Marlo Durn figure-t-elle parmi les suspects ?

— Elle a été interrogée, comme toutes les personnes présentes au moment du meurtre. Elle coopère. Il est encore trop tôt pour désigner un suspect en particulier.

— Quelle impression cela vous fait-il d'enquêter sur celle qui joue votre rôle dans le film ?

— Là encore, elle n'est pas moi, mais bon, je l'admets, c'est assez bizarre. Remarquez, la plupart des affaires ont des côtés bizarres.

— Craignez-vous que ce lien inhabituel n'affecte votre travail ?

— En quoi ?

— Là-dessus, je peux vous aider.

Il pressa les mains l'une contre l'autre comme s'il s'apprêtait à prier.

— Vous devriez enchaîner en expliquant que si une telle crainte vous avait frôlé l'esprit, vous vous seriez empressée de confier le dossier à quelqu'un d'autre.

— Parce que maintenant, c'est K.T. Harris que je défends, continua Eve. En ma qualité d'officier de la police de New York, c'est mon devoir. Point barre. À présent, fichez le camp, que je puisse faire mon boulot.

— Parfait. Si vous pouviez juste retirer la dernière phrase. Franchement, j'ai du mal à comprendre ce que mes collègues vous reprochent.

— La plupart d'entre eux sont des imbéciles. Jusqu'ici, pas vous.

— Pourvu que cela dure. Inspecteur Peabody, à vous.

— Je vais devoir parler aux journalistes ? s'étonna Peabody.

— Harris incarnait votre personnage, vous étiez présente à la réception, vous assistez la responsable de l'enquête. Mieux vaut soulever la question dès cette conférence de presse.

Sous l'œil d'Eve, il coacha Peabody, l'aida à formuler des réponses brèves et précises.

— Tout ira bien, décréta-t-il enfin. Mais sachez que les médias seront sur vos talons et vous presseront comme des citrons. Lieutenant, j'ai cru comprendre que votre mari serait entouré de sa propre équipe de relations publiques. Un homme dans sa position sait comment s'y prendre. Toutefois, dans le cas présent, j'aimerais que l'on coordonne notre action.

— C'est à lui d'en décider.

— Oui, mais si je vous annonce d'emblée la couleur, cela m'évitera de basculer dans le camp des imbéciles.

Malgré elle, Eve laissa échapper un petit rire.

— Je lui ferai savoir que vous n'en êtes pas un.

— Je vous en remercie. Je serai à vos côtés avant et durant toute la durée de la conférence de presse. Si vous avez besoin de quoi que ce soit avant cela, je serai à votre disposition. Commandant Whitney, je me mets au travail.

— Merci, fit ce dernier.

Il demeura silencieux quelques instants après le départ de Kyung, puis :

— Qui avez-vous convoqué ?

— Andrea Smythe, Julian Cross, Matthew Zank. Pour commencer, commandant.

— Bien. Soyons aussi discrets que possible. Qu'ils entrent par le parking sécurisé. Je veillerai à ce qu'on les y accueille et les accompagne jusqu'à la salle d'interrogatoire. Je choisirai de préférence quelqu'un qui ne se laisse pas éblouir par les stars.

— Merci, commandant.

— Soupçonnez-vous l'un d'entre eux ?

— Pas pour le moment. Nous allons chercher des liens éventuels entre la victime et les domestiques et les serveurs engagés pour la soirée. Aucun des membres de l'équipe de tournage ne l'appréciait. Au contraire. C'est souvent un mobile suffisant, notamment quand la mort semble, comme c'est le cas ici, le résultat d'une querelle ou d'une confrontation. Une poussée, une chute... L'alcool est peut-être un facteur – il coulait à flots. La victime était capricieuse, exaspérante. Elle provoquait des scandales sur le plateau, elle avait des exigences.

D'un signe de tête, Eve indiqua le tableau.

— À diverses époques, elle a eu des relations intimes avec Zank et avec Cross. Tous deux en ont parlé spontanément. Zank a ajouté que la victime avait continué à le harceler après leur rupture, qu'elle était violente et d'une jalousie obsessionnelle.

— Et Zank affirme l'avoir trouvée et sortie du bassin.

— Oui, avec l'aide de Marlo Durn. Je pense que Zank et Durn ont une liaison. Si la victime était au courant, cela a pu exacerber les frictions. À l'heure du décès, les invités étaient rassemblés dans la salle de projection pour visionner un bêtisier. Nous savons que Harris a filé à l'anglaise puisque l'heure du décès confirme qu'elle est morte pendant la projection. Nous n'avons pas encore réussi à déterminer qui d'autre a pu sortir la rejoindre sur le toit. En revanche, le coupable avait amplement le temps de s'éclipser, de monter sur la terrasse, de tuer Harris et de revenir à sa place avant la fin du film.

Elle marqua une pause.

— Nous nous pencherons sur les passés, les conflits préalables, les comportements agressifs. La poussée initiale – ou la chute – me semble être le résultat d'un geste impulsif, d'une bouffée de colère. Mais plonger une femme inconsciente dans l'eau est un acte délibéré, de même que celui de s'en aller alors que ladite femme se noie. Calculé ou non, il a été commis de sang-froid.

— Est-il possible qu'un membre du personnel ait eu une relation avec elle et se soit transformé en assassin ?

— Les probabilités sont minces. Ce sera sans doute un membre de l'équipe de tournage, quelqu'un qui travaillait avec elle, qu'elle avait provoqué, insulté, menacé.

— Ah ! Ces meurtres de célébrités, marmonna Whitney en se levant. Je parie qu'ils en feront un autre film.

Voyant l'expression ahurie et horrifiée d'Eve, il sourit.

— Vous pourriez écrire un livre là-dessus. Tenez-moi au courant. Et ne soyez pas en retard pour la conférence de presse.

— Merde ! lâcha Eve dès qu'il fut sorti. Il a peut-être raison.

— Qui jouerait mon rôle, cette fois ? s'excita Peabody. C'est complètement dingue, non ? Imaginez un peu, quelqu'un qui jouerait mon personnage en train d'enquêter sur le meurtre de quelqu'un qui jouait mon personnage. Sans compter…

— Taisez-vous, vous me filez la migraine. Concentrez-vous sur les recherches, marmotta Eve.

Se massant la nuque, elle fonça dans la salle commune, s'immobilisa, balaya la pièce du regard, réfléchit...

— Agent Carmichael.

Ce dernier leva la tête.

— Dans mon bureau.

Elle tourna les talons, envoya un SMS à Connors pour l'avertir que Kyung allait prendre contact avec lui. Et que ce n'était pas un imbécile.

— Lieutenant ?

— Aimez-vous le cinéma, Carmichael ? Êtes-vous un fan de ragots hollywoodiens et de journaux à scandales ?

— Quand j'ai le temps, j'aime regarder le sport.

— Parfait.

Elle lui attribua le titre d'accompagnateur, lui ordonna le silence absolu, le renvoya.

Elle transmit avec joie tous les messages des journalistes à Kyung et se remit au boulot.

Elle avait achevé son compte rendu initial et sa propre déclaration, puis lancé une recherche approfondie sur Harris quand son communicateur lui signala un texto de Connors.

Pas imbécile. De ta part, sacré compliment. M'en occupe.

Satisfaite, elle se cala dans son fauteuil et se plongea dans la lecture de la biographie de Harris.

Ses parents avaient divorcé quand elle avait treize ans. Elle avait un frère, de deux ans son aîné. Elle avait vécu dans le Nebraska jusqu'au divorce. Sa mère avait intenté un procès au père (accusé de violences domestiques), obtenu la garde exclusive des enfants et déménagé dans l'Iowa.

Eve ne voyait pas de grande différence entre le Nebraska et l'Iowa. À ses yeux, les deux États n'étaient qu'une succession de prés, de granges et de vaches.

Elle creusa davantage, parcourut quelques rapports de police sur les violences domestiques en question, examina les photographies de Piper Van Horn – la mère – après que son mari, Wendall Harris, l'eut battue. Brice Harris – devenu Van Horn car il avait pris le nom de sa mère après la séparation –, quinze ans à l'époque, avait souffert d'une fracture du poignet, d'un coquart et d'un léger traumatisme crânien. Wendall avait purgé une peine de prison dans l'Omaha, suivie d'une thérapie. Il était mort des suites de ses blessures après une bagarre dans un bar alors que Brice avait vingt ans.

Intéressant, songea Eve. K.T. avait conservé le patronyme du père. Elle semblait avoir hérité de – ou opté pour, comment le savoir ? – ses penchants pour la brutalité et l'abus d'alcool.

Eve se plongea dans ses bulletins scolaires. Élève moyenne, problèmes de discipline. Aucune activité en dehors des cours avant l'âge de quatorze ans, quand elle s'était inscrite au club de théâtre de son école.

— Tiens ! Tiens !

À vingt-deux ans, Harris collectionnait déjà les arrestations pour conduite en état d'ivresse et avait dû remettre son permis aux autorités. Comme son père, elle avait été en thérapie.

Après l'Iowa, Harris s'était installée à la Nouvelle Los Angeles, où elle avait été accusée à deux reprises de comportement agressif. Elle avait payé les amendes, suivi une cure de désintoxication.

Quelque chose clochait, songea Eve en pensant à l'expression, à la voix, au chagrin de Piper Van Horn quand elle l'avait contactée pour lui annoncer le décès de sa fille.

La mère était sincèrement triste, comme la plupart des mères. Pas toutes, mais la plupart. La sienne s'était empressée d'oublier l'enfant qu'elle avait mise au monde, l'avait abandonnée aux mains d'un monstre. Elle ne l'avait même pas reconnue le jour où elles s'étaient retrouvées face à face.

« La situation n'est pas comparable, se rappela Eve. Concentre-toi sur la victime. » Plus elle la comprendrait, plus elle aurait de chances de comprendre le tueur.

Ce qu'elle voyait pour l'instant, c'était une femme qui avait connu la violence et la colère. Elle s'était réfugiée dans le métier d'actrice, mais n'avait pas réussi à échapper à ce cycle violence/colère qui avait abouti à sa propre mort.

Pourquoi ? Et le pourquoi était-il vraiment important ?

Eve pivota vers son tableau de meurtre. La victime savait-elle quelque chose sur l'un de ses camarades, un technicien ? Avait-elle exercé un chantage sur son futur assassin ?

Ou l'avait-elle tout simplement poussé à bout ?

Elle se concentra de nouveau sur son écran où venait de s'afficher un rapport du laboratoire.

— Dallas ? fit Peabody, qui venait de s'encadrer sur le seuil.

— Zoner et herbes variées, cinquante/cinquante.

— Mince ! Entre ça et le vin, elle n'avait pas besoin qu'on la cogne pour tomber dans les pommes.

— Une fois à terre, elle n'a probablement pas pu se relever. On a retrouvé des traces de sang sur le chiffon brûlé. Celui de la victime. Les mégots ne révèlent que son ADN. Les marques sur les escarpins correspondent au dallage.

— Ils ont fait vite.

— Pour changer. Évitons de mentionner le Zoner. Voyons si quelqu'un évoque spontanément ses habitudes en ce domaine.

— Bien, lieutenant. Carmichael fait monter Andrea.

— Parfait. Laissons-la mariner quelques minutes.

« Procédons par étapes, décida Eve. Grattons un peu le vernis hollywoodien et voyons ce qu'il cache. »

Plus elle en apprenait sur Harris, moins elle l'appréciait. Mais elle n'en demeurait pas moins sa victime.

8

Vêtue de rouge pivoine, sa chevelure ondulée un peu trop blonde comparée à la couleur plus subtile de Mira, Andrea Smythe avait pris place à la table pleine d'éraflures de la salle d'interrogatoire. Elle portait aux oreilles d'audacieux anneaux noirs assortis aux tourmalines étincelantes formant un cœur allongé au creux de sa gorge.

À l'arrivée d'Eve et de Peabody, elle inclina la tête et sourit.

— Je constate que notre scénographe a bien travaillé. Ce lieu ressemble furieusement à notre décor.

— Ce n'est pas sorcier, rétorqua Eve. Enregistrement. Dallas, lieutenant Eve, et Peabody, inspecteur Delia, audition de Smythe, Andrea au sujet de l'affaire Harris, K.T. dossier H-58091.

— Quelle solennité !

— Le smoking n'est pas requis mais, dans nos murs, nous prenons les meurtres très au sérieux. Merci d'être venue.

— Vu les circonstances, cela me paraissait le choix le plus sage.

— On vous a déjà cité vos droits et vos obligations. Souhaitez-vous que je recommence ?

— Inutile. J'ai une excellente mémoire.

— Tant mieux pour nous, commenta Eve tandis que Peabody et elle s'asseyaient. Avez-vous quelque chose à ajouter à vos déclarations d'hier soir ? Des rectifications à y apporter ?

— Non.

— Puis-je vous offrir à boire avant de commencer ? s'enquit Peabody. Un café ? Une boisson gazeuse ?

De nouveau, Andrea sourit.

— Vous allez tenter de me mettre à l'aise pendant que votre lieutenant me titille. C'est un bon rythme. Il me semble que Marlo et K.T. l'ont bien capté pour la caméra. Pas parfaitement, mais presque. Non, merci, je n'ai besoin de rien, mais c'est gentil de me le proposer.

— Nous ne sommes pas sur un plateau de cinéma, lui rappela Eve. Les dialogues ne sont pas écrits. Et le cadavre existe bel et bien.

— J'en suis consciente. Aurais-je dû m'habiller en noir, afficher un air grave, verser une larme ou deux ? Mais le noir me sied mal, et ce n'est un secret pour personne : K.T. et moi nous évitions. Je suis désolée pour elle. Sur un plan philosophique, je regrette que la mort fasse partie intégrante de la vie, et je suis d'avis que le meurtre – hors fiction – est un putain de jeu de lâche. À part cela, sa disparition ne m'émeut guère.

— Pourtant, cela tombe mal, non ? Le tournage n'est pas terminé.

Andrea haussa les épaules et croisa les jambes.

— Ses scènes étaient dans la boîte et, le cas échéant, Roundtree saura se débrouiller. C'est un réalisateur brillant et innovant.

— La production va bénéficier du buzz médiatique.

— En effet. C'est ainsi. La machine encensera davantage K.T. morte que vivante. Quelle ironie, n'est-ce pas ? Enfin elle a droit à la célébrité et à l'attention qu'elle réclamait tant. Il lui aura suffi d'être assassinée pour les obtenir. Pardon, c'est de la méchanceté gratuite, ajouta Andrea en poussant un soupir. Je vous prie de m'excuser.

— Vous avez avoué d'emblée que Harris vous déplaisait, que vous la trouviez « difficile » d'un point de vue personnel et professionnel. Est-ce exact ?

— En plein dans le mille.

— Vous est-il arrivé de vous affronter ?

— Naturellement. À de rares occasions. Je doute que quiconque sur ce projet n'ait pas eu maille à partir avec K.T. Là encore, c'est ainsi.

— Vous n'avez pas hésité à nous révéler vos sentiments à son égard. Par conséquent, j'ai du mal à comprendre pourquoi vous nous avez caché l'accrochage que vous avez eu avec elle hier soir, peu avant sa mort.

— Nous nous serions disputées hier soir ? s'étonna Andrea, l'air innocent. Je n'en ai aucun souvenir. Nous avons si souvent échangé des noms d'oiseaux que les incidents se confondent.

— J'en doute. Vu votre excellente mémoire, je pense qu'une querelle avec elle le soir de son meurtre serait restée gravée dans votre esprit.

— Elle s'était fort mal comportée au cours du repas, elle avait offensé Connie. Je lui ai dit qu'elle n'était qu'une idiote et qu'elle méritait qu'on la jette dehors. Elle avait suffisamment bu pour m'envoyer paître. Cela s'est arrêté là et ne m'a pas vraiment marquée.

— Là encore, j'en doute. Si c'était aussi simple, vous ne mentiriez pas. J'en déduis que votre échange a été plus personnel, plus intense. Il paraît qu'elle vous ignorait. Pourtant, hier soir, vous vous êtes querellées – détail que vous avez omis de préciser dans votre déposition. Et que vous éludez maintenant. Qu'avait-elle contre vous, Andrea ? De quoi vous menaçait-elle ?

Andrea regarda Eve droit dans les yeux.

— Je ne sais pas du tout de quoi vous parlez.

— Curieusement, cela ne fait qu'exciter ma curiosité. Et que se passe-t-il quand je m'interroge, Peabody ?

— Quand vous vous interrogez, vous creusez. Quand vous creusez, vous avez le don de découvrir des choses que les gens préféreraient ne jamais déterrer. Toutes sortes de choses, insista Peabody. Parfois, elles n'ont aucun lien avec l'enquête, mais une fois révélées au grand jour, il faut les examiner.

— Parfaitement, confirma Eve. Et plus on en découvre, plus il faut poser de questions, multiplier les entretiens. Les médias sont à l'affût. J'ai une conférence de presse cet après-midi. Qui sait ce que l'on va me demander ?

— Qui menace qui, à présent ? s'insurgea Andrea.

— Il ne s'agit pas d'une menace mais d'une mise en garde. Plus vous vous renfermerez, plus je fouillerai, acheva Eve en se balançant sur sa chaise.

Le pied d'Andrea, chaussé d'un escarpin rouge à talon aiguille noir, s'agitait.

— Ensuite, je me demanderai si vous n'avez pas décidé de monter sur la terrasse régler vos comptes en toute tranquillité. Supposons que l'atmosphère s'échauffe, dérape. Vous la poussez. Elle se cogne le crâne. Il y a du sang. Elle est inconsciente. Vous êtes folle de rage. Cette garce vous a exaspérée. Vous en avez par-dessus la tête. Pourquoi ne pas la pousser encore, cette fois dans la piscine ? Elle l'a mérité. Elle l'a *cherché*.

— Personne ne mérite d'être assassiné, et si vous croyez que je vais tomber dans votre piège, vous vous fourrez le doigt dans l'œil. Je ne l'ai pas tuée. Je ne suis pas montée sur le toit hier soir. Et je n'ai plus rien à vous dire.

— C'est votre droit. Nous nous renseignerons, nous découvrirons la vérité. Car maintenant, je sais que votre conflit d'hier soir avec la victime était important. Cela vous effraie.

— Je n'avais pas peur d'elle.

— Peut-être que oui, peut-être que non. Mais moi, je vous terrifie, poursuivit Eve en se penchant en avant. Sous prétexte que les projecteurs sont braqués sur vous, vous supposez que les médias ont déjà divulgué tout ce qu'il y avait à savoir sur vous. Détrompez-vous. Si vous avez volé une glace quand vous aviez six ans, je le saurai. Si l'un de vos enfants a triché lors d'un contrôle d'orthographe à l'école primaire, je le saurai.

Imitant le mouvement d'Eve, Andrea plongea de nouveau son regard dans le sien. Cette fois, une lueur de fureur vacillait dans ses prunelles.

— Ne mêlez pas mes enfants à cette affaire.

Ah ! devina Eve. Le maillon faible.

— Vous avez un fils de l'âge de la victime, il me semble. Peabody ?

— Cyrus Drew Pilling, vingt-six ans. Fils unique issu du deuxième mari, Marshall Pilling. Mariage en octobre 2034, divorce prononcé en janvier 2036. Pas d'enfants du premier lit : Beau Sampson, mariage en juin 2030, divorce en avril 2032. Des jumelles âgées de dix-huit ans avec le troisième et actuel époux, Jonah P. Kettlebrew. Mariage en septembre 2040.

— Ma famille n'a rien à voir avec tout cela. Je n'apprécie pas vos sous-entendus.

— Je parie que vos proches vous ont rendu visite sur le plateau, reprit Eve. Et si Harris avait dragué votre fils – voire votre mari ? Ou encore, vos filles, histoire de varier les plaisirs ? L'un d'entre eux a pu rattraper la balle et s'enfuir avec. De quoi se mettre en colère.

— Vos insinuations sont ignobles. Comment pouvez-vous parler ainsi de gens que vous ne connaissez pas ?

Eve se leva, plaqua les paumes sur la table, la fixa sans ciller.

— Je finirai par les connaître. À vous de choisir. Entre Harris et vous, il y avait un litige personnel, n'est-ce pas ? Ce n'était pas le boulot ni ses caprices. C'était personnel. Cela se lit sur votre visage.

— J'ai travaillé dur pour protéger mes enfants, pour les mettre à l'abri du public. Je vous interdis de les exposer à tant d'horreur sous prétexte que vous jouez une putain de partie de dés.

— Dans mon métier, on y est souvent contraint. Harris vous faisait-elle chanter au sujet d'un de vos proches, Andrea ?

— Cela n'a aucun rapport avec ma famille. Ma famille officielle.

Elle passa la main sur son front, puis dans ses cheveux tout en observant tour à tour Eve et Peabody.

— Aurions-nous fait fausse route en ce qui vous concerne ? dit-elle. Puis-je encore croire aux personnages dont nous nous sommes tellement rapprochés ? Êtes-vous aussi intègre qu'on l'affirme ?

— Celle-ci a été décorée pour son intégrité, répondit Eve en indiquant Peabody. Mais bon, elle a gagné sa médaille sur un coup de dés, je suppose.

Andrea parvint à émettre un petit rire.

— Il s'agissait de mon filleul. Je l'aime comme mon propre enfant. Il a deux ans de plus que Cyrus et ils sont amis depuis toujours. La mère de Dorian et moi fréquentions la même école élémentaire.

Eve se rassit.

— D'accord.

— C'est un bon garçon. Malheureusement, il y a quelques années, il a eu des soucis. Il était venu en Californie pour faire un break, comme tant d'autres. Il est resté chez nous un moment, j'ai pu l'aider à trouver un emploi. Mais il était… immature.

— D'accord, répéta Eve. Quel genre de soucis ?

— Trop de fêtes, trop de gens ayant la possibilité, et la volonté, de lui fournir des produits illicites. Nous sommes intervenus en vain, sa mère aussi. Pendant presque dix-huit mois, il a été en chute libre. Chaque fois, nous payions la caution pour le sortir de prison. Il suivait les thérapies imposées, puis recommençait la tournée des bars, des réceptions et des coins de rue. Il a perdu son boulot.

— C'est terrible, intervint Peabody, lorsqu'un être aimé se détruit et qu'on ne peut rien pour lui.

— Oui, murmura Andrea, se ressaisissant. C'est carrément insoutenable. Il volait ou se prostituait pour se procurer sa prochaine dose. Il mentait, il rusait, et moi… je me sentais responsable. Il était si beau, si débordant d'énergie, mais à cause de la drogue il est devenu méconnaissable. Un menteur, un escroc, un tricheur. Un jeune homme violent. Un jour, tout cela l'a rattrapé et un dealer qu'il avait dupé l'a battu. Il en est presque…

Les mots demeurèrent en suspens au bord de ses lèvres et elle secoua la tête.

— Bref, la police a contacté mon fils. Dorian avait le numéro de Cyrus sur lui. Lorsqu'on parle de toucher le fond, on ne croit pas si bien dire. Quand il a pu de nouveau marcher, Dorian est parti en cure de désintoxication. Je connaissais un établissement à la réputation exceptionnelle, discret, dans le nord de la Californie. Grâce à ce séjour, Dorian a pu s'en sortir.

— Comment l'a-t-elle découvert ?

— Elle s'y trouvait déjà. Décidément, le destin est un salaud sans cœur, cracha Andrea d'un ton amer. K.T. était au même endroit au même moment. Ensemble, ils ont suivi quelques séances de thérapie de groupe, au cours desquelles Dorian s'est beaucoup dévoilé. Comme je viens de vous le dire, il a réussi à s'en sortir. Aujourd'hui, il vit à Londres, il est avocat. Il est fiancé avec une jeune femme charmante. Ils sont venus me rendre visite il y a environ une semaine – bien entendu, je les ai invités sur le tournage. K.T. l'a reconnu. Comprenant le lien qui nous unissait, elle a commencé à me tourmenter. Si les médias avaient vent de cette histoire, ce pauvre Dorian serait dans un sacré pétrin.

— Elle vous faisait chanter ?

— Non. Elle me provoquait. Elle savait pertinemment combien ses insinuations me perturbaient. Dorian a payé pour ses erreurs. Quel intérêt aurait-elle eu à lui infliger, ainsi qu'à sa famille et à sa fiancée, une telle humiliation ? Elle se vengeait sur moi, voilà tout.

— Êtes-vous montée avec elle sur le toit ? Vous a-t-elle harcelée, Andrea, jusqu'à ce que vous craquiez ?

— Non. Pendant la discussion que vous évoquez, je lui ai juré que si elle osait aller jusqu'au bout, je me débrouillerais pour que la presse sache comment elle avait obtenu cette information. Que c'était elle qui se retrouverait dans le pétrin. J'avais parlé avec Dorian le matin même et je l'avais mis en garde.

Son regard se voila de larmes.

— Il m'a dit d'arrêter de m'inquiéter. De ne pas la laisser me malmener ainsi en se servant de lui comme d'un gourdin. Bien avant de la demander en mariage, il avait raconté son passé à sa fiancée, prévenu ses associés du cabinet lors de son entretien d'embauche. Il n'avait rien à cacher, mais il aurait été navré que les révélations de K.T. me mettent dans l'embarras.

Cette fois, elle laissa échapper un sanglot.

— Le problème n'était pas là.

— Vous vouliez protéger Dorian, devina Peabody.

— Je m'en voulais de ne pas avoir été à la hauteur autrefois. Mais il n'avait pas besoin de ma protection. Du coup, lorsqu'elle m'a abordée hier soir, je lui ai dit ce que j'avais sur le cœur. Et j'ai terminé par : « Fous-moi la paix, espèce de garce ! » Ce sont les dernières paroles que je lui ai dites et je ne les regrette pas. Pas du tout.

Une fois l'audition terminée, Andrea quitta la salle.

— Vous y croyez, Peabody ? demanda Eve.

— Oui. Les faits sont faciles à vérifier. L'établissement, les dates, s'ils ont tous deux suivi une cure au même moment, et blablabla. Mentir à ce sujet serait stupide.

Eve opina.

— Un contrôle s'impose malgré tout.

— Vous n'y croyez pas ?

— Selon moi, il est très possible qu'Andrea ait un filleul, que celui-ci se soit retrouvé dans cet institut en même temps que K.T. et que K.T. l'ait reconnu le jour où il est venu sur le plateau.

— Donc, on l'écarte comme suspecte.

— Non. Je crois que « fous-moi la paix, espèce de garce » furent probablement les dernières paroles d'Andrea à K.T. Harris, mais elle a très bien pu les prononcer sur la terrasse, juste après l'avoir poussée, inconsciente, dans le bassin.

— Mince !

— La famille est son point faible et Harris a mis le doigt dessus. Donc, oui, Smythe a pu la pousser dans ses retranchements – « Vas-y, salope, crache le morceau mais tu t'en mordras les doigts. » Harris est ivre et agressive, elles montent sur le toit régler leurs comptes. Smythe ne veut surtout pas d'une confrontation en public. La situation dégénère. On peut même imaginer que Harris ait donné les premiers coups, mais quand elle tombe, Smythe est à bout de nerfs. Elle traîne Harris jusqu'au bord du bassin, la jette à l'eau, efface le sang et redescend boire un verre. Et le monde, à ses yeux, compte désormais une salope de moins.

— Vous pensez vraiment qu'elle en aurait été capable ?

— Elle a du cran. Quant au sang-froid, je l'ignore. Elle reste en haut de la liste.

Matthew prit la suite. Il avait opté pour une tenue décontractée, chemise vert foncé ouverte sur un tee-shirt d'une nuance plus claire, jean et baskets dernier cri. Quand Peabody lui offrit à boire, il réclama une boisson aux agrumes. Il fixa le miroir sans tain, se tortilla sur sa chaise.

— Je me suis toujours demandé ce que l'on ressentait dans ce genre de situation. J'ai les nerfs en pelote. Je manque d'air.

— Avez-vous des raisons de vous inquiéter ? s'enquit Eve.

— Quand un flic vous convoque dans une pièce comme celle-ci, on est forcément angoissé. Ça fait partie du jeu, non ? La personne qui interroge a déjà un train d'avance.

Il but une gorgée de son jus de fruits.

— Me serait-il possible de profiter de ma présence ici pour jeter un coup d'œil à la DDE ? J'en avais discuté avec McNab… avant.

— Je verrai cela avec le capitaine Feeney.

Il semblait détendu. Eve décida de la jouer relax.

— Comment allez-vous, Matthew ?

— Pas trop mal. Non, pas bien. Elle était morte quand je l'ai sortie de l'eau. C'est sans doute stupide, mais je ne m'en suis rendu compte que plus tard. Elle était morte quand j'ai tenté de la ranimer. J'en reviens toujours à cela. Mes efforts étaient vains dès le départ.

— Vous aviez eu une liaison avec elle.

— Oui. Je connaissais son corps, la sensation de sa peau, de ses lèvres. Hier soir, je l'ai touchée, je lui ai fait du bouche-à-bouche. Elle était morte. Mais elle…

— Vous avez déclaré que vous n'aviez pas eu de relations sexuelles depuis plusieurs mois.

— En effet.

— Elle aurait voulu coucher avec vous.

— Je pense surtout qu'elle voulait ce qu'elle ne pouvait pas avoir. Certaines personnes sont ainsi. Peut-être.

— Cela devait vous mettre mal à l'aise, d'autant que vous étiez amants à l'écran.

— Elle ne me facilitait pas les choses, mais elle avait beaucoup d'ambition. Elle n'était pas du genre à saboter son travail pour coucher avec moi.

— Vous avez raconté qu'elle avait saccagé votre caravane.

— Oui. C'est forcément elle. Elle ne m'a jamais vraiment aimé, ajouta-t-il en haussant les épaules. Avec le recul, je m'aperçois que j'aurais dû la laisser prendre l'initiative de la rupture. Elle m'en aurait moins voulu.

— À vous entendre hier soir, elle avait l'air d'être obsédée par vous. En fait, je crois même que vous avez employé ce terme.

— Je ne sais pas... Je suppose que oui. En fait, ce qui l'énervait le plus, c'était de ne pas m'avoir largué la première. Question carrière, elle avait plus d'influence que moi. Elle aurait pu insister pour que l'on attribue le rôle de McNab à un autre. Elle s'imaginait peut-être qu'on pourrait se rabibocher pendant le tournage et qu'elle me larguerait ensuite. Mais à quoi bon ruminer ? Elle est morte.

— Elle n'a pas dû apprécier que Marlo et vous ayez une relation.

Il se figea, posa son gobelet.

— Je ne sais pas de quoi vous parlez.

— Vous ne savez pas que vous couchez avec Marlo Durn ?

— J'ignore d'où vous tenez cette information mais...

— Vous niez ? coupa Eve d'un ton neutre. Attention. Mentir à un officier de police au cours d'un interrogatoire ne sert à rien. Au contraire, cela nous rend d'autant plus suspicieux et persévérants.

Il hésita, changea de position.

— Mes rapports avec Marlo n'ont rien à voir avec K.T. – ni personne d'autre, d'ailleurs.

— Voyons, Matthew, n'avez-vous pas dit que K.T. était obsédée par vous ? Qu'elle vous épiait ? Qu'elle avait vandalisé votre caravane ? Votre avis, Peabody ? ajouta Eve en se tournant vers sa coéquipière.

— Ça ne tient pas debout, déclara celle-ci d'un ton empreint de compassion. Je suis désolée, Matthew. Dévoiler sa vie personnelle est difficile et désagréable, mais à force de fuir et d'éluder, vous finirez par éveiller nos soupçons. Marlo et vous êtes adultes, libres de prendre du bon temps ensemble.

— J'aimerais le croire. Mais ça n'a rien à voir avec K.T., insista-t-il. Nous avions rompu bien avant que Marlo et moi ne nous rencontrions.

— Sauf que K.T. ne supportait pas que ce soit fini entre vous.

L'expression de Matthew se durcit, de même que sa voix lorsqu'il rétorqua :

— Ça, c'était son problème.

— Elle s'est débrouillée pour que ce soit le vôtre.

— Elle était odieuse, d'accord ? Elle l'a toujours été, même avant d'être au courant pour Marlo et moi. Simplement, la situation s'est envenimée à partir du moment où elle l'a su.

— C'est-à-dire ?

— Il y a environ deux semaines. Elle s'est précipitée dans la loge de Marlo, elle lui a raconté toutes sortes de conneries à mon sujet : que je m'étais servi d'elle, qu'on continuait à se voir. C'était faux, bien sûr. Nous avions posé pour des photos publicitaires dans la peau de nos personnages – ce qui fait partie de notre boulot –, mais on avait bel et bien rompu. En fait, la tension était telle entre nous que je ne supportais plus de tourner avec elle.

— Cette confrontation a-t-elle été la cause de frictions entre Marlo et vous ?

— Non. Marlo ne se laissait pas impressionner par les menaces de K.T.

— Mais vous avez accusé le coup.

— Oui. Quand Marlo m'a relaté cet épisode, je me suis énervé. Et, oui, je m'en suis pris à K.T. Je n'aurais pas dû. J'aurais mieux fait d'écouter Marlo et de laisser tomber. Je n'ai pas pu. J'ai envoyé K.T. sur les roses, je lui ai interdit de retrouver Marlo ailleurs que sur le plateau. Elle a essayé de me provoquer en affirmant que Julian et Marlo s'envoyaient en l'air. Que je n'avais qu'à lui poser la question. Qu'il me le confirmerait. Je lui ai répliqué qu'elle était pathétique, ce qui n'a servi qu'à jeter de l'huile sur le feu.

— Expliquez-vous.

— Marlo et moi nous sommes installés dans le loft d'un ami. Il s'est absenté quelques mois et nous le prête. Nous avons pris toutes les précautions pour que notre relation reste secrète.

— À cause de Harris ?

— Non. Enfin si, entre autres. Mais les huiles et le service promo veulent absolument exploiter l'angle Eve/Connors/Marlo/Julian. Eve avec McNab, c'est nettement moins sexy, acheva-t-il avec un sourire las. Marlo et moi avons l'esprit d'équipe. Ce projet est une aubaine pour moi. Nous avons donc décidé d'être discrets – pour cette raison, mais aussi parce que nous en avions envie. On est très vite pris dans l'engrenage, les ragots se répandent à toute allure. Nous souhaitons vivre cette histoire à l'abri du cirque médiatique. Des tas de gens s'imaginent que nous autres, acteurs, enchaînons les aventures sans lendemain. Avec Marlo, c'est différent. Je n'avais encore jamais éprouvé ce genre de sentiments. Nous voulons saisir notre chance. D'où notre prudence.

— K.T. a appris que vous vous étiez réfugiés dans ce loft ?

— Sans doute par notre faute. Cela peut paraître stupide de se coiffer d'une perruque ou de se déguiser pour rentrer chez soi – ça l'est, en fait. Au début, nous nous en amusions, mais à l'approche de la fin du tournage, nous nous sommes moins méfiés. K.T. m'a probablement suivi un soir. Elle a déclaré…

Il s'empourpra, but une longue gorgée de jus de fruits.

— Elle a déclaré qu'elle avait des photos. Qu'elle nous avait filmés. Au lit.

— Depuis l'intérieur du loft ?

— Elle a prétendu qu'elle avait trouvé ma carte-clé le jour où elle avait pénétré dans ma loge. Qu'elle l'avait clonée. Qu'elle avait engagé un détective privé pour installer une caméra dans la chambre, au-dessus de l'armoire. Vérité ? Mensonge ? En tout cas, elle en savait pas mal sur l'appartement, les couleurs, la disposition des meubles. Et quand nous avons vérifié les disques de sécurité, nous avons repéré deux coupures sur deux jours distincts.

— Cela a dû vous contrarier.

— Oh que oui ! s'exclama-t-il en serrant le poing. J'ai carrément eu envie de l'étrangler. Je n'ai jamais levé la main sur une femme mais j'ai eu envie de la tabasser. Je me suis retenu. Savez-vous ce qu'elle m'a dit ?

— Je suis tout ouïe, fit Eve.

— Elle m'a dit que je devais larguer Marlo – et sans ménagement. Que nous allions reformer un couple, mais que cette fois c'est elle qui mènerait la barque. Elle voulait un grand ramdam médiatique autour de notre histoire d'amour née sur le plateau.

— Et si vous refusiez ?

— Elle menaçait de poster la vidéo de nos ébats sur le Net. Elle avait recruté des types qui étaient prêts à raconter que Marlo avait couché avec eux – et qu'elle avait des goûts bizarres en matière de sexe. Je pense qu'elle avait perdu la tête. Oui, vraiment, elle avait pété les plombs.

— Quand vous a-t-elle adressé cet ultimatum ?

— Seigneur ! souffla-t-il en se frottant le visage. Le jour où elle a été tuée. Le matin même. Je lui ai répondu que je ne la croyais pas. Qu'elle se ridiculisait. Elle a riposté qu'elle était prête à me montrer quelques images ce soir-là.

— Matthew, vous a-t-elle demandé de la rejoindre sur le toit ?

— Elle m'en a donné l'ordre. Je l'ai répété à Marlo. Ce n'était pas mon intention. Je voulais régler ce problème seul, mais nous nous étions promis de ne rien nous cacher. Alors je lui en ai parlé. Nous avons décidé de laisser tomber. Après tout, c'est notre vie, non ? Et, comme vous me l'avez fait remarquer, nous sommes adultes et libres. Avoir l'esprit d'équipe ne nous oblige pas à nous soumettre aux caprices d'une foldingue rancunière. Par ailleurs, si elle mettait sa menace à exécution, il nous suffisait de la traîner au tribunal.

Il émit un profond soupir, repoussa sa boisson.

— Peut-être est-ce le fait d'avoir joué le rôle d'un flic pendant plusieurs mois, toujours est-il que Marlo était décidée à se battre. Si K.T. avait payé un type pour pénétrer par effraction chez nous et monter ce piège, elle finirait derrière les barreaux. Et tant pis si les producteurs, Roundtree, le public et les médias s'en offusquaient.

— Cependant, vous vous êtes rendus tous les deux sur la terrasse, lui rappela Eve.

— En effet. Nous avions échafaudé un plan. Nous y sommes allés avant le dîner, pour repérer les lieux, nous asseoir et en discuter. Nous avons décidé de la rejoindre et de l'inciter à nous intimider, à parler du détective privé, de la caméra, à tout déballer, quoi ! Marlo avait une caméra dans son sac. À la fin, nous menacerions K.T. de transmettre la bande aux flics. Les internautes verraient peut-être nos ébats à l'écran, mais ils prendraient carrément leur pied en apprenant que K.T. était écrouée pour chantage et complicité de… J'ai oublié quoi. Marlo avait rédigé une liste.

— Comment Harris a-t-elle réagi ?

— Elle n'a pas réagi parce qu'elle était déjà morte. Écoutez, oui, nous avons eu des mots en début de soirée. Je lui ai demandé de me laisser tranquille, de se ressaisir et de prendre un minimum de recul. Elle m'a agrippé l'entrejambe.

Il renversa la tête, fixa le plafond.

— Elle m'a attrapé les couilles et elle m'a dit : « Mon vieux, n'oublie pas par quoi je te tiens. »

Il inspira profondément, dévisagea Eve.

— Nous aurions dû vous raconter tout cela spontanément, je sais, mais c'était tellement... énorme. Nous n'avions aucune preuve. Quand nous avons compris que K.T. était morte, Marlo a fouillé dans son sac.

Il grimaça.

— Ça peut vous paraître cruel, mais elle était morte et nous voulions... Que ressentiriez-vous si des tas d'inconnus se rinçaient l'œil alors que vous êtes au lit avec Connors ou avec McNab ?

— J'aurais sans doute envie de punir la personne responsable.

— C'était notre but. À la manière de Marlo – la vôtre. Mais nous n'avons rien trouvé dans son sac. Elle avait probablement menti depuis le début. Je ne comprends pas pourquoi. A-t-elle pensé que j'allais céder ? Cherchait-elle à sauver la face ?

— Et si vous aviez craqué ? Vous vous êtes querellés, vous l'avez poussée, suggéra Eve. Qui pourrait vous le reprocher ? Tout s'est passé si vite. Un geste impulsif, enragé. Peut-être ne souhaitiez-vous pas qu'elle se noie. Vous vouliez juste récupérer la vidéo, vous protéger. Malheureusement, vous ne l'avez pas sortie de l'eau assez vite.

— Non, pas du tout ! Elle flottait sur le ventre dans le bassin quand nous sommes arrivés. Nous n'avons repensé à la bande qu'après... J'ai essayé de la ranimer. Nous nous sommes acharnés tous les deux. Tout s'est déroulé comme nous vous l'avons raconté. Nous avons simplement omis le chantage, les menaces. Mais je vous jure que ça s'est passé comme nous vous l'avons dit.

— Y compris Marlo apportant une caméra ?

— Oui. Je vous le répète, nous... Dieu que nous sommes bêtes ! Nous étions tellement... Nous avons un enregistrement. Marlo a mis la caméra en marche alors que nous montions. Pour faire un test. Nous avons un enregistrement.

9

Stupides ? Innocents ? Calculateurs ? Eve décida de réserver son jugement sur Marlo et Matthew. Pour l'heure, elle laisserait ce dernier mariner en salle d'interrogatoire pendant que Peabody contacterait Marlo et la convoquerait au Central.

— Nous allons interroger Julian en l'attendant, décida-t-elle. Lorsqu'elle sera là, nous aviserons en fonction de nos impressions. Et nous verrons si le faux Connors a des secrets à nous révéler sur la fausse Peabody.

— Je n'ai plus envie de penser à elle en ces termes. Plus on avance, plus on s'aperçoit à quel point K.T. était méchante et cinglée. Comme si ça ne suffisait pas qu'on ait assassiné la fausse Peabody, voilà qu'on apprend que cette harpie faisait chanter ses camarades. C'est déprimant, à la fin.

— C'est vraiment dommage pour vous.

— Ben oui ! Comment suis-je censée apprécier le film tandis que je ne pourrai m'empêcher de penser que j'intimidais McNab pour l'attirer dans mon lit alors qu'il est amoureux de vous ? Et qu'il existe peut-être une vidéo de vous deux tout nus et…

— Bouclez-la !

— Tiens ! Peut-être existe-t-il une vidéo de la fausse Peabody et du faux Connors tout nus. Ce serait au moins une compensation. Je pourrais peut-être en demander une copie.

— Si vous continuez, il y aura bientôt une vidéo de moi en train de vous arracher la peau des fesses pour en tapisser mon bureau. J'en enverrai des copies à tout le monde. Faites venir Marlo. Je commence l'audition de Julian.

Eve gagna la salle d'interrogatoire où Julian l'attendait, la tête entre les mains. Il se redressa à son entrée. Son visage était pâle, ses yeux cernés. Il n'était pas rasé.

— Je ne me sens pas bien, commença-t-il.

— Ça se voit, rétorqua Eve. Enregistrement. Dallas, lieutenant Eve, entretien avec Cross, Julian.

Elle ajouta les informations utiles, puis s'installa.

— Je suis en plein jeûne, annonça-t-il.

— Sans blague ? C'est votre manière de surmonter l'affaire Harris ?

— Euh... non. J'avais trop bu. En plus du Sober-Up et de l'antalgique, j'ai pris un cachet pour dormir en rentrant à l'hôtel. Mon métabolisme ne l'a pas supporté. Aujourd'hui, je n'ingurgiterai que des liquides clairs afin d'éliminer les toxines.

— C'est une méthode comme une autre.

— Ai-je besoin d'un avocat cette fois ?

— Souhaitez-vous en appeler un ?

— Je ne souhaite que rentrer me coucher. Me réveiller avant-hier. J'ai l'impression de vivre un cauchemar.

— Vous vous êtes disputé avec K.T.

— Au cours du repas.

— Après. Juste avant la projection du bêtisier.

— Ah bon ? fit-il en regardant Eve droit dans les yeux. À propos de son éclat durant le dîner ? J'étais déstabilisé, affreusement gêné. Vous l'ai-je déjà dit ?

— En partie. Et quand elle a frappé à la porte de votre loge, hier ? Que voulait-elle ?

— Je… ne m'en souviens plus.

— Quelle blague, Julian. Vous n'étiez pas encore ivre. J'ai un témoin qui l'a vue frapper à votre porte. Elle était en colère, elle a insisté.

— Elle était sans cesse en train de se plaindre, répondit Julian en haussant les épaules.

— Elle voulait que vous répandiez la rumeur selon laquelle vous aviez une liaison avec Marlo.

— Manigances publicitaires. C'est…

— Non, Julian. Elle voulait que vous disiez à Matthew que Marlo et vous couchiez ensemble dans son dos. Matthew et Marlo sont amants. Harris ne le supportait pas. Elle voulait que vous l'aidiez à les séparer.

— J'ignorais que Matthew et Marlo étaient ensemble.

— Jusqu'à… ?

— Hier. Je l'ai appris quand K.T. s'est mise à délirer à ce propos. Ils se sont montrés d'une discrétion incroyable. J'ai décelé quelque chose pendant la soirée – parce que j'étais à l'affût. Avant cela, je les croyais simplement amis. Ils avaient peut-être couché ensemble – ça arrive –, mais je ne me doutais pas qu'ils formaient un couple.

— Pourquoi s'imaginait-elle que vous lui obéiriez ?

— Aucune idée. D'ailleurs, j'aurais refusé. J'aime bien Marlo, et j'aime bien Matthew, déclara-t-il d'une voix vibrante de sincérité. Jamais je ne leur ferais du mal.

— Cela ne vous ennuyait pas que Marlo vous préfère Matthew ?

— À vrai dire, j'étais soulagé de découvrir la raison pour laquelle elle avait rompu avec moi.

— Vous n'avez guère l'habitude qu'on rompe avec vous, n'est-ce pas ?

— Pas vraiment, admit-il sans honte ni fierté. Je couche beaucoup. J'aime ça, ça me détend. Si Marlo veut sortir avec Matthew, tant mieux pour elle. Quelqu'un d'autre jettera son dévolu sur moi, non ?

Difficile de discuter avec quelqu'un qui semblait considérer le sexe comme une denrée disponible au supermarché du coin, songea Eve.

Lorsque Peabody fit son apparition, Julian tressaillit visiblement, puis fixa la table.

— Peabody, inspecteur Delia, entre dans la salle d'interrogatoire, annonça cette dernière. Merci d'être venu, Julian, poursuivit-elle. Puis-je vous offrir quelque chose à boire ?

Il secoua la tête, puis lui jeta un coup d'œil.

— Au fond, si. Je prendrais volontiers de l'eau. J'élimine les toxines.

Peabody enregistra officiellement sa sortie avant de s'éclipser.

— Vous ne vouliez pas que Harris pénètre dans votre loge hier, reprit Eve. Pourquoi ?

— Elle hurlait. Je ne voulais pas d'un affrontement.

— Qu'aurait-elle pu vous reprocher ?

— Je ne sais pas, marmonna-t-il en se cachant de nouveau le visage. Avec elle, il y avait toujours quelque chose qui clochait.

Peabody reparut, posa une bouteille d'eau devant Julian.

— Quelle menace brandissait-elle ? insista Eve. Que vous promettait-elle de faire ou de dire si vous refusiez de mentir au sujet de Marlo ?

— Je ne souhaite pas en parler.

Eve glissa un regard à Peabody, hocha discrètement la tête.

— Julian, murmura Peabody.

Comme elle lui effleurait la main, il eut un mouvement de recul.

— Désolé, s'excusa-t-il. Vous… vous me rappelez…

— Je ne suis pas K.T. Je ne vais pas vous crier après, vous menacer ou vous insulter. Elle ne s'en privait pas. Elle s'en prenait à tout le monde.

— J'ai du mal à comprendre ces gens qui sont incapables de gentillesse. Jamais heureux.

— Elle n'était ni gentille ni heureuse. Elle cherchait toujours en tout le côté négatif. Chacun d'entre nous a ses défauts et ses secrets. Elle s'efforçait de les découvrir et les exploitait soit pour blesser, soit comme moyen de pression, pour obliger les gens à agir contre leur gré. Qu'a-t-elle découvert vous concernant ?

— C'était il y a très longtemps.

— D'accord.

— Et ce n'était pas ma faute.

— Je vous crois.

— Nous écumions les bars. Je venais de décrocher le rôle principal dans *Forgiven*. Une mégaproduction, un tremplin pour nos carrières, nous étions donc toute une bande à fêter l'événement. Nous avons festoyé toute la nuit. Alcool, stupéfiants. Je n'en prends plus, mais à l'époque je m'offrais de temps à autre un zeste de Zoner ou un remontant, selon ce qui se présentait. Idem pour les femmes.

— *Forgiven*. Ce film est sorti il y a environ dix ans. Vous étiez très jeune, observa Peabody.

— J'avais vingt-trois ans. Nous étions dans un sex-club, nous circulions d'un salon privé à l'autre, tout le monde était défoncé. Vous connaissez la chanson.

Il haussa les épaules, but une gorgée d'eau.

— Bien sûr, mentit Peabody.

— Ensuite, nous sommes allés chez moi, et plusieurs femmes nous ont accompagnés. Deux d'entre elles m'ont suivi dans ma chambre. Le lendemain matin, elles étaient toujours là. À la porte, un type braillait qu'il allait me tuer. Apparemment, l'une des nanas était sa fille. Elle avait seize ans. Les deux avaient seize ans... Comment j'étais censé le savoir ? Elles n'auraient jamais dû être admises dans l'établissement. Elles avaient de fausses cartes d'identité, elles prétendaient être majeures. Je ne les ai pas obligées à coucher avec moi. Mais je leur ai offert des boissons, des produits illicites, et j'ai eu des relations sexuelles avec elles. Si j'avais su qu'elles n'avaient que seize ans, je me serais enfui à toutes jambes. Je vous le jure. Elles ne paraissaient pas leur âge, elles s'étaient littéralement jetées sur moi. Le type a dit qu'il allait appeler les flics et que je serais arrêté pour détournement de mineures. Tout le monde s'est mis à hurler et il a giflé sa gamine. Violemment. Comme il allait remettre ça, j'ai voulu m'interposer, il m'a sauté à la gorge. Mes copains ont réussi à nous séparer. Les filles étaient hystériques. L'un de mes amis était avocat. Il les a averties qu'elles allaient se retrouver en centre de détention pour délinquants juvéniles, et le père, devant un juge pour coups et blessures. C'était de pire en pire.

Il se tut.

— Que s'est-il passé ? murmura Peabody.

— Je leur ai filé du fric. Une grosse somme, pour que ça s'arrête. C'était il y a longtemps, je n'avais pas l'impression de commettre un acte répréhensible. Mais si on m'avait inculpé de viol, j'étais fichu. Cette histoire pourrait encore me démolir.

— Et K.T. l'avait déterrée.

— C'est son mode de fonctionnement, dit-il avec amertume. Elle dégote des infos sur vous et elle vous les lance à la figure quand ça l'arrange. Je ne lui avais rien fait, pourtant elle était prête à dévoiler cet incident à la presse. Elle avait même les noms du type et de sa fille. Elle m'a dit que je finirais derrière les barreaux, que plus aucun studio ne m'engagerait.

— À moins que vous ne mentiez au sujet de Marlo ?

— Oui. Elle voulait que je raconte à Matthew qu'elle le trompait et que je lui fournisse des détails.

— Que lui avez-vous répondu ?

— J'ai dit non. Pas question de faire un coup pareil à des amis. Elle a riposté qu'ils n'étaient pas mes amis. Elle m'a demandé si j'étais assez naïf pour m'imaginer qu'eux iraient en prison pour moi ? Elle m'a effrayé.

— Comment avez-vous réagi ?

— J'ai contacté mon ami avocat. Il m'a conseillé d'essayer de gagner du temps pendant qu'il recherchait la fille. Il m'a assuré que je ne risquais pas l'incarcération à cause du délai de prescription, et que je n'avais donc rien à craindre de ce point de vue. Il n'empêche que je ne tenais pas à ce que les médias s'emparent du scoop. Mon ami misait sur le fait que le père et la fille n'y tiendraient pas davantage. Ce serait donc la parole de K.T. contre la mienne. En attendant, je devais feindre de vouloir réfléchir tandis que lui se renseignait de son côté.

— En avez-vous discuté avec elle hier soir ? demanda Eve.

— Je me suis débrouillé pour l'éviter. Puis elle a provoqué cette scène au cours du dîner. C'était horrible parce que je savais ce qu'elle avait en tête. Du coup, je me suis mis à boire, histoire de ne plus penser à tout ça. Plus tard, elle m'a acculé dan un coin et elle a remis ça. Je l'ai envoyée balader. Pas question de lui parler en présence de tous ces gens. J'ai dû ajouter une stupidité du genre « mon avocat est sur le coup ». Ou alors, je l'ai pensé mais je me suis retenu. Je ne me rappelle pas. Tout est flou dans ma tête. J'étais ivre… Connie a raison.

— À quel propos ?

— L'alcool ne supprime pas les problèmes. Ce n'est pas parce qu'on les oublie qu'ils n'existent plus.

Pour ne pas perdre le rythme, Eve enchaîna directement avec Marlo. Elle cita les faits pour le rapport officiel, s'assit en face d'elle.

— Vous n'avez pas mis longtemps pour venir.

— J'étais... déjà en ville.

— Allons droit au but. Nous savons que Matthew et vous avez une liaison et que vous vous efforciez de le cacher. Nous savons que K.T. a découvert le pot aux roses, le loft où vous vous réfugiiez tous les deux, et tenté de vous faire chanter avec une vidéo de vos ébats intimes.

— Ma foi, vous en savez beaucoup. J'espère que vous êtes aussi consciente que ce n'est pas Matthew qui l'a tuée. Nous avions décidé de ne pas nous laisser intimider et menacer, mais nous ne l'avons pas tuée.

— Elle vous a raconté qu'elle avait engagé un détective privé pour s'introduire chez vous, y placer une caméra, puis revenir chercher ladite caméra. Pourtant, vous n'avez pas jugé nécessaire d'en informer la police.

— En effet. Il s'agissait d'une affaire intime. Vous n'imaginez pas à quel point l'intimité est précieuse quand on en a si peu. Du reste, nous ignorions qui elle avait recruté. Si nous avions couru au poste pour porter plainte, elle aurait tout nié. Comment voulez-vous que nous prouvions quoi que ce soit. Nous avons préféré régler le problème à notre manière. Récolter des preuves.

— Comment ?

— Matthew a accepté d'aller la retrouver sur la terrasse, mais nous avions prévu de nous y rendre tous les deux avec une caméra dans mon sac. Notre intention était de la faire parler de l'effraction et du chantage. Après quoi, nous lui aurions dit de se mettre sa vidéo où je pense. Nous avions de quoi négocier, vous comprenez ? Si elle divulguait l'info aux médias, non seulement nous lui rendrions la pareille mais en plus, nous porterions plainte.

Marlo opina du chef.

— Violation de domicile, extorsion, harcèlement sexuel. Malheureusement, quand nous sommes arrivés sur la terrasse, elle était déjà dans la piscine. Morte. Matthew – écoutez-moi bien – n'a pas hésité. Il a plongé pour la sauver. En dépit de ce qu'elle avait fait, de ce qu'elle menaçait de faire, il a tenté de la secourir. Il a essayé de toutes ses forces.

À présent, sa voix tremblait, et son regard était brillant de larmes.

— Il l'aurait ranimée s'il l'avait pu. Mais il était trop tard. Si nous avons gardé le silence sur cette histoire de chantage, c'était pour éviter les soupçons, le cauchemar médiatique inévitable, le scandale. Nous ne méritions pas cela. Nous ne sommes coupables de rien sinon d'être amoureux.

— Tant mieux pour vous. Toutefois, vous avez aussi entravé le cours de la justice en ne divulguant pas des informations utiles à l'enquête.

— Très bien, rétorqua Marlo avec un petit haussement des épaules. Arrêtez-moi. Nous n'avons rien à nous reprocher.

— Où est la fameuse vidéo que K.T. était censée détenir ?

— Aucune idée. Peut-être n'était-ce qu'un lamentable mensonge. Un coup de bluff. Elle avait promis à Matthew de lui en montrer une partie, elle devait donc l'avoir sur elle. Mais…

— Vous l'avez cherchée ?

— Oui. Ça paraît peut-être égoïste et sans cœur, mais elle était morte. Nous n'y pouvions plus rien. Et si vous aviez trouvé la vidéo, qui auriez-vous soupçonné de meurtre ? Donc, j'ai jeté un coup d'œil dans son sac.

Il n'y avait rien. Ni là, ni sur elle, ni ailleurs. À la liste de mes péchés, vous n'aurez qu'à ajouter tentative de vol et dégradation d'une scène de crime.

— Marlo, le moment est mal choisi pour vous braquer, observa Eve d'un ton posé. Où est votre enregistrement ?

— Je viens de vous le dire. Elle n'avait rien sur elle.

— Pas le sien. Le vôtre.

— Mon...

Elle se pétrifia.

— Ma caméra. Elle était en marche. Seigneur ! J'étais tellement obsédée par la vidéo de K.T. que je l'avais oubliée. Elle est toujours dans mon sac du soir. Au loft. Je vais la chercher ! s'exclama-t-elle en se levant. Vous verrez que nous ne l'avons pas tuée.

— Deux officiers vont vous escorter, annonça Eve. Ils me rapporteront l'enregistrement. Soit dit en passant, Marlo, la Division de détection électronique avec qui nous travaillons est redoutablement efficace. Sabotage, coupures, montage... nous décèlerons la moindre intervention.

— Parfait. Parce que nous n'y avons pas touché et vous vous en apercevrez. Je la détestais. C'était un tyran, malade et amer. Une manipulatrice qui aurait été heureuse de briser ma vie. Mais je n'ai jamais souhaité sa mort. Au contraire, j'aurais voulu qu'elle vive en sachant que j'étais plus intelligente, plus forte et meilleure qu'elle. Qu'une fois le film terminé, je soumettrais l'enregistrement à Roundtree, aux producteurs, et qu'elle ne tournerait plus jamais. Voilà ce que je souhaitais.

— Je la crois, déclara Peabody dès que Marlo fut partie. Ça colle. Ça tient debout.

— C'est une actrice, lui rappela Eve. Cela dit, j'aurais tendance à aller dans le même sens que vous. Question cruciale : où est la vidéo de K.T. ?

— C'était peut-être juste un coup de bluff.

— J'en doute. Ce qui m'intéresse, c'est pourquoi le meurtrier l'a emportée. Pour se protéger ? En vue d'un autre chantage ? Dès la fin de cette fichue conférence de presse, nous irons fouiller la chambre d'hôtel de la victime. Si elle en avait une partie sur elle, la vidéo complète est ailleurs.

— Je pourrais m'en charger pendant que vous calmez les médias.

— Jolie tentative, Peabody.

Eve consulta sa montre.

— Allons-y. Plus vite nous en aurons terminé, plus vite nous pourrons faire ce pour quoi nous sommes payées. Je veux aussi le détective privé, si tant est qu'il existe, ajouta-t-elle tandis qu'elles se dirigeaient vers la salle de presse du Central. S'il existe, il a été payé. S'il a été payé, nous le saurons en examinant les relevés bancaires de la victime.

— Elle a pu le régler en espèces. Les détectives privés qui s'introduisent chez les gens par effraction n'aiment pas laisser des traces.

— Possible, mais le retrait serait récent et relativement conséquent. Nous retrouverons ce type.

— Il aura vérifié la bande pour s'assurer qu'il avait de quoi satisfaire sa cliente.

— Absolument. Et je parie qu'il en aura fait une copie en guise de garantie. Un détective privé qui accepte ce genre de contrat ne peut être qu'une ordure. Sa cliente étant morte, il a deux solutions. Soit il se débarrasse de tout ce qui risque de le relier à elle, soit il tente de monnayer la vidéo. Avec tout ce dont nous disposons, nous devrions pouvoir placer les communicateurs de Marlo et de Matthew sur écoute.

— Vous ne pensez pas qu'ils reviendraient vers nous si on les menaçait de nouveau ?

— Ils ne l'ont pas fait la première fois, ce qui est un argument supplémentaire pour obtenir le mandat. En attendant, on passe au peigne fin la chambre d'hôtel de K.T., sa caravane et on se met en quête d'un coffre-fort loué à son nom – ou au vôtre.

— Au mien ? Pourquoi... Ah ! souffla Peabody. Au cas où elle s'en serait servie pour se couvrir.

— Je parie que tous les personnages de flics ont des badges. Facile d'en profiter pour louer un coffre-fort. On va vérifier auprès des banques et des organismes de location à proximité de l'hôtel.

Kyung les guettait à l'entrée de la salle.

— Vous êtes pile à l'heure, les félicita-t-il. Avez-vous besoin de quelque chose avant qu'on ne commence ?

— De presser le mouvement, répliqua Eve. Nous avons des pistes à explorer de toute urgence.

— Des pistes à partager avec les médias ?

— Non.

— Très bien. Nous nous en tiendrons donc à ce dont nous étions convenus. Il y a de l'eau sur la table. Vous serez...

— Je ne m'assois pas, coupa Eve.

— À votre guise. Nous monterons sur l'estrade. J'énoncerai les règles du jeu, je vous présenterai toutes les deux. Vous répondrez aux questions pendant un quart d'heure. Le moment venu, j'interromprai la séance et vous serez libres d'aller suivre vos pistes.

Décidément, Kyung avait l'art et la manière, décida Eve. Il prit place derrière le pupitre, se montra à la fois sobre et affable. Lorsqu'il s'écarta, Eve s'avança avec Peabody. Les questions fusèrent instantanément de toutes parts. Immobile, Eve balaya la foule du regard.

Salle comble, nota-t-elle. Journalistes surexcités, flashs à gogo.

Elle reconnut l'opérateur de Nadine, mais la vedette de Channel 75 brillait par son absence.

Malin. Elle avait dû s'arranger avec Kyung pour assister à la réunion depuis une salle d'observation, devina Eve.

— K.T. Harris a été assassinée hier soir aux alentours de 23 heures, commença-t-elle, ignorant les voix qui la suppliaient de parler plus fort. Elle est morte au cours d'une réception au domicile de Mason Roundtree et de Connie Burkette, à laquelle assistaient plusieurs individus liés au tournage d'une adaptation du livre de Nadine Furst sur l'affaire Icove.

Elle marqua une pause.

— L'inspecteur Peabody et moi-même répondrons à vos questions à condition qu'elles ne nous soient pas hurlées par une salle remplie de journalistes aussi indisciplinés que des gosses en excursion scolaire.

L'un des reporters se laissa choir sur son siège et leva la main.

— Gralin Peters, pour *UNN*. Vous étiez là au moment du meurtre. Avez-vous interrogé toutes les personnes présentes et avez-vous des suspects ?

— Tous les individus qui se trouvaient dans la maison à l'heure du décès de Mlle Harris ont été auditionnés immédiatement après la découverte du corps. Pour l'heure, nous étudions leurs déclarations, nous en assurons le suivi et nous menons notre enquête. Nous n'avons pas encore de suspects.

— Quelle impression cela vous fait-il de savoir que K.T. Harris, qui jouait le rôle de votre coéquipière dans le film, a été tuée pratiquement sous votre nez ? Bibi Minacour, pour *Foxhall Mediagroup*.

— La même que pour n'importe quel meurtre, n'importe où. J'éprouve le besoin de démasquer le coupable, de rassembler les preuves à son encontre et de l'écrouer.

— Inspecteur Peabody ! Inspecteur Peabody ! Jasper Penn, pour le *New York Eye*. Est-il difficile pour vous d'enquêter sur l'homicide d'une femme qui vous incarnait à l'écran et à qui vous ressemblez tant ?

— La situation est inhabituelle mais, non, ce n'est pas plus difficile.

— Pourquoi n'êtes-vous pas toutes deux considérées comme des suspectes ? Loo Strickland, pour *Need to Know*.

— Nous avons des alibis, répliqua Eve, ce qui lui valut quelques rires.

— Mais vous avez eu des mots avec la victime peu avant le drame.

— C'est inexact. La victime a eu un commentaire malheureux pendant le dîner. J'ai commenté son commentaire. Je ne l'avais rencontrée qu'une fois, un peu plus tôt dans la journée et très brièvement, sur le plateau. La victime étant arrivée en retard et étant placée à l'autre bout de la table, nous n'avons pas eu l'occasion de bavarder.

Eve s'apprêtait à écouter la question suivante quand Strickland lança :

— Quel était son commentaire et que lui avez-vous répondu ?

Elle faillit l'ignorer, se dit que quelqu'un d'autre prendrait le relais.

— Vous n'avez pas « besoin de savoir[1] » dans la mesure où ce qu'elle a dit et ma réponse n'ont aucun rapport avec l'enquête. Je le répète, nous ne nous sommes pas adressées l'une à l'autre. En outre, les commentaires, réactions et conversations avant et après le dîner étaient fort nombreux. Après tout, il s'agissait d'un événement mondain.

— Lieutenant ! Le fait d'avoir un lien, à travers cet événement mondain, non seulement avec la victime mais avec les autres membres de l'équipe – y compris

1. *Need to know* en anglais, qui est le nom du journal de Strickland. *(N.d.T.)*

Marlo Durn, qui joue votre rôle dans ce projet – ne vous pose-t-il pas un problème ?

— Primo, je n'ai fait la connaissance de Mlle Harris, de Mlle Durn et des autres qu'hier matin. Ce dîner était notre tout premier contact en société. Parler de « lien » est donc tiré par les cheveux. Si ma partenaire ou moi-même pensions que cela pouvait influencer ou entraver l'enquête, nous ne la mènerions pas. K.T. Harris est désormais notre priorité. Nous lui rendrons justice.

— Quelqu'un lui a ôté la vie, intervint Peabody. Peu importe qui elle était, le métier qu'elle exerçait, si c'était une amie ou une inconnue. Quelqu'un lui a ôté la vie, et le lieutenant Dallas et moi-même utiliserons toutes les ressources du Département de police de New York pour identifier son assassin. Ceux d'entre vous qui sont à l'affût de ragots nous font perdre notre temps. Un temps que nous préférerions consacrer à notre travail.

— Lieutenant Dallas, comme l'inspecteur Peabody l'a reconnu elle-même, les circonstances sont inhabituelles, lança quelqu'un. Vous enquêtez sur le meurtre d'une actrice qui savait s'exprimer et se comporter comme l'inspecteur Peabody. Vous allez forcément interroger les acteurs qui s'expriment et se comportent comme vous, Connors, l'inspecteur McNab, le commandant Whitney, et ainsi de suite.

— Un meurtre n'est jamais habituel, répondit Eve. Ça ne l'est en tout cas jamais pour la victime, ses amis et sa famille. Quant aux acteurs, ils jouent un rôle. La victime n'est pas l'inspecteur Peabody. Marlo Durn n'est pas moi. Je suppose que Mlle Durn incarnera d'autres personnages, réels ou fictifs, de même que je continuerai à enquêter sur des meurtres et à démasquer des assassins. Pour l'heure, toute notre attention se porte sur K.T. Harris. Elle nous appartient désormais, comme ma coéquipière vous l'a expliqué.

En ce qui concerne le côté paillettes, optez pour cet angle si cela vous amuse. Après tout, c'est votre boulot. Faites-le, et moi je vais faire le mien. Peabody…

Elle s'écarta du pupitre et quitta l'estrade tandis que les questions continuaient à jaillir.

— Vous n'avez pas tout à fait suivi la ligne que nous avions déterminée, murmura Kyung. Bravo tout de même. C'est la célébrité qui conduit ce train. La sienne, la vôtre, celle des autres invités.

— Je ne suis pas une célébrité.

— Vous l'êtes et vous devez l'assumer. Vous l'êtes en tant que professionnelle, en tant qu'épouse d'un homme riche et puissant, en tant que personnage central d'un best-seller et d'un film en cours de tournage. Au fond, cela pourrait être un atout. Nombre de ces reportages vont se focaliser sur le côté « star ». Personne ne se serait intéressé à la victime si elle avait été une citoyenne lambda. Dans un premier temps, l'intérêt se cristallisera sur elle, sur vous et les autres vedettes, et ils en oublieront de vous chercher des poux dans la tête au sujet de l'enquête elle-même.

— Vous n'avez pas tort, reconnut Eve. Profitons de ce répit.

— Bonne chance, dit Kyung. Oh, inspecteur Peabody ? Excellente prestation.

— Merci.

Elle s'éclaircit la gorge en rattrapant Eve.

— Les mots sont sortis tout seuls. J'avais l'impression que tout le monde se moquait qu'elle soit morte – assassinée. Ce qui les intéresse, c'est qu'on l'ait tuée en plein tournage alors qu'elle jouait mon rôle. Ils ne se soucient pas le moins du monde d'elle.

— En effet. Kyung a raison. Qu'ils se concentrent sur le côté superficiel. Nous nous occuperons d'elle.

— Même si c'était une garce.

— Même si. Contactez McNab, demandez-lui d'examiner ses relevés bancaires, de chercher une transaction avec le détective privé. Dès que nous aurons récupéré l'enregistrement de Marlo, nous irons à l'hôtel de la victime.

— Vous savez ce qui risque de se passer en cas de fuite ? De l'enregistrement ou de la vidéo, voire des deux ?

— Oui. Alors empêchons que cela n'arrive.

10

Eve décacheta le disque que ses officiers lui avaient rapporté de chez Marlo après l'avoir glissé dans un sachet, étiqueté et enregistré.

— Peabody, fermez la porte.

Eve démarra son ordinateur, commanda une lecture du disque. Puis croisa les doigts en priant pour que sa machine coopère.

Après quelques hoquets, l'image se stabilisa et le visage de Marlo emplit l'écran.

— Marlo Durn et Matthew Zank.

— En quel honneur est-ce que tu t'appropries le haut de l'affiche ?

Marlo rit avant de régler l'objectif afin que tous deux soient visibles. Eve reconnut les boucles d'oreilles qu'elle portait la veille.

— Durn, Zank – par ordre alphabétique. Voyons si ça marche.

Un blanc, puis la bande repartit. Ils étaient maintenant dans l'ascenseur menant à la terrasse.

— Bien, fit Marlo d'une voix plus feutrée. Nous savons tous deux comment nous allons procéder. D'emblée, elle sera folle de rage de me voir avec toi.

— Qu'elle aille au diable. Elle est peut-être folle mais je suis encore plus furieux qu'elle. J'aimerais lui défoncer le visage.

— *Matthew !*

— *D'accord. C'est toi qui t'en charges. Une fille contre une autre, c'est mieux – et c'est sexy.*

— Seigneur ! soupira Eve. Pourquoi cette fascination des hommes pour les bagarres entre filles ?

— *En plus, poursuivit Matthew, tu as du répondant vu que tu t'es entraînée pour jouer Dallas.*

— *J'adorerais essayer, mais ce que nous avons planifié est plus malin. Plus elle sera énervée, plus elle nous menacera.*

— *La garce. Tout de même… je suis curieux de voir cette vidéo. Une petite projection privée ? Juste toi et moi ?*

Marlo s'esclaffa de nouveau et l'objectif se porta sur son visage hilare.

— *Je fournis le pop-corn, plaisanta-t-il. Mais d'abord, menons à bien notre mission. Si tout se déroule comme prévu, elle échangera sa vidéo contre la nôtre. Elle ne mettra pas sa carrière en péril pour ça. Si ?*

— *Tout va bien se passer, mon chéri. Elle va vite comprendre qu'elle n'a pas intérêt à chercher des noises à Zank et à Durn. Ordre alphabétique inversé.*

— *Je t'aime, murmura-t-il tandis qu'ils pénétraient dans le salon. Quand tout ceci sera terminé, allons nous reposer quelque part. Sur une île, au sommet d'une montagne. Un endroit où nous serons tranquilles.*

— *Ce que tu veux. Où tu veux.*

L'image se brouilla.

Apparemment, Marlo avait repoussé le rabat de son sac et celui-ci était pressé contre Matthew tandis qu'ils s'embrassaient.

— Ils ne donnent pas l'impression de préparer un meurtre, commenta Peabody.

— Pas encore.

— *Bien, fit Marlo en reculant. Action !*

— *Extérieur, nuit, chuchota Matthew alors qu'ils émergeaient sur le toit-terrasse. Dieu que c'est beau.*

Mais c'était mieux quand nous sommes montés tout à l'heure, rien que toi et moi.

— Nous reviendrons. Une fois cette affaire réglée.

— J'en prends note… K.T. ! appela-t-il. Tu voulais qu'on discute. Me voici.

— Je ne la vois pas. Elle n'est peut-être pas encore là.

— Elle n'était pas dans la salle de projection. Nom de nom, K.T., arrête de déconner.

Ils continuèrent à marcher, pénétrèrent sous le dôme.

— Peut-être qu'elle est…

— Ô mon Dieu !

— Marlo, qu'est-ce qui… Bon sang !

L'image vacilla, s'inclina, montra Matthew se ruant vers le bassin et sautant dedans tout habillé, retournant le corps pour révéler le visage de K.T.

Marlo laissa échapper un cri étranglé et l'image sauta et se brouilla comme son sac tombait à terre. Eve vit ses jambes et ses pieds, tandis qu'elle s'éloignait en courant, la regarda tomber à genoux pour aider Matthew à hisser la victime hors de l'eau. Leurs voix, leurs paroles se mélangeaient.

— Qu'est-ce qui s'est passé ?

— Aide-moi à la sortir de là.

— Elle est morte ? Ô mon Dieu, elle est morte ?

— Écarte-toi, écarte-toi. Elle ne respire plus.

Matthew tenta une réanimation cardio-respiratoire, puis lui fit du bouche-à-bouche pendant que Marlo frottait vigoureusement la main de K.T. entre les siennes comme pour la réchauffer.

— Reviens ! Reviens ! Allez !

— Elle est froide. Elle est tellement froide. Tu veux que j'aille chercher une couverture ?

— Elle est morte, Marlo. Bon Dieu, elle est morte !

Il s'assit sur ses talons, pâle et ruisselant. Il avait le souffle court. Marlo tremblait.

— Il faut appeler une ambulance. Mon communicateur !

Matthew lui prit la main.

— Elle est morte, Marlo.

— Mais elle ne peut pas... comment ? Tu dois te tromper.

— Je n'arrive pas à la ranimer. Elle est morte... elle est déjà froide.

— Matthew, qu'est-ce qu'on va faire ? Dallas et Peabody ! Il faut aller les prévenir.

— Tu as raison. Attends, je frissonne. Tu parles d'un héros. Donne-moi une minute. Juste une minute.

Marlo le serra contre elle, puis s'écarta brusquement.

— La vidéo ! Il faut qu'on la récupère.

Elle se releva précipitamment.

— Marlo, ne touche à rien !

— Je veux juste prendre la vidéo. Elle doit être dans son sac. Il est juste là. Si la police la découvre, ils risquent de croire que... de croire qu'on l'a tuée ou qu'on s'est battus avec elle ou... Il n'y a rien là-dedans. Elle a une poche ?

— Marlo, arrête. Elle n'a rien. Elle a probablement menti. Et maintenant, elle est morte... acheva-t-il d'une voix rauque.

— Tu as fait tout ce que tu pouvais, assura Marlo en se laissant tomber près de lui et en lui caressant les cheveux. Elle a dû se cogner la tête et tomber dans le bassin. Elle était ivre, elle a trébuché, elle s'est noyée. Regarde, là, sur le sol, il y a du verre brisé et du vin renversé. C'est un abominable accident. Pauvre Connie, elle va en être malade ! Il faut descendre, à présent. Aller chercher de l'aide.

— Oui. Oui, tu as raison. Qu'est-ce qu'on leur raconte, Marlo ?

— La vérité. Nous sommes montés, nous l'avons découverte. Tu l'as sortie de l'eau, tu n'as pas pu la ranimer. Le reste, personne n'a besoin d'être au courant. Ça ne concerne que nous.

— D'accord. J'avais envie de lui faire du mal, Marlo. De la voir souffrir. Je ne sais pas quoi penser de ça, dit-il en inspirant à fond avant de se redresser. Qu'as-tu ressenti quand je t'ai dit qu'elle était morte ?

— Quoi ? fit-elle en se relevant à son tour. J'ai été horrifiée. Effrayée. Affolée.

— Bien, c'est ainsi que tu seras quand on arrivera en bas. On descend, on explique. Rien de ce qui s'est passé avant avec K.T. ne change rien à ce qui est arrivé, n'est-ce pas ?

— Non, dit-elle en ramassant son propre sac. Prêt ?

— Prêt.

Ils se mirent à courir. La caméra tournait toujours. À un moment, Marlo posait son sac. On percevait ensuite une bribe de conversation, l'image partielle de quelqu'un qui passait. Puis l'écran annonçait la fin de l'enregistrement.

— Tout s'est passé comme ils l'ont déclaré, constata Peabody.

— Oui, acquiesça Eve. Toutefois, ce sont deux acteurs doués, alors… on vérifie. Je veux que Feeney analyse l'original. Nous en ferons une copie pour nos dossiers.

Elle commanda cette dernière, pianota sur son clavier.

— Il n'y avait pas de sang, reprit-elle. Il avait déjà été nettoyé quand cet enregistrement a été fait. Je n'ai pas vu le sac de la victime, s'il était ouvert ou fermé quand Marlo s'en est emparé. Nous lui poserons la question.

— On peut en déduire que l'assassin a fait le ménage et emporté la vidéo… et donc qu'il ou elle en connaissait l'existence.

— En supposant qu'elle ait bel et bien existé. Auquel cas, à nous de la retrouver.

Sur ordre d'Eve, on avait verrouillé la suite de K.T. Harris et sa loge, et posé les scellés. La directrice de l'hôtel manifesta son mécontentement.

— Les scellés de la police inquiètent nos clients, expliqua-t-elle à Eve en les escortant – elle avait insisté – jusqu'à la chambre.

— Je parie que les scellés contrarient encore plus votre ex-cliente, désormais morte.

Pinçant les lèvres, la directrice les précéda hors de l'ascenseur.

— Tout le personnel est désolé de ce qui est arrivé. Mais nous avons une responsabilité envers nos autres clients. Après tout, Mlle Harris n'a pas été tuée ici. La suite n'est pas une scène de crime.

— Vous êtes flic ?

— Non, je dirige cet établissement.

— D'accord, alors, voici ce que je vous propose. J'évite de vous conseiller sur la manière de gérer votre affaire. Et vous évitez de me conseiller sur la manière de mener une enquête.

À la porte, Eve brisa les scellés.

— Je veux les données enregistrées sur la ou les cartes-clés de cette suite pour avant-hier, hier et aujourd'hui.

— Personne n'est entré ici depuis la nuit dernière quand deux officiers de police ont posé les scellés.

— Dans ce cas, les données le confirmeront, n'est-ce pas ?

— Si vous mettez en doute ma parole ou la sécurité de cet hôtel…

— Ni l'un ni l'autre, l'interrompit Eve, à bout de patience. Pour le moment. Je fais mon boulot. Vous pouvez m'ouvrir avec votre passe-partout ou je peux me servir du mien, quoi qu'il en soit, vous pouvez retourner travailler.

La directrice inséra sa carte d'un geste agacé.

— Quand les affaires de Mlle Harris seront-elles évacuées ?

— Plus tard dans la journée. Mais la suite restera sous scellés tant que je ne serai pas certaine qu'il n'y reste rien d'utile à mon enquête. On vous préviendra. D'ici là…

Eve pénétra dans la pièce, attendit que Peabody franchisse le seuil avant de refermer la porte.

— Elle ne vous aime pas beaucoup.

— Quel dommage ! Moi qui commençais à l'apprécier, railla Eve.

Elle plaqua les mains sur ses hanches, parcourut la pièce du regard. Elles se trouvaient dans un salon spacieux, et coloré.

Un canapé confortable recouvert d'un tissu or était adossé à un mur orné de miroirs de formes et de tailles variées. Il était flanqué de deux guéridons surmontés de lampes en forme de paons. Des fauteuils bleu canard étaient disposés juste en face, sur la moquette au motif audacieux. D'autres sièges, plus petits, entouraient une table ronde près de la fenêtre qui donnait sur le centre-ville. Une coupe de fruits trônait sur la table.

Un placard orné d'émaux – encore des paons – occupait l'autre mur.

Intriguée, Eve l'ouvrit. Elle y découvrit un écran de divertissement, un bar bien approvisionné, une impressionnante collection de vidéos et d'audio-livres.

— Sympa, approuva Peabody. Il y a aussi une kitchenette, par là. Autochef, réfrigérateur, lave-vaisselle, couverts… Tout est impeccable.

— L'équipe du soir avait dû passer avant l'arrivée de nos collègues. Ici, ce sont les toilettes, et la dernière feuille du rouleau de papier toilette est pliée en pointe – preuve que personne n'y a mis les pieds depuis l'intervention des femmes de chambre.

— J'adore cette habitude. Ma tante faisait toujours ça quand je séjournais chez elle. Et elle me laissait sur l'oreiller un bonbon au citron fait maison.

Eve se dirigea vers la chambre.

— Votre tante a dû faire un saut ici, ironisa-t-elle en jetant un coup d'œil à la corbeille posée sur le lit.

Celle-ci contenait une paire de chaussons, un peignoir au logo de l'hôtel, un chocolat emballé dans du papier doré et une carte imprimée souhaitant à Mlle Harris de beaux rêves.

Eve se demandait parfois si les morts rêvaient, mais elle doutait que les rêves de ceux qui avaient été assassinés fussent très doux.

— Que voyez-vous, Peabody ?

— Beaucoup de coussins, du linge de qualité, un service irréprochable. Atmosphère paisible. Bonne insonorisation. On entend à peine New York.

— Que ne voyez-vous pas ?

— Pas de désordre. Pas de vêtements ni de chaussures qui traînent. Aucun objet personnel, souligna Peabody. Pas une photo, pas un souvenir. Elle vivait là depuis des semaines. Des mois. Or il n'y a pas trace d'elle ici ou dans le salon.

— Exactement. Elle n'a pas éprouvé l'envie de se créer un chez-soi. Elle devait aimer vivre à l'hôtel. Le service, le personnel, le confort, l'espace, le décor, l'anonymat.

Eve inspecta l'armoire.

— Garde-robe bien remplie. Vêtements de marque, même les tenues décontractées. Le panier à linge sale est vide. Elle utilisait peut-être le pressing de l'hôtel. Renseignez-vous. Je veux une liste de ce qu'elle leur a confié, les horaires de récupération et de remise.

— Entendu.

Eve s'aventura dans la salle de bains. Bains à remous surdimensionnés, cabine de douche à jets multiples, cabine de séchage – et des montagnes d'épaisses serviettes blanches pour ceux qui le souhaitaient.

Le long comptoir était équipé de deux lavabos et d'un plateau garni de toutes sortes de flacons offerts par la maison.

— Elle conservait ses produits cosmétiques et capillaires dans les tiroirs, constata Eve après en avoir ouvert deux ou trois. Ainsi que le reste : dentifrice, déodorant, antalgique... un somnifère léger – sur ordonnance. La plupart des gens ont tendance à laisser des trucs sur le comptoir, non ? Peigne, brosse à dents, ce genre de choses. Mais elle, elle range tout. Interdiction de toucher à mes affaires. Elles sont à moi, à moi, à moi.

— Peut-être était-elle simplement une maniaque de l'ordre ?

— Elle jette tout en vrac dans les tiroirs et les ferme, fit remarquer Eve. Difficile de faire plus anonyme. Fouillez la commode, je m'attaque au dressing, décida-t-elle.

Oui, K.T. Harris faisait bel et bien appel aux services du pressing. Tous les vêtements étaient regroupés par style et par couleur. Les chaussures – en abondance – étaient alignées sur des étagères, les sacs nichés dans des cubes. Un seul était suspendu à un crochet.

« Celui de tous les jours », conclut Eve. À en juger par son poids, la victime y mettait la moitié de sa vie. Elle s'en empara et en vida le contenu sur le lit.

— Nom de nom, qui a besoin d'un tel attirail ?

— Certaines personnes aiment parer à toute éventualité.

— La famine, la peste, une invasion d'extraterrestres ?

— Tout peut arriver, raisonna Peabody.

— En somme, un sac surchargé est un signe de paranoïa. C'est bon à savoir.

Eve effectua un tri parmi les appareils électroniques, barres de céréales, bonbons à la menthe, produits de maquillage et boîtiers de pilules – antalgiques et tranquillisants. Elle huma le contenu d'un flacon.

— Vodka, annonça-t-elle. J'en suis presque sûre. Il faudra l'analyser. Apparemment, elle voulait aussi se prémunir contre la sécheresse et le retour de la Prohibition.

— Tout peut arriver, répéta Peabody.

Amusée, Eve secoua la tête.

— Pas d'appareil enregistreur. Pas d'argent, pas de cartes bancaires. Elle n'avait pratiquement rien sur elle à l'heure du décès. Elle utilisait sans doute le coffre-fort.

— Jusqu'ici, je n'ai trouvé que des sous-vêtements parfaitement pliés, déclara Peabody. Le pressing doit être du genre haut de gamme. Au fait, la lingerie va du sexy au vulgaire.

Intéressant, songea Eve avant de joindre la direction pour obtenir le code du coffre-fort.

Cette requête lui fut refusée, peut-être en représailles, parce qu'elle avait claqué la porte au nez de la directrice. Eve insista donc pour qu'on lui envoie un membre de la sécurité.

En l'attendant, elle poursuivit sa tâche.

— J'aperçois un mouchard sur le coffre-fort, lança-t-elle. Un cheveu scotché sur le coin, en bas.

— C'est une parano, confirma Peabody. Elle avait une photo encadrée de Matthew sous ses petites culottes. Quelle tristesse.

— Enlevez-la du cadre.

Eve inspecta les poches du sac. Un peu de monnaie, encore des bonbons à la menthe. Encore une flasque. À l'odeur, ce ne pouvait être que de la vodka.

— Comment avez-vous deviné ? s'exclama Peabody en se ruant vers elle, une clé à la main.

— Elle est parano, donc elle cache. Elle est obsédée. Matthew était son obsession actuelle. On dirait que vous avez déniché une clé de coffre.

— Ça m'en a tout l'air.

— Mettez-la sous scellés et continuez, ordonna Eve alors qu'on sonnait à la porte. Ce doit être la sécurité.

Grand, la carrure imposante et la poignée de main féroce, le membre de la sécurité n'avait pas grand-chose à dire. Il tapa rapidement le code du coffre, salua Eve d'un signe de tête et repartit.

— Il est plein à craquer, annonça Eve. Espèces, cartes bancaires, bijoux, carnet électronique… Oups ! Tss, tss. On dirait un sachet de Zoner. Et voici une enveloppe contenant des photos – probablement l'œuvre du détective privé. Matthew, Matthew avec Marlo, parfois déguisés, parfois au naturel. Matthew et Julian, Matthew et Roundtree. Ah ! Un petit coffre dans le coffre. La paranoïa, encore et toujours.

— J'ai des pages du script, des notes et des emplois du temps des acteurs dans le secrétaire, déclara Peabody.

Eve s'empara du petit coffre, l'examina, réfléchit. Connors pourrait l'ouvrir en deux secondes – voire moins – et sans doute en utilisant uniquement le pouvoir de sa pensée.

— Merde, grommela-t-elle en sortant son couteau de poche. Quelle était sa banque à New York ?

— La *Liberty Mutual*, près de Chelsea Piers. McNab travaille sur ses relevés bancaires.

— Elle n'est pas du genre à mettre toutes ses poules dans le même poulailler.

— Tous ses œufs dans le même panier, rectifia Peabody.

— Les poules, les œufs, c'est du pareil au même.

Eve continua à triturer le coffre et fut surprise quand il s'ouvrit brusquement.

— Ce n'est pas si difficile, murmura-t-elle. Encore un carnet électronique, une carte de visite d'un certain A. A. Asner, détective privé. Adresse, Stone Street. Un enregistrement scellé. Je parie que c'est une copie. Si elle possède l'original, il est soigneusement caché.

Eve ramassa le carnet, tenta de l'ouvrir.

— Accès codé.

Elle tapa *MATTHEW* et l'écran s'alluma.

— Parano, mais simpliste, commenta-t-elle en faisant défiler les pages. Ah ! La réception… l'heure, la date, quelques commentaires lapidaires.

M'attends à ce que Connie l'Extravertie cherche à impressionner Garce Maigrichonne et Pirebody.

— Pirebody ? N'importe quoi ! s'indigna l'intéressée.

— Moi, je suis la Garce Maigrichonne et nous nous connaissions à peine.

Marre d'Andrea la Conne. Après ce soir, elle fermera sa gueule. Temps aussi de faire rentrer Julian le Nul dans le rang. Marlo-couche-toi-là, fichue. Matthew va me revenir et s'en féliciter. Ce soir, c'est le grand soir.

— Bien vu, marmonna Eve. Sinon que ce n'était pas la fin à laquelle elle s'attendait.

Elle revint en arrière.

— Ici, elle a consigné un paiement en espèces d'un montant de cent mille dollars à un certain Triple A. Le détective, forcément. Rémunération en deux étapes. La première, une semaine avant la dernière note, la deuxième, il y a trois jours. J'ai aussi un code. 45128#1337.

— Le code et le numéro d'une boîte ?

— Je pense, oui, acquiesça Eve. Appelons les banques. Commençons par le secteur du Lower West pour savoir si elle a loué un coffre sous son nom. Ou le vôtre.

— Encore le mien ?

— Elle est parano, répéta Eve. Et elle joue votre rôle. On finit ici, on trouve la banque, le coffre et on rend visite à Triple A.

Au bout d'une heure supplémentaire de recherches, elles convinrent qu'elles avaient déjà un bon filon à exploiter. Pendant que Peabody s'efforçait de trouver la banque, Eve appela la police scientifique et la DDE. La suite devrait être explorée de fond en comble, les appareils électroniques analysés, les affaires personnelles de la victime emballées, scellées et enregistrées comme preuves.

— Je continue de chercher, lui dit Peabody.

— Continuez. On se dirige vers le bureau d'Asner.

« Une paranoïaque, obsessionnelle qui abusait de l'alcool et des stupéfiants, songea Eve. À quoi bon la tuer puisqu'elle s'autodétruisait ? »

Elle avait beau dissimuler ses flasques et ses drogues, ses collègues devaient être au courant de son problème d'addiction.

Eve considéra le cas de Matthew et de Marlo. Ils auraient pu la tuer, puis remonter et enregistrer leur « découverte ». Élaborer, dramatiser... après tout, c'était leur métier.

Le mobile lui paraissait faible. Certes, la divulgation d'une vidéo montrant leurs ébats les embarrasserait, mais ils n'avaient rien à se reprocher. Le public lorgnerait, ricanerait... et compatirait.

Cela dit, on pouvait opposer à la chute accidentelle, celle de l'autodéfense. « Elle s'est jetée sur moi, je l'ai repoussée, elle a glissé. »

La suite n'était peut-être que le résultat de la panique.

Non, raisonna Eve. Cela ne ressemblait pas à de la panique, mais à du calcul. « Je suis allé jusque-là, finissons-en une fois pour toutes. »

Pourquoi avoir emporté la vidéo ? Et nettoyé le sang ?

Parce que la vidéo avait une valeur certaine. Parce que le coupable était novice en la matière et s'était imaginé que l'on conclurait à une noyade accidentelle, conséquence d'une chute dans la piscine.

Retour à la case départ.

— J'ai trouvé ! *New York Financial*, et elle s'est bel et bien servie de mon nom ! pesta Peabody. J'en ai la chair de poule.

— C'était pourtant prévisible. Les coordonnées ?

Eve les programma sur le GPS.

— À un pâté de maisons seulement du détective privé, constata-t-elle. Allons le voir d'abord. Entre-temps, on obtiendra le mandat pour la perquisition du coffre.

Peabody lança sa requête, se cala dans son siège.

— Tout ça pour un mec ? Un mec qui l'a larguée et sortait avec une autre, qui plus est.

— Non, il ne s'agit pas de lui. S'il n'y avait pas eu Matthew, elle aurait inventé un autre prétexte. C'est un problème d'ego et d'avidité. De jeux de pouvoirs et d'une nature fondamentalement méchante.

— Je n'en reviens pas de m'être enthousiasmée quand j'ai appris qu'elle allait jouer mon rôle. Pirebody, marmonna Peabody. Elle ne me respectait pas du tout. Si seulement j'avais su à quel point elle était mesquine avant qu'on la tue. Je lui aurais montré qui était Pirebody.

— Combien de temps allez-vous ruminer là-dessus ?

— Un bon moment. Je n'ai jamais travaillé sur une victime que je regrette de ne pas avoir bourrée de coups de poing avant qu'on l'élimine. Je continue à m'entraîner au corps-à-corps.

— Pas possible ?

— Si. Et je progresse. En plus, j'ai perdu un kilo. Enfin, huit cent cinquante grammes.

— Huit cent cinquante grammes, répéta Eve. Sérieusement ? Vous comptez les grammes ?

— Facile pour vous, la Garce Maigrichonne.

— Pour vous, c'est *lieutenant* Garce Maigrichonne, inspecteur Pirebody.

Peabody ébaucha un sourire malgré elle.

— Ce que je voulais dire, c'est que je m'efforce de m'améliorer, de ne plus télégraphier mes coups et ainsi de suite. J'aurais pu l'aplatir.

— Absolument. Vous auriez passé la serpillière avec elle si elle n'avait pas eu la mauvaise idée de mourir avant. L'égoïste. Elle aurait au moins pu survivre le temps que vous la mettiez en sang.

Peabody croisa les bras.

— Peu importe. C'est la vérité.

— Quand nous épinglerons le meurtrier, vous pourrez peut-être vous exercer sur lui. En guise de consolation.

— Pourquoi pas ? Oui, bonne idée. Je me sens déjà mieux. Merci.

— Pas de quoi.

Eve décida que le destin la récompensait pour avoir calmé Peabody quand elle parvint à se garer dans la rue, à un demi-bloc de leur destination.

— Vous perdrez peut-être les deux cent cinquante grammes restants en poursuivant à pied jusqu'au bureau d'Asner.

11

Le bureau d'Asner se trouvant au-dessus d'un restaurant polonais, dans un immeuble délabré coincé entre un salon de tatouage et un bar minable, elles ajoutèrent une montée d'escalier à leur marche.

— Ça sent les *pierogi*, marmonna Peabody. Rien qu'à l'odeur, on reprend du poids. C'est un phénomène médical.

— Retenez votre souffle, lui conseilla Eve.

Asner avait pour voisins un avocat (sans doute spécialisé dans la défense des pourritures) et un garant de caution. Les deux se partageaient sûrement les clients.

Eve pénétra dans un espace de réception exigu, à peine assez grand pour contenir le bureau derrière lequel une blonde à la poitrine volumineuse se peignait les ongles en rouge sang.

« Les clichés deviennent des clichés parce qu'ils sont ancrés dans la réalité », en déduisit Eve.

— Bonjour, lança la blonde avec un fort accent de Brooklyn. En quoi puis-je vous être utile ?

Eve lui présenta son insigne.

— Nous souhaitons parler avec M. Asner.

— Je regrette, M. Asner n'est pas là.

— Où est-il ?

— Je regrette, je ne suis pas en mesure de vous communiquer cette information.

— Vous avez vu ceci ? insista Eve en tapotant son insigne.

— Hon-hon, assura l'autre en hochant la tête, les yeux ronds. Si vous pouvez m'expliquer la raison de votre visite, j'en parlerai à M. Asner dès son retour.

— À quelle heure doit-il rentrer ?

— Je regrette, je ne suis pas en mesure de vous communiquer cette information.

— Écoutez-moi bien, camarade. Nous sommes de la police, compris ? Nous sommes là pour une affaire qui relève de la police. Où est votre patron ?

— Je regrette...

— Arrêtez de rabâcher cette réplique !

— Mais c'est *vrai* ! se défendit la blonde en agitant ses ongles écarlates. Je ne peux rien vous dire parce que je ne sais rien. Il m'a simplement dit qu'il avait un rendez-vous à l'extérieur et que je devais tenir le fort.

— Pouvez-vous le contacter ?

— J'ai *essayé* parce que Bobbie est passé me proposer d'aller boire un verre. Sauf que je ne peux pas sortir si je dois tenir le fort. Donc, j'ai tenté de le joindre pour savoir quand je pourrais le quitter. Je suis tombée sur sa boîte vocale.

— C'est habituel ?

— Eh bien... ça dépend. Parfois, les rendez-vous à l'extérieur de M. Asner impliquent... euh... des paris. Dans ce cas, il lui arrive de ne pas décrocher un bon moment.

— Savez-vous où il parie ?

— Les lieux varient.

— Sans blague, railla Eve. Vous avez un nom ?

— Hon-hon.

Eve patienta une seconde. Puis deux.

— Comment vous appelez-vous ?

— Barbarella Maxine Dubrowsky. Mais tout le monde m'appelle Barbie.

— Pas possible ? Très bien, Barbie, procédons autrement. Avez-vous une cliente qui ressemble à ma coéquipière ici présente ?

Barbie se mordilla la lèvre inférieure – sa façon, supposa Eve, de se concentrer.

— Euh... non. Je ne pense pas.

— Une certaine K.T. Harris ?

Elle cligna les yeux, un réflexe trahissant l'anxiété.

— Je suis censée vous répondre ?

— Oui.

— D'accord. Non, en tout cas, ça ne me dit rien. Mais c'est le nom d'une actrice. Avant, elle était avec Matthew Zank. Il est trop mignon ! Elle, je l'ai vue dans un film sur un crime commis dans une entreprise – je n'ai rien compris. Mais elle était drôlement convaincante et en plus, c'était avec Declan O'Malley. Alors lui, il est...

— Trop mignon, compléta Eve.

— Hon-hon.

— Auriez-vous parmi vos clientes une certaine Delia Peabody ?

— Absolument ! Elle est venue voir Asner il y a une semaine. Ou à peu près. Elle a discuté très longtemps avec lui, au moins une heure, et quand elle est repartie, il était excité comme une puce. Mais, entre nous, poursuivit-elle à voix basse après avoir jeté un coup d'œil derrière elle, je l'ai trouvée plutôt... garce, si vous voyez ce que je veux dire.

— Soyez plus précise.

— Elle... eh bien, elle me donnait des ordres. Comme...

Barbie claqua les doigts puis fronça les sourcils en fixant ses ongles.

— Flûte ! J'ai massacré mon vernis. Je suis toujours polie avec les clients, mais elle, j'avais vraiment envie de l'envoyer bouler. Elle est peut-être riche mais ça ne lui donne pas le droit de me traiter comme une moins-que-rien.

— Pourquoi avez-vous pensé qu'elle était riche ?

— Ses chaussures. Trop, trop belles. Je les ai vues dans le magazine *Styles*, elles coûtent la peau des fesses. Et sa robe ! Une rousse qui débarque ici habillée comme ça est forcément riche. Ce n'est pas une raison pour m'envoyer lui acheter un café *décent* – avec crème, sans sucre – qu'elle ne m'a pas payé, d'ailleurs. Si encore je pouvais me faire rembourser mes frais. J'en ai eu pour dix dollars ! C'est vrai qu'Asner a empoché un bon paquet il y a deux jours, mais elle n'aurait pas dû se comporter comme ça, pas vrai ?

— En effet. Savez-vous pourquoi elle a engagé Asner ?

— J'ai rédigé le compte rendu. Je dois vous le montrer ? Ici, on promet la confidentialité.

— Je suis flic, lui rappela Eve.

— Mouais, d'accord. Eh bien… j'ai préparé un protocole pour une surveillance de domicile. On en a des tonnes. C'est fou ce que les gens peuvent se tromper mutuellement. Asner m'a dit de laisser un blanc pour le montant.

— C'est courant ?

— Jamais de la vie, mais moi, je ne suis qu'une employée. Il m'a dit de laisser un blanc et il ne m'a pas remis une copie signée pour mes dossiers. Il m'a dit de ne pas m'inquiéter, sauf que c'est moi qui gère la comptabilité. Je suis douée avec les chiffres. Les chiffres et les relations avec les clients, ajouta-t-elle en désignant ses seins. C'est mon atout.

— Cette femme est-elle revenue ?

— Non, et c'est tant mieux. Je n'apprécie pas qu'on me méprise. Notez que depuis, Asner était sacrément de bonne humeur. Sauf ce matin. Il m'a à peine dit bonjour et il s'est enfermé dans son bureau. En partant, ça avait l'air d'aller mieux. Il m'a même adressé un clin d'œil. Remarquez, il n'y a rien entre nous. Je n'aimerais pas coucher avec mon patron. Il ne faut pas tout mélanger, n'est-ce pas ? Sinon, on ne vous respecte plus.

— Voilà une attitude intelligente, Barbie.

— Bref, je n'ai jamais revu la dame-pipi-body. Elle a des ennuis ? Ça me serait égal, sauf pour Asner.

— On peut dire qu'elle a des ennuis, oui. Dès qu'Asner rentrera, ou si vous parvenez à le joindre entre-temps, je vous serais reconnaissante de le prévenir que j'aimerais lui parler, dit Eve en sortant sa carte.

— Comptez sur moi. Mais je ne vais pas tenir le fort encore bien longtemps. De toute façon, nous n'avons aucun rendez-vous de prévu. Si je m'en vais avant son retour je lui laisserai un message.

— Merci de votre aide.

Le visage de Barbie se fendit d'un large sourire.

— De rien. J'adore rendre service.

En quittant le bureau, Peabody fourra les mains dans ses poches.

— Ces surnoms m'agacent.

— Mais vous n'êtes pas la dame-pipi-body. C'est Harris.

— N'empêche. Et maintenant, j'ai envie de faire pipi. On dirait que ma vessie a quelque chose à prouver.

— Vous ferez pipi à la banque.

Elles trouvèrent un autre coffre contenant des espèces et deux reçus datés et manuscrits au nom de A. A. Asner pour un montant de cinquante mille dollars chacun.

Elles confisquèrent le tout et le rapportèrent au Central.

— Enregistrez les espèces et le reçu, ordonna Eve à Peabody. Je monte les enregistrements à Feeney pour une analyse préliminaire. Dès que j'aurai fini, je ferai un saut au studio pour fouiller la loge de la victime avant de rentrer chez moi.

— Vous voulez que je vous accompagne ?

— D'après moi, elle est trop parano pour avoir laissé traîner des trucs dans sa caravane, mais il vaut mieux y jeter un coup d'œil, au cas où. Je m'en charge. Occupez-vous des rapports, postez-en une copie à Whitney. À Mira, aussi. Et arrangez-moi un rendez-vous avec elle pour demain.

— Entendu. Dallas ? J'ai réfléchi. Il n'y a pas d'arme du crime. Nous avons quantité de mobiles et d'opportunités. Ces gens forment une communauté soudée. Ils se côtoient jour après jour depuis des mois et appartiennent tous au même monde.

— Absolument.

— Je ne suis pas sûre que l'un d'entre eux nous avouerait avoir vu quelqu'un s'éclipser de la salle de projection. Ni que l'un d'entre eux nous cracherait le morceau s'il connaissait l'identité de l'assassin.

— Sans doute pas. Du moins, pas encore.

— Je ne vois pas comment nous allons réussir à démasquer le coupable et à prouver sa culpabilité s'il ne décide pas de se confesser.

— Peut-être l'y inciterons-nous. En attendant, on avance pas à pas, on cherche. Et surtout, évitez de noter dans votre rapport que nous sommes paumées.

Peabody avait raison, dut admettre Eve en gagnant la DDE. Elles se retrouvaient avec une victime que personne n'aimait, qui avait menacé, manipulé ou exaspéré tous ceux qui étaient présents sur la scène de crime.

Trois flics, songea-t-elle avec irritation. Une psy, un ex-criminel devenu expert consultant, civil. Tous là, sur les lieux, au moment du drame. Et impossible de réduire la liste des suspects.

C'était aussi embarrassant que rageant.

En pénétrant dans les locaux de la DDE, elle fut assaillie par les couleurs et le bruit. Elle repéra McNab qui caracolait dans la pièce, se faufilant entre ses collègues.

On aurait dit qu'il exécutait une danse étrange, décousue. Même les gens assis semblaient rebondir, pivoter ou battre la mesure au rythme d'une pulsation interne constante.

Eve se planta devant lui, lui tapota l'épaule pour attirer son attention.

— Salut ! s'exclama-t-il en ôtant ses oreillettes. J'ai vos relevés bancaires.

— Deux retraits de cinquante mille dollars chacun au cours des dix derniers jours.

— Zut ! Vous me gâchez mon plaisir.

— Nous avons suivi la trace du détective privé. Quoi d'autre ?

— Suivez-moi dans mon boudoir.

Il la précéda dans son box, qu'il avait récemment redécoré, nota Eve, en ornant l'un de ses murs d'une affiche représentant un singe en tutu sur un aéroskate, un mini-ordinateur dans une main, un sandwich dans l'autre. Un primate plus petit était accroché à son dos. L'œuvre était intitulée : *MAMAN MULTITÂCHES.*

— J'étais sûr d'avoir touché le jackpot avec les deux retraits, mais j'ai tout de même vérifié le reste, expliqua-t-il. Prélèvements automatiques pour sa maison à New Los Angeles, frais fixes, les trucs habituels. Honoraires versés à son agent et à son manager. Vu ses rentrées, elle était plutôt économe. L'essentiel de ses dépenses était consacré aux produits de beauté et aux vêtements. Et tout à coup, je tombe sur une jolie somme. C'est louche, je creuse, et je déniche ce magasin de Times Square. Elle y a acheté deux caméras d'espionnage il y a deux semaines. Microscopiques, haute technologie. J'ai appelé le type qui a réalisé la vente et il s'est souvenu d'elle. Sauf qu'il la décrit comme une rousse, je cite « arrogante et désagréable ».

— Ça colle. Elle était rousse quand elle a recruté le détective et loué le coffre à la banque. Ce devait être son déguisement de circonstance. Deux caméras. Intéressant. Le timing aussi. Beau boulot, McNab.

— J'accepte tous les lauriers. Détail supplémentaire : elle a avancé une somme conséquente pour l'acquisition d'une villa haut de gamme sur Olympus – pour un séjour de deux semaines à compter du 23 décembre. Et réservé une navette privée. Elle a dû donner des noms. Le sien et celui de Matthew Zank.

— Là encore, intéressant. Transférez toutes ces données à mon domicile. Je les relirai de là-bas. Feeney est dans son bureau ?

— Aux dernières nouvelles, oui.

Elle s'y rendit. Le capitaine du navire était assis à sa table de travail, le dos voûté, la chemise froissée. Des fils d'argent striaient ses cheveux roux. Son visage s'affaissait tel un hamac confortable. Concentré sur son écran, il tendit distraitement la main pour s'emparer d'une poignée de pralines.

Elle frappa brièvement à la porte ouverte.

— Tu peux me consacrer une minute ?

— Je bosse sur ce fichu budget. Je t'accorde une heure.

— J'ai fini le mien.

— Boucle-la.

Elle sourit, ferma la porte. Le regard de Feeney s'éclaira.

— Tu m'as apporté des beignets ? Je ne sens pas l'odeur.

— Parce que je n'en ai pas.

— Alors pourquoi as-tu fermé la porte ?

— J'aimerais que tu m'analyses un document.

— Je l'ai déjà fait – la vidéo du sac à main. RAS. Pas de montages, pas de coupures.

— Tant mieux. Mais il s'agit d'une autre. Et elle est confidentielle, ajouta-t-elle en pêchant quelques amandes caramélisées dans le bol bleu, orange et vert. C'est l'œuvre de Mme Feeney ? s'enquit-elle en indiquant ce dernier.

— Non. Elle a beaucoup progressé ces derniers temps. C'est un cadeau de ma petite-fille. Maintenant, elle me réclame un tour de potier et un four pour Noël. Qui pense à Noël aussi tôt ?

Harris, de toute évidence.

— Vous arrive-t-il de vous offrir une escapade au moment des fêtes de fin d'année ?

— Quelle idée ! Noël, ça se fête à la maison, en famille.

— Mouais. Donc, ma victime a engagé un détective privé pour qu'il installe des caméras dans la chambre du loft où se réfugient son ex-amant et la maîtresse actuelle de celui-ci. J'ai deux enregistrements. Le premier était enfermé dans le coffre-fort de sa chambre d'hôtel, l'autre, dans un coffre à la banque.

— Elle les a surpris en train de faire quoi ? De s'envoyer en l'air comme des malades ? De préparer un attentat ?

— Je l'ignore, je ne les ai pas encore visionnés. Mais je suppose qu'elle a filmé leurs ébats.

— Pour qu'elle ait jugé nécessaire d'en mettre deux copies sous clé dans deux endroits différents, ça devait être plus que des ébats.

— Pour l'heure, ce que j'aimerais savoir, c'est si l'un de ces deux enregistrements est l'original. Tu peux me le dire ?

— Oui.

Il se tourna vers son ordinateur, appela le programme *ad hoc*, pianota un instant, puis :

— Voyons cela.

Eve sortit les deux sachets, les descella, nota l'heure, le lieu, son nom, celui de Feeney. Il inséra les disques dans la machine.

— Lecture simultanée, écran partagé, commanda-t-il. Cette application repérera toutes les anomalies et déterminera la source.

Les images apparurent, présentant deux scènes identiques dans lesquelles Marlo franchissait le seuil de la chambre.

— C'est l'actrice, n'est-ce pas ? Il paraît qu'elle te ressemble. Je ne suis pas de cet avis, décréta Feeney.

— Le maquillage y est pour beaucoup.

Hors-champ, Matthew demanda à Marlo si elle voulait un verre de vin.

— Je ne dirais pas non.

Elle s'approcha d'une longue commode, ouvrit un tiroir, jeta un tee-shirt et un pantalon de jogging sur le lit avant de se débarrasser de son pull. Paupières closes, elle fit jouer les muscles de ses épaules. Matthew la rejoignit, sourit.

— J'adore ta tenue.

Elle lui rendit son sourire.

— Je me suis fait pas mal bousculer pendant la scène de bagarre d'aujourd'hui, et je le sens. Je vais me mettre à l'aise et tenter de me détendre.

— Je peux t'y aider, proposa-t-il.

Il posa son verre et entreprit de lui masser les épaules. Elle poussa un grognement.

— Tu as des hématomes.

— Oh, je sais ! Je n'ose penser à la quantité que Dallas doit récolter après s'être battue pour de vrai. On devrait terminer demain à condition que je puisse marcher. Sais-tu que K.T. s'est accrochée avec Nadine et Roundtree ? Elle voulait à tout prix qu'ils rajoutent Peabody dans la scène.

— J'en ai vaguement entendu parler. Oublie-la. Rien que de penser à elle, tu te crispes. Elle n'en vaut pas la peine.

— Je sais, je sais. Elle se fiche du film. Elle veut simplement plus de temps à l'écran. Elle a crié après Preston, aussi. On entendait ses hurlements jusque dans la salle des costumes. Elle a menacé de le faire virer sous prétexte qu'elle n'aimait pas la façon dont il l'avait filmée dans une séquence dirigée par lui.

— Pour l'amour du ciel !

— Elle s'est emportée contre Lindy, du service traiteur. Une histoire de pâtes trop cuites. Franchement, elle est de plus en plus odieuse.

— Dans quelques semaines, le tournage s'achèvera et elle sortira de notre vie.

— Jusqu'au démarrage de la campagne de promo. Rien que d'y penser, je… Non, je me tais. À quoi bon ruminer sur cette cinglée quand mon amoureux me masse les épaules ?

Zank pencha la tête, déposa un baiser entre ses omoplates.

— Détends-toi.

— C'est exactement ce que je fais.

Elle pivota vers lui, posa son verre.

— J'ai mal partout.

— Mon pauvre bébé.

Elle s'esclaffa et l'entraîna vers le lit, le poussa légèrement. Il tomba sur le dos.

— D'après moi, un peau contre peau est le seul remède efficace.

Elle dégrafa son soutien-gorge, déboutonna son pantalon.

— Je suis à ton service, murmura-t-il.

Comme elle s'allongeait, nue, sur lui, Eve sentit un flot de chaleur se répandre dans sa nuque. Elle dut lutter pour ne pas se balancer d'un pied sur l'autre.

Quelle mouche l'avait piquée d'apporter ces bandes à Feeney ? De les découvrir avec lui. C'était peut-être stupide mais elle savait qu'il était aussi mal à l'aise qu'elle.

Devant un meurtre – haches tranchantes, giclements de sang, ils n'auraient pas cillé. Mais une femme nue et un homme à demi nu en pleins préliminaires sexuels ? Insoutenable.

— Stopper lecture, ordonna Feeney d'un ton brusque. Cela me suffit pour t'assurer que, là non plus, il n'y a aucun signe de trucage, enchaîna-t-il sans la regarder, ce dont elle lui fut reconnaissante. Les deux sont des exemplaires de deuxième génération.

— Pas d'original ?

— C'est ce que je viens de te dire, répondit Feeney en glissant les disques dans leur pochette.

— Asner, lâcha Eve. Le détective privé. Il l'a gardé, peut-être pour tenter d'empocher du fric en douce. Ou alors, il prend son pied à les regarder.

— Une copie suffirait, fit remarquer Feeney.

— Exact. Il a conservé l'original ou alors, il l'a peut-être vendu à une chaîne de ragots. À moins qu'il n'ait cherché à intimider les acteurs.

Elle n'échapperait pas à la fouille de la loge de K.T. mais les activités du détective privé lui semblaient de plus en plus louches.

— Il faut que j'aie une petite conversation avec Triple A, conclut-elle en récupérant les enregistrements. Merci, Feeney.

— De rien.

Les joues écarlates, il se remit au travail.

Tout en regagnant son bureau pour rassembler ce dont elle risquait d'avoir besoin chez elle, Eve appela le bureau d'Asner.

La voix de crécelle de Barbie l'informa que le cabinet était fermé, lui cita les horaires d'ouverture et l'invita à laisser un message.

— Ici le lieutenant Dallas du Département de Police de New York. Je dois parler à M. Asner dès que possible. J'ai des questions de routine à lui poser concernant une enquête en cours.

Elle s'en tint là. Asner avait au moins cent mille dollars en sa possession. Si elle le poussait dans ses retranchements, il risquait de filer.

Prenant en compte l'heure, le temps qu'il lui faudrait pour atteindre le studio, celui que durerait la fouille – d'autant qu'elle avait décidé d'en profiter pour inspecter aussi la loge de Matthew –, elle appela Connors.

— Lieutenant ! s'exclama-t-il tandis que son visage apparaissait à l'écran. Tu tombes à pic. Je sors d'une réunion.

— Tu avais une réunion. Quelle surprise, marmonna-t-elle, avant de froncer les sourcils en entendant le bruit de fond. Tu es en route pour une ville lointaine ?

— Non, j'en reviens. J'étais à Cleveland.

— Ah bon. Écoute, je dois retourner au studio pour fouiller la caravane de la victime. Je rentrerai tard.

— Tu rentreras tard. Quelle surprise.

— J'aurais dû m'y attendre, grommela Eve.

— J'ai une course à faire dans le centre-ville. Retrouvons-nous à la caravane de Harris. Ensuite, nous irons dîner dans un restaurant avec vue sur la rivière.

— Bonne idée. Rien de huppé, d'accord ?

— Une pizza et une bière ?

— Tu essaies de me séduire ?

Il s'esclaffa.

— Toujours. À tout à l'heure.

Elle remplit son sac, retourna dans la salle commune.

— Les deux vidéos sont des copies, annonça-t-elle à Peabody. Asner est dans la nature. Nous irons chez lui demain à la première heure. Sauf contrordre, on se retrouve là-bas.

— Lieutenant ! l'interpella Sanchez alors qu'elle tournait les talons. C'était la petite amie – les deux racailles.

— Ah !

— L'ex-petit copain qui n'accepte pas d'avoir été largué a poignardé son rival. Le rival pisse le sang et n'a pas la force de se défendre. La petite amie s'empare du poteau et assomme l'ex. Elle prétend qu'elle voulait l'empêcher de tuer le nouveau – un peu tard mais l'histoire tient debout.

— Vous allez l'inculper ?

— Le hic, c'est que nous avons interrogé des témoins. Tous confirment que l'ex les harcelait et les avait déjà agressés. Il battait la fille, ce qui explique qu'elle l'ait envoyé balader. Elle pourra peut-être plaider l'homicide involontaire. Carmichael et moi n'en voyons pas l'intérêt.

— Demandez à Carmichael de la convaincre de suivre un de ces programmes destinés aux victimes, puis libérez-la si le juge vous donne le feu vert.

— Merci, lieutenant. C'était comme cela qu'on voyait les choses.

« Parfois, songea Eve en piquant un sprint jusqu'aux ascenseurs, les événements se déroulent selon notre désir. »

Elle fourra son insigne sous le nez des vigiles du studio et les informa qu'ils devraient laisser passer son expert consultant, civil, à son arrivée.

Puis elle fonça directement au petit village des caravanes.

Alignées très près les unes des autres, elles étaient identiques, à part les noms sur les portes. « Question intimité, songea-t-elle, on fait mieux. »

Suivant les indications du gardien, elle atteignit la loge de Harris, coincée entre celle de l'actrice qui jouait Nadine et celle de l'acteur qui jouait Feeney. Et éloignée de celles de Matthew, de Marlo et de Julian. Ce qui avait encore dû donner à K.T. Harris des raisons de se plaindre.

Eve brisa le sceau et entra.

Un coin séjour, nota-t-elle, avec des divans colorés et un fauteuil pivotant en cuir. Une coupe de fruits un peu trop mûrs sur la table. Le réfrigérateur de la kitchenette était abondamment garni : eau, vin, boissons gazeuses, une sélection de fromages, des baies dans une boîte en plastique. Une bouteille de vodka dans le congélateur.

Eve s'aventura dans la zone repos, jeta un coup d'œil dans la salle de bains. Fleurs légèrement fanées sur le comptoir, un panier contenant savons, shampooings et lotions. La chambre, bien qu'étriquée, comprenait un lit soigneusement fait, un siège confortable, un écran de divertissement, une armoire.

Elle commença par là. Dans un tiroir, elle découvrit une deuxième bouteille de vodka – à moitié vide – et un sachet de Zoner dissimulé dans une botte.

Elle achevait de fouiller la chambre quand elle entendit la porte s'ouvrir. La main sur son arme, elle sortit de la pièce… juste comme Connors entrait.

Il était à couper le souffle, et elle se demanda si elle s'y habituerait un jour.

Il lui sourit et, franchissant la distance qui les séparait, déposa un baiser sur ses lèvres.

— Salut ! fit-elle. C'était comment Cleveland ?

— Venteux. Que cherchons-nous dans la caravane de la défunte et peu regrettée K.T. Harris ?

— Rien qui soit susceptible de s'y trouver, à mon avis, mais il faut tout de même que je regarde. J'ai presque fini. Ensuite, je te raconterai ma journée.

— Un de mes moments préférés, murmura-t-il en caressant du doigt la fossette qu'elle avait au menton.

— Tu es de fort bonne humeur, constata-t-elle.

— Je suis assez content de moi.

— Tu n'as pas acheté Cleveland, j'espère ?

— Juste un petit bout.

Il haussa les sourcils en voyant la bouteille de vodka, le sachet de Zoner et une boîte contenant des herbes probablement assaisonnées de produits illicites.

— On fait la fête ?

— Apparemment, notre victime passait pas mal de temps en état d'ébriété ou droguée. Et elle a été très occupée ces deux dernières semaines.

Eve lui résuma les dernières avancées de l'enquête tout en farfouillant dans la salle de bains où elle récupéra un flacon de tranquillisants – sur ordonnance mais prescrits par un médecin différent.

— On dirait une femme malheureuse qui trouvait plus naturel de se faire des ennemis que des amis.

— Résultat, j'ai une flopée de suspects qu'elle a énervés, terrorisés ou menacés.

— Ça m'ennuie de te poser la question car il me paraît plutôt sympathique, mais dans la mesure où elle avait réservé deux places à bord de la navette dont l'une pour Matthew, est-il possible qu'il soit complice de ses manigances à l'égard de Marlo ?

— J'y ai pensé, avoua-t-elle, mais non, je ne crois pas à cette hypothèse. Sinon, pourquoi le détective privé, les paiements ? Il leur suffisait de convaincre Marlo de l'existence de ce type, de l'effraction, de la présence de la caméra. Matthew aurait parfaitement pu l'installer lui-même. Ils auraient économisé une belle somme.

— Certes.

— Je me pencherais malgré tout sur ses relevés bancaires, au cas où. Je l'ai contacté pour lui demander la permission d'inspecter sa caravane. Il me l'a accordée sans hésiter. RAS ici, conclut-elle en haussant les épaules. Elle prenait ses précautions. Les stupéfiants, l'alcool sont là uniquement parce qu'elle ne pouvait pas s'en passer.

Ils sortirent, et elle remit les scellés sur la porte.

— Selon moi, elle a dissimulé les caméras achetées à Times Square dans la loge de Matthew, qu'elle a ensuite saccagée en apprenant sa relation avec Marlo, dit-il.

— C'est aussi mon avis. Femme larguée, femme aigrie... Allons faire un tour chez Matthew.

Si la disposition était la même que chez K.T., l'atmosphère était fort différente. L'endroit, un peu en désordre, était vivant et accueillant. Sur la table trônait une panière remplie de barres énergétiques, de friandises et de chewing-gum. Si le réfrigérateur contenait une bouteille de vin, il était surtout plein de boissons gazeuses. Dans le congélateur, un trio de desserts glacés.

Il ne fallut pas deux minutes à Connors pour repérer la première caméra, au-dessus d'une fenêtre.

— La deuxième est forcément dans la chambre, supposa Eve. Vas-y pendant que je continue ici.

Ils quittèrent la caravane moins d'une demi-heure plus tard.

— Pas de produits illicites, pas de médicaments à part un antidouleur banal, une seule bouteille de vin, pas d'accessoires érotiques et assez de bonbons pour nourrir une classe de CP, constata Eve. Matthew et Marlo ne seraient jamais venus ici pour tirer un coup, ajouta-t-elle en scrutant les alentours. Trop de passage, trop de promiscuité. Peut-être Harris le croyait-elle, ou peut-être voulait-elle juste les espionner, les regarder s'embrasser ou échanger des mots doux. Dans un cas comme dans l'autre, c'est tordu. Cette femme était tordue et malheureuse.

— Tu es partagée entre la colère et la pitié, devina Connors en la prenant par la taille pour l'embrasser sur la tempe. Allons nous régaler d'une pizza et d'une bière et oublions tout cela un moment.

— Bonne idée, approuva-t-elle en l'enlaçant à son tour.

12

Recharger ses batteries était pour Eve un concept relativement nouveau. Avant Connors, « se détendre » consistait à boire une bière dans un bar de flics, entourée d'autres flics parlant boutique. De temps en temps, Mavis réussissait à la traîner dans un club. Mais pour l'essentiel, elle préférait décompresser en solo, chez elle.

Elle n'avait jamais vraiment cherché à partager ses fins de journée avec quelqu'un. Mais avec Connors, qu'ils travaillent ensemble ou s'accordent un bref interlude comme celui-ci, c'était devenu une habitude.

Et c'était beaucoup mieux.

Elle adorait cette pizzeria, sa jolie vue sur la marina et les bateaux oscillant le long des pontons.

Oui, c'était nettement mieux.

— Pourquoi ne possèdes-tu pas de bateau ? s'étonna-t-elle.

— Je crois en avoir un ou deux.

— Je ne parle pas d'un de ces énormes cargos dont tu te sers pour transporter ton butin d'un point à un autre.

— Mon butin ? Le terme est péjoratif. Maintenant que je suis marié avec un flic, je m'en tiens aux produits licites. Imagine notre humiliation mutuelle si mon épouse devait m'arrêter.

— Je paierais ta caution. Probablement.

— C'est bon à savoir.

— Pourquoi ne t'es-tu pas offert un de ces yachts dernier cri ou un voilier ? insista-t-elle en désignant les bateaux derrière la baie vitrée. Le genre d'embarcation pour les gens qui prennent leur pied à surfer sur les vagues.

— Tu n'en as pas envie, toi.

— Moi ? Non. Contempler l'eau me suffit. Me baigner dedans – une piscine ou la mer – parfait. Mais se promener dessus et risquer de finir au fond, là où toutes sortes de créatures pourraient vous dévorer ? Non, merci.

— L'océan en lui-même peut se montrer cruel. D'une manière ou d'une autre, j'ai vécu sur une île presque toute ma vie, lui rappela-t-il. Je dois les aimer.

— Mais pas les bateaux.

— Je n'ai rien contre, argua-t-il en la resservant. J'y ai connu de bons moments – pour les affaires, pour le plaisir. À une époque, quand butin rimait avec business, j'y passais pas mal de temps.

— Tu tâtais de la contrebande.

Il eut un sourire narquois.

— C'est une façon de voir. Certains parleraient de « libre entreprise ». Cependant, en haute mer, les flics et les escrocs ne sont pas les seuls dangers encourus.

— Quels sont les autres ?

— Eh bien, une fois, dans l'Atlantique Nord, quelque part entre l'Irlande et le Groenland, nous sommes tombés sur une tempête. Ou plutôt, c'est elle qui nous est tombée dessus. L'enfer. Les ténèbres absolues, puis les éclairs illuminant des vagues plus hautes qu'un immeuble, le rugissement du vent, les cris des hommes, le froid qui vous paralyse le visage et les doigts. Quel souvenir, conclut-il après avoir bu une gorgée de bière.

De ceux qu'il évoquait rarement et sur lesquels elle ne l'interrogeait jamais.

— Que s'est-il passé ?

— Nous nous sommes battus une nuit entière et une journée pour rester à flot. On était comme des dés dans un gobelet. L'eau inondait le pont. On n'est jamais aussi seul que pris dans une tourmente en pleine mer. Nous ne nous en sommes pas tous sortis, et personne n'a rien pu faire pour ceux qui avaient basculé par-dessus bord.

Sentant qu'il revivait cet épisode, elle lui laissa quelques instants pour se ressaisir.

— Je me rappelle avoir été déstabilisé par une vague et avoir roulé jusqu'à la rambarde, reprit-il. Je me suis cogné contre quelque chose et j'ignore encore à ce jour ce qui m'a empêché de plonger de l'autre côté. Tandis que je me cramponnais à je ne sais quoi, j'ai agrippé la main de quelqu'un qui glissait près de moi. J'ai vu son visage le temps d'un éclair. Petit Jim, ils l'appelaient, parce qu'il était minuscule et léger comme une plume. Pourtant, c'était un dur. Je l'avais allégé de cinquante dollars, la veille, au poker. Je le tenais, mais une nouvelle vague a déferlé sur nous, et j'ai lâché prise.

Il marqua une pause, savoura une gorgée de bière.

— Ce fut la fin de Petit Jim de Liverpool.

— Quel âge avais-tu ?

— Hmm ? Euh... dix-huit ans. Peut-être moins. Cette nuit-là, cinq hommes ont péri. Ce n'étaient pas des saints, mais il n'empêche que c'était une fin brutale. Malgré tout, nous sommes parvenus à destination. Tu comprends pourquoi j'évite de me balader en bateau, désormais. Cela dit, si tu en as envie, sache que j'ai mon permis.

— Tu n'as rien à craindre de ce côté-là, murmura-t-elle en posant la main sur la sienne. Le jeu en valait-il la chandelle ? Tous ces risques que tu as pris ?

— Je suis où je suis et tu es avec moi. Donc, je ne regrette rien.

Il entrelaça ses doigts aux siens.

— Rien du tout, acheva-t-il.

Sur le chemin du retour, Eve réfléchit. Elle ne questionnait pas souvent Connors sur son existence d'avant. Elle savait qu'il avait vécu une enfance misérable, avait connu la pauvreté, la faim et avait été maltraité par son père.

Tout comme elle, il ne gardait pas de souvenirs heureux de ce que l'on appelle les années de formation.

Il lui avait raconté son passé de voleur et de pickpocket dans les rues de Dublin. Puis d'entrepreneur, qui s'était servi de ces acquis pour poser les fondations de ce qui était devenu un véritable empire financier.

S'il s'efforçait de revenir dans le droit chemin quand ils s'étaient rencontrés, il avait continué à tremper ici ou là dans des affaires louches – plus par amusement que par nécessité. Puis il avait cessé complètement, pour elle. Pour eux.

Elle avait glané quelques informations sur lui au fil des ans, mais n'était pas au courant de tout.

Quand elle s'interrogeait à son sujet – une manie de flic –, elle s'empressait de penser à autre chose. Car il avait raison. Quoi qu'il ait fait, au bout du compte, il était arrivé jusqu'à elle.

Parfois, pourtant, elle se demandait pourquoi et comment.

— À ton avis, qu'est-ce qui rapproche deux êtres ? demanda-t-elle. Hormis l'attirance physique, j'entends. Ce n'est pas parce qu'on couche ensemble que le couple fonctionne.

— En dehors de l'alchimie ? On se reconnaît, je suppose.

— Je comprends que Matthew ait pu s'acoquiner avec K.T. Harris. Même métier, même lieu, tous deux sont beaux. Je comprends même, dans une certaine mesure, pourquoi elle s'est acharnée après avoir été plaquée. Par orgueil, par mauvaise foi, ou par obstination, tout simplement. Mais là, ça va plus loin. Elle était littéralement obsédée. Elle le suivait, elle l'espionnait, elle a payé un détective privé une fortune pour commettre des actes illégaux dans le but de faire chanter Matthew. Elle était si sûre de le récupérer qu'elle avait planifié des vacances avec lui. Peu lui importait qu'il ne veuille pas d'elle, ou qu'il l'accompagne malgré lui. C'est une sorte de viol… En somme, je viens de répondre à ma propre question.

— Pouvoir, manipulation, violence. Telle que tu me la décris, cette femme veut avoir le contrôle absolu sur son entourage, son image, sa carrière.

— En matière de pouvoir, tu t'y connais mieux que personne. Quand tu veux quelque chose, tu t'arranges pour l'obtenir. Tu me voulais, moi.

Tendant le bras, il pianota sur le dos de sa main.

— Et je t'ai obtenue, non ?

— Parce que c'était réciproque. Ne serait-ce que pour le café. J'aurais été vraiment bête de refuser.

— Or tu n'es pas bête.

— Je l'aurais été si je t'avais repoussé…

— Au début, tu l'as fait.

— Oui, et tu m'as tourné le dos. Tu étais vexé mais malin. Tu m'as ignorée, et parce que j'étais follement amoureuse de toi, c'est moi qui suis venue à toi.

— Le bon sens l'a emporté.

— Je mourais d'envie d'un bon café. Mais si je m'étais entêtée, si j'avais trouvé un autre moyen de m'en procurer, comment aurais-tu réagi ?

— J'aurais tout fait pour te persuader que tu serais malheureuse sans mon café.

Il n'aurait pas hésité à ramper à ses pieds. Mais à quoi bon le lui avouer ?

— Pas tout, non, rectifia-t-elle. Vu ta position, tu en avais la possibilité. Tu aurais pu me mettre la pression, me menacer, me faire chanter. Mais tu ne te serais jamais abaissé à cela.

— Je t'aime, murmura-t-il. Te faire souffrir n'était pas mon but – encore moins une solution.

— Précisément. Pour K.T., faire souffrir était un moyen – voire un bonus –, son but étant de posséder. Elle ne se serait jamais arrêtée.

— Qu'en déduis-tu ?

— La tuer était un moyen de mettre fin à ses agissements. Cela n'avait rien de personnel au sens intime du terme, comme quand on ferme une porte à clé sur quelque chose de dangereux ou de désagréable. D'où l'absence relative de violence dans ce crime. Elle tombe ou on la pousse. Le meurtrier ne s'acharne pas sur elle. Il ne la frappe pas, il ne l'étrangle pas. Il se contente de la traîner jusque dans le bassin puis il fait un brin de ménage. « Ouf. Bon débarras. »

— Tu as éliminé Matthew de ta liste de suspects.

— L'enregistrement le couvre, ainsi que Marlo. On pourrait les soupçonner d'avoir mis en scène cet épisode – après tout, ils sont comédiens. Mais il faut ajouter l'absence d'acharnement. K.T. voulait imposer à Matthew une relation sexuelle dont il ne voulait pas. Ça, c'est personnel, intime. Le crime ne l'était pas. Donc, oui, j'écarte Matthew. Quant à Marlo, j'ai des doutes.

— Vraiment ?

— Selon moi, elle aurait été capable de gifler, de griffer. D'un autre côté, je conçois leur intention d'affronter K.T. comme ils en étaient convenus. Je peux aussi imaginer Marlo l'affrontant la première, la bousculant puis, soit dans l'affolement, soit parce qu'elle était furieuse, la poussant dans la piscine. Matthew la couvrirait. Il l'aime. Ce n'est pas joli, joli, mais ça tient debout.

Elle rumina sur cette thèse tandis que Connors bifurquait dans la longue allée menant à leur demeure. Le soleil couchant nimbait les pierres d'or et dardait des rayons rouges sur les innombrables fenêtres. Les feuilles encore vertes commençaient à changer à l'approche de l'automne.

En descendant de voiture, Eve fut frappée par la fraîcheur de l'air.

— L'été est fini, constata-t-elle.

— Il a été particulièrement long et chaud. Ce soir, on pourrait allumer un feu dans la cheminée de la chambre.

Cette perspective lui parut si réjouissante qu'elle pénétra dans le vestibule le sourire aux lèvres. Et continua de sourire en apercevant Summerset.

— Halloween est encore loin mais je vois que vous avez déjà votre déguisement, lança-t-elle. Vous avez raison, mieux vaut être prêt.

Le majordome se contenta de hausser un sourcil.

— J'ai un carton rempli des vêtements que vous avez apportés lorsque vous vous êtes installée ici. Je ne les ai pas encore déchiquetés pour en faire des chiffons. Au cas où vous auriez envie d'aller quêter des bonbons en costume de SDF.

— Que c'est bon de rentrer chez soi, murmura Connors en entraînant Eve vers l'escalier.

— À ton avis, il était sérieux ou il cherchait à me provoquer ? demanda-t-elle tandis que le chat se ruait sur leurs talons.

— Aucune idée.

— Mes vêtements n'étaient pas si moches que ça.

— Sans commentaire, riposta Connors.

— Lui est toujours habillé comme un croquemort. Il n'y connaît rien. Hé ! protesta-t-elle comme Connors la guidait vers la chambre. J'ai du boulot.

— Oui, et je te donnerai un coup de main avec plaisir. Mais avant, j'ai quelque chose à te montrer.

— Dans la chambre ? fit-elle, sur ses gardes.

Il la mena directement jusqu'au lit sur lequel reposait une boîte entourée d'un ruban doré.

— Mince ! Tu m'as rapporté un cadeau de Cleveland ? Tu devrais le mettre de côté jusqu'à Noël, poursuivit-elle en fourrant machinalement les mains dans ses poches.

— Nous sommes début octobre et tu vas vouloir en profiter avant Noël. Au passage, je ne l'ai pas acheté à Cleveland.

— J'ai déjà tout ce qu'il faut. Tu n'arrêtes pas de m'acheter des trucs.

— Tu n'as pas ceci. Tu t'en rendrais compte si tu soulevais ce fichu couvercle.

— D'accord, d'accord. C'est trop gros pour être un bijou, donc je ne risque pas de le perdre. C'est forcément un vêtement puisque tous ceux que je possédais autrefois ont fini dans le panier à chiffons.

Elle tira sur le ruban.

— Je te parie que je l'abîmerai au boulot et que Summerset me disputera. Raison – entre autres – pour laquelle je préférerais que tu ne… Oh ! Pas mal.

Eve avait un faible pour le cuir et les couleurs riches, ce qui n'avait pas échappé à Connors. Lorsqu'elle déplia le manteau, il se félicita intérieurement : cette teinte cuivrée lui seyait à merveille. La coupe était impeccable, la longueur, parfaite. Les poches en biais (renforcées) étaient profondes. Les boutons étaient une réplique miniature de son insigne.

— Il est superbe ! s'exclama-t-elle en y enfouissant le visage pour en humer l'odeur. Vraiment superbe. Mais j'adore le manteau que tu m'as offert l'an dernier. Je n'ai pas besoin de…

— Pense « transition ». L'autre est idéal pour les grands froids. Celui-ci, tu vas pouvoir le porter dès maintenant. Essaie-le.

Elle aperçut l'étiquette.

— Un « Leonardo » ne peut que m'aller comme un gant. Tu as vu ces boutons ?

— Nous avons pensé que cela te plairait.

Oui, constata-t-il, il lui allait parfaitement. La couleur, la coupe, les finitions subtiles.

— Quel confort ! Je peux dégainer mon arme sans la moindre gêne, déclara-t-elle, joignant le geste à la parole.

— Un étui à couteau est inséré dans la doublure du côté droit.

— Sans blague.

Elle écarta le pan, vérifia, mima les gestes de sortir à la fois son arme et un couteau imaginaire.

— Très pratique. Et qu'est-ce que c'est que cette doublure ? Elle me paraît dense. Elle n'est pas lourde mais…

— C'est un produit sur lequel le département Recherches et Développement travaille depuis un certain temps. Une doublure pare-balles, expliqua-t-il en s'approchant pour tâter le tissu.

— Pas possible ! Elle est trop fine, trop légère. Et en plus, elle est souple.

— Crois-moi, elle a subi tous les tests. Leonardo a su le façonner pour en faire un manteau. Si tu reçois un projectile ou un coup de couteau, tu sentiras l'impact mais tu seras parfaitement protégée. En revanche, le cuir risque de souffrir.

— Sérieux ?

Elle s'empara de son pistolet, le tendit à Connors.

— Essaie.

Il ne put s'empêcher de rire.

— Pas question.

— Tu ne fais pas confiance à ton équipe du département Recherches et Développement ?

— Je refuse de tirer sur ma femme dans notre chambre.

— On peut descendre dans la salle de tir.

— Crois-moi, Eve, fit-il en la forçant doucement à rengainer son arme, nous avons procédé à tous les tests imaginables. Tu possèdes désormais le prototype sous une forme élégante. Nous allons bientôt nous lancer dans la fabrication et entamer des négociations avec le Département de Police de New York pour en équiper tous ses officiers – en moins chic, bien sûr.

Elle s'accroupit brusquement, pivota, se releva en lançant la jambe.

— Je peux bouger à ma guise, s'enthousiasma-t-elle. Tu m'as dit que vous bossiez sur ce projet depuis un moment.

— Il faut du temps pour développer un modèle innovant et qui est soumis à des exigences spécifiques.

— Combien de temps ?

Il esquissa un sourire.

— Oh, environ deux ans et demi ! Depuis que je suis tombé amoureux d'un flic.

— Tu as fait ça pour moi.

— Pour moi aussi. Je tiens à te garder.

Elle lui caressa la joue. Il lui prit la main, la porta à ses lèvres et lui embrassa la paume.

— Nous approchions du but, mais j'ai accéléré le mouvement ces dernières semaines.

— Depuis Dallas.

— McQueen t'a blessée, et je n'étais pas là.

— Tu étais là quand j'ai eu besoin de toi. J'ai eu le dessus sur lui, cette fois encore, mais j'ai failli sombrer.

— Tu n'aurais pas sombré.

— Tout ce que je sais, c'est que tu étais là quand j'ai eu besoin de toi, répéta-t-elle. J'ignore si j'aurais réussi à m'en remettre sans toi. Je ne veux plus jamais retourner là-bas, murmura-t-elle en fermant brièvement les paupières. Mais si j'y suis forcée, je sais que tu m'accompagneras.

— Tu n'y retourneras jamais seule, Eve.
— Depuis notre retour, tu veilles sur moi, mine de rien. Tu me ménages.
— Et réciproquement.
— Ça a été un calvaire pour nous deux, je suppose.
— Tu n'as pas fait de cauchemars, depuis. Je craignais que tu… Eve ? s'enquit-il comme elle reculait d'un pas.
— Plus de cauchemars, non. Juste… des rêves, enchaîna-t-elle en se débarrassant du manteau et en le posant avec précaution sur le lit. Parfois, je ne vois que Stella, parfois elle est avec McQueen ou avec mon père. Parfois je les vois tous. Mais je parviens à me réveiller avant l'horreur.
— Pourquoi ne pas m'en avoir parlé ?
— Pour t'épargner, peut-être ? Je n'en sais rien, Connors. Ce ne sont que des rêves – je peux m'en échapper. Et tu es là, à mes côtés.
— Tu en as discuté avec Mira, au moins ?
— Pas encore. Je le ferai, promit-elle. C'est indispensable, mais je ne suis pas encore prête. Je me sens… bien. Solide, normale.
— Quand tu seras prête, tu le sauras.
— Tu me ménages, là encore, murmura-t-elle avec un sourire.
Elle se laissa aller contre lui, cala la tête au creux de son épaule.
— Merci pour le manteau magique.
— Pas de quoi.
Elle changea de position, noua les bras autour de son cou pour l'embrasser. Puis elle soupira.
— Bon. Il est temps de passer à l'acte.
— Lequel ?
Elle s'écarta.
— Comme d'habitude, tu es trop habillé. Commence par régler ce problème.

Elle le contourna pour ôter le manteau et la boîte du lit.

— Est-ce une scène de séduction ? s'enquit-il. Je suis tout émoustillé.

— Je t'explique.

Elle posa les affaires sur le canapé, détacha son harnais.

— Je suis obligée de visionner cette vidéo de Matthew et de Marlo en train de s'envoyer en l'air – d'un bout à l'autre. Si je fais l'amour avec toi après, je serai mal à l'aise. Donc, on va faire l'amour avant.

— Et si je ne suis pas d'humeur ?

Elle ricana.

— Tu parles !

Elle ôta ses boots, le lorgna.

— Je t'inviterais volontiers à dîner d'abord, mais nous avons déjà mangé.

— Nous n'avons pas pris de dessert.

— Justement, rétorqua-t-elle avec un sourire coquin.

Il éclata de rire, s'assit sur le bord du lit pour enlever ses chaussures.

— Ma foi, puisque tu es tellement déterminée…

Elle se débarrassa de son chemisier, puis de son pantalon.

— Oh ! Je peux accepter un refus.

— Qui te parle de refuser ?

Longue et gracieuse, elle s'approcha, s'assit sur ses genoux, face à lui. Elle lui agrippa les cheveux et réclama sa bouche en un baiser profond, ardent. Elle glissa la main entre eux, caressa son sexe.

— Apparemment, tu es d'humeur, constata-t-elle.

Elle se sépara de lui, s'allongea sur le dos, haussa les sourcils.

— Tu es encore habillé.

Le problème fut réglé en moins de dix secondes.

— Habillé ? Moi ? répliqua-t-il en se jetant sur elle.

Le chat, qui avait l'espoir de s'offrir une bonne sieste, bondit sur le sol et s'éloigna d'un air dépité.

Eve avait besoin de se distraire, de se défouler pour oublier ce bref retour dans les cauchemars et les souvenirs pénibles, devina Connors. Il lui chatouilla les côtes et elle gloussa.

— Faute ! s'écria-t-elle en lui pinçant les fesses.

— Quoi ? ça ? fit-il en recommençant à la chatouiller.

— Continue et tu le regretteras.

— Tu n'auras pas la force de me repousser.

Il lui enfonça l'index dans le flanc et elle poussa un cri perçant.

— Tu vois ? Une petite chatouille de rien du tout et tu redeviens une gamine.

— Tu me cherches.

— Certainement. Et je vais te trouver.

— Attention à toi, camarade.

Elle lui mordit le lobe de l'oreille, se redressa. Il en profita pour les faire rouler une fois, deux fois, et se retrouva sur elle, en travers du lit.

— Je suis plus lourd que toi, lieutenant. Et plus musclé. Autant abandonner maintenant.

Plaquant les bras d'Eve au-dessus de sa tête, il se pencha et s'empara de sa bouche. Elle laissa échapper un gémissement de pur plaisir et son corps se détendit sous lui.

La seconde d'après, il était sur le dos, le genou d'Eve sur son entrejambe, son coude sur sa gorge. Elle le fixa d'un regard luisant.

— L'agilité vaut davantage que le poids et les muscles.

— Décidément, tu es imprévisible.

Elle s'inclina sur lui, lui frôla les lèvres des siennes quelques instants avant de l'embrasser.

— Qui est une gamine ?

— Tu es à moi, chuchota-t-il en refermant les mains sur ses seins.

— Mauviette, répliqua-t-elle dans un soupir.

Avec davantage d'affection que de passion – la passion viendrait ensuite –, elle couvrit son visage de baisers. Dieu qu'elle aimait ces traits bien dessinés, ces pommettes, la ligne de sa mâchoire !

Avec une tendresse infinie, il l'étreignit. Ils demeurèrent ainsi un long moment, corps contre corps.

Sa femme, songea-t-il, tandis que ses mains et ses lèvres attisaient les premières braises de la passion. Sa femme si énergique, si complexe, si résistante. Il aimait chaque recoin de son esprit, de son cœur, même quand elle l'irritait. Il la chérissait de toutes ses forces.

Il avait cru en l'amour bien qu'il en ait été privé durant sa jeunesse tourmentée. Ou peut-être parce qu'il en avait été privé. Mais il lui avait fallu Eve pour comprendre ce que l'amour signifiait, ce qu'il apportait, ce qu'il coûtait, ce qu'il impliquait.

Leur souffle s'accéléra tandis que le feu s'embrasait. Elle ondula sur lui. Puis sous lui lorsqu'il la fit basculer. Lorsqu'il entra en elle.

Les yeux dans les yeux, unis, ils laissèrent l'incendie les dévorer.

Tableau de meurtre en ligne de mire et ordinateur ronronnant, Eve examinait les visages, les faits, les indices, la chronologie.

Elle avait l'impression de se trouver face à un mur de brique.

— Je ne les comprends pas. D'où, peut-être, ma difficulté à cerner l'affaire. Acteurs, producteurs, réalisateurs, c'est une industrie, du business, mais tout est basé sur le simulacre.

— Tu mets en équation le simulacre et la simulation, observa Connors. Ce n'est pas pareil. L'imagination est essentielle à l'être humain, pour le progrès technologique, l'art et même le travail de la police.

Elle faillit le contredire, se ravisa. En effet, pour découvrir la vérité, elle devait, dans une certaine mesure, imaginer la victime, l'assassin et les événements.

— Ces gens – ces acteurs. Ils doivent devenir quelqu'un d'autre. Ils doivent le vouloir. Ils jouent la comédie, comme on dit. Mais ils doivent aussi gagner leur vie. Donc, ils s'entourent d'agents, de managers, de réalisateurs et de producteurs.

Elle fit le tour du tableau.

— Le réalisateur. Il voit le projet dans son ensemble, n'est-ce pas ? Tout en le séparant en sections, en séquences. Il mène la barque mais il est dépendant de ses acteurs, de leur capacité à...

— Devenir quelqu'un d'autre, compléta Connors.

— Oui. Le producteur mise son argent sur le succès du film. Il détient le pouvoir suprême. C'est lui qui dit « oui, vous pouvez avoir ceci » ou « non, vous ne pouvez pas ». Lui aussi voit le projet dans son ensemble mais d'un point de vue financier. Ce que les acteurs et le réalisateur vont porter à l'écran ne suffit pas. Il leur demande de cultiver leur renommée et de nourrir les médias afin que le public imagine les vraies vies – les paillettes, le sexe, les scandales – de ceux dont le métier est d'être quelqu'un d'autre.

De nouveau, elle fit le tour du tableau.

— En somme, c'est Steinburger, le producteur – et ses acolytes en costume-cravate – qui veillent à ce que le public croie au grand amour entre Julian et Marlo. Parce qu'à leurs yeux, ledit public est largement composé d'idiots qui vont tomber dans le panneau. Pire, qui *veulent* tomber dans le panneau et se précipiteront au cinéma ou s'arracheront la vidéo. Car au bout du compte, tout le monde veut un retour sur investissement.

— Qu'en déduis-tu ?

— Primo, Julian, Marlo et tous les autres ont accepté de jouer le jeu. Dans leurs interviews, Julian et Marlo sont enjoués, complices. Ils ne confirment ni ne démentent les rumeurs. Quand on leur demande s'ils sortent ensemble, ils proposent des variations futées sur le thème « nous sommes de bons amis », assaisonnées de quelques piques taquines sur l'alchimie et l'attirance. Il en va de même pour Matthew et Harris.

Eve s'immobilisa.

— En ce qui concerne ces derniers, le fantasme est moins exploité car moins important. C'est surtout K.T. qui en a rajouté en insistant sur le plaisir qu'elle a pris à jouer avec Matthew. Lui évoque davantage le tournage, ses camarades en tant que groupe. Il prend soin de se détacher de Harris. Il s'en tient à son boulot. Il est prudent.

— Ce qui t'incite à penser... ?

— Qu'elle ne comptait pas vraiment pour lui. Certaines personnes tuent un animal ou une personne qui ne compte pas, mais ce n'est pas le cas ici. Marlo et lui étaient inquiets et furieux mais pas au point de commettre un meurtre. Si la discussion avait dégénéré, ils en seraient restés là. K.T. était vivante quand elle est tombée dans la piscine. Ils ne la craignaient pas tant que ça. Ils auraient surmonté le scandale et récolté le soutien du public parce que tout le monde aime les amoureux.

— Ils sont heureux, ajouta Connors. Le bonheur est une revanche exceptionnelle. Si K.T. avait mis ses menaces à exécution, c'est elle qui serait passée pour une imbécile, pas eux. Je suis d'accord avec toi. Ça ne colle pas.

— Venons-en à Andrea. K.T. s'en est pris à son filleul, à la réputation de celui-ci. Les mères peuvent tuer pour protéger leurs petits. Je n'ai rien décelé au cours de son audition mais c'est une professionnelle talentueuse et expérimentée. Donc, elle reste sur ma liste. Julian, à présent. Si la liaison entre Marlo et Matthew était révélée avant la fin du tournage, quelle humiliation pour lui, la vedette, l'homme auquel aucune femme ne résiste ! K.T. l'a provoqué pendant le repas. Il était soûl. Une confrontation, une bousculade, un sursaut de rage, l'orgueil blessé, l'ego, l'alcool… un mélange détonnant.

— J'ai l'impression que cela t'amuse de considérer mon double comme ton principal suspect.

— Tu n'as pas tort. Mais de surcroît, il manque d'intelligence. S'écrouler sur le canapé pour cuver son vin pourrait être l'équivalent de se mettre la tête dans le sable. Oui, enchaîna-t-elle, l'hypothèse me convient : il la tue accidentellement, maquille la scène, puis se réfugie dans l'évitement.

Eve se jucha sur le coin de son bureau.

— Steinburger, à présent. Je dois le revoir, celui-là. K.T. est son épine dans le pied. Elle est odieuse. Si elle avait de quoi faire chanter plusieurs de ses camarades, elle avait peut-être aussi quelque chose sur lui. Même scénario. Confrontation, chute, maquillage de la scène… Quant à Preston, idem. Ce film est pour lui un tremplin : réalisateur de renom, plusieurs stars, gros budget. K.T. lui en veut parce qu'il n'a pas cédé à tous ses caprices. Il n'a aucun pouvoir mais elle s'en fiche.

— Pour l'heure, tu n'as éliminé que Marlo et Matthew, fit remarquer Connors.

— Et Roundtree. Il n'aurait pas pu s'éclipser de la salle de projection, monter sur le toit, la supprimer et redescendre à temps pour recueillir les applaudissements. Connie, en revanche, a admis être sortie. Elle était furieuse contre Harris. Et comme j'ai l'impression que Roundtree lui parle beaucoup de son travail, des hauts et des bas, des incidents de parcours, elle devait avoir plus qu'une dent contre elle. Là encore, je n'ai rien décelé, mais c'est une pro. Et K.T. savait peut-être aussi des choses sur elle ou sur Roundtree… Reste

Valerie. Discrète, efficace, elle obéit aux ordres. C'est elle qui gère la machine promotionnelle et K.T. risque de lui mettre des tenailles dans les roues.

— Des bâtons, rectifia Connors.

— Peu importe. Elle a très bien pu affronter K.T., la sommer de coopérer. Et la suite en découle.

— Très bien, tu as exposé tes arguments. Qui as-tu dans le collimateur ?

— En me basant sur mon intuition, mes supputations ou peut-être même mon imagination. Par ordre décroissant : Julian, Steinburger, Valerie, Andrea, Connie, Preston. Résultat, je dois les revoir tous, reprendre depuis le début et les secouer un peu. Après avoir interrogé le détective privé. Il se pourrait que ses révélations m'incitent à modifier cet ordre.

Elle quitta son perchoir et regagna son fauteuil.

— Ce qui est sûr, c'est que c'est l'un d'entre eux, et qu'il est nerveux, angoissé, paniqué. Un premier meurtre, ça vous met sens dessus dessous.

13

Eve s'arracha à son rêve aux premières lueurs de l'aube. Elle se força à respirer calmement, le temps de s'assurer qu'elle était bien réveillée et non dans cet état second entre deux cauchemars.

Elle avait la bouche sèche mais elle demeura immobile, paupières closes, et attendit que son pouls ralentisse. Connors glissa le bras autour de sa taille et l'attira contre lui.

— Je suis là.

— Ce n'est rien. Il faut que je me lève.

— Chut.

Elle referma les yeux. Elle avait beau savoir que cela ne durerait pas, elle détestait cette impression de fragilité – comme si elle allait se craqueler si elle bougeait trop vite. Contrairement à son habitude, Connors n'était pas déjà levé, habillé et absorbé par ses affaires, et elle s'en voulut.

— Raconte.

— Ce n'est rien, répéta-t-elle.

Mais il lui effleura les cheveux d'un baiser et elle craqua.

— Stella, dans la chambre de son appartement de Dallas. Celui que nous avons fouillé. Mais la pièce ressemble en même temps à celle que j'ai connue, enfant. J'ignore où nous nous trouvions à l'époque. Aucune importance. Bref… elle est assise à une petite table croulant sous les produits de beauté. Je sens son parfum – écœurant. J'ai envie de vomir. Elle me tourne le dos mais elle m'observe par le biais du miroir. Le regard méprisant, haineux… J'ai soif.

— Je t'apporte de l'eau.

Elle ne discuta pas. Inutile. D'ailleurs, elle reprenait déjà ses esprits. « Ce n'était qu'un rêve », se rappela-t-elle.

Elle prit le verre que Connors lui tendit, s'efforça de boire lentement.

— Merci.

Sans un mot, il posa le verre sur la table de chevet, lui prit la main.

— Sa gorge, poursuivit Eve. Le sang en jaillit, dégouline sur le devant de la robe rose qu'elle portait quand je l'ai arrêtée, quand j'ai défoncé sa camionnette. Elle est furieuse. Tout est ma faute. Sa robe est fichue. J'ai tout gâché. Puis je l'aperçois dans la glace, juste derrière moi. McQueen. Ou mon père. Difficile à dire. Je veux dégainer mais mon arme a disparu. Et Stella sourit. Elle sourit et c'est horrible… Il faut que je me sauve, que je me réveille. Et je me réveille.

— C'est toujours pareil ?

— Pas exactement. Je n'ai pas peur d'elle. Je veux lui demander pourquoi elle me déteste autant, mais je sais qu'il n'y a pas de réponse. Quel que soit le tour que prend le rêve, la terreur me saisit au moment où je me rends compte que mon arme a disparu. Là, je panique. Je suis donc obligée de me réveiller.

— Aucun d'entre eux ne pourra te faire du mal. Plus jamais.

— Je sais. Et quand je me réveille, je suis ici, avec toi. Je me sens bien. Je ne veux pas que tu t'inquiètes pour moi. Je me sentirais coupable.

Elle se serra contre lui, cœur contre cœur.

— Ne change pas tes habitudes pour moi. Ça va m'énerver. Du reste, si tu délaisses tes transactions matinales, comment pourras-tu continuer à me fournir ma marque de café préférée ? Si tu deviens négligent, je vais devoir me trouver un autre Irlandais milliardaire, producteur de café.

— Pas question. Je continuerai comme avant, à condition que tu me promettes de me parler de tes cauchemars, murmura-t-il en lui caressant les cheveux.

— D'accord.

— Et puisqu'il semble que mon bonheur repose essentiellement sur ton addiction au café, je vais t'en chercher.

— Je ne dirais pas non, mais il faut que je me remue. J'ai donné rendez-vous à Peabody chez Asner. Je veux l'intercepter avant qu'il s'en aille.

— Asner ? répéta Connors en se dirigeant vers l'autochef.

— Le détective privé.

— Ah, oui ! Petit-déjeuner léger, donc.

Le chat exécuta un huit autour de ses mollets.

— Pour les humains, précisa-t-il.

Eve se leva en sachant pertinemment qu'il tenterait de la convaincre de prendre son café – et le petit-déjeuner léger – au lit. Elle lui arracha la tasse des mains, la vida.

— Je file sous la douche, annonça-t-elle. Tu ferais mieux de rattraper ton retard.

— Après avoir nourri Galahad.

Elle fonça dans la salle de bains pendant qu'il s'occupait du chat. Puis, sa propre tasse à la main, il alla se poster devant la fenêtre.

Oui, en ce moment, ils se ménageaient l'un l'autre, songea-t-il. Selon toute apparence, ils allaient continuer.

Eve se sentait de nouveau elle-même – voire plus encore, grâce au manteau magique – lorsqu'elle prit la direction du centre-ville. Elle avait baissé la vitre pour savourer la fraîcheur de l'air et appréciait le calme relatif, les dirigeables publicitaires n'ayant pas encore envahi le ciel.

À cette heure-ci, les touristes étaient rares et New York appartenait presque exclusivement aux New-Yorkais. En pleine effervescence matinale, les glissa-grils vendaient des litres de café au soja et des tonnes de roulés aux œufs. Les maxibus, bourrés de gens qui se rendaient au travail, éructaient et crachaient. Les piétons grouillaient sur les trottoirs telles des fourmis affairées.

Eve avait un plan dont la première étape consistait à pousser A. A. Asner dans ses retranchements. Ses accusations d'effraction, d'intrusion criminelle et électronique, de complicité de chantage – pour commencer – et la menace de lui confisquer sa licence devraient suffire à le faire parler comme un gamin gavé de sucre.

Elle consentirait à négocier s'il lui remettait la vidéo originale – ainsi que toutes les copies éventuelles –, et s'il lui révélait tout ce qu'il savait au sujet de K.T. Harris : ses mouvements, ses intentions, ses rencontres.

S'il ne s'était pas documenté sur Harris, s'il ne l'avait jamais filée, Eve en mangerait son manteau magique.

Par précaution, elle avait requis un mandat de perquisition pour son domicile et son bureau en précisant son lien avec la victime.

Elle était à peu près certaine de l'obtenir.

Elle se contenta d'un emplacement au deuxième niveau d'un parking situé à un bloc et demi de l'immeuble d'Asner. Quartier convenable, nota-t-elle.

Moins glauque que celui où se trouvait son bureau. Des groupes d'enfants trottinaient en direction de leur école, certains accompagnés par leurs parents ou par leur nounou. Ils pépiaient gaiement, presque tous affublés de bottes à mi-mollet et à semelles compensées – la toute dernière mode chez les mômes, sans doute.

Une femme en salopette levait le rideau de fer d'une supérette. Elle adressa un sourire à Eve.

« Le temps s'est rafraîchi, les gens sont de meilleure humeur », constata-t-elle.

Elle savourait cette petite marche, et se promit d'inclure dans son programme de la soirée la séance de gym qu'elle avait dû repousser à cause de cette visite impromptue.

Elle aperçut Peabody qui arrivait au pas de charge de la direction opposée, chaussée des bottes de cow-boy roses que Connors avait tenu à lui acheter à Dallas.

Peabody se figea en pleine foulée et sa bouche s'arrondit en un « o » de stupéfaction. D'instinct, Eve posa la main sur son arme et jeta un coup d'œil par-dessus son épaule, mais Peabody gambadait déjà (littéralement) vers elle.

— Ooohh ! s'exclama-t-elle en tendant les bras.

— Hé ! Bas les pattes.

— S'il vous plaît ! S'il vous plaît ! Il est maaaaagnifique. Laissez-moi juste le toucher.

— Vous êtes assez ridicule comme ça avec vos bottes roses, n'en rajoutez pas en bavant sur mon manteau.

— Je les adore, mes bottes de cow-boy roses, répliqua Peabody en caressant subrepticement la manche d'Eve. Oooh ! Quelle merveille. On dirait du beurre.

— Si c'était du beurre, il fondrait sur moi.

— En tout cas, il vous va comme un gant. Il est trop cool, si doux et si élégant. Quand vous avancez, il froufroute.

— Maintenant que nous avons parlé chiffons, si nous allions tirer Asner du lit ? Puisque nous sommes là.

Peabody leva de nouveau la main pour tâter le cuir, mais Eve brandit un index menaçant.

— Vous l'avez déjà touché.

Comme elle pivotait vers l'entrée du bâtiment, Peabody lâcha son troisième « Oooh ! » de la matinée.

— Cette martingale dans le dos ! Elle met en valeur votre postérieur.

— Quoi ? s'écria Eve en se tordant le cou pour vérifier. Seigneur !

— Non, non, c'est bien, pas du tout vulgaire. C'est un cadeau spontané ? Ce sont les plus précieux. Le mois dernier, McNab m'a offert une paire de boucles d'oreilles adorables – deux minuscules chaînes de cœurs – rien que pour le plaisir. Quand un homme vous achète des bijoux, même de pacotille, *rien que pour le plaisir*, c'est qu'il est accro.

— Ah bon.

Eve s'immobilisa devant la porte, sortit son passe-partout.

— Doublure spéciale pare-balles.

— Hein ?

Elle écarta les pans.

— La doublure est un nouveau tissu développé par les chercheurs de Connors. À l'épreuve des balles et des coups de couteau.

— Sans blague ?

Cette fois, Eve ne protesta pas quand Peabody palpa l'étoffe.

— Elle est si fine, si légère… et elle bouge. Elle est vraiment à l'épreuve des balles ?

— Connors prétend que oui et je lui fais confiance. J'ai pensé que vous pourriez me tirer dessus tout à l'heure, histoire de vérifier.

— Nom d'un chien. Vous savez quoi ? Ce manteau, c'est comme la voiture.

— Vous jouez aux devinettes ?

— Non, protesta Peabody. C'est un objet banal, non ? Enfin, il est spécial mais ce n'est qu'un manteau. Idem pour la voiture. Pourtant, les deux sont uniques, spécialement conçus pour un flic. Décidément, Connors vous connaît par cœur.

— Vous avez raison.

Dans le hall, Eve marqua une pause.

— Il s'inquiète pour moi.

— Cet épisode à Dallas a dû vous ébranler, tous les deux, observa Peabody, prudente.

— Ne remuez pas le couteau dans la plaie.

— J'ai lu vos rapports et j'imagine qu'il y a un tas de choses personnelles qui ne s'y trouvent pas. Je vous connais. Ça vaut mieux quand on est coéquipières, non ?

— Si.

— Un de ces jours, on pourrait boire un verre ensemble et vous me parlerez de ce qui n'était pas dans vos rapports.

— On fera ça, oui.

Eve était sincère. Parce que Peabody la connaissait par cœur. Parce qu'elle ne la harcelait jamais.

— Asner habite au deuxième étage.

Au fur et à mesure de leur ascension, elles perçurent les bruits habituels dans un édifice ancien mal insonorisé et réservé aux classes ouvrières. Ronronnements d'émissions matinales, musique, claquements de portes, gémissements de l'ascenseur, enfants qui n'étaient pas encore partis pour l'école.

Pas de tableaux de sécurité tactiles, remarqua-t-elle, mais des verrous solides et des judas. Elle examina le panneau *Secure-One* sur la porte d'Asner et se dit que c'était pour la frime, l'effet dissuasif.

Elle frappa trois coups avec le poing. Presque aussitôt, la porte d'en face s'ouvrit. Un homme en tenue de jogging, son sac de gym en bandoulière, s'encadra sur le seuil. Il les gratifia d'un sourire aimable tout en coiffant sa casquette de base-ball.

— Je doute qu'A. soit chez lui.

— Ah, non ? s'enquit Eve.

— J'ai tenté de le contacter il y a quelques minutes. Nous nous entraînons ensemble presque tous les matins. Il n'a pas décroché, alors...

Il s'en tint là et haussa les épaules.

— Vous l'avez vu hier ?

Le sourire s'estompa.

— Oui. Pourquoi ?

Eve sortit son insigne.

— Nous voudrions parler à M. Asner. À quel moment l'avez-vous vu, hier ?

— À peu près à cette heure-ci. On est allés à la gym. De quoi s'agit-il ?

— Nous avons des questions à lui poser au sujet d'une enquête en cours.

— Vous devriez essayer son bureau.

Il leur cita l'adresse qu'elles connaissaient déjà.

— Il est tôt mais s'il travaille sur une mission qui l'a retenu à l'extérieur toute la nuit, il a peut-être dormi là-bas.

— Il n'est pas rentré de la nuit ?

L'homme se balança d'un pied sur l'autre, visiblement mal à l'aise.

— Ce n'est qu'une supposition. On avait plus ou moins prévu de regarder le match ensemble avec deux autres copains. Chez moi. Asner nous a fait faux bond. Pourtant, il n'est pas du genre à louper un match, surtout quand on a parié sur le résultat. J'ai pensé qu'il était débordé de boulot. Allez à son bureau. Je n'aime pas beaucoup parler d'un copain avec les flics. Ça me gêne.

— Compris. Merci pour les infos, dit Eve en lui tendant sa carte de visite. Si jamais vous l'apercevez à la salle de gym, dites-lui de me contacter.

— Pas de problème, répondit-il, rasséréné. Si vous le voyez avant moi, dites-lui qu'il me doit vingt dollars.

— Je n'y manquerai pas.

Eve attendit que le voisin ait disparu dans l'escalier.

— On va à son bureau, décida-t-elle. Ce n'est pas loin et il est possible qu'il ait décidé d'y passer la nuit.

Une fois dans la voiture, Eve exposa à Peabody le fruit de ses réflexions, conclusions et théories échafaudées la veille.

— Je suis d'accord en ce qui concerne Marlo et Matthew, déclara Peabody. Ils sont heureux comme des tourtereaux. Non pas que les tourtereaux ne tuent jamais – l'époux gênant, la vieille tante Edna « riche comme Crésus mais qui refuse de mourir ». Mais, d'une part, Harris ne rentre pas dans le moule, d'autre part, ni Matthew ni Marlo ne sont mariés et tous deux gagnent bien leur vie. Qu'en est-il de la vidéo ?

— Ils ont fait l'amour, puis ont échangé des mots doux sur l'oreiller. Ils ont fait un peu de yoga avant de commander un repas chez le traiteur asiatique, qu'ils ont mangé en répétant leurs prochaines scènes. Il l'a aidée avec la chorégraphie d'une séquence de bagarre. Quand ils ne discutaient pas boutique, ils évoquaient la possibilité d'une escapade. Ils hésitaient entre les îles Fidji et Corfou. Ensuite, ils ont regardé un film au lit, refait l'amour et se sont endormis.

— Une soirée assez banale entre tourtereaux.

— La routine matinale n'a rien révélé d'extraordinaire. Une séance de remise en forme, l'amour sous la douche – ils avaient laissé la porte de la salle de bains ouverte –, fruits et yaourts pour le petit-déjeuner, re-boulot, re-projets de voyages. Ils riaient beaucoup. Enfin, ils se sont habillés et ont quitté le loft.

— Aucun signe de Harris ou du détective revenant chercher les caméras ?

— S'il est malin, il aura effacé les images compromettantes. Et vu la manière dont se termine l'enregistrement, il l'est. Aucune trace de Harris et très peu de commentaires à son égard. Ce qui a dû énerver la dame.

Eve se gara et jeta un coup d'œil à la fenêtre du bureau d'Asner. Le ciel était plombé, pourtant aucune lampe n'était allumée.

— Il n'est pas là, ou alors, il dort encore.

En montant, Eve se demanda pourquoi, s'il était si futé, il avait évité les flics. Il devait savoir qu'on l'épinglerait tôt ou tard et que plus ce serait tard, plus l'interrogatoire serait pénible. Avait-il préféré prendre le temps d'inventer un scénario, pour se couvrir, de consulter son avocat ? S'était-il volatilisé après avoir empoché ses chèques ?

Cette idée ne lui plaisait guère et l'autre possibilité qui lui venait à l'esprit, encore moins.

Elle s'approcha de la porte en verre, frappa.

— Elle n'est pas fermée à clé, constata-t-elle.

L'autre possibilité devint tout à coup une certitude. Eve et Peabody dégainèrent d'un même mouvement.

— Il a peut-être oublié, hasarda Peabody.

— Ça m'étonnerait.

Eve hocha la tête, compta jusqu'à trois et elles pénétrèrent ensemble dans le cabinet.

La zone de réception était sens dessus dessous. De l'ordinateur sur le bureau, il ne restait que l'écran. Tous les tiroirs avaient été retournés.

Elles ouvrirent la porte de l'antre d'Asner, Eve effectuant un balayage à gauche, Peabody à droite.

Là aussi, le désordre régnait. Ainsi que la mort. A. A. Asner gisait à plat ventre. On lui avait défoncé l'arrière du crâne, sans doute avec la statue d'oiseau recouverte de sang et de matière cérébrale qui se trouvait près de lui.

Triple A ne rembourserait jamais les vingt dollars qu'il devait à son copain. Il ne parlerait non plus jamais de sa cliente également décédée.

Eve rengaina son arme.

— Allez chercher le kit de terrain. Je préviens le Central.

— On l'a cogné par-derrière. Avec force et à plusieurs reprises. Voilà qui élimine la thèse de l'accident.

Peabody sortit pendant qu'Eve appelait le Central, déclarait le crime et requérait renforts, police scientifique et médecin légiste.

Elle fixa son micro sur le col de son manteau, le mit en marche.

— Dallas, lieutenant Eve, et Peabody, inspecteur Delia. Sommes entrées dans le cabinet de Asner, A. A., détective privé. La porte n'était pas sécurisée. L'inspecteur Peabody est descendue récupérer un kit de terrain. Central averti, renforts demandés. La victime, dont l'identité reste à confirmer, a souffert de multiples coups à l'arrière du crâne. L'arme semble être la statue d'un oiseau noir aux ailes repliées, au bec… un faucon maltais, murmura-t-elle. Il a été frappé avec la réplique d'un accessoire figurant dans un film. Dans un livre aussi, se rappela-t-elle.

Les deux figuraient parmi les préférés de Connors.

— Dans l'histoire, qui se passe au début du XXe siècle, le héros est un détective privé, un dur à cuire. Encore une touche d'ironie, je suppose.

Elle alla examiner l'entrée.

— Aucune trace d'effraction. Il a laissé entrer le meurtrier ou est entré avec lui. Soit il le connaissait, soit il ne s'en méfiait pas car le coup fatal a été porté par-derrière.

Prenant soin de ne rien toucher, elle revint sur ses pas.

— Il se dirigeait vers son bureau, le dos tourné à l'assassin. Je vois un guéridon à gauche. La statue est à portée de main. Le tueur s'en empare, l'abat sur Asner qui s'écroule.

Évitant une mare de sang coagulé sur le sol, elle s'approcha du corps.

— Le meurtrier s'acharne. Il assène un deuxième, voire un troisième et un quatrième coup pour faire bonne mesure. Les lieux ont été saccagés. Les ordinateurs ont disparu, les tiroirs sont retournés. La victime ne porte pas de montre, ce pourrait être un cambriolage qui a dérapé. Je n'y crois pas une seconde. Celui qui a éliminé Asner a aussi éliminé Harris. Pour récupérer une vidéo, des informations, pour avoir… la paix.

Eve entendit Peabody revenir, légèrement essoufflée.

— À votre avis, quelles sont les chances pour que ce soit une coïncidence ? Le détective privé engagé par Harris tabassé à mort environ vingt-quatre heures après qu'elle s'est noyée ?

— Elles sont minces, sinon nulles, décréta Peabody en s'emparant d'une bombe de Seal-It.

— Je dirais même extraminces, sinon nulles. Vérifions son identité et l'heure du décès.

— Enlevez votre manteau.

— Quoi ?

— Il est flambant neuf, Dallas, et mégatop. Vous risquez de le salir. Personnellement, j'ai mis trois couches de produit de protection sur mes bottes.

Elle n'avait pas tort. Eve suivit son conseil. Voilà pourquoi, selon elle, les flics devraient éviter de porter des tenues trop élégantes.

Le manteau mis à l'abri, elle s'accroupit près du corps.

— Il s'agit bel et bien d'Abner Andrew Asner, annonça Peabody après avoir relevé ses empreintes. Quarante-six ans, détective privé muni d'une licence en bonne et due forme, propriétaire et gérant de l'affaire située sur ce site.

Manipulant les jauges, Eve ajouta :

— Heure du décès, 23 h 20. Donc, un rendez-vous tardif.

Elle inspecta plusieurs poches.

— Pas de portefeuille, pas de monnaie, rien. Et de votre côté ?

— Pas davantage. Pas de montre, pas de communicateur, pas de mini-ordinateur, pas d'arme.

— J'aperçois une veste par terre, là-bas sous la patère. Jetez-y un coup d'œil. Ensuite, fouillez le bureau. Le coupable a tenté de maquiller la scène en cambriolage qui a mal tourné, poursuivit Eve, comme il a tenté de faire croire à la noyade accidentelle de Harris. À l'évidence, il ne connaît rien aux méthodes de la police.

— Nous ne sommes pas des idiotes, grommela Peabody. Rien dans la veste. Des emballages de bonbons à la menthe qui sont peut-être tombés de la poche.

Peabody s'attaqua au bureau.

— La victime a empoché cent mille dollars mais conservé l'original de la vidéo, reprit Eve en s'asseyant sur ses talons. Impossible de résister à la tentation. Il a dû se dire qu'il pouvait encore exploiter le filon.

Comment ? Il se doutait bien que Harris allait menacer Marlo et Matthew. Aurait-il essayé de les faire chanter à son tour ? Ou s'en est-il pris à quelqu'un d'autre ?

— Il ne nous reste plus qu'à demander à tous les intéressés ce qu'ils faisaient hier soir vers 23 h 30.

— Ce serait bien de le savoir.

— Ils sont probablement tous au studio. Preston m'a appelée hier soir pour me signaler qu'ils prévoyaient de tourner ma scène samedi. Il m'a proposé de passer voir la costumière aujourd'hui si j'en avais le temps.

— Vous comptez y aller ?

— Eh bien... Je ne devrais pas selon vous ?

— Vous n'avez pas de raison de ne pas y aller. Après tout, même si nous n'avons pas résolu cette enquête d'ici là, à l'écran les flics jouent constamment la comédie avec les meurtriers.

— Je n'avais pas songé à cela. McNab m'accompagne. Ils vont peut-être lui filer une scène, à lui aussi. Quant à moi, je n'ai pas peur d'un tueur hollywoodien. N'oubliez pas que je peaufine mon corps-à-corps.

Pour faire bonne mesure, Peabody gonfla le biceps droit.

— Quand vous choisirez votre costume, veillez à pouvoir y dissimuler votre arme, lui conseilla Eve.

— Bonne idée : pas d'agenda, pas de portable, pas d'enregistrement.

— Continuez à chercher. Je m'occupe de la réception.

Eve commençait à peine quand les uniformes débarquèrent. Elle les envoya quadriller le quartier dans un rayon de deux pâtés de maisons. Le tueur avait emporté des appareils électroniques, il était donc venu en voiture ou avec un complice qui en possédait une. Il avait dû se garer et effectuer au moins deux allers-retours. Il faudrait se renseigner sur les horaires du restaurant et du salon de tatouage.

Elle releva la tête en entendant un cliquetis de talons dans le couloir – suivi d'un gloussement et d'un rire masculin.

Elle s'approcha de la porte, et franchit le seuil. Barbie arrivait, en jupe rouge à peine plus grande qu'une serviette de table, flirtant outrageusement avec un type dégingandé en costume froissé.

Bobbie, présuma Eve. Ces deux-là ne s'étaient pas contentés de boire un verre ensemble.

Toujours hilare, Barbie tourna la tête ; elle battit des cils, de stupéfaction, cette fois.

— Tiens ! Vous êtes de retour ?

— Oui.

— C'est A. qui vous a ouvert ? Je ne l'attendais pas si tôt. Je suis venue en avance parce que je me sentais un peu coupable d'être partie avant la fermeture, hier.

— Avez-vous parlé à M. Asner après notre départ ?

— Non. Il ne m'a jamais rappelée. Je lui ai laissé un message sur sa boîte vocale pour le prévenir que je m'en allais. Il est fâché ? s'inquiéta-t-elle en se mordillant la lèvre. Je pensais qu'il s'en ficherait dans la mesure où…

— Non, il n'est pas fâché. Je suis au regret de vous annoncer que M. Asner a été assassiné cette nuit.

— Quoi ? *Quoi* ? cria-t-elle. C'est impossible. A. est un professionnel.

— Il semblerait qu'il soit entré ici avec quelqu'un ou qu'il l'ait reçu. Il a été frappé à l'arrière du crâne avec la statue du faucon maltais.

— Non ! Vous en êtes sûre ? Vraiment sûre ? Parce que A. sait se défendre. Il ne peut pas être mort.

— Je suis désolée.

— Mais… mais…

Les larmes jaillirent, ruisselèrent sur ses joues. Elle pivota, pressa le visage contre le torse de son compagnon en gémissant :

— Bobbie.

— Robert Willoughby, se présenta-t-il. Je suis avocat. Le cabinet voisin, précisa-t-il en désignant la porte. Je sais que vous devez me poser la question, je vais donc vous faire gagner du temps. Barbie et moi avons quitté l'immeuble aux alentours de 16 h 30. Nous sommes allés au *Blue Squirrel* boire un verre. Nous en sommes partis vers 19 heures et avons dîné au *Padua*, un petit restaurant italien dans Mott Street. Ensuite, nous avons décidé de poursuivre les festivités chez *Adalaide*. Il était à peu près minuit quand nous...

—... quand nous avons atterri chez moi, renifla Barbie. Nous avons le droit. Nous sommes célibataires. Bobbie, quelqu'un a tué A.

— Je sais. Pourquoi ne pas aller t'asseoir dans mon bureau, le temps de te ressaisir ?

— Je peux ? demanda-t-elle à Eve. Je me sens mal.

— Bien sûr.

Bobbie lui ouvrit, l'installa, revint vers Dallas.

— Elle ne ferait pas de mal à une mouche. Littéralement.

— Je n'ai aucune raison de penser qu'elle ait un lien avec la mort de M. Asner.

— Vous avez dit qu'il était entré avec quelqu'un, ou l'avait reçu. Il n'y a donc pas eu effraction.

— À première vue, non. Mais il est encore trop tôt pour l'affirmer.

— Ce n'était pas un cambriolage.

Eve le dévisagea.

— Vous et moi devrions avoir une petite conversation, Bobbie.

— En effet. J'aimerais joindre mon assistante. Barbie et elle sont copines. Barbie a besoin d'être entourée.

Je passe un coup de fil et je suis à vous. Ce ne sera pas long. Sunny habite à deux pas.

— Entendu.

Il jeta un coup d'œil à son cabinet.

— C'était la première fois que nous… Mince ! Sacré lendemain.

14

Peabody étant plus habile avec les pleureuses – elle avait le don de leur arracher des informations entre deux sanglots –, Eve lui confia Barbie pendant qu'elle auditionnait Bobbie. Le cabinet de ce dernier était identique à celui d'Asner, le décor d'une sobriété exemplaire. Laissant Peabody avec Sunny l'Assistante et Barbie la Bouleversée à la réception, elle s'installa dans le bureau avec Bobbie.

— Que savez-vous, Bobbie ?

— Ce n'est peut-être rien. A. menait grand train depuis deux jours. Il avait empoché un pactole. Je ne suis pas au courant des détails et j'ignore si je vous les révélerais le cas échéant.

— Pas grave. J'en ai déjà collectionné pas mal.

— Bien, soupira-t-il en haussant les épaules. Asner aimait jouer et il avait du blé. Il y avait une partie hier soir parce qu'il est passé me proposer de l'y accompagner en promettant de m'avancer du fric. Le jeu, ce n'est pas mon truc. Je n'en ai pas les moyens. Et pas question d'emprunter. J'ai donc refusé. De toute façon, j'avais du boulot.

— D'accord.

— Il se pourrait qu'il ait tout perdu, ou qu'il soit revenu chercher des munitions.

— Il conservait de l'argent ici ?

— Je l'ignore. Peut-être.

Son regard erra jusqu'à la porte derrière laquelle Barbie venait de lâcher encore un torrent de sanglots.

— Ma partenaire sait y faire avec les endeuillés, murmura Eve.

— Si vous le dites.

Il pressa les doigts sur ses paupières, inspira profondément, reposa les mains sur son bureau.

— Bref… Il est possible qu'il ait perdu et que celui à qui il devait de l'argent l'ait tué. Sauf que…

—… s'il le tuait, il ne risquait pas de récupérer sa mise, acheva Eve. Nous devrons tout de même vérifier. Avez-vous une idée de l'endroit où il était censé jouer hier soir ?

— Ils changent de lieu. Il me semble qu'il a parlé de Chinatown. Le hic… lieutenant, c'est bien cela ?

— Oui.

— Le hic c'est que, certes, A. aimait jouer, mais il était circonspect. Je l'ai suivi à plusieurs reprises et je ne l'ai jamais vu dépasser les limites, s'endetter, prendre des risques inconsidérés. Il aimait le jeu pour le jeu. Je l'imagine mal perdre les pédales.

— Vous soupçonnez autre chose.

— Oui. Puis-je vous offrir un café ?

— Non, je vous remercie.

— Je m'en programme un, déclara-t-il en se levant.

Il s'approcha de l'autochef de la taille d'une boîte à chaussures qui trônait sur un minuscule comptoir.

Il y eut quelques bruits bizarres et grincements divers, puis il en sortit une tasse fumante aux effluves encore plus abominables que ceux du café de Morris, à la morgue.

— Ce n'est peut-être rien, reprit-il, mais…

— Mais ?

Bobbie se rassit, but une gorgée du liquide brûlant, grimaça.

— Doux Jésus, il est vraiment infect ! Récemment, Asner m'a posé plusieurs questions d'ordre juridique. De manière hypothétique et conviviale, autour d'une bière. Mais je ne suis pas complètement stupide.

— Il vous a engagé ?

— Non, sans quoi je ne serais pas en train de vous parler. Ça m'ennuie mais il est mort. Assassiné. Or je l'appréciais beaucoup. Tout le monde aimait A.

— Poursuivez...

— Il voulait savoir ce qu'un individu, ayant quelque chose en sa possession et exigeant une compensation de nature financière de la part d'une partie intéressée, pouvait craindre de la justice. Je lui ai demandé s'il faisait allusion à un bien volé et il m'a répondu non. Juste une sorte de souvenir. Rien de franchement illégal.

— Rien de franchement illégal, répéta Eve.

Bobbie ébaucha un sourire en s'étranglant sur une deuxième gorgée de café.

— Moi aussi, j'ai relevé l'expression. Je lui ai répondu que je ne pouvais guère le renseigner sans davantage de précisions mais que, s'il avait récupéré quelque chose sans enfreindre la loi, requérir une compensation financière ne devrait poser aucun problème. En revanche, si ce quelque chose était la propriété de la partie intéressée, ou obtenue par des voies illicites, il s'aventurait sur un terrain délicat. Il a évoqué la clause de la commission de démarcheur. J'entends ce genre de bêtise à longueur de journée, et je sais reconnaître quelqu'un qui tente à tout prix de rationaliser. Je sais aussi qu'il arrivait à Asner de contourner les règles. Et qu'il aspirait à prendre sa retraite.

— Un plus un égale... l'encouragea Eve.

— Exactement. Je lui ai donc conseillé de réfléchir, ce qui n'était pas du tout ce qu'il avait envie d'entendre. Il rêvait de s'installer sur une île, d'y ouvrir un night-club ou un bar/casino. J'ai eu le sentiment qu'il voyait là un moyen de compléter ses revenus. Hier, je lui ai demandé s'il avait échangé son « souvenir » contre de l'argent. Il m'a dit qu'il travaillait dessus. Ensuite…

Il se frotta les yeux.

— Excusez-moi, j'ai encore du mal à réaliser… Hier, donc, quand il est passé me voir, je l'ai un peu titillé. Cette histoire m'ennuyait. Il m'a expliqué que des événements avaient bouleversé le cours des choses, qu'il songeait à revoir sa position, quitte à remettre le souvenir à la partie intéressée sans contrepartie, plier bagage et en finir. Il a promis qu'on boirait un café ensemble aujourd'hui et qu'il me raconterait.

Bobbie fixa ses mains.

— Je crains que l'histoire n'ait mal tourné. J'aurais dû me montrer plus clair dans mes réponses, plus ferme.

— Je suis navrée que vous ayez perdu un ami, mais, selon moi, Asner était pris dans un engrenage dont vous n'auriez probablement pas pu l'arracher.

— Pourriez-vous m'informer quant aux modalités envisagées pour la disposition du corps ? Asner avait deux ex-femmes, pas d'enfants. Je doute que ses ex veuillent s'en occuper. Il avait beaucoup d'amis. Je pense que nous pourrions nous cotiser pour lui offrir des obsèques dignes de ce nom.

— Je vous tiendrai au courant.

Eve se leva, alla jusqu'à la porte, s'immobilisa.

— Que faites-vous ici, Bobbie ?

— Dans ce bouge, vous voulez dire ? Je m'y sens chez moi. J'ai travaillé pendant deux ans comme détective privé. Un travail nécessaire mais dans lequel on n'a jamais le choix. Ce cabinet est minable mais je peux choisir mes clients, quand j'en ai.

— Bonne chance. Je vous contacterai.

Une fois dehors, Peabody inspira une grande bouffée d'air.

— Elle était vraiment bouleversée. J'ai eu l'impression qu'elle le considérait un peu comme un oncle de substitution. Elle n'avait rien à dire de plus qu'hier, Dallas.

— Bobbie nous aura peut-être mises sur une piste.

En chemin pour le studio, Eve résuma leur conversation.

— Cela confirme plus ou moins qu'Asner cherchait à revendre la vidéo, conclut Peabody. Ou peut-être, en apprenant la mort de sa cliente, qu'il a changé son fusil d'épaule.

— Et que la partie intéressée a trouvé plus facile de tuer une seconde fois. Stupidité, avidité. Il semblerait qu'il espérait une manne pour renflouer sa pension de retraite. Maintenant, il est retraité pour toujours.

— L'assassin doit avoir la vidéo. Si Asner l'a emmené à son bureau, c'est sans doute qu'elle s'y trouvait.

— On fouille son appartement, annonça Eve. Peut-être en était-il encore au stade de la négociation. J'ai demandé que l'on pose les scellés à son domicile. Voyons un peu jusqu'à quelle heure le restaurant polonais est resté ouvert. Avec un peu de chance…

— Ceci n'est pas une simple affaire de sexe concernant deux acteurs célibataires n'ayant enfreint ni la loi ni la morale.

— Sur ce point, vous avez raison. C'est une affaire de contrôle, de pouvoir qui a tourné au vinaigre. D'obsession, de besoin de dominer. En supprimant les obstacles et les problèmes.

— On revient à la case départ, observa Peabody. Ce pourrait être n'importe lequel de nos suspects. Si le meurtrier voulait la vidéo, quelle qu'en soit la raison – et qu'Asner était bien en possession de celle-ci au moment du meurtre, il a eu le temps de la détruire, de la mettre à l'abri, d'en faire mille copies. Une fois encore, quelle qu'en soit la raison.

— Oui, murmura Eve, l'esprit en ébullition.

L'assistant d'un assistant les attendait à la Sécurité et les escorta à travers un labyrinthe jusqu'au plateau. Le décor était celui de la salle de conférences du domicile de Connors où, dans la vraie vie, Dallas et Peabody avaient interrogé les trois clones répondant au nom d'Avril Icove.

Dans la zone d'observation, Marlo et Andrea jouaient une scène intense et pleine d'émotion entre Eve et Mira. Roundtree les interrompit, reprit la séquence, les interrompit de nouveau, les poussant toutes deux à donner le meilleur d'elles-mêmes. À la fin d'une prise, Marlo s'approcha de la vitre sans tain et la fixa, le visage fermé.

Julian entra, vint se poster à ses côtés.

— Coupez ! Parfait ! On reprend pour les contrechamps.

Eve intervint.

— Je vais devoir vous demander d'attendre.

Le réalisateur pivota vers elle, la fixa avec l'expression d'un homme absorbé dans son travail et décidé à le rester.

— Cinq minutes, le temps qu'on se prépare, dit-il. Preston…

— Ce ne sera pas suffisant.

— Si vous avez des questions à nous poser, une fois de plus, adressez-vous à quelqu'un qui n'essaie pas de *bosser*. Nous avons perdu un membre de la distribution, nous sommes assaillis par les médias, les paparazzis *et* les putains de flics. Je veux terminer cette scène avant…

— Vous allez être assaillis par les médias, les paparazzis *et* les putains de flics – moi, surtout – encore un certain temps. Il y a eu un deuxième meurtre.

La fureur de Roundtree s'évapora et il blêmit tandis qu'autour de lui fusaient cris, marmonnements et jurons.

— Qui ? aboya-t-il en scrutant les alentours tel un père comptant sa progéniture. Qui a été assassiné ?

— A. A. Asner, un détective privé.

Partagé entre le soulagement et l'irritation, il agita la main.

— Quel rapport avec nous ?

— Considérable. À présent, soit vous nous autorisez, ma coéquipière et moi, à interroger les individus que nous estimons concernés de manière à vous déranger le moins possible, soit nous exigeons l'arrêt du tournage pour une durée illimitée.

Elle n'était pas tout à fait certaine de pouvoir mettre cette menace à exécution, mais cela sonnait bien. Roundtree vira au violet.

— Preston ! glapit-il. Appelez le service juridique et cet imbécile de Farnsworth que la production nous a imposé. J'en ai assez de ces conneries. Assez !

— Mason ! s'exclama Connie en se précipitant vers lui. Que se passe-t-il ? Respire, ajouta-t-elle, l'index pointé sur sa poitrine. Je ne plaisante pas. Respire.

Il semblait sur le point d'exploser, mais il s'efforça de prendre une profonde inspiration, puis une autre.

— Elle veut qu'on arrête tout sous prétexte qu'un crétin de détective privé a été tué, expliqua-t-il. Je ne supporte plus ce harcèlement.

— Un détective privé ? Assassiné ?

Le ton de Connie incita Eve à se concentrer sur elle.

— A. A. Asner. Je pense que ce nom vous est familier. Si vous coopérez raisonnablement, je vous ficherai la paix. Moi aussi, j'ai un boulot à faire, lança-t-elle à Roundtree. Nous pouvons tous deux exercer notre métier mais le mien passe en priorité. Et ça, c'est non négociable.

— Une heure, bougonna-t-il.

— Je dois interroger toutes les personnes qui étaient présentes à votre dîner.

— Steinburger et Valerie ne sont pas là. Ils tentent de nous sortir de ce putain de pétrin. Nadine s'est probablement réfugiée quelque part pour écrire un nouveau livre sur ledit putain de pétrin. Matthew n'était pas convoqué aujourd'hui.

— Faites-les venir. Plus vite nous en aurons fini, plus vite nous débarrasserons le plancher.

Il esquissa ce qui ressemblait vaguement à un sourire, puis se ravisa.

— Preston ?

— Je m'en charge, fit ce dernier.

— Une heure de pause ! claironna Roundtree. Soyez prêts dans une heure.

— Personne ne quitte les lieux, précisa Eve. Nous questionnerons les acteurs dans leurs loges respectives. Allez-y, ordonna-t-elle. Attendez ! Roundtree, il me faut un endroit où recevoir les membres de l'équipe technique.

— J'ai un bureau. Vous n'avez qu'à vous y installer.

— Parfait. Connie, je commence par vous.

— D'accord. Je vous conduis jusqu'au bureau.

— Ensuite, ce sera votre tour, dit Eve à Roundtree. Puis Preston. Prévenez-moi dès que les autres arriveront.

— Je m'en charge, répéta Preston avant de détaler.

— Peabody, je vous propose de suivre Preston et de vous assurer que chacun se rend là où il le doit. Pour gagner du temps, joignez Nadine vous-même. Tâchez de savoir où elle se trouve.

— Oui, lieutenant.

— Par ici, murmura Connie.

En ballerines et pantalon décontracté, elle précéda Eve.

— Pourquoi êtes-vous ici aujourd'hui ? lui demanda Eve tandis qu'elles quittaient le plateau.

— Tout le monde est sur les nerfs, bouleversé comme on pouvait s'y attendre. Je me rends utile. Les gens se confient facilement à moi. Je fais un bon mur des lamentations.

— Et vous savez empêcher votre mari d'imploser.

Connie poussa un soupir, bifurqua dans un couloir.

— La journée d'hier a été éprouvante. Dans notre milieu, nous sommes habitués à être observés au microscope des médias. Mais hier, malgré tous les tampons que nous avons mis en place, c'était l'enfer. Je ne compte plus les appels que j'ai filtrés, évités ou transférés à Valerie. Reporters, blogueurs, hôtes de sites de divertissements mais aussi membres de l'industrie du cinéma – acteurs, réalisateurs, producteurs, techniciens –, qui connaissaient K.T. ou cherchaient simplement à satisfaire leur curiosité.

Elle déverrouilla une porte et pénétra dans une vaste pièce meublée d'un canapé confortable, d'un trio de fauteuils club, d'une kitchenette rutilante et d'une salle de bains.

— J'ai envie d'un café. En voulez-vous ? J'en ai déjà trop bu, mais il est un peu tôt pour un verre de vin, n'est-ce pas ?

— Je prendrais volontiers un café. Noir.

— Mason se sent responsable, expliqua Connie en programmant l'autochef. Il ne l'admettra pas, mais je le connais. K.T. est morte au cours d'un dîner organisé par nos soins. Nous nous étions énervés contre elle et il regrettait de l'avoir recrutée sur ce projet. Nous savions tous deux qu'elle était capricieuse, mais elle s'était comportée de manière tellement irréprochable au départ.

Connie secoua la tête, passa la main sur ses cheveux rassemblés en queue-de-cheval.

— Elle était enthousiaste, coopérative – au début. Mais au cours de ces deux ou trois derniers mois, cela n'a été qu'une suite de discussions, d'exigences, de frustrations et de retards.

— Pas facile à gérer, pour Roundtree.

— Il maîtrisait la situation. Comme vous l'avez sans doute remarqué, mon mari n'est pas du genre à dissimuler ses sentiments ni ses pensées. Il a clairement exprimé son mécontentement à l'égard de K.T., et s'est juré de ne plus jamais travailler avec elle. Désormais, bien sûr, c'est impossible. Par conséquent, il se sent responsable.

— Il ne l'est en rien – à moins que ce ne soit lui qui l'ait noyée.

— Il en aurait été incapable.

Gracieuse, calme, Connie s'installa sur le canapé, posa les deux tasses sur la table basse, et croisa les mains.

— Écoutez-moi bien, reprit-elle. Roundtree râle, hurle, peste, tape du pied. Il l'aurait envoyée bouler s'il l'avait pu – ce n'est pas impossible. Mais jamais il n'aurait levé la main sur elle.

— Et vous ? s'enquit Eve en s'asseyant à son tour.

— J'en serais capable, oui. J'ai réfléchi. La plupart d'entre nous seraient capables de tuer dans certaines circonstances. Moi y compris, je pense. Je lui aurais volontiers tordu le cou tellement j'étais furieuse contre elle le soir de la réception. Je me suis retenue. Je souhaite que vous découvriez le coupable mais je ne veux pas que ce soit quelqu'un que j'aime. Les deux sont difficiles à concilier.

— Parlez-moi d'Asner. Le détective privé.

— Vous êtes au courant, pour Marlo et Matthew.

— Vous aussi, apparemment.

— Elle s'est confiée à moi hier. Elle m'a tout raconté – qu'ils étaient amoureux, qu'ils partageaient un loft dans le quartier de Soho, que K.T. l'avait appris et embauché un détective privé. Marlo a évoqué la vidéo. C'est forcément ce détective qui a été tué. Sans quoi vous ne seriez pas ici. Mais je ne comprends pas.

— Il possédait l'original de l'enregistrement, et avait, semble-t-il, l'intention de le revendre à un tiers intéressé.

— Les médias.

— J'en doute.

— Qui d'autre ? Marlo ou Matthew ? s'écria Connie, visiblement exaspérée. Ils ne sont pas si bêtes et j'espère avoir réussi à les rassurer hier. Quelle importance ? Oui, les journalistes saliveraient, les blogueurs aussi. Le film serait visionné par des millions de gens. Est-ce injuste ? Certainement. Est-ce un viol odieux de leur vie privée ? Absolument. Mais si l'on veut la justice et la paix, autant changer de métier.

— Est-ce pragmatique ?

— C'est une question de survie. J'étais folle de rage pour eux, écœurée par K.T. – même morte. C'était abominable, égoïste et stupide de sa part. Mais Marlo et Matthew sont jeunes, beaux, heureux et talentueux. Pourquoi se mettre dans un tel état ? S'il y a fuite, il y a fuite. Ensuite, on réagit. Valerie aurait réglé le problème en moins de deux.

— Même si la fuite avait eu lieu avant la fin du tournage, alors que Julian et Marlo sont supposés avoir une liaison torride ?

— Ce ne sont que des absurdités, de toute façon. Certes, ce type de publicité génère du chiffre, mais personne n'est dupe. Le public veut y croire, d'une part parce que Marlo et Julian vont bien ensemble, d'autre part parce qu'ils incarnent des personnages réels – un couple qui fascine.

L'expression d'Eve lui arracha un sourire.

— Si vous ne vouliez pas que les projecteurs se braquent sur vous, il ne fallait pas épouser Connors ni exceller dans votre travail.

« Difficile de la contredire », dut reconnaître Eve.

— Mason pense-t-il comme vous que ce ne sont que des absurdités ?

— L'idée que Marlo et Julian aient une relation à la ville lui plaisait. D'après lui, cela leur permettait d'être davantage dans leurs personnages respectifs. Toutefois, il ignorait cette histoire avec Matthew. Comme nous tous, je crois.

— Où étiez-vous hier, entre 22 heures et minuit ?

— Chez moi. Après la journée que nous venions d'endurer, je n'avais pas le cœur aux mondanités.

— Roundtree était-il avec vous ?

— Bien sûr. La production a tout arrêté pendant vingt-quatre heures, pour des raisons évidentes. Et par souci de sécurité. Par ailleurs, il restait une poignée de scènes dans lesquelles K.T. devait intervenir. Mason, Nadine et le scénariste ont fait plusieurs holoconférences pour régler ce problème. Après le dîner, Mason est descendu en salle de montage. Il a dû se coucher vers 2 heures du matin. À 6 heures, il avait un petit-déjeuner de travail avec Joel et deux des directeurs de la production venus tout exprès de Californie.

— Qu'avez-vous fait pendant ce temps ?

— J'ai programmé un droïde pour prendre les appels avec ordre de ne me déranger qu'en cas d'extrême urgence. J'étais épuisée. J'ai lu des scénarios dans mon lit, ou du moins était-ce mon intention. J'ai dû m'endormir aux alentours de 21 heures.

— Si je comprends bien, votre mari et vous n'étiez pas à proximité l'un de l'autre durant ce laps de temps ?

Connie demeura un instant silencieuse.

— Non. Si c'est ce qui vous tracasse, je suis obligée de vous dire que nous n'avons pas d'alibi. Je n'ai pris aucune communication, je n'ai adressé la parole à personne entre 20 h 30 et le moment où Mason m'a retiré le scénario des mains et s'est couché.

— Entendu. Merci, Connie.

— C'est tout ?

— Pour l'instant. Si vous pouviez m'envoyer votre mari, nous tâcherons d'accélérer le mouvement afin qu'il puisse se remettre au travail.

Pendant qu'elle attendait, Eve prit quelques notes et en profita pour inspecter le bureau. Les murs étaient couverts de photos encadrées. Roundtree en compagnie de divers acteurs – certains qu'elle connaissait, d'autres pas. Roundtree sur un tournage en extérieur, perché sur une grue, casquette de base-ball retournée et mine renfrognée, les yeux rivés sur son moniteur. L'un de ses oscars de « meilleur réalisateur » trônait sur une étagère à côté d'autres trophées, notamment une coupe pour ses exploits de footballeur en dernière année de lycée.

Des photos de famille étaient posées sur le bureau, face au fauteuil.

Il entra d'une démarche lourde, l'air grognon.

— Je suis censé vous présenter des excuses mais je refuse. Je déteste que l'on me donne des ordres sur mon plateau.

— Je l'avais compris.

— Et si vous essayez de faire arrêter le tournage, vous le paierez cher.

— Dans ce cas, je vous propose de vous asseoir afin qu'on en finisse au plus vite.

Il montra les dents, puis sourit.

— Merde. Je vous aime bien. Vous m'exaspérez, mais je vis plus ou moins avec vous depuis maintenant six mois. Vous êtes une dure à cuire et une bosseuse. Ça me plaît.

— Youpi. Où étiez-vous hier entre 22 heures et minuit ?

— Je bossais.

— Chez vous. Seul.

— Je déteste qu'on regarde par-dessus mon épaule. Nous avons un sacré problème. À moi de le résoudre.

Mes comédiens, mes techniciens sont totalement perturbés. Connie…

Il se laissa choir dans un fauteuil et, pour la première fois, laissa voir sa fatigue.

— Elle adorait cette putain de piscine.

Il tira sur sa barbichette, rumina.

— Je la lui ai offerte il y a deux ans. Une surprise. Les ouvriers sont venus l'installer pendant que nous étions à Los Angeles. Quand nous séjournons à New York, chaque matin, même si elle est convoquée sur le plateau à 6 heures, elle commence par faire ses longueurs.

Il fixa Eve de ses yeux bleus perçants, et elle y lut de la colère et de l'amertume.

— Elle ne voudra plus jamais l'utiliser. Elle se sent responsable de ce qui est arrivé à K.T.

Eve inclina la tête de côté, songeant que Connie avait dit la même chose de lui.

— Parce que ?

— Après le repas, elle a sermonné K.T. Ma femme avait préparé cette soirée avec soin. C'est elle qui avait tenu à l'organiser, et maintenant, elle en est malade, elle s'efforce de soutenir tout le monde. Elle est ainsi.

Il fit rouler ses épaules.

— Bon, alors, qu'est-ce que c'est que cette connerie à propos d'un détective privé et quel rapport avec nous ?

— Harris avait recruté Asner pour qu'il installe une caméra dans le loft de Soho où vivent Marlo et Matthew.

Il fronça les sourcils.

— Quoi ? De quoi parlez-vous ?

Eve lui exposa les faits, du moins une partie. Elle l'observa tandis qu'il encaissait, ruminait. Soudain, il bondit sur ses pieds et se mit à arpenter la pièce.

— Idiots. Bande d'idiots. Qu'est-ce que j'en ai à faire si Marlo et Matthew ont envie de s'envoyer en l'air comme deux étudiants en vacances de printemps. Nom de Dieu ! Et je vous le jure, si cette garce stupide, folle et égocentrique était encore en vie, je l'étranglerais.

Il flanqua un coup de pied dans le bureau, geste qu'Eve comprit parfaitement dans la mesure où elle avait tendance à en faire autant lorsqu'elle était énervée.

— Pourquoi n'avez-vous pas arrêté ce crétin d'Asner ?

— Difficile d'arrêter un mort.

— Merde, souffla-t-il en se rasseyant. Quel bousin.

— En cas de fuite, quels dommages cette vidéo aurait-elle pu causer ?

— Comment voulez-vous que je le sache ? On se décarcasse, on essaie de dénicher un bon scénario, de bons acteurs, puis on lance les dés. Pour Marlo, Matthew et Julian, ce serait embarrassant, mais vite oublié. La production apparaîtrait stupide, du moins aux yeux de ceux qui savent comment on fabrique ce genre de battage. À part cela, on continuerait à jouer à quitte ou double.

— Comment vous déplacez-vous quand vous êtes à New York ?

— En voiture. J'ai la mienne et Connie, la sienne.

— Merci, ce sera tout pour l'instant.

Peabody passa la tête dans l'entrebâillement alors qu'Eve venait de libérer Roundtree.

— Vous voulez mon rapport ? s'enquit-elle.

D'un signe, Eve l'invita à entrer.

— Nadine est encore un poil énervée de ne pas avoir décelé avant vous le lien entre Marlo et Matthew. Elle veut des exclusivités à gogo. Elle a contacté toutes les personnes que nous avons interrogées hier et même réussi à s'introduire dans la chambre d'hôtel de Julian – avec sa permission – pour un face-à-face dans l'après-midi. Elle n'a pas appris grand-chose, mais elle creuse comme une taupe.

— Tant mieux.

— Preston a un alibi. Je l'ai vérifié. Il était avec Carmandy – dans sa chambre à elle – jusqu'après minuit. On peut toujours visionner les disques de sécurité de l'hôtel, mais il m'a paru sincère.

— Bien.

— Matthew est dans les murs. Il s'était réfugié dans sa caravane. Marlo et lui sont arrivés ensemble ce matin. Steinburger et Valerie sont là aussi. Ils réfléchissent à un plan d'attaque vis-à-vis des médias.

— Interrogez donc les tourtereaux – séparément. Puis Andrea. Je prends Valerie, puis Steinburger, et je terminerai avec Julian.

— Ça me va. Je vous envoie Valerie.

Eve s'occupa jusqu'au moment où elle perçut le cliquetis des talons aiguilles de Valerie. Celle-ci était équipée d'une oreillette. Son mini-ordinateur et son communicateur étaient accrochés à ce qu'Eve supposa être une ceinture à la mode. Elle tenait deux gobelets à la main.

— Smoothie à la mangue, annonça-t-elle en les posant sur le bureau. J'ai pensé que cela vous ferait plaisir.

Elle s'assit, croisa les jambes.

— En quoi puis-je vous être utile ?

— Vous pouvez commencer par me dire où vous étiez hier entre 22 heures et minuit.

Valerie leva le doigt pour la faire patienter, décrocha son Palm.

— Je jette un coup d'œil sur mon calendrier. Vous pouvez toujours recouper les informations avec celles qui figurent dans mon agenda – qui se trouve dans ma mallette, dans le bureau de Joel. J'avais une holo-conférence avec des journalistes de la côte Ouest jusqu'à 22 heures. Nous avons dû terminer avec une dizaine de minutes de retard. J'avais rendez-vous avec Joel à 22 h 30. Nous avons fait un brainstorming et réglé toutes sortes de problèmes jusqu'aux alentours de 1 heure du matin.

— Où vous êtes-vous retrouvés ?

— Chez lui. Il a un pied-à-terre à New York. J'ai dormi dans la chambre d'amis pour simplifier la situation.

— La situation ?

Valerie conserva son expression aimable quoiqu'un brin suffisante.

— Le meurtre de K.T. Harris est une *situation*.

— Pour le moins. Avez-vous une liaison avec Joel Steinburger ?

— Non. Vous m'insultez.

— Parce que vous avez rompu ? Figurez-vous que j'ai deux déclarations distinctes dans lesquelles il est dit que vous êtes sortis ensemble à une époque.

— Cela ne regarde personne, et n'a aucun rapport. M. Steinburger et moi ne sommes pas amants.

— Mais vous l'avez été ?

— Brièvement. Il y a plusieurs mois. Nous avons mis un terme à cette phase de notre relation – à l'amiable – et continuons à travailler ensemble. Rien de plus.

— Bien. Et hier soir, M. Steinburger et vous avez travaillé ensemble à son appartement, de 22 h 30 à 1 heure du matin.

— C'est cela. Si je me souviens bien, j'ai discuté avec mon assistante. Nous sommes tous obligés de faire des heures supplémentaires

— À cause de la situation.

— Oui.

— Comment faites-vous face à la partie « Matthew et Marlo sont amoureux » de ladite situation ?

— Je vous demande pardon ?

— Dites-moi ceci. Combien d'heures supplémentaires avez-vous consacrées à K.T. Harris quand elle était vivante ?

— Je ne comprends pas.

— Comment avez-vous contourné, couvert, dissimulé ses problèmes d'addiction, ses menaces et l'aversion qu'elle suscitait parmi les membres de toute l'équipe ?

— K.T. était une actrice talentueuse, dont le travail était reconnu et respecté. Comme c'est souvent le cas avec les artistes, son caractère était mal compris par ceux qui ne la connaissaient pas.

— Il y a des gens qui avalent ces salades ? Étonnant.

Valerie crispa les mains sur ses genoux.

— Envoyez-moi une liste de tous les participants à votre holoconférence et une copie des résultats de votre séance de brainstorming. À présent, je vais m'entretenir avec Steinburger.

— Cela nous aiderait considérablement si vous pouviez vous entretenir avec lui dans son bureau. Nous sommes débordés, ce matin.

— Volontiers. Je vous suis.

Jeu de pouvoir, décida Eve en pénétrant dans la pièce à la suite de Valerie. Joel Steinburger s'affairait face à un mur d'écrans. Plusieurs d'entre eux étaient allumés, le son coupé. Sa table croulait sous les appareils électroniques.

Lui aussi avait un canapé, des fauteuils confortables, des trophées, des photos – et une petite table de conférence où gisaient les restes de ses réunions.

— Prenez place, prenez place, dit-il. Je suis à vous tout de suite. Valerie, j'ignore où est passée Shelby. Allez chercher un café pour le lieutenant Dallas.

— Ce n'est pas la peine, merci, dit Eve. Vous pouvez nous laisser, ajouta-t-elle à l'adresse de Valerie.

— J'aimerais que Valerie…

— Plus tard, trancha Eve. Il ne s'agit pas d'un rendez-vous d'affaires mais d'une enquête policière. Vous pouvez exiger la présence d'un avocat ou désigner Valerie comme votre représentante légale. Toutefois, elle ne sera pas légalement tenue de garder confidentiel ce qui sera dit dans cette pièce.

— Ce ne sera pas long, Valerie. Nous reprendrons d'ici... à vingt minutes, décréta-t-il en consultant sa montre. Prenez une pause.

— Je ne serai pas loin.

Valerie sortit, ferma la porte.

— Pardon d'être aussi brusque, s'excusa Steinburger. Nous devons régler quantité de problèmes, à tous les niveaux. On m'a dit que vous étiez ici à propos de la mort d'un détective privé, et que vous pensiez qu'il pourrait y avoir un lien avec le meurtre de K.T.

— En effet. Où étiez-vous hier entre 22 h 30 et minuit ?

— Voyons, voyons, murmura-t-il en parcourant son agenda. J'ai observé l'holoconférence de Valerie avec des journalistes de la côte Ouest. Elle devait se terminer à 22 heures, mais nous avons un peu débordé. Nous avons ensuite passé énormément de temps pour voir comment gérer la situation.

— Encore ce mot.

— Pardon ?

— Continuez.

— Nous avons envisagé d'organiser une cérémonie en l'hommage de K.T. ici même, au studio, puis une autre en Californie. Nous avons bien avancé, ajouta-t-il en se calant dans son siège pivotant. Nous nous sommes mis d'accord sur la manière de réagir, quelles interviews accepter, lesquelles refuser. Auparavant, j'avais discuté avec Roundtree et plusieurs associés des modifications à apporter au scénario en fonction des scènes déjà tournées. Valerie et moi avons dû travailler jusqu'aux alentours de 1 heure du matin. En ce moment, je carbure au café et aux remontants.

— Valerie a dormi dans la chambre d'amis de votre résidence new-yorkaise.

— Il était tard et nous voulions nous y remettre tôt ce matin.

— Avez-vous décidé de la façon dont vous alliez gérer la liaison de Marlo et Matthew sur le plan médiatique ?

— Marlo et Julian, vous voulez dire.

— Non, non, fit-elle en se levant. Merci, monsieur Steinburger.

Elle se dirigea vers la porte, puis, juste avant de franchir le seuil, s'immobilisa.

— Une dernière question. Possédez-vous un véhicule à New York ?

— J'ai une voiture mais, le plus souvent, je circule en limousine avec chauffeur. Cela me permet de travailler pendant les trajets, expliqua-t-il. Pourquoi ?

— Simple curiosité.

Elle sortit.

Roundtree et Connie possédaient chacun une automobile, Steinburger aussi. Il ne lui restait plus qu'à vérifier si les autres en avaient loué une.

Elle contacta Peabody.

— On file à l'appartement d'Asner. Quoi de neuf ?

— Pas d'alibi pour Andrea ni Julian. Tous deux prétendent s'être terrés dans la chambre, histoire d'éviter les requins de la presse. Andrea a parlé avec son mari vers 21 heures. Il arrive à New York aujourd'hui pour la soutenir. Julian a admis – ou plutôt proclamé – qu'il avait bu une bouteille de vin et avalé un tranquillisant. Il se souvient d'avoir appelé plusieurs de ses amis de la côte Ouest au cours de la soirée mais ne se rappelle ni qui ni quand, vu son état. Il a dit aussi qu'il avait laissé tomber son communicateur et que l'appareil étant cassé, il l'avait jeté dans la benne de recyclage.

— Commode.

— N'est-ce pas ? Et de votre côté ?

— Beaucoup de calme et de compassion de la part de Connie, qui paraît sincère, mais on ne sait jamais.

Beaucoup d'énervement de la part de Roundtree et – ô surprise ! – lui aussi semblait sincère. Connie était au courant de l'histoire entre Marlo et Matthew. Marlo lui a tout raconté hier. Les Roundtree possèdent chacun un véhicule à New York et ont passé la soirée chez eux, chacun dans son coin.

— Pas d'alibi.

— Non. Valerie et Steinburger déclarent avoir travaillé ensemble jusqu'à 1 heure du matin. Leurs versions correspondent. À la virgule près.

— Oups !

— Elle a dormi dans sa chambre d'amis parce que c'était plus pratique.

— Encore oups !

— Lui aussi possède une voiture à New York. Toutefois, ce qui m'a frappée, c'est leur maladresse. Ils sont très mauvais comédiens. Valerie sait tout sur tout le monde, pourtant elle a fait mine d'ignorer l'histoire d'amour entre nos tourtereaux. J'y aurais peut-être cru si elle ne mentait pas aussi mal. En outre, si Valerie était au courant, Steinburger l'était aussi – et vice versa. Mais il a, lui aussi, opté pour le mensonge, puis éludé le problème.

— Ce troisième « oups ! » nous portera-t-il chance ?

— Possible. Allons faire un tour chez Asner.

15

En milieu de journée, l'immeuble d'Asner était nettement plus calme que le matin.

Après avoir ôté les scellés, Eve déverrouilla la porte, et ne put que constater le désastre.

— Soit Asner était vraiment désordonné, soit quelqu'un nous a devancées, commenta Peabody, lèvres pincées.

Le contenu des tiroirs jonchait le sol, mélangé aux affaires sorties des placards et des armoires. Tels des intestins vidés, le rembourrage jaillissait des coussins du canapé délavé et du fauteuil.

— Il n'y a personne, mais vérifions tout de même.

Eve dégaina son arme et fonça vers la chambre.

Elles seraient arrivées plus tôt que cela n'aurait rien changé, se dit-elle en rengainant son pistolet. Mais Dieu que c'était agaçant.

— Le tueur voulait s'assurer qu'il avait toutes les copies de la vidéo. Ou bien Asner n'avait pas conservé l'original dans son bureau. Quoi qu'il en soit, la fouille a été minutieuse. Il est prudent, aussi, continua Eve. Il n'a déplacé aucun meuble – trop de bruit, un voisin aurait pu s'en plaindre à cette heure de la nuit.

— Il élimine Asner, saccage son bureau, enchaîna Peabody. Il lui a pris son portefeuille et la victime n'avait aucune carte-clé sur elle. Donc...

— Oui. Et j'ai loupé quelque chose. Le véhicule. L'assassin n'en avait pas besoin. Un détective privé ne peut pas se passer d'une voiture personnelle. Il lui suffisait d'emprunter celle d'Asner.

Elle imagina les étapes.

— Il jette tout ce qu'il a récolté au cabinet dans le coffre, roule jusqu'ici, fouille l'appartement. Puis il abandonne la caisse quelque part, se débarrasse des appareils électroniques ou les détruit. Oui, il est minutieux. Cette fois, il a eu plus de temps pour réfléchir.

— N'empêche que c'est stupide, Dallas, observa Peabody en repoussant un tiroir du bout du pied. Une vidéo de deux stars qui s'envoient en l'air : pas de quoi s'acharner à ce point, il me semble.

— En effet, ça paraît ridicule. Complètement excessif. Il y a donc autre chose, ailleurs. Peut-être que Harris lui a confié une autre mission et qu'Asner a découvert quelque chose à propos de son meurtrier. Peut-être qu'on se mord la queue avec cette histoire de vidéo. Qu'elle n'est qu'un leurre, ou qu'une partie d'un tout.

— Elle l'a grassement rémunéré.

— Cinquante mille par mission ? Merde. On tourne en rond. Appelons une équipe de techniciens pour gagner du temps. Il faut aussi lancer un avis de recherche pour son véhicule. Je veux que la police scientifique apporte des détecteurs. Asner avait peut-être une cachette que le meurtrier n'a pas trouvée. Il n'y a pas d'appareils électroniques ni d'ordinateur, il a donc tout emporté. Interrogeons les voisins, au cas où quelqu'un l'aurait vu transporter du matériel lourd hier soir.

Après avoir perdu un temps considérable avec des voisins qui n'avaient rien vu ni rien entendu, elles regagnèrent leur véhicule. Le communicateur d'Eve bipa.

— Dallas... Oui... Faites-la remorquer. Il faut l'inspecter. On a retrouvé la caisse d'Asner garée près de la marina de Battery Park, annonça-t-elle à Peabody après avoir raccroché.

— Marina égale eau, égale dépotoir.

— Vous avez raison. Voyons lequel de nos suspects possède un bateau. Qu'est-ce qui vaut mieux que de balancer des appareils électroniques depuis un quai ?

— De les balancer au large.

— J'ai l'impression que cette fois, notre tueur se sert de ses méninges. Allons au Central.

À son arrivée, elle découvrit le rapport du légiste sur son bureau et regretta de ne pas avoir un peu de temps pour en discuter avec Morris en personne. Cependant, le compte rendu confirmait ses observations sur la scène du crime. Coups multiples à l'arrière du crâne infligés avec la statue du faucon. D'après la reconstitution, les deux premiers – sur les quatre qui avaient été portés – avaient été fatals.

L'analyse toxicologique révélait la présence de bourbon dans le sang au moment du décès. Aucune trace de lutte ou de violence.

Eve compléta son tableau en y ajoutant le document ainsi que les photos d'Asner, de la scène du crime et de l'appartement. Puis, munie d'un grand café, elle s'assit et posa les pieds sur son bureau.

Elle examina son tableau tout en buvant. Que de liens, songea-t-elle. Que d'ego. Sans oublier les mobiles : le sexe, l'argent, la célébrité.

Elle décida de commencer par le sexe.

Relier Harris à Julian et à Matthew. Puis à Preston, indirectement, Harris l'ayant menacé de l'accuser de harcèlement sexuel. Pour l'heure, Elle mettait de côté l'alibi de Preston. Dans un groupe soudé, les gens mentaient volontiers les uns pour les autres.

Harris avait-elle couché avec d'autres personnes figurant sur sa liste ?

Relier Matthew à Marlo puis, là encore indirectement, à Julian pour cause de buzz publicitaire. Ce qui relie Harris à Marlo, à travers le sexe... Roundtree et Connie. Lui, elle ou les deux avaient pu commettre une infidélité à une époque, soit avec la victime, soit avec l'un des autres. Harris prétendait avoir eu une liaison avec Roundtree – impossible à vérifier. Elle affirmait que Marlo couchait avec Roundtree – impossible à vérifier.

Relier Steinburger à Valerie, que leur relation sexuelle soit passée ou présente. Harris avait le don de dénicher les ragots. Il est très possible qu'elle ait été au courant et ait menacé d'exploiter l'info. Aucun lien apparent côté sexe avec Andrea.

L'argent.

Eve n'y croyait guère. Ces gens avaient de l'argent. D'un autre côté, les chiffres – et donc l'argent, en l'occurrence – étaient la raison des rumeurs lancées sur le couple Julian/Marlo, et des efforts pour dissimuler les frasques de Harris.

Par conséquent, elle devait se renseigner sur ce point.

La célébrité.

N'était-ce pas un peu comme le sexe ? Un excitant, un besoin, surtout chez ces gens-là. La notoriété. Le désir de l'atteindre, puis de la conserver. De surcroît, comme le sexe et l'argent, la célébrité conférait du pouvoir. On pouvait s'en servir pour manipuler, contrôler.

« Je tourne en rond », se répéta-t-elle. Et pourtant...

Sexe, argent, célébrité, pouvoir, tout se mélangeait dans leur monde. Tous pouvaient être des armes ou des points faibles.

Mobile : garder le pouvoir à tout prix.

Premier meurtre. Une bouffée de colère ou une maladresse de la victime, suivi d'un geste impulsif ou calculé. Rapide, opportuniste, improvisé.

Mais le deuxième ? Là, c'est de la rage teintée de désespoir. Opportuniste, de nouveau en attrapant la statue à portée de main. Mais une attaque par-derrière. Rien de personnel. Et le tueur veille à faire disparaître les éléments compromettants. Laborieux : il transporte le matériel électronique, le charge à bord de la voiture de la victime, recommence le même manège à son appartement. Risqué, aussi, mais cette fois il sait où il va, il a tout planifié.

Tout cela pour récupérer la vidéo de deux personnes en train de s'envoyer en l'air, et qui en ont parfaitement le droit ?

Chantage.

— Dallas ?

Elle jeta un coup d'œil à Peabody, plissa le front.

— Je travaille.

— Je sais, mais le frère de K.T. Harris est là. Il souhaiterait vous parler. Il est passé à la morgue. Le corps sera remis à la famille demain. J'ai pensé que vous voudriez peut-être vous entretenir avec lui – mais ailleurs qu'ici.

Eve regarda le tableau, la scène de crime, les photos de Harris, morte.

— Demandez qu'on le conduise dans la salle de repos. J'arrive.

Elle prit le temps de relire les données concernant les proches de Harris, se leva, et se rendit compte, surprise, que la pluie tambourinait contre sa fenêtre.

Elle repéra immédiatement Brice Van Horn. Il se démarquait nettement des flics. Costaud, large d'épaules, les cheveux fraîchement coupés, il fixait sa boisson pétillante d'un regard sombre.

Il avait le visage tanné – une allure de paysan nourri au maïs, selon Eve. Il portait un jean, une chemise à carreaux et des bottes qui avaient connu des jours meilleurs.

Quand Eve s'approcha de la table, il releva la tête. Ses yeux étaient du même bleu délavé que son pantalon, nota-t-elle.

— Monsieur Van Horn, je suis le lieutenant Dallas.

— M'dame.

Il se leva, tira la deuxième chaise. Eve comprit avec un temps de retard que c'était un geste de galanterie. Elle s'assit pour qu'il en fasse autant.

— Je vous présente toutes mes condoléances, commença-t-elle.

— Nous avions déjà perdu Katie depuis longtemps, mais je vous remercie, répondit-il d'une voix rauque, en croisant ses grandes mains calleuses. J'ai pensé que je devais venir. Je ne voulais pas que ma mère… Au fond, peu importe ce qu'était devenue sa fille. Elle l'aimait malgré tout. Je ne tenais pas à lui imposer ce voyage, je lui ai donc demandé de rester à la maison avec ma femme et mes gosses, et de donner un coup de main à la ferme pendant que je m'occupais de rapatrier Katie.

De nouveau, il contempla son soda.

— Je suis allé à la morgue. Le médecin à qui j'ai parlé…

— Le Dr Morris.

— C'est ça, Morris. Il a été très gentil. Tout le monde a été très gentil. C'est la première fois que je viens à New York, je ne m'attendais pas à ça. On a tort de juger les endroits et les gens qu'on ne connaît pas mais…

— New York n'a rien à voir avec l'Iowa.

— Oh, que non ! souffla-t-il avec l'ombre d'un sourire. Je sais que c'est vous qui vous occupez d'elle.

— En effet, confirma Eve, touchée.

— Je voulais vous en remercier. K.T. était une femme dure, mais c'était ma sœur. Cela faisait plus de cinq ans que je ne l'avais pas revue. C'est comme ça, je n'y peux rien. Je ne peux rien changer au fait que j'ai été fâché contre elle pendant tout ce temps. N'empêche qu'elle ne méritait pas de mourir de cette façon. Savez-vous qui l'a tuée ?

— Nous menons notre enquête.

Il paraissait si triste, si grand et tellement peu à sa place. Tellement désemparé.

— Je crois l'avoir identifié, enchaîna-t-elle, mais je ne peux pas encore le prouver. J'y travaille. Nous ferons notre possible pour rendre justice à votre sœur.

— C'est déjà ça. Malgré tout ce que Katie a fait, ma mère a suivi sa carrière. Elle a vu tous ses films. Elle m'a dit que Katie en tournait un sur vous.

— Pas sur moi. Sur une affaire que j'ai résolue.

— Il paraît que vous étiez là quand elle est morte.

— C'est exact.

Il hocha la tête, regarda dans le vide.

— Maman veut l'enterrer chez nous. Katie détestait cet endroit, mais c'est le souhait de maman, alors... Vous la connaissiez ?

— Pas vraiment, non.

— Nous non plus, au fond. En tout cas, pas celle qu'elle était devenue.

Il but une gorgée de sa boisson.

— Mon père était dur et intransigeant. Katie l'aimait. Enfin, ce n'était peut-être pas de l'amour. Ce qui est sûr, c'est qu'elle lui ressemblait. Je suppose que ceci explique cela.

Eve ne dit rien. S'il éprouvait le besoin de s'exprimer, elle glanerait peut-être quelques informations intéressantes.

— Il était violent avec ma mère. Il la battait. Il était costaud comme moi. Comme moi maintenant, je veux dire. Pas elle. Maman me demandait toujours de veiller sur Katie, parce qu'elle était plus jeune. Quand le paternel rentrait, ivre et l'air mauvais, elle me disait d'emmener Katie à l'écart. Je n'étais qu'un môme. Je ne pouvais rien pour aider ma mère. Mais Katie ? Elle ne voulait pas le quitter d'une semelle.

Il pinça les lèvres, soupira.

— Rien de ce que faisait notre père ne la choquait, même quand maman pissait le sang. Plus tard, Katie s'est mise à lui rapporter des trucs – si maman avait bavardé trop longtemps avec une copine, par exemple, ou si elle n'avait pas fini une tâche. Parfois, elle inventait des histoires, juste pour qu'il s'énerve contre maman, surtout quand maman lui avait interdit ou refusé quelque chose.

K.T. avait appris très tôt à prendre le pouvoir, songea Eve.

— Il appelait ma sœur sa princesse, il lui disait qu'elle était la meilleure, qu'elle devait avoir tout ce qu'elle désirait, quitte à s'en emparer de force. Elle a pris ce conseil à cœur. Elle n'était qu'une enfant, ce n'était pas entièrement sa faute. Il lui offrait des cadeaux, une espèce de récompense, quand elle caftait sur maman. Au point que maman lui passait tout. Ça se comprend. Mais K.T. n'était jamais contente, elle en voulait toujours plus.

— Vous en avez souffert, devina Eve. Vous étiez témoin de ces abus et vous n'aviez pas le pouvoir de les empêcher.

— Un jour, j'ai cru que j'étais assez grand pour l'arrêter. Je ne l'étais pas et il m'a tabassé.

— Est-ce à ce moment-là que votre mère l'a quitté ?

— Vous êtes au courant. Apparemment, elle acceptait qu'il s'en prenne à elle, mais pas à moi. Elle a attendu qu'il soit ivre mort, puis elle m'a emmené à l'hôpital et elle a prévenu les flics. Et voilà que Katie a hurlé que c'était une menteuse et que papa ne m'avait jamais touché. Les gens du coin connaissaient bien mon père, et en plus, il avait les mains à vif. Après elle a dit...

Il marqua une pause, but.

—... elle a dit qu'il avait essayé de la protéger parce que j'avais tenté de la violer. Ma propre sœur ! Personne ne l'a crue, d'autant qu'elle n'arrêtait pas de changer son histoire. Mais ils étaient obligés de lui poser des questions, de l'examiner. Bref, au bout du compte, ils ont enfermé notre père.

— Et votre mère vous a emmenés dans l'Iowa.

— Oui. On a plié bagage et on a filé. Une dame avait parlé avec elle, lui avait expliqué ce qu'elle devait faire. Elle lui avait donné l'adresse d'un refuge où on pourrait s'installer, le temps de se retourner. J'ai dû rester à l'hôpital une semaine mais, dès que j'ai été en état de voyager, on a détalé. Katie en a beaucoup voulu à notre mère, à moi aussi, je suppose. Ce qui est sûr, c'est qu'elle s'est arrangée pour nous rendre la vie infernale. Mais le juge lui avait ordonné de nous suivre, d'aller à l'école et de suivre une thérapie. Pour couronner le tout, quand il est sorti de prison, le vieux n'a plus voulu entendre parler de nous. Ça aussi, Katie l'a reproché à notre mère... Vous savez, m'dame, quand on s'est enfuis, c'était la première fois que ma mère passait une semaine entière sans prendre de coups. Comment Katie pouvait-elle lui en vouloir ?

— Parfois, pour certains, la violence devient une façon de vivre. La norme.

— Sans doute. En tout cas, il n'a pas tardé à replonger. Un jour, il s'est retrouvé en face d'un plus mauvais que lui et il en est mort. Katie nous l'a reproché. Remarquez, chez elle, c'était une manie. Elle a dérapé. Mauvaises notes à l'école, vol à l'étalage, soûleries, drogue. À la première occasion, elle s'est précipitée en Californie. Ma mère a voulu qu'on reprenne son nom de jeune fille, mais Katie a insisté pour garder celui de notre père. Ça prouve quelque chose, non ?… Je ne sais pas pourquoi je vous raconte tout ça.

— Cela me permet de mieux la connaître. Peu importe qui elle était, ce qu'elle a fait. Plus j'en sais sur elle, plus j'aurai de chances de démasquer son meurtrier.

Le regard de Van Horn se mit à briller et il lutta pour se ressaisir.

— Je ne sais pas ce que je suis censé ressentir. Ma mère a du chagrin, mais pas moi. Je ne peux pas pleurer ma sœur.

— Vous avez parcouru tout ce chemin pour la ramener à la maison. Ça, ça me prouve quelque chose.

Une larme solitaire roula sur sa joue.

— Je le fais pour maman. Pas pour Katie.

— Peu importe. Vous êtes venu, vous repartirez avec elle.

Il ferma les yeux, soupira.

— Quand ma femme portait notre premier enfant, j'étais terrorisé. J'avais si peur d'être comme mon père, d'avoir ça dans le sang – comme Katie. Et puis, notre fils est né. Et je me suis demandé comment un père pouvait… Plutôt me couper un bras. Je vous le jure. Mais Katie était différente. À présent, quelqu'un l'a tuée, comme notre père. Est-ce que c'était écrit dès le départ ?

— Je n'en crois rien. Personne n'avait le droit de lui ôter la vie. Elle s'est trompée dans ses choix et vous avez du mal à l'admettre. Le meurtre est aussi un choix. Je ferai tout ce qui est en mon pouvoir pour que celui qui l'a tuée le paie.

— C'est ce que j'avais besoin d'entendre, j'imagine, murmura-t-il. C'est pour ça que je suis venu vous voir. Je pourrai le répéter à ma mère, je pense que ça la réconfortera.

— Je l'espère.

— Bon, il va falloir que je trouve à m'occuper jusqu'à demain.

— Vous avez deux enfants, n'est-ce pas ?

— Un garçon, une fille, et un troisième en route.

Eve sortit une carte de visite – la dernière –, nota mentalement d'en dénicher d'autres.

— Je connais un gosse. Tiko, précisa-t-elle en gribouillant au dos de la carte. Il vend des foulards et des souvenirs à ce carrefour dont je vous note l'adresse. C'est un bon garçon. Allez lui acheter une écharpe pour votre mère, une autre pour votre femme, et des bricoles pour vos enfants. Dites-lui que vous venez de ma part, il vous fera un prix.

— Merci.

— N'hésitez pas à me contacter en cas de besoin. Vous avez mes coordonnées.

— Les gens ont tort de dire que les New-Yorkais sont froids et mal élevés. Vous avez été tout le contraire.

— Ne le répétez pas. Nous autres New-Yorkais avons une réputation à défendre.

Lorsque Eve traversa la salle commune, Peabody vint à sa rencontre.

— Alors ?

— Le pauvre passe un sale moment. Il se sent coupable de ne pas éprouver de chagrin, mais il en a. Il est le contraire de Harris. Il est l'arbre solidement planté, elle était la vigne vierge qui grimpe au tronc. Il m'a fourni quelques éléments intéressants à son sujet.

— À ce propos, Mira vous attend dans votre bureau.

— Merde. J'avais complètement oublié la consultation.

— Elle n'est là que depuis quelques minutes. Elle avait un rendez-vous dans le secteur et a décidé de faire un saut ici avant.

— Bien. Ne lâchez pas les techniciens. Le tueur a pu commettre une négligence avec la voiture d'Asner.

Et mettez une équipe sur l'appartement, au cas où on relèverait une goutte de crachat séché n'appartenant pas à Asner.

— Entendu. Entre-temps, je me suis renseignée. Aucun d'entre eux ne possède de bateau à New York.

— Flûte.

— Mais Roundtree et Steinburger en ont un à New Los Angeles. Et Julian et Matthew sont tous deux des skippers aguerris. De même qu'Andrea Smythe. Son mari et elle ont un yacht de pêche sportive dans les Hamptons. Imaginons que l'un d'entre eux ait un ami dont l'embarcation est amarrée dans la marina et qu'il l'ait empruntée. Ou qu'il en ait tout simplement volé une pour se débarrasser de tous ces objets encombrants.

— Bien vu. Creusez la question.

— Je peux utiliser McNab ?

— Je vous ai dit que je ne voulais pas entendre parler de votre vie sexuelle.

— Ha ! Ha ! Cette recherche requiert toutes sortes de recoupements. McNab est doué. Oups ! J'avais oublié. Interdit de parler de ma vie sexuelle.

— Adressez-vous à Feeney si vous avez besoin de lui avant la fin de son service. Ensuite, à vous de jouer. Fin des allusions à votre vie sexuelle.

Eve pénétra dans son bureau, repéra Mira, debout près de l'étroite fenêtre.

— Il pleut en continu, commenta Mira. La circulation promet d'être infernale.

— Ça compensera pour mon trajet sans stress de ce matin. Pardon pour le retard. Je serais venue jusqu'à vous.

— J'étais dans les parages et Peabody m'a prévenue que vous vous entreteniez avec le frère de Harris.

Elle pivota, ravissante en tailleur rose, son rang de perles préféré autour du cou.

— Ce genre de conversation n'est pas sans stress, ajouta-t-elle.

— Van Horn est un homme bien qui se flagelle parce que sa sœur n'était pas une femme bien. Le père battait la mère régulièrement. Non seulement Harris le défendait, mais en plus elle lui refilait des infos – souvent fausses – lui fournissant des prétextes pour passer la mère à tabac et récompenser la fille pour sa loyauté. Quand le fils a été assez grand pour essayer de l'arrêter, il a atterri à l'hôpital. La mère a enfin appelé les flics et ils ont mis ce salopard en cage. Harris était folle de rage. Elle a prétendu qu'il ne s'était rien passé alors que son frère pissait le sang. Ensuite, elle a affirmé que ledit frère avait tenté de la molester et que le père ne cherchait qu'à la protéger. Quand la mère a voulu s'installer ailleurs avec ses enfants, Harris a sauté au plafond. Apparemment, elle s'était donné pour mission de suivre la voie du père. Elle a du reste gardé son nom – contrairement à son frère – lorsque sa mère a repris son nom de jeune fille.

— Voilà qui est significatif, observa Mira. Elle considérait sa mère comme un être faible. Son père avait tous les pouvoirs. Harris se rangeait du côté du pouvoir et en appréciait les récompenses. Le jour où sa mère a brisé le cycle, Harris a pris cette initiative pour une punition et une confiscation de *son* pouvoir.

— Conséquence, elle a passé le reste de sa vie à tenter de le reprendre et de le conserver. Mensonges, chantages, menaces. Tout le monde assure qu'elle avait du talent. Elle devait aimer son métier. Mais ce qu'elle voulait par-dessus tout, c'était avoir le contrôle sur son entourage. Lui inspirer de la peur. Elle confondait peur et respect.

— Je suis d'accord avec vous, dit Mira. Elle noyait son mal-être dans la drogue et l'alcool, qui augmentaient probablement son sentiment de puissance. Le frère a-t-il sous-entendu un lien sexuel entre le père et la fille ?

— Non. Toutefois, je pense que son père était sa principale obsession.

— Les jeunes filles rêvent souvent d'épouser leur père. C'est un fantasme bénin, innocent, que l'on surmonte à l'adolescence. Chez Harris, c'était sans doute plus complexe. Elle puisait son pouvoir en lui par le biais de la violence et de la trahison. Les hommes qu'elle a connus plus tard – Matthew, par exemple – sont devenus des obsessions, certes, mais pas des substituts. Elle voulait endosser le rôle de son père, dominer. Sa mère avait mis fin au pouvoir de son mari en le quittant. Harris refusait l'idée que cela puisse lui arriver. À ses yeux, c'était inacceptable.

Eve se tourna vers le tableau et ce visage qui, curieusement, ne lui rappelait plus du tout celui de Peabody.

— Plus on avance, plus on a l'impression qu'elle donne davantage l'image d'une tueuse que celle d'une victime.

— Si elle avait vécu, elle aurait peut-être poussé l'escalade jusqu'au meurtre, expliqua Mira. Votre assassin a déjà franchi un pas en en commettant un deuxième. Plus agressif, mieux planifié. Le premier crime était passif. Le second démontre une rage qu'il ne ressentait peut-être pas à l'égard de Harris. On constate plusieurs similitudes : il a emporté le portable de K.T., les appareils électroniques d'Asner. Il a cherché à maquiller la mort de Harris en accident, celle d'Asner en cambriolage ayant mal tourné.

— Tentatives merdiques, les deux fois, assena Eve.

— Une similitude de plus. Votre assassin – il ou elle – se croit malin, prudent, habile. Il s'est donné beaucoup de mal dans le cas d'Asner. Il est intelligent, organisé, concentré. Je doute que la vidéo soit le véritable mobile.

— Sur ce point, je suis entièrement d'accord avec vous.

— Le meurtre de Harris aurait pu n'être qu'un acte de colère précipitamment maquillé. Celui d'Asner change la donne, déclara Mira.

— Je pense que Harris avait embauché Asner pour une autre mission au moins et qu'il a découvert quelque chose de nettement plus compromettant que deux stars de Hollywood s'envoyant en l'air. Il est possible que Marlo et Matthew se soient servis de cet enregistrement comme d'un écran – qu'ils me l'aient donné pour que je n'aille pas chercher plus loin. Il est aussi possible, s'ils ne sont pas impliqués dans ces crimes, qu'Asner ait déniché un élément préjudiciable à l'assassin. Une de ces choses pour lesquelles les riches et célèbres iraient jusqu'à tuer.

— Vous avez peut-être raison. En tout cas, cela correspond à la pathologie de Harris. Vous avez déjà établi qu'elle avait intimidé plusieurs personnes.

— De là à éliminer Asner, argua Eve. Asner avait découvert autre chose, ou du moins le meurtrier le craignait-il. Quelque chose qui n'est pas apparu lors des auditions.

Elle jeta un coup d'œil sur son tableau.

— Il faut que je réétudie tout ça. J'ai dit au frère que Harris ne méritait pas de finir ainsi.

— En êtes-vous convaincue ?

— Je pense qu'il était grand temps de l'arrêter. Vous auriez opté pour une thérapie. J'aurais plutôt penché vers la sanction. Non, rectifia Eve, j'aurais insisté. Les tyrans doivent payer, mais pas de leur mort. Donc, il me faut lui rendre justice.

— Elle avait besoin d'aide et d'une punition. Elle a eu une enfance difficile. Je sais que ce genre d'argument vous agace, poursuivit Mira tandis qu'Eve haussait instinctivement les épaules, mais c'est la vérité.

— Possible. N'empêche qu'elle avait trouvé le moyen de s'en sortir. Je me demande...

— Quoi ?

— Parfois, je me demande de quel genre de famille ou d'environnement était issue Stella. Est-elle née vicieuse – égocentrique, coléreuse, sans cœur ? Est-elle tombée malgré elle dans le cycle ? Je ne l'excuse en rien. Après tout, les cycles, il faut savoir les briser.

— Connors pourrait sûrement se renseigner.

— Je ne suis pas certaine d'avoir envie de connaître la réponse. On verra plus tard. Il s'inquiète pour moi. Il aimerait bien que je parle avec vous.

— A-t-il raison de s'inquiéter ?

— Je ne veux pas l'embêter.

— Vous n'avez pas répondu à ma question.

Eve poussa un soupir. Une fois n'est pas coutume, elle n'avait aucune envie d'un café. Elle se leva pour aller chercher deux bouteilles d'eau.

— Je rêve d'elle. Ce ne sont pas exactement des cauchemars mais des rêves étranges, lucides. Elle m'assaille de reproches, ce qui colle à sa personnalité.

— Et vous ? Vous vous en voulez ?

Eve s'accorda un instant de réflexion.

— Le frère de Harris se sent coupable parce qu'il n'a pas su aimer sa sœur ; il la pleure à sa façon. J'ignore si j'éprouve de la culpabilité. En tout cas, je ne pleure pas. Je vous l'ai déjà dit, et cela n'a pas changé. Je sais que je n'y suis pour rien. Stella est l'unique responsable de ce qui lui est arrivé. McQueen aussi. Même mon père est plus blâmable que moi. Toutefois, j'ai déclenché le processus quand je l'ai descendue à Dallas avant de savoir qui elle était.

Le regard rivé sur sa bouteille d'eau, Eve revécut ce moment en un éclair.

— J'ai déclenché le processus quand je l'ai poussée à dénoncer McQueen. Il l'a arrêté en lui tranchant la gorge. Prétendre le contraire serait mentir. Je faisais mon boulot. D'autres vies étaient en jeu. Mais en faisant mon boulot, j'ai participé à la mort de Stella.

— En faisant votre travail, vous avez sauvé des innocents, lui rappela Mira. Les choix de Stella ont fini par la tuer.

— J'en ai conscience. Je le crois. Cependant, je suis impliquée dans la disparition de mes deux parents. Directement en ce qui concerne mon père puisque c'est moi qui tenais le couteau. Oui, je n'étais qu'une enfant, je ne cherchais qu'à me défendre… mais c'est moi qui tenais le couteau. Indirectement en ce qui concerne Stella. Malgré tout ce qu'ils m'ont infligé comme souffrances, j'ai du mal à accepter le fait que c'est moi qui ai mis fin – ou contribué à mettre fin – à l'existence des deux êtres qui m'ont fabriquée.

— Ils ne vous ont pas fabriquée. Ils ont commis un acte qui a eu pour résultat votre conception, et ceci afin d'en tirer profit. Ils n'étaient vos parents que sur le plan biologique, au sens le plus strict du terme.

— Je le sais.

— En avez-vous la certitude ? Vous l'appelez Stella, signe que vous avez pris une certaine distance émotionnelle. Mais vous continuez à parler de votre « père ». Pourquoi ?

— Je… je l'ignore, avoua Eve.

— Réfléchissez-y. Nous en reparlerons, promit Mira en s'approchant pour lui presser brièvement l'épaule. Dites à Connors que nous avons eu une conversation. Il s'inquiétera peut-être un peu moins.

— D'accord.

Restée seule, Eve fronça les sourcils. Elle se remémora les paroles de Mira : « Ils n'étaient vos parents que sur le plan biologique, au sens le plus strict du terme. » En suivant ce raisonnement, on pouvait en déduire que K.T. Harris n'avait été une fille, une sœur que sur le plan biologique, au sens le plus strict du terme.

Par choix, décida Eve, Harris était morte fille de personne.

16

Un retour sur les scènes de crime s'imposait. Eve décida de les revisiter toutes les trois sur le chemin du retour.

Elle commença par le domicile d'Asner. Elle interrogea de nouveau le voisin et camarade de gym. Ébranlé mais coopératif, celui-ci n'avait rien à rajouter à ses déclarations précédentes.

Elle frappa à quelques portes. Tout le monde appréciait A., personne n'avait vu quelqu'un entrer ou sortir de son appartement ni rôder autour de l'édifice, la veille.

Elle fit le tour de l'appartement en se remémorant le rapport des techniciens. Ils n'avaient rien trouvé, sinon quelques empreintes. Celles de la victime, celles de son copain, celles d'un autre voisin qui n'inspirait aucun soupçon et celles d'une prostituée nommée Della McGrue. Eve se promit d'avoir une conversation avec cette dernière.

Elle tenta d'imaginer les lieux avant le saccage.

Décor spartiate. Meubles bas de gamme, sauf pour l'écran mural géant – un truc de mec. Quelques affiches sur les murs représentant des paysages lambda.

Deux paires de draps, dont l'une se trouvait sur le lit avant que le tueur ne les en arrache pour inspecter le matelas. Garde-robe sobre. Deux costumes, un noir, un marron, une demi-douzaine de chemises, quelques paires de chaussettes, quelques caleçons. Trois paires de chaussures en plus de celles qu'Asner portait le jour de sa mort – une paire de mocassins, une paire de souliers noirs élégants, et une paire de baskets.

Sweat-shirts, shorts, tee-shirts, deux ou trois cravates.

Dans la salle de bains, rien de clinquant. Une boîte de cachets d'aide à la performance sexuelle, une boîte de préservatifs (moins trois).

Elle s'assit sur le bord du lit. Asner était un type pas compliqué, qui aimait jouer, aller à la gym tous les matins, boire une bière devant son écran géant le soir. Et qui recevait une compagne licenciée à l'occasion.

Un détective privé qui n'hésitait pas à franchir la ligne de temps en temps. Qui rêvait de posséder son propre bar/casino dans un pays chaud. Un homme sympathique, que ses voisins regrettaient, que son employée avait pleuré.

A. A. Asner. Harris l'avait-elle sélectionné parce qu'il apparaissait en tête des listings ? Sans doute avait-il obtenu nombre de ses clients grâce à cela.

— La dernière ne lui a pas porté chance, marmotta Eve.

Della McGrue habitant tout près, elle se rendit chez elle.

L'immeuble ressemblait furieusement à celui d'Asner, mais quand une Della aux yeux gonflés lui ouvrit, Eve vit d'emblée que son logement était très différent.

Couleurs chatoyantes, désordre, le jappement d'une boule de fourrure que Della serrait contre sa poitrine voluptueuse. Des dizaines de coussins empilés sur le canapé rouge, des tables couvertes de chandelles, de coupes décoratives et danimauxe n verre soufflé.

Della, ses longs cheveux blonds encadrant un visage au petit nez retroussé, aux lèvres pulpeuses et aux yeux bleus rougis par les larmes, murmura des mots rassurants à son chien.

— Nous sommes tous les deux bouleversés, avoua-t-elle à Eve. Frisky adorait A. Est-ce qu'on peut s'asseoir ? Depuis que j'ai appris la nouvelle, j'ai le tournis. J'ai pris une tisane. En voulez-vous ?

— Non, merci. Vous entreteniez une relation professionnelle avec M. Asner ?

Della s'effaça pour la laisser entrer.

— Plus ou moins, mais pas vraiment, répondit-elle en s'emparant de sa tasse de tisane. Si on couchait ensemble, j'étais obligée de le faire casquer. Il faut bien que je gagne ma vie. A. le savait. Mais je lui accordais toujours une ristourne. Parfois, on se contentait d'aller dîner ou au cinéma. Histoire de passer du temps entre amis, sans le sexe. Je l'aimais beaucoup.

— Je suis désolée.

— Il prenait des risques, je suppose. Le plus souvent, il enquêtait sur des histoires d'assurance ou de divorce. Mais dans ce métier, on ne sait jamais. N'empêche, je n'aurais jamais imaginé qu'on pourrait…

— Quand lui avez-vous parlé pour la dernière fois ?

— Hier. Il avait reçu une grosse avance d'une cliente et il voulait jouer. Il voulait qu'on couche ensemble avant, pour lui porter chance. Je ne travaille jamais aussi tôt dans la journée sinon pour un ami ou un fidèle.

— Il vous a parlé de sa cliente ?

— Non. Il a juste dit qu'il ne l'aimait pas, qu'elle avait quelque chose de cruel, mais qu'elle était friquée. Ah ! Et aussi, qu'elle n'était pas celle qu'elle prétendait être. C'est elle qui l'a tué ?

— Non, mais tout renseignement la concernant pourrait m'être utile.

— Il ne m'a pas raconté grand-chose. Il était de très bonne humeur. Il a apporté ses croquettes préférées à Frisky, et à moi, il a offert une boîte de chocolats. Il était plein d'attentions.

— Vous a-t-il dit ce qui le mettait d'aussi bonne humeur ?

— Non. Juste qu'il avait pris des décisions, que parfois les choses tournaient mal, et que ça vous réveillait, ça vous remettait dans le droit chemin, quitte à en payer le prix.

— Il ne vous a fourni aucun détail ?

— Non. Il était bien, c'est tout. Ah ! Il m'a dit qu'il allait prendre sa retraite. Il me le répétait souvent mais là, il avait l'air d'y croire. Il devait partir pour les îles la semaine prochaine visiter une propriété. Il m'a proposé de l'accompagner. J'aurais peut-être accepté. Il était d'une compagnie agréable. Ensuite, on est allés au lit. Puis je lui ai préparé un sandwich et... Ah ! J'oubliais ! Quelqu'un l'a appelé. Il a pris sa voix de pro, j'en ai déduit que c'était un client.

— Avez-vous entendu la conversation ?

— Non. Asner a quitté la pièce avec son communicateur. J'ai cru comprendre qu'il devait rencontrer quelqu'un à 22 heures. Il me semble bien que c'était 22 heures. Quand il est revenu, il était... songeur. C'est le mot que j'emploierais. Il m'a embrassée, a caressé Frisky et il est parti. Et je ne le reverrai plus jamais.

Eve lança quelques perches supplémentaires, mais se rendit vite compte que la source était à sec. Asner ne révélait jamais les noms de ses clients ni la teneur de ses affaires à ses amis.

Toutefois, elle avait un nouvel os à ronger. Apparemment, c'était le meurtrier qui avait joint Asner et non le contraire.

Lorsqu'elle arriva chez les Roundtree, le droïde lui annonça que M. Roundtree était au studio et que Mme Burkette n'était pas encore rentrée. « Tant mieux », décida Eve.

— J'ai besoin de revoir la salle de projection et la terrasse sur le toit.

— *Voulez-vous que je contacte Mme Burkette ?*

— En quel honneur ?

— *Je... je n'ai pas pour habitude de laisser quelqu'un se promener dans la maison en l'absence de M. Roundtree ou de Mme Burkette.*

— Je ne suis pas quelqu'un. Je suis flic et j'enquête sur un homicide qui s'est produit dans cette maison.

— *Nous sommes tous très émus.*

— Je n'en doute pas. Vous le serez sans doute moins quand l'individu qui a assassiné Mme Harris aura été identifié et inculpé. Par conséquent, j'exige de visiter les endroits mentionnés.

— *Bien sûr. Je vous conduis à la salle de projection.*

— Pas la peine.

Eve sortit son mini-ordinateur, afficha la photo d'Asner.

— Vous le connaissez ?

— *Non*, répondit le robot en scannant le cliché. *Non. Jamais vu.*

— Même dans le quartier ?

— *Je n'ai rien en mémoire. Puis-je vous offrir quelque chose pendant votre... visite ?*

— Non, merci. Je partirai dès que j'aurai terminé.

Eve descendit directement dans la salle de projection. Elle demeura immobile quelques minutes, se remémorant la soirée : les invités qui circulaient, buvaient, dégustaient des desserts, discutaient par petits groupes ou étaient affalés dans les fauteuils.

Des gens heureux d'être ensemble. Harris exceptée. Elle boudait, repliée sur elle-même, à l'écart des autres, songea Eve, irritée de lui avoir prêté si peu d'attention.

Certes, personne n'imaginait qu'elle serait morte une heure plus tard.

Elle baissa les lumières, s'assit dans le fauteuil qu'elle avait occupé, revécut la scène.

Elle s'était concentrée sur le bêtisier, mais Roundtree était à proximité. Il n'avait pas bougé. Rires, remarques, blagues. Paupières closes, elle entendit le gloussement de Mavis, les propos d'Andrea. Mais quand ? Quand ?

Elle n'était pas sûre.

D'autres rires, le chuchotement de Connors dans son oreille alors qu'à l'écran Marlo cafouillait avec son faux pistolet.

Très bien, mieux valait oublier ce qu'elle avait entendu et penser plutôt à ce qu'elle n'avait pas entendu.

Aucun commentaire de la part de Harris. Ni de Valerie, Preston ou Steinburger. Rien de Connie après les premières minutes de la projection.

Julian ? Il s'était exprimé d'une voix pâteuse. Au début. Peut-être.

Elle augmenta l'intensité lumineuse, balaya la salle du regard. Belle taille, sol incliné afin que tous les spectateurs puissent voir l'écran sans être gênés par des têtes. Une sortie latérale, la principale au fond.

Facile d'entrer ou de sortir discrètement, d'autant qu'ils étaient éparpillés. Roundtree l'ayant obligée à prendre place avec Connors au premier rang, elle n'avait pas repéré où se trouvaient les uns et les autres.

Elle consulta ses notes, fit quelques déductions à partir des déclarations des témoins. Baissant de nouveau la lumière, elle s'assit à divers endroits, testa les angles, les points de vue.

Intéressant, mais loin d'être concluant.

Pour monter sur le toit, elle prit l'ascenseur. Le tueur l'aurait emprunté. C'était le moyen le plus rapide et le plus facile pour atteindre la terrasse sans être vu.

Une ascension d'à peine deux minutes. Qu'avait-il vu en émergeant de la cabine ?

Harris arpentant la terrasse ? Fumant ses cigarettes aux herbes, s'imbibant d'alcool ? Agressive, menaçante, exaspérante.

Le tueur s'était-il disputé avec elle ? Si oui, la querelle avait-elle tourné court ou s'était-elle prolongée ? La chute, la décision. La pousser dans le bassin, fouiller dans son sac. S'emparer du chiffon sur le bar pour nettoyer le sang, le jeter dans le feu. Reprendre l'ascenseur.

Quelques minutes suffisaient. À peine plus qu'un petit tour aux toilettes.

Eve leva les yeux. Le dôme était entrouvert, se rappela-t-elle. Il faisait bon, mais…

Intriguée, elle repartit à la recherche du droïde.

— Question. À cette saison, le dôme de la terrasse est-il en général ouvert ou fermé ?

— *Fermé. Mme Burkette utilise la piscine tous les jours – du moins elle l'utilisait. Nous avons eu un automne particulièrement doux mais elle aime que la rotonde soit chauffée. Et le mécanisme doit être révisé.*

— Parce que ?

— *De temps en temps, il cale. Dans ce cas, pour le refermer complètement, il faut l'arrêter puis le remettre en marche. Quelqu'un devait venir le réparer mais depuis la réception, Mme Burkette n'est pas remontée sur le toit. Personne n'est autorisé à y aller.*

— Quelqu'un d'autre était-il au courant de ce dysfonctionnement ?

— *M. Roundtree, forcément, la plupart des membres du personnel, l'équipe de maintenance du bassin.*

— Personne d'autre ?

— *Pas à ma connaissance.*

— Merci.

Donc, l'assassin avait ouvert le dôme, pensa-t-elle, de retour dans sa voiture. Si c'était Harris qui l'avait ouvert, pourquoi l'avoir refermé ? Ou tenté de le refermer. Cette découverte renvoyait Connie tout en bas de la liste. Si elle avait voulu le refermer, elle aurait su comment s'y prendre.

Le meurtrier n'y était pas parvenu. Peut-être ne s'était-il pas aperçu qu'il était resté entrebâillé.

Pourquoi l'avoir ouvert ? Pour laisser s'échapper la fumée de cigarettes ? Le tueur était-il allergique à l'odeur ? Avait-il simplement voulu un peu d'air frais ?

L'esprit en ébullition, elle franchit le portail de sa demeure.

La pluie lui cingla le visage tandis qu'elle gravissait les marches du perron au pas de charge. Une fois à l'intérieur, elle constata que le vestibule était désert.

Pour une fois, elle avait pris le squelette ambulant de vitesse. Elle ôta son manteau et le jeta délibérément sur la boule de la rampe. Cela exaspérait Summerset, mais, hélas, c'était un plaisir dont elle était privée quand il faisait chaud. Satisfaite, elle gravit l'escalier et fonça dans la chambre se changer.

Une heure d'entraînement dans la salle de gym et une série de longueurs dans la piscine lui détendraient le corps et le cerveau. Pour éviter de croiser Summerset, elle prit l'ascenseur. Elle s'immobilisa sur le seuil en découvrant Connors, ruisselant de sueur, en train de soulever de la fonte.

— Quelle surprise, lança-t-il.

— J'ignorais que tu étais rentré, répliqua Eve en s'approchant. Tu n'avais donc plus rien à acheter ?

— Rien qui en vaille la peine – aujourd'hui. Tu as attrapé tous les méchants ?

— J'ai atteint mon quota. J'avais envie de transpirer sur quelques hypothèses, supputations et probabilités, puis de me doucher avant d'embarquer un nouveau lot de crapules.

— Bon plan, approuva-t-il en replaçant les poids sur leur support. Tu avais l'intention de courir ? s'enquit-il en s'emparant d'une bouteille d'eau.

— Initialement, oui.

— Je t'accompagnerais volontiers. Où vas-tu ?

— Pas décidé.

— J'ai un nouveau programme virtuel auquel on peut jouer à deux.

Elle étrécit les yeux.

— Pas de sexe.

Il but longuement, une lueur amusée dansant dans ses prunelles. Il s'était attaché les cheveux et sa peau luisait. Eve songea qu'il n'aurait pas grand mal à lui faire changer d'avis.

— Curieux comme tu as l'esprit mal tourné.

— Peut-être parce que tu me sautes sans cesse dessus.

— Peut-être, concéda-t-il en se dirigeant vers le placard encastré contenant le matériel vidéo. En attendant, cette application propose divers obstacles, différentes directions qui engendrent leurs propres conséquences et récompenses. Une variété de scénarios. On peut opter pour toutes sortes de paysages : urbain, rural, désertique. La nuit, le jour, une combinaison des deux.

— C'est un jeu ou une séance d'entraînement ?

— Les deux à la fois. Pourquoi ne pas en profiter ? Où veux-tu aller ?

Elle commença par sélectionner un environnement urbain car c'était ce qu'elle connaissait le mieux. Mais puisqu'il s'agissait d'un jeu – et pour elle, jeu rimait avec compétition.

— On tente le rural, décréta-t-elle.

— Tu me surprends.

— Nous serons ainsi tous deux en terrain neutre. Mélange le jour et la nuit.

Il lui remit une paire de lunettes spéciales, pressa une série de touches.

— Le but est d'atteindre la destination qui apparaîtra sur la carte en bas à droite de ton écran. Si tu loupes un obstacle, si tu es blessée, tu perds des points et de la distance. Si tu en surmontes un, tu en gagnes. Au bout d'un certain nombre de points, tu obtiens un objet utile en récompense.

— Tu t'es déjà exercé ?

— Plusieurs fois mais pas sur le scénario que je viens de lancer. Nous démarrerons à égalité. Trente minutes ?

— Parfait.

Eve chaussa ses lunettes, étudia le paysage qui l'entourait, jeta un coup d'œil sur la carte. Elle y découvrit une multitude de sentiers tortueux, d'intersections, de difficultés, et une petite lumière clignotante indiquant l'objectif final.

Forêt dense, éclairage sombre, un chemin cahoteux, des sous-bois touffus. Le genre d'endroit où rôdaient des animaux bizarres. Avec des grandes dents.

Il lui aurait été plus facile de courir à travers un entrepôt obscur rempli de toxicos criminels. D'où son choix. Cela lui demanderait plus d'efforts.

— Prête ?

— Prête.

Le vent se mit à rugir, fouettant les arbres tandis que la scène prenait vie. Eve entendit des craquements – des branches qui se cassaient – et une rumeur lointaine qui pouvait être celle d'une cascade.

Elle démarra lentement, le temps de s'échauffer. Parvenant à une fourche, elle partit sur la gauche. Un arbre se fracassa à quelques mètres à peine devant elle. Elle bondit par-dessus, récolta quelques points, accéléra.

Elle vira à droite, perçut un grognement, revint sur ses pas. Tant pis, elle emprunterait l'autre parcours, un peu plus long.

À présent, elle avait atteint sa vitesse de croisière.

Elle distingua une étroite passerelle en bois et en corde qui oscillait au-dessus d'un ravin. En dessous rugissait une rivière boueuse. Eve s'élança, bondissant par-dessus les espaces entre les planches, faillit passer au travers quand l'une d'entre elles céda sous son pied.

Soudain, elle ressentit une forte vibration. Merde ! pensa-t-elle tandis que la corde cassait net et que les planches derrière elle chutaient dans la rivière impétueuse.

Se cramponnant à la corde qui pendait, elle se propulsa en avant. La poussée du vent, la vitesse lui parurent aussi exaltants que terrifiants. Elle atterrit lourdement – elle ressentit le choc depuis les chevilles jusqu'aux genoux – sur une corniche étroite.

À sa droite, celle-ci s'élargissait et se transformait en une sorte d'escalier grossier. Sur lequel se tenait une horde de loups hurlants. Comme elle hésitait, ils s'avancèrent vers elle.

Elle réfléchit un instant, puis entreprit de se hisser jusqu'au sommet de la falaise. Lorsqu'elle y parvint, elle était en nage et épuisée.

La phrase : *Récompense. Vous disposez maintenant d'un couteau,* clignota sur l'écran.

Eve se tâta la hanche, sentit l'étui.

Génial.

Haletante, elle s'éloigna en courant vers la gauche, à l'opposé des loups. Elle retrouvait son rythme quand quelque chose s'enroula autour de sa cheville. La seconde d'après, elle était suspendue, la tête en bas, à une branche.

Au loin, l'écho de tam-tams.

Des cannibales, sans aucun doute.

Le temps qu'elle se redresse – aïe ! les abdos ! –, coupe la corde et se retrouve sur le sol, le bruit de tambours s'était rapproché.

Elle reprit son souffle, jeta un coup d'œil sur la carte.

Une flèche s'enfonça dans un tronc à trois centimètres de sa main !

Elle repartit de plus belle. Franchit une montagne de pierres, trébucha dans un marais, sauta dans une rivière pour fuir un ours particulièrement effrayant.

Sa deuxième récompense – une lampe électrique – tomba à pic car la nuit dégringolait telle une avalanche.

Trempée, éreintée, momentanément perdue, elle ne put s'empêcher de pousser une exclamation de surprise quand l'écran annonça la fin du round.

Elle ôta ses lunettes et pivota vers Connors. À son immense satisfaction, il paraissait aussi épuisé qu'elle. Cerise sur le gâteau, elle l'avait battu de trois points.

— Apparemment, je me suis fracturé le bras, expliqua-t-il. Ça m'a coûté cher.

— J'ai failli servir de casse-croûte à un ours et j'ai paumé mon couteau dans le marais, riposta-t-elle. Je me suis bien amusée.

— Moi aussi. On se refait trente minutes ?

Elle s'était donné une heure, se souvint-elle. Alors pourquoi pas ?

— D'accord. Après, j'aimerais effectuer quelques longueurs de piscine, puis me remettre au boulot. Je croule sous les questions. Si je t'en pose quelques-unes, tu pourras peut-être m'éclairer.

— Entendu. Le perdant se charge du dîner. J'ai envie de viande rouge.

— Parfait.

— On reprend depuis le début ou là où on en était resté ?

— Là où on en était resté.

À la fin, elle s'affaissa sur le sol, sans forces.

— J'ai été attaquée par un cochon.

— Un sanglier, rectifia Connors.

— Un cochon mutant. J'ai toujours su qu'il y avait des cochons mutants à grandes dents dans les bois. Pourquoi les gens apprécient-ils autant les balades en forêt ? Je suis arrivée dans un pré. C'était joli. J'aurais dû me méfier : il était envahi de serpents. Heureusement, j'avais gagné une machette. Elle m'a bien servi.

S'asseyant à ses côtés, Connors compara leurs scores.

— Saignant, mon steak, s'il te plaît, ma chérie.

— Merde, grommela Eve, cet imbécile de cochon m'a coûté la partie. Soit dit en passant, nous n'avons ni l'un ni l'autre atteint l'objectif.

Connors se leva.

— Ce sera pour la prochaine fois. Tu as toujours envie de nager ? s'enquit-il en l'aidant à se redresser.

— Je me suis baignée. Dans une rivière. Pleine de rochers pointus. Et peut-être même d'alligators. Cela dit, question remise en forme, c'est efficace, conclut-elle.

Elle fonça sous la douche, puis s'occupa de leur repas. Et n'émit pas la moindre objection lorsque Connors décida d'ouvrir une bouteille de vin.

Ils la méritaient bien.

— Donc, attaqua Eve en savourant sa première gorgée, peux-tu me dire qui tu as entendu – ou pas – pendant la projection du bêtisier ?

— Franchement, je n'ai pas fait attention.

— Moi non plus. De ce côté-là, je suis dans l'impasse. J'ai eu une conversation avec une prostituée qu'Asner voyait pour la compagnie et pour le sexe. Elle a couché avec lui l'après-midi de sa mort, après quoi elle lui a préparé un sandwich.

— Sympa.

— Moi, je t'offre un steak.

— Et le sexe ?

— Plus tard, riposta-t-elle avec un sourire. Asner a dit à sa copine qu'il avait décidé de revenir dans le droit chemin, quitte à en payer le prix.

— Intéressant. Tu penses qu'il avait l'intention de remettre la vidéo ?

— Possible. Vu l'état d'esprit d'Asner – confirmé par sa secrétaire, des conversations qu'il aurait eues avec son ami avocat et ses confidences à la prostituée –, je penche pour l'hypothèse suivante : le meurtre de Harris a incité Asner à réfléchir. Il a décidé de jouer franc jeu, de remettre la vidéo, de prendre sa retraite et de s'installer dans les îles.

— Mais il a fini à la morgue.

— Oui. La compagne déclare qu'il a répondu à un appel juste avant de partir. Elle n'a rien entendu de la conversation sinon qu'il avait un rendez-vous à 22 heures.

— Donc, son assassin l'aurait contacté.

— Exactement. Conclusion : le meurtrier connaissait son existence et savait comment le joindre.

— Par le biais du communicateur de Harris ?

Quel bonheur d'avoir un mari aussi perspicace !

— C'est mon avis. Il organise la rencontre, élimine Asner, emporte les dossiers et les appareils électroniques. Il ne néglige aucun détail. Les gens tuent pour toutes sortes de raisons, mais je refuse de croire que ces crimes ont été commis pour un banal enregistrement.

— Tu penses qu'Asner – via Harris ou vice versa – avait quelque chose sur l'assassin.

— Quelque chose qu'il prévoyait de dévoiler en remettant la vidéo de Marlo et de Matthew, oui. Ou du moins l'assassin le craignait-il. Harris était une fouille-merde. Son frère est venu me voir aujourd'hui.

Tout en mangeant, elle lui résuma leur rencontre.

— Quelle triste vie, commenta Connors. Non contente de se retourner contre ceux qui l'aimaient, Harris s'est servie d'eux. Elle préférait la domination, le pouvoir, à l'affection et à l'amitié.

— A-t-elle choisi de ressembler à son père ou a-t-elle hérité de ses défauts ?

Connors posa la main sur la sienne.

— Tu es la preuve vivante que l'on peut choisir.

— D'une manière générale, c'est ainsi que ça fonctionne. Chacun décide pour soi. Comme dans ton jeu : on opte pour la gauche ou la droite, la montée ou la descente, et on assume les conséquences. Donc, oui, je pense qu'Harris était responsable de ses choix. Mais elle n'en était pas heureuse pour autant.

— Pourtant, elle persévérait dans ce sens.

— Jusqu'à ce que quelqu'un décide de la supprimer. J'ai déjà écarté Roundtree et Connie. D'après les éléments dont je dispose actuellement, j'écarte aussi Marlo et Matthew. Ainsi que Preston.

— Tu as réduit le champ.

— Le tueur a ouvert le dôme de la rotonde.

— Comment le sais-tu ?

— Parce qu'il a tenté de le refermer. Si c'était Harris qui l'avait ouvert, il n'aurait eu aucune raison de le refermer. Du moins, me semble-t-il. Or le dôme était entrouvert quand on a découvert le corps.

— Je m'en souviens, en effet.

— Le mécanisme est enrayé. Pour qu'il fonctionne, il faut couper le courant, puis remettre en marche. Le meurtrier l'ignorait. Connie, elle, le savait vu qu'elle se baignait quotidiennement.

— Tu penses que quelqu'un a pu entrer par l'extérieur ?

— Par l'extérieur ?

— Passer par le dôme.

— Merde. Merde ! Je n'y avais pas songé. Comment aurait-il grimpé dessus ? Maintenant que tu as semé le doute, je vais devoir vérifier. Mais je suis tout de même d'avis que le tueur l'a ouvert de l'intérieur. Harris avait fumé ou fumait ces cigarettes aux herbes, six en tout, l'odeur devait être infecte.

— Un dôme fermé, de la fumée. Il avait besoin d'air frais. Ou elle. Si je comprends bien, tu ne cibles désormais plus que Julian et Steinburger, Andrea et Valerie.

— Ou une combinaison. Quelqu'un qui couvre quelqu'un. Je m'intéresse surtout à Steinburger et à Valerie – que je sache, ils sont les seuls à m'avoir menti jusqu'ici. Elle serait davantage du genre à le protéger que l'inverse.

— À moins qu'elle ne connaisse un secret à son sujet, suggéra Connors. Du coup, il serait enclin à la couvrir.

— C'est vrai. Ils ont couché ensemble autrefois, et les gens qui couchent ensemble ont tendance à se lâcher sur l'oreiller.

— Je ferai en sorte de tenir ma langue.

— Ce qui m'échappe, c'est… Supposons que c'est Steinburger. Pourquoi tuer Harris ? Pour toutes sortes de raisons, bien sûr, mais pourquoi maintenant ? Pourquoi ne pas céder à tous ses caprices jusqu'à la fin du film ? Se débarrasser d'une de ses propres vedettes n'a aucun sens.

— Le sanglier ou la rivière, répliqua Connors. Ni l'un ni l'autre ne sont attrayants, pourtant il faut choisir. Parfois sous la pression.

— Bien vu, approuva Eve. D'un côté, on a un cochon mutant qui veut vous arracher la jambe. De l'autre, une rivière pleine de rochers pointus sur lesquels on risque, ou pas, de se défoncer le crâne.

— La plupart des gens préfèrent sauter dans l'eau.

— Parce que la menace du cochon mutant est plus immédiate. Autant tenter sa chance dans la rivière. Mais le mieux, ça reste de tuer le cochon mutant et de s'éloigner tranquillement sur la terre sèche.

— J'aurais peut-être dû commander du porc plutôt que du bœuf.

Eve s'esclaffa. Il lui remplit son verre.

— Tout doux ! Je passe au café. Je dois creuser du côté de Steinburger et de Valerie. Si j'ai raison et qu'ils sont dans le coup, il y a quelque chose à déterrer. Si le détective privé y est parvenu, je le peux aussi.

— J'en suis sûr. Et je suis aussi sûr que tu peux encaisser un verre et demi d'un délicieux cabernet. Dis-moi pourquoi tu vises Steinburger.

— Quand on ment à un flic, c'est pour une raison. Elle est parfois stupide, mais elle existe. De surcroît, lors de notre premier entretien, il s'est montré très offensif.

— Offensif, donc sur la défensive.

— Tu as tout compris. Par ailleurs, dans cette affaire, il ne s'agit que de pouvoir et de contrôle. Harris en voulait au monde entier. Qui, parmi nos protagonistes, a le plus de pouvoir et de contrôle sur ce projet – dans le métier en général ?

— Celui qui a l'argent. Presque toujours.

— Parole de milliardaire.

— Naturellement.

— Steinburger a l'argent. Il est le propriétaire de la maison de production et jouit d'une excellente réputation. Il est considéré comme l'un des hommes les plus puissants de Hollywood.

— Tu t'es documentée.

— Il faut connaître le terrain sur lequel on travaille, argua Eve. Steinburger aime être sous les projecteurs, il cherche la publicité. Il est menteur, méfiant, et c'est lui qui paie. Il a aussi une jeune et jolie menteuse à sa disposition en la personne de Valerie. Cela suffit à me pousser dans cette direction. Quitte à m'enfoncer dans des sables mouvants, conclut-elle avec un sourire.

17

Connors dégusta tranquillement son vin pendant qu'Eve mettait à jour son tableau.

Elle semblait détendue et, malgré son réveil difficile, ce matin, plus reposée que depuis leur retour de Dallas.

Ses blessures guérissaient. Il pensait – espérait – que celles qui ne se voyaient pas commençaient à guérir aussi.

— Je t'entends t'inquiéter dans ton coin, lança-t-elle.

— En fait, je contemple ma femme et je la trouve en forme.

— C'était mon premier entraînement intensif depuis… un bon moment. J'en avais besoin, admit-elle tout en poursuivant sa tâche. J'ai parlé avec Mira.

— Ah bon ?

— Elle m'a donné matière à réflexion. Je gère la situation, Connors.

Il se leva, vint se placer derrière elle, l'entoura de ses bras.

— Moi aussi, murmura-t-il en déposant un baiser sur son crâne avant de s'écarter. Si j'avais eu le moindre doute, je t'aurais laissée gagner la partie.

— Tu parles !

Il rit, l'étreignit de nouveau, plus fort.

— Tu as raison. Preuve que je ne te flatte jamais. J'ai trop de respect pour toi.

— Et l'eau saumâtre continue à monter. Ton ego t'empêche de plonger.

— Les ombres de mon ego et de mon respect sont très étirées.

— Quelle est la forme de l'ombre de ton respect ?

— Pardon ?

— Celui de ton ego a la forme d'un pénis. Alors je me pose la question.

Il la fit pivoter face à lui, tapota sa fossette au menton comme elle le gratifiait d'un sourire radieux.

— Je pense que je vais emmener l'ombre de mon pénis dans mon bureau. Que veux-tu que je recherche plus particulièrement ?

— Le sexe et l'argent.

— Je croyais qu'on avait fini de parler de mon ego.

— Très drôle. Le sexe et l'argent s'appliquent à Steinburger et/ou à Valerie. Je flaire quelque chose. Elle était trop sûre d'elle, ce matin. Comme si elle venait de s'envoyer en l'air ou de toucher une prime.

— Je vais creuser dans cette direction.

— Un truc me chiffonne. Si le tueur avait prévu d'éliminer Asner, il se serait muni d'une arme. Mais il s'est servi d'une statue – un faucon maltais. Comme dans le bouquin.

— Sans blague ? Assassiner le Sam Spade d'aujourd'hui avec le faucon. Quelle ironie.

— Je doute qu'Asner ait goûté la plaisanterie, commenta Eve. Donc, soit le tueur a opté pour le cynisme et la commodité, soit il n'était pas armé. Dans ce cas, le meurtre n'était pas prémédité. Le rendez-vous a mal tourné, point barre.

— Une hypothèse de plus, convint Connors. Peut-être que la rencontre devait être une négociation, et que l'assassin n'a pas aimé les conditions. « Et puis zut, tiens ! Je vais te défoncer le crâne. » Pour nombre de personnes, tuer est plus facile la deuxième fois. Dès lors que ç'a été vu comme une solution, pourquoi ne pas remettre cela ?

Eve étudia les photos des victimes sur leurs scènes de crime respectives.

— Je tendrais plutôt vers la thèse de l'improvisation. J'en reviens à notre jeu. Une fois qu'on a emprunté un chemin, soit on en reprend un autre, soit on revient en arrière. On ne peut pas ressusciter un mort, donc…

— En général, on ne s'arrête pas là, murmura Connors, devinant la suite de son raisonnement. Si c'est Steinburger le tueur, et si celui-ci s'est servi de Valerie pour le couvrir, elle représente une nouvelle menace. Qu'il vaudrait mieux éliminer.

— Possible. Mais j'ai besoin du « pourquoi ». Je peux lui mettre la pression si je le connais. Sinon, je ne me base que sur des impressions.

Mains dans les poches, elle se balança d'avant en arrière.

— Pour un amateur, il s'est relativement bien débrouillé pour effacer ses traces. Jusqu'ici.

— Peut-être avait-il déjà pris ce virage auparavant, suggéra Connors.

Elle s'immobilisa, pivota vers lui.

— Tu crois ? Ce serait intéressant. Cela expliquerait-il le « pourquoi » ? Le sexe et l'argent, répéta-t-elle en se dirigeant vers son bureau. Je vais approfondir mes recherches sur son passé, au cas où il traînerait d'autres cadavres dans son sillage.

— C'est merveilleux, non ? Je suis l'incarnation du sexe et de l'argent ; toi, des cadavres. Nous formons une sacrée équipe.

— Mieux vaut s'en tenir à ses spécialités.

Et s'il avait tué autrefois ? s'interrogea-t-elle. Accidentellement, délibérément, impulsivement. Sans jamais être inquiété. Et si Harris le savait ou le soupçonnait. Si elle avait payé Asner pour qu'il creuse plus profond.

Eve réfléchit. Qui se précipitait dans une seule direction, à présent ? Si elle se trompait, elle perdrait un temps précieux. Mais en l'absence de preuves, quel autre choix avait-elle, sinon d'avancer dans le noir ?

— Ordinateur, biographie de Steinburger, Joel. Recouper avec décès associés à cet individu.

— *Requête entendue. Recherche en cours…*

— Tâche secondaire. Extraire tous les meurtres non élucidés auxquels a pu être relié le sujet, à propos desquels il a été détenu ou interrogé. Ainsi que tout suicide ou décès accidentel relié au sujet ou à la société *Big Bang Productions*.

Elle se leva, se rendit dans la kitchenette, revint avec un café.

Les faits : Harris avait menacé Marlo, Matthew, Julian, Preston, Andrea et Connie.

Elle avait eu des mots avec Matthew, Julian, Andrea et Connie le soir du drame.

Elle avait passé un certain temps dans la rotonde à fumer des cigarettes aux herbes.

Elle s'était blessée à l'arrière de la tête en tombant.

Elle s'était noyée.

Qu'elle ait eu un communicateur et la vidéo dans son sac n'était qu'une supposition. Pas un fait.

Le dôme était légèrement entrouvert.

On avait effacé le sang à l'aide d'un chiffon et de l'eau du bassin.

Tout en ressassant, Eve réorganisa son tableau.

Harris avait engagé Asner pour qu'il installe une caméra dans le loft que partageaient Marlo et Matthew.

Asner s'était exécuté et avait fourni à Harris une copie de l'enregistrement.

Là encore, qu'il en ait conservé l'original n'était qu'une supposition.

Un témoin déclarait qu'Asner avait répondu à un appel sur son communicateur personnel et accepté un rendez-vous tardif. Une déclaration. Pas un fait.

Asner avait reçu son meurtrier dans son bureau. Un fait.

Il était mort après avoir été frappé à plusieurs reprises avec une statue.

L'assassin – qui d'autre ? – avait emporté tout son matériel électronique et s'était servi de la voiture d'Asner pour le transport.

Le véhicule du détective avait été retrouvé à la marina.

— *Première tâche complétée…*

— Voyons, voyons… Afficher les données.

La liste était longue, mais Eve s'y attendait. Elle avait délibérément demandé une recherche élargie.

Trois des quatre grands-parents, un père, une belle-mère, une sœur – une flopée de cousins, oncles et tantes, une ex-épouse. Eve commanda le classement en sous-ensemble des membres de la famille Steinburger.

La liste des relations extérieures à la famille était la plus longue. Un colocataire du temps de l'université, plusieurs acteurs, divers professionnels de l'industrie, son jardinier, son médecin, un partenaire, la professeure de chant de son épouse actuelle (retraitée au moment de son décès).

Eve créa deux nouveaux sous-ensembles, l'un comprenant les collaborateurs, le second, les amis n'ayant aucun rapport avec le métier.

Puis elle ordonna de croiser les données pour mettre en exergue tous les liens entre eux et générer un quatrième sous-ensemble.

Tandis qu'elle examinait le résultat, l'ordinateur lui annonça qu'il n'existait aucun meurtre non résolu relié au sujet, hormis ceux sur lesquels elle enquêtait actuellement.

— Dommage, marmonna-t-elle.

En revanche, côté suicides et morts accidentelles…

Eve se servit un autre café et parcourut la liste. À un moment, Connors lui expédia le reçu d'un transfert d'argent effectué la veille, d'un montant de cinquante mille dollars, du compte de Steinburger à celui de Valerie.

Elle s'empressa de l'ajouter à son dossier avant de démarrer un deuxième tableau.

Elle ne croyait pas aux coïncidences. À force de gratter, on finissait toujours par découvrir le schéma. Il se révéla alors qu'elle reculait d'un pas pour contempler son œuvre.

— Nom d'un chien ! Connors ? Tu peux venir, s'il te plaît ? J'ai besoin d'un œil neuf.

— J'en ai deux à te prêter. J'étais en train de faire joujou avec des relevés bancaires.

— Tu vas avoir du pain sur la planche.

— J'adore que l'on m'autorise à fourrer le nez dans les affaires des autres. Ça m'aide à rester honnête.

— Plus ou moins.

— Tu es sur une nouvelle piste, constata-t-il en découvrant le nouveau tableau.

Elle y avait fixé le portrait de Steinburger au milieu, entouré d'une série de photos, chacune marquée d'une date.

— Quel rapport entre ces gens, Steinburger et ton enquête en cours ?

— Curieusement, ils sont tous morts. Dans l'ordre chronologique : Bryson Kane, colocataire du temps de l'université. Ils partageaient une maison hors campus avec deux camarades. Kane est décédé suite à une chute dans l'escalier. Sa mort a été classée accidentelle, son taux d'alcoolémie dans le sang faisant pencher la balance en ce sens. Les autres, tout aussi imbibés, dormaient et n'ont rien entendu. On a retrouvé son corps le lendemain matin. Kane avait vingt ans.

— Très jeune.

— Le suivant l'était moins. Marlin Dressler, quatre-vingt-huit ans, arrière-grand-père de la fiancée de Steinburger à l'époque – et sa première ex-épouse. Producteur, lui aussi, chez *Horizon Studios*, où Steinburger a décroché son premier emploi dans l'industrie – il était son assistant. Dressler avait une résidence secondaire dans le nord de la Californie. Il est tombé d'une falaise.

— Sans blague ?

— Randonneur aguerri, passionné de botanique. Apparemment, il s'était aventuré dans le canyon pour recueillir des échantillons. Il aurait trébuché, se serait fracturé la jambe et plusieurs côtes, d'où une hémorragie interne. Le légiste estime que son agonie a duré douze heures. Après la disparition de Dressler, Steinburger a gravi quelques échelons dans la hiérarchie.

— Pratique.

— N'est-ce pas ? Dressler est mort six ans après Kane. Trois ans plus tard – je précise au passage qu'entre-temps Steinburger avait épousé la fiancée et poursuivi son ascension chez *Horizon* – Angelica Caulfield, actrice…

— J'ai vu ses films, l'interrompit Connors.

— Elle était réputée autant pour ses extravagances que pour son talent. Personne n'a cillé quand elle a succombé à une overdose. En revanche, la nouvelle de sa grossesse en a surpris plus d'un. Elle était enceinte d'environ cinq semaines. Père inconnu. D'après les rumeurs, Steinburger avait une liaison avec elle bien qu'il l'ait toujours nié avec véhémence. Il est vrai que Caulfield collectionnait les amants. Toutefois, Steinburger était l'un des producteurs de son dernier projet et avait lourdement insisté pour qu'elle fasse partie de la distribution. Sa femme était enceinte de leur premier enfant au moment de la mort de Caulfield. On a conclu à un suicide.

— Donc écarté la thèse du meurtre.

— En effet. Avance rapide sur quatre ans. Jacoby Miles, un paparazzi qui a harcelé Steinburger – avec une horde d'autres paparrazis –, est retrouvé mort à son domicile. On l'a frappé avec un haltère de cinq kilos. Toutes les caméras, tous les appareils électroniques avaient disparu. La police a pensé que Miles avait interrompu un cambriolage, et a d'ailleurs procédé à l'arrestation d'un homme accusé de vol avec effraction dans le quartier au bout de quelques semaines. Si ce dernier a nié le crime, il n'en a pas moins été condamné à une peine de prison de vingt-cinq ans. Un mois plus tard, Steinburger et sa femme se séparaient et entamaient une procédure de divorce. Deux jours après l'officialisation dudit divorce, monsieur se remariait avec Sherri Wendall. Une comédienne connue pour son talent comique et son sale caractère. Leur union a duré quatre ans et a été qualifiée de tumultueuse. Trois ans après leur divorce, Wendall mourait, noyée accidentellement après une chute provoquée par un abus d'alcool. Ç'a été la tragédie, et le scandale, qui ont marqué le Festival de Cannes de cette année-là. Steinburger y assistait en sa qualité d'associé de la société *Big Bang Productions*.

— Elle était vraiment formidable. Tu as vu certains de ses films.

— Elle était très drôle, en effet. Cinq ans plus tard, Buster Pearlman, un associé de Steinburger, avale un cocktail mortel de barbituriques et de whisky. La théorie du suicide a été renforcée par des soupçons de détournement de fonds et ce que Steinburger a qualifié à regret de « menaces d'un audit interne ».

— Je vais devoir explorer le chapitre financier, commenta Connors,

— On fait un bond de sept ans. C'est long, je vais devoir revenir sur cette période. Allys Beaker, vingt-deux ans. Stagiaire au studio, retrouvée morte dans son appartement. Selon le rapport, elle aurait glissé dans sa douche et se serait fracturé le crâne. Son ex-petit ami a été mis en examen, mais rien ne prouvait sa culpabilité. Dans sa déposition, il déclare qu'il pensait qu'Allys fréquentait un autre homme, plus âgé et marié. Cette supputation a été confortée par une amie de la décédée, selon laquelle cette dernière était convaincue que son amant allait larguer sa femme pour l'épouser. Steinburger était marié depuis deux ans avec sa dernière ex-femme. Ce qui nous ramène au présent. Connaissant tous ces faits, que vois-tu sur mon tableau ?

— Un schéma. Tu crois qu'il tue depuis… Seigneur ! Quarante ans ? Sans avoir jamais été suspecté ?

— J'en ai la certitude. C'est une façon de résoudre un dilemme, de faire un choix. Le plus délicat consiste à déceler le problème dans chacun des cas. Pour certains, c'est évident, enchaîna-t-elle en indiquant le tableau. Une liaison conduisant à une grossesse, la femme enceinte refusant de céder. Des difficultés financières provoquées par un ex-associé qui participait à la fraude ou l'avait mise à jour. Un journaliste trop curieux qui a photographié une scène compromettante. Une jeune fille stupide qui voulait à tout prix se marier et le menaçait d'informer son épouse de leur histoire.

— Le sexe et l'argent, comme tu le supposais depuis le début.

— La plupart de ces crimes sont violents, relativement impulsifs. Une poussée, un coup. Il maquille le crime. Il arrive peut-être même à se convaincre que c'était un accident. Ou un geste d'autodéfense.

Connors posa la main sur son épaule tandis qu'elle s'arrêtait près de lui.

— Neuf victimes, dit-il.

— Probablement plus, mais c'est un sacré début. Ce type est un tueur en série qui ne correspond nullement au profil standard. Pas d'escalade, pas de méthode. Sa relation ou son implication avec chacun de ces morts n'apparaît que si l'on creuse. En surface, ce n'est qu'une période de quatre décennies jonchée d'accidents, de suicides et de mésaventures. De manque de chance. Qui va établir un lien entre un octogénaire qui a trébuché sur un chemin de randonnée et un étudiant ivre de vingt ans tombé dans l'escalier ?

— Toi.

Elle secoua la tête.

— J'aurais très bien pu louper le coche. J'ai considéré le meurtre de Harris comme un premier crime. J'ai examiné une liste de suspects et pensé querelle, acte impulsif. Point à la ligne. Panique, maquillage. Mira était du même avis bien qu'elle ait décelé deux styles différents – l'impulsion et le calcul. Je l'ai vu sans le voir. Pas distinctement. Ensuite, tu as évoqué la possibilité qu'il ait déjà sévi. Je n'y avais pas songé.

— Que vois-tu maintenant ?

— Ambition, avidité, égocentrisme, un besoin obsessionnel de préserver son statut et sa réputation. Tendances sociopathes et volonté de contrôle absolu. Il a préféré tuer Asner plutôt que de le payer. Ce faisant, il a pris un risque. Mais c'était calculé. Il avait un alibi, et si Asner était lié à Harris, il l'était aussi à nombre de gens louches vu son métier. Il a payé Valerie pour qu'elle mente à son sujet. Il ne peut pas se permettre de perpétrer un troisième crime, pas tout de suite. Mais tôt ou tard, elle aura un « accident ». En attendant de pouvoir se débarrasser d'elle, il s'assurera de son soutien en la rémunérant.

— Il a supprimé Harris parce que celle-ci avait compris le schéma.

— Du moins, en partie, répondit Eve. Et elle a demandé à Asner de fureter. Il a peut-être déterré d'autres secrets. Nous ne saurons sans doute jamais tout ce que Harris et Asner avaient découvert.

Elle se percha sur le bord de son bureau, ramassa sa tasse vide, grogna.

— Je ne peux rien prouver de tout cela.

— Pas encore.

— C'est gentil de penser que je peux accomplir des miracles.

— Je suppose qu'il a distribué d'autres pots-de-vin. Si tu veux, proposa Connors, je peux me pencher dessus, en me basant sur les dates de chacun de ces décès. Je peux notamment rechercher des comptes bancaires ouverts à l'époque du détournement de fonds. Et commencer avec les dossiers scolaires du colocataire.

— J'ai deux ex-épouses à interroger, des rapports de police à relire, des enquêteurs à secouer. Le meurtre parfait, ça n'existe pas. Il aura commis des erreurs. Il s'en est tiré jusqu'ici mais ses jours sont comptés. Oui, ses jours sont comptés, répéta Eve. Il paiera pour chacun de ses crimes... J'ai besoin d'un café. Ensuite, nous essaierons d'accomplir quelques miracles.

Les affaires classées avaient leur propre ton, leur propre approche, leur propre dynamique. Les souvenirs s'estompaient ou s'altéraient. Les preuves s'égaraient. Les protagonistes mouraient.

Pour une fois, question décalage horaire, Eve avait l'avantage. Il était suffisamment tôt en Californie pour prendre des contacts, poser des questions, requérir des renseignements supplémentaires.

La chance lui sourit en la personne de l'inspecteur McHone – devenu sergent-inspecteur – qui avait assisté le responsable de l'enquête sur le suicide de Buster Pearlman.

— Bien sûr que je me souviens ! Pearlman avait pris assez de barbituriques pour achever un cheval. Un gaspillage de bon whisky, a noté mon collègue de l'époque. Aujourd'hui, il est retraité, il vit dans le Montana, à Helena. Il passe son temps à la pêche.

— D'après les données dont je dispose, dit Eve, Pearlman aurait détourné des fonds de la société.

— Il avait transféré cinquante mille dollars le matin même sur un compte offshore au nom de sa femme. Elle a juré qu'il était incapable de voler un paquet de chewing-gum. Ils ne menaient pas grand train, mais ils étaient aisés. Les sommes manquantes s'élevaient à dix fois ça. On n'a jamais retrouvé le reste.

— Qu'est-ce qui vous a fait soupçonner le détournement de fonds ?

— La femme. Les gosses et elle avaient passé quelques jours chez ses parents. À leur retour, ils l'ont découvert, mort. Elle a déclaré que ce ne pouvait pas être un suicide. Il ne se serait jamais donné la mort, il ne les aurait jamais quittés, les enfants et elle. Nous avons insisté encore et encore. Il ne nous a pas fallu longtemps pour dénicher le fric et flairer le problème au studio. Un audit était prévu pour la semaine suivante.

— Parlez-moi de Steinburger.

— Il figure sur votre liste de suspects dans l'affaire Harris ?

— Il était présent à la soirée, donc oui.

— Il a affirmé catégoriquement que Pearlman était innocent, qu'il avait fauté malgré lui. Il était furieux contre nous. Il nous a accusés de salir la réputation d'un homme bien, de bouleverser ses proches. Il n'a pas hésité à en parler à la presse. Dans ses interviews, il soutenait son ami et associé, la veuve et les gamins.

— N'avez-vous jamais songé à une mise en scène ?

— Tout semblait clair. La disparition de l'argent nous intriguait, mais d'après les recherches de nos comptables, Pearlman s'était servi à plusieurs reprises au cours des deux dernières années. Il avait pu blanchir cet argent de mille et une façons.

— Vous n'avez aucune archive ? Pas de livres comptables ?

— Il avait nettoyé tous ses disques durs et leur avait injecté un virus. On ne disposait pas de la même technologie que de nos jours.

— Vous les avez encore en votre possession ?

— Doux Jésus, ça fait un bail ! Au moins quinze ans. Je n'en ai aucune idée.

— Je vous serais reconnaissante de bien vouloir vérifier, sergent-inspecteur. Et vu les avancées en ce domaine, si ces disques existent toujours, vous pourriez y déceler des éléments révélateurs.

— Je ferai de mon mieux. Vous soupçonnez Steinburger d'avoir tué Harris ?

— En effet. Et s'il a assassiné ma victime, je parie qu'il a assassiné la vôtre.

— L'ordure.

— Exactement.

Elle interrogea d'autres flics, prit des notes, but encore du café. Connors entra, vit le pot sur le bureau. Il disparut dans la kitchenette et revint avec une bouteille d'eau.

— Change de boisson.

— Quoi ? Tu es la police du café ?

— Si je l'étais, tu passerais ta vie en liberté conditionnelle. J'ai quelques transactions potentiellement intéressantes. Un virement d'un compte que Steinburger a soigneusement caché sous le nom de B.B. Joel.

— B.B. comme *Big Bang* ? Vraiment ?

— Ce n'est guère inventif mais B. B. paie ses impôts rubis sur l'ongle. Le jour de la mort d'Angelica Caulfield, il a transféré vingt mille dollars sur un nouveau compte ouvert par une certaine Violet Holmes.

— Le jour même ?

— Oui. Le corps n'a été découvert que le lendemain.

— Il avait peut-être prémédité ce crime. Il s'était préparé un alibi. Attends une seconde.

Eve pivota vers son ordinateur, ouvrit des fichiers tandis que Connors enchaînait.

— Holmes était une star en devenir – jeune, fraîche, elle venait de décrocher son premier grand rôle. Steinburger et *Big Bang* l'ont menée à la gloire. Holmes et lui ont eu quelques liaisons entre deux mariages.

— Elle possède un bateau amarré dans la marina où l'on a retrouvé la voiture d'Asner. Peabody et McNab ont repéré quatre liens possibles entre des individus propriétaires d'un yacht ici et Steinburger et les autres qui figurent sur la liste.

— Holmes et Steinburger ont vécu ensemble pendant quelques mois à une époque, dit Connors. Apparemment, ils sont restés amis.

— Tellement amis qu'il sait où elle amarre son bateau et comment le piloter.

— Ça ne m'étonnerait pas. J'ai noté aussi un retrait de dix mille dollars du compte de B.B. Joel le lendemain de la noyade de l'ex-épouse. Pas de virement, mais certaines personnes préfèrent être payées en espèces.

— D'où provient l'argent sur ce compte ?

— Justement, je me penche sur la question. Je suis remonté dans le temps et j'ai observé plusieurs dépôts de moins de cinq mille dollars effectués les premiers mois après l'ouverture du compte. À savoir, une vingtaine de mois avant le suicide supposé de son associé. Les sommes ont augmenté progressivement sans jamais dépasser dix mille dollars. Il pioche dedans régulièrement. Peut-être est-ce pour lui une sorte de petit tiroir-caisse. Quand on veut empocher du fric sans que son comptable s'en aperçoive, que fait-on ?

— Le public le perçoit comme un homme qui mène la grande vie – pouvoir, paillettes, amis célèbres, voyages. Cette image-là est nette. B. B. Joel est peut-être plus tortueux. Je dois maintenant rattacher tout cela afin de convaincre Whitney et le substitut du procureur.

— Eve, murmura Connors comme elle se tournait vers son communicateur. Il est minuit passé. Qui réveilles-tu ?

— Peabody. Il nous faut une salle de conférences pour demain matin. Je convie Whitney, Reo si elle peut se libérer, Mira.

Elle marqua une pause, dévisagea Connors d'un air songeur.

— J'ai quelques réunions demain pour assurer ma domination sur le monde, commença-t-il, mais je peux...

— Non, qui oserait se mettre en travers d'une telle mission ? Peux-tu envoyer une copie de tes trouvailles à Feeney ? Je vais avoir besoin de lui et de son protégé.

— Je m'en occupe.

— Peabody, prononça une voix éraillée, vidéo bloquée.

— Localisez Violet Holmes, ordonna Eve.

— Hein ? Qui ? Ah... lieutenant ?

Eve ignora les bruits de fond, chuchotis, soupirs et grognements.

— Holmes – le bateau. Trouvez-la-moi. Réservez une salle de conférences pour 8 heures. Soyez à l'heure. Venez avec McNab.

— D'accord. Qu'est-ce qui... Pardon, nous étions juste...

— Je me fiche éperdument de le savoir et si vous insistez, je vous suspends trente jours. Holmes, la salle de conférences. Rendez-vous dans mon bureau trente minutes avant pour une mise à jour.

— Oui, lieutenant.

— Beau boulot, pour le yacht.

— Merci.

— Retournez à votre vie privée, conclut Eve avant de couper la communication.

Elle convoqua les autres par mail.

— Bien, fit-elle. À présent, je dois mettre de l'ordre dans tout ça. Je suis proche du but mais je veux peaufiner.

— J'en fais autant de mon côté afin que Feeney puisse intercepter facilement les transactions financières.

— Merci de ton aide. Je te suis redevable.

Il rit, se pencha, déposa un baiser sur son crâne.

— Je collecterai mon dû plus tard. Pour l'heure, vas-y mollo sur le café.

Elle attendit qu'il fût sorti pour lever les yeux au ciel. Mais elle s'empara de la bouteille d'eau.

18

Quand il la sentit s'agiter à ses côtés, Connors l'attira dans ses bras, lui frotta doucement le dos.

— Chut, murmura-t-il. Accroche-toi à moi et dors.

Elle frissonna, se blottit contre lui.

Il avait allumé un feu de bois dans la cheminée juste avant qu'ils ne se couchent. À présent, les braises rougeoyaient dans la pénombre.

Paix, chaleur, sérénité. Si seulement elle pouvait les trouver dans son sommeil, songea-t-il. Mais elle se cramponnait à lui pour lutter contre ses cauchemars.

Il déposa un baiser sur ses cheveux dans l'espoir d'atténuer la tension de son corps, d'effacer ces images et ces émotions qui la hantaient.

Paupières closes, il continua à lui caresser le dos pour l'apaiser.

Dans le noir, serrée contre lui, elle paraissait si frêle. Elle ne l'était pas. Son Eve était forte, dure et athlétique. Il l'avait vue prendre des coups – plus d'une fois – et en donner. À titre personnel, il pouvait attester de la puissance de ses poings.

Il avait pansé ses blessures comme elle avait pansé les siennes. Elle cicatrisait vite et bien. Son flic solide et entêté.

Mais ce corps résistant, discipliné, cachait des fragilités, des vulnérabilités qui poussaient Connors à la protéger, à la réconforter, à faire tout ce qui était possible pour lui éviter les coups.

Si la force de sa femme suscitait son admiration et sa fierté, ses fragilités le minaient. L'amour qu'il éprouvait pour elle était incommensurable.

Il avait caressé de nombreux rêves dans sa vie, il s'était battu pour bâtir un empire, mais jamais il n'avait imaginé connaître un tel bonheur. S'il était devenu ce qu'il était, c'était grâce à Eve.

Petit à petit, elle se détendit, et il pria pour qu'elle dérive vers cette paix et cette chaleur où la violence n'avait pas cours. Il se laissa dériver avec elle, son corps la protégeant tel un bouclier.

Quand elle lui offrit son visage, quand il posa ses lèvres sur les siennes, ils s'abandonnèrent à une autre sorte de rêve, aussi doux et agréable que les lueurs du feu jetant des ombres dansantes sur les murs.

Leurs cœurs s'unirent et il lui murmura des mots en irlandais.

Elle en connaissait certains ; il les lui avait déjà chuchotés. Mais plus le temps passait, plus il la comblait, devinant ses moindres besoins.

Un effleurement, un baiser, tout en langueur.

Les angoisses qui l'avaient tracassée dans son sommeil s'évaporèrent, seuls demeurèrent le poids du corps de Connors sur le sien, la douceur de ses mains, le goût de sa bouche.

Elle se laissa porter par le courant de ses sensations. À cet instant, plus rien ne comptait. Plus rien n'existait hormis eux.

Elle s'arqua vers lui pour l'accueillir. Comme ils se mouvaient en une danse lascive et voluptueuse, elle retint son souffle, les yeux soudain humides de larmes.

— Je t'aime, murmura Connors contre son épaule. *A ghra. A ghra mo chroi*.

— L'amour, soupira-t-elle en s'envolant vers l'orgasme, aussi légère qu'une plume. L'amour, répéta-t-elle un peu plus tard, allongée contre lui, la main sur sa joue.

Elle s'endormit, calme et apaisée.

Connors aussi.

Lorsqu'elle se réveilla, le soleil inondait la chambre. Elle constata avec plaisir que Connors buvait son café dans le coin-salon – le chat vautré sur ses genoux – tout en consultant les chiffres de la Bourse. Il avait revêtu l'un de ses costumes de dieu des affaires.

Ce qui signifiait qu'il était debout depuis une heure, sans doute plus, pour s'occuper de son empire.

Conclusion : il s'inquiétait moins pour elle.

Elle jeta un coup d'œil sur le réveil, grogna, roula hors du lit et courut prendre une douche. Dans la cabine de séchage, elle ferma les yeux pour savourer les pulsations d'air chaud qui l'enveloppaient.

Au boulot ! s'ordonna-t-elle. Mais pas avant un bon café.

Elle s'empara du peignoir accroché derrière la porte de la salle de bains et l'enfila tout en fonçant vers l'autochef. Elle but la première demi-tasse comme si sa vie en dépendait, puis se tourna vers Connors.

— Bonjour.

— Tiens ! Elle parle.

— Ce n'est qu'un début.

Elle se dirigea vers le dressing, choisit des vêtements au hasard.

— Pas aujourd'hui, décréta Connors, juste derrière elle.

— Quoi ? Je ne m'habille pas aujourd'hui ?

— Si seulement ! Non, tu t'accordes un moment pour réfléchir à ta tenue. N'oublie pas que tu dois présenter ton affaire à ton commandant – entre autres.

— Pure routine, argua-t-elle. Je ne vais pas me pomponner pour ça.

Connors sélectionna un pantalon chocolat, une veste bleu foncé à trois boutons et un chemisier à fines rayures.

— Là ! conclut-il. Sobre et net.

— Tout ça ?

— Mets tes boots neuves, lui conseilla-t-il. Elles iront bien avec l'ensemble, et avec ton manteau, bien sûr.

— Quelles boots neuves ? s'enquit-elle en fronçant les sourcils tandis qu'il en saisissait une paire sur l'étagère. D'où sortent-elles, celles-là ?

— Les elfes des chaussures ? suggéra-t-il.

— Elles seront éraflées en moins d'une semaine ; ils vont faire la grimace.

— Ils sont tolérants.

— S'ils continuent, il faudra agrandir mon dressing.

Eve enfila toutefois les vêtements pendant que Connors leur programmait un petit-déjeuner pour deux. Puis elle s'assit pour passer les boots – du beurre, aurait dit Peabody, tant elles étaient souples. Eve se mit debout, fit quelques pas.

— Elles sont formidables. Stables. De quoi défoncer quelques dents.

— Les elfes avaient reçu la consigne.

— Pfft ! En même temps, elles sont confortables, flexibles et légères. Idéales pour une course-poursuite.

— Là encore, la consigne.

Il posa deux assiettes de gaufres sur la table, jeta un regard torve à Galahad, puis examina Eve de haut en bas.

— Impeccable. Tu as l'air assuré, inébranlable, et par-dessus tout, capable de défoncer quelques dents.

— C'est la dernière partie qui me plaît le plus.

— Et c'est l'une des myriades de raisons pour lesquelles je t'aime.

Ils s'installèrent, et Eve posa la main sur celle de Connors.

— Je me sens assurée et inébranlable. Je me suis réveillée ainsi parce que tu étais près de moi cette nuit, parce que tu m'aimes. Et parce que tu as repris ta routine matinale, signe que tu t'inquiètes moins pour moi.

— Est-ce à dire que tu vas cesser de t'inquiéter que je m'inquiète ?

— Possible. Une bonne dispute nous permettra de clore définitivement ce chapitre. Une bonne dispute, c'est comme un bon orgasme. On met les choses au clair, une fois pour toutes.

— Une bonne dispute ! J'en rêve. Dépêchons-nous d'en inscrire une sur notre agenda, s'esclaffa-t-il en lui passant le flacon de sirop d'érable, sachant qu'elle allait en inonder ses gaufres. Je trépigne d'impatience.

— Tâche de t'en souvenir la prochaine fois que je t'énerverai.

Elle inonda ses gaufres de sirop.

Trente minutes plus tard, Eve vérifia son communicateur.

— Tout le monde peut se libérer pour la réunion, annonça-t-elle. Je file au Central m'assurer que tout a été préparé selon mes instructions.

— Bonne chance. Je devrais avoir un peu de temps cet après-midi, soit pour régler la question de la dispute, soit pour donner un coup de main à Feeney.

— Avec un peu de chance, on réussira à cumuler les deux.

Elle déposa un rapide baiser sur ses lèvres avant de se diriger vers la porte.

— Prends soin de mon flic ! lança-t-il. Quant à toi, si tu oses lécher cette assiette, tu le regretteras, l'entendit-elle ajouter à l'adresse du chat.

Eve descendit l'escalier, le sourire aux lèvres.

La circulation était plus dense que la veille, mais elle en profita pour fignoler son approche.

Elle voulait un mandat pour fouiller la résidence, le bureau et le véhicule de Steinburger, et un autre pour embarquer tous ses appareils électroniques et les confier à Feeney.

Ses chances d'obtenir ces autorisations étaient minces. Elle pourrait – ferait en sorte de – convaincre toutes les personnes présentes au débriefing : depuis quarante ans, Steinburger éliminait tous ceux qui l'énervaient, se mettaient en travers de son chemin ou le dérangeaient.

Malheureusement, le manque de preuves poserait problème.

Elle insisterait malgré tout, et si elle essuyait un refus (ce à quoi elle s'attendait), elle se débrouillerait pour obtenir que l'on mette tous ses communicateurs et ordinateurs sur écoute.

Elle tenait à ce que ce dispositif soit en place avant d'interroger les ex-épouses survivantes, le copain skipper, les ex-colocataires, la veuve de Buster Pearlman. Et avant d'entamer un nouveau round avec les Hollywoodiens.

Elle se gara sur son emplacement du parking du Central, emprunta un ascenseur qui s'arrêtait à presque tous les étages. Elle se reprochait de ne pas avoir emprunté les escaliers roulants quand un inspecteur en civil qu'elle connaissait s'engouffra dans la cabine, poussant devant lui un nain au crâne chauve, couvert de tatouages, et à l'air féroce.

Les deux empestaient.

— Seigneur, McGreedy ! s'exclama un collègue en s'écartant. Tu as dormi dans les égouts ?

— J'y ai pourchassé ce crétin. Et je t'ai rattrapé, pas vrai, espèce de connard. Il m'a mordu la cheville. J'ai la marque de ses dents.

À cet instant, son prisonnier le gratifia d'un coup de pied dans le tibia, puis poussa une sorte de cri de guerre avant de bondir, aussi agile et rapide qu'une araignée, sur le dos de l'uniforme devant lui.

Au milieu du chaos et des odeurs nauséabondes, Eve réfléchit. Deux flics s'efforçaient en vain d'arracher ce cinglé à sa proie.

Elle opta pour une approche différente. Dégainant son arme, elle demeura à distance prudente, se pencha en avant et pressa le canon sur la tempe du salopard.

— Tu veux goûter ?

Il pivota, montra ses dents gâtées, et Eve comprit qu'il allait se servir de l'uniforme comme d'un tremplin pour lui sauter à la figure.

— Tu tomberas comme une pierre, l'avertit-elle. Une pierre moche et puante. Ensuite, je t'enfermerai dans une cage.

— Je l'ai, lieutenant.

Haletant, grognant, ruisselant de sueur, McGreedy arracha son détenu de l'uniforme et le plaqua à terre.

— Connard.

— Officier ?

— Merde, grommela l'uniforme avant de répondre : Bingly, lieutenant.

— Officier Bingly, dans la mesure où vous allez devoir prendre une douche et vous changer, je vous suggère d'assister l'inspecteur McGreedy pour traîner cette ordure jusqu'en cellule de dégrisement.

— Oui, lieutenant. Merde.

— Ça ne sent pas la rose, convint McGreedy.

— Retenez-le, voulez-vous ? demanda Eve avant de quitter précipitamment l'ascenseur.

Décidément, on n'était jamais au bout de ses surprises, songea-t-elle en reniflant sa manche, au cas où.

Elle gagna directement la salle de conférences où elle recréa ses tableaux de meurtres et téléchargea ses documents sur un ordinateur.

Peabody ne devrait pas tarder. Elle décida de s'offrir un café en attendant, verrouilla la porte et se dirigea vers son bureau.

Elle aperçut Marlo, « incognito » en perruque brune et lunettes de soleil démesurées, qui arrivait par l'escalier roulant.

— Dallas.

— Vous ne travaillez pas aujourd'hui ?

— Je suis convoquée au maquillage pour 9 heures. Si vous avez quelques minutes à m'accorder...

— Quelques minutes seulement.

Eve salua Peabody et McNab qui venaient de surgir à leur tour.

— Ne bougez pas, dit-elle à l'actrice.

— C'est Marlo ? s'enquit Peabody.

— Oui. Je dois parler avec elle. Allez dans la salle de conférences. J'ai installé les tableaux. Étudiez-les, réfléchissez, préparez-vous à discuter. Que contient cette boîte ?

— Des beignets, annonça McNab avec un grand sourire. On s'est dit qu'on serait entre flics, que c'était l'heure du petit-déjeuner.

— Bonne idée. Je vous rejoins tout de suite.

Eve invita Marlo à pénétrer dans son bureau.

— Merci de...

Marlo s'interrompit tandis que regard se fixait sur le tableau de meurtre.

— Seigneur ! C'est rude. Et vraiment déconcertant de voir mon propre visage affiché ainsi que ceux de gens que je connais et que j'apprécie. Puis-je m'asseoir ?

— Bien sûr.

Eve préféra se percher sur le coin de sa table. Malgré elle, elle pensa au nombre de postérieurs qui s'étaient posés ces derniers jours sur son stock de friandises.

— J'ai travaillé comme une folle pour ce rôle, commença-t-elle. Je me suis préparée physiquement.

Et mentalement, du moins, je le croyais. Mais je me suis vite rendu compte que je n'étais pas aussi solide que je le pensais. Je peux me mettre dans la peau de mon personnage, mais dès que je quitte le plateau, je redeviens Marlo Durn, et j'ai peur.

— De quoi ?

De nouveau, l'actrice regarda le tableau.

— L'un d'entre nous a tué K.T. Forcément. Je sais que d'après vous, son meurtrier a aussi supprimé l'homme qu'elle avait engagé pour nous épier, Matthew et moi. Donc, j'ai peur parce que je travaille en ce moment avec quelqu'un qui est capable de commettre de tels actes.

— Asner vous a-t-il contactés, Matthew ou vous, au sujet d'une compensation en échange de la vidéo ?

— Non, répondit Marlo, les yeux rivés sur la photo du détective privé. Je ne l'ai jamais vu. Il s'est introduit dans notre loft, dans notre chambre. Et maintenant, il est mort.

— Quelqu'un d'autre vous a-t-il approchés ?

— Non. Je vous l'aurais dit. Cette affaire va bien au-delà du viol de la vie privée et de l'humiliation. Si je suis là, c'est parce que j'aimerais savoir si vous pensez démasquer bientôt le coupable. Vous ne pouvez sans doute pas me répondre, mais je déteste être ainsi… inquiète, méfiante, obligée de m'enfermer à double tour dans ma caravane.

— Craignez-vous un individu en particulier ?

Marlo secoua la tête.

— Matthew domine mieux la situation, Andrea aussi. Julian est encore plus bouleversé que moi. Une loque. Connie devait s'envoler pour Paris tourner une publicité. Leur fille devait l'y retrouver afin qu'elles y passent quelques jours ensemble. Elle a retardé son voyage pour rester auprès de Roundtree. Je suis consciente que ça n'a pas grande importance, mais…

— Vous avez du mal à remettre de l'ordre dans votre existence, même à court terme, devina Eve. Vous vous demandez si quelqu'un que vous connaissez est le contraire de ce que vous avez cru.

— Oui, soupira Marlo en fermant brièvement les yeux. Oui. Pouvez-vous me dire quelque chose ?

— Nous nous réunissons ce matin pour envisager de nouvelles pistes.

— Tant mieux. Tant mieux.

La rumeur se répandrait vite. Comment Steinburger réagirait-il en l'apprenant ?

— Un détail me tracasse, reprit Eve. Vous pourriez peut-être me faire gagner du temps.

— Je vous écoute.

— Hormis Harris, y en a-t-il parmi vous qui fument ? De l'herbe ou autre chose.

— Euh… moi, avoua Marlo en se voûtant légèrement. De temps en temps. Pas d'herbe. Du tabac, et je sais, je sais, je sais, c'est mauvais pour la santé, horriblement coûteux. Je dois me cacher comme une voleuse. J'ai considérablement réduit ma consommation pour toutes ces raisons et, surtout, soyons honnêtes, parce que Matthew déteste cela. Il prétend que le yoga produit les mêmes effets, ce qui prouve qu'il n'a jamais fumé.

— Donc, il vous l'interdit ?

— En tout cas, il désapprouve.

— Qui d'autre fume ou désapprouve ?

— Andrea chipe une bouffée de temps en temps. De nombreux techniciens s'éclipsent pour s'en griller une durant les pauses. Roundtree leur a désigné une zone réservée, contre l'avis du studio. Et Joel a fait une crise.

Eve sourit intérieurement.

— Pas possible.

— Ce type est la gestapo des fumeurs, déclara Marlo en levant les yeux au ciel. Je vous jure, si on n'a aspiré ne serait-ce qu'une bouffée, il le sent à un kilomètre.

Elle fit mine de renifler, fronça les sourcils, à la manière de Steinburger, puis s'exclama d'une voix rauque :

— Qui a fumé ? Preston ! Valerie ! Aérez les lieux immédiatement ! Vite ! Une pastille pour la gorge et une bouteille d'eau minérale ! ajouta-t-elle en se raclant la gorge et en se couvrant la bouche de son avant-bras.

Puis elle s'esclaffa, se recala dans son fauteuil.

— Sans rire, si quelqu'un a le malheur de « penser » à fumer, il a les yeux qui pleurent. K.T. et lui se disputaient sans arrêt à ce sujet. Ils… Oh, je ne voulais pas dire… Il n'irait pas jusqu'à tuer pour cela. C'est juste qu'il ne supporte pas la fumée, cela lui brûle les yeux.

— Compris, murmura Eve avec un sourire. Nous savons que Harris a fumé de l'herbe sur la terrasse et dans la rotonde. Les analyses le confirment. Si je me fie à ce que vous venez de me raconter, je doute qu'elle les ait obtenues de l'un des invités.

— Croyez-moi, elle n'aurait jamais osé demander. Ni partager.

— Voilà un détail de réglé, conclut Eve. Je suis désolée, je dois me rendre à ma réunion, Marlo.

— Bien sûr, fit l'actrice en se levant. Merci. Sincèrement.

Elle serra la main à Eve.

— C'est peut-être stupide, mais je me sens déjà un peu mieux.

— Heureuse d'avoir pu vous rendre service. Je vous raccompagne.

Marlo ôta sa perruque.

— Vous devez me trouver ridicule de me déguiser ainsi.

— Je pense surtout que je serais très malheureuse si je ne pouvais pas aller me balader ou m'acheter un hot-dog au soja sans que les passants se ruent sur moi pour me demander un autographe ou me prendre en photo.

— Ce sont les aléas du métier.

— Tout le monde a les siens. On n'est pas forcé d'y prendre plaisir.

— Matthew et moi envisageons de rendre publique notre relation, avoua l'actrice tout à trac. Les exigences des producteurs nous semblent ridicules. Deux personnes sont mortes, alors… Et vous savez quoi ? enchaîna-t-elle en fourrant sa perruque dans son sac. Au diable, les cachotteries ! Je suis Marlo Durn.

Elle gratifia Eve d'un sourire étincelant et se dirigea vers l'escalier roulant.

Armée de ces données supplémentaires, Eve fonça jusqu'à la salle de conférences. McNab engloutissait la dernière bouchée d'un beignet lorsqu'elle y pénétra.

Peabody se détourna du tableau, arrondit les yeux.

— Nom d'un chien, Dallas !

— Convaincue ?

— Vous plaisantez ? Le schéma est là. Sous notre nez. Il tue les gens.

— Ce n'est pas une manie, intervint McNab, mais plutôt une sorte de hobby. À moins qu'il n'y ait eu d'autres victimes qui n'ont aucun lien avec lui. Qu'entre deux, il assassine des inconnus.

— Possible, admit Eve. Mais selon moi, il s'agit tout simplement d'un moyen de régler ses problèmes. Parfois on renvoie des gens, parfois on met fin à un partenariat. Parfois, on tue.

— C'est ignoble, assena Peabody. S'il avait le profil type du tueur en série, on pourrait au moins dire qu'il agit par contrainte. Mais quand plusieurs années s'écoulent entre deux crimes, c'est…

— Un confort.

— Quand je pense que j'étais si excitée qu'il m'ait proposé une figuration !

— Nous l'épinglerons, promit McNab.

— Et maintenant, je veux un beignet, décréta Peabody.

— J'ai pris ton préféré, fourré à la crème et recouvert de sucre glace, claironna McNab en le lui tendant.

Elle mordait dedans avec gourmandise quand Whitney fit son apparition.

— Commandant, le salua Eve. Merci d'être venu.

— J'ai eu l'impression que c'était urgent. Ce sont des beignets ?

Incapable de parler puisqu'elle avait la bouche pleine, Peabody opina vigoureusement.

— Les inspecteurs Peabody et McNab ont jugé que l'occasion s'y prêtait, expliqua Eve.

— Quand ne s'y prête-t-elle pas ? riposta Whitney en s'emparant d'un beignet à la confiture saupoudré de paillettes multicolores.

Le tableau attira son attention avant qu'il n'y goûte. Il examina les données sans mot dire, puis :

— Neuf morts ?

— Oui, commandant. Voire davantage, mais ces dates, ces circonstances, je peux les vérifier. J'attends le Dr Mira, le capitaine Feeney et le substitut du procureur afin de vous présenter mes hypothèses et mes conclusions.

— Entendu. Kyung se joindra à nous à 9 heures. Je peux avancer l'horaire si nécessaire.

— J'espère que non.

Whitney hocha la tête.

— Quel merdier.

En effet, songea Eve. Elle se réfugia dans un coin tandis que Feeney entrait, se ruait sur les beignets, puis en dégustait un en considérant le tableau. Mira et Reo, le substitut du procureur, arrivèrent ensemble, et Eve entendit des bribes de leur conversation à propos de chaussures en soldes.

Elle patienta tandis que chacune s'attardait devant le tableau, puis que Mira acceptait la tasse de thé que Peabody lui proposait. Jugeant que le moment était venu de commencer, Eve s'avança jusqu'au tableau.

— Les éléments que nous détenons, mon intime conviction et un taux de probabilité de 73,8 % indiquent que Joel Steinburger a tué les neuf individus figurant sur ce tableau. Les mobiles demeurent encore obscurs, mais commençons par Bryson Kane : la victime et le suspect étaient âgés respectivement de vingt et vingt et un ans. Le suspect était menacé de renvoi pour absentéisme et mauvaises notes. D'après les archives, la situation ne s'est guère améliorée. Pourtant, quatre semaines plus tard, il s'est retrouvé sur le tableau d'honneur.

— Tu le soupçonnes d'avoir triché, devina Feeney.

— Oui. Je pense qu'il a payé la victime, excellent élève, pour qu'il rédige ses dissertations et lui file un coup de main pour les examens. Soit la victime a voulu arrêter, soit elle a exigé davantage d'argent. Ils se sont disputés et le suspect l'a poussé dans l'escalier. Les notes du suspect ont connu une chute vertigineuse dans les trois semaines qui ont suivi le décès de son colocataire. À l'époque, on a mis cela sur le compte de l'émotion due au décès de son camarade. Je n'y crois pas une seconde. Il avait éliminé sa source, point à la ligne. Il devait en trouver une autre.

— Quelles sont vos preuves ? s'enquit Reo.

— Une analyse de ses relevés bancaires, des entretiens avec ses autres colocataires, ses professeurs, des étudiants. Deuxième victime, enchaîna-t-elle : L'arrière-grand-père aisé et influent de sa fiancée, patron du suspect. À sa mort, l'arrière-petite-fille – qui avait épousé le suspect – a reçu un héritage conséquent. On note à partir de ce moment que le suspect collectionne les femmes.

— Tricheur un jour, tricheur toujours, commenta Feeney. Il trompe l'épouse, Grand-papa le découvre et l'envoie paître.

— C'est ce que je pense, oui, confirma Eve. Le suspect se retrouve avec une épouse richissime, un poste élevé au studio et la possibilité d'hériter à son tour. Troisième victime…

Eve poursuivit son exposé, jonglant avec les données et les théories, répondant aux questions, réaffirmant les chronologies.

— Vu la longueur de la période étudiée, déclara Reo, il faudrait un miracle pour pouvoir recouper toutes ces informations, localiser et interroger toutes les parties impliquées. Sans compter qu'au fil des ans les souvenirs et les impressions s'estompent.

— Il s'en sort parce que ses crimes s'étalent dans le temps et qu'il change de méthode. Neuf personnes, voire plus, sont mortes parce que Joel Steinburger en a décidé ainsi. Parce qu'il voulait l'argent, le sexe, la célébrité ou la réputation qu'il ne méritait pas. Elles sont mortes parce qu'il voulait accéder sans effort au tapis rouge, aux médias, au sommet d'une industrie prestigieuse. Il voulait susciter l'envie et profiter au passage de tous les à-côtés, l'argent, encore et toujours, et le sexe.

— J'aurais tendance à aller dans votre sens, Dallas, reconnut Reo. Mais si vous avez mis à jour un mode de fonctionnement – logique et convaincant –, vous n'avez pas de preuves.

— Nous les obtiendrons.

— Où en êtes-vous concernant sa culpabilité dans les homicides Harris et/ou Asner ?

— J'approche du but. Donnez-moi un mandat pour perquisitionner son domicile, son bureau, son véhicule. Et un autre pour confisquer et analyser ses appareils électroniques.

— Vous voulez aussi que je vous offre un poney, pendant que vous y êtes ? rétorqua Reo. Quel motif invoquer ? Le juge et n'importe quel avocat digne de ce nom – et croyez-moi, Steinburger s'entourera d'un escadron entier – vous démontreront que nombre de sexagénaires peuvent avoir eu des liens avec neuf décès au cours de leur vie. Qu'une seule de ces affaires a été désignée comme un homicide pour lequel un individu a été inculpé. J'aurai beau supplier un juge de se pencher sur le dossier, de voir ce que vous voyez, ce que je vois moi-même, vous n'obtiendrez pas vos mandats.

— Vous n'allez même pas tenter le coup ? s'indigna Eve.

— Bien sûr que si. J'ai autant envie que vous de mettre cette ordure à l'ombre jusqu'à la fin de ses jours. Mais vous n'aurez pas vos mandats.

Eve se mit à aller et venir devant le tableau.

— Je parlerai à votre patron, dit Whitney à Reo, et je solliciterai autant de juges que nécessaire. Docteur Mira, avez-vous des choses à dire sur tout ceci ?

— Oui, commandant.

— Auparavant, interrompit Eve, que penseriez-vous d'un mandat pour la surveillance de ses transmissions ? Cet homme est mon principal suspect dans deux enquêtes en cours. Je peux d'ores et déjà écarter plusieurs des personnes présentes sur les lieux lors de la mort de Harris. J'ai un dôme entrouvert, des mégots de cigarettes aux herbes assaisonnées de Zoner, un témoignage selon lequel le suspect avait une aversion pour la fumée. Le dôme était fermé, le mécanisme défaillant. Le suspect l'ignorait. Il l'a ouvert pour aérer la rotonde, mais n'a pas réussi à le refermer complètement après avoir tué Harris.

— Une mise sur écoute me paraît possible, avoua Reo. Par ailleurs, je travaillerai avec le procureur sur le suicide Pearlman. Si votre contact peut nous ressortir les dossiers, peut-être serons-nous à même de revenir en arrière, maintenant que nous disposons de ce compte secondaire. Toutefois, si la mise sur écoute ne donne rien à court terme, nous aurons du mal à la maintenir une fois qu'il aura quitté New York.

Reo tourna les yeux vers le tableau.

— Je veux y croire mais, sincèrement, il faudrait des années pour réunir toutes les preuves.

— Il sévira de nouveau, avertit Mira. Cette fois, il n'attendra pas plusieurs années. Il a tué deux fois en deux jours. C'est une nouvelle forme de pouvoir. Il a assassiné Asner avec une brutalité inouïe. On avait envahi son intimité. Il a réagi par la violence, puis il a emporté et, du moins le supposons-nous, détruit tout ce qui le concernait. Mais Asner ne sera pas le dernier. Si Valerie a été rémunérée ou récompensée pour lui avoir fourni un alibi, elle représente désormais une menace. Il voudra se débarrasser d'elle et je crains qu'il n'agisse rapidement. Pour reprendre complètement le contrôle, il doit mettre fin à ce chapitre.

Mira dévisagea Eve.

— Il est plus dangereux maintenant qu'il a la sensation de ne pas tout maîtriser. Il est organisé, donc il prendra le temps de planifier. Il est égoïste et trouvera le moyen de justifier ses actions le cas échéant. Il est impitoyable. Tout ce qui risque d'empiéter sur son confort, son succès ou son ambition doit être supprimé. Il a tué pour satisfaire ses besoins pendant quarante ans. Il est devenu un homme puissant, respecté, riche et célèbre. Pour lui, tuer revient à payer un homme pour le faire.

— Simple business, renchérit Eve.

— Exact. Par ailleurs, c'est un geste extrêmement personnel. Des amis, des maîtresses, des ex-épouses. Vous découvrirez peut-être qu'il a eu une liaison avec Harris à une époque. Seules deux de ses proies n'appartenaient pas à son cercle intime.

— Et il s'est littéralement déchaîné sur elles.

— Avec elles, il pouvait se lâcher. À mon avis, quand vous interrogerez les ex-épouses et les maîtresses, elles vous avoueront – si elles sont honnêtes – qu'il avait une préférence pour les relations sexuelles agressives et les jeux de rôles. La violence, toujours. Leur ôter la vie lui donne l'impression de tout contrôler, mais en même temps il est poussé par le besoin de les éliminer lorsqu'il se sent menacé.

— Il ne va pas être content quand on va le jeter en cellule. Obtenez-moi un mandat, ajouta Eve à l'intention de Reo. N'importe lequel.

On frappa un coup bref à la porte et Kyung entra.

— Voulez-vous que j'attende dehors ? s'enquit-il.

— Non, vous tombez à pic, répondit Eve. Si tout le monde peut rester encore quelques minutes, j'ai une petite idée à vous soumettre. Prenez donc un beignet, ajouta-t-elle à l'adresse de Kyung en indiquant la boîte en carton.

19

— Vous allez devoir organiser une nouvelle conférence de presse, expliqua Eve à Kyung.

Après une brève inspection de l'assortiment proposé, ce dernier sélectionna un beignet classique et le rompit en deux.

— Je le crains, en effet.

— Mais pas avant que Reo ait obtenu un mandat et que la DDE ait mis en place une écoute électronique.

— Ma foi, je vous trouve bien conciliante, s'étonna Kyung.

— J'espère pouvoir en dire autant de vous. J'annoncerai une avancée dans l'affaire qui pourrait conduire à une arrestation imminente.

— Excellente nouvelle, approuva Kyung en la dévisageant. Si elle est vraie.

— L'avancée est réelle. Selon moi. L'arrestation dépendra de la réaction du tueur.

Eve pivota vers Whitney.

— Avec votre permission, bien entendu, commandant.

— Je vous suis, répondit celui-ci. Vous pensez que votre suspect, poussé par la panique ou la curiosité, prendra contact avec quelqu'un suite à la diffusion de cette nouvelle ?

— Il voudra connaître les éléments dont nous disposons et savoir s'ils risquent de jeter une ombre sur lui. Au lieu de sa rencontre avec Asner, il prétend avoir passé la soirée en compagnie d'une jeune femme. Je pense qu'il a acheté cet alibi. Les enchères pourraient monter si elle décide de renégocier les termes du marché.

— Ils pourraient en discuter face à face, argua Feeney. Sans passer par un communicateur ou un ordinateur.

— Exact. Mais j'ai déjà quelqu'un qui va affronter le suspect face à face. Nadine excelle dans l'art d'inciter les gens à raconter des faits qu'ils n'avaient pas prévu de dévoiler. Le moindre dérapage fera pencher la balance en notre faveur. J'aimerais la convoquer, commandant. Non seulement parce qu'elle a un intérêt particulier dans cette affaire, mais parce que j'ai la certitude qu'elle ne divulguera aucune information sans mon feu vert. Surtout quand j'aurai accepté – à contrecœur – de lui accorder un entretien exclusif dans son émission en échange de son aide et de sa discrétion.

— Il est habile, commenta Mira. Personne ne peut vivre comme il a vécu, commettre de tels actes pendant quarante ans sans être un maître de la manipulation. Nadine possède ce même don, elle aussi. Et vous, Eve. Vous savez pertinemment que Steinburger lui mentira.

— Oui. Mais à propos de qui ? Quand il saura que nous sommes sur le point de démasquer le coupable, il s'empressera de jeter le discrédit sur quelqu'un d'autre. Le nombre de suspects est limité. Pour se sentir en sécurité, il n'hésitera pas à dénoncer l'un des siens, en mentant ou en déformant la vérité. Plus il s'engouffrera dans cette voie, plus les chances qu'il dérape augmenteront.

— Il pourrait tuer un membre de son entourage, avertit Mira. Et maquiller la scène en un suicide dû à la culpabilité.

— En effet, nous devrons anticiper cette possibilité. J'y travaille.

Kyung leva la main.

— Excusez-moi. Je ne suis pas inspecteur mais ai-je bien vu ce que j'ai cru voir ? fit-il en désignant le tableau.

— Cette information ne doit pas quitter cette pièce, se contenta de répondre Eve.

— Je comprends. Évidemment. Mais… avez-vous effectivement relié neuf meurtres à Joel Steinburger ? L'un des producteurs les plus respectés et célébrés de l'industrie du cinéma ?

— Miser sur les bons films ne l'empêche pas d'être un assassin, répliqua Eve. Et je suis sur le point d'entacher sa réputation.

— Quel scoop ! Les médias vont se ruer sur la nouvelle – et sur vous, lieutenant.

— Cela semble vous réjouir.

— Chacun son boulot.

— Absolument.

De la salle de conférences, Eve se rendit directement à son bureau pour joindre Nadine.

— La dame du bateau ? demanda-t-elle à Peabody.

— Elle habite à Tribeca avec son compagnon.

— Contactez-la. Qu'elle nous rejoigne à son yacht. Exécution, Peabody. Ah ! Nadine, bonjour, enchaîna Eve. J'aimerais vous voir.

— J'ai un trou cet après-midi aux alentours de…

— Immédiatement.

— Dallas, je suis au beau milieu d'un…

— Croyez-moi, le jeu en vaut la chandelle.

— Vraiment ? Plus que de finaliser une interview exclusive d'Isaac McQueen en attendant son transfert dans un pénitencier hautement sécurisé, hors-planète ? Entretien que je compte rajouter à ceux des jumelles Jones, de la demoiselle que McQueen et sa complice ont enlevée au centre commercial et de toutes celles libérées par un flic novice à New York, il y a douze ans. Une émission spéciale de six heures, en trois parties. Un coup de maître.

— Tant mieux pour vous. Et si je vous proposais de quoi écrire un nouveau bouquin et susciter l'intérêt du tout-Hollywood ?

— Où ? Quand ?

— La marina Land Edge, Battery Park. Ne quittez pas...

Eve jeta un coup d'œil à Peabody qui revenait. Celle-ci articula : « Dans une heure. »

— Dans deux heures, dit Eve en reprenant la communication. Ne soyez pas en retard.

Elle raccrocha.

— Indépendamment des bouquins et des films, c'est une affaire incroyable, commenta Peabody. En devenant flic, je n'aurais jamais imaginé être confrontée à un cas pareil. Comment a-t-il pu... pendant quarante ans ? C'est...

— Déprimant, trancha Eve. On aurait dû l'arrêter depuis longtemps. Si un flic avait regardé à droite plutôt qu'à gauche, en haut plutôt qu'en bas, posé une question de plus, peut-être serait-il déjà en cage.

— Oui. Certaines personnes réussissent à échapper à la justice ou à se glisser entre les mailles du filet uniquement parce qu'on manque de preuves. Mais, c'est... Quarante ans, Dallas ! Regardez-moi ce tableau, cet étudiant... il était plus jeune que moi. Il ne vieillira jamais, il n'obtiendra jamais son diplôme, il ne tombera jamais amoureux. Il serait assez âgé aujourd'hui pour être grand-père, mais non, il aura toujours vingt ans.

— Pensez à lui. Gravez son visage et son nom dans votre mémoire, Peabody, et rappelez-vous qu'il est mort à cause de Joel Steinburger.

— Nous veillerons à ce qu'il ne recommence plus jamais.

Le communicateur d'Eve bipa.

— Dallas.

— McHone. J'ai eu de la chance, j'ai retrouvé le carton contenant les pièces à conviction, le dossier de l'enquête et les appareils électroniques. Après avoir parlé avec vous, ça m'a obsédé, du coup, j'ai creusé.

— Je vous suis redevable. Écoutez, de notre côté, on avance. Si vous pouviez m'expédier le tout, notre chef de la DDE et son expert consultant civil surdoué pourraient mettre le nez dans les ordinateurs. Quant à moi, j'aimerais jeter un coup d'œil au dossier de l'enquête et au reste.

— Si vous découvrez quelque chose qui me permette d'assurer à la veuve de Pearlman que son mari n'était ni un lâche ni un voleur, nous serons quittes. J'ai de la paperasse à remplir pour vous envoyer tout ça, mais je m'en occupe au plus vite.

— Je peux vous soulager d'une partie de ces tâches. Je demande à mon commandant de se charger du côté administratif et je vous envoie un transporteur. Si je peux vous être utile en quoi que ce soit, sergent-inspecteur McHone, n'hésitez pas.

— Comptez sur moi.

— Peabody, mettez Whitney au parfum, enchaîna Eve dès qu'elle eut coupé la communication. Je règle le problème du transport.

Sur le point de solliciter Connors, elle tressaillit, grimaça, effectua un aller-retour de son bureau à sa fenêtre. Elle s'en voulait de le déranger chaque fois qu'elle avait besoin de quelque chose qu'il pouvait lui procurer.

Pour finir, ravalant son amour-propre, elle appela Summerset.

— Lieutenant ?

— Il me faut une navette ultrarapide pour emmener deux officiers du Département de Police en Californie et les ramener avec des documents confidentiels à New York.

— Je vois. Donnez-moi la destination exacte et le lieu de départ.

— C'est tout ?

— Je suppose que vous êtes pressée. Par conséquent, oui, cela me suffit.

— Bien, marmonna-t-elle, sur ses gardes.

Elle lui transmit tous les renseignements nécessaires.

— Entendu. Envoyez vos hommes à l'embarquement munis d'une pièce d'identité et d'une autorisation signée dans trente minutes.

— Une autorisation signée par qui ?

— Vous-même, lieutenant, nos navettes étant toujours à votre disposition. Et si vous décidez de les accompagner, cette formalité devient inutile.

— Non, je n'irai pas. Ils seront là dans une demi-heure. Merci, ajouta-t-elle, non sans mal, après un silence.

— De rien.

Summerset disparut de l'écran et Eve plissa le front. Comment aurait-elle pu deviner que ce serait si facile ? Si elle l'avait su, elle aurait contacté elle-même le transporteur. Cela dit, Summerset serait sans doute plus rapide.

— Dallas ?

— Quoi ?

Distraite, elle tourna la tête, et découvrit Reo sur le seuil de son bureau.

— Vous avez votre mandat, annonça cette dernière. J'ai prévenu Feeney.

— Parfait. On lance la machine.

— Vous n'avez pas envie de me l'entendre dire, je sais, mais vous aurez beaucoup de chance si vous réussissez à le faire parler.

— Il dira peut-être quelque chose qui nous mènera à autre chose. C'est un processus, Reo.

— Un processus qui pourrait durer des années – voire l'éternité – si vous voulez l'accuser des meurtres passés. N'auriez-vous pas intérêt à vous concentrer sur les deux que vous avez déjà ?

— Je suis capable de poursuivre deux objectifs à la fois. Un étudiant, une femme enceinte, un mari et père, un vieil homme, une femme assez intelligente pour le quitter, un type qui se contente de faire son métier. Qui dois-je délaisser ?

— Aucun d'entre eux. Mais si vous parvenez à l'inculper pour les homicides Harris et Asner, il ne reverra plus jamais la lumière du jour. Il n'a qu'une vie, Dallas, et il la finira en prison.

— Je m'en contenterais s'il ne s'agissait que de lui. À cause de lui, sept personnes ont quitté cette terre prématurément. Avez-vous regardé les photos ?

— Oui. Je sais. Je *sais*, Dallas. J'aimerais qu'il paie pour chacune d'entre elles. Mais en attendant, ce serait bien pour Harris et Asner qu'on l'épingle, en espérant pouvoir rendre justice aux autres au fil du temps.

— Non. Je veux le mettre en miettes. Pour l'ensemble.

— Mira est inquiète. L'avez-vous senti, vous aussi ? Elle craint qu'il ne trouve le moyen de braquer les projecteurs sur quelqu'un d'autre. Ou pire. Nous devons à tout prix éviter qu'il ne tue de nouveau.

— À présent, je sais comment il fonctionne. J'ai un train d'avance sur lui.

— Tenez-moi au courant. Et si vous me fournissez des preuves, je me mettrai en quatre pour obtenir vos mandats de perquisition.

— Vous pourriez essayer maintenant.

Reo secoua la tête.

— Si j'essaie maintenant, j'essuierai un refus. Et si j'essuie un refus, j'aurai d'autant plus de mal à gagner ma cause plus tard.

Cela tenait la route, même si c'était contrariant.

— Quand Peabody et moi avons visité le plateau, avant tous ces événements, expliqua Eve, ils tournaient une scène où une jeune femme substitut du procureur accompagne deux flics au domicile d'Icove. Quand ils découvrent un corps, le substitut tombe dans les pommes.

— Zut ! Ils ont inclu cet épisode dans le film ? s'exclama Reo, mortifiée. C'était mon premier corps. Ç'aurait pu arriver à n'importe qui.

— La chute de l'actrice était très gracieuse.

— Cela vous a amusée, devina Reo, les yeux étrécis.

— Je n'ai pas trouvé ça nul, assura Eve. Et si je ne m'abuse, vous vous êtes bien rattrapée. Vous avez fait preuve d'efficacité.

— Un fragment de preuve et je recommencerai, promit Reo avec un soupir.

— Préparez-vous ! fit Eve en attrapant son manteau.

— Ô mon Dieu ! s'écria Reo avec ravissement.

— Quoi ? C'est mon manteau qui vous excite ?

— Il est… délicieux.

— Interdiction de le lécher ! Je vous permets de le toucher. Une seule fois.

— Mmm ! Quelle merveille !

Eve fonça dans la salle commune.

— Peabody, avec moi, lança-t-elle. Reo, vous allez l'avoir, votre fragment.

Le vent soufflait. La journée était assez belle et les touristes en profitaient, déambulant dans le parc, s'entassant sur les ferries à destination de Liberty Island. Les plates-bandes étaient encore fleuries, les couleurs commençant à prendre des teintes automnales.

Dans leurs stands, les vendeurs arnaquaient sans vergogne les promeneurs, leur proposant au prix fort hot dogs au soja, souvenirs, guides, communicateurs et appareils photos jetables.

Eve scruta la marina où des centaines de bateaux dansaient sur l'eau.

La zone réservée aux particuliers était clôturée afin de décourager les badauds, les vandales en puissance et les voleurs, mais elle n'avait rien d'infranchissable. Cela dit, ceux qui pouvaient s'offrir une place dans ce port avaient sûrement équipé leur yacht somptueux de systèmes de sécurité tout aussi somptueux.

— Voilà Violet Holmes, annonça Peabody en indiquant d'un signe de tête la femme qui se dirigeait vers le portail.

Elle portait une veste coquelicot impeccablement coupée sur un jean aux poches ornées d'un fin galon or et un chemisier à rayures rouges. Elle avait autour du cou une écharpe imprimée qui voletait derrière elle dans la brise. Une casquette bleu marine coiffait ses courts cheveux argentés.

— Inspecteur Peabody. Et vous, vous devez être le lieutenant Dallas, ajouta-t-elle en leur offrant une poignée de main ferme. J'ai déjà l'impression de vous connaître après avoir lu le livre sur l'affaire Icove et suivi les reportages sur K.T.

— Vous la connaissiez ? s'enquit Eve.

— Fort peu. Je vis désormais à New York et je ne me rends qu'occasionnellement sur la côte Ouest. Je suis ravie de vous rencontrer toutes les deux, mais j'ai du mal à comprendre en quoi le *Simone* peut vous intéresser.

— Le bateau, expliqua Peabody à Eve.

— En hommage au rôle qui m'a apporté la gloire. Vous êtes trop jeunes, mais c'est « Simone » qui a lancé ma carrière. Ce yacht a maintenant dix ans et j'en tire toujours autant de plaisir.

— En parlant de vos débuts dans la profession, Joel Steinburger a-t-il l'habitude de payer une actrice débutante vingt mille dollars ?

— Pardon ?

— C'est juste l'un de ces détails qui vous sautent à la figure au cours d'une enquête de routine. Vingt mille dollars virés sur votre compte – nouvellement ouvert – le 18 juillet 2029. Était-ce une pratique habituelle ?

— Pas du tout, et c'est ce qui fait de Joel un être exceptionnel. Je m'en souviens bien puisqu'il s'agissait de Simone. Le personnage. Je tenais absolument à le jouer. J'ai préparé mes auditions pendant des jours, avoua-t-elle avec un petit rire. À l'époque, je mangeais, je dormais, je respirais Simone. Mais si Joel voulait m'engager, ses associés, eux, avaient des réticences. Je n'étais pas assez belle, pas assez sophistiquée... Sensuelle... Sexy. J'en passe et des meilleures.

— Vingt mille dollars ont changé cela ?

— Vous n'imaginez pas à quel point. Joel a déboursé cette somme de sa poche, il a pris ce risque. Il m'a encouragée à solliciter l'un des consultants les plus réputés en matière de relooking. J'étais au septième ciel. Une fois satisfaite de ma nouvelle image, j'ai repassé une audition. Et j'ai décroché le rôle. Je suis redevable à Joel.

— Avez-vous été amants ?

— Un peu plus tard. Brièvement. Je trouve vos questions bizarres.

— Je m'en doute. En voici une autre. Vous qui vous rappelez si précisément cet incident, vous devez vous souvenir de ce que Joel vous a demandé en retour.

— D'obtenir le rôle.

— Une petite faveur qu'il vous aurait demandée à peu près à la même époque, insista Eve.

— Je ne vois pas le rapport avec mon bateau.

— Il y a toutes sortes de détails à éclaircir.

— Ma foi, oui, cela me revient. Je lui ai rendu un petit service. Toutefois, je n'ai jamais eu l'impression qu'il s'agissait d'un échange en contrepartie de l'argent qu'il m'avait avancé.

— Soyez plus précise.

— Joel voulait faire une surprise à son épouse. Ils venaient d'apprendre qu'elle était enceinte de leur premier enfant. Il souhaitait se rendre dans leur villa au Mexique pour veiller aux préparatifs d'une grande fête. Je devais simplement, le cas échéant, affirmer qu'il avait assisté à ma première réunion avec le consultant, prévue le soir même. D'ailleurs, il était avec nous durant les deux premières heures. Ensuite, il a dû nous quitter pour prendre son avion.

— Voilà qui clarifie ce point. Merci. Quand la police vous a interrogée, j'imagine que vous vous en êtes tenue à cette version.

— Oh ! s'écria Violet en plaquant la main sur son cœur. L'overdose d'Angelica Caulfield. Je saisis mieux le lien avec la police, à présent. Quelle tragédie ! Quel gâchis !

— Vous avez bel et bien été interrogée par la police ?

— Les flics avaient parlé à Joel. D'après les rumeurs, il avait une liaison avec Angelica. En toute franchise, je ne compte plus le nombre de fois où l'on m'a acoquinée avec de parfaits inconnus. Ce sont les aléas du métier.

— Vous avez donc répondu que Joel Steinburger était avec vous et le consultant.

— Oui. Germain – le consultant – était présent lors de cet entretien de routine. Il a confirmé spontanément que Joel était bien avec nous. Du coup, moi aussi. Cela semblait plus facile.

Elle marqua une pause, soupira.

— Je n'y ai pas repensé depuis des années, mais avec le recul, je me rends compte que nous avons peut-être eu tort. Certes, les médias auraient révélé le voyage impromptu de Joel au Mexique, la surprise aurait tourné court. Ça n'a pas été le cas et Lana est tombée des nues. La fête était extraordinaire. Ma première grande soirée, murmura Violet avec un sourire mélancolique.

— L'effet de surprise n'entrant plus en ligne de compte, cela vous ennuierait de rectifier le tir – pour les archives ? s'enquit Eve.

— Ah ! Euh... non, bien sûr. Si c'est vraiment nécessaire.

— Par souci de rigueur, répliqua Eve d'un ton désinvolte. Nous verrons cela plus tard. En attendant, pouvons-nous visiter le *Simone* ?

— Avec plaisir. Ponton numéro 6. Mon chiffre porte-bonheur.

— Êtes-vous montée à bord ces derniers temps ?

— Pas depuis deux semaines. J'étais à Baltimore pour le tournage d'une nouvelle série. Je ne suis rentrée qu'hier après-midi à New York.

— Qui d'autre y a accès ?

— Phillip – Phillip Decater. Nous cohabitons depuis deux ans. Mais il ne l'a jamais piloté ; il n'a pas le pied marin – c'est son seul défaut. Il était avec moi à Baltimore.

— Vous emmenez vos amis en balade, je suppose ?

— Les amis, la famille. Quand c'est possible. Où voulez-vous en venir ?

— Peut-être nulle part. Avez-vous un moyen de savoir si votre bateau a été utilisé en votre absence ?

— Si vous pensez que quelqu'un a pu « l'emprunter », j'en doute. Il faut franchir le portail, la sécurité de la timonerie et, pour finir, décoder le système de démarrage. Après s'être donné tant de mal, pourquoi ne pas filer jusqu'en Nouvelle-Écosse et le revendre ?

— D'accord. Mais imaginons tout de même que quelqu'un l'ait emprunté, vous avez les moyens de le savoir ?

— Oui, car le journal de bord numérique aura enregistré la dernière sortie, les coordonnées, le temps écoulé.

— Ah bon ?

— C'est mon nouveau joujou, admit Violet avec un petit rire. Phillip me l'a offert pour mon anniversaire le mois dernier. Je n'en ai pas vraiment besoin, mais il sait combien j'aime le *Simone*. Et j'adore les gadgets.

— Peut-on vérifier ledit gadget ?

— Pourquoi pas ? Suivez-moi. Les placards sont toujours pleins, enchaîna Violet. Puis-je vous offrir une boisson ?

— Non, merci.

— Que c'est beau ! s'exclama Peabody un instant plus tard. Je n'y connais rien en bateaux, mais en boiseries, en revanche… Celles-ci sont magnifiques.

— Teck récupéré, précisa Violet. Nous recevons beaucoup à bord pendant l'été. Nous pouvons coucher huit personnes.

Elle gravit un escalier étroit, déverrouilla une porte en verre. L'espace dans lequel elles pénétrèrent ressemblait à un poste de pilotage ultramoderne, mais la barre était ancienne. Et la vue sur le port, spectaculaire.

Eve s'efforça d'ignorer les mouvements du sol sous ses pieds.

— Voici les gadgets, annonça Violet en se dirigeant vers la droite. Un sonar, très pratique pour traquer les bancs de poissons ou même les baleines si l'on s'éloigne suffisamment de la côte. Diverses chaînes météo mondiales. Enfin, cerise sur le gâteau, le journal de bord numérique.

Elle alluma un écran, cita son nom ainsi que celui du yacht.

— Phillip a programmé la fonction vocale, histoire de rire. Afficher journal de bord, ordonna-t-elle. Comme vous pouvez le constater, nous sommes très peu sortis depuis… Tiens ! Qu'est-ce que c'est que ça ?

— Est-ce que je lis bien ? intervint Eve. Le bateau a quitté la marina cette nuit à 1 h 16. Retour un peu plus d'une heure plus tard, à 2 h 02. Parcours : 2,25 miles nautiques. C'est la vitesse moyenne ?

Violet ôta sa casquette, se passa la main dans les cheveux ;

— Oui, en nœuds. Je suis abasourdie.

— Ces chiffres, ce sont les coordonnées ? Sa destination ?

— Oui, oui. Nom de nom. La sécurité de la marina va m'entendre. Si un employé s'est permis d'emprunter le *Simone,* cela lui coûtera cher.

— Vous devriez peut-être faire le tour du bateau, suggéra Peabody. Histoire de vous assurer que rien n'a disparu.

— Mon Dieu. Oui, bien sûr. Bon sang !

Tout en regagnant le pont, elle sortit son communicateur. Eve l'entendit dire :

— Phillip, quelqu'un s'est servi du *Simone*. Non, non, pas de dégâts. Je suis avec la police.

— Le suspect n'était pas au courant pour le nouveau gadget, supputa Eve. Il savait probablement que Violet était à Baltimore. Il savait surmonter tous les obstacles, démarrer.

— Ils ont été amants, chuchota Peabody. Elle a menti autrefois pour le couvrir lors d'un interrogatoire officiel.

— D'après moi, elle était jeune, reconnaissante, naïve. Elle se sentait redevable envers lui parce qu'il lui avait prêté de l'argent, parce qu'il l'avait pistonnée pour le rôle. Je suis convaincue de sa sincérité : elle s'est confiée à nous sans la moindre hésitation.

Peabody jeta un coup d'œil vers l'entrée de la timonerie.

— Il n'avait aucune raison de la mettre en garde, renchérit-elle. Elle ne s'attendait sûrement pas que l'on revienne là-dessus tant d'années plus tard. Elle a paru étonnée mais pas effrayée.

— Elle a probablement modifié les mesures de sécurité depuis leur liaison. Elle vit depuis deux ans avec ce Phillip. Mais Steinburger a pu monter à bord entretemps. C'est un ami et il possède lui aussi un bateau.

Eve sortit, Peabody sur ses talons, puis descendit l'escalier, et descendit encore en entendant un remue-ménage sous le pont.

— Tout semble en place, annonça Violet, qui se tenait dans la kitchenette. Je me prépare un Bloody Mary. Je suis furieuse ! Phillip arrive. C'est un homme sur qui l'on peut compter.

— Vous avez dit que vous étiez les deux seuls à pouvoir accéder au *Simone*. Mais en cas d'urgence ? Les gens de la sécurité ont sûrement des passe-partout.

— Oui, c'est vrai. J'avais oublié.

— Vous avez dit aussi que vous receviez souvent à bord. Peut-être que certains de vos amis ou des membres de votre famille connaissent les codes.

Violet but une gorgée de cocktail.

— Possible. Mais ce sont des proches. S'ils voulaient utiliser le yacht, ils se seraient adressés à moi. Ils n'auraient pas rôdé en pleine nuit dans la marina alors qu'il leur suffisait de me contacter pour obtenir une autorisation.

— Vous est-il arrivé de recevoir des membres de l'équipe ou du casting du film sur l'affaire Icove ?

Violet abaissa son verre.

— Vous pensez que cet incident a un lien avec le meurtre de K.T. Harris ? Je... j'ai besoin d'air.

Elle se précipita sur le pont. Eve lui accorda une minute de répit avant de l'y rejoindre avec Peabody.

— Avez-vous organisé une soirée pour eux ?

— Connie et moi sommes amies. J'adore Roundtree. Andrea et moi sommes assez copines aussi, maintenant que nous ne sommes plus en compétition pour certains rôles.

Elle s'assit, sirota son Bloody Mary.

— J'avais eu l'occasion de rencontrer Julian et je l'avais trouvé charmant. Quant à Joel, vous savez déjà que nous avons eu une liaison autrefois. Nous sommes restés amis. Phillip et moi les avons tous reçus à la fin du mois d'août. Il y avait aussi K.T., Marlo Durn, Matthew Zank – et quelques autres. Un groupe restreint est resté dormir. Connie et Roundtree, Joel, Andrea… Nous possédons tous un bateau, nous sommes tous marins. Mais je ne vois toujours pas le rapport avec…

— Certains d'entre eux sont-ils revenus depuis cette réception ?

— Hum, murmura Violet en se frottant le front. Quand on travaille sur un projet, on n'a guère de temps à consacrer aux festivités. Connie et moi avons déjeuné sur le pont le mois dernier, il me semble. Nous sommes restées au port. Ah, oui ! J'ai prêté le *Simone* à Joel il y a quelques semaines. Il cherchait un bateau à louer pour chouchouter quelques financiers. Je lui ai aussitôt proposé le mien.

— Vous lui avez donc transmis les codes.

— Certainement. J'avais l'intention de les changer, par principe. Mais j'ai été tellement accaparée par cette nouvelle série que j'ai oublié. Et puis, j'insiste, ni Joel ni les autres n'auraient eu la moindre raison de partir en douce au beau milieu de la nuit.

— Je pinaille, la rassura Eve. Merci pour votre coopération. Avant de partir, puis-je faire une copie de votre journal de bord numérique ?

— Je vous en prie. Vous ne devriez pas aussi prélever quelques empreintes ?

Eve lui sourit.

— Le document suffira. Puisque nous sommes là, si nous en profitions pour rectifier votre fameuse déclaration.

— Est-ce vraiment indispensable ? Cela remonte à trente ans.

— Ce n'est qu'une formalité. Peabody, occupez-vous de la copie pendant que je me charge de la déclaration.

Quand elles eurent terminé, elles laissèrent Violet ruminer sur son Bloody Mary et quittèrent le bateau.

— Peabody.

— Je sais : expédier le document à la police portuaire, coordonner avec eux une expédition sur le lieu de dépôt, y dépêcher une équipe de plongeurs.

— Au plus vite, insista Eve. Nous avons notre premier fragment et, en prime, la rectification de Violet Holmes concernant l'alibi de Steinburger le soir du décès de Caulfield.

— Il avait tout prémédité. Organisé le rendez-vous avec le consultant – oui, je vais vous le dénicher –, choyé la jeune actrice avide de succès.

— Qui était probablement amoureuse de lui, ajouta Eve. Reo sera contente. Si nous parvenons à localiser le lieu du dépôt, ce sera encore mieux. Nous obtiendrons enfin nos mandats de perquisition.

— Ce journal de bord numérique est une aubaine.

— La chance sourit depuis trop longtemps à Joel Steinburger. Si nous n'avions pas eu ce gadget, nous aurions trouvé autre chose, une consommation anormale de carburant, par exemple. Bref… Envoyez deux uniformes quadriller la marina à la recherche d'éventuels témoins oculaires. Je veux que la DDE vérifie la sécurité du portail. Violet s'est servie d'une carte-clé et d'un code pour entrer. Voyons comment Steinburger s'y est pris.

— Tout de suite. Tiens ! Voilà Nadine.

— Je vois, oui.

— J'espère que je ne me suis pas déplacée pour rien, attaqua celle-ci bille en tête. Je suis submergée de boulot. J'ai dormi à peine trois heures la nuit dernière et j'ai englouti deux viennoiseries archisucrées pour mon petit-déjeuner parce qu'elles étaient sous mon nez. Et maintenant, je suis ici alors que je devrais être en train de peaufiner mes questions pour ce salaud de McQueen.

— Une promenade dans le parc vous ferait du bien. Peabody, je compte sur vous. Vous nous rattraperez dès que vous aurez fini.

— Je n'ai pas le temps pour une foutue promenade ! aboya Nadine.

Mais Eve s'éloignait déjà.

— Oh ! Si j'en avais le courage, je lui botterais volontiers les fesses.

— Croyez-moi, vous ne regretterez pas la balade, la rassura Peabody. Le jeu en vaut largement la chandelle.

20

L'avantage d'un parc en pleine ville, songea Eve, c'était que la nature y demeurait relativement civilisée. La faune se bornait aux écureuils, pigeons, agresseurs et inévitables pronostiqueurs de fin du monde – invariablement plus miteux que les écureuils.

Les fleurs lui plaisaient assez. Quelqu'un avait pris la peine de les planter plutôt que de les laisser jaillir de la terre quand tout le monde avait le dos tourné. Au gazouillis d'oiseaux et bourdonnements d'insectes suceurs de sang répondait le réconfortant fond sonore de la circulation.

— Pas question d'arpenter Battery Park avec ces chaussures, décréta Nadine.

Eve jeta un coup d'œil à ses escarpins à talons rouille mouchetés d'or.

— Pourquoi les porter si vous ne pouvez pas marcher avec ?

— Il y a une différence entre la marche et la randonnée, riposta Nadine.

Elle se laissa choir sur un banc, croisa les jambes et les bras.

— De quoi s'agit-il et pourquoi devons-nous à tout prix en discuter de vive voix ? Mon emploi du temps est explosé, à présent.

— Vous ne le regretterez pas.

Nadine fixa Eve d'un regard méfiant.

— Avez-vous la moindre idée du travail que représente une série de cette envergure ? La programmation, les voyages, l'écriture, la conception, le choix de ma garde-robe ? Sans compter que c'est *moi* qui assure tous les entretiens, la préparation des questions, l'organisation, la narration. Et en plus, je suis productrice déléguée. Alors…

— À propos de producteurs, l'interrompit Eve d'un ton neutre en s'asseyant près d'elle. J'aimerais que vous convainquiez Steinburger d'accepter une interview. Vous lui demanderez ce qu'il pense du meurtre de Harris, ce qu'il ressent à figurer parmi les suspects, comment lui et les autres font face à ce décès tout en poursuivant le tournage. Vous voyez le genre.

— Vous m'apprenez mon métier maintenant ? C'est le comble ! s'emporta Nadine. Je le jure devant *Dieu*, je crois bien que je vais vous botter les fesses.

— Avec ces chaussures ? railla Eve. Vos chevilles se briseront comme des brindilles.

— Écoutez, Dallas, les médias se sont tous rués sur cette affaire. Steinburger et ses copains s'en tiennent à la ligne dictée par le studio. Ils sont en état de choc, bouleversés, terrassés par le chagrin, mais le spectacle continue. Je les ai tous rencontrés officiellement. Si vous êtes sur une nouvelle piste et que je peux l'exploiter, parfait. Sinon, ce ne seront que des redites jusqu'à ce que vous me fournissiez de nouvelles infos. Sauf si vous m'annoncez que Steinburger en personne est monté sur ce toit et a tué Harris.

— C'est confidentiel.

Nadine étrécit les yeux.

— C'est une blague, Dallas ? Vous me faites traverser la moitié de la ville, vous sous-entendez que vous soupçonnez l'un des producteurs les plus respectés de l'industrie du cinéma d'avoir éliminé une de ses actrices les plus rentables, si capricieuse soit-elle, et vous voulez que je garde cela pour moi ?

— Absolument. Sans quoi, vous partez de votre côté, juchée sur vos talons, et moi, du mien, dans mes boots neuves et archiconfortables.

— Qu'est-ce que vous pouvez m'énerver !

Nadine examina les boots d'Eve avec une moue boudeuse.

— Elles sont belles.

Eve étira les jambes.

— Elles vont bien avec le manteau, je suppose, dit-elle.

— Ne me parlez pas de ce manteau. Il devrait être à moi. J'en apprécierais la coupe et la souplesse bien plus que vous.

— Je l'aime beaucoup, assura Eve. Bon, on continue à parler chiffons ou on passe aux choses sérieuses ?

— Merde. Je…

— Une seconde !

Eve se leva, s'approcha d'un type maigre en blouson et pantalon informes. Elle l'agrippa par le bras.

— Toi et moi savons que cette femme est une idiote de porter son sac de cette manière.

— C'est quoi, votre problème ? aboya-t-il en la repoussant.

Eve resserra son étreinte.

— Elle est stupide et sa copine aussi. Elles débarquent probablement du fin fond du Wisconsin. Leur voler leurs sacs ne servira qu'à ternir l'image de notre ville.

Il ricana, brandit le poing.

— Foutez-moi la paix ou j'appelle les flics.

— Je *suis* flic, crétin. Je suis assise là-bas et je t'observe en train de cibler tes proies. C'est insultant.

— C'est quoi, ce délire ? rétorqua-t-il avant d'ajouter d'un ton geignard : Je me balade, c'est tout.

— Rends-nous service à tous les deux. Balade-toi ailleurs.

Eve le relâcha et il détala comme un lapin, à l'opposé des deux dames éventuellement originaires du Wisconsin qui se promenaient le sac pendant au bout de la main.

Eve rejoignit Nadine.

— Désolée pour cette interruption. Où en étions-nous ?

— Comment avez-vous su que c'était un voleur à la tire ?

— Il épie ces deux touristes depuis plusieurs minutes, l'œil rivé sur leurs sacs, en se demandant s'il fait d'une pierre deux coups, répondit Eve, avant de poursuivre dans la foulée : Si vous voulez savoir ce que je sais, prononcez les mots magiques.

— Bordel.

— Ce n'est pas ça.

— D'accord, mais j'espère que le jeu en vaut la chandelle. Cela restera confidentiel. Je vous écoute.

— Outre Harris et A.A. Asner, Steinburger a tué au moins sept autres personnes. Plus, selon moi, mais pour l'heure nous nous en tenons à ce chiffre. Il sévit depuis quarante ans.

Nadine cligna des yeux une fois, lentement.

— Joel Steinburger. Lauréat de l'Academy Award, honoré par le Kennedy Center, fondateur de *Big Bang Productions*... Joel Steinburger, assassin depuis quatre décennies ?

— En commençant par un colocataire du temps de l'université et en terminant, si j'ai mon mot à dire, par Asner.

— Nom d'un chien ! Vous en êtes sûre ? Évidemment, sinon vous ne me le diriez pas. Seigneur !

Elle bondit de son siège, effectua quelques allées et venues en vacillant sur ses escarpins.

— C'est énorme. Énormissime ! Une histoire monstrueuse. Godzilla. De quoi écrire un deuxième best-seller qui deviendra forcément un film, vu le lien avec Hollywood.

— Quand je pense que seulement neuf individus, plus ou moins, ont dû mourir.

— Accordez-moi une minute, voulez-vous ? J'ai du mal à me retenir de danser le mambo tellement je suis excitée. *Joel Steinburger : producteur criminel.*

— Je vous propose de réfléchir au titre une fois que nous l'aurons enfermé.

Nadine se rassit.

— D'accord, je me calme. J'aurais sans doute moins jubilé si je l'avais apprécié. J'en avais très envie. Cet homme produit un film adapté de mon livre et j'admire son travail. Mais je l'ai trouvé flagorneur, irritable et plutôt collant. C'est un tâteur de fesses, expliqua Nadine. Il se la joue « amicale » mais je n'étais pas dupe. Je me suis donc tenue à distance.

— Le sexe et l'argent sont ses principaux moteurs, ainsi que le besoin d'exercer le pouvoir. Tâter les fesses des femmes n'est qu'une façon parmi d'autres de montrer que c'est lui le chef.

— Vous êtes remontée jusqu'à un colocataire du temps de ses études supérieures ?

— Nous pensons que celui-ci rédigeait ses devoirs, ou lui en vendait moyennant finances, ou encore, qu'il avait découvert la supercherie. Steinburger l'a poussé dans l'escalier. La thèse de l'accident maquillé est plausible, mais il suffit de creuser un peu pour constater, au fil des ans, un taux anormalement élevé de morts dans son entourage. De surcroît, j'ai un témoin qui est revenu officiellement sur sa déclaration concernant l'alibi de Steinburger pour le soir où Angelica Caulfield a succombé à une overdose.

— Angelica Caulfield. Nom de nom ! Vous le soupçonnez d'avoir tué Angelica Caulfield.

— J'en ai la certitude. Il ne me reste plus qu'à le prouver. Et ce n'est pas tout.

Eve lui résuma rapidement ses découvertes tandis que Peabody s'approchait avec un cornet géant de pop-corn. Elle en jeta distraitement à un écureuil. Aussitôt, ce dernier fut cerné par une horde de copains.

— Peabody ! s'exclama Eve d'un ton de reproche.

— Il avait l'air d'avoir faim.

— Maintenant, il est devenu un escadron, et voilà les forces aériennes qui s'y mettent.

Les pigeons fondirent sur les rongeurs.

— Jetez-moi ça avant qu'ils n'organisent l'attaque, ordonna Eve. J'ai l'impression que celui-là est armé.

Dépitée et vaguement terrorisée, Peabody se faufila entre la masse d'écureuils et de pigeons, et fila avec ses pop-corn.

— C'est son côté Free Age, marmotta Eve.

— On a spéculé depuis des années sur la disparition de Caulfield et la paternité du bébé qu'elle portait, reprit Nadine. Pendant tout ce temps... Mais vous n'avez aucune preuve. Du moins, pas encore. Sans quoi, vous ne vous confieriez pas à moi.

— Avant de jouer les fées marraines avec la faune de ce parc, Peabody a contacté la police portuaire. Ils vont dépêcher des plongeurs sur le site. Nous allons retrouver du matériel électronique. Nous avons des pistes sérieuses. Je peux l'enterrer jusqu'au cou et je le ferai. Autres éléments : le dôme entrouvert et son aversion pour la fumée.

— Ça, je peux vous le confirmer. Marlo et moi avons grillé une cigarette dans sa loge un jour en révisant une scène. Il est passé une heure plus tard. Il a réagi comme si on avait brûlé des déchets nucléaires.

— Nous allons traquer les témoins de tous les meurtres en question. Je devrais recevoir le dossier sur le suicide Buster Pearlman à mon retour au Central. Cet après-midi, nous donnerons une conférence de presse. J'annoncerai que, sur la base de nouvelles informations, nous explorons une voie et espérons procéder très vite à une arrestation.

— Vous voulez essayer de l'enfumer ?

— Il va s'inquiéter, tenter de chercher à quel moment il a pu commettre une erreur. Déstabilisé, il en commettra d'autres. Mira craint – et je suis de son avis – qu'il n'élimine l'un des membres de l'équipe de tournage dans le seul but de détourner l'attention. Ce ne serait pas la première fois.

— L'associé, murmura Nadine. En somme, vous voulez que je lui mette la pression en insistant pour l'interviewer.

— S'il acceptait, on vous équiperait en conséquence.

— Une seconde…

— Pour votre propre protection, Nadine. Il pourrait décider que c'est vous qu'il faut éliminer.

— N'importe quoi ! Pourquoi moi ? Nous nous connaissons à peine. Je ne me suis rendue sur le plateau que trois ou quatre fois et à de rares réunions ou séances de lecture.

— Harris vous harcelait pour obtenir des modifications. Elle était prête à déformer la vérité pour gagner en visibilité à l'écran.

— Je n'irai pas jusqu'à parler de harcèlement, mais…

— Elle a lourdement insisté auprès de Roundtree, et de Steinburger, qui ne serait que trop heureux de nous raconter avoir arbitré une dispute entre K.T. et vous – après s'être débrouillé pour vous clouer le bec à tout jamais. Harris critiquait votre travail. Elle vous considérait comme une journaliste et non pas une scénariste.

— Elle n'a jamais… pas exactement. D'ailleurs, je n'aurais pas cédé.

— Cependant, elle s'en est prise à vous le soir du dîner. Ivre, prétentieuse, insultante. Peut-être même vous a-t-elle bousculée. Vous vous êtes défendue. Vous n'aviez pas l'intention de la tuer mais la situation a dérapé.

— Hé !

— À présent, vous êtes rongée par la culpabilité. Vous cherchez à gérer votre malaise en vous lançant à fond dans un autre projet. Nous avons beau être amies, je flaire quelque chose, je ferai mon boulot. Cette idée vous est insupportable. Le scandale, la pression, la peur de finir derrière les barreaux. Résultat, vous optez pour la solution de facilité en mettant fin à vos jours.

— Certainement pas. Vous savez pertinemment que jamais je ne me suiciderais. Quant à vous, vous jureriez de venger ma mort, le cas échéant, tout en ravalant vos larmes devant mon magnifique et élégant cadavre.

— N'exagérons rien. Le problème, c'est que Steinburger ne nous connaît pas suffisamment, vous et moi, pour savoir que jamais je n'avalerais votre suicide. Il pourrait vous considérer comme une proie commode.

— Je comprends. Mais je ne suis pas la seule.

— En effet. Toutefois, dans la mesure où je n'ai aucune envie de passer du temps à venger votre mort et à ravaler mes larmes, pourquoi prendre le moindre risque ? Nous vous équiperons.

— J'obtiendrai le rendez-vous et j'irai avec un micro caché à condition que vous m'accordiez un face-à-face en exclusivité d'une heure dans mon émission.

Eve grogna pour la forme.

— Ce n'est pas une affaire de scoops et de taux d'audience, Nadine. Il s'agit d'arrêter un assassin qui, non content d'échapper à la justice pendant toutes ces années, en a largement profité.

— Si ce n'était pas une affaire de médias, vous ne me demanderiez pas un coup de main. Vous avez besoin de nous. J'accepte de jouer votre jeu, acceptez de jouer le mien en échange.

Elle extirpa un carnet du fond de son sac, prit quelques notes.

— J'aurais aussi besoin de votre collaboration pour le livre que j'écrirai ensuite, reprit-elle. Afin de me documenter, je vais mettre mes compétences – qui sont considérables – sur les autres meurtres. Et je partagerai mes découvertes.

Elle rangea son carnet, gratifia Eve d'un sourire félin.

— Vous savez aussi bien que moi qu'il faudra réunir nos forces pour récolter les preuves nécessaires, acheva-t-elle.

Eve fixa la pointe de ses boots, l'air renfrogné, puis :

— Entendu. Marché conclu. Mais vous devrez l'interviewer aujourd'hui. Après la conférence de presse.

— Parfait. Je savais que nous finirions par tomber d'accord mais je suis ravie d'avoir passé ce moment en plein air avec vous, déclara Nadine en se levant. J'assisterai à la conférence. Dès que j'ai calé un rendez-vous avec Steinburger, je vous préviens.

Eve la regarda s'éloigner, puis partit à la recherche de Peabody afin de s'assurer qu'elle n'avait pas été dévorée par les écureuils.

De retour au Central, Eve dépêcha deux uniformes au studio avec une convocation pour Valerie.

— Si elle refuse de venir, nous nous déplacerons, expliqua-t-elle à Peabody, mais je préfère que l'entretien se passe ici. Une audition formelle, un peu intimidante – avant la conférence de presse. Nous l'avertirons que nous nous apprêtons à diffuser une annonce sous peu.

— Nouvelle qu'elle s'empressera de répandre au studio, devina Peabody.

— Je tiens à ce qu'elle parvienne aux oreilles de Steinburger. Je veux qu'on le surveille, qu'on le file dès qu'il quittera les lieux.

— Baxter et Trueheart ?

— Oui, s'ils sont disponibles. En civil. Mettez-les au parfum. J'alerte Feeney et la DDE au sujet de l'équipement de Nadine et je fais part de nos avancées au commandant.

Eve consulta sa montre.

— Tâchons de savoir où en sont les plongeurs.

Ce ne fut pas long. Eve appela Kyung, commença à parcourir le dossier rapatrié de Californie de toute urgence, puis sourit en lisant le SMS de Peabody – Valerie, la responsable des relations publiques de *Big Bang Productions*, était dans la maison.

Quelques accessoires faisaient toujours bon effet, décida Eve en rassemblant une pile de documents qu'elle coinça sous son bras. Elle traversa la salle commune.

— Où est-elle ?

— Salle d'interrogatoire A, lui répondit Peabody.

— Allons-y. Pas la peine de prendre des gants, ajouta-t-elle tandis qu'elles gagnaient ladite salle. Nous avons quelques points à éclaircir afin de pouvoir fournir aux médias des informations sûres. Quand je la pousserai dans ses retranchements, sentez-vous libre d'afficher un air compatissant.

— Excellent entraînement avant ma scène de figuration. Preston vient de m'adresser un message. J'ai une réplique : « C'est la police. » Je pourrais la prononcer comme une simple déclaration. Ou alors, « C'est la police ! » avec un zeste d'inquiétude. Et si j'optais pour l'interrogatif ? « C'est la police ? »

— Je comprends votre dilemme.

— Je veux que ce soit bien. Et si j'y mettais un soupçon d'hésitation : « C'est… la police ! » Ma famille est aux anges. McNab sera à mes côtés et c'est à lui que je m'adresserai. Nous formerons un couple.

Eve poussa la porte.

— Mademoiselle Xaviar, fit-elle en saluant Valerie d'un signe de tête.

Elle mit en marche son appareil, cita les noms des personnes présentes.

— Merci d'être venue, poursuivit-elle sans laisser à Valerie le loisir de s'exprimer. Nous vous avons déjà cité vos droits. Souhaitez-vous que je vous les répète ?

— Non, mais j'ignore pourquoi vous m'avez convoquée.

Eve s'assit, étala ses dossiers.

— Dans la vie réelle, contrairement au cinéma, une enquête sur un meurtre implique beaucoup de répétition et de routine. Je souhaite revoir avec vous quelques points figurant dans votre précédente déclaration afin de m'assurer que nous disposons d'un témoignage précis de votre version des faits.

— Ma version ?

— Cinq personnes assistent au même événement. Chacun le rapporte selon sa propre sensibilité.

— Vous allez demander à tout le monde de revenir ?

Eve ne répondit pas ; elle se contenta d'ouvrir un dossier.

— Puis-je vous offrir à boire avant que l'on commence, Valerie ? s'enquit aimablement Peabody.

— Non. Je veux en finir. Nous sommes très occupés en ce moment.

— Nous aussi, riposta Eve d'une voix glaciale. Nous jonglons avec deux homicides et subissons la pression de ces médias dont vos associés et vous êtes si friands.

— Nous donnons une nouvelle conférence de presse aujourd'hui, intervint Peabody avec enthousiasme. Nous avons du nouveau et espérons procéder rapidement à une arrestation.

— Peabody.

— Désolée, lieutenant. Mais Valerie connaît le milieu, elle sait comment il fonctionne. Dallas hésite toujours à abattre ses cartes, ajouta Peabody à l'intention de Valerie. Mais les huiles veulent le buzz.

— Bien sûr. Vous avez donc démasqué celui qui a tué K.T. ?

— Nous...

— Peabody ! glapit Eve. Nous ne sommes pas ici pour discuter des détails confidentiels et officiels de cette affaire. Peu importent les huiles.

— Je pourrais peut-être vous aider, hasarda Valerie. C'est mon domaine et...

— Nous avons tout ce qu'il nous faut, coupa Eve en sortant une tablette d'un dossier. Vous avez déclaré avoir été assise à cet endroit pendant la projection chez Roundtree le soir du meurtre de K.T. Est-ce exact ?

— Euh...

Valerie se pencha pour étudier le plan qu'Eve avait créé.

— Oui, il me semble. J'étais vers le fond, à droite.

— D'après vous, ai-je bien placé les autres ?

— Je n'y ai pas prêté attention, mais je me rappelle avoir vu Marlo et Matthew s'installer là où vous les avez inscrits. Roundtree était devant, avec vous et votre mari. Joel était derrière moi, Julian aussi. Oui, j'ai l'impression que cela correspond.

— Vous avez aussi affirmé n'avoir vu personne sortir pendant la projection.

— Je persiste et signe.

— Vous étiez à l'arrière, sur la droite. La pièce derrière les portes était faiblement éclairée. Quand on les ouvrait – et nous savons qu'elles l'ont été à plus d'une reprise puisque la victime, l'assassin, Nadine Furst et Connie Burkette ont quitté la salle, la lumière devait forcément vous gêner. Pourtant, vous n'avez rien remarqué ?

— Comme je vous l'ai précisé auparavant, je travaillais. C'est pourquoi j'avais choisi de m'installer là. Peut-être un siège plus loin. Je ne m'en souviens plus.

— Lequel ? Celui-ci ? fit Eve en posant le doigt sur l'écran. Celui-là ?

— Je n'en suis pas sûre.

— Vous n'en êtes pas sûre, s'étonna Eve, le regard froid. Pourtant, lors de votre déposition initiale, vous l'étiez.

— Je ne me doutais pas qu'un détail de ce genre pouvait avoir une telle importance.

— Vous ne saviez pas que de l'endroit où vous étiez assise – *si* vous l'étiez –, voir quelqu'un sortir, sortir vous-même était important dans une enquête pour meurtre ?

— Je ne suis pas sortie, articula Valerie d'une voix où perçait la panique. Julian ou Joel m'auraient vue. Ils étaient derrière moi.

— Vous en êtes certaine ?

— Oui.

— Mais vous ne vous rappelez plus où vous étiez assise. Vous pouvez m'indiquer où se trouvaient deux autres personnes – ainsi que la victime, lors de votre précédente déclaration –, mais pas vous.

— J'étais là, assena Valerie en pointant le doigt sur le plan.

— Maintenant vous en êtes certaine ?

— Oui.

— Et pourtant, vous n'avez jamais été gênée quand les portes s'ouvraient.

— Non.

— C'est curieux car j'ai effectué une reconstitution en m'asseyant à cet endroit, et moi, ça m'a gênée.

— De toute évidence, vous êtes plus observatrice que moi, ou plus sensible aux variations de lumière.

— Ce doit être cela. Vous n'oseriez pas me mentir.

Valerie masqua difficilement son affolement.

— Je n'ai aucune raison de mentir.

— Vous avez une carrière. Je parie qu'elle compte beaucoup pour vous. Je continue : vous avez confirmé votre présence au domicile de Joel Steinburger au moment du meurtre de A. A. Asner. Vous maintenez ?

— Bien sûr.

— Simple vérification. Ni vous ni M. Steinburger n'avez quitté ce lieu avant le lendemain matin.

— Non.

— Vous en êtes certaine parce que vous étiez ensemble pendant tout ce temps.

— Nous avons travaillé jusqu'à près d'1 heure du matin. J'ai dormi dans la chambre d'amis et nous nous sommes mis d'accord pour continuer dans la matinée.

— Combien vous rapportent ces heures supplémentaires ?

— Pardon ?

— Je me demande ce que vous gagnez en échange de ces longues heures de travail.

— J'exerce un métier qui demande de la flexibilité et implique des horaires lourds et inhabituels. Je ne vois pas en quoi cela peut vous intéresser.

— Les flics sont curieux. Je suis curieuse, et je m'interroge : sont-ce ces longues heures de travail qui vous ont valu un virement sur votre compte de cinquante mille dollars de la part de M. Steinburger, hier matin ?

— Quoi ? s'insurgea Valerie. Vous avez examiné mes relevés bancaires ? De quel droit…

— J'ai tous les droits. Il s'agit d'un meurtre. Qu'avez-vous fait pour obtenir ces cinquante mille dollars, Valerie ?

— Mon boulot ! Joel est exigeant et je suis consciencieuse. Les suites du décès de K.T. ont engendré un surcroît de travail. Il m'a versé une prime.

— Mais vous venez de dire que votre métier implique des horaires lourds et inhabituels.

— En effet.

— Combien de primes de cinquante mille dollars avez-vous reçues ? Car à moins de les avoir empochées en espèces, ce qui signifie que vous n'avez pas payé d'impôts sur ces sommes, je n'ai rien relevé de comparable au cours des deux dernières années.

— Vu les circonstances, Joel a dû estimer que je méritais une récompense, je suppose.

Elle détourna les yeux.

— Vous n'avez qu'à lui poser la question.

— C'est mon intention. Couchez-vous de nouveau avec lui, Valerie ?

— Pas du tout ! Je ne suis pas obligée de m'allonger sur le canapé de mon employeur pour avancer dans ma carrière.

— Vous avez couché ensemble autrefois.

— Ça n'avait aucun rapport. Ce n'était qu'un moment d'égarement de sa part et de la mienne. Notre aventure s'est terminée avant notre venue à New York.

— Tant mieux pour vous. À propos d'avancement, j'ignore quelle mouche m'a piquée mais j'ai contacté votre hôtel. Vous disposez désormais d'une suite VIP. Sacré progrès, non ?

— J'avais besoin de plus d'espace et de confort. Pour mon boulot.

— Sans oublier le service personnalisé, la salle de gym et l'ascenseur privé.

— J'avais besoin de plus d'espace, s'entêta Valerie. La production a approuvé ma requête.

— Peabody, savez-vous ce que je flaire ?

— Eh bien…

— Un dessous-de-table. Non seulement les flics sont curieux, mais en plus, ils sont suspicieux et cyniques.

— Je n'ai rien à me reprocher. Je suis venue ici de mon plein gré mais je ne suis pas obligée de rester et de subir vos insultes.

— Quelle impression cela fait-il de s'occuper des relations publiques de personnes qui gagnent… combien ? Dix fois plus que vous ? Davantage ? Des personnes qui ont droit à toutes les attentions pendant que vous vous escrimez dans l'ombre afin de les présenter sous leur meilleur jour. Et dont vous couvrez ensuite les erreurs, les bêtises, les caprices. Les péchés, les crimes.

— Je fais ce que je fais, et avec talent. Je suis au service de l'une des maisons de production les plus réputées du pays. Je dirige une équipe de six personnes et je suis en rapport direct avec l'une des icônes de notre business.

— L'icône vous a-t-elle demandé de mentir pour elle, Valerie ? Ou pour quelqu'un d'autre ?

— Vous avez ma déposition. Je n'ai rien à ajouter.

— Sans commentaire, en somme. Vous êtes libre de partir, mais nous nous reverrons. Très bientôt. Pour l'heure, j'ai une conférence de presse à préparer. Des conseils ?

— Les vacheries sarcastiques passent mal à l'écran.

Eve sourit intérieurement tandis que Valerie sortait.

— Fin de l'audition. Je suis une vache sarcastique.

— Sans commentaire, ironisa Peabody.

— Cette fille est une menteuse terrifiée qui ne sait plus où donner de la tête. Elle ne va pas tarder à dénoncer Steinburger. Je parie que la DDE va l'entendre avant qu'elle n'ait atteint le hall de l'immeuble.

— Nous avons peut-être mis sa tête sur l'échafaud, Dallas.

— S'il la tue, l'avancement et le fric n'en paraîtront que plus louches. S'il est intelligent, il la gardera en vie, confirmera sa version de la prime et du besoin d'espace. Mais on garde un œil sur elle.

— Comment ?

Eve s'empara de son communicateur.

— Ici Dallas. Connie, j'ai un service à vous demander.

— Lequel ?

— Joignez Valerie, donnez-lui rendez-vous. Peu importe où. Occupez-la avec votre mari jusqu'à la fin de la journée.

— Entendu. Puis-je savoir pourquoi ?

— Vous pouvez poser la question, mais je ne vous répondrai pas.

— C'est agaçant, mais elle me serait bien utile cet après-midi. Les costumes-cravates du studio veulent que je prononce quelques mots à la cérémonie en hommage à K.T. Ils confient l'éloge à Mason. Entre ça et… Bref. Quand voulez-vous que je la contacte ?

— Tout de suite.

— Tout de suite ?

— Tout de suite. Et motus. Je vous rappelle plus tard.

— Mais…

Eve coupa la communication.

— Valerie ne peut rien refuser à Connie – une actrice vedette, la femme du réalisateur. L'hommage tombe à pic.

— Vous avez confiance en elle ? Connie ?

— Plus ou moins mais, dans la mesure où elle n'a tué ni l'une ni l'autre de nos victimes, je ferai avec, décida Eve. Allons lâcher notre bombe sur le public qui ne se doute de rien, ajouta-t-elle après avoir vérifié l'heure.

Son communicateur bipa.

— Dallas.

— Steinburger vient de recevoir un message de Xaviar, annonça Feeney. Elle ne semble guère dans son assiette.

— Pas possible.

— Elle t'a traitée de tous les noms.

— Aïe ! J'ai mal.

— Je t'envoie une copie de la transmission.

— Merci. Pour l'heure, un résumé suffira.

— Au sujet de ton agressivité ? Ou la grossièreté suffira ?

— Raconte-moi plutôt la partie où elle confie à Steinburger que j'ai mis le nez dans ses finances.

— Ah, ça ! Tu as un sacré culot de fouiller dans ses affaires, de remettre en cause ses conditions de logement à l'hôtel, d'essayer de l'effrayer. Mon avis ? Tu n'as pas essayé, tu as réussi. Steinburger l'a cuisinée. Il voulait un récit détaillé de votre conversation. Je ne reviens pas dessus puisque tu étais présente. Il lui a dit qu'elle n'avait pas à s'inquiéter. Il l'a rassurée, cajolée, remerciée pour sa discrétion et sa loyauté. Quand elle lui a appris que tu t'apprêtais à annoncer une arrestation imminente en conférence de presse, il l'a interrogée de nouveau. Ensuite, il l'a mise en attente sous prétexte d'un appel entrant. Mensonge.

— Il avait besoin d'un moment pour se ressaisir.

— Je le pense. Elle a patienté soixante-treize secondes. Quand il a repris la communication, il était parfaitement calme. Pas de souci, ils agissaient tous deux pour le mieux et, une fois l'affaire tassée, il saurait la récompenser.

— Elle est tombée dans le panneau ?

— Elle l'a remercié, puis lui a déclaré qu'elle retournait à l'hôtel travailler. Elle a promis de suivre la conférence et de rédiger une réponse officielle pour le studio.

— Elle va être très occupée dans les heures qui viennent, expliqua Eve. Et hors d'atteinte. Tiens-moi au courant. Nous affrontons la presse dans quelques minutes.

— Je ne t'envie pas.

Feeney raccrocha. Levant les yeux, Eve vit que Peabody s'était immobilisée, son propre communicateur à la main. Son visage se fendit d'un large sourire tandis qu'elle le rangeait dans sa poche.

— Les plongeurs remontent du matériel électronique. Dès réception, la DDE lancera une recherche sur les numéros de série. Cerise sur le gâteau, l'un d'entre eux a eu de la chance : il est tombé sur un communicateur rouge gravé des initiales K.T.H.

— On l'a, Peabody. Prévenez Reo. Dites-lui qu'elle a son putain de fragment et qu'elle se grouille de nous procurer nos mandats.

21

Face aux journalistes, Eve joua le jeu à fond. Elle n'eut aucune difficulté à paraître vaguement agacée ni à montrer des signes d'impatience. À force de répéter en boucle : « À ce stade, nous ne sommes pas en mesure de vous fournir de détails », elle était carrément exaspérée. D'autant qu'elle avait d'autres chats à fouetter : contacter l'équipe de plongeurs, harceler Reo, obtenir ses mandats afin de gâcher complètement la journée de Steinburger.

Et le reste de sa vie minable.

Pourvu que ses déclarations lui donnent une indigestion !

— J'insiste, une fois de plus. Notre enquête avance. Grâce aux nouvelles informations dont nous disposons, nous sommes sur le point de procéder à une arrestation. Mais « sur le point » ne suffit pas. Par conséquent, maintenant que je vous ai dit tout ce que j'étais libre de vous dire, ma partenaire et moi allons nous remettre au travail.

Elle s'éloigna du pupitre et jeta un coup d'œil à Nadine.

Tandis que plusieurs reporters s'escrimaient à brailler des questions, Nadine se leva et lui adressa un discret signe de tête.

En se dirigeant vers la sortie, la journaliste sortit son communicateur.

— Elle contacte Steinburger, confia Eve à Peabody. Nous aurons besoin de connaître le lieu du rendez-vous. Dès que nous aurons nos mandats, nous commencerons par là où il n'est pas. Inutile de lui mettre la puce à l'oreille pour l'instant.

— Il pourrait envoyer paître Nadine.

— Elle ne se laissera pas faire. C'est un vrai furet. Quant à lui, il ne pourra pas se réfugier derrière Valerie puisqu'elle est occupée. Il n'osera jamais l'arracher à Connie au risque de passer pour une mauviette. Il ne peut pas se permettre de paraître faible ou stupide.

— Selon moi, il est les deux, répliqua Peabody. Mais voilà quelqu'un qui n'est ni l'un ni l'autre, ajouta-t-elle.

Eve regarda Connors approcher.

— Il lui arrive parfois d'être stupide, murmura-t-elle. Ne lâchez pas les plongeurs, Peabody. Un fragment de plus incitera peut-être Reo à se bouger les fesses.

— Lieutenant, inspecteur. Vous êtes bien élégantes, commenta Connors. Jolies bottes, Peabody.

— Ne l'encourage surtout pas. Nous n'aurions jamais dû choisir ce rose, marmonna Eve.

— Au contraire. C'est charmant.

Incapable de s'en empêcher, Peabody pivota gracieusement.

— Je les adore.

— Servez-vous-en pour marcher, Peabody, grommela Eve. Les plongeurs.

— Je les adore, répéta Peabody.

Elle gratifia Connors d'un sourire avant de s'éloigner.

— Charmant, grogna Eve. Charmant ne rime pas avec flic, et elle a menacé de les porter tous les jours. D'ailleurs, elle les a portées tous les jours cette semaine.

— Je suis toujours heureux quand on apprécie mes cadeaux. Je me suis rendu disponible car j'éprouve un intérêt tout personnel pour cette affaire.

— La vieille excuse.

— J'ai pensé que Feeney aurait une mission intéressante à me confier.

— Il a mis les communicateurs de Steinburger sur écoute. Nadine va le convaincre d'accepter une interview. Mieux encore, nous avons récupéré les appareils électroniques de Pearlman. Je compte sur la DDE pour remonter dans le temps et, partant du compte dissimulé que tu as déniché, établir un lien entre le détournement de fonds et Steinburger.

— Tu vois ? De quoi amuser tout le monde. J'aimerais creuser côté finances. Et toi ?

— J'attends que Reo me procure mes mandats. Ensuite, je fouillerai le domicile, le véhicule et le bureau de cette ordure jusqu'à ce que je trouve de quoi l'enfermer pour l'éternité.

— Mettre le nez dans ses affaires personnelles – encore plus amusant.

— Tu as de l'expérience en la matière, admit-elle. Tu pourrais nous être utile.

— Mon but dans l'existence.

— Si je te mets sur les ordinateurs de Steinburger, cela soulagera Feeney. De toute façon, c'est ce que tu préfères. Ensuite, tu n'auras qu'à approfondir la piste Pearlman.

— Son disque dur contient sûrement des données sur le compte de B.B. Joel. Après tout, un homme se doit de veiller sur son argent.

— Sans doute.

Tout en entraînant Connors vers la salle de conférences, elle lui résuma la situation. Ils s'immobilisèrent devant le tableau de meurtre et l'étudièrent en silence.

— C'est à la fois efficace et effroyable, observa-t-il.

— Je dois le remettre à jour. Nous avons découvert le bateau.

Elle rajouta cette information, expliqua à Connors où elle en était.

— Mais tu n'as toujours pas de quoi l'arrêter, constata-t-il.

— En effet. Je ne peux pas prouver qu'il a emprunté le yacht. Je ne peux que démontrer qu'il en avait les moyens, connaissait les codes d'accès. Je ne peux pas prouver qu'il a soudoyé Valerie. Je ne peux que présenter le virement.

— Mais le puzzle commence à prendre forme.

— Pièce après pièce. En ce qui concerne Valerie, elle ne va pas tarder à craquer. Pour l'heure, elle se protège, elle réfléchit. À ce qu'il y a de mieux pour elle. Si j'en sais un peu plus sur Steinburger, si j'évoque la possibilité de l'inculper pour complicité, elle le trahira dans la seconde.

— Crois-tu qu'il ait l'intention de l'éliminer ?

— Absolument. Mais pas tout de suite. Ce serait trop risqué. D'ici à quelques semaines, elle sera victime d'un terrible accident ou succombera à une overdose, peu importe. Il n'osera pas pointer le doigt dans sa direction, car elle lui sauterait à la gorge tel un chien enragé. J'en déduis donc qu'elle est en sécurité. Au cas où Steinburger paniquerait, Connie fera un excellent tampon.

— Qui va-t-il impliquer, d'après toi ?

— Justement, je me pose la question. Connie ? La scène au cours du repas, la conversation en privé qui a suivi. Elle a reconnu avoir quitté la salle pendant la projection. Il ignorait que le système de fermeture du dôme était défaillant, mais cela ne suffira pas à convaincre un jury. Mais c'est un détail. Il pourrait s'imaginer que nous soupçonnons Connie d'avoir tué Asner parce que Harris l'avait recruté et qu'il avait déterré un scandale sur elle ou sur Roundtree. En outre, elle connaît la propriétaire du bateau. Oui, Connie ferait bien l'affaire, conclut Eve. De même qu'Andrea, dont nous savons qu'elle a eu des problèmes avec son filleul. Steinburger est certainement au courant. Marlo et Matthew ? Ça m'étonnerait car cela l'obligerait à les impliquer tous les deux. Trop délicat. En revanche, Julian…

— Julian, justement.

— Ivre, humilié, une erreur commise dans le passé. Il apprend qu'Asner est au courant. Il se met en colère, tue Harris, puis Asner, histoire de faire le ménage. Le hic, c'est que ce type n'a pas l'âme d'un tueur. En tout cas, il aurait été incapable de s'attaquer à Asner avec une telle violence. Et il n'est pas assez intelligent pour avoir exécuté deux meurtres en deux jours. Il aurait merdé, il se serait noyé dans la culpabilité et la terreur.

Connors posa la main sur son épaule, la frotta doucement.

— Tu dois épingler Steinburger pour eux tous. Tu pourrais le convoquer, le cuisiner. Tu pourrais faire craquer Valerie. Tu aurais de bonnes chances de clôturer les dossiers Harris et Asner.

— Possible. Mais pas sûr, convint-elle après réflexion. Pour les sept autres, je n'ai que des coïncidences et des spéculations. L'idéal serait de réussir à prouver qu'il ne s'est jamais rendu au Mexique ce fameux soir il y a trente ans.

— C'est faisable. Mais cela ne prouve pas qu'il a tué Caulfield.

— Ça ferait pencher la balance en ma faveur. Plus on est lourd, plus les muscles et les articulations souffrent… Je ne parviendrai peut-être qu'à lui faire savoir que je sais. Lui faire comprendre que je continuerai à creuser et que je l'enterrerai. Mais avant de me contenter de cela, je vais me mettre en quatre pour le massacrer.

Elle sortit son communicateur.

— Dallas.

— J'ai vos mandats, annonça Reo. Et croyez-moi, malgré vos fragments, j'ai eu du mal. Comment aurais-je pu me douter que le juge à qui j'avais fait appel était un fan de cinéma et un grand admirateur de Joel Steinburger ? Seigneur !

— Il tournera peut-être d'autres films depuis sa cage. Je vous rappelle si j'ai du nouveau.

Elle raccrocha, adressa un sourire féroce à Connors.

— Au boulot.

Nadine s'enfonça dans le fauteuil club du bureau de Steinburger, lui adressa un sourire professionnel et croisa les jambes. Il n'était pas enchanté par la situation mais le cachait bien. Il s'installa en face d'elle, de l'autre côté d'une table basse dominée par un joli bouquet de fleurs, son oscar exposé derrière lui.

Les mains posées sur les accoudoirs, il offrait l'image d'un responsable confronté à une situation difficile.

— Merci de me recevoir, Joel, commença-t-elle. Je sais combien vous êtes débordé. Mais c'est à cause de ce « surtout en ce moment » qu'il me paraît important – et je suis sûre que vous serez d'accord avec moi – de discuter de ce qui se passe, de ce que vous ressentez et de la manière dont vous gérez les choses. Tous les regards se tournent vers vous, le directeur de *Big Bang Productions*.

Il eut un geste d'impuissance.

— On ne peut pas ériger un mur entre le public et nous.

— En effet. Vous êtes prêt ?

— Quand vous voudrez.

— Parfait.

Elle jeta un coup d'œil vers la caméra, hocha la tête.

— Ça tourne !

— Ici Nadine Furst. Je suis avec le célèbre producteur Joel Steinburger, dans son bureau de *Big Bang Productions*, à New York. Joel, merci infiniment d'avoir accepté de nous rencontrer aujourd'hui.

— C'est toujours un plaisir, Nadine, même en ces circonstances douloureuses.

— Le meurtre de K.T. Harris a bouleversé l'industrie du cinéma, ainsi que la distribution et l'équipe de tournage de ce qui sera, malheureusement, son dernier film. Joel, vous êtes connu pour votre implication totale dans des projets tels que *La Conspiration Icove*. Je sais que K.T. et vous avez beaucoup travaillé ensemble sur son rôle. Comment allez-vous ?

— La blessure est à vif, Nadine. À vif. On nous a enlevé une actrice talentueuse, une femme exceptionnelle, une amie… d'une manière aussi inutile que tragique. C'est incompréhensible.

Il se pencha en avant, le regard humide mais intense et Nadine se demanda pourquoi il n'avait jamais tenté sa chance de l'autre côté de la caméra.

— K.T. s'était tellement investie dans ce rôle. Elle a travaillé sans relâche pour perfectionner son jeu et tirer le meilleur de ses camarades. Je commence à peine à mesurer à quel point elle va nous manquer.

— Mais le spectacle continue.

— Bien entendu. K.T. n'aurait jamais accepté qu'il n'en soit pas ainsi. C'était une professionnelle jusqu'au bout des ongles.

— Elle avait la réputation d'être difficile.

Il ébaucha un sourire empreint de tristesse.

— Nombre de nos grands artistes sont ainsi étiquetés parce qu'ils sont constamment en quête de la perfection, selon moi. Oui, cela provoque parfois des étincelles sur le plateau, mais c'est de cette lumière, de cette énergie que naît le génie.

— Pourriez-vous partager avec nous un souvenir que vous avez d'elle ?

Nadine le laissa s'exprimer, persuadée qu'il inventait son anecdote à mesure qu'il la racontait. Cependant, à sa grande satisfaction, elle constata qu'il se détendait, se libérait.

— Vous lui rendez hommage en tant qu'actrice et en tant que femme, enchaîna Nadine lorsqu'il eut terminé.

— De mon point de vue, il est indispensable de comprendre toutes les facettes des gens avec qui je travaille. Nous formons, pour un temps, une famille – ce qui signifie intimité, discordes, plaisanteries et frustrations. Je me considère un peu comme la figure paternelle. Celui qui donne le ton, qui guide. Je dois anticiper et comprendre les besoins de ma famille afin que chacun donne le meilleur de soi-même. Nous venons de perdre l'un des nôtres, brutalement, violemment. Nous sommes tous bouleversés.

— Ce n'est pas la première fois que vous faites face à la perte d'un être cher. Le fait que vous ayez déjà enduré et surmonté ce genre de perte doit vous aider en tant que figure paternelle, et par conséquent aider les autres. Je pense à la mort de Sherri Wendall, par exemple. Durant votre mariage, vous étiez l'un des couples les plus en vue de Hollywood. Et vous avez dû supporter l'un et l'autre d'être scrutés par les médias lors de votre divorce tumultueux. Vous n'étiez plus ensemble lors de son décès mais sa disparition a dû vous marquer néanmoins.

— Sherri était l'une des femmes les plus fascinantes que j'aie jamais connues – et aimées. Quant à son talent... soupira-t-il en secouant la tête. Qui sait ce qu'elle aurait accompli si elle avait vécu ?

— Vous étiez tous deux à Cannes quand elle s'est noyée. Aviez-vous fait la paix avant ce drame ?

Brièvement décontenancé, il changea de position.

— Oh ! Je pense que oui. Le grand amour va souvent de pair avec les grands conflits. Nous avons connu les deux.

— L'accident, là encore absurde, terrible. Un faux pas, une chute, la noyade. À certains égards, il fait écho au triste sort de K.T. Harris. Cela doit résonner en vous, je suppose.

— Je... l'un était un accident, l'autre, un meurtre. Mais, oui, ce sont deux étoiles scintillantes qui se sont éteintes trop tôt.

— Autre perte cruelle pour vous – pour nous tous, d'ailleurs. Angelica Caulfield. Vous étiez amis et collègues. D'aucuns prétendent que vous étiez plus qu'amis.

Nadine nota la façon dont les doigts de Steinburger se crispaient sur les accoudoirs, dont sa mâchoire se raidissait. La caméra le verrait aussi.

— Angelica était une amie très chère. Une femme perturbée. Trop fragile, je le crains, pour survivre aux besoins de son immense talent et à l'appétit du public.

— Les spéculations persistent concernant son décès – suicide ou accident – et la paternité de l'enfant qu'elle portait. Vous dites que vous étiez proches. Savez-vous dans quel état d'esprit elle était à cette période ? Vous avait-elle confié qu'elle était enceinte ?

— Non, répondit-il un peu trop sèchement, avant de se ressaisir. J'étais alors, je le crains, accaparé par ma propre existence. Mon épouse attendait notre premier enfant. Je me suis toujours demandé si j'avais été davantage... à l'écoute, moins enfermé dans mon propre univers... peut-être aurais-je perçu son désarroi. Je regrette qu'elle ne se soit pas tournée vers moi. Si elle m'avait contacté...

— Mais elle l'a fait. D'après la presse de l'époque, elle est venue vous voir quelques jours avant sa mort. Au studio.

— Oui. Oui, c'est vrai. Avec le recul... je suis obligé de m'interroger. Allait-elle mal ? Aurais-je dû sentir son désespoir ? Tout ce que je sais, c'est que je n'ai rien vu. Elle cachait bien son jeu. Actrice jusqu'au bout.

— Vous penchez donc pour la théorie du suicide.

— Je vous le répète, Angelica était une femme fragile, perturbée.

— Je ne vous pose la question que parce que, toujours selon la presse et vos déclarations à l'époque, vous proclamiez haut et fort qu'elle avait succombé à une overdose accidentelle.

Il transpirait à présent.

— Au fil des ans, une fois les plaies pansées, on y voit plus clair. Cependant, je peux vous certifier que sa disparition fut une grande perte. Et maintenant, Nadine…

— Revenons en arrière. Ces trois femmes – talentueuses et célèbres – ont toutes fait partie de votre vie d'une façon ou d'une autre. Un accident, un suicide présumé, un meurtre. Sans oublier le suicide de votre associé et ami de longue date, Buster Pearlman.

Il se raidit visiblement. Nadine garda les yeux rivés sur lui.

— Vous avez eu plus que votre lot de drames, Joel. Je pense aussi au décès accidentel de votre colocataire à l'université et, bien sûr, à celui de votre mentor, le légendaire Martin Dressler. Cela ne vous pèse pas, à la fin ?

Il marqua un silence.

— La vie est faite pour être vécue. J'ai eu la chance de connaître toutes ces personnes, de faire un métier que j'aime et qui me permet de rencontrer tant de gens merveilleux. Quand un homme a passé plus de la moitié de son existence dans cette industrie, entouré de tant d'artistes doués – avec l'ego et la vulnérabilité qui vont de pair –, les pertes sont inévitables.

— Espérons que les meurtres ne le sont pas.

— Loin de moi l'idée de le sous-entendre. Il n'empêche que dans notre société, dans notre monde, c'est une réalité.

— K.T. jouait le rôle de l'inspecteur Peabody dans une adaptation pour l'écran de la notoire affaire Icove. C'est ce qui l'a amenée, comme vous, à New York aujourd'hui. Le lieutenant Eve Dallas, Peabody et le Département de Police de New York avaient résolu cette enquête. Dallas est chargée d'enquêter sur l'homicide de K.T. Elle vient d'annoncer qu'elle disposait de nouvelles informations, et s'apprête, dit-elle, à procéder à une arrestation. Qu'en pensez-vous ?

— J'espère que ce n'est pas du bluff.

— Du bluff ?

— J'ai cru comprendre qu'elle subissait des pressions de la part de ses supérieurs et des médias. Je souhaite vivement que l'on découvre qui a tué K.T. Cela ne nous la ramènera pas mais, au moins, nous pourrons tous faire notre deuil.

— Vous en éprouverez du soulagement ? s'enquit Nadine avec l'ombre d'un sourire. En tant qu'invité à la réception chez Roundtree ce soir-là, vous figurez parmi les suspects.

— Comme vous, rétorqua-t-il.

— Je plaide non coupable, répondit Nadine en levant la main droite. Personnellement, je serai soulagée quand le lieutenant Dallas aura arrêté le coupable. Ne trouvez-vous pas troublant, Joel, d'être soupçonné par la police au même titre que plusieurs de vos amis et collègues ?

— Je refuse de croire que l'un d'entre nous a assassiné K.T. – notre sœur, notre fille, notre amie. Je pense que ces *nouvelles informations* concernent une personne de l'extérieur.

— Une personne de l'extérieur ?

— Quelqu'un qui a pu pénétrer dans les lieux en se faisant passer pour un domestique ou un employé du traiteur. Voire un fan dérangé. Pour répondre à votre question, oui, je serai soulagé quand toute cette histoire sera terminée et que nous pourrons retrouver une vie normale. Le lieutenant Dallas fait son boulot, je le conçois, mais de là à nous pointer du doigt… c'est absurde. Après tout, nous étions tous rassemblés au même endroit quand K.T. est morte. Vous y étiez aussi. Quelqu'un a dû la suivre sur la terrasse, et le drame a eu lieu. Si… Entre nous…

Nadine fit signe qu'on arrête la caméra mais ne dit rien, sachant que son micro caché enregistrerait la suite.

— Je ne veux pas jeter l'opprobre sur mes amis et collègues en public.

— Je comprends.

— C'est mauvais pour le business. Officiellement, je maintiens mon hypothèse d'une personne venue de l'extérieur. Toutefois, je crains fort qu'il n'y ait eu ce soir-là une dispute entre K.T. et… l'un d'entre nous.

— Vous soupçonnez quelqu'un, murmura Nadine en écarquillant les yeux. Joel !

— Je refuse d'en discuter, même entre nous. Le fait est… si elle n'était pas montée là-haut pour s'adonner à cette sale manie de fumer, elle serait peut-être encore parmi nous.

— En effet, c'est mauvais pour la santé.

— Surtout quand on mélange l'herbe avec du Zoner. Quelle puanteur ! s'exclama-t-il en agitant la main devant son visage. Pardon. Je suis bouleversé et fatigué. Je m'en veux de dire du mal d'une défunte. Ça aussi, c'est mauvais pour le business.

— Joel, j'étais là…

Pour renforcer le lien, elle se pencha en avant, posa la main sur la sienne. Un geste de solidarité.

— Je suis concernée, moi aussi. Si vous avez des raisons de croire… Si vous pensez connaître le coupable, dites-le-moi. Je saurai me taire.

— Cela m'ennuie. Accordez-moi un jour ou deux.

Il tourna la main pour presser la sienne brièvement.

— J'ai besoin de réfléchir. Je fais sans doute une montagne d'une taupinière. À présent, Nadine, finissons-en. La journée a été longue.

— Bien sûr.

S'adossant à son siège, elle fit de nouveau signe à la caméra. Elle relança l'interview par quelques questions simples, histoire de le mettre à l'aise.

— Encore merci d'avoir accepté de me rencontrer, conclut-elle. Je sais que c'est un moment difficile pour tout le monde.

— La vie, le travail continuent. Je vous raccompagne.

— Ne vous dérangez pas pour moi.

— J'allais partir. La journée a été dure, je rentre chez moi.

Lorsqu'il ouvrit la porte, Julian cessa d'arpenter le couloir et se précipita vers lui.

— Joel ! Désolé, Nadine, je dois absolument parler à Joel.

— Pas de problème, Julian, assura-t-elle. Mon pauvre, vous avez l'air épuisé.

— Je ne suis pas dans mon assiette. Je ne peux pas travailler ainsi. Je ne supporte pas de... Joel...

— Entre, Julian, proposa ce dernier. Nous allons bavarder un peu. Bonsoir, Nadine.

Comme il se détournait, il lui adressa un regard douloureux.

— Bon sang, qu'est-ce que ça veut dire ? marmotta-t-elle tandis que Joel refermait la porte de son bureau.

À l'intérieur, Julian se remit à aller et venir.

— Pour l'amour du ciel, assieds-toi, Julian ! s'exclama Joel. Tu me donnes le tournis.

— Je ne peux pas m'asseoir. Je ne peux pas travailler. Je ne peux ni réfléchir ni dormir. Je suis une boule de nerfs, Joel. Tu as vu Dallas ? Tu l'as entendue ? Elle va procéder à une arrestation. Que dois-je faire ? Aller la voir pour lui expliquer…

— Pas question. Ressaisis-toi. Je t'ai dit que je m'occupais de tout, non ? C'était un accident et tu n'as aucune raison d'en payer le prix. Est-ce que cela nous la ramènerait ?

— Non, mais…

— Tu veux finir tes jours en prison, Julian ?

— Non ! Seigneur, non, mais…

— Mettre fin à ta carrière, renoncer à tous tes rêves ? Pour quoi ?

— Je n'en sais rien ! gémit Julian, les paumes pressées contre ses tempes. Tout est tellement confus. Je revois tout dans ma tête, mais ça n'a aucun sens.

— Tu étais ivre, Julian. C'est normal que ce soit confus. Ivre d'abord, en état de choc ensuite. Fiston, continua Steinburger avec une telle compassion que Julian s'immobilisa, poussa un profond soupir. Écoute-moi attentivement. Ce n'est pas ta faute. Tu as dit que tu m'obéirais. Que tu me ferais confiance.

— C'est la vérité. Sans ton soutien, je ne sais pas ce que je deviendrais.

— Alors suis mes conseils. Retourne à l'hôtel. Verse-toi un verre ou deux de cet excellent vin que nous avons goûté hier soir.

— Mais tu m'as dit de ne plus boire.

— C'était hier soir, répliqua Joel en lui tapotant l'épaule. Tu ne tournes pas demain, fais-toi plaisir. Un bon verre de vin, un bain à remous. Je sais combien tout ceci est pénible pour toi. Ôte-toi tout cela de la tête un moment.

— Tout est si confus.

— Je sais. Suis mes conseils. Vin et bain à remous. Tu verras, demain, tout ira mieux.

— Je n'ai pas l'impression, souffla Julian, et dans son regard le chagrin le disputait à la culpabilité. Joel, je n'ai jamais fait de mal à personne. Je n'ai…

— Elle s'est fait du mal toute seule, coupa Steinburger. Ne l'oublie pas. Tu sais quoi ? Je vais te déposer en chemin. Mon chauffeur m'attend.

— D'accord. Tu pourrais peut-être monter quelques minutes. Je déteste être seul.

— C'est mieux pour toi – nous sommes d'accord, non ? Ce soir, tu suis la prescription du Dr Joel. Demain, nous dînerons ensemble, nous discuterons. Si ça ne va pas mieux, nous envisagerons les solutions possibles.

— Entendu. Oui. Des solutions. Merci, Joel.

— À quoi servent les amis ?

Dans la chambre principale de l'appartement de Steinburger, Eve écoutait Feeney lui résumer l'interview de Nadine pendant que Connors inspectait le dressing.

Avec l'équipe de la police scientifique, ils avaient déjà exploré le salon, la salle à manger, le bureau, la cuisine et même la terrasse. Pour l'heure, ils étaient bredouilles, mais Eve avait bon espoir pour l'étage.

— Parfait. Tiens-moi au courant, conclut-elle avant de fourrer son communicateur dans sa poche. Steinburger a dit à Nadine qu'il rentrait chez lui – fatigué, dure journée. Pourtant, il a contacté un copain, producteur comme lui, et l'a convaincu d'aller boire un verre et manger un morceau.

— Nous avons donc du temps avant qu'il ne débarque ici et n'exprime son indignation.

— Oui, confirma Eve. Il voulait peut-être de la compagnie, continua-t-elle. Ou un alibi. D'après Feeney, Nadine l'a fait transpirer. Elle a évoqué l'ex-épouse, le grand-père de la première femme, la maîtresse enceinte, l'associé, le copain de fac.

— Je décèle une lueur dans tes prunelles…

— Il a demandé à Nadine d'arrêter l'enregistrement. Elle est futée, elle a fait signe qu'on éteigne la caméra mais s'est bien gardée de le demander à voix haute. Les avocats ergoteront sur le fait qu'elle était équipée d'un micro caché, mais nous avions un mandat. Tout ça pour dire qu'il a essayé de la manipuler : il sait peut-être quelque chose, ça l'inquiète, il n'ose pas en parler, rechigne à lancer des cailloux sur les copains, etc.

— Tu penses qu'il a sélectionné son pigeon.

— Je pense qu'il va devoir agir assez vite. Je l'ai déstabilisé en annonçant une arrestation imminente. Nadine en a rajouté une couche. Mieux encore, il a dérapé. Il a déclaré que Harris serait encore vivante si elle n'était pas montée fumer sur le toit.

Connors marqua une pause, haussa une épaule.

— C'est vrai et consigné.

— Sauf qu'il a parlé de Zoner. Et de la puanteur du mélange.

— Trahi par son horreur du tabac – c'est ballot, commenta-t-il. Cela étant, dans la mesure où tout le monde savait qu'elle prenait des produits illicites, je ne vois pas en quoi cette révélation peut le compromettre.

— Les éléments s'additionnent. S'il ne l'a pas rejointe là-haut, comment sait-il qu'elle avait fumé dans la rotonde ? Quand Nadine a parlé de la maîtresse enceinte, il a tressailli. À force de trébucher, il finira par tomber.

Eve tourna les talons et retourna dans la chambre.

— Il est organisé – dans sa façon de vivre, de réfléchir, de travailler. De tuer. Pas de manière obsessionnelle, mais il est prudent. Tout de même, je note quelques détails. Trop de joujoux et de remontants sexuels.

— Peut-on en avoir trop ?

— À en juger par son stock, il les utilisait tous. Sexe égale pouvoir. Il a disposé ses récompenses et ses lauriers dans toutes les pièces. Il veut les voir partout où il va. Il possède des classeurs dans lesquels il a rassemblé les moindres articles, encarts, mentions arborant son nom ou son visage au cours de sa carrière. Et comme tu l'avais prédit, le compte de B. B. Joel apparaît sur ses ordinateurs.

— Ce qui devrait nous permettre d'établir un lien avec le détournement de fonds, une fois que j'y mettrai le nez. Pour l'heure, il ne s'agit que d'un compte secondaire sur lequel il paie méticuleusement ses impôts.

— N'oublions pas le dossier que tu as déniché comprenant les biographies approfondies de tous les participants au projet – jusqu'au porteur de café. Là encore, on constate son besoin de tout contrôler.

— Cela n'a rien d'illégal.

— Non, concéda Eve.

— En revanche, ceci pourrait l'être.

— Quoi ? s'écria-t-elle en se ruant vers lui. Qu'as-tu trouvé ?

— Du calme, ma chérie. Un faux fond dans ce placard, et juste en dessous, un tiroir coffre-fort. Que j'ai réussi – ô surprise ! – à ouvrir. Et dans ce...

— Des cartes-clés, des codes d'accès, des clés – tous étiquetés. Tiens ! Voici celui du portail de la marina, et celui de la timonerie du yacht. Mince ! Les codes d'accès au domicile de Roundtree, à son bureau, à son véhicule.

— J'ai l'impression que tu as trouvé ton pigeon.

— Il ne peut pas se servir de Roundtree, mais de Connie, sûrement. Ma foi, je n'en reviens pas du nombre de passes qu'il possède. Lui, c'est le copain qu'il a appelé tout à l'heure : Steinburger a de quoi accéder à sa demeure et à son vestiaire du country club. Et apparemment, à toutes les caravanes louées pour le tournage.

— Quel fouineur.

— Il veut tout contrôler. Pas uniquement pour asseoir son pouvoir, mais parce que c'est commode s'il veut piéger quelqu'un.

— Il me semble que M. Steinburger te doit quelques explications.

— Tu ne crois pas si bien dire. J'ai la preuve qu'il pouvait emprunter le bateau. Et tu as vu ça ?

— Pas d'étiquette.

— 3A DP S-2C. Triple A – A.A. Asner, détective privé, suite 2-C. Je parie que c'est le code de la voiture d'Asner. Peut-être l'a-t-il jeté là-dedans au cas où, à moins que ce ne soit un souvenir.

Elle partit chercher un sachet transparent.

— Je vais le massacrer, ce salaud.

Elle scella le sachet, l'étiqueta.

— Que les collègues s'occupent du véhicule. On file au bureau du studio. Ensuite, nous irons au *Ce soir*.

Elle avait l'air d'une guerrière, prête pour la bataille, songea Connors.

— Je peux nous obtenir une bonne table, dit-il. Il se trouve que je connais le propriétaire.

— Qui n'est autre que toi-même, railla Eve. Tant mieux pour toi mais nous n'y mangerons pas. Nous allons interrompre le repas de Steinburger et lui gâcher sa putain de soirée.

— Je frémis d'impatience.

— On se prendra un en-cas aux distributeurs automatiques pendant qu'il marine en salle d'interrogatoire.

— Beurk !

— Ce n'est pas si mauvais. Une seconde. Dallas ! aboya-t-elle dans son communicateur.

— Écoutez, Dallas…

— Nadine, vous avez fait très fort.

— Vous avez déjà visionné l'interview ?

— Non, mais Feeney me l'a résumée.

— Dallas, j'avais pratiquement atteint le siège de la chaîne, mais j'ai sauté de la camionnette et hélé un taxi. Je me dirige vers le centre-ville et l'hôtel de Julian. J'ai un mauvais pressentiment.

— À quel sujet ?

— Feeney vous a-t-il dit que Steinburger m'avait tendu une perche – confidentiellement. Il s'inquiète parce qu'il craint qu'il ne se soit passé quelque chose entre K.T. et l'un des leurs.

— Vous pensez qu'il s'agit de Julian ?

— Julian patientait dans le couloir. Il était dans un état pitoyable. Fatigué, bouleversé, à bout de nerfs. Terrifié, aussi. Avec le recul, je pense qu'il avait peur. Joel l'a invité à entrer dans son bureau en me lançant un regard qui me tracasse depuis. Du genre : « C'est lui qui me préoccupe, que je m'efforce de protéger. » Et si j'ai raison…

— Cela signifie qu'il planifie la fin de Julian – accident ou suicide dû à la culpabilité. Nous allons vérifier.

— Où êtes-vous ?

— Chez Steinburger. Nous avons trouvé des choses intéressantes.

— Il vous faudra plus longtemps que moi pour vous rendre à l'hôtel. Mais pouvez-vous m'y rejoindre ? Même si je me trompe, j'ai la sensation que Julian sait quelque chose et qu'il est assez vulnérable pour cracher le morceau.

— Nous partons tout de suite, assura Eve. Faites-moi plaisir, demandez à la sécurité que l'on vous accompagne jusqu'à la chambre. Inventez un prétexte, n'importe lequel, mais n'y allez pas seule.

— Julian ne me ferait pas de mal – ni à personne, du reste. Mais d'accord.

— J'ai confiance en son instinct, déclara Connors tandis qu'Eve fronçait les sourcils devant l'écran vide.

— Moi aussi. On file à l'hôtel. Je préviens Peabody.

Tandis qu'elle contactait sa partenaire, Eve se demanda comment Steinburger pouvait tuer – ou inciter un homme à se suicider – alors que lui-même savourait un repas gastronomique avec un ami à l'autre bout de la ville.

22

Dans le taxi, Nadine tenta une nouvelle fois de joindre Julian. Ridicule, se dit-elle car elle savait qu'elle allait tomber sur la boîte vocale – comme les trois fois précédentes. Et qu'il avait programmé le communicateur de sa chambre en mode NE PAS DÉRANGER.

Pourquoi n'avait-elle pas réagi plus tôt ? Pourquoi n'avait-elle pas suivi son instinct et n'était-elle pas retournée dans le bureau de Steinburger ou au moins hélé tout de suite un taxi pour foncer à l'hôtel ?

Parce qu'elle était pressée de regagner le studio, de visionner et de monter son interview. De se lécher les babines. De danser un boogie de la victoire.

— Nom d'un chien, grommela-t-elle, la culpabilité cédant la place à la peur.

Vu la circulation, Steinburger aurait le temps de tuer Julian, de boire un verre, de planifier un hommage et d'écrire l'eulogie avant qu'elle n'atteigne sa destination.

Ridicule, se répéta-t-elle. Elle s'affolait sans doute pour rien. Quoique…

— Vous ne pouvez pas vous dégager de cet embouteillage ? glapit-elle.

Le chauffeur continua à pianoter sur le volant au rythme de l'abominable musique qui sortait des haut-parleurs.

— Pas d'problème, m'dame. Suffit d'activer mon laser pour transpercer le bouchon.

— Nom d'un chien, répéta-t-elle en sortant sa carte pour régler la course. Je vais continuer à pied.

Elle bondit hors du véhicule, se faufila entre les pare-chocs et se rua jusqu'au trottoir bondé.

Elle esquiva, contourna, injuria ses escarpins qui l'empêchaient de courir. Elle vilipenda le trafic, pesta contre ces imbéciles de touristes qui lui bloquaient le passage, maudit son imagination débordante qui la mettait dans un tel état – probablement pour rien.

Mais elle accéléra le pas.

Dans sa chambre d'hôtel, Julian ignora le communicateur qu'il avait jeté sur la table. Il n'avait pas la force de se lever pour l'éteindre. Il n'avait pas non plus le courage de se plonger dans le bain à remous. Il était très bien ainsi, vautré dans un fauteuil, à boire du vin et à se laisser aller.

Joel avait raison, bien sûr. On pouvait toujours compter sur lui.

Julian comptait sur lui plus que jamais. Un homme intelligent, solide, habitué à surmonter les crises. Un homme capable de lui prodiguer des conseils.

La situation lui paraissait un peu moins catastrophique après deux verres de vin et un troisième en cours.

Tout de même… le mieux serait peut-être de parler avec Eve Dallas. De tout lui expliquer – enfin pas tout, parce qu'il était tellement confus qu'il avait du mal à se l'expliquer à lui-même.

Mais juste lui parler, lui raconter ce qui s'était passé, du moins ce dont il se souvenait.

Elle comprendrait. Il en avait la certitude. Il la connaissait.

Elle était juste, courageuse et… et sexy.

Joel se trompait sur son compte, pensa Julian, les paupières de plus en plus lourdes. Elle ferait son possible pour qu'il n'atterrisse pas en prison. Ce n'était pas uniquement une question d'arrestation. Pas pour son Eve… Sa vision se brouilla.

C'était une question de justice.

Mais Joel était malin. S'il avait raison…

Julian n'avait pas envie d'y penser maintenant. Il n'en avait pas la force. D'ailleurs, il devait se faire couler un bain. Ne l'avait-il pas promis à Joel ? Le lui avait-il promis ? Bizarre, il ne se rappelait plus très bien.

Il avait trop bu. Il devait absolument se restreindre. Mais il était si bouleversé, si malheureux, et il avait peur.

Plus de vin, décréta-t-il. Un bon bain chaud, de la musique relaxante. Ensuite, il appellerait Andrea ou Marlo ou Connie. Il supportait mal la solitude. Il avait besoin d'une femme à qui se confier.

Les femmes l'écoutaient toujours.

Il essaya de se lever.

— Ivrogne, marmonna-t-il, furieux contre lui-même.

Déterminé, il parvint à se hisser sur ses pieds, fit un pas chancelant.

Le verre lui échappa et se fracassa sur la table tandis qu'il s'effondrait.

À bout de souffle, les pieds en sang, Nadine se précipita vers le comptoir de réception.

— Nadine Furst. Appelez la sécurité.

L'hôtesse lui adressa un sourire aimable.

— Bonsoir, madame Furst. Puis-je vous demander pourquoi ?

— Écoutez, vous savez que j'ai l'autorisation d'accéder à la suite de… M. Birmingham, répondit Nadine, citant le pseudo dont Julian se servait pour protéger son intimité.

— En effet, madame Furst.

— J'ai besoin qu'un agent de la sécurité m'y accompagne.

— Il y a un problème ?

— Il y en aura un si vous ne vous dépêchez pas.

— Un instant. Je préviens la directrice.

— Je ne veux pas de la directrice, bordel ! Trouvez-moi un agent de la sécurité sinon vous, Marie, déclara-t-elle en déchiffrant le nom sur son badge, et cet hôtel ferez l'objet d'un reportage cinglant dans mon émission.

Sur ce, elle tourna les talons et se dirigea vers les ascenseurs.

Julian était probablement dans sa chambre, confortablement installé avec une nouvelle conquête, se rassura-t-elle en s'engouffrant dans la cabine. Elle allait se ridiculiser. Il s'en amuserait et l'inviterait à se joindre à la fête – et il ne plaisanterait pas vraiment.

Ils en riraient ensemble. « Mon Dieu, je vous en supplie ! pria-t-elle. Faites qu'il soit avec une femme. Faites que tout aille bien. » À force de fréquenter des flics, elle voyait des meurtres partout.

Elle jaillit de l'ascenseur, se propulsa au bout du couloir. Ignorant la lumière rouge, elle appuya sur la sonnette, frappa.

— Julian ! Ouvre-moi ! C'est important ! C'est Nadine.

Il ne pouvait pas l'entendre, à moins d'appuyer sur le bouton de l'interphone, mais elle insista.

Sa panique allait s'amplifiant.

— Madame Furst ! s'écria la directrice, qui remontait le couloir, suivie d'un homme imposant en costume sombre. S'il vous plaît. Vous dérangez nos clients.

— Je les dérangerai encore plus si vous n'ouvrez pas cette porte, rétorqua Nadine.

— Madame Furst, M. Birmingham a demandé à ne pas être dérangé. Si vous voulez lui laisser un message, je...

— Ouvrez cette putain de porte.

— Je vais devoir vous mettre dehors. Si M. Birmingham et vous vous êtes querellés, ce n'est pas une manière de...

Nadine carra les épaules et étrécit les yeux.

— Essayez de me mettre dehors et vous aurez du mal à trouver un boulot de directrice de chenil. Julian a des ennuis et il est peut-être déjà trop tard. La police est en route. Ouvrez cette putain de porte. S'il ne s'est rien passé de grave, vous pourrez m'arrêter. Si je ne me suis pas trompée et qu'il est arrivé quelque chose à Julian parce que vous refusez d'obtempérer, je me mettrai en quatre pour que le lieutenant Dallas vous inculpe pour complicité de meurtre.

La directrice se raidit.

— Je n'apprécie guère les menaces. Soyez assurée que nous porterons plainte contre vous. Allez-y, ajouta-t-elle à l'intention de l'agent. Je suis sûre que M. *Birmingham* portera plainte, lui aussi.

— Vite ! implora Nadine.

— Veuillez reculer, madame.

L'homme se servit de son passe-partout, entrouvrit.

— Sécurité ! cria-t-il.

Nadine le bouscula pour se ruer à l'intérieur.

— Julian !

Elle traversa la pièce, s'accroupit près de lui.

— Appelez une ambulance ! hurla-t-elle en le tournant délicatement sur le dos.

Tandis qu'elle cherchait son pouls, Julian s'agita.

— Julian ! Réveille-toi. Parle-moi.

— Fatigué, murmura-t-il d'une voix pâteuse. Trop fatigué.

— Julian, qu'as-tu pris ?

Nadine vit la bouteille de vin, le verre brisé.

— Qu'as-tu mis dans ton verre ?

— Du vin. Dormir…

— Non. Reste éveillé.

— On va le redresser, suggéra l'agent de sécurité.

Nadine secoua la tête, leva la main et gifla Julian.

— Reste éveillé !

— Va-t'en. Fatigué. Malade. Pas fait exprès.

— Ne touchez pas à cela ! glapit Nadine comme la directrice s'approchait du verre brisé. Ne touchez à rien. C'est une scène de crime.

— Ça, c'est ma réplique, lança Eve en franchissant le seuil.

Elle s'approcha de Nadine, posa la main sur son épaule, vérifia le pouls de Julian, lui souleva les paupières pour inspecter ses pupilles.

— Il fait une overdose. Faites-le parler, mettez-le debout, essayez de l'obliger à marcher. Connors, mets-toi en quête des stupéfiants. Ils ne sont sans doute pas loin. Julian aura plus de chances de s'en sortir si nous savons ce qu'il a ingurgité. Tu as eu raison de m'apporter mon kit de terrain. Vous, lança-t-elle à la directrice, qui était blanche comme un linge, descendez, envoyez-nous les secouristes et ne revenez pas.

Elle la poussa vers la sortie.

— Il avait mis des somnifères dans son vin, annonça Connors tandis qu'Eve glissait la bouteille de vin dans un sachet. Le flacon est vide. La prescription est au nom de K.T. Harris…

Elle lui tendit un sachet transparent.

— Mets du Seal-up si tu veux toucher.

— C'est grave ? murmura Connors, tandis que Nadine et l'agent de la sécurité traînaient Julian autour de la chambre.

— Son pouls est faible et ses pupilles, énormes. C'est grave, mais ce le serait davantage si Nadine n'était pas intervenue. Que diable fabriquent les secouristes ? aboya Eve.

D'un pas ferme, elle alla se planter devant Julian.

— Marchez, nom de nom. Je vous interdis de mourir. Où avez-vous obtenu les cachets ? Et le vin ?

La tête de Julian tomba en avant. Eve la releva d'un geste brusque.

— Restez éveillé.

Connors alla remplacer Nadine.

— Somnifères... *Somnipoton,* marmonna Eve.

Elle réfléchit, se fia à son instinct. Et enfonça le poing dans le ventre de Julian.

— Dallas ! protesta Nadine.

— Je refuse de mettre les doigts dans sa gorge sauf nécessité absolue.

Julian toussa, hoqueta, s'affaissa. Eve le frappa de nouveau. Et s'écarta vivement tandis qu'il se pliait en deux pour vomir.

— Charmant, murmura Connors.

— La méthode est efficace. Continuez à le faire marcher.

Julian se mit à gémir, vacilla. Eve préleva un échantillon de vomissure pour analyse.

— Les secouristes arrivent ! cria Nadine.

— Ce n'est pas trop tôt. Emmenez-le dans la chambre. Connors, tu restes auprès de lui. Qu'on le soigne à l'écart de ma scène de crime.

Eve s'empara de son communicateur pour rameuter les experts. Les secouristes déboulèrent et elle leur indiqua la chambre.

— Non, Nadine, n'y allez pas. Ça risque d'être désagréable, et je ne veux pas qu'il vous parle s'il est en état de le faire.

— Vous pensez qu'il va survivre ? J'ai cru qu'il était mort quand j'ai enfin réussi à convaincre cette mégère de m'ouvrir.

— Il devrait s'en sortir. Une demi-heure de plus et il était mort. Vous lui avez sauvé la vie, Nadine.

La journaliste s'essuya les yeux. Reniflant, elle s'assit, ôta ses escarpins.

— Je peux demander quelque chose à boire ? s'enquit-elle. Commander une boisson forte au room service ?

— À votre guise.

Nadine boitilla jusqu'au communicateur.

— Oui, dit-elle. Je veux une vodka Martini, sec comme le Sahara avec trois olives. Et je le veux *fissa*.

Elle se rassit.

— Comment Steinburger l'a-t-il incité à avaler ces comprimés ?

— Espérons que Julian pourra nous l'expliquer. Vous avez des ampoules.

Nadine grimaça, se frotta les pieds.

— Taisez-vous.

— Puisque c'est le résultat d'une course-poursuite, voyons si l'un des secouristes peut vous soulager.

À cet instant précis, un secouriste émergea de la chambre.

— Dans quel état est-il ?

— On lui a vidé l'estomac. Il est conscient, il a une méga-gueule de bois mais il est stable. Nous l'avons mis sous intraveineuse pour le réhydrater. Il refuse d'aller à l'hôpital.

Eve tourna la tête tandis que Peabody entrait en compagnie de deux uniformes. Elle lui indiqua Nadine avant de s'adresser de nouveau au secouriste.

— Que recommandez-vous ?

— Vingt-quatre heures en psychiatrie pour observation et évaluation. Un type qui gobe une poignée de tranquillisants avec son cabernet a besoin d'aide.

— Ce n'était pas une tentative de suicide mais une tentative d'homicide, assena Eve en tapotant son insigne.

Dubitatif, l'infirmier haussa les épaules.

— C'est vous qui le dites.

— En effet. Est-il suffisamment remis pour rester ici ?

— S'il n'avait pas vomi l'essentiel avant notre arrivée, vous ne me poseriez pas cette question. Il faut le surveiller de près, mais il est stable.

— Quelqu'un veillera sur lui et je vais le faire examiner par un médecin.

Le secouriste scruta la pièce, aperçut Peabody qui prenait la déposition de Nadine.

— Bon, eh bien, on va y aller.

— Merci pour votre aide.

Eve pénétra dans la chambre. Connors était assis au bord du lit, et Julian appuyé contre une montagne d'oreillers, le visage blême. Ils discutaient à voix basse.

— Vous pouvez tout lui dire, le rassura Connors. Elle vous aidera. Il a le droit de boire des liquides clairs, ajouta-t-il à l'adresse d'Eve. Je lui commande quelque chose.

— D'accord.

Elle s'avança jusqu'au lit, baissa les yeux sur Julian.

— J'enregistre cet échange. Dois-je vous citer de nouveau vos droits, Julian ?

— Non, fit-il en tressaillant. Mal à la gorge.

— Pas étonnant. Où vous êtes-vous procuré les cachets ?

— Je le jure, je n'en ai pas pris. Juste quelques verres de vin.

— Où vous êtes-vous procuré le vin ?

— Joel l'a apporté hier soir. Il savait que j'étais… bouleversé. Nous n'en avons bu qu'un verre chacun. Je bois trop depuis… vous savez. Je bois trop dès que je suis bouleversé, je suppose.

— Donc, Joel vous a apporté une bouteille hier soir, mais vous ne l'avez pas terminée.

— Un verre chacun. Et tout allait bien. J'ignore pourquoi cela m'a rendu si malade aujourd'hui. J'ai peut-être attrapé un virus.

— Vous avez failli attraper une overdose. Le vin était frelaté au *Somnipoton*.

— Des somnifères ? Non, je n'en ai pas pris. Je l'ai dit aux secouristes. Je n'ai avalé aucun médicament.

Agité, il tenta de se redresser.

— J'ai du *Delorix*, mais je n'en ai pas pris. Enfin, je ne crois pas, ajouta-t-il en se frottant le cou au niveau de la gorge, paupières closes. En tout cas, je ne m'en souviens pas. Quand je bois trop, tout se mélange.

— Le flacon de somnifères était au nom de K.T. Harris.

— Ça n'a aucun sens, murmura-t-il en plissant le front. Je n'ai pas pris ses… Si ? Je n'y comprends plus rien.

— Avant de revenir ici, vous avez eu une conversation avec Joel. De quoi avez-vous parlé ?

Julian détourna la tête.

— J'étais dans un état pitoyable. Quand je suis ému, je suis incapable de réfléchir. Il m'a conseillé de rentrer à l'hôtel, de boire un verre du vin qu'il m'avait apporté et de prendre un bain chaud pour me détendre.

— Il vous a recommandé de boire ce vin-*là* ? Celui qu'il vous avait offert ?

— Oui. Il est excellent. Je l'aurais volontiers savouré dans la baignoire, mais je n'ai pas eu le courage de faire couler l'eau, alors…

— Si vous l'aviez eu, vous vous seriez noyé, comme K.T.

— Je n'y comprends rien. C'est une sorte de punition, j'imagine. J'ai raconté à Connors…

— Quoi ?

— Que j'avais tué K.T.

— Julian, êtes-vous en train d'avouer le meurtre de K.T. ?

— Je ne l'ai pas assassinée. Mais... je l'ai tuée.

— Comment ?

— J'en suis pas sûr, marmonna-t-il en fixant sur Eve ses yeux rougis.

— Vous n'en êtes pas sûr ? Dans ce cas, comment savez-vous que vous l'avez tuée ?

— Je l'ai bousculée. Pas intentionnellement. Elle m'a poussé, j'ai réagi. Pas fort mais je n'aurais pas dû. Je n'ai jamais été violent avec une femme. Jamais.

Il se tut, reprit son souffle.

— Je n'ai aucune excuse, j'en suis conscient. S'enivrer, craquer ne sont pas des excuses. Mais elle me criait après, elle m'a poussé et, sans réfléchir, je l'ai poussée à mon tour. Elle a glissé, elle est tombée et s'est cogné la tête.

— Revenons un peu en arrière, voulez-vous ? Vous êtes monté sur le toit avec K.T. Harris le soir de sa mort ?

— Oui. J'aurais dû vous le signaler mais Joel...

— Joel Steinburger vous a recommandé de vous taire. Vous lui avez décrit la scène et il vous a conseillé de mentir à la police.

— Il voulait m'aider. Me protéger. C'était un accident. L'incident au cours du repas m'avait sérieusement contrarié. J'ai noyé mon désarroi dans l'alcool. Un peu plus tard, K.T. m'a attiré dans un coin. Je vous ai raconté cette histoire avec les deux filles du night-club. J'ignorais qu'elles étaient mineures. K.T. m'a menacé de divulguer l'information si je ne...

— Si vous ne... ?

— Elle m'a donné rendez-vous sur la terrasse où elle devait me donner des instructions. Je regrette de lui avoir obéi, mais j'en avais par-dessus la tête de ses intimidations. Comme tout le monde.

— Le dôme de la rotonde était-il ouvert ou fermé ?

— Pardon ? Euh... fermé. Je m'en souviens parce qu'elle avait fumé – beaucoup – et qu'on étouffait. Pour être franc, j'ai failli lui demander une taffe. Mais il me suffisait de respirer pour m'intoxiquer.

— Pourquoi n'avez-vous pas cherché à ouvrir le dôme, pour aérer ?

— Je... Ça ne m'est pas venu à l'esprit. De toute façon, je n'aurais pas su comment m'y prendre. J'étais hors de moi. Harris voulait que j'attire Marlo dans ma caravane. Je devais lui offrir un verre et y ajouter une dose de stimulant sexuel pour qu'elle ait envie de coucher avec moi. J'ai refusé. Jamais je n'aurais fait cela à Marlo – ni à n'importe qui, d'ailleurs. Marlo a confiance en moi. Nous sommes amis. Seigneur !

Il passa une main tremblante sur son visage.

— J'étais tellement en colère. Comment Harris pouvait-elle me demander un truc pareil ?

— Vous lui avez dit non.

— Je l'ai envoyée au diable. Je crois. C'est confus, mais je sais que nous nous sommes invectivés. J'ai dû exagérer, car elle m'a giflé, puis poussé. Je l'ai poussée à mon tour, elle est tombée. Je crois que la lanière de sa sandale s'est brisée, et elle est tombée. Il y avait du sang. Je n'arrivais pas à la réveiller. J'étais affolé. J'allais descendre donner l'alerte, appeler une ambulance.

— Et... ?

— Joel a dit... Tout est embrouillé. Il m'a dit de ne pas m'inquiéter, que tout allait s'arranger. Mais ensuite, il m'a appris qu'elle avait dû essayer de se relever, qu'elle était tombée dans la piscine et s'était noyée. Il a dit que je n'y étais pour rien mais que vous seriez convaincue du contraire, que j'irais en prison pour toujours.

— Écoutez-moi. Regardez-moi.

Il obtempéra, pinça les lèvres.

— Je suis en état d'arrestation ?

— Je pourrais vous embarquer pour entrave à la justice. K.T. ne s'est pas relevée, elle n'est pas tombée dans le bassin. Elle y a été traînée alors qu'elle était inconsciente.

— Ce n'est pas moi, se défendit Julian, un trémolo dans la voix. Je n'aurais pas pu. D'accord, j'étais fâché, ivre, mais... Je n'aurais pas pu. Je ne me rappelle plus... Je voulais aller chercher de l'aide.

— Vous avez alerté Joel.

— Je n'en sais rien. Non... il était là, il m'a dit qu'il s'occupait de tout. Ensuite, vous avez annoncé qu'elle était morte. Ce n'est pas moi qui l'ai noyée. Je ne fais jamais de mal aux femmes. Je n'aurais pas dû la bousculer. Je me serais retenu si j'avais été sobre, si elle ne m'avait pas exaspéré... Mais je ne l'ai pas noyée. C'était un accident.

— Non, c'était un homicide. Toutefois, ce n'est pas vous qui avez tué K.T., Julian. C'est Joel.

— Vous délirez. Je vous en supplie, dites que c'était un accident.

— C'était un homicide. Et si Nadine n'était pas arrivée à temps, Joel vous aurait éliminé ce soir. Il avait fomenté un complot pour que l'on vous accuse du meurtre de Harris.

— Pas Joel. Vous vous trompez.

— J'ai raison. Dites-moi, l'avez-vous laissé seul un moment hier soir ? Pour aller chercher quelque chose dans votre chambre, par exemple ? Après avoir rempli vos verres de vin.

— Il voulait revoir la scène que nous devions tourner aujourd'hui. Je conserve mon texte sur ma table de chevet. Je le relis juste avant de dormir.

— Il avait donc largement le temps de verser les comprimés dans la bouteille et de la mettre de côté afin que vous ne soyez pas tenté d'en reprendre tant qu'il n'aurait pas un alibi solide.

— Il m'a fait promettre de ne pas boire davantage hier soir. Mais… Non !

Enfin, il commençait à saisir.

— Tout s'est mélangé. Ce que je croyais, les bribes qui me revenaient, ce qu'il affirmait. Ça ne collait pas vraiment, mais il a dit… Quand je suis sorti en courant de la rotonde, il était là. Je lui ai expliqué ce qui venait d'arriver. Il m'a assuré qu'il allait… s'occuper de tout. De ne surtout rien dire à personne. De ne pas gâcher la soirée des autres. Il l'a tuée. Il allait me tuer. Pourquoi ? *Pourquoi ?*

— C'est en quelque sorte son hobby.

Nadine poussa doucement la porte.

— Il peut s'octroyer une pause ? Manger un morceau ?

— Oui. Nous avons terminé pour l'instant.

— Joel, murmura Julian en contemplant ses mains. Je le considère presque comme un père. Il m'a fait croire que j'avais tué K.T. J'en étais malade. Vous allez m'arrêter ?

— Non mais ne vous avisez plus de me mentir, conclut Eve avant de se diriger vers Nadine. Primo, contactez le médecin de l'hôtel – ou Louise. Il vaudrait mieux l'ausculter.

— J'ai déjà appelé Louise.

— Parfait. Deuzio. Il va vous parler, vous donner de quoi remplir votre futur bouquin. Gardez ça pour vous jusqu'à ce qu'on ait coincé ce salopard. En revanche, d'ici à, disons trente minutes, vous pourrez révéler au public que Joel Steinburger a été appréhendé.

Eve quitta la chambre.

— Peabody, avec moi. Toi aussi, Connors, si tu le souhaites.

— Toujours.

— Je parie que Steinburger en est au dessert et au cognac. Allons lui pourrir son digestif.

Connors étant le propriétaire du restaurant tout de lambris foncés et cuir bordeaux, Eve savait qu'elle n'avait pas besoin de brandir son insigne pour y entrer.

Mais l'envie la démangeait. Elle voulait provoquer une de ces scènes qui attirent l'attention du public et suscitent la curiosité des médias. Elle consulta sa montre. Nadine avait cinq minutes d'avance sur elle.

Elle songea qu'elle avait amplement mérité un petit divertissement.

— Monsieur, fit le maître d'hôtel en se mettant au garde-à-vous devant Connors. Je vous prépare une table tout de suite.

— Joel Steinburger, intervint Eve en sortant son insigne.

— Bien sûr. M. Steinburger et M. Delacora en sont au dessert. Je vous précède.

Eve l'avait repéré, dans le coin, au fond, face à l'entrée. Pour voir et être vu. Il faisait tournoyer son alcool dans son verre, l'air satisfait, tout en discutant avec son compagnon.

— Je le vois.

Ignorant le maître d'hôtel, Eve traversa la salle à grands pas.

L'expression de Steinburger changea brusquement. Il fronça les sourcils, partagé entre l'irritation et l'inquiétude, puis afficha un air de résignation polie et se leva.

— Lieutenant. Nick, voici l'authentique Eve Dallas. Permettez-moi de vous présenter Nicholas Delacora.

— Enchanté, fit ce dernier.

— Ça ne va pas durer, riposta-t-elle. Désolée de vous interrompre.

— Avez-vous procédé à une arrestation ? s'enquit Steinburger.

— C'est curieux que vous me posiez la question. Joel Steinburger, je vous arrête pour les meurtres de K.T. Harris et de A. A. Asner, continua-t-elle en le faisant pivoter et en lui tirant les bras dans le dos. Ainsi que pour tentative de meurtre sur la personne de Julian Cross. Il n'est pas mort, ajouta-t-elle.

Autour d'eux, les couverts retombèrent sur les assiettes, les conversations s'animèrent.

— Vous avez perdu la tête !

— Et ce n'est pas tout, poursuivit-elle en le menottant. J'espère que vous avez bien mangé, Joel, parce que vous ne dînerez plus jamais dans un restaurant de cette qualité. Vous avez le droit de garder le silence, enchaîna-t-elle avant de lui citer le code Miranda révisé sous l'œil ébahi des clients. Officiers !

Les uniformes qui l'avaient rejointe encadrèrent Steinburger.

— Bouclez-le, Peabody.

— Avec plaisir, lieutenant.

— Je vous rejoins.

Avec un bonheur non dissimulé, Eve regarda les flics emmener Steinburger.

— Navrée pour le dessert, dit-elle à Delacora. Il avait l'air délicieux.

— Tout cela est une plaisanterie, j'espère ?

— Pas du tout. Oui, décidément, ce dessert…

Elle se tut, sourcils froncés, en apercevant Connors en grande discussion avec le maître d'hôtel. Elle s'approcha d'eux.

— Écoutez, commença-t-elle, je suis désolée si le fait d'arrêter un meurtrier a coupé l'appétit à vos clients, mais…

— Au contraire, l'interrompit Connors, cela en a stimulé plus d'un. Y compris le mien. J'ai faim et je ne veux pas risquer une intoxication alimentaire en me contentant d'un en-cas des distributeurs du Central.

— Je n'ai pas le temps de savourer un dîner gastronomique.

— Il nous sera livré.

— Ah ! Bonne idée, approuva-t-elle.

23

Bien entendu, Connors avait commandé de quoi régaler tout le monde, mais Eve n'allait pas s'en plaindre alors qu'elle s'empiffrait de poulet au romarin dans la salle d'observation.

— Je m'étonne qu'il n'ait pas exigé la présence de ses avocats, commenta Peabody en mangeant une rondelle de pomme de terre.

— Il est trop énervé – pour le moment. Et il veut prouver qu'il a du pouvoir. Après tout, il est le grand, l'unique Joel Steinburger. De surcroît, il réfléchit à ce qu'il va nous raconter. Commençons par Valerie. Laissons-la mariner encore un peu.

— Elle a peur, fit remarquer Peabody. Les uniformes ont dit qu'elle tremblait comme une feuille quand ils l'ont embarquée. Et qu'elle a pleuré pendant toute la procédure d'enregistrement.

— Nous avons donc amorcé la pompe.

Les larmes se mirent à couler sur les joues de Valerie à l'instant où Eve et Peabody pénétrèrent dans la salle d'interrogatoire.

— Je vous en prie, vous commettez une erreur terrible. Tout ceci pourrait ruiner ma carrière.

— Mince. Je parie que K.T. a eu le même sentiment quand Steinburger et vous l'avez tuée.

— Qu'est-ce que vous racontez ? Nous n'avons jamais fait une telle chose ! Je veux un avocat.

— Très bien, riposta Eve en haussant les épaules. Vu l'heure tardive, cela va prendre un certain temps. Peabody, emmenez Valerie en cellule de détention provisoire.

— Non ! s'écria Valerie en agrippant le bord de la table. Je ne veux pas y retourner.

— C'est là que vous patienterez jusqu'à l'arrivée de votre avocat. Entre-temps, nous interrogerons Steinburger. Je suis certaine qu'il aura des choses fascinantes à nous dévoiler à votre sujet.

— C'est de la folie ! Je n'ai *rien fait* !

— Désolée mais nous ne pouvons plus vous parler tant que votre avocat n'est pas là. Peabody.

— Non ! Je ne retournerai pas dans cette cellule. Je préfère vous parler maintenant.

— Vous renoncez donc à demander un avocat ?

— Oui. Mettons cette affaire au clair sans attendre.

— Qui a quitté la salle de projection le soir du décès de K.T. Harris ?

— K.T... Je l'ai vue s'éclipser alors que l'on baissait la lumière. Julian est sorti quelques minutes plus tard. Je ne sais pas combien exactement. Et ensuite... eh bien... Joel.

— Qui d'autre ?

— Connie. Par la porte latérale. Je m'en suis rendu compte parce que je m'apprêtais à aller lui poser des questions à propos du buffet. Mais elle est partie avant K.T. Ah ! Nadine Furst aussi. Après tous les autres.

— À présent, inversons le problème. Qui est revenu ?

— Connie, vers la fin de la projection. Et Nadine. Elle n'a pas dû s'absenter plus de dix ou quinze minutes. Je ne faisais pas attention.

— Continuez.

— K.T. et Julian n'ont pas reparu. Joel, si. Il s'est absenté environ un quart d'heure, pas beaucoup plus.

Mais je ne peux pas vous l'assurer. Franchement, je travaillais.

— Pourquoi ne pas nous avoir fourni ces informations plus tôt ?

— Joel m'a demandé de ne rien dire. Il m'a expliqué que Julian et K.T. s'étaient disputés et qu'elle avait eu un accident.

— Quand vous a-t-il dit cela ?

— Le soir du drame. Nous rédigions une déclaration pour la presse, et j'ai évoqué toutes ces allées et venues. Je voulais savoir s'il s'était chargé de Julian et comment gérer la situation si la rumeur se répandait qu'il avait trop bu. J'étais bouleversée, je craignais que la police ne harcèle Julian parce qu'il avait quitté la salle de projection et n'était pas revenu.

— Que vous a répondu Joel ?

— Que nous devions nous serrer les coudes, pour nous, pour le projet. Que nous devions nous protéger les uns les autres. Ensuite, il m'a relaté la scène. Il m'a assuré que c'était un accident dont seule K.T. était responsable, mais que Julian paierait les pots cassés si la police découvrait qu'il l'avait suivie. Il a promis de s'occuper de tout. Il me suffisait d'affirmer que je n'avais vu personne sortir.

— Vous avez donc couvert un meurtre.

— D'après Joel, c'était un accident. Il m'a dit que vous ne manqueriez pas de le transformer en homicide par intérêt. D'ailleurs, K.T. était une femme méprisable, non ? Je me suis décarcassée pour la défendre face aux médias. Jamais elle n'a eu un mot gentil. Julian est un amour. Aussi, quand Joel Steinburger m'a recommandé de me taire pour sauver la peau de Julian, j'ai obéi.

— Moyennant finances.

Elle pinça les lèvres.

— Il m'a offert une prime. Oui, j'ai bien compris que c'était un dessous-de-table. Je n'exigeais rien, mais je n'allais pas refuser cet argent.

— Vous avez donc menti pour lui de nouveau, dès le lendemain.

— J'étais chez lui. Je travaillais, mais... il s'est absenté un moment. Il m'a avoué qu'il avait un rendez-vous galant et a requis ma discrétion. Bien que toujours mariés, son épouse et lui vivent chacun de leur côté. Je comprends parfaitement qu'il n'ait pas voulu qu'on sache qu'il voyait quelqu'un. Il a droit à une vie privée.

— À quelle heure est-il rentré ?

— Je l'ignore. Je vous le jure ! s'écria-t-elle avant de cacher son visage entre ses mains. Mon Dieu, comment les choses ont-elles pu tourner ainsi ?

— C'est un des aléas du mensonge.

— J'essayais juste de faire mon boulot. Ce soir-là, je me suis couchée aux alentours de minuit. Le vestibule était encore allumé. Le lendemain, avant que vous ne nous annonciez le décès du détective, Joel m'a convoquée dans son bureau. Il m'a déclaré que ce serait plus commode si nous avions chacun un alibi pour la veille. Nous n'en avions aucun, on risquait de nous soupçonner du meurtre d'un homme que nous ne connaissions même pas. Il m'a dit qu'il savait pouvoir compter sur moi, et qu'il m'avait transférée dans la suite VIP, histoire de récompenser ma créativité et ma loyauté. Joel Steinburger a le pouvoir de bâtir une carrière ou de la briser. Il bâtissait la mienne.

— Et parce que vous avez menti, Julian Cross a failli mourir ce soir.

— Quoi ? s'écria-t-elle d'une voix suraiguë. Que s'est-il passé ? Comment va-t-il ?

— Réfléchissez-y. Combien de vies humaines votre carrière vaut-elle ?

Eve tourna les talons et sortit, laissant Valerie en larmes. Peabody lui emboîta le pas.

— On l'inculpe pour complicité après le fait ? s'enquit-elle.

— Laissons cela à Reo et à son patron, répondit Eve. Prête pour le clou de la soirée ?

— Oh, oui ! Connors a commandé de la crème brûlée. Je m'en suis caché une part. Je compte sur cette audition pour brûler des calories avant de me délecter.

— À vous de démarrer.

— Chic ! Méchant flic ?

— Non, Peabody.

— Zut. Vous voulez que je l'amadoue avant que vous ne lui portiez l'estocade.

— Tenons-nous en à nos forces respectives et cueillons cette ordure.

— Ensuite, je déguste ma crème brûlée.

— Ensuite, vous dégustez votre crème brûlée.

Peabody entra la première, seule. Elle fit mine d'être légèrement intimidée tandis qu'elle lisait les données pour l'enregistrement.

— Le lieutenant Dallas sera là dans quelques minutes. Puis-je vous offrir quelque chose à boire, monsieur Steinburger ?

— Je ne veux rien d'autre qu'une explication. Je me plaindrai auprès de votre commandant, du préfet et du maire.

— Oui, monsieur. Sachez cependant que, eh bien, nous avons noté quelques incohérences dans vos déclarations. Je conçois que le lieutenant ait pu vous paraître… que vous nous trouviez un peu trop zélées, mais ces incohérences nous chagrinent.

— Qu'est-ce que vous racontez ? aboya-t-il en tapant sur la table. Soyez plus précise.

— Eh bien, *précisément*, nous avons interrogé Valerie Xaviar. Elle affirme maintenant avoir vu Julian, et vous, quitter la salle de projection quelques minutes après la victime. Apparemment, vous lui auriez ensuite expliqué que la victime avait eu un accident. Avant la découverte du corps. Donc…

— Et sa parole vaut davantage que la mienne ?

— Je suis navrée, monsieur, mais elle a été assez… explicite. En outre, vous avez viré sur son compte la somme de cinquante mille dollars. Et le fait que vous ayez un compte sous un nom d'emprunt. Euh… bredouilla Peabody en feignant de fouiller dans son dossier. B. B. Joel.

— Pour une question de confidentialité. Quant à Valerie, elle méritait une prime. Quoique je commence à en douter, à présent.

— Elle a aussi signalé que vous étiez sorti un moment le soir du meurtre de A. A. Asner.

— Elle se trompe.

— Elle hésitait beaucoup à nous dévoiler cette information. Le lieutenant la croit. Surtout après l'incident de ce soir avec Julian Cross.

— *Quel* incident ? Soyez précise.

Cette fois, il abattit le poing.

— Je dînais avec un ami, comme vous le savez pertinemment. Je n'ai pas revu Julian depuis que j'ai quitté le studio en fin d'après-midi.

— Mais vous lui avez rendu visite hier soir. Vous apparaissez sûrement sur les disques de sécurité de l'hôtel, insista-t-elle comme il hésitait. Vous lui avez apporté une bouteille de vin.

— Il avait besoin de compagnie. Il ne voulait pas passer la soirée seul. Je lui ai apporté une bouteille de vin, en effet. Et j'ai insisté pour qu'il n'en boive qu'un verre car, ces derniers temps, il consomme trop d'alcool. Il… il n'est pas lui-même.

« Ce type croit me manipuler », songea Peabody, enchantée.

— Il a ingéré deux verres supplémentaires du même vin ce soir, ainsi qu'une quantité non encore déterminée de *Somnipoton*.

— Ô mon Dieu ! Comment va-t-il ? Il est à l'hôpital ? J'aurais dû me douter qu'il...

— Vous craigniez qu'il ne se fasse du mal ?

Steinburger hocha la tête, détourna le regard.

En salle d'observation, Connors sirotait son propre verre de vin.

— Tu n'es pas censé boire ici, lui rappela Eve.

— Arrête-moi. Mais laisse-moi d'abord finir, riposta-t-il. Tu ne rejoins pas Peabody ?

— Elle le mène par le bout du nez. Il croit la manipuler, mener la barque, faire en sorte que – mort ou vivant – Julian paie à sa place. Mais c'est elle qui a la main. Et elle se débrouille comme un chef.

— Un peu de vin ? proposa Connors en soulevant la bouteille.

— Non. Pour l'amour du ciel !

Elle lui prit son verre, but une gorgée.

— Pas mal, approuva-t-elle. Je vais la laisser continuer encore un moment. Tu veux qu'on en ouvre une autre bouteille tout à l'heure à la maison et qu'on fasse l'amour à moitié ivres ?

— J'en rêve.

Il drapa le bras sur ses épaules tandis qu'ils continuaient à observer Peabody.

— Monsieur, insista celle-ci, l'air sincère, je vais être franche avec vous. Vous êtes dans le pétrin. Les incohérences, l'argent et... bref. Si vous savez quelque chose, dites-le-nous maintenant. À moi. Mon lieutenant est très énervée.

— Qu'elle se calme. Vous vous imaginez que je vais me retourner contre un ami ? Quelqu'un qui compte sur mon soutien ?

— Peut-être cet ami a-t-il besoin d'aide. Mais il risque de ne pas s'en sortir, monsieur Steinburger. Le pronostic est réservé. Julian est dans le coma et les médecins craignent qu'il ne se réveille jamais.

— Ô Seigneur !

— Permettez-moi de vous aider. Pendant que je le peux encore.

— Julian, gémit-il. Pauvre Julian. Je n'aurais jamais dû le laisser seul ce soir. Il m'avait juré qu'il allait bien, qu'il voulait se reposer. Il était anéanti par cette histoire avec K.T. Ce n'est pas sa faute, inspecteur Peabody. Vous devez le comprendre. C'était un accident.

— Quoi ?

— Je vais vous expliquer ce qui s'est passé, soupira Steinburger. Julian ne revenant pas dans la salle de projection, je me suis inquiété. Je savais que K.T. et lui étaient fâchés, et que tous deux avaient trop bu. Je suis monté sur le toit.

— Pourquoi ?

— C'est là que K.T. allait toujours fumer ses fichues cigarettes aux herbes. À mon arrivée… il était trop tard. Elle flottait dans la piscine, sur le ventre. Julian était en état de choc. Il nettoyait le sang sur le bord du bassin. Il parvenait à peine à parler.

— Elle flottait dans la piscine, sur le ventre, quand vous êtes arrivé ?

— Oui.

— Et vous n'avez pas tenté de l'en sortir ?

— Il était trop tard. Elle était morte.

— Comment pouviez-vous le savoir ?

— Julian me l'avait dit. Apparemment, elle était tombée. Ils s'étaient disputés, bousculés l'un l'autre, et K.T. avait perdu l'équilibre. Quand il a voulu la relever, il est tombé dans les pommes. Lorsqu'il a repris connaissance, elle était dans le bassin, morte. Je crains que, vu son état, il ne l'ait poussée dans l'eau. Il a tenté de se couvrir. Il ne se rappelait pas vraiment, voyez-vous.

— Qu'avez-vous fait ?

— Je l'ai emmené en bas. Il s'est endormi sur le canapé.

— Vous n'êtes pas allé chercher de l'aide.

— C'est de mon aide qu'avait besoin Julian. Je voulais le protéger. Pour K.T., il était trop tard. C'était un accident, inspecteur Peabody.

— Mettons tout cela au clair. Vous avez suivi Julian sur le toit, où il avait retrouvé K.T. Dans la rotonde, c'est bien cela ?

— Oui.

— Le dôme était fermé.

— Naturellement. Nous sommes en octobre. L'endroit empestait la fumée.

— Vous n'avez sans doute pas pensé à ouvrir le dôme.

— Connie préfère qu'il reste fermé pendant l'automne et l'hiver. Elle se baigne tous les matins.

— Là encore, une incohérence. Le dôme avait été ouvert, puis refermé. Sauf que le mécanisme est défaillant. Il ne s'est pas refermé complètement. Il ne l'était pas quand on a découvert le cadavre. Et la rotonde n'empestait pas la fumée. Elle avait été aérée.

— Je l'ai peut-être ouvert moi-même. J'étais en état de choc, moi aussi, vous comprenez.

— Bien sûr. Donc avez-vous ouvert ce dôme ?

— Maintenant que j'y réfléchis, oui. L'odeur était atroce. J'avais besoin d'air frais.

— Quand ? Avant de traîner Harris, inconsciente, dans le bassin ou après ?

Dans la salle d'observation, Eve claqua le poing dans sa paume.

— C'est bon ! s'exclama-t-elle. À moi de jouer.

Elle rejoignit Peabody.

— Dallas, lieutenant Eve, je prends le relais. Vous auriez dû avaler la fumée, Joel, et soulever Harris plutôt que de la traîner. Vous n'auriez pas dû affirmer qu'elle flottait déjà lors de votre arrivée sur les lieux.

Eve posa une boîte en carton sur la table et fusilla Steinburger du regard.

— Primo, cela paraît bizarre que vous n'ayez pas tenté de la sortir de l'eau, de la ranimer. Deuzio, du coup, votre chronologie ne tient plus. Si, comme vous l'affirmez, vous aviez surgi après que Julian l'eut soi-disant fait tomber dans la piscine, puis couru jusqu'au bar chercher un chiffon pour nettoyer le sang, K.T. Harris aurait eu le temps de couler. Les poumons sont comme des éponges. Il faut un bon moment avant que les gaz s'expulsent et que le corps remonte à la surface. De plus, enchaîna-t-elle en déposant un DVD devant lui, vous auriez mieux fait de détruire ceci plutôt que de le dissimuler dans votre coffre-fort. Vous l'avez pris dans le sac de K.T. après l'avoir tuée. Vous vouliez certainement éviter que les médias ne s'en emparent, mais je pense aussi que vous aviez envie de le visionner. Espèce de pervers.

Elle brandit le communicateur de K.T.

— Vous avez aussi emporté ceci. Vous vous en êtes débarrassé par la suite, ainsi que de tous les appareils électroniques que vous avez récoltés chez Asner – après l'avoir tabassé à mort. Nous savons quel bateau vous avez « emprunté ». Nous avons les horaires, les coordonnées géographiques. Les plongeurs pensent remonter d'autres trésors demain. Vous leur donnez du boulot.

— J'ignore de quoi vous parlez. Je vois bien ce que vous cherchez à faire, croyez-moi. Vous êtes désespérée, vous me lancez n'importe quoi à la figure dans l'espoir que ça colle.

— Oh, ça colle, Joel ! Vous avez aussi piqué un flacon de somnifères au nom de Harris en vous servant d'une de vos innombrables cartes d'accès. Vous aviez même conservé le code du véhicule d'Asner. Vous êtes coincé, Joel. Comment expliquez-vous ceci ?

D'un geste brusque, elle retourna le carton rempli de cartes-clés et de codes.

— Hier soir, reprit-elle, vous avez envoyé Julian dans la pièce à côté et profité de son absence pour frelater le vin que vous aviez si gentiment apporté. Vous avez remis le bouchon et rangé la bouteille. Pour que ce soir il soit un gentil garçon et suive vos ordres. Qu'il boive un ou deux verres en prenant un bain. L'ironie de la situation – deux noyades d'affilée – aurait réjoui les médias. Il s'est tué parce qu'il se sentait coupable de l'avoir tuée.

Steinburger fixa la pile de cartes, s'empourpra.

— Vous avez fouillé mon domicile.

— Exact. Votre domicile, votre bureau, votre voiture. Et nos collègues en Californie en font autant là-bas. Vous aviez accès aux caravanes, au bateau, aux demeures, aux bureaux.

— Cela me paraît normal. Savez-vous qui je suis ?

— Parfaitement. Vous êtes un meurtrier. Petit détail au passage : Julian va beaucoup mieux que ne l'a indiqué Peabody.

— J'ai un peu exagéré, convint celle-ci.

— Il nous a tout raconté, lâcha Eve. Valerie aussi.

— Julian dirait n'importe quoi pour se couvrir, et Valerie ment pour lui. Elle l'aime.

— Ce n'est pas mon avis. Non, Valerie a menti pour vous, parce qu'elle est ambitieuse et un peu avide. Julian a suivi vos conseils parce qu'il a confiance en vous comme en un père. Quant à vous, Joel, le meurtre est chez vous une seconde nature. Julian aurait été le dernier d'une longue chaîne entamée avec Bryson Kane, votre colocataire à l'université.

Eve contourna la table, se plaça derrière lui, et se pencha pour lui murmurer à l'oreille :

— Vous paierez pour chacun de vos crimes. Je vous le garantis.

— Vous n'avez aucune preuve.

— Kane en a eu assez de vos tricheries. Parce qu'il ne voulait plus coopérer, il a fini au pied d'un escalier, la nuque brisée.

Elle revint vers la table, sortit une photo de la scène du crime et la jeta devant lui.

— Martin Dressler, vieux, riche, vous barrait l'accès à l'argent et au pouvoir. Et peut-être n'était-il pas aussi enthousiaste qu'il aurait dû l'être à la perspective de votre mariage avec son arrière-petite-fille.

Elle lui présenta la photo de ce dernier.

— Une petite poussée du haut d'une falaise a réglé le problème. Angelica Caulfield, enceinte, vous harcelait, vous menaçait de révéler son état à votre femme, enceinte elle aussi. Elle a subi le sort que vous réserviez à Julian Cross – sauf que là, ça a marché. Je pourrais continuer indéfiniment. Les médias vont vous crucifier. Je leur passerai un marteau et des clous pendant que ma partenaire et moi-même vous enfermerons dans une cage jusqu'à la fin de vos jours.

— Qui croiront-ils, d'après vous ? Je suis l'homme le plus puissant de l'industrie du cinéma. Vous n'êtes qu'un flic qui a fait un mariage d'argent.

— Vous avez raison. Je ne suis qu'un flic.

— J'ai essayé de vous aider, intervint Peabody d'un ton attristé. Nous avons un témoin qui vous a vu pénétrer dans le bureau d'Asner le soir où il a été assassiné.

— Vous mentez. Personne ne m'a vu.

Peabody hocha la tête.

— Parfois, les gens travaillent tard.

— Si vous vous imaginez que la parole d'un avocat minable ou d'un garant de caution l'emportera sur la mienne, vous vous fourrez le doigt dans l'œil.

— Comment savez-vous qui occupe les bureaux à l'étage de celui d'Asner ? s'étonna Eve. Oups ! Vous étiez là, Joel. Vous aviez contacté Asner et convenu d'un rendez-vous avec lui à son bureau. Quand vous l'avez appelé, il était avec quelqu'un dont j'ai aussi le témoignage. Vous êtes allé à sa rencontre et vous l'avez tué.

— C'est absurde. Je voulais lui parler parce que K.T. m'avait dit qu'elle l'avait embauché. Tout ce que je voulais, c'était discuter, lui racheter les données qu'il avait pu rassembler.

— Était-il déjà mort, lui aussi ?

— Non. Oui. Oui.

— Non ? Oui ? Difficile de réfléchir sous la pression, n'est-ce pas ? Quand tout vous retombe dessus. En général, vous disposez de davantage de temps, de recul. Vous n'avez pas essuyé la statue du faucon aussi soigneusement que vous le pensiez.

« Un mensonge de plus ou de moins », songea Eve. Pourquoi ne pas ajouter une empreinte fictive au témoin fictif de Peabody ?

— Il m'a attaqué. Je me suis défendu.

— En le tabassant alors qu'il était à terre ? Ça m'étonnerait. Le jury ne sera pas dupe. Vous l'avez battu à mort. Ensuite, vous avez emporté ses dossiers, son matériel électronique, son communicateur – sur lequel nous trouverons la trace de votre appel. C'est incroyable ce que la DDE peut faire. Vous avez emprunté le bateau de votre amie et tout jeté par-dessus bord. Votre amie, Violet ? Elle est revenue officiellement sur ses déclarations – vous savez, l'alibi qu'elle vous avait fourni pour le soir de la mort de Caulfield –, en précisant qu'elle avait menti à votre demande.

— C'est grotesque. Violet m'en veut parce que je ne lui ai jamais décroché un grand rôle. Je ne peux tout de même pas booster la carrière de toutes les actrices déchues que je croise.

— Elle ne m'a pas semblé fâchée, répliqua Eve. Peabody ?

— Au contraire. Elle vous aime énormément, monsieur Steinburger. Elle vous était reconnaissante de l'avoir aidée dans le passé, de l'avoir payée pour qu'elle puisse s'offrir ce styliste génial. Elle trouvait touchant que vous vouliez organiser une fête-surprise pour votre épouse. Ce que je veux dire, c'est qu'elle vous a cru quand vous avez sollicité sa complicité ; elle a donc affirmé sans hésitation à l'époque avoir passé la soirée avec vous et le consultant – le soir où vous avez éliminé Angelica Caulfield.

— Vos alibis s'écroulent les uns après les autres, Joel, enchaîna Eve. Violet, Valerie. Le pot-de-vin de cinquante mille dollars. Les appareils électroniques que les plongeurs sont en train de repêcher. Ah ! La DDE détient désormais les ordinateurs de Pearlman. La technologie a considérablement progressé depuis l'époque où vous avez mis en scène son suicide. Nous avons retrouvé les fonds détournés sur votre compte caché.

— Angelica était névrosée et malheureuse. Elle avait un penchant pour les drogues et l'alcool. Pearlman était faible et avide.

— Possible, mais ni l'un ni l'autre n'a mis fin à ses jours. Vous vous êtes débarrassé d'eux, comme vous vous êtes libéré d'un paparazzi trop curieux, d'une assistante trop collante, d'une ex-femme exaspérante. Je compte neuf crimes à votre actif, Joel, et je vais poursuivre mes recherches. S'il y a d'autres morts, je les trouverai.

— Il n'y a rien à trouver.

— Nous verrons. En attendant, vous êtes fichu.

— J'évoluais dans ce business alors que vous n'étiez même pas née ! J'ai plus de pouvoir et d'influence que vous ne le soupçonnez. Je vous écraserai.

— Vous êtes fichu, répéta Eve. Témoins imprévus, nettoyages bâclés, un crime raté ce soir.

Elle émit un petit rire méprisant et appuya la hanche contre la table.

— Vous avez péché par excès de confiance en vous. À force d'échapper aux autorités pendant toutes ces années, vous vous êtes cru hors d'atteinte.

— Vous ne le prouverez jamais.

— Oh que si ! Quant à cette collection de cartes-clés, quelle stupidité. Nous sommes plus malins que vous, Joel. J'ignorais jusqu'à quel point avant aujourd'hui.

Il se redressa, voulut se jeter sur elle. En un éclair, elle s'esquiva.

— Mais je vous en prie, allez-y, railla-t-elle. Nous ajouterons « agression sur un officier de police » à tout le reste. Cela ne me gêne nullement.

Steinburger tremblait – pas de peur mais de rage.

— Je vous aurais rendue célèbre avec ce film. Vous auriez été l'un des personnages les plus connus sur et hors planète. La femme flic la plus admirée de l'Histoire.

— Merci, mais je ne suis qu'un vulgaire flic, et cela me suffit. Vous avez pris votre pied en tuant Asner, n'est-ce pas ? Vous n'avez pas souvent l'occasion de vous défouler physiquement.

— Personne ne me dit non, marmonna-t-il en abattant le poing sur la table. Je lui ai donné l'ordre de me remettre tout ce qu'il avait sur Marlo et Matthew, sur moi. Il a refusé. Un sursaut de bonne conscience ? L'intention d'alerter la police ? Pour qui se prenait-il ? Pensait-il pouvoir me faire chanter ? L'imbécile dans cette affaire, c'était lui.

— Par conséquent, vous l'avez battu à mort.

— Je me suis défendu. J'ai protégé ma réputation. Ce qui revient à protéger ma vie.

— K.T. devait disparaître aussi. Pour les mêmes raisons.

— Elle me doit tout. Elle ne m'a manifesté aucune loyauté, aucune gratitude, aucun respect. J'ai fait ce que je devais faire, point final.

— Faux. Vous avez piégé Julian pour qu'il paie à votre place.

— Julian est un idiot. Il a du talent mais il est bête. Et faible. Il aurait fini par tout vous révéler. Il aurait ruiné son avenir et le mien. Mieux valait qu'il meure.

— En somme, vous lui rendiez service.

— Il n'était même pas capable de mourir sans qu'on lui explique comment s'y prendre, répliqua Steinburger, dégoûté. J'ai protégé ma personne, mon investissement, ma notoriété. J'en avais le droit.

— Non.

— Le pouvoir engendre des responsabilités et des privilèges. Votre mari en sait quelque chose.

— Mon mari en sait davantage en matière de pouvoir que vous.

— Je n'ai rien de plus à ajouter. Désormais, vous traiterez directement avec mes avocats.

— À votre guise, riposta Eve en remettant les pièces à conviction dans le carton. N'oubliez pas de leur dire que l'on vous accuse d'homicides multiples, prémédités et volontaires. Et attendez-vous que les médias vous passent sur le gril.

Eve ébaucha un sourire.

— Vous allez connaître une autre sorte de célébrité, continua-t-elle. Mais votre nouveau statut ne vous ouvrira pas les portes des salons VIP. Peabody, faites en sorte qu'il prévienne ses avocats. Mettez-le ensuite en cellule pour la nuit et allez déguster votre crème brûlée.

— Oui, lieutenant.

Eve sortit, tendit le carton à l'officier qui l'attendait dans le couloir. Elle sourit à Connors qui s'approchait.

— Je ne pensais pas qu'il confesserait ses crimes, avoua-t-il.

— Il n'a pas pu s'en empêcher. Tous ces noms, ces éléments, ces preuves dont on le bombardait. Il a eu peur et il déteste ça. De plus, je l'ai fait passer pour un type faible et stupide. Inacceptable à ses yeux. Commettre des meurtres lui donne le sentiment d'avoir du pouvoir. Il ne peut se passer du pouvoir.

— Le pauvre, il va souffrir.

— Oh, oui ! Et tu sais quoi ? s'enquit-elle tandis qu'ils regagnaient son bureau pour qu'elle récupère son manteau. Nous avons clôturé deux affaires d'homicide, une autre de tentative d'homicide et nous pourrons bientôt en clôturer sept autres. Pour une fois, personne ne m'a collé son poing dans la figure, flanqué un coup de couteau ou tiré dessus. Un record, non ?

— L'espace d'un instant, j'ai pensé que tu jouais à quitte ou double.

— Pfft ! J'aurais gagné haut la main, répliqua-t-elle d'un air suffisant. Et tu te rends compte que j'ai réussi à éviter les éclaboussures de vomi ou de sang sur mes boots une journée entière.

— Ça se fête, décréta Connors en lui caressant le dos. On s'offre un verre et on fait l'amour à demi ivres ?

— Avec plaisir.

En chemin, Eve contacta Nadine pour lui raconter l'épilogue.

Ce n'était que justice.

Composition
PCA

Achevé d'imprimer en Italie
par GRAFICA VENETA
le 6 juin 2016

Dépôt légal : juin 2016
EAN 9782290129623
OTP L21EDDN000689N001

ÉDITIONS J'AI LU
87, quai Panhard-et-Levassor, 75013 Paris

Diffusion France et étranger : Flammarion